古典文学的现代阐释及其方法

赵敏俐 著

商务印书馆
The Commercial Press
2013年·北京

图书在版编目(CIP)数据

古典文学的现代阐释及其方法/赵敏俐著.—北京：商务印书馆，2013
ISBN 978-7-100-08719-3

Ⅰ.①古… Ⅱ.①赵… Ⅲ.①中国文学—古典文学研究—文集 Ⅳ.①I206.2-53

中国版本图书馆 CIP 数据核字(2011)第 223449 号

所有权利保留。
未经许可，不得以任何方式使用。

古典文学的现代阐释及其方法
赵敏俐　著

商　务　印　书　馆　出　版
(北京王府井大街36号　邮政编码100710)
商　务　印　书　馆　发　行
三河市尚艺印装有限公司印刷
ISBN 978-7-100-08719-3

2013年12月第1版　　开本 640×960　1/16
2013年12月北京第1次印刷　印张 36 1/4
定价：108.00元

自序

这是我的第二本论文自选集。[①] 收入本书中的论文，是我多年来从现代学术角度对中国古典文学研究所做的一点思考。里面涉及一些在研究过程中所遇到的具体问题，但是更多的带有理论与方法探讨的性质。它是本人对于自己安身立命的学术对象所进行的价值拷问，也是探索如何不断创新自我的学习过程的记录。把这些论文汇总在一起，一来是自认为还有一点学术价值，二来借此反省自己多年的治学理念及问学成长之路。论文共分六组。

第一组是有关20世纪古典文学研究史方面的论文，大多发表于20世纪90年代中后期。其写作思考的初始，可以追溯到20世纪80年代末期，也就是我刚刚获得博士学位，选择在高校以教授和研究中国古典文学为职业的最初一段时间。这一选择出于我对学术的热爱，然而在当时许多人并不理解，特别是在我的家乡。我出身于内蒙古一个偏僻的乡村，1977年恢复高考，我有幸成为乡里第一批考上的两名大学生之一，这在当时很让人羡慕。而我又从本科到硕士再到博士，一读就是十年，不断地在家乡创造读书的"奇迹"。"学而优则仕"，在家乡人的眼里，我毕业之后起码也应该是个县长级的干部，乡里乡亲也应该沾点光才是，哪想到我竟然当了一个穷教书匠，这书不是白念了吗？记得当时

[①] 我的第一本论文集名为《周汉诗歌综论》，学苑出版社2002年出版。

经常有人来问我:你读了那么多年的书,获得了博士学位,为什么不去当官或者经商,非要当一名被人瞧不起的教师呢?我无言以答。因为当时正在流行这样的说法:研究生毕业有三条道路,第一条叫"红道",即当官,前途一片光明。第二条是"黄道",即经商,起码可以成为先富起来的那部分人。第三条是"黑道",教书做学问,既没权也没钱,前途黑暗。我所选择的正是"黑道",这自然让人看不起,认为我把书都白读了。更何况,当时正是"脑体倒挂"最严重的时期,所谓"造原子弹的不如卖茶叶蛋的"、"穷得像教授,傻得像博士",这些当时的流行语,所讽刺的正是像我这样的人。我虽然那时候很有点年青人的激情,自认为做学问很伟大,表面上不为这些言语所动,并以"无用之用是为大用"来回答那些质疑者,但是在内心里也不免动摇。记得有一段时间我很苦恼,常常在静下来的时候问自己:你为什么要学习古典文学?它在当代社会到底有没有用处?在未来社会里是否还有传承的价值?它是否值得你将其作为毕生的职业并为之献身?正是带着这样的困惑,我想要考察中国古典文学在20世纪的命运,看一看现当代学人们是用什么样的文化心态来研究它和对待它的。于是开始了对20世纪中国古典文学研究史的梳理,并于1990年成功申报了原国家教委人文社会科学基金青年项目。在接下来的五年之中,我的主要精力都用于此项研究。为此,我查找了大量的资料,也阅读了大量的文章,特别是从19世纪末到20世纪初的学人们的论著。我发现,在那个中国社会正在发生剧变的时代,竟然还有一大批学者在书斋中做着传统的学问。这里既有像王闿运、俞樾、王先谦、丁福保、陈廷焯这样一批老式的学者,也有像康有为、梁启超、夏曾佑、严复这样的维新派。既有刘师培、章太炎、罗振玉、王国维这样的国粹派,也有如胡适、陈独秀、鲁迅、郭沫若等一些年轻的新派人物。他们的治学方法、学术追求、文学观念及人生态度等虽然大不相同，但是却都参与了这一伟大变革时期的文化建设，以自己的学术成就为这个时代做出了贡献。而且，正是在这些不同学派的共同努力之下，中国古典文学在20世纪才逐渐成长为一门具有现代意义的新学科。它同时告诉我一个道理，无论社会如何变革，文化总是推动这一变革的基础，传统总是具有强大的力量，左右着文化发展的方向。因而，从事文化研究的人，表面上看他们的工作似乎与轰轰烈烈的社会变革无关，实际上他们正在为民族文化的建设做着扎扎实实的基础工作。明白了这些，我的心安定下来，不再对自己所从事工作的价值产生怀疑，而且逐渐对自己的职业产生了自豪感。收入本论文集中的这组文章，是这一项目的部分前期成果，集中在19－20世纪之交的学术变革这一时段。[①]而我通过这一项目的研究所得，远远超出了这些成果本身。它坚定了我的治学志向，甚至影响了我在其后人生道路的选择。

收入本论文集中的第二组文章，是我对当下古典文学研究现状的一点思考。之所以写这组文章，不仅因为它们是我在研究中所遇到的具体问题和发生的困惑，而且还因为在其背后隐含着一种需要我们重新反思的学术理念与研究方法。这些困惑曾经存在我的心中好长时间，最初来自于我读硕士研究生之时对《诗经》的学习和毕业论文的写作。我喜欢《诗经》，如同所有的当代年轻人一样，尤其喜欢《国风》中那些优美的情诗。带着这样的喜好与冲动，我开始了最初的《诗经》研究。按照老师的指导，从研读《毛传》、《郑笺》和《孔疏》入手，先将字词章句的原义弄

---

① 该项目的最终成果，是和我的师兄杨树增教授共同完成的《20世纪中国古典文学研究史》一书，1997年由陕西人民教育出版社出版。

清楚。在学习原典的过程中，我发现了古人的说法与当代文学史之间的矛盾。《毛诗序》认为《关雎》讲的是"后妃之德"，《周南》里的同类作品也都和后妃有关，而且把《国风》中大多数的情诗都和当时的历史文化结合起来。当代文学史却将《关雎》这类的诗看成是"民歌"，说它们是"劳动人民的口头歌唱"。说心里话，我最初对《毛传》的说法有强烈的排斥，因为它破坏了我在阅读这些情诗时所产生的浪漫的想象。于是我产生了一个幼稚的想法，想要弄明白《毛传》为什么这样荒谬。我的工作从两方面入手，一方面阅读当代人研究《诗经》的著作，寻找理论的支撑，一方面仔细研读古人的著作，查找历史的有关文献，寻找其荒谬之所在。然而让我感到非常遗憾的是，我所看到的当代《诗经》研究著作，并没有给我提供有力的证据，证明这些诗歌就是《诗经》时代的"民歌"，就是"劳动人民的口头创作"。反之，从先秦两汉时代的文字古义、名物训诂、典章制度、社会风习，以及《诗经》的编辑、应用、传播等各种记载来看，还是古人说的更有道理。事实上，对《国风》中大多数情诗得以产生的原生情态，我们今天已经很难弄清。古人将这些作品称之为"歌"、"谣"或者"风"，其本义与我们今天所说的"民歌"并不相同。它们当中的大部分都不是"劳动人民的口头创作"，而是来自于当时社会各个阶层的世俗的歌唱。其中有相当大的一部分都应该出自于当时的知识阶层或者贵族之手。即便是其中有些诗最初可能来自于下层社会，即我们今天所说的"民间"，但是现在我们所看到的诗歌文本，也经过了当时的艺术家和知识阶层的加工，赋予它们以新的艺术面貌，在周代社会的人文修养和道德教化方面发挥着重要作用。从这一角度来讲，《毛传》从诗之用的角度对它所做的解释，显然更符合历史的事实。而当代人将它看成是"劳动人民口头创作"的"民歌",更多的来自于对古代文化和文献的误解,是以今例古的一种望文生义的现代想象。这一问题的研究,对我的影响很大。它让我明白,治学不能从主观感受出发,不能盲从别人;要认真地看书,有自己的思考;要尊重证据,尊重历史。同时,这一问题的研究还引发了我对当代一些学术现象的思考。我在以后很长的一段时间内一直在想,明明大量的历史事实可以证明《诗经·国风》中的大多数情诗都不是"民歌",可是,为什么20世纪以来的学者们会得出这样的认识?这一观点又为何被当代社会广泛接受了呢?这显然与20世纪中国文化的历史变革有关。受激进的反封建的文化思潮的左右,早在"五四"时期,胡适就写了一部《白话文学史》,他首先将《诗经·国风》中的情诗看成是白话诗,又将这些白话诗看成是与贵族文学相对立的产物。以后这一文化思潮越来越强大,在当代大多数人的眼中,《诗经》中这些情诗逐渐变成了"劳动人民口头创作"的"民歌"。这一现象,从中国现代社会发展的具体情况和接受学的角度来讲固然可以理解,但是它从另一个方面却说明了中国古典文学研究在从传统走向现代过程的不成熟。强烈的反传统意识、为我所用的急功近利心态、过度膨胀的现代自信、以今例古、以西释中的主观臆断、人云亦云的浮躁学风等,扭曲了以求真求实为基础的学术研究。在当代的《诗经》研究中,与此相类似的重要问题还有很多,如《诗经》到底是一部什么样的书?如何对《诗经》进行新的价值重估等。收入本书中的《20世纪〈诗经〉研究的几个问题》一文,就是针对这些问题所写的一篇反思性的文章。

同样引起我困惑的是"魏晋文学自觉说",这一说法最早由日本人铃木虎雄提出,在中国则最先由鲁迅引用,其后又得到李泽厚等人的推扬,最近三十年已经被古典文学研究领域广泛接受。

以至于当下很多人把这一论断当成是学术立论的前提——"因为魏晋时代是文学自觉的时代,所以当时的文学创作就会如何"。80年代初我在读大学的时候曾经读过李泽厚的书,并且深受其影响。但是,以后渐渐发现这一说法有问题。什么叫"文学的自觉"?按照铃木虎雄、鲁迅、李泽厚等人的观点,说是从这个时代起文学开始从经学中脱离出来,人们对各种文体的特征有了明晰的认识,开始对文学审美特征有了自觉的追求。可是,如果我们按照这一标准来看汉代文学,尤其是汉赋,会发现也包含着这三方面的要素。那么我们不是可以说汉代文学也自觉了吗?再往前追溯,先秦时代的各种诗文创作,特别典型的是《诗经》中的《大雅》《小雅》与《楚辞》等诗歌,或文句典雅、或辞藻华丽,而且是那样的章法严整,结构有序。这说明它们经过了精心的艺术雕琢,有些甚至是诗人的呕心沥血之作,难道这就不叫"文学自觉"吗?我为此而困惑。于是,我开始对这个问题做进一步的思考,逐渐发现在这一论断中存在着几个问题:首先是在中国古代就没有一个与现代我们所说的完全对等的"文学"概念,直至齐梁时期,像《文心雕龙》《文选》等古代著作里的"文",还属于边界与内涵都不甚清楚的泛文学,何以在魏晋时代就会有了"文学自觉"?其次是"文学自觉"的起点在哪里?如果所指是文体的分类与诗文创作中的审美追求,那么早在先秦时代就已经开始,为什么非要等到魏晋时代才算开始?其三是如何解释唐宋以来中国文人仍然坚持的"文以载道"的传统?为什么他们对于那些只重形式的诗文创作予以批判?他们的文学观念到底是"自觉"还是"不自觉"?经过很长时间的思考,我最后形成了自己的看法:"文学自觉"这一命题在中国古代不能成立,它与用"民歌"来评价《国风》一样,混淆了古今文学的差异,同样是将今人的文学观念强加于古人头上,并将今人的主观判断视同为文学史发展的事实。正是在这样的长期思考之后,我写出了《"魏晋文学自觉说"反思》这篇文章。同样道理,收入这一组中的其他几篇文章,也都与我对当前中国古代文学研究中存在的问题有关。我希望能就这些问题求教于学术界,共同推动中国古代文学研究的深入。

收入本论文集中的第三组文章,有两篇涉及出土文献与文学关系的思考。其中,《20世纪出土文献与中国文学研究》一文,是我专为参加1999年"出土文献与中国文学研究学术研讨会"所写。出土文献对中国古代文学研究的影响之大,早已被学人所认识,我本人多年来也深受其益。然而,以此为题召开一次全国性的学术会议,这却是第一次。作为会议的主办单位之一和发起人之一,我觉得应该就此问题写一篇综述性的文章作为会议的主题发言,同时也梳理一下我对这个问题的认识。在此文中,我将20世纪出土文献对中国文学研究的影响概括为三个方面:第一是一批早已佚失的文学作品的重新发现(如敦煌文学)。它不仅使我们对中国文学的创作情况和中国文学的发展历史有了更多的了解,甚至改变了我们对以往的文学史的认识。第二是大量的与文学相关的出土文献的发现(如甲骨文),为我们的文学史研究提供了更多的直接或间接的证据,从历史、文化、艺术、民俗等多方面深化并影响着我们的文学研究。第三是大量的出土文献的发现,正在深刻地影响着我们的研究方法。如王国维据此提出了"二重证据法",对20世纪的古典文学研究产生了重要影响。此外,出土文献的大量发现还引发了我们对传世文献流传状况复杂性的重新认识,从而对这些传世文献的真伪及价值等进行新的评估,对某些历史记载进行新的认识。要充分尊重古人,不要盲目自大,走出"疑古时代"。在此,我认为王国维的下面一段话更值得重视:

"虽古书之未得证明者，不能加以否定，而其已得证明者，不能不加以肯定，可断言也。"也就是说，对于现存古文献，在没有充分的证据证明它是伪作之前，我们不要轻易否定其伪，而应该尊重现存历史文献，暂定其真；反之，对于那些可以得到证明的古文献，我们必须认定其真。这是我们今天应该坚持的基本治学态度。正是从这个意义上说，出土文献不仅提供了新的研究材料，而且启示我们在研究方法上的重新思考。它可以使我们的思维更为细密，考虑的问题更加全面，也可以扩大我们的学术视野。收入本组中的另一篇文章，同样是我为参加2008年在漳州召开的"出土文献与中国文学史研究"所写，写这篇文章的目的，一来是为了辨析汉魏乐府"歌行"与先秦出土文献"行钟"之间的关系，二来是想借此谈一谈我对如何利用出土文献从事文学研究的一点想法。汉魏乐府中有很多作品标有"行"字，何以如此，古今多有争论。日本学者清水茂根据李纯一对出土的春秋战国之际的"行钟"的有关研究，提出一个新说，认为汉魏乐府的"行"可能是按照先秦时代"行钟"的音阶来演奏的。他的学生李庆在此基础上再度推衍，试图用来证明这一观点。令人感到遗憾的是，无论是在李庆的长文还是在清水茂的原文里，都没有提出任何一例在汉魏时代标有"行钟"字样的出土文献，也没有找出任何现存纸本文献，可以证明"行"是"在古代祭祀、宴乐、出行等仪式时演奏的一种特定形式的音乐"。考察现存有关汉代歌诗演唱的记录，也没有发现标有"行"字题的作品之演唱与"行钟"之间有任何关系的直接记载。反之，我们却可以找到大量的材料证明，汉魏清商三调是以丝竹为主要乐器的音乐体系，"行"不过是其中一体，与先秦时代的"行钟"没有任何联系。由此我想要说明的是：利用出土文献进行中国古代文学研究，这要看出土文献本身提供的信息有多少，适用范围有多大，而不能把它的价值无限扩大，企图解决与之毫无关系的问题。真理向前多走一步可能就会变成谬误，因为它违背了实事求是的治学原则。而《司马迁〈屈原贾生列传〉的再认识》这篇文章，则涉及对现存历史文献的认识问题。我们知道，自20世纪初廖平首先提出屈原否定论以来，以胡适、何天行为代表的一些人张扬其说，其主要根据就是由于司马迁的这篇传记在记述屈原生平时有矛盾和不详之处，有些人（包括日本学者三泽玲尔等）在这方面大做文章。对此，学界已经做过多方批驳。我写作这篇文章的目的，是想进一步探讨屈原否定论者之所以得出这一结论的原因。其中重要一点，是他们夸大了《屈原贾生列传》一文记载不详的一面，从而否定了这篇重要历史文献的价值。从表面看这是胡适等人对历史文献的严重误读和误解，其背后则表现为一种轻易否定历史文献的不良倾向。其中有三点值得我们注意：其一是对早期历史文献的求全责备，把自己的主观推断当成了否定历史文献的根据；表面上看是重客观实证，实则是以主观偏见来阅读历史。其二是不理解司马迁的著书体例和写作精神，把司马迁对史料的选择和某些方面的叙事不详当成了否定屈原的根据，把自己对历史的有限理解和可怜知识当成古人写作史书的常理。其三是缺乏对历史文献的认真研读和思考。从屈原否定论者的论文看，他们不仅没有认真地研读过《屈原贾生列传》，而且对先秦两汉文化也缺少起码的理解，不明白也认识不到体现在屈原和贾谊以及司马迁身上的时代文化精神的不同。总之，他们表面上打着重科学重实证的幌子，实际上却缺少对历史文献和历史人物的起码的尊重，过于自大和自信，仅凭自己有限的知识，通过想当然的方法来做学问，这是今天我们在治学过程中仍然应该警惕的。以上三篇文章内容各有不同，却同样涉及文学研究与文献解读之间的关系，也记录了我在这方面的一点思考。

收入本书中的第四组文章，是我近十几年来对中国古代歌诗艺术生产的理论思考。歌诗是指可以歌唱的诗歌，同时也包括入乐、入舞的诗，它在中国古代文学中占有重要地位。艺术生产论是当代在中西方都非常受重视的一种理论，它的要义是把艺术看作人类的一种精神生产，把艺术活动看成是人类的一种精神生产活动。用艺术生产的理论来研究中国古代歌诗，源自于我多年对于汉乐府的思考。在中国诗歌史上，汉乐府占有重要地位，对后世诗歌发展影响巨大，因而从古至今一直受人关注，相关论著很多。然而，在以往的汉乐府研究中，古今学人们虽然也曾注意到它的演唱性质，并对它的音乐形态有过相当深入的探讨，但是，在对这些作品进行艺术阐释的时候，却往往回归于传统的儒家诗学理论和当代的意识形态论模式，并没有将其看成是一种独具特质的表演艺术，也没有人对这种艺术的本质做过深入的思考。歌（乐）与诗的结合是中国古代文学的一个重要特色，中国古代向来有诗乐舞一体之说，越往前代追溯，歌与诗的联系越紧密。从发生学的角度来讲，诗乐舞相结合的艺术，与单纯的用于阅读的文学语言艺术本来就是两种不同的形态，它们有不同的发生机制，不同的表现方式，也承担着不同的社会功能。它的生成、它的写作，它的演唱方式、由演唱而产生的多种艺术样式、文体流变、语言特点、艺术风格、发展规律等，都与我们所认识的传统的"诗"有很大的不同。因而，如果我们仅仅把它们当作一般的文学文本来研究，就等于还没有掌握这门艺术的本质。道理很简单，因为语言并不是一首歌诗的全部内容，也不是一首歌诗的完整表现形式。我们要全面地揭示它的艺术特征，就不仅要研究它的语言，还要研究它的音乐，研究它的歌唱表演；不仅要研究这首歌诗的词作者，而且还要研究它的曲作者、歌唱者以及表演者。正是上述诸种因素的综合作用，才共同完成了一首生动的、活态的歌诗。而要完成这样的任务，传统的意识形态的文学理论显然是无能为力的，艺术生产的理论无疑是最好的方法。这一理论的核心，是揭示了艺术的发生与人类的精神生产和消费之间的关系。正是在这一理论的启发之下，1998年，我申报了国家社会科学基金项目——"古代歌诗与时代文明：从'诗三百'到元曲的艺术生产史研究"，开始了关于中国古代歌诗艺术生产问题的理论探讨。这是一个非常艰难的过程。当代国内外学者虽然非常重视艺术生产理论，但是其关注的焦点都在现代社会的艺术。因而，运用这一理论来认识中国古代的歌诗艺术生产，还需要自己从头做起，包括对艺术起源问题和中国早期艺术形态问题的研究。为此，我经过了长达五年的努力，才写出了《关于中国古代歌诗艺术生产的理论思考》这篇文章。在这篇长文中，我首先仔细检讨了古今各种艺术起源说，分析它们的可取之处与不足，寻找新的解决问题的方向。在我看来，艺术起源的问题本是一个先验性的命题，同时又是一个实践性的命题。所谓先验，首先指这一命题本身就存在着不可解决的前提，即无论从何种方法入手，在本质上我们都无法回到艺术发生的原点，由此而言所有关于艺术起源的说法都是一种假说。而所谓实践性，则是指艺术本是人类的一种活动，它先天地具有实践的性质。它与人类的发展实践紧密结合，它最终表现为一种物质形态。如果我们承认人类的进化是一个渐进过程的话，那么，我们就无法从时间上给艺术的起源问题一个明确的界定。所以，重要的不是研究艺术何时起源，而是研究艺术在何时呈现出何种形态，即研究不同时代人们的艺术实践过程。从这一认识出发，我认为在探讨艺术起源的问题上首先必须承认两点：其一，无论何时何地的艺术品，都满足了人类的一种精神需求；其二，无论何种形式的艺术，都必须有与之相关的物质（声音、文字、色彩、造型等）表现形态。由此我进一步认为：无论坚持何种艺术起源说，都必须承认艺术起源与人类的精神需求的关系，艺术的发展与相关的物质表现能力的关系，这两者达到什么样的程度，人类的艺术就相应地达到什么样的程度。因此，我的观点是："艺术起源于人类的精神需求；而艺术在不同的历史阶段所呈现出的不同形式，则取决于人类在该历史时期的物质表现能力。"基于这样的思考，我接下来从艺术生产的角度探讨了中国早期诗歌的表现形态，分析了夏商周时代的艺术形态与当时的艺术生产与消费能力之间的关系，并讨论了中国古代歌诗艺术生产与消费的基本方式以及它们之间的关系。我自认为这是迄今为止在我的学术生涯中最重要的一篇理论文章，收入本论文集中另外三篇文章也与此相关。它们共同构成了我近年来研究中国古代歌诗的基本理论框架，也是我从事这一研究的理论指导。

收入本书中的第五组文章是我对先秦两汉文学的宏观思考。我攻读硕士、博士学位时的研究方向就是先秦两汉文学，几十年来主要精力也放在这一时段。除了自己所写的几部学术专著外，还与赵明教授等人合编过《先秦大文学史》和《两汉大文学史》，与谭家健教授等人合编过《中国古代文学通论·先秦两汉卷》，也形成了对这一时段文学史的基本看法。我认为先秦两汉文学在中国文学史中的地位是独特的，具有不同于其他断代文学的几个基本特征：一是漫长久远的历史传承与包容宽广的文化内容。作为一个时间概念，先秦两汉指的是东汉末年以前的漫长的数千年乃至数万年的历史时期，其时期跨度之大远远超过了以后各封建王朝。先秦两汉文学经过了如此漫长的历史积累,在每一类作品中莫不蓄积了久远的文化内容,并形成一种深厚的民族文学传统,对后世文学产生深远的影响。二是文史哲融为一体的综合形态与它所体现的文化之美。这是先秦两汉文学的重要特质,也是我们把握和认识先秦两汉文学的一个重要基点。将先秦两汉文学和后世文学相比较,我们固然会觉得后世文学在形式方面更为成熟,在表现技巧方面更为精致和高超,但是从反映社会生活方面却远不及先秦两汉文学那么浑莽宏阔。先秦两汉文学体现了特殊的文化之美,它是那样的朴拙厚重,又是那样的真挚浪漫。这使它与后世文学的纤细、狭小、精致、造作形成了鲜明的时代对比。历史似乎总是在矛盾悖论中前进。当后人用理性的眼光把"文学"看成了一个独立的范畴,看成是须要努力经营才能得到的东西的时候,也就意味着正在失去它的原始与天真,他们已经不可能像自己的祖先那样把认知、评价和审美有机的融为一体,用艺术的方式来把握一切了。于是,后人不得不随时回到自己的老家去进行精神的追寻,才不至于断绝自己的民族之根,不至于使自己的诗性智慧枯竭。三是各种文学体式的渊薮和文学观念的奠基。先秦两汉文学是中国后世各种文学体式的文化渊薮,中国后世各种文学体裁的源起与形成,无论是诗歌、散文、戏曲、小说,都须要在先秦两汉文学中才能找到其根。先秦两汉文学也是中国人文学观念的奠基期。先秦时代对于"文"的认识,左右了后世中国文学的发展。中国人早就把先秦两汉经典推崇备至,不但视为后世文学之楷模,也是后世做人之必读,"《诗》以道志,《书》以道事,《礼》以道行,《乐》以道和,《易》以道阴阳,《春秋》以道名分"(《庄子·天下篇》);"圣人也者,道之管也。天下之道管是矣,百王之道一是矣,故《诗》、《书》、《礼》、《乐》之归是矣。《诗》言是其志也,《书》言是其事也,《礼》言是其行也,《乐》言是其和也,《春秋》言是其微也"(《荀子·儒效》)。先秦两汉文学是在中华民族成长初期漫长历史中形成的文化传统,具有长久的生命力和强大的感召力。它是后代开掘不完的宝库,也是让人永感亲切的乡音。它是中国文学的原点,无论在何时何处,要认识中国文学,总要回归到这个原点。只有原点才具有民族文化的代表性,才具有活生生的力量并预示着无限阐释的可能性。返本才能开新,在世界走向现代化和一体化的 21 世纪,我们更需要重新回到这个原点来认识中国文学传统。这就是我对先秦两汉文学的整体认识。

基于这样的认识,我呼吁加强先秦两汉文学的研究。20 世纪的先秦两汉文学研究取得很大成就,建立了具有现代意义的先秦两汉文学研究体系。但是相对于它在中国文学史上所处的重要地位而言还远远不够。需要我们反思的最重要一面,就是无视文史哲融为一体的先秦两汉文学特质,企图将其纳入现代的"文学"理论框架,只对其进行狭隘的"文学"研究,割裂了对先秦两汉文学的整体认识,没有把握住中国文学的民族特质。另一方面是对它的评价偏低,只认识到它是中国文学的源头,没有认识到它是中国文学的典范。事实上,我们现在所看到的先秦两汉文学,已经是中华文明高度成熟时代的文学。从世界范围看,且不要说大汉帝国与古罗马双峰并峙,共同代表了那个历史时代文明发展的最高水平;春秋战国时代的百家争鸣,与古希腊、古印度文明同样辉煌;就是早在西周初年,其所奠定的礼乐制度也深深影响了后世几千年的中华文明。我认为,要提高先秦两汉文学的研究水平,首先要对它在中国文学史上的特殊地位有充分的认识,对它在当代中国文化建设中的特殊价值也要有充分的认识。其次是要改变现有的文学观念,更新研究方法。在这方面又有三点特别重要：一是从中国古代的文学观念实际出发，重新认识先秦两汉文学和中国文学的民族特色。二是尊重中国古代的文学传统，重建具有中华民族特色的"文学解释学"体系。三是充分吸收近百年来的考古学新成果，对先秦两汉文学所达到的水平进行新的评估。我期望在21世纪里有更多的学人从事先秦两汉文学研究，取得更大的成就，为重建中国特色的文学传统，为世界贡献中华民族的文化智慧。

收入本书中第六组的三篇文章，一篇谈的是我对台湾地区古典文学研究现状的认识。2010年，我曾经赴台湾逢甲大学任教半年，与台湾同行有了较为密切的接触，对台湾的古典文学研究现状也有了更为真切的直观感受。这一短文，就是我对台湾当下古典文学研究现状的一点认识。另两篇是我关于日本汉诗研究的一点看法。对于日本汉诗的关注，始于我2001年对日本广岛大学的访问，此后与他们建立了长期的学术交流与合作关系。其中一项重要工作，就是共同合作进行日本汉诗研究。这一项目受到了日本方面的重视，到现在为止我们已经在日本开过了两次学术研讨会。在国内，也受到了一定程度的关注，2008年12月25日，《光明日报》发表了专栏记者梁枢对日本学者佐藤利行教授、首都师范大学李均洋教授和我进行的专门访谈（此次收入征得了二位的同意）。我认为，日本汉诗是日本诗人所写的"中国古典诗歌"，理应受到中国学者的关注。日本汉诗是日本古典文学的重要组成部分，理应受到日本学者的关注。日本汉诗是两国人民共同的文化财富，理应受到两国人民的共同重视。日本汉诗也是展示世界文化交流的历史成就的典型范例，理应受到全世界的关注。我相信，它的多重文化价值，一定会被越来越多的有识之士所重视。

以上是这本论文集的主要内容。重新编辑这些论文，回想当时写作的情景，如今还是有些感慨。这些论文是否还能得到学界的关注，我不知道。略感欣慰的是每篇的写作都记录了我问学的真诚。我将学术研究看作一项严肃的工作，总是带着敬畏感。因而，我把每篇论文的写作都看作是一个求真求实的过程，里面包含着我对这个问题求真的态度，都是有感而发并且倾情地投入。我自知一个人的认识能力有限，观点未必正确，也不可能得到所有人的同意。但是从求真的目的出发，我愿意表达一得之见，希望与学术同行共同切磋，以求进步。我自知学术视野不够开阔，我所认为的重要问题，都局限在自己的知识体系范围之内，将它们放在整个中国古典文学研究领域里也许无足轻重。但是只要认为这个问题有价值，我就想把它弄明白。我坚信，人类的知识宝库都是依靠每个人一点点积累起来的，中华民族的学术大厦也要靠我们这一代学人添砖加瓦。如果能够为此贡献一点微薄之力，应该是自己的荣幸。同时，我将治学求真的过程看成是人生境界不断提升的过程。每次论文的写作，都是自己知识的增加和认识的提高。我认为论文不仅是写给别人看的，而且是写给自己看的。感动了自己，然后才能感动别人；说服了自己，然后才能说服别人。只要是真诚的投入，收获最大的首先是自己。孔子曰："古之学者为己，今之学者为人。"荀子曰："君子之学也，以美其身；小人之学也，以为禽犊。"随着年龄的增长，我越来越体会到这些话的真谛。展开书卷，品味书香，忘却尘俗的烦恼，驰骋于自由的精神境界，真是人生难得的享受。如有可能，我愿与知心朋友共享。

感谢商务印书馆将此书纳入出版计划，感谢金寒芽女士的精心编辑，感谢杨传召、王艺雯、龙婷三位同学的细心校对。借此机会，也感谢所有关心我的亲人和朋友们！

2013 年 5 月 1 日于北京常青园寓所

目录

20 世纪中国古典文学研究史导论 ················1
19 世纪末古典文学研究态势的历史回顾 ············13
20 世纪对中国传统文学的三次价值重估 ············28
20 世纪古典文学研究方法论的三次重大变革 ··········51
略论"五四"时期的古典文学研究 ···············91
"五四"前后古典文学研究方法论的更新 ············114
"五四"前后文学观念的变化对古代文学研究的影响 ······138
中国古典文学研究的现代化进程 ················158

20 世纪《诗经》研究的几个问题 ···············176
"魏晋文学自觉说"反思 ···················183
20 世纪赋体文学研究的几个问题 ···············209
　　——兼谈中国特色的文学史理论体系建设
前不见古人，后不见来者 ···················222
　　——漫说分科过细给古典文学研究带来的弊端
新世纪的中国文学研究如何体现中国文化传统 ·········229
　　——从《中国历史文学史》说开去
论古代文学研究体系现代化过程中的民族化 ··········238

20世纪出土文献与中国文学研究 ········· 243
如何利用出土文献进行古代文学研究 ········· 274
　　——从清水茂的《乐府"行"的本义》说起
司马迁《屈原贾生列传》的再认识 ········· 283
　　——兼评屈原否定论者对历史文献的误读

关于中国古代歌诗艺术生产的理论思考 ········· 295
中国古代歌诗艺术生产与消费的基本方式 ········· 375
论加强中国古代歌诗艺术生产研究的意义 ········· 408
加强中国诗歌与音乐关系研究的思考 ········· 434
传统文学研究的当代文化意义 ········· 440

先秦两汉文学绪论 ········· 448
先秦两汉文学研究的总结与展望 ········· 491
关于先秦大文学的文化思考 ········· 517
深化先秦文学研究的几点想法 ········· 528
重塑孔子形象，再造中华道德 ········· 532

台湾中国古代文学研究之一瞥 ········· 536
当代中国的日本汉诗研究 ········· 542
《光明日报》关于日本汉诗的访谈 ········· 550

20 世纪中国古典文学研究史导论[①]

中华民族有着悠久的传统。源远流长的民族文化不但是中华文明的历史积累,让我们时时回顾自己光荣的过去,而且也是我们民族数千年智慧的结晶,时时指引着我们向新的时代迈进。在这悠久的历史传统中形成的古典文学,更以其独特的艺术形式记载着优秀的中国文化,以诉诸审美的感召方式教育后人向着理想的世界追求。正因为如此,对于后人来说,优秀的古典文学不仅是审美欣赏的对象,而且是认识民族文化的重要方面;对几千年的古典文学进行研究,也就包容了艺术规律的探求和民族文化的理解的双重意义,从而使它成为一个历久弥新的永恒课题。

20 世纪是中国历史上发生了最伟大变革的世纪。20 世纪的中国古典文学研究也完全建立在一个新的历史起点上。这意味着当代中国人对几千年的传统文学有了不同于过去任何一个世纪的认识,也取得了前所未有的研究成果。因此,在接近 20 世纪尾声的 90 年代,从历史学的高度去鸟瞰一个世纪的古典文学研究成就,总结它在理论上的积极成果,以促进传统文学研究的新发展,更好地批判继承文学遗产,为社会主义精神文明建设服务,已经是当前一项必须进行的重要工作。正是有感于此,

---

[①] 该文为本人与杨树增教授合著《20 世纪中国古典文学研究史》一书序言,原发于《青岛海洋大学学报》1997 年第 1 期。

我们选择了"20世纪中国古典文学研究史"这一课题，试图在这方面做一些探索，并有幸获得了国家教委青年社会科学基金的支持。

20世纪的中国古典文学研究所取得的成果是极其丰硕的。在近百年的时间里，光是几代学人所发表的学术论文，我们就很难做出一个确切的统计。举例来说，据中国社会科学院历史研究所资料室与北京大学历史系合编的《中国史学论文索引》第一编，仅从1901年到1939年所收录的中国文学史论文就有3 400篇左右，这其中绝大多数都是属于古典文学研究方面的。① 据河北师范学院中文系资料室和中国社会科学院文学研究所资料室合编的《中国古典文学研究论文索引》，共收集了自1949年到1966年6月间各类报刊上发表的学术论文约5 000篇左右。80年代以来，论文数量更多，如据中国人民大学报刊复印资料《中国古代、近代文学研究》，该刊每年全文复印的文章数量约在650篇，索引中所辑录的文章篇目约在2 000篇左右。② 当然这还不是全国每年发表文章数量的全部。至于近百年内出版的古典文学研究著作，我们更难做出统计。据中国社会科学院历史研究所编的《八十年来史学书目（1900—1980）》，仅列入该书中"中国文学史"类的这一时期大陆出版的学术著作就有200种左右。据吉平平、黄晓静编著的《中国文学史著版本概览》，该书共搜集1949—1991年各类文学史著578部，其中大约400部左右是与古典文学相关的。③ 再据乔默主编的《中国二十世纪文学研究论著提要》所言，该书"主

---

① 见中国社会科学院历史研究所资料室、北京大学历史系合编：《中国史学论文索引》（第一编）下册，中华书局1980年版，第385—521页。
② 按此数目据中国人民大学报刊复印资料《中国古代、近代文学研究》1993年全年12期统计得出。
③ 见吉平平、黄晓静编著：《中国文学史著版本概览》，辽宁大学出版社1992年版。

要收录有学术价值和影响的学术著作","力求反映出各类别文学研究在20世纪发展的基本线索、重要成果和整体水平",①其中在"中国古代、近代文学研究"类别内就选录了466种著作。②以上资料所收,只是古典文学研究著作中的一部分,如果再找其中某一方面比较详细的资料,我们还会有一个数量更大的概念。先从一个楚辞研究专题方面看,如据周建忠《当代楚辞研究论纲》搜集,从1978—1990年,仅大陆出版的《楚辞》学著作就有105种,另外含有屈原和楚辞研究成果的著作102种,已完稿将出版的还有31种。③再从一本杂志的角度看,如《文学遗产》自1954年创刊以来,"包括五六十年代的《光明日报》副刊和80年代以来复刊的杂志,以及《文学遗产增刊》18辑,总共发表各类文章(论文、书评、学术综述等)3300余篇,共1800余万字。此外最近又开始编辑《文学遗产丛书》,第一辑五种共约130万字,即将付梓出版。"④由以上论文和著作的不完全统计,我们首先在数量上就会对20世纪的中国古典文学研究所取得的成就有一个大概的了解。

20世纪的中国古典文学研究不但在成果数量上远迈前代,所取得的学术成就之高也是空前的。在这个划时代的历史变革期里,古典文学研究紧跟着时代前进的步伐,成功地完成了学术转型,把它由具有封建文化色彩的传统式的学术研究变成了一门具有现代科学意义的独立学科,建立了自己的学科体系,确定了研究对

---

① 乔默主编:《中国二十世纪文学研究论著提要·凡例》,北京大学出版社1994年版,第1页。
② 乔默主编:《中国二十世纪文学研究论著提要·目录》,北京大学出版社1994年版,第1页。
③ 周建忠主编:《当代楚辞研究论纲》,湖北教育出版社1992年版。
④ 《文学遗产》编辑部:《四十周年寄言》,《文学遗产》1995年第5期。

象，创造了一系列的概念范畴，形成了严格的学术规范，产生了一批高水平的研究成果，其创新几乎表现在古典文学研究的各个方面：例如把《诗经》从传统的"经"学中解放出来，从民俗学、文化学乃至文化人类学的角度拓宽对于楚辞的研究，对于民间文学、俗文学研究的开创性的贡献，对唐诗、宋词研究的全方位开展，对戏曲、小说空前重视并取得了前所未有的成就等。在这一发展过程中，对一些重要的作家作品的研究更是成就辉煌，"《诗经》学"、"楚辞学"等在这一时期的继续发展固不必说，对司马迁、陶渊明、李白、杜甫、苏轼、关汉卿等大文学家的研究，对《水浒传》、《三国演义》、《金瓶梅》、《西厢记》、《牡丹亭》等古典文学名著的研究，其成果之丰富、水平之高，都足以让我们去专门论述。其中最有代表性的当然还是《红楼梦》研究，自 20 世纪初由王国维先生撰写出第一部具有现代学术意义的研究专著《红楼梦评论》、由胡适第一次考证出《红楼梦》的作者是曹雪芹以后，至今已经发展成有《红楼梦学刊》和《红楼梦研究辑刊》两个学术刊物、人大复印资料特辟一个复印专题《红楼梦研究》、有全国性的学术组织"红楼梦学会"、有千百人参与其间的专门学问——"红学"，把《红楼梦》的研究推到了历史的高峰，足可以把它看作 20 世纪中国古典文学研究所取得的辉煌成就的一个缩影。与此同时，在 20 世纪的古典文学研究中还造就了一大批开创时代新学风的优秀学者，产生了诸如王国维、梁启超、胡适、鲁迅、郭沫若等学界泰斗，他们在古典文学研究中所表现的深邃的学术思想、丰富的学问著述和不凡的学术成就，都足可以让我们穷毕生精力去专门研究。此外还有许多学术大师和我们无数的前辈师长与同代学人，他们在这一领域里或显示出自己的辉煌，或默默无闻地奉献，都不同程度地取得了或大或小的成就。20 世纪究竟产生了多少从事中国古典文学研究的学者，我们今天已经无法做出确切的统计，据《文学遗产》编辑部材料介绍，仅在该刊创办的40年中，为其撰文的作者（除去真名与笔名相重者）就超过1400位。① 由此而汇集成的学术洪流，则更会让我们叹为观止。

面对如此浩繁的古典文学研究成果，我们如果想在一部书中把它全部反映出来是不可能的。事实上，作为某些作家作品的专题研究成果，它自身就可以写成一部内容丰富的学术著作。例如仅是列为天津教育出版社"学术研究指南丛书"之中的，就已经有《诗经研究反思》（赵沛霖编著）、《屈赋研究论衡》（赵沛霖著）、《宋词研究之路》（刘扬忠编著）、《元杂剧研究概述》（宁宗一等编著）、《晚清小说研究概说》（袁健、郑荣编著）等著作多种。其中有些学术研究的热点，仅用一两本书也很难把近百年的学术成果概括周全。如根据近几十年来的楚辞研究，周建忠就写出了《当代楚辞研究论纲》一书（湖北教育出版社1992年出版）；而关于唐代文学研究，自1982年中国唐代文学学会成立后，到1994年就已经出版了9集《唐代文学研究年鉴》，每集近40万字。与此同时，对20世纪古典文学研究当中的著名学者，如对王国维、鲁迅、胡适、郭沫若等人的研究，也早有专门著述问世。这说明，20世纪的古典文学研究本身就是一个大题目，它的研究范围广、材料多、难度大，只有群体的广泛合作才能使它得以顺利的完成。

但是，这并不是说"20世纪中国古典文学研究史"这一课题我们不能把握。对于一般的古典文学研究者来说，他们固然需要对于自己所研究领域的学术进展有一个尽可能详细的了解，但是他们同时也需要从宏观上对一个时代的学术动向有清楚的认识；他们不但需要对具体作家作品的研究状况进行回顾，同时也需要

---

① 《文学遗产》编辑部：《四十周年寄言》，《文学遗产》1995年第5期。

从社会变化的角度对20世纪古典文学研究历史做梗概的文化阐释；他们不但须要对具体作家作品的研究成果进行资料性的总结，而且须要对20世纪古典文学研究的思想方法、思维方式和理论成果进行概括。回顾历史，面向未来，20世纪的古典文学研究给我们留下了许多成果，更给关心它的发展的学者们留下了许多问题和思考：20世纪古典文学研究的历史背景如何？它的根本性变革意义在哪里？它的研究中心是什么？ 20世纪古典文学研究可以划分为哪几个阶段？每个阶段的研究要点是什么？ 20世纪古典文学研究主要的突出成绩是什么？它开创了哪些新领域？采用了哪些新的先进的科学方法？如何建立了马克思主义的研究体系？ 20世纪古典文学研究中尚未解决的问题是什么？面向21世纪的古典文学研究的发展趋势是什么？如此等等，都需要我们有一个明确的解答。因此，从宏观上阐述发生在20世纪古典文学研究领域里的重大革命和发生在研究者头脑中的深刻思想变化的历史轨迹，指明20世纪古典文学研究的鲜明时代特征和它在弘扬优秀民族文化传统中的重要作用，并为21世纪的古典文学研究提供研究方向上和方法上的借鉴，就成为我们在世纪之交对它进行总结时的另一个方面的重要工作。本书的内容，就是从这些方面入手所作的一些初步探讨，它主要包括以下几个重要问题：

第一，时代变革与学术演进

20世纪中国古典文学研究辉煌成就的取得，和时代的变革紧密相关，今天，当我们回顾这一段学术研究史的时候，这是首先留给我们的一个最强烈的印象。19世纪中叶以前的中国古典文学研究，基本上还是一个封建式的依附于经学的模糊的研究体系。自1840年鸦片战争以后，随着中国封建主义的衰败、西方帝国主义列强的入侵和资本主义经济的发展,中国的社会政治和社会思想发生了重大变化,以龚自珍、魏源为代表的中国近代启蒙思想家,开始打破传统的经学权威并倡导思想解放,古典文学研究中开始吹进一股清新的空气。与此同时,古文的没落和戏曲小说等通俗文学样式的蓬勃发展,也促使人们的文学观念发生了变化。正是这一切,使19世纪末叶和20世纪初年的文学研究者开始改变他们传统的文学观念,从对戏曲小说等通俗文学艺术的批评入手,对传统文学进行新的价值评估。至1919年发生伟大的"五四"新文化运动,在以陈独秀、李大钊、胡适、鲁迅等为代表的一批先进知识分子的领导下,在"反对旧文学,提倡新文学"为特征的文学革命运动中,传统的古典文学研究开始有了一个划时代的变革。从此以后,它不再是对封建文化教义的阐释,也不再是沉湎于古典美学境界的感悟式评点,而成为人们反对封建旧文化,从历史中吸取革命的力量,提倡民族新文化的现代革命运动的有机组成部分。1949年中华人民共和国成立以后,古典文学又成为人们所要批判地继承的文学遗产,对于它的研究,自然也成为建设社会主义新文化中的一项重要工作。80年代以来,随着改革开放新时期的到来,古典文学又成为人们重新思考如何弘扬优秀的民族文化传统、建设具有中国特色的社会主义精神文明的文化资源,成为确立新的中国文艺美学传统的历史基础,对它的研究也开始了又一个新的时期。正是随着这些重大的历史变革,20世纪的中国古典文学研究,走过了它近百年的曲折而又辉煌的历史进程,培养了一批又一批学者,取得了极为丰富的学术成果。可以这样说:只有从时代变革入手,我们才能真正了解20世纪的中国古典文学研究的历史演进,才能把握住它的时代发展脉搏。这是本书所要论述的第一点。

第二，文化思潮与理论思考

20世纪的中国古典文学研究是伴随着历史的发展而发展的，不同的历史时期自然也形成了不同的研究重点和研究风格。但是，要从宏观上认识20世纪的古典文学研究史，我们还必须把握住一个贯穿20世纪始终的核心问题。如果说，19世纪以前中国古典文学研究是以绍续传统为己任的话，那么，随着社会政治、思想的巨大变革，如何认识传统文化与现代化的关系问题就成为20世纪所有的古典文学研究者共同思考的问题。无论是"五四"时期对传统文学的批判，新中国成立后对传统文学的批判继承，抑或是新时期以来对文学传统的弘扬，都没有离开过这一核心问题，只是在一个个不同的时期对这一核心问题认识的一次次深化。正是这一次次认识的深化，形成了20世纪古典文学研究中的一次次热潮，促进了人们的理论思考，从而使20世纪的古典文学研究不断深入发展。

在关注这个20世纪古典文学研究核心问题的理论思考中，马克思主义在其中显然占据了十分重要的地位。之所以如此，是因为马克思主义作为一门科学，继承了更多的人类智慧，在指导中国人民迈向现代化的革命实践中发挥了最为重要的理论作用，在指导20世纪的中国古典文学研究中也最有理论的说服力量。所以，当"五四"早期中国人为探求现代化的发展而把西方各种各样的理论相继介绍到国内来以后，马克思主义很快就以其理论的科学性和指导中国革命实践的适用性而战胜进化论等理论，成为中国人进行现代化革命的指导思想，在古典文学研究中也同样如此。近一个世纪以来，尽管我们在学习和应用马克思主义时也犯过一些错误，走过一些弯路，但是我们在古典文学研究中所取得的成绩主要还应该归之于马克思主义的理论指导。因此，认识马克思主义在20世纪古典文学研究中的意义，就是我们不容忽视的一个重要问题。

在20世纪古典文学研究取得丰硕成果的过程中，方法论的变革起了举足轻重的作用。从本世纪初以进化论为基础的实证主义研究方法论，到"五四"以后以社会学为基础的分析主义方法论，再到80年代以后以文化学为基础的系统方法论，这些方法论的变化不但是学术思潮和理论思考在20世纪古典文学研究中的具体体现，而且也是各个时期的学者从事本学科研究并取得不同成就的途径和工具。因此，对于20世纪古典文学研究方法论的思考和总结，对21世纪的古典文学研究，就具有更强的学术指导意义。以上就是本书重点讨论的第二个方面的问题。

第三，格局改变与领域拓展

和19世纪相比，20世纪的古典文学研究不但在传统的学术领域继续深入，随着社会政治思想的大变革，还极大地拓宽了新的研究领域并引起了学术格局的改变。20世纪以前，中国的古典文学研究依附于经学，"文学"的概念也比较宽泛，表面上看它的研究领域似乎很宽，经史子集等无所不包，但是仔细推究，真正属于文学研究的范围又显得十分狭小，除了对作品的注释考证外，主要是一些诗话词话和体悟式的评点批评。20世纪的中国古典文学研究，首先做的第一步重要工作就是把文学从传统的经学中分离出来进行新的界定。从表面上看这似乎缩小了传统的文学研究范围，但实际上在对文学本身的研究方面则把范围大大地拓宽了。它不再以传统的诗文为主，把古典文学研究的范围扩大到戏曲、小说、说唱以至各种民间文学体裁，并在这方面取得了空前的成就。在每种文学样式的研究中，它也不再把视野局限于传统的作品注释、考证和评点式批评，而把它放在整个社会文化大背景下，从政治、经济、文化、哲学、历史、宗教、道德等各个方面来进行审视，对它进行多方面的研究。同时，在这种研究中，又广泛地运用了文化学、社会学、心理学、语言学、文化人类学等各种科学理论，采用了辩证唯物论、历史唯物论、实证主义、原型批评、系统论、接受主义等各种理论和方法，无论在文学本体方面的探索、著名作家作品及文学流派的研究，还是在文学体裁的价值评判和艺术形式的分析把握等各个方面，都取得了前人所没有取得的成绩。不仅如此，在中华民族走向现代化的过程中，20世纪的古典文学研究者还把自己的学术视野开放到全世界，从世界文学和文化的角度来探讨中国文学的民族文化特征，进行比较文学和比较文化的研究。总之，20世纪的中国古典文学研究和上一个世纪相比所取得的成绩，不但是成果的数量和质量的变化，同时还是研究格局的改变和学术领域的拓展，这是一个时代学术进步的重要标志，也是本书重点讨论的第三个大的问题。

第四，文学史的研究与编写

在20世纪的古典文学研究中，文学史的编写显然是我们应该重点讨论的问题之一。这不仅因为文学史的编写是20世纪古典文学研究中的新生事物，而且还因为在文学史的编写中最能体现一个时代学术研究的全面情况。自从19世纪末窦警凡编写出第一部中国人自己的文学史（1897）以后，[①] 一个世纪以来，各种各样的中国古代文学史著作已经有了几百部之多，这里既有文学通史，又有断代史，有按文学体裁分类的文学史（如诗歌史、小

---

① 据刘厚兹《中国文学史钞》（上）一书所述，窦警凡的《历朝文学史》脱稿于1897年，早于一般学者所说的林传甲的《中国文学史》（1904年），此处从刘说，见陈玉堂《中国文学史旧版书目提要》。

说史），也有按作者类别划分而写的文学史（如妇女文学史、宗教、僧侣文学史），还有按艺术门类编写的文学史（如音乐文学史），按民族分类编写的文学史（如白族文学史、壮族文学史），按历史政治问题编写的文学史（如宋代的抗战文学），此外还有文学思想史、文学批评史、文学理论史、文学思潮史等多种类型。文学史的编写，改变了过去比较零碎而又孤立地对作家作品研究的状况，使人们找到了一个系统地研究中国古典文学发展全过程、并从中寻找文学发展规律的有效形式。正因为如此，一些优秀的文学史著作，也往往成为一个古典文学研究专家或一个时代古典文学研究的代表性成果，如王国维的《宋元戏曲史》、鲁迅的《中国小说史略》、胡适的《白话文学史》、郑振铎的《插图本中国文学史》、刘大杰的《中国文学发展史》、游国恩等人的《中国文学史》等都是如此。因而，了解本世纪文学史编写的历史过程，探究各时期文学史编写的不同风格和特点，总结文学史编写中的经验和教训，就不仅具有为将来更好地编写文学史提供借鉴的意义，而且还具有对20世纪的古典文学研究成果进行总结的意义。这也是我们在本书中之所以把它单列一编重点讨论的原因。

　　以上的四个方面构成了本书写作的主要内容，但并不是说除此之外有关20世纪的中国古典文学研究的其他问题不重要，只是因为本书论述目的的需要，我们对其他问题一般不再涉及。当然，受我们个人能力和研究条件所限，就是本文所要论述的上面几个主要问题，我们在范围上也做了界定，论述的内容只限于20世纪中国大陆的古典文学研究，既不包括国外，也不包括香港和台湾地区。即便如此，也一定存在着许多错误，遗漏了大量重要的东西。其中特别需要指出的是，如果由于我们的思想偏见和学术水平不够而对一些问题和学者评价不当，或者因为孤陋寡闻而没有谈及哪一位重要学者或重要问题,敬请读者能以宽容的态度给予批评指正。因为它只是我们两位才疏学浅的作者根据自己所能见到和尽可能搜集到的一些并不全面的资料得出的一点学习体会。它的研究缘起,主要目的是为了对自己所从事学科的近百年的研究状况有一个大概的了解,以便使自己在将来的研究中有一个清醒的学术史观念;而我们之所以不揣浅陋把它写出来,也不过是为了在世纪之交的学术转折期引起大家对这一问题的思考和重视,并希望能有通儒硕学写出一部高质量的此类著作以嘉惠学林。记得有人曾经说过,不懂得学术史就无法站在前人的基础上进行新的高水平的学术研究。既然如此,那么,就让我们一起回顾这段道路曲折而又成就辉煌的学术史吧,愿我们在这回顾思考中共同进入 21 世纪!

19世纪末古典文学研究态势的历史回顾[①]

20世纪是中国历史上发生了最伟大变革的世纪,20世纪的中国古典文学研究也完全建立在一个新的历史起点上。这意味着当代中国人对几千年的传统文学有了不同于过去任何一个世纪的认识,也取得了前所未有的研究成果。文学研究是个割不断的历史过程。今天,当我们开始总结20世纪中国古典文学研究的时候,首先回顾一下19世纪中期以来的研究状况,显然是大有裨益的。

一

和前代相比,这同样也是一个成果辉煌的时代,从《诗经》《楚辞》一直到唐诗、宋词、元曲等,都有引人注目的成果。在这里我们虽然不能一一罗列指出,但可以以宋词研究为例以见一斑。[②]

纵观明清以来的宋词研究史,那些最有影响的词话著作和宋词编集,大都是19世纪中叶以来产生的。如刘熙载的《艺概》、陈廷焯的《白雨斋词话》、谭献的《复堂词话》、况周颐的《蕙风

[①] 该文原发于《江海学刊》1996年第1期。
[②] 此处可参考刘扬忠编著:《宋词研究之路》,天津教育出版社1989年版,第9—11页。

词话》(按:此书出版已在 1900 年以后,但其人以前清遗老自居)、王鹏运的《四印斋所刻词》、江标的《宋元名家词》、吴昌绶的《影刊宋金元本词》、朱祖谋(孝臧)的《彊村丛书》等。由此我们可以见出 19 世纪中叶以来中国古典文学研究的一些状况。

然而在 19 世纪中叶以来政治思想即将发生巨大变革的时代,古典文学研究领域里的革命却不像文学创作那样生动引人。这首先是由于研究对象本身的特点决定的。和那些涌动着新思潮的新文学创作相比,古典文学研究毋宁说显得还有些沉寂。因为它所面对的是过去的历史,而不是变革着的现实和发展着的未来。这使得从事这一领域的学者大都遵循着前代的老路,仍然做着考证、注疏、辑佚式的传统工作,同时也仍在用传统的诗话、词话或评点等方式来对他们所沉潜其中的文学典籍进行解释。他们自身大都是古典文学的创作者,同时又兼研究家。如生活于此时的王闿运(1833—1916),以诗文名家,重于当世,著有《湘绮楼文集》。但他主要还是一个学问家,对儒家经典用力甚勤,著有关于《周易》、《尚书》、《礼经》、《春秋》、《诗经》等研究著作多种,于诗文研究则有《楚辞释》十一卷,此外则编有《八代诗选》若干卷和《唐诗选》三卷。再如此时以写作《艺概》而著名的刘熙载(1813—1881),也是一生以治经为主,旁及子、史、诗、赋、词、曲、书法的大家。一生著述有《四音定切》、《说文双声》、《说文叠韵》、《持志塾言》、《昨非集》(以上五种和《艺概》汇刻为《古桐书屋六种》)和《古桐书屋札记》、《游艺约言》、《制艺书存》(以上汇刻为《古桐书屋汇刻三种》)等。其他如王先谦、丁福保、俞樾、孙诒让、朱孝臧、王鹏运、陈廷焯、况周颐等人也莫不如此。如刘熙载《艺概·叙》说:

艺者,道之形也。学者兼通六义,尚矣!次则文章名类,各举一端,莫不为艺,即莫不当根极于道。顾或谓艺之条绪綦繁,言艺者非至详不足以备道。虽然,欲极其详,详有极乎?若举此以概乎彼,举少以概乎多,亦何必殚竭无余,始足以明指要乎!是故余平昔言艺,好言其概,今复于存者辑之,以名其名也。庄子取"概乎皆尝有闻",太史公叹"文辞不少概见","闻"、"见"皆以"概"为言,非限于一曲也。盖得其大意,则小缺为无伤,且触类引伸,安知显缺者非即隐备者哉!抑闻之《大戴记》曰:"通道必简。"概之云者,知为简而已矣。至果为通道与否,则存乎人之所见,余初不敢意必于其间焉。[①]

按刘熙载此叙写于1873年仲春。当此之时,新思潮新思想早已输入,如那时的黄遵宪,为研究天津教案,正大量阅读《万国公报》和制造局出版的书籍。而刘熙载的思想似乎于时事毫无所动,他的《艺概》创作,均遵循我们中华民族的古老法程,以宗经重道为主,采取评点概括的语录体形式,描述着自己对于几千年传统文学的感受。浸润于其中,虽然我们也不乏所得,并为他的一些精辟见解所折服。但此时此言,和当时即将兴起的新潮,又显出了多么大的时代差距。更有甚者,如王闿运于圆明园被英法联军惨烧之后所做的《圆明园词》,仿元稹《连昌宫词》故事,行古代文人讽谕劝上之法,其长度有过之而无不及,但议论却迂腐可笑,"不斥洋酋挟屡胜之威,纵火焚掠,而归罪于屠弱之贫民;何其不衷于事实乎"![②] 这可谓只知仿古,而不察现实的极端例证。故其诗虽颇具文采,也颇有情感却仍贻笑后人。他的诗

[①] (清)刘熙载:《艺概·叙》,上海古籍出版社1978年版,第1页。
[②] 钱基博:《现代中国文学史》引姚大荣批评,世界书局1930年版,第64页。

论也是如此。如《诗法一首示黄生》和《论诗法》（答唐凤廷问）两篇，都倡导模拟古人。他在《诗法一首示黄生》中说："古人之诗，尽美尽善矣，典刑不远，又何加焉！"①在《答唐凤廷问》中也说："……学诗当遍观古人之诗，唯今人诗可不观。今人诗莫工于余，余诗尤不可观。以不观古人诗，但观余诗，徒得其杂凑模仿，中愈无主也。总之，非积三四十年，不能尽知古人之工拙。以三四十年之工力治经学，道必有成，因道通诗，诗自工矣。"②做为诗人，王闿运的论诗自有其心得和甘苦，他所说的"学诗当遍观古人诗"就是他的实践经验；"非积三四十年，不能尽知古人之工拙"就是他的体会，这里面颇有些值得涵泳玩味的东西，对于我们今天提高艺术修养、增强诗人的文化思想厚度颇有益处。可是，他正生当晚清社会思想革命风起云涌之时，生当新文化、新思潮、新诗文体渐将兴起之时，则不免有些和时代乖忤。这和与他同时的黄遵宪那首著名的诗："我手写我口，古岂能拘牵！即今流俗语，我若登简编。五千年后人，惊为古斓斑"相差真不可以道里计！

出版于光绪二十年（1894）的陈廷焯的《白雨斋词话》，也是这一时期一部比较重要的古典文学研究著作。陈廷焯（1853—1892）是晚清著名词家，属常州词派后学，其论词上承张惠言余绪，在写于光绪十七年（1891）的《白雨斋词话·自序》中，明言自己的创作宗旨是有感于倚声之诗词的六种过失，批评清初自朱彝尊以来"务取秾丽，矜言该博。大雅日非，繁声竞作，

---

① 王运熙主编，邬国平、黄霖编著：《中国文论选·近代卷》（上），江苏文艺出版社1996年版，第346页。

② 王运熙主编，邬国平、黄霖编著：《中国文论选·近代卷》（上），江苏文艺出版社1996年版，第342页。

性情散失，莫可究极"①的现实而发，要"本诸风骚，正其情性，温厚以为体，沉郁以为用，引以千端，衷诸一是"②者。此处且引他一段词话如下：

  所谓沉郁者，意在笔先，神余言外。写怨夫思妇之怀，寓孽子孤臣之感。凡交情之冷淡，身世之漂零，皆可于一草一木发之。而发之又必若隐若现，欲露不露，反复缠绵，终不许一语道破。匪独体格之高，亦见性情之厚。飞卿词，如"懒起画蛾眉，弄妆梳洗迟"，无限伤心，溢于言表。又"春梦正关情，镜中蝉鬓轻"，凄凉哀怨，真有欲言难言之苦。又"花落子规啼，绿窗残梦迷"，又"鸾镜与花枝，此情谁得知"皆含深意。此种词，第自写性情，不必求胜人，已成绝响。后人刻意争奇，愈趋愈下。安得一二豪杰之士，与之挽回风气哉！③

  由此论述，可知陈廷焯对中国古典诗词之韵味体会颇深。他的词论在上可直推晚唐五代以来婉约词对他的深刻影响，所谓沉郁就是"意在笔先，神余言外"，"若隐若现，欲露不露，反复缠绵，终不许一语道破。匪独体格之高，亦见性情之厚"。以上诸语，可谓颇得中国古代婉约派词之精髓，自有不可更易之道理。再如他论比兴说："王碧山咏萤咏蝉诸篇，低回深婉，托讽于有意无意之间，可谓精于比义。"④又说："所谓兴者，意在笔先，神余言外，

---

① （清）陈廷焯：《白雨斋词话·自序》，人民文学出版社1959年版，第1页。
② （清）陈廷焯：《白雨斋词话·自序》，人民文学出版社1959年版，第2页。
③ （清）陈廷焯：《白雨斋词话》卷1，人民文学出版社1959年版，第5—6页。
④ （清）陈廷焯：《白雨斋词话》卷6，人民文学出版社1959年版，第158页。

极虚极活,极沉极郁,若远若近,可喻不可喻,反复缠绵,都归忠厚。"[1] 这些论述,即便在今天,对于我们深刻了解和体会中国古典文学传统之要义,仍不失其重要参考价值。但陈氏论词之用意尚不仅在此,他生于晚清末叶传统文化日渐受新学冲击之时代,不要说他的这种崇尚婉约的词风在现实中已不可恢复,即便是自清初以来朱彝尊等人的浙西词派也早已日渐零落,而他却幻想"安得一二豪杰之士,与之挽回风气哉",岂不悲乎!

要之,做为19世纪中末叶的中国古典文学研究者,多数人还属于沉咏潜涵于其中的旧式学者。他们从小接受的就是传统文化的教育,具有良好的学问功底。他们可算是中国最后一批在封建文化教育下成长起来的学人,外来文化还没有对他们产生学术上的影响,他们的古典文学研究也仍带着浓郁的传统文化色彩,还没有显现出多少变革的气象。他们属于那个时代的守旧派。

二

然而19世纪中叶以来的中国古典文学研究也并非一潭死水,它虽然不像其他政治思想领域发展得那么快,其中仍然鼓荡着变革的春风,自鸦片战争以来的有识之士,就已经于其中注入了新的生机。这种变革表现在以下几个方面:

首先是在经学思想变革中所波及的文学研究风气的改变。严格来讲,中国古代单纯的文学研究著作极少,一切学术都归于经学。即便是我们前举刘熙载、王闿运、陈廷焯诸家也莫不如此。

---

[1] (清)陈廷焯:《白雨斋词话》卷6,人民文学出版社1959年版,第158页。

如刘熙载在《艺概》中开篇即言:"《六经》,文之范围也。圣人之旨,于经观其大备;其深博无涯涘,乃《文心雕龙》所谓'百家腾跃,终入环内'者也。"①王闿运《答唐凤廷问》论作诗法也要其弟子"以三四十年之工力治经学,道必有成。因道通诗,诗自工矣。"陈廷焯在《白雨斋词话·自序》中论古人词也是"要皆发源于风雅"②。由此我们可见经学的变革将会对古典文学研究产生多么深刻的影响。

鸦片战争前后的龚自珍、魏源首先开近代思想启蒙之先,他们的思想变革和经学都有着不解之缘。如龚自珍(1792—1841)目睹清政府的腐败和社会危机之深,就"以《公羊》义讥切时政"③。汤志钧先生认为:"在龚自珍的著作中,曾有接触西方资本主义国家的迹象,这为过去经学家所未有。……他对内主张维护'蚕桑、木绵之利'的民族经济,对外主张抵制外国的经济掠夺,不仅有其反抗外敌的爱国意义,而且透露'师夷长技以制夷'的萌芽。"④而这一切,都和他学习研究《公羊》经学有关,他是要借用儒经之"微言"来"救裨当世"。而和龚自珍齐名,在思想维新方面更有进步先驱意义的魏源(1794—1857),在学习西方,经世致用方面,更注意借用于经的"微言大义"来阐发其思想。他一生的主要著作,除《海国图志》、《圣武记》、《皇朝经世文编》、《明代食兵二政录》等之外,借经书阐述其思想的重要著作就是《书古微》和《诗古微》,如他的《诗古微》就是"发挥齐鲁韩三家之微言大谊","以豁除《毛诗》美、刺、

---

① (清)刘熙载:《艺概》卷1,上海古籍出版社1978年版,第1页。
② (清)陈廷焯:《白雨斋词话·自序》,人民文学出版社1959年版,第1页。
③ 引自汤志钧:《近代经学与政治》,中华书局2000年版,第88页。
④ 汤志钧:《近代经学与政治》,中华书局2000年版,第101—102页。

正、变之滞例,而揭周公、孔子制礼正乐之用心于来世"[①]的著作。

以经学研究来宣传学术思想,最重要的人物当然还是康有为(1858—1927)。他的《新学伪经考》和《孔子改制考》,表面上是用今文经说阐释儒家经典和表彰孔子之书,实际上则是资产阶级改良派在戊戌变法时期最重要的理论著作。这其中,《新学伪经考》的主旨在于通过辩驳古文经学之伪,从而打击顽固派的恪守祖训。而《孔子改制考》之主旨则是要托孔子之名,维资本主义之新。

经学的研究虽然和文学研究不同,但是在当时却有着思想解放的极大作用。从一定意义上说,20世纪以来的中国古典文学研究,就是打破了经学权威之后的新的学术研究。所以,在经学权威统治之下的时代,无论是魏源的《诗古微》还是康有为的《新学伪经考》,它们的出现都曾使学术界惊讶、震动。尤其是康有为的著作之出现,更具有着解放思想的非同一般的意义。受时代的局限,他们的新思想虽然还必须借助于经学来表达,但是在从魏源到康有为的发展过程中,我们已经看到封建经学没落时代的到来,同时,一个新的思想解放的时代,在中国也就是打破经学权威的时代,正是由此时而开始的。

其实,即便是在汉宋经学占统治地位的时代,也有几个敢于批判或怀疑经书的叛逆者。如关于《诗经》研究,姚际恒(1647—1715)的《诗经通论》于汉宋旧说之外多立新说,颇具批判特征;崔述(1740—1816)的《读风偶识》更多一些借题发挥、独出己见之论。方玉润(1811—1883)的《诗经原始》摆脱《毛序》和《朱传》,欲以诗之内容而求诗之本原,也具有新的开拓精神。这些

[①] 魏源:《诗古微·序》,中华书局编辑部编:《默觚下》,《魏源全集》,中华书局1976年版,第119—120页。

带有异端思想的著述就是不满意于汉宋之学的必然结果,他们的学术著作在当时虽受排斥,可是在20世纪初打破经学垄断、解放思想的学术研究中却起到了推进作用。例如产生于20世纪20年代的《古史辨》派的代表人物顾颉刚就曾这样说过:"我的推翻古史的动机固是受了《孔子改制考》的明白指出上古茫昧无稽的启发,到这时而更倾心于长素先生的卓识。"[1] 几十年之后重新回顾这一段历史时又说:"我的学术工作,开始就是从郑樵和姚、崔两人来的。崔东壁的书启发我'传、记'不可信,姚际恒的书则启发我不但'传、记'不可信,连'经'也不可尽信。郑樵的书启发我做学问要融会贯通,并引起我对《诗经》的怀疑。所以我的胆子越来越大了,敢于打倒'经'和'传、记'中的一切偶像。我的《古史辨》的指导思想,从远来说就是起源于郑、姚、崔三人的思想,从近的来说则是受了胡适、钱玄同二人的启发和帮助。"[2] 顾颉刚这里所说的郑、姚、崔三人,除了郑樵是宋人之外,姚、崔都是清代中叶以后的学者。他们治经的思想冲破了汉宋之学的束缚而试图有新的建树,尽管从根本上还不可能脱离封建儒学思想,却实在有启发后人的意义。再加上像康有为这样以经学阐释宣传变法维新思想的倡导,对于20世纪初古典文学研究者打破传统的思想观念,其意义之重大是不言而喻的。

这期间还有一重要的趋向,即在当时日益兴盛的小说戏曲与说唱艺术不断发展的情况下,许多封建正统的文人也开始看到了这些通俗文学的价值和意义。如有一文人余治(又名余莲村,?—1874),曾有感于当时江南戏曲小说与说唱艺术的兴盛,

---

[1] 顾颉刚编著:《古史辨》(第一册)自序,上海古籍出版社1982年版,第43页。
[2] 顾颉刚:《我是怎样编写〈古史辨〉的?》,顾颉刚编著:《古史辨》(第一册),上海古籍出版社1982年版,第12页。

深得市井子弟之喜欢的现实，意识到这些通俗文学艺术所具有的重要教育意义，因而因势利导，创作劝善惩恶之戏剧，以挽回日益颓败的世风，为此曾刊过《庶几堂今乐》（新作皮簧调曲本）40种。而同时的经学大师俞樾（1821—1906）曾作《余莲村劝善杂剧序》曰：

> 天下之物，最易动人耳目者，最易入人之心。是故老师巨儒，坐皋比而讲学，不如里巷歌谣之感人深也；官府教令，张布于通衢，不如院本平话之移人速也。君子观于此，可以得化民成俗之道矣。管子曰："论卑易行。"此莲村余君所以有劝善杂剧之作也。
>
> 今之杂剧，古之优也。《左传》有观优鱼里之事，《乐记》有优侏儒之语，其从来远矣。弄参军之戏，始于汉和帝；梨园子弟，始于唐明皇；他如《踏谣娘》《苏中郎》之类，无非今戏剧之权舆。而唐咸通以来，有范传康、上官唐卿、吕敬迁等弄假妇人为戏，见于段安节《乐府杂录》，则俳优不已、至于淫媟，亦势使然乎？夫床笫之言不逾阈，而今人每喜于宾朋高会，衣冠盛集，演诸淫亵之戏，是犹伯有之赋"鹑之贲贲"也。
>
> 余子既深恶此习，毅然以放淫辞自任，而又思因势利导，即戏剧之中，寓劝善之意。爰搜辑近事，被之新声，所著凡二十种，梓而行之，问序于余。余受而读之，曰：是可以代道人之铎矣。《乐记》曰："人不能无乐，乐不能无形，形而不为道，不能无乱，先王耻其乱，故制雅颂之声以道之"，使"足以感动人之善心，不使放心邪气得接焉：是先王立乐之方也"。夫制雅颂之声以道之，诚善矣；而魏文侯曰："吾听古乐

则唯恐卧,听郑、卫之音,则不知倦。"是人情皆厌古乐而喜郑、卫也。今以郑、卫之音节,而寓古乐之意,《记》所谓"其感人深,其移风易俗易"者,必于此乎在矣。余愿世之君子,有世道之责者,广为传播,使之通行于天下,谁谓周郎顾曲之场,非即生公说法之地乎![1]

我们今天来分析这段话,有很深的意味。俞樾是一个正统的经学家,因此他和余治一样,对于那些所谓"伤风败俗"的戏曲小说尤为不满,有匡正时俗之心。但是,在戏曲小说腾涌发展,令市民百姓如痴如醉的时刻,他已经看到了并承认戏剧小说与说唱艺术所具有的极大的艺术魅力,也有比儒家经术、官府教令等更能移人性情的功效,这首先是一种正视现实的态度,也是一种新的具有开放意义的观念。其次,正因为如此,俞樾不是回避这些通俗文学,而是从历史的角度去探索其起源,用简洁的语言描述了通俗说唱艺术自古以来发展的历史,我们不妨把它看成对于戏曲小说进行史的研究的初步开始,是一种符合现代社会的史的观念;其三,正因为在尊重历史和现实的基础之上,俞樾等人提出了因势利导的新的艺术理论。尤其是他以所举《乐记》中魏文侯一段话为证,得出"是人情皆厌古乐而喜郑卫也"的结论,可以说直接违背了儒家经典。循此以求,我们看到在他之后,梁启超《论小说与群治之关系》,王国维开始对于宋元戏曲史的研究,以至于以后鲁迅搞中国小说史,原来也并非是这些伟人前无依傍的草创,学界的风气同样是历史

---

[1] 俞樾:《余莲村劝善杂剧序》,载王运熙主编,邬国平、黄霖编著:《中国文论选·近代卷》(上),江苏文艺出版社1996年版,第303—304页。

的积渐使然。

但是俞樾等人并没有成为具有现代思想意义的古典文学研究者。同样表现了对于戏曲小说这些通俗艺术重视的梁启超,在作于1902年的《论小说与群治之关系》中这样说:

> 欲新一国之民,不可不先新一国之小说。故欲新道德,必新小说;欲新宗教,必新小说;欲新政治,必新小说;欲新风俗,必新小说;欲新学艺,必新小说;乃至欲新人心、欲新人格,必新小说。何以故? 小说有不可思议之力支配人道故。①

从这段话中可以看出,梁启超和俞樾在思想意识上的极大差异。虽然二者都认识到戏曲小说这种通俗艺术巨大的思想教育作用,俞樾等人是要以此来行封建教化,来维护封建正统思想;而梁启超等人则是要以小说来进行思想革命,来"新民"。由此可见,真正成为20世纪古典文学研究历史起点的,还不是对于具体作品的研究和阐发,而是古典文学研究者思想意识的变革,影响研究者思想变化的直接根源是从鸦片战争以来发生在中华大地上的风起云涌般的新的文化思潮。

1923年,梁启超先生曾写过一篇重要的学术著作《中国近三百年学术史》,他在《清代学术变迁与政治的影响》上中下三节中曾较周详地论述了这一问题。他指出,由于19世纪以来清王朝的衰落、西方文化的影响、鸦片战争和太平天国运动的发生,致使当时中国的学术界在19世纪发生了三个重要的变化:其

---

① 梁启超:《论小说与群治之关系》,载夏晓虹编:《学术文化随笔:梁启超》(第四编),中国青年出版社1996年版,第171页。

一是宋学的复兴;其二是西学之讲求;其三是排满思想之引动。这种学术变化的核心,就是中国人已经站在当代世界文化的角度思考自己的国家和命运。特别是19世纪末叶以来一系列丧权辱国之事的发生,自光绪六年(1880年)中俄签订伊犁条约起,光绪十年(1884年)中法战争、十四年(1888年)英国人强争西藏,事件接踵而来,而刺激最甚的则是光绪二十年(1894年)的中日甲午战争。它们像飓风一样把空气震荡得异常激烈,使得中国的思想界发生了根本的动荡,有识之士开始思考:"中国为什么积弱到这样田地呢?不如人的地方在哪里呢?政治上的耻辱应该什么人负责任呢?怎么样才能打开出一个新局面呢?这些问题,以半自觉的状态日日向(那时候的新青年)脑子上旋转。于是因政治的剧变,酿成思想的剧变,又因思想的剧变,致酿成政治的剧变。前波后波展转推荡,至今日而未已。"[①] 正是在这种巨变中,当时在学术上出现了四个重要派别和人物:其一是梁启超等人鼓吹政治革命的同时输入外国学说;其二是章太炎等人从考证出身转向种族革命;其三是严复翻译英国功利派书籍;其四是孙逸仙等人提倡社会主义。[②] 可以说,中国学术思想界的震荡,前此以往从没有比此时更为剧烈的了。

作为和这一时代思潮相一致的文学创作活动,自鸦片战争以来发生了明显的变革。从龚自珍、魏源到黄遵宪、梁启超,再到秋瑾、章太炎等人,他们的诗文创作都充满了反帝爱国的民主主义精神,成为这一时期文学发展的主流。而以曾国藩为首的一批

---

① 梁启超:《清代学术变迁与政治的影响》(下),《中国近三百年学术史》,东方出版社1996年版,第30页。
② 梁启超:《清代学术变迁与政治的影响》(下),《中国近三百年学术史》,东方出版社1996年版,第31—32页。

桐城派文人，虽曾一度创造过"古文中兴"的局面，但仍然挽救不了它的衰落。1922年，胡适曾写了一篇《五十年来中国之文学》的著名文章，比较深刻地阐述了从1872年到1922年这50年之间中国文学发生的变化。也许是偶然的巧合，但的确又具有讽刺象征意味的是：1872年既是中国近代最早的报纸《申报》创刊之年，又是曾国藩去世的一年。"曾派的文人，郭嵩焘、薛福成、黎庶昌、俞樾、吴汝纶……都不能继续这个中兴事业。再下一代，更成了'强弩之末'了。"① 于是在时势的逼迫之下，古文也开始出现了新的变化，胡适曾把这一段变化分为几个小的段落："（一）严复、林纾的翻译的文章。（二）谭嗣同、梁启超一派的议论的文章。（三）章炳麟的述学的文章。（四）章士钊一派的政论的文章。"② 而这些人的文章并不仅仅属于文体上的革命，更重要的是他们的文章同样具有着召唤着新时代到来的新鲜气息。如严复、林纾的翻译，正处于"晚清'学问饥荒'的历史时期，为渴望得到新思想和新知识的中国人民运进来一批精神食粮"③。其中尤其是梁启超的散文，以其平易畅达，热情奔放的语言来鼓吹新思想，更在当时风靡一时，在中国近代青年人思想的革命方面起着巨大的感召鼓动作用。对此，郭沫若曾这样说过："他是生在中国的封建制度被资本主义冲破了的时候，他负载着时代的使命，标榜自由思想而与封建的残垒作战。在他那新兴气锐的言论之前，差不多所有的旧思想、旧风习都好像狂风中的败叶，

---

① 胡适：《五十年来中国之文学（节选）》，载杨犁编：《胡适文萃》，作家出版社1991年版，第60—61页。
② 胡适：《五十年来中国之文学（节选）》，载杨犁编：《胡适文萃》，作家出版社1991年版，第61页。
③ 牛仰山：《中国近代文学论文集·前言》，中国社会科学出版社1988年版，第15页。

完全失掉了它的精彩。"[1]

由此可见，由于清王朝的衰落，西方文化的入侵，自鸦片战争以来的中国，政治上正酝酿着划时代的变革，思想界在鼓荡着世界文明的春风，文学也奏起时代的号角催人奋起。正是这一如波翻浪涌般的时代潮流，也冲击着古典文学研究这一传统的学术领域，使它悄然地兴起着一场深刻的革命。它的研究对象虽然没有变化，但是构成这一研究群主体的却是一批思想解放的新人，他们不再是沉湎于传统中的封建文人，不再是以绍续传统为己任，以崇古宗经为旨归的旧式学者，而是自身已经走出了那个时代，开始站在新时代、新文化的立场上，采用新思想、新方法来重新批判、审视、评价几千年旧的文学传统的新人。总之，是历史的巨变划开了封建社会和现代文明的分野，是新的社会思潮更新了人们的思想。正是这一切，使20世纪的中国文学研究并不仅仅是一个单纯的时间划分，而是新学与旧学、古典式研究和现代式研究的划时代分野。20世纪的中国古典文学研究，正是在这种历史背景下开始的。

---

[1] 郭沫若:《我的童年》,《沫若选集》(第三卷),人民文学出版社1960年版,第99页。

20 世纪对中国传统文学的三次价值重估[①]

[内容提要] 随着 20 世纪的中国从传统走向现代化，20 世纪的中国古典文学研究也完成了一个由传统学术向现代学术演进的过程。如何看待传统文化与现代化的关系，如何站在现代化的立场对传统文学进行新的价值重估，是促进本世纪古典文学研究向前发展的根本动力。在 20 世纪的中国现代化过程中，以"五四"、新中国成立初、新时期为标志可划分为三个大的历史阶段；相应的古典文学研究，也在这三个阶段分别对传统文学进行了三次大的价值重估：由"五四"时期对传统文学的批判，到新中国成立之后对传统文学的批判继承，再到新时期对文学传统的弘扬。正因为每个阶段对这一问题都有不同的看法，才形成了不同阶段的研究特色，推动了本世纪古典文学研究的向前发展。

20 世纪是中国历史上发生了最伟大变革的世纪，20 世纪的中国古典文学研究也完全建立在一个新的历史起点上。这意味着当代中国人对几千年的传统文学有了不同于过去任何一个世纪的认识，也取得了前所未有的辉煌成就。这些成就的取得，和现代化的进程紧密相关。今天，当我们回顾这一段学术史的时候，这是首先留给我们的一个最强烈的印象。如果说，19 世纪以前

---

① 此文原发于《江海学刊》1997 年第 2 期。

的中国古典文学研究是以绍续传统为己任的话,那么,随着20现代化进程的发展,如何对传统文学进行新的价值评估,就成为20世纪所有的古典文学研究者共同思考的核心问题。无论是"五四"时期对传统文学的批判,新中国成立之后对传统文学的批判继承,抑或是新时期以来对文学传统的弘扬,都没有离开过这一核心问题,只是从不同角度对这一核心问题认识的一次次深化。因此,认清20世纪古典文学研究在现代化过程中的学术演进,就是我们从宏观上总结本世纪古典文学研究成就的一个重要方面。本文的目的,就是想从20世纪对中国古典文学的三次价值重估入手,对这一问题作些初步探讨。

一、"五四"时期对传统文学的现代批判

说起对传统文学的价值重估,自然从20世纪初就已经开始。我们知道,在几千年的中国封建社会中,儒家思想一直是正统思想。受其影响,以经世致用为目的,以言志载道为内容的诗、文一直被看做文学的正宗。但是自19世纪末开始,随着西方文化的入侵和封建文化的没落,一些资产阶级维新派的文学观念也出现变化。他们已经看到了传统诗文的落后性因素,开始重视戏曲小说这些在当时盛行于市民中间的通俗文学样式,认为它们有推动维新、改造思想的作用。裘廷梁的《论白话为维新之本》(1897年)、梁启超的《论小说与群治之关系》(1902年)、狄葆贤的《论文学上小说之位置》(1903年)等文章,是这方面的代表作。

但真正认真地对古典文学进行新的价值评估,还是在五四运

动前后开始的。五四运动打起"文学革命"的大旗,首先就从古今对立的角度比较尖锐地提出了变革古代文学的问题。我们知道,自鸦片战争以来,中国由天朝大国一变而为受人欺侮的小国,于是,中华民族的有志之士就开始了为拯救民族命运的自强不息的斗争。但是,中国人历经戊戌变法、辛亥革命之后,仍归于失败。这究竟是什么原因呢?陈独秀认为:"其原因之小部分,则为三次革命,皆虎头蛇尾,未能充分以鲜血洗净旧污;其大部分,则为盘踞吾人精神界根深蒂固之伦理道德文学艺术诸端,莫不黑幕层张,垢污深积,并此虎头蛇尾之革命而未有焉。此单独政治革命所以于吾之社会,不生若何变化,不收若何效果也。推其总因,乃在吾人疾视革命,不知其为开发文明之利器故。"[①] 反观西方的文明进步之所从来,虽然也是革命之赐,但西方人所进行的革命,并不与中土所谓的朝代鼎革相同,而是由革命带来文明的进化。因此,在陈独秀看来,中国革命要想取得成功,也同样不但要有政治革命,还要有思想革命和文学革命。这是五四学人经过认真的思考之后得出的关于文学革命的最深刻的认识,也是推动文学革命的最根本的动力。

那么,文学革命应该如何进行呢?很显然,那就首先应该对几千年的中国传统文学进行一次新的价值评估。陈独秀认为,几千年的中国文学,本来是从"多里巷猥辞"[②] 的《国风》和"盛用土语方物"[③] 的楚辞开始,可是从两汉赋家以后,却逐渐脱离了历史和社会的发展而变为"雕琢的阿谀的铺张的空泛的贵族古典

[①] 陈独秀:《文学革命论》,载徐俊西主编,龚海燕编:《海上文学百家文库》14,上海文艺出版社2010年版,第190页。

[②][③] 陈独秀:《文学革命论》,载徐俊西主编,龚海燕编:《海上文学百家文库》14,上海文艺出版社2010年版,第191页。

文学"①。这其中虽有韩昌黎之变法,宋元国民文学之兴起,但昌黎变法不彻底,一犹师古,二犹被"文以载道"的古训所牵,所以至明之前后七子和八家文派之归、方、刘、姚出,此十八妖魔独霸文坛,反使盖代文豪如马东篱、施耐庵、曹雪芹等几不被人所知。②至清末民初,所谓桐城派、"骈体文"派、江西派之类,更是等而下之。③此种文学,"其形体则陈陈相因,有肉无骨,有形无神,乃装饰品而非实用品;其内容则目光不越帝王权贵,神仙鬼怪,及其个人之穷通利达。所谓宇宙,所谓人生,所谓社会,举非其构思所及"④。也正是"此种文学,盖与吾阿谀夸张虚伪迂阔之国民性,互为因果"⑤。因此,要进行改造中国,首先就应该打起"文学革命军"的大旗:推倒雕琢的阿谀的贵族文学,建设平易的抒情的国民文学;推倒陈腐的铺张的古典文学,建设新鲜的立诚的写实文学;推倒迂晦的艰涩的山林文学,建设明了的通俗的社会文学。⑥只有如此,才会使文学革命取得成功。

陈独秀的这篇文章是以宣传他的文学革命主张为目的的,为此他对几千年的传统文学进行了深刻的批判,上自汉赋作家,下到明代前后七子和晚清时期被奉为正宗的桐城派,都在他的批判之列。但是这并不是说他完全放弃了传统。他要有所建树,也必须借助历史,要对传统文学做出新的解释,从中寻找有生命活力

---

① 陈独秀:《文学革命论》,徐俊西主编,龚海燕编:《海上文学百家文库》14,上海文艺出版社2010年版,第191页。
②③④⑤ 陈独秀:《文学革命论》,徐俊西主编,龚海燕编:《海上文学百家文库》14,上海文艺出版社2010年版,第192页。
⑥ 陈独秀:《文学革命论》,徐俊西主编,龚海燕编:《海上文学百家文库》14,上海文艺出版社2010年版,第190—191页。

的东西。他推重《国风》、楚辞、唐代传奇、元明剧本、明清小说，把这些看成是中国文学中最有价值的东西。这就等于把明清以来对中国古典文学的传统价值评判来了一个大颠倒，标示着五四学人将要站在一个新的时代起点上对几千年的中国文学来一个全新的认识和研究，从而建立起一个新的价值评判体系。也正是在这种观念的引导下，不久，所谓"桐城谬种"、"选学妖孽"就成为五四学人所攻击的对象。

以上是陈独秀《文学革命论》所讲的主要内容，从中我们已经不难看出五四文学革命运动与古典文学研究的关系。可以说，正因为五四学人认识了文学革命在中国现代社会革命和政治革命中的意义，才促进了他们对中国传统文学进行新的价值评估，促进了五四学人从新的角度对中国传统文学进行新的研究。概括起来，五四学人这种由重新认识传统文学与现代化之间的关系而引发的古典文学研究史上的革命，起码有以下几个方面：

第一，改变了中国传统的文学观念和文学史观念

如果说，在19世纪以前，中国人传统的文学观念还是以经书为正宗，以雅颂为典范的话，那么，自"五四"以后，中国人就以平民文学为正宗，以白话文为典范了。倡导这种观念的，除陈独秀之外，最有代表性的当然还是胡适。胡适首倡文学改良，他和陈独秀一样，认为在中国古典文学中也存在着两个传统，一个是贵族文学的传统，一个是白话文学的传统。他认为，"以今世历史进化的眼光观之，则白话文学之为中国文学之正宗，又为将来文学必用之利器，可断言也"[①]。这一观点自胡适提出后，就得

---

① 胡适：《文学改良刍议》，许觉民、张大明主编：《中国现代文论》（上），安徽教育出版社2010版，第10页。

到了五四进步学人的积极响应。用这种观点去看文学史，自然也产生了一种新的文学史观。对此，胡适在以后的回忆文章中说过这样一段话：

> 我们在那时候所提出的新的文学史观，正是要给全国读文学史的人们戴上一副新的眼镜，使他们忽然看见那平时看不见的琼楼玉宇，奇葩瑶草，使他们忽然惊叹天地之大，历史之全！大家戴了新眼镜去重看中国文学史，拿《水浒传》《金瓶梅》来比当时的正统文学，当然不但何李的假古董不值得一笑，就是公安竟陵也都成了扭扭捏捏的小家数了！拿《儒林外史》《红楼梦》来比方姚曾吴，也当然不会发那"举天下之美无以易乎桐城姚氏者也"的伧陋见解了！所以那历史进化的文学观，初看去好像貌不惊人，此实是一种"哥白尼的天文革命"：哥白尼用太阳中心说代替了地中心说，此说一出就使天地易位，宇宙变色；历史进化的文学观用白话正统代替了古文正统，就使那"宇宙古今之至美"从那七层宝座上倒撞下来，变成了"选学妖孽，桐城谬种"！（这两个名词是玄同创的。）从"正宗"变成了"谬种"，从"宇宙古今之至美"变成了"妖魔""妖孽"，这是我们的"哥白尼革命"。①

其实，以胡适、陈独秀为首的五四学人把白话文学视为中国文学的正宗，并不是一个十分科学的论断，他们的观点在当时也曾受到许多人的批评。但是，这种文学观点的提出，在当时的确

---

① 胡适：《〈中国新文学大系·建设理论集〉导言》，载杨犁编：《胡适文萃》，作家出版社1991年版，第150—151页。

具有振聋发聩的意义，它使那些沉湎于传统中的人清醒过来，用一副新的眼镜来看文学；它使一大批青年学人奋发，走上了批判封建的正统文学，研究白话文学的道路；它也使那些守旧的学者们不得不正视白话文学，再不敢以古文为正统而妄自尊大。所以，尽管胡适、陈独秀等人的提法并不十分科学，但是他们这种对于白话文学的张扬，这种新的价值评判，却被"五四"以后的学人们继承下来并得到发展。从此以后，中国古典文学的研究走上了一个新的阶段。

第二，改变了研究的格局并指引了新的方向

众所周知，"五四"以前的中国古典文学研究，特别是19世纪以前的中国古典文学研究，一直是以传统的诗文为主，而小说、戏曲以及平民文学，是登不上大雅之堂的。在"五四"以前，以梁启超等人为首的资产阶级维新派看到了戏曲小说等的作用，才提出了"小说为维新之本"、"诗界革命"等口号，并开始了对戏曲小说的初步研究。但是这种研究毕竟尚处于较小的范围，不足以形成古典文学研究格局的大改变。是五四学人站在文学革命的立场上，对中国传统文学进行新的价值评估，由此才引发了一场研究革命，彻底改变了以往的古典文学研究格局，戏曲、小说等白话文学的研究堂而皇之地登上了大雅之堂，并取得了前所未有的成就。作为一代学风的倡导者，胡适的研究从一开始就有鲜明的时代性。为了说明白话是中国文学的正宗，他就写了一部系统的《白话文学史》；为了让人们更好地学习白话文学，他就费许多工夫整理和提倡中国古代民间小说，如《水浒传》、《西游记》、《儒林外史》、《红楼梦》、《醒世姻缘》等。和胡适同时的一大批进步的五四学人，也与他抱着同样的研究态度，把重点放到了戏曲小说和民间文学之上：如鲁迅写《中国小说史略》，吴梅写《中国戏曲概论》，徐嘉瑞写《中古文学概论》，刘半农等人进行民间歌谣的搜集整理等。这些学者的工作，填补了以往文学研究的空白，改变了以往文学研究的格局，也取得了前所未有的成就。

五四时期之所以发生了文学研究格局的改变，另一个重要的原因是由文学革命引起的文学观念的更新。在漫长的中国封建社会以至到"五四"以前的封建正统文人那里，文学一直没有独立的地位，只不过是宣扬"文以载道"的六经附庸而已。这一点，只要我们看一下20世纪初黄人、林传甲等人所写的《中国文学史》就清楚了。在黄、林等人的观念中，所谓文学，仍是一个经史子集、音韵训诂、金石碑帖等无所不包的模糊概念。是五四学人以西方的文学观为参照，才给中国文学以独立的地位。这种文学观念，较之传统的文学观，似乎使文学的范围有所缩小，但是它却改变了以往的缺乏现代科学分类的状态，终于使文学成为一门系统的现代科学，并使"五四"以后的文学史家开始按照现代的科学分类法对中国文学进行系统的研究。从另一个角度来说，这种新的文学观的确立，较之传统的文学观念，使中国文学研究的范围又有所扩大，把以往人们所不重视的戏曲小说、民间文学、白话文学等纳入文学研究的范围。可以说，正是五四文学革命运动，不但彻底改变了几千年的中国古典文学研究的格局，而且引导了现代化的古典文学研究的方向。

由以上论述可以看出，"五四"以来的中国古典文学研究之所以取得了那么突出的成就，其根本原因就在于五四学人站在了比以往任何时期的人都要高得多的现代立场上来看待中国文学。正是从这一立脚点出发，他们才比以往任何人都更深刻地思考传统文化和现代化的关系问题，提出"文学革命"的口号，对几千年的中国文学进行新的价值评估，从而才开始了中国古典文学研究的一个新的时代。事实也说明，自"五四"以后，从20年代到40年代，尽管在当时的中国古典文学研究中出现了许多不同的学派，各学派也各自取得了丰硕的研究成果，但是我们在今天反观他们的研究，莫不和这种新的价值评估有关。例如，在五四时期，对陈独秀、胡适等人的激烈反传统，先有国粹派站在守旧的立场上对传统的极力维护，后有学衡派站在新人文主义的立场上来看待传统，相应的，他们对中国古典文学的研究，就有各自的特点和大小不同的建树。再如，自"五四"以来对中国的传统文化进行批判之后，如何建设中国的新文化？二三十年代曾就这一问题展开了一场大论战，有的人主张中国本位的文化建设，有的人主张全盘西化，这实际上也是对传统文学的价值评估问题。由于这两派的观点大不相同，他们在中国古典文学研究上也各持自己的观点并做出了自己的成绩。再如，五四时期胡适、陈独秀等人在如何对待传统文化和现代化的问题上的观点虽然也不是完全一致，但"文学革命"的大旗却使他们走到了一起。到了五四后期，胡适推崇西方文明，主张用西方文化来改造中国文化，因此在对待传统文化的态度上，他更多地带有改良精神。在五四时期他就提出"研究学问，输入学理，整理国故，再造文明"的口号，要用科学的精神、批判的态度去重新评估文化遗产，用西方文化来改造建设中国文化，做出了他的贡献。而陈独秀在五四时期就接受了马克思主义，后来投身于革命运动，并没有把重心放在古典文学研究上。但是他和其他一些革命者对马克思主义的宣传介绍，却引导了后来的一大批学人用马克思主义的理论来研究中国古典文学，开创了马克思主义的中国古典文学研究学派，并成为以后中国古典文学研究中的主导方向。由此可见，站在现代化的角度对传统文学进行价值评估，不但是五四时期，而且也是"五四"

以后中国古典文学研究的核心问题。正是围绕着对这一问题的解决，推动了20世纪古典文学研究的不断发展。

二、新中国成立初期对传统文学的批判继承

在如何从现代化的角度对传统文学进行价值评估，从而指导古典文学研究的问题上，新中国成立初期是另一个重要的时期。之所以如此，是因为和五四时期相比，这又是20世纪以来中国社会发展的另一个重大的历史时期。如果说，在五四时期中国现代化所面临的主要任务之一，就是反对封建主义，相应的在文学研究领域中的主要任务，也是反对封建旧文化，是对封建旧文化的批判，那么，新中国成立以后的主要任务则是如何建设中国的新文化了。在这种新的历史条件下，对传统文学的价值评估自然也不同于五四时期。这使得人们开始从新的角度去总结五四时期的经验，调整研究的方向，相应的古典文学研究也必然出现一种新的局面。这种新的研究局面的出现，主要有以下几个特色：

第一，在对待传统文化的态度上，变破坏为建设，变批判为批判地继承，标志着人们在传统文化的认识上产生了一个飞跃。

五四时期对待传统文化的基本态度是批判。当然，五四学人在对古典文学进行批判时，也并没有完全抛弃它，他们为要建设通俗写实的平民文学，也在文学发展的历史中寻找进化论的根据，他们把民间文学、白话文学和通俗文学奉为中国文学发展的主流，推崇它们的价值并开始对它们进行前所未有的研究，这本身也是一场文学观念上的革命。但是正如后来毛泽东同志所分析的那样，"五四运动本身也是有缺点的。那时的许多领导人物，还没有马

克思主义的批判精神,他们使用的方法,一般地还是资产阶级的方法,即形式主义的方法。他们反对旧八股、旧教条,主张科学和民主,是很对的。但是他们对于现状,对于历史,对于外国事物,没有历史唯物主义的批判精神,所谓坏就是绝对的坏,一切皆坏;所谓好就是绝对的好,一切皆好。这种形式主义地看问题的方法,就影响了后来这个运动的发展"[1]。"五四"以后,人们已经逐渐认识到这种思想方法在对待中国文化的态度上的偏颇,开始以分析的态度来对待传统文化。于是,至迟到了30年代,就已经有人提出了"批判地继承文学遗产"的口号。如以明在《读了萨著的〈水浒传与中国社会〉以后》一文中,就提到了当时流行的"批判地接受过去文学遗产"口号的问题。[2]1935年开展的关于中国文化出路的大讨论,就是对五四时期文化论争的一次深化,也是对传统文化态度的一次变化。例如在这次讨论中,由王新命等十教授所写的文章,题目就是《中国本位的文化建设宣言》,在这篇文章中十教授提出的建设中国文化的态度就是"不守旧;不盲从;根据中国本位,采取批评态度,应用科学方法来检讨过去,把握现在,创造将来"[3]。关于"不守旧"这一点,文章又作了如下说明:"不守旧,是淘汰旧文化,去其渣滓,存其精英,努力开拓出新的道路。"[4] 由此可见,关于批判地继承文化遗产,以建设中国新文化的问题,乃是人们在当时的中国现代化问题探讨中得出的一个必然结论。

---

[1] 毛泽东:《反对党八股》,《毛泽东选集》(第三卷),人民出版社1991年版,第831—832页。
[2] 原文见《现代》第6卷第2期,1935年3月1日出版。
[3][4] 王新命等:《中国本位的文化建设宣言》,载罗荣渠主编:《从"西化"到现代化》,北京大学出版社1990年版,第402页。

然而，30 年代虽然有人提出了批判地继承文化遗产的口号，但是，究竟如何正确地对待文学遗产的问题在当时还没有解决。真正地确立了以马克思主义为指导的批判继承理论的，还是以毛泽东同志为代表的中国共产党人。毛泽东同志早在 1938 年，就曾有过相关论述。①1940 年在《新民主主义论》中又说了这样一段精辟的话：

> 中国的长期封建社会中，创造了灿烂的古代文化。清理古代文化的发展过程，剔除其封建性的糟粕，吸收其民主性的精华，是发展民族新文化提高民族自信心的必要条件；但是决不能无批判地兼收并蓄。必须将古代封建统治阶级的一切腐朽的东西和古代优秀的人民文化即多少带有民主性和革命性的东西区别开来。②

毛泽东同志的以上论述，虽然是在战争年代提出，但是却是新中国成立后我们对古代文学遗产批判地继承的纲领。之所以如此，因为它是建立在对"五四"以来的文化革命运动经验的总结和马克思主义的理论分析基础之上得出的，同时也由于时代的变化，是为完成和五四时期不同的时代使命而提出的。在这里，我们只要把毛泽东同志的以上论述和陈独秀的《文学革命论》略加比较就可以看出。首先，陈独秀在《文学革命论》中要解决的是打倒封建文化的问题，而毛泽东同志所论述的则是如何建设民族

---

① 毛泽东:《中国共产党在民族战争中的地位》,《毛泽东选集》（第二卷）人民出版社 1991 年版，第 532—535 页。
② 毛泽东:《新民主主义论》,《毛泽东选集》（第二卷），人民出版社 1991 年版，第 707—708 页。

新文化的问题;其二,为此,陈独秀在文章中把除了戏曲小说之外的中国传统的古典文学几乎全部否定,认为那些传统文学就是和"吾阿谀夸张虚伪迂阔之国民性,互为因果"[1]的东西,而毛泽东同志则明确指出中国古典文学中有着丰富的优秀遗产,中国长期的封建社会中创造了灿烂的古代文化;其三,陈独秀的文章评价古典文学作品的标准是看其与社会文明进化有无关系,而毛泽东同志评价古典文学的标准则是看它是否具有民主性和革命性。显然,这已经是两个不同的评价体系。正因为如此,建国以后,随着人民政权的建立,当社会主义的文化建设事业问题提到重要的议事日程,当如何对待古代文化,如何认识古代文化在现代文化建设事业中作用等成为人们重新思考的问题时,毛泽东同志关于批判地继承文学遗产的一系列论述就必然成为人们的指导纲领,自然也是学者们进行古典文学研究的指导纲领。

第二,在如何批判地继承的问题上,确立了以马克思主义为指导的理论思想。

如果说,以批判地继承的态度来对待古代文化,是建国以来的古典文学研究与五四时期相比较所显示的最大不同之处;那么,用马克思主义的理论方法为指导,在对几千年的古典文学进行新的价值评估时建立了一个新的价值评判体系,则是建国以后的古典文学研究和三四十年代相比较所显示的最大不同之处,也是这一时期的古典文学研究之所以取得突出成就的主要原因了。在这方面,新中国成立后的古典文学研究者做了大量工作,也吸取了前人的经验教训,对一些错误的观点进行批评和斗争。如"全盘

---

[1] 陈独秀:《文学革命论》,载徐俊西主编,龚海燕编:《海上文学百家文库》14,上海文艺出版社 2010 年版,第 192 页。

西化论",狭隘民族主义者或国粹主义者的主张,"经济唯物论者"或者"唯成分论者"等。在这一基础上,他们学习毛泽东同志关于批判地继承文学遗产的一系列论述,努力用马克思主义的理论方法武装自己的头脑,逐步建立起了一个新的古典文学研究评价体系,这个体系和五四相比,起码有以下几个特点。

1. 首先充分承认中国文学遗产中有着优秀的民族文化传统

如詹安泰的《中国文学史》在开头就说:

> 中国文学史是中国三千年来整部文学发展的过程,其内容是非常繁富的。这笔非常繁富的文学遗产,不仅成为祖国珍贵的库藏,在世界文学史上也有其卓越的地位。
>
> 由于时间的悠长,产量的丰富,其间就有不少具有人民性和现实主义精神(一般说,积极浪漫主义也是由现实出发的)的作品,这是祖国的优秀文学遗产,是值得我们创造性地继承下来并加以发扬的。
>
> 过去的作家,虽然有他们的世界观和历史条件的限制,虽然有他们自己不可避免的偏见,但假如他们能够运用完整的艺术形式,在作品里的某些方面表现了有利于人民大众国家民族的意义,如对广大人民的生活的忠实的反映,对残酷剥削压迫人民的统治者的讽刺或抨击,对反动阶级的内部矛盾的揭发,对统治集团的血腥罪行或腐烂生活的暴露,对通敌卖国的行为的抗争,对伟大理想的热望与坚持等等,这都在一定程度上包含有破坏旧基础,帮助了当时人民革命斗争事业的作用,也就是在一定程度上推动了历史的前进。这都是具有人民性和现实主义精神的作品,都是包蕴着中国文学遗产的优秀传统。诗经是我国最古的诗集,它里面很多优秀

的作品，给中国文学奠下了现实主义的基础固不消说，诗经以下的古典文学作家，自二千三百年前伟大的爱国诗人屈原起，如汉代的司马迁，晋代的陶潜，唐代的杜甫、白居易，宋代的辛弃疾、陆游，元代的关汉卿、施耐庵，明代的顾炎武、屈大均以及清代的吴敬梓、曹雪芹等，都是在他们的历史限制中达到了一定高度的成就。①

把上段话和陈独秀的《文学革命论》以及胡适的《建设的文学革命论》等文章一比较就可以看出，五四学人倡导"文学革命"的主要理论之一就是把几千年的封建文学，尤其是文人文学看成是"落后的"、"没有价值的"、"死文学"，这种偏激的文学史观在当时的提出固然有它的现实意义，但是客观地讲这种提法显然是不科学的，从长远的观点看也是不利于中国的新文化建设的。因此，承认几千年的中国文学中有着丰富的优秀遗产，乃是马克思主义对待历史文化的一个最基本的态度，也是批判地继承的基础。建国以后的古典文学研究首先承认这一点，也是和五四评价体系的一个根本不同点。

2. 建立了一个新的评价传统文学作品好坏的标准

要对传统文学作出一个或好或坏的评价，就要有一个评价的标准。五四时期之所以对传统文学给以基本上的否定，其主要的理论武器就是进化论。用这种眼光来看文学，必然导致形而上学的方法，采用形式主义的态度来研究古典文学，把凡是属于白话文学、民间文学、通俗文学的作品都当成好的，把其他的东西都当成坏的。新中国成立后，在马克思主义的理论和正确的方针政

---

① 詹安泰：《为什么要学习中国文学史》，詹安泰等编：《中国文学史》，高等教育出版社1957年版，第7—8页。

策指导下,人们才建立了一个新的评价体系。这个体系的要点不是从进化论的角度看形式,而是从历史唯物主义的角度看古典文学的内容。它坚持两个标准:一个是政治标准,一个是艺术标准。政治标准第一,艺术标准第二。这个标准在今天看来有些过于强调政治,但是在进行革命建设的新中国成立初期却有重要的历史意义。它承认古代作家和作品具有阶级性和历史的局限性,但是对不同的作家和作品却采取分析的态度,并不是一概肯定或否定,主要看古典文学作品对待人民的态度如何,在历史上有无进步意义;看哪些具有民主性的精华,哪些是封建性的糟粕。正因为坚持了这样的批评标准,所以新中国成立后的古典文学研究才得以在前所未有的社会学深度上展开,对于上自《诗经》、屈原、司马迁,下至明清近代的戏曲、小说、说唱等都进行了深入的研究。特别是在深刻地揭示古典文学作品的阶级性、政治性、社会性和人民性的本质方面和文学所具有的巨大的社会认识价值、思想教育价值和艺术审美价值方面取得了突出的成果,使古典文学的研究在社会主义文化建设中发挥了重要作用。

3.比较科学地描述了中国文学发展的一条历史线索

中国文学有几千年的历史,这个历史究竟是怎样发展的?对它的认识,直接关系到对古典文学的评价问题。五四文学革命反对旧文化的突破口,就是用进化论的文学史观来批判循环论的文学史观,并由此描述了一条进化论的文学史发展线索。胡适的《白话文学史》是这方面的典型代表。当然,也正因为胡适从白话文学的角度描述的中国文学发展史不是很科学,所以"五四"以后才有众多的学人继续用各种理论来描述中国文学史,比较著名的如胡小石的《中国文学史讲稿》(上编)、胡云翼的《新著中国文学史》、郑振铎的《插图本中国文学史》、刘大杰的《中国文学发展史》等。这些著作，逐步摆脱了五四时期的进化论文学史观，开始从政治、思想、文化等各方面来探讨文学发展的历史，来描述各种文学体裁的发生发展演变的过程，取得了可喜的成绩。

但是，真正建立起以马克思主义的历史唯物主义为指导思想的中国文学史，还是在新中国成立以后的古典文学研究者。他们遵照马克思主义对待文学遗产批判地继承的原则，建立起了一套以社会政治变革为经，以文体发展流变为纬，结合各个时代的文化思潮，以揭示文学的发展和社会变革的关系、揭示各个时期文学所包含的丰富的社会内容和深刻的思想性为中心的文学发展规律和文学史理论体系，并描述了一条与此相关的文学史发展线索。其中游国恩等五人主编的《中国文学史》和中国科学院文学研究所主编的《中国文学史》，标志着这一时期古典文学研究的最高成就。

由此可见，新中国成立初期的古典文学研究之所以取得了突出成绩，其主要原因还是由于在新的历史条件下对传统文学进行了新的价值评估所致。它继承五四传统而来，也多方吸收了五四时期的积极成果。但是，它毕竟发生在20世纪中国历史发展的另一个重大阶段，有着和五四时期不同的历史使命，所以在更多的方面它是超越"五四"的。这一阶段所取得的成绩，我们是不能轻易低估的。

但是，这并不意味着对传统文学进行价值评估这一重要问题随着新中国的成立就自然得到了很好的解决，"批判地继承"这一口号本身只代表了这一时期的人们比五四时期的学者对古代文化的认识又有了巨大的进步，随着研究的深入和历史的进展，就逐步显示出这一理论的局限。早在50年代，学者们用这种理论解释文学史中的许多现象，在具体确定究竟哪些遗产应该批判或继承和如何去批判与继承的问题时，就遇到了无法克服的困难。因为按当时学者们所理解的马克思列宁主义的观点：一方面，一切优秀的文学遗产都应该继承，这就提出了文学的民族性问题；另一方面，一切统治阶级的文学又应该批判，还应该坚持文学的阶级性和无产阶级的党性。显然，这二者是互相排斥的。为调和二者，当时又从苏联引进了"人民性"的概念。但是，文学的阶级性、民族性、人民性这三者之间的关系究竟如何？同样也是说不清的。在具体的文学研究上，特别是面对那些既有很高的艺术成就，又深受广大群众喜欢，没有明显的政治思想倾向性的作品，如山水诗、田园诗、爱情诗等，更让人无法评说。对文学史上的一些著名作家，如李煜、李清照、陶渊明等也无法予以评价。举凡是50年代关于文学史问题的重要讨论，几乎都陷入了这种无法解决的困境。无奈只好以人民性来限制民族性，以阶级性来限制人民性，最终的结局自然是以阶级性取代民族性。这实际上说明当时敏感的学者已经不自觉地触及了一个重要的问题：即如何理解马克思主义和正确运用马克思主义，来完满地解决在社会主义文化建设中"批判"和"继承"民族文学遗产的问题。事实说明，新中国成立以来，在如何运用马克思主义理论方面，有一个重大失误，不是把马克思主义理论当成是一个还在逐渐发展的开放的体系，而是当作教条——终极真理来对待，因而在学术研究中必然要犯错误。时代需要我们解放思想，突破教条主义的思维模式，建立一个适应新形势的更科学的发展的马克思主义文学研究理论框架。但是，这个任务在当时是不可能完成的。由于对马克思列宁主义的片面理解，由于受极"左"思想和庸俗社会学的影响，即便是有人发现了这里面的问题，如山水诗的问题、中间作品的问题等，人们也只能在原有的理论里找答案，不敢突破阶级分析的框框，其结果不是对这些作品给以肯定，而只能给以否定。由此发展，后来虽然仍然在讲对古代文学作品的批判继承，可是继承的东西越来越少，批判的东西越来越多，以至于把"剔除其封建性的糟粕，吸收其民主性的精华"的口号变成了"越是精华越要批判"的口号了。这种极"左"思想的极端发展，就是十年"文化大革命"，这时候已经不再讲对传统文学的继承，而是对民族文学遗产的彻底批判了。这又是这一时期在对传统文学进行价值评估时给我们留下的最深刻的教训。

三、20世纪末叶对传统文学价值的全面弘扬

我们这里所说的20世纪末叶，是指20世纪80年代以后的这一段时期。在这一段时间里，如何对传统文学进行新的价值评估，之所以再一次成为人们理论思考的热点，显然是伴随着对"文化大革命"的反思开始的。那个号称是"史无前例的无产阶级文化大革命"，其实是一场"史无前例的文化大破坏"。本来，我们党在新中国成立之初就已制定的对待传统文化要"批判地继承"的政策，到"文化大革命"之时已经完全变成了"彻底地批判"了。所以，在粉碎"四人帮"之初，在古典文学研究中首先进行的拨乱反正工作，就是重申党的"批判继承"的政策，批判"四人帮"反对继承文学遗产的一系列谬论。

到了80年代初，随着思想的解放和认识的逐渐深入，人们对"文化大革命"的反思也逐渐从一开始时的现象批判发展为深究"文化大革命"之所以能够发生的历史文化原因。人们逐渐认识到，"文化大革命"之所以给中华民族带来了十年浩劫，一方面固然是由于林彪、"四人帮"的破坏，是由于毛泽东同志在晚年犯了错误；但是更重要的一方面还是由于我们整个中华民族不能超越自身的历史阶段。所以早在50年代，当我们在执行党的"批

判地继承"文学遗产政策的时候,就已经存在着"左"的错误,"文化大革命"之所以发生,在一定程度上也可以说是早自50年代就已经开始的左倾思潮的恶性发展。1980年,邓绍基在《文学遗产》复刊第一期上发表的《建国以来关于继承文学遗产的一些问题》一文中,[1] 就对自新中国成立以来发生在古典文学研究领域中的一系列"左"的错误进行了较详细的论述,从这篇文章中我们不难看到"文化大革命"之所以发生的一些历史文化因素。

邓绍基的文章在论述新中国成立以来发生在古典文学研究领域中的"左"的错误方面是十分中肯的,也有助于我们了解新中国成立以来中国"左"的文化思想发展的轨迹。但是,另一个更深层次的问题是:为什么我们早在新中国成立前就提出了对待传统文化要采取"批判地继承"的态度,可是到了后来,这"批判地继承"却变成了全面的批判了呢?为什么我们在对传统文化进行最激烈批判的时候,恰恰又是落后的封建文化死灰复燃到最可怕的时候呢?显然,这要求我们不但要追溯自新中国成立以来就已出现的一系列"左"的现象,而且还要追溯这些"左"的现象得以出现的历史文化原因;同时也要重新思考传统文化和现代化的关系,以调整我们对待传统文化的态度。

由此可见,80年代以来人们之所以重提对传统文学的价值评估,实在是中国人在总结了"五四"和新中国成立以来的历史经验之后的又一场深刻的思想革命。是这场革命才使我们认识到:传统并不是我们的身外之物,而是已经复制在我们身上的原初基因;传统也不是和现代相对立的一堵高墙,而是培育现代化成长的土壤。正因为传统和现代化的关系如此,所以我们对待传统文化的态度就既不

---

[1] 以后此文被收入卢兴基主编的《建国以来古代文学问题讨论举要》一书,题名为《关于文学遗产的继承问题的讨论和思想认识》,内容也略有充实。

应该是"五四"式的反对,也不应该是把我们自己置身于传统之外的"批判继承",而应该是把传统和现代水乳交融,是立足于传统土壤中广泛吸收现代营养的新陈代谢。笔者以为,这就是邓小平提出的建设具有中国特色社会主义理论的基础,也是我们在几十年关于传统文化和现代化关系问题的探讨中得出的最深刻的认识。

表面看起来,80年代以来的中国古典文学研究,并不像五四时期和新中国成立以来那样和政治结合得那么紧密,似乎也没有展开传统文化和现代化关系问题的大讨论,但是它的发展却是与此紧密相关的。回顾近十几年来古典文学研究的历史,我们看到一个最突出的现象,就是研究者摆脱了新中国成立以来的庸俗社会学的模式,也不再以政治评判为标准,以"批判地继承"为口号来对古代文学作品进行或肯定或否定的简单批评。他们正在把文学的社会批评扩展为文学的文化批评,把古典文学的研究领域深入到哲学、美学、心理学、民俗学、文化人类学等各个领域,把探讨文学的民族文化传统、把弘扬优秀的民族文化作为自己的任务。

也许,对于许多古典文学研究者来说,这些发生在自己周围的变化还没有看到,他们也没有充分认识到近十几年来对传统文学的价值评估正在影响着自己的研究。但是,只要我们翻一下近十几年的古典文学研究论著就可以明了这种新的发展趋向了。一个最明显的例子是:1987年,齐鲁书社出版了一本卢兴基主编的名为《建国以来古代文学问题讨论举要》的书,用编者的话说:"本书列入的二十五题,俱属范围较大的全国性讨论。时间上,从建国以后的50年代开始到目前为止;涉及的面,从根本理论性的探讨到历来的分歧的具体作家作品的研究。"[①]可以说,这本书带有一定的总结性,它总结了发生在50年代关于古典文学研究的主

---

① 卢兴基主编:《建国以来古代文学问题讨论举要·前言》,齐鲁书社1987年版,第3页。

要问题讨论，其中有些问题的讨论一直延续到粉碎"四人帮"以后的一段时间。非常有意思的是，如果我们再留心一下这本书出版以后的古典文学研究，就会发现，这本书中所列出的二十五个题目，几乎再没有人展开过讨论。那么，是不是这本书中所提到的问题已经都解决了呢？不是，里面的大部分问题，可以说都没有得到很好地解决。但是，为什么从此以后人们不再关注这些问题了呢？其根本原因就是：这些问题，大抵上都是以50年代的庸俗社会学为理论基础、以简单化的非此即彼的"批判继承"为研究方法而提出的。正因为这种理论和方法存在着缺陷，所以其中的一些问题用这种理论和方法也就永远得不到解决。在80年代的学者看来，文学并不是政治的附庸，也不仅仅是政治生活的消极反映，它本来就具有自身的特点。而我们对待文学遗产的态度，也不仅仅要从政治上判定其进步或落后，还要从更广泛的文化背景上，从哲学、美学、心理学、社会学、民俗学、比较文化学等各个方面去分析和研究。有了这样的观点和态度，我们今天再看五六十年代提出的一些问题，自然就觉得没有继续讨论的意义，当然也不会有人再去争论它。事实也是如此，这些问题在五六十年代虽然并没有解决，从80年代中期开始，新一代的古典文学研究者也不再关心它，他们已经把自己的研究转向了新的方面。即便是50年代成长起来的学者，在80年代思想也发生了极大的变化。如罗宗强的《玄学与魏晋士人心态》一书，也绝不是像五六十年代那样从政治思想上对魏晋士人心理进行分析，看他们的思想到底是落后的还是进步的，而是从魏晋玄学思潮的角度看他们的个性如何觉醒，看他们如何解决个体与群体、自我与社会的关系，以至如何形成了魏晋士人人格，对后代产生了哪些影响等。可以说，这种研究和50年代研究传统已经大不相同了。

当然，我们说80年代以后中国人在对传统文学进行新的价值评估问题上有了一个大的飞跃，并不是说这一时期就完全否定了"文革"之前的"批判继承"的理论。正如"批判继承"的理论是人们在反思五四精神后的一个进步的扬弃一样，80年代以来人们对待古代文学的态度也是对"批判继承"理论的一个进步的扬弃。它批判了五六十年代的庸俗社会学，也批判了当时人对于马克思主义理论的片面理解，同时，它又吸收了近几十年来中国人在现代化的追求过程中正反两方面的经验教训。可以说，从20世纪初到现在，还没有哪一个时期的人比我们对中国目前正在进行的现代化有着更多的理解，也没有哪一个时期的人比我们对20世纪以来的现代化进程有着更清楚的认识。正是在这一进程中我们知道：传统文化和现代化的关系问题，并不仅仅是一个认识问题，更重要的是一个实践问题。换句话说，20世纪各个阶段之所以对传统文学的价值评估不一致，并不是由于人们在纯粹的思辨中产生了不同的看法，而是因为人们在不同时期得出的认识都来自于对前一个阶段的实践的总结。站在这样的立场上看20世纪以来的古典文学研究，我们才能对各个不同阶段的研究给以客观的历史的评价，肯定它们在完成不同的历史使命时所做出的贡献；我们才能对它们做出客观的分析而不是主观的批判，才能在新的历史起点上对以往的研究进行合理的扬弃。同样，也正是站在这样的立场上，我们才会对自己所从事的事业充满了自豪，同时也会有一个比较明确的方向，把盲目的研究变成自觉的研究。一方面使我们的研究服务于当前的现代化建设，另一方面也为将来的研究提供我们这一时期的历史经验教训。清醒地认识到这一点，不但是我们宏观把握本世纪以来古典文学研究发展动向的根本，也是调整我们将来研究发展方向的思想主导。

20世纪古典文学研究方法论的三次重大变革

20世纪的中国古典文学研究取得了巨大的成绩,在这一学术演进的历史过程中,有两个重要的方面值得我们重视:第一是对传统文学的价值重估,第二是方法论的变革。① 方法本身似乎是研究的途径和工具,但是它的背后隐藏的却是不同的思想理论和认识哲学。因此,对研究方法论的考察,也就成了描述20世纪古典文学研究进步的一条重要线索。

一、20世纪初以进化论为基础的实证主义方法论

20世纪初古典文学研究方法的变革,首先是和时代的变革密切相关的。自1840年鸦片战争后,中国的民族危机日益加重,

---

① 关于第一个方面,本人曾在《现代化过程中的学术演进——论20世纪对中国传统文学的三次价值重估》(原文载《江海学刊》1997年第2期)一文中作了简要论述。本人认为,随着20世纪的中国从传统走向现代化,20世纪的中国古典文学研究也完成了一个由传统学术向现代学术演进的过程。如何看待传统文化与现代化的关系,如何站在现代化的立场对传统文学进行新的价值重估,是促进20世纪古典文学研究向前发展的主要动力。在20世纪的中国现代化过程中,以"五四"、新中国成立初、新时期为标志可划分为三个大的历史阶段,相应的古典文学研究,也在这三个阶段分别对传统文学进行了三次大的价值重估。由五四时期对传统文学的批判,到新中国成立之后对传统文学的批判继承,再到新时期对传统文学的弘扬。正因为每个阶段对这一问题都有不同看法,才形成了不同阶段的研究特色,推动了20世纪古典文学研究的向前发展。

尤其是19世纪末叶中国所遭受的帝国主义的凌辱，对于当时和20世纪初的中国进步学人，产生了重大影响。他们开始思索中国之所以落后的原因，进一步看清了封建社会的腐朽。于是，变法图存就成为康有为等进步知识分子所奋斗的目标。而康有为的学术研究，也正是继承了顾炎武等人的精神和乾嘉传统。他的《新学伪经考》和《孔子改制考》与其说是考据的学问，不如说是变法的理论，或者说是以考据的学问为变法而服务的一个典范。这的确是20世纪初中国古典文学研究学风转变的一个重要标志，也预示着方法论将要发生变革——即把考据的学问用于政治的维新和改良。同时，也正是在这个时候，随着对西方文化的介绍，以培根以来的归纳实证为代表的西方19世纪研究方法和中国清代以来的考据学融而为一，使实证主义在20世纪初所兴起的新学中得到了发展。如王国维关于宋元戏曲的研究，关于甲骨文与殷周文化的研究，都取得了突出的成绩。

在这里，我们就王国维的宋元戏曲研究略作分析，以见其治学方法在当时的代表意义。王国维集中对戏曲进行研究，从1908年开始，到1912年写成《宋元戏曲考》（1915年，商务印书馆初版时更名《宋元戏曲史》），前后近五年时间。他之所以研究戏曲，有两个原因。用他自己的话说，一是"因词之成功，而有志于戏曲……但余所以有志于戏曲者，又自有故。吾中国文学之最不振者，莫戏曲若"[1]。二是由崇拜西洋名剧起，"元之杂剧，明之传奇，存于今日者，尚以百数。其中之文字，虽有佳者，然其理想及结构，虽欲不谓至幼稚、至拙劣，不可得也。国朝之作者，虽略有进步，然比诸西洋之名剧，相去尚不能以道里计。此余所以自忘其不敏，而独有志乎是也"[2]。由此看来，王国维有

---

[1][2] 王国维著，黄仕忠讲评：《宋元戏曲史·附录》，凤凰出版社2010年版，第170—171页。

志于研究戏曲的两个原因，其实也是他个人对于中国戏曲存在的两个偏见：一是和中国其他朝代的文学样式比，他认为戏曲的成就最低；二是和外国的同类艺术比，他认为中国不如西洋。显然，他的这一先入为主的成见是错误的。但是，王国维的可贵之处就在于，他在研究宋元戏曲时，并没有因为自己的主观偏见而影响了客观的研究，而是首先从事实出发去全面地占有材料、分析材料，最终在事实面前修正了自己的观点。为了搞好戏曲史的研究，他从1908年开始撰写《曲录》，以李斗《扬州画舫录》所载的清代乾隆年间黄文旸的《曲海》与焦循的《曲考》为底本，在原有两书仅有1081种杂剧传奇的基础上多方搜集，共得金元明清曲本3178种，并对每个朝代的作者数量及其地域分布进行了认真的研究。在此基础上，他又从不同侧面搜集戏曲资料，相继写成了《戏曲考源》《唐宋大曲考》《优语录》《录曲余谈》《曲调源流表》《古剧角色考》等著作，对有关戏曲的产生、戏曲的定义、戏曲的发展、戏曲的角色、戏曲作家等莫不进行认真的考证。最终不但写出了《宋元戏曲考》这部具有划时代意义的古典文学研究著作，而且也改变了他自己原先对于中国戏曲的主观偏见，由"吾中国文学之最不振者，莫戏曲若"这样的低估，变成了"古今之大文学，无不以自然胜，而莫著于元曲"[①]这样的赞誉。

  关于王国维在戏曲研究方面所取得的巨大成就，今人多有论述，如陈鸿祥在《王国维与文学》一书中，就专列一章谈"《宋元戏曲考》的开创性贡献"。他在谈及本书特色时，先对这本书的结构作了分析。他把此书正文十五章按内容分为四个单元，指出王国维分别所做的四个方面的考证：首考戏剧之源起，次考中国

---

① 王国维著，黄仕忠讲评：《宋元戏曲史》，凤凰出版社2010年版，第116页。

戏剧形成于宋，三考元剧之崛起及其在中国文学史上的位置，四考"南戏"与元杂剧的关系。他最后得出结论说："从以上概略中，也可以看出王国维关于戏剧的概念及元杂剧之'文章'的论说里，都有着'参证'西洋近代美学、文学与戏剧理论的明显特色；而在对戏曲之史的发展的探索中，则又运用了清代'朴学'家的'考证'方法，探赜索隐，钩沉故实，做到有所发现，有所发明。"①"要之，运用考证的方法治戏曲史，贯穿近代西方资产阶级的美学、文学观论述中国戏曲之艺术性，应该要算是王国维这部专著的最明显的两大特色。"②其实这不仅是王国维这部著作的两大特色，也可以看作是20世纪初的古典文学研究在方法论上不同于19世纪的重要特色。它说明20世纪的学者虽然在考据学的方法上继承了前代，但是在如何进行考证的指导思想上却超越了前代，他们已经具有了现代世界文化的眼光，开始把传统的方法和西方的科学理论结合起来。因此我们认为，王国维的这部著作，不但是中国现代人研究古典戏曲的开山之作，也是本世纪初古典文学研究中具有方法论意义的代表性著作，它对当时乃至以后的学术研究方法论，都产生了相当大的影响。

考据学和进化论相结合的方法，是20世纪初古典文学研究中的主要方法之一。如果说，王国维把这种方法应用于宋元戏曲的研究，是20世纪古典文学研究方法论进步的一个开端的话，那么，胡适则是推动这一方法向前发展的又一重要人物。之所以如此，是因为王国维虽然在研究方法上具有先进性，他对宋元戏曲的重视也代表了20世纪文学观念更新的趋向，但由于王国维在政治思想上是一个守旧派，他还不能把在文学研究中得出的进

---

① 陈鸿祥：《王国维与文学》，陕西人民出版社1988年版，第282页。

② 陈鸿祥：《王国维与文学》，陕西人民出版社1988年版，第284页。

化论观念提到文学革命的高度来认识。而胡适恰恰在这方面超越了王国维,他不但用这种方法研究古典文学,而且还把他用这种方法考证出来的文学进化论的结论,用于鼓吹他的文学革命学说。因此,胡适在当时所进行的古典文学研究,不但具有学术性,而且具有现实性,他在当时所造成的社会影响也远远超出了王国维。从此,进化的文学史观不但是一种方法论,而且也成了指导人们加强对中国几千年的白话文学、特别是对于戏曲小说研究和评价的一种思想武器。这对"五四"以后中国古典文学研究的发展有着重大的影响。

胡适在五四运动初期倡导文学革命,他的社会影响超出了他的学术影响,但我们也不能低估了他在学术上的成就,实际上这二者在一定程度上也是相辅相成的。胡适很早就确立了自己的一套研究方法,那就是"归纳的理论、历史的眼光和进化的观念"[1],并把它应用于自己的研究实践。他花费了很大力气写作《白话文学史》,他把白话文学看成是中国文学的正宗,把一部中国文学的历史看成是白话文学的进化史,在今天看来,这显然是以偏概全,并带有严重的形式主义倾向的。但是,是他第一次把白话文学在中国文学史上的地位和意义提到了这样的高度,并由此提出了"一切新文学的来源都在民间"的论题,指出中国古代的许多著名作家都从民间文学中吸收了丰富的营养这一重要现象,这是具有重要意义的。另外他还对王梵志、寒山子、拾得等历来不被人重视的白话诗人及其诗歌进行考证和评价,这在学术上也有重要意义。而且,也正是这些论述,才使得他的"白话文学正宗论"

---

[1] 胡适:《胡适留学日记》,商务印书馆1947年版,第167页。

有了理论根据。他对《红楼梦》作者问题的考证，头一次弄清楚了这部伟大的作品的作者是曹雪芹，推翻了索隐派的胡言乱语，至今有功于红学研究。虽然他把《红楼梦》当成是作者的自传，这种说法显然不对，但是他能从作者的生活经验等方面去看作家和作品的关系，这对后人深入研究这部书也有着相当大的启示作用。这些都说明，进化论的观念和考据学的方法在当时的古典文学研究中是取得了成功的，是具有历史进步意义的。

以进化论的观点和考据学的方法来研究古典文学，在此处我们不能不提以顾颉刚为首的《古史辨》派。他们所进行的虽然主要是历史研究，但在中国的古代传统中，文史本来就是不分家的，特别对先秦来说更是如此。即便是在今天，研究文学史也照样离不开历史。因此，《古史辨》派的研究，无论在内容还是在方法上，都关涉当时的文学研究并对其产生了重大影响。本来，对中国的古史产生怀疑，也不是从"五四"才开始的，中国早就有疑古的传统，宋人郑樵、清人姚际恒、崔述都是著名的疑古派学者，为此他们也曾作过大量的古史考证工作。但是无论他们如何疑古，都没能从封建文化的圈子中跳出来。而以顾颉刚为代表的《古史辨》派，在继承了我国历代疑古辨伪的优良传统基础上，吸收了现代的科学知识，接受了以进化论为代表的现代思想，并运用了考证学等研究方法，把我国古代、特别是先秦两汉的古书上有关古史的记载，进行了详细的分析，从而向世人揭示了"经书"的真相，指出那些千百年来曾经被绝大多数人所相信的中国的上古的历史原来是后人用"层累的方式"造出的。这不但是对中国上古历史记载所进行的一次最大的史料分析与考证，具有重要的科学研究意义，更重要的是它以科学研究的事实沉重地打击了封建主义，成为"五四"反封建文化思潮的一个重要方面。

以顾颉刚为代表的《古史辨》派之所以取得了那么大的成绩，一是因为他们生当五四时期，受当时反封建文化思潮的影响；再就是他们把传统的考据学方法和进化论等现代理论结合起来用于古史的研究。对此，顾颉刚曾说过这样一段话：

> 而我的《古史辨》工作则是对于封建主义的彻底破坏。我要使古书仅为古书而不为现代的知识，要使古史仅为古史而不为现代的政治与伦理，要使古人仅为古人而不为现代思想的权威者。换句话说，我要把宗教性的封建经典——"经"整理好了，送进了封建博物院，剥除它的尊严，然后旧思想不能再在新时代里延续下去。……同样，我们当时为什么会疑，也就是因为得到一些社会学和考古学的智识，知道社会进化有一定的阶段，而战国、秦、汉以来所讲的古史和这标准不合，所以我们敢疑。[①]

从这里我们可以看出，以进化论为主与考据学相结合的研究方法，一旦和时代的革命运动与进步思潮结合起来，会取得多么大的成绩，并会使书本上的研究产生多么大的社会作用。

以实证主义的方法进行考据式的研究，另一个有重要影响的人物是陈寅恪。陈寅恪（1890—1969），江西修水人，现代著名历史家和文学史家。曾任清华大学、西南联合大学等校教授，解放后任中山大学教授、中央文史馆副馆长。对魏晋南北朝史、隋唐史、蒙古史，以及梵文、突厥文、西夏文等古文字和佛教经典均有精湛研究，为国内外学者所推崇。在文学史研究方面，他的

---

① 顾颉刚：《我是怎样编写〈古史辨〉的？》，顾颉刚编著：《古史辨》（第一册），上海古籍出版社1982年版，第28页。

主要著作有《元白诗笺证稿》、《桃花源记旁证》、《韦庄〈秦妇吟〉校笺》、《读哀江南赋》、《论再生缘》、《陶渊明之思想与清谈之关系》等。陈寅恪在文学研究上的主要方法还是从前清那里继承来的实证主义的考据法，但作为一个有着现代学术思想的学者，他的实证研究比起清人来显然更有深度。陈氏学问渊博，思路开阔，最善长的是以史证诗，以诗证史之法。文史不分向来是中国古代治学的传统之一，以史事来解释甚至比附文学的方法早自汉人解诗时就已使用。但是直到清代学人研究文学，充其量不过是通过考证说明某诗某人和某事有关而已。而陈寅恪的以史证诗，绝不仅限于一般的考证，实际上他的考证一直是在历史进化论等现代思想的指导下进行的，所以他能从浩繁的史料中钩稽出与作家作品相关的复杂历史背景，从而得出新见迭出的结论。例如他在研究陶渊明的思想之前，用了相当大的精力专门研究了魏晋以来的清谈问题，并就陶渊明的血统问题作了一篇专文，最后得出结论，说陶渊明之思想为承袭魏晋清谈演变之结果及依据其家世信仰道教之自然说而创改之新自然说，因而他实为吾国中古时代之大思想家。他的《论韩愈》一文，则从六个方面的考证叙述确定韩愈在唐代文化学术史上承先启后的地位。他的《元白诗笺证稿》一书，主要从文体关系和文人关系的角度，对白居易和元稹的《长恨歌》、《琵琶引》、《连昌宫词》、艳诗、悼亡诗、新乐府和古乐府等进行多方考证，最后不但指出了这些作品间"文学演化之迹象"和"文人才学之高下"，而且也对新乐府运动的产生因果及其意义等作出了自己的评价。[1]陈氏的这些学术成果，到今仍能给人以方法论上的极大启示。

---

[1] 以上可参考陈寅恪:《金明馆丛稿》(初编、二编)，上海古籍出版社 1980 年版；陈寅恪:《元白诗笺证稿》，上海古籍出版社 1978 年版。

以进化论的观点和考据学的方法来研究古典文学，在二三十年代乃至40年代中一直是颇有地位的。当时的一大批学人，在没有很好地掌握马克思主义理论方法之前，大都相信这种理论的有效性。如郑振铎1927年在《研究中国文学的新途径》一文中就把"归纳的考察"和"进化的观念"作为自己研究中国文学的方法，并且说这样就好比"执了一把镰刀，一柄犁耙，有了他们，便可以下手去垦种了"[①]。而当时的一些古典文学研究者运用这种方法，也的确取得了较突出的成绩。举例来说，如游国恩研究楚辞，冯沅君研究古优，罗根泽论中国文学的起源、中国诗歌的起源、乐府及五七言诗的起源等，都受这种方法的影响。当然，除了进化论的文学观之外，这些人也受其他理论：社会学理论、历史学理论、心理学理论、美学理论等的影响。但是值得我们注意的是，当时的学者们在接受这些新理论的时候，都保留着从清代以来就已经形成的考据的传统，在一定程度上我们甚至可以说是对这种传统的发扬光大。之所以如此，是因为在近代西方科学思潮中，实证主义也一直是他们的优良传统。和清人不同的是，近代的实证主义不仅重视事实的归纳，而且也加强了分析。作为20世纪的中国古典文学研究者也是如此。和清人比起来，他们的思路更开阔，考证的范围更广，分析的更为深入，因此得出的结论也就更有说服力。无论是王国维、胡适、顾颉刚、陈寅恪，还是冯沅君、游国恩、罗根泽，举凡自20世纪初到三四十年代在中国古典文学研究中卓有成就的学者，莫不如此。换句话说，考据学作为一种自清代就已大大发展的实证主义方法论，若不是和20世纪初的先进学术思想相联系，它就不可能取得那么大的成绩。它说明，

[①] 郑振铎：《研究中国文学的新途径》，《中国文学研究》（下），人民文学出版社2000年版，第280、287页。

方法本身不过是一种工具，它只有和一定的思想相结合，才能成之为一种有效的方法论。

说起来，考证的方法虽然是清人治学的根本方法之一，但是这种方法也并不是中国人的首创。在古人治学的过程中，大概只要遇到需要以事实来说话的时候，就必然要有或多或少的考证，这不独中国如此，外国亦然。在西方，自文艺复兴以后，随着中世纪神学的没落和近代科学的发展，以实证和归纳为主的研究方法也相继取代了自亚里士多德以来的三段论式的演绎法而成为西方近代科学研究中的主要方法。实证主义在19世纪，甚至在20世纪初的西方也是最受人重视的方法之一。这不独在自然科学中，在社会科学研究中也是如此。如英国著名的人类学家弗雷泽在他1913年出版的《金枝》第3版第9卷中曾说过这样一段话："我确信，一切理论都是暂时的，唯有事实的总汇才具有永久的价值，因此，在我的种种理论由于丧失了用处，而和那些习俗及信仰一样承受废止的命运的时候，我的书，作为一部古代习俗和信仰的集录，会依然保留其效益。"[①] 这话表明了弗雷泽对他这部名著价值的自信，同时也说明了他对自己为本书所做的大量考证工作的自赏和对考证方法的高度肯定。其实他这话在不同程度上也可以代表清代一些考据癖的心理，甚至也道出了至今我们的一些只把考证当成学问的人的心理。

但是，正因为考证的方法需要和一定的思想理论相联系才有意义，所以，那种视考证学为万能而缺乏思想理论的人，或者为错误理论所支配而进行考证的人，就往往失去了学术目的性而使考证失去意义或者使其误入歧途。这种状况，在清代有，在现代也有；在中国有，在外国也有。如胡适这个在五四新文化运动中

---

① 〔英〕弗雷泽著，徐育新等译，汪培基校：《金枝》，中国民间文艺出版社1987年版，第20页。

做出突出贡献的人物，虽然因为其顺应了时代潮流而成为五四新文化运动早期的一面大旗，但是当革命大潮汹涌而来的时候，他却很快被这大潮淹没了。之所以如此，就因为他的思想理论缺乏深刻性，这使他的革命没有进行到底，学术研究上也存在着明显的缺陷。因此，自三四十年代后，人们开始对胡适在学术上的实证主义进行批评，不是没有道理的。

　　胡适在五四新文化运动中所取得的成就是有目共睹的，但胡适及其后学在使用考证学方法方面的失误也是值得我们深思的。首先，考证只是一种研究方法而不是研究目的；其次，考证或实证主义作为一种方法，也要和正确的思想理论结合起来，而且也有一定的适用范围。没有正确的理论指导或超越了一定的范围，有时候就会使考证误入歧途甚至出现一些笑谈。即便是有时我们对某一问题的研究考证出了一大批材料，也需要对材料作出正确的分析。实证有时只给我们研究问题提出参考点，但如果没有对它的正确分析，结论也可能是不准确的。由此来看，实证主义如果不和一定的理论相结合，不和分析的方法相结合，就不会取得更大的成果。20世纪初实证主义方法取得成绩的原因在此，其失误也在于此。因此，处在世界文化高度发展、人们的认识日益复杂的20世纪，实证主义方法必然要被分析主义的方法所取代。

二、20世纪古典文学研究方法论的主流——分析主义

　　说起来，分析作为进行科学研究的基本方法也是古已有之。我们要认识一个问题，就要对这个问题进行分析，没有分析就没有结论，古今都是如此。所以，即便是在实证主义盛行的时候，

分析也有不可取代的作用。但是，把分析方法看得比实证方法更重要，并成为一种世界性的科学方法论趋向，还是自20世纪以来才更为突出。美国人M.怀特在评述20世纪的哲学家时所写的一本书名就叫《分析的时代》，并且在前言中说用这一标题是为了"简要地记载这样一个事实，即20世纪表明为把分析作为当务之急"[1]，"抓住本世纪一个最强有力的趋向来标志这个世纪"[2]。

分析主义之所以成为20世纪世界科学研究方法论的主流，显然是有着十分深刻的历史背景的。从自然科学方面讲，从牛顿的经典力学发展到爱因斯坦的相对论，这不但是物理学上的一场巨大革命，而且也促使人们在思维方式上发生了由绝对思维、线性思维转到了相对思维和网状思维的巨大变革；从哲学方面讲，从黑格尔庞大的绝对理念体系中分化而来的20世纪西方哲学流派纷呈，更体现了对世界文化多极思考的理论趋势；从世界政治和社会发展方面讲，西方资本主义社会矛盾的日益尖锐化和被压迫被剥削国家与民族的日益觉醒，也促使人们以更为清楚的眼光去看这个复杂的世界。因此，对于生于20世纪初的中国学人来说，无论他们是从对于本民族文化反省的角度，还是从对西方文化借鉴的角度出发，他们的思维方式都要发生巨大的变革，都会把分析主义放在重要位置上。

正是从这个意义上我们说，20世纪初中国古典文学研究方法论的进步，与其说是对实证主义的完善，不如说是分析主义的初步成功。

分析主义的成功首先表现为研究者具有宏观的学术实力和深

---

[1][2] 〔美〕M.怀特编著，杜任之主译：《分析的时代·序言》，商务印书馆1981年版，第5页。

刻的理论见解。它要求研究者不但是学问家，更应该是一个思想家和理论家。在20世纪初，梁启超就是这样一个具有代表性的人物。他以学术来鼓吹变法，很早就在史学观和史学方法论上为20世纪的学术研究作出了贡献。早在1901年，他就发表了《中国史叙论》，1902年刊出了《新史学》，提出"史界革命"的口号，把历史看成是"以过去之进化，导未来之进化者也"，[①]号召人们从旧史学中解放出来，开辟史学的"新领土"。1921年他在南开大学关于《中国历史研究法》的演讲更把这种理论系统化。在历史研究的实践上，他所写的《清代学术概论》和《中国近三百年学术史》，更是站在社会政治的变革与学术思潮关系的角度，以综合与分析的方法，来纵论300年来的学术发展，因而被人誉为20世纪初文史学界影响最大、价值最高的学术著作之一。而王国维虽然没有提什么"新史学"的口号，但是他却被人们公认为"新史学的开山"，是一代"史学大师"。之所以如此，并不是因为他在考证古史时使用了"纸上之史料与地下之材料相互释证的二重证据法"，那地下材料的出土只不过是给他的研究提供了一些方便而已，更重要的还是王国维也有深刻的史学理论作为研究的指导。王国维在20世纪初的学术研究上之所以取得了那么突出的成就，与他有着深刻的思想理论是直接相关的。考察王国维的学术生平我们知道，他在35岁以前，是特别喜欢西方新学、尤其是哲学的，他的思想深受西方哲学的影响。他在文学研究方面所取得的成就，也与此直接相关。如他在关于宋元戏曲史的研究中表现了明显的进化论观念，而他的《红楼梦评论》一文，以叔本华哲学来对《红楼梦》的思想内容进行分析，从中去体悟宇宙和人生的真谛，无

[①] 梁启超:《史学之界说》,《梁启超史学论著四种》，岳麓书社1998年版，第252页。

疑是最早的开20世纪学术风气之先的著作。

和梁启超、王国维一样，胡适之所以在"五四"前期领导了新文化潮流，也因为他有一套进化论的理论。他用这一套理论来看文学的历史，就有了和别人不一样的眼光，因而才能提出别人所不能提出的问题，理论分析在他那里仍然具有着重要的意义。同样，古史辨派的考古与疑古，之所以和前人的考古与疑古不同，也是因为他们有了一个进化论的眼光，由此才发现古史的记载与进化的理论不合，进而在考证中才证明了古人对于历史的"作假"，从而得出了"中国的古史是用层累的方式造出来的"这样一个石破天惊的结论，为"五四"以来的反封建运动提供了强有力的历史学支持。此外，如当代的史学大家陈寅恪、陈垣等人，他们的文史研究之所以不同于前代并取得了巨大成就，也是因为他们有着比较鲜明的史学理论，他们同样是用理论的眼光和理论的分析来带动考证，统摄考证的。

分析主义作为20世纪古典文学研究方法论的主流并取得成功，另一个重要的方面是由此而带来的学术研究体系的建立。

我们知道，在20世纪之前，中国人并没有一个明确的文学界说，自然也不可能建立起一个具有现代意义的文学理论体系。他们的古典文学研究，从内容上附丽于经史子集，从形式上表现为史料考证和体悟式评点。因为没有理论统摄，所以他们的考证带有很强的随意性，他们的评论也流于琐屑和零散。换句话说，他们的文学研究还缺乏现代人的理性自觉。而20世纪在古典文学研究方法论上分析主义之所以兴起，就因为在它的背后支持它的是现代人的科学主义的理性自觉，是现代人建立起来的各种各样的理论体系。在这种科学主义的理性自觉指导下，他们研究文学，不再满足于以往的自发形态下的考证和评点，而首先要弄清楚文学是什么，要确定文学的本质，要探讨它的发生发展规律，要建立起一个具有现代意义的文学理论体系，要把文学当成一门现代科学来研究。正是从这个意义上我们说，分析主义不但是 20 世纪古典文学研究中具有代表性的方法论，而且也是和 19 世纪古典文学研究之所以不同的最重要的时代标志。在这方面，五四学人做出了最重要的贡献。是他们首先站在现代文化的立场上，对几千年的传统文学进行新的价值评估；同时，也正是他们在这种评估中破除了传统的过于宽泛和模糊的文学观念，以西方文学理论为参照给文学下了一个新的定义，使文学获得了独立的学科地位。

在以分析主义方法论为主流的 20 世纪的中国古典文学研究中，以马克思主义的理论为指导的文艺社会学分析研究法显然占有着最为重要的地位。之所以如此，不但因为马克思主义文艺社会学本身就是一门以历史唯物主义为基础的科学，而且还因为它更符合中国在从传统走向现代化的国情和反帝反封建革命斗争的需要。因为从实质上讲，20 世纪的中国古典文学研究并不仅仅是一门纯学术的研究，而且还是中国人所从事的现代化事业的一个有机组成部分。所以在 20 世纪初，当资产阶级的维新主义和改良主义已经难以承当中国革命的重任之时，由马克思主义理论取代进化论理论而成为指导中国人革命实践的理论武器，就是一种历史的必然。相应的，在文学研究中，以马克思主义的社会学为基础的分析法也必然取代以进化论为基础的分析法而成为古典文学研究方法论的主流。事实也说明，在马克思主义的文艺社会学方法论没有被掌握之前，无论是王国维也好，还是胡适、顾颉刚也好，他们在学术研究中虽然也采用了进化论的分析法并引导他们做出了成绩，但是他们的学问基础仍在实证，他们所选择的研究对象和所采取的研究方法也重在实证的搜集。换句话说，他们虽然在研究中也有分析，但是因为他们受进化论理论的影响，在分析中看重的是事物行进的表象而不是本质，这就使他们研究问题的重点更在于形式而不在于内容，因而也使他们的分析多限于肤浅的形式层面而很难深入到丰厚的内容层面。特别是胡适，当他在"五四"早期打起"文学革命"大旗的时候，他的以进化论为理论根据的"白话文学正宗说"，在打倒封建文化方面起了颇为重要的作用。但是，正因为他的这种理论只能在一定程度上说明中国文学形式进化的一种表象问题，而不能从根本上解释中国文学发展的内在原因，所以，当五四文学革命从形式的变革深入到对封建文化根基的彻底批判之时，胡适以进化论为根据的"白话文学正宗说"就再也不能成为中国文学研究的理论纲领，而只能让位于马克思主义的文艺社会学方法论了。

马克思主义的文艺社会学分析之所以优于进化论的分析，首先因为它不是从形式方面而是从内容方面、不是从单纯的艺术方面而是从复杂的社会生活方面来确定文学的本质，这样它就把文学放到了一个广阔的社会空间，从经济基础决定上层建筑，社会存在决定社会意识，内容决定形式的理论模式中来认识。同时，它又从历史唯物主义的理论出发，把文学的发展看成是一个随着社会的发展而发展，而不是一个自身独立成长和发展的过程，这样也就把文学放在了一个复杂的历史中来认识。正因为如此，当五四新文学运动进一步发展，当人们对中国封建文化的批判逐渐由形式深入到内容的时候，马克思主义就显现了远较进化论要高明得多的科学理论优势。它开始引导人们摒弃进化论指导下的形式主义分析方法，从复杂的历史层面对中国文学的内容进行分析。它号召人们去深入研究每一个时代文学产生的社会背景，分析文学家的阶级出身和他们的政治态度，然后再从时代背景和作家的出身与思想倾向入手来分析作品的内容，由内容论及形式。这样，一部中国文学发展的历史就不再是一部文学形式的进化史，而是一部以语言艺术的方式来反映社会政治经济变革的思想史了。显然，用这种理论来说明现代文学必然要取代古代文学，白话文学必然要取代文言文学，平民文学必然要取代贵族文学，就远比胡适等人的形式主义的文学进化观更有说服力。因此，"五四"以后的一大批进步的古典文学研究者，很快就接受了这种以马克思主义为基础的文艺社会学，并以其作为研究方法论的利器。不但对中国古典文学的发生发展等问题做了深入研究，建立了一个比较完整的古典文学研究体系，而且也以其实际业绩，继承了五四文学革命的事业，在批判封建旧文化，建设中国新文化方面做出了重要贡献。

毫无疑问，以马克思主义的文艺社会学作为古典文学研究方法论并取得了最突出的成就，还是在新中国成立以后。之所以如此，首先是因为新中国的建立才为古典文学研究者创造了和平安定的生活条件；其次是自新中国建立之后才掀起了一个更广泛的学习马克思主义的群众运动；再次是自此以后才出现了一个更大的批判封建文化的高潮，并开始了社会主义新文化的建设。正是在这种环境下，以马克思主义的文艺社会学作为方法论的古典文学研究，才得以前所未有地展开。这时候，不但是一大批崭露头角的学术新人自觉地以马克思主义作为方法论的武器，就是早在解放前已经成就斐然的那些中老年学者，也争先恐后地学习马克思主义，改造自己旧的思想方法。于是，一个以马克思主义的文艺社会学为方法论的古典文学研究新时期到来了。他们以前所未有的热情投入到研究中去，不但以马克思主义的文艺社会学观点对几千年古典文学发生发展的历史作出了新的解释,建立了一个新的古典文学研究体系,而且在学术研究方法论上也有重要进展和收获。

马克思主义文艺社会学方法论的实质是从一个新的角度来确定文学的本质。它把文学首先当做一种社会意识形态来认识,认为文学是社会生活的反映,然后在这个前提下再来考虑文学的语言艺术特征。这样,它就把文学研究者的视野从狭隘的形式进化引向广阔的社会历史空间,使他们的文学分析在这样一个大的背景下展开,所以才显现了前所未有的深度和广度。当然,如果从一般情况讲,因为文学本身就和社会有着广泛的联系,所以不管你是自觉或不自觉地,在文学的研究中总会不同程度地接触到文学得以产生的广阔的社会背景层面。特别是在中国这个古老的国度里,"声音之道,与政通矣"[①],这一说法早就已经是我们的祖先对文学的社会本质的一种认定,所以《毛诗序》论《诗经》早就有风雅正变之说;刘勰论文学也早有"时运交移,质文代变","文变染乎世情,兴废系乎时序"[②]之论;后世评论家,亦多言及此。逮至20世纪以来,重视文学和社会的关系并对此进行论述,更是许多古典文学研究者超越前人之处。如谭丕模在1933年出版的《中国文学史纲》,就主要从社会政治历史的变化来论述文学的发展。1935年张希之著的《中国文学流变史论》,更是比较详细地从中国经济发展的阶段来论中国文学演变的历程。本书在第一章就先讲"文学史方法论",第二章是"文学史范围论",第三章讲"中国文学的史的观察"。下分几部分,一是社会的发展与历史的演进,二是历史的连续与阶级的划分,三是中国经济发

---

① (汉)郑玄注,(唐)孔颖达等正义:《礼记正义》卷37,(清)阮元校刻:《十三经注疏》,中华书局1980年版,第299页。

② (梁)刘勰著,范文澜注:《文心雕龙注》,人民文学出版社1962年版,第671、675页。

展的阶段,四是中国文学演变的历程。下面从第四章到第七章分述"史前社会及文学"、"诗经"、"楚辞"和"汉代文学的发生及发展"。在这几章中,又首先谈"诗经的社会背景","楚辞的社会背景"和"汉代文学的社会背景"。后出转精,到刘大杰1941年出版他的《中国文学发展史》,从社会发展的角度来看文学的发展,更形成了一个比较完整的体系。从以上论述中可以看出,把文学放在广阔的社会背景下来认识,在中国有着悠久的传统,而自20世纪以来随着马克思主义的传入,到三四十年代更把这种传统发扬光大了。

但是,正如前面所述,真正把文学的发生发展放到广阔的社会历史背景下来进行分析并取得最突出成绩的,还是在新中国成立以后。因为在这个时期,人们对于马克思主义的文艺社会学理论的理解已经更为深刻,方法运用得也更为成熟。他们摒弃了解放前一些学者的简单化与肤浅化倾向,从更多的方面来分析文学和社会的关系。最为典型的,是他们总结了一套由时代背景的研究出发,然后去看作家的生平思想,由作家的生平思想再去分析作品的思想内容,由思想内容再去分析作品的艺术特色的模式。这个模式虽然到80年代后受到了人们的严厉批评,但是我们应该看到,用它来揭示中国古典文学作品所包含的巨大思想内容和社会认识价值,特别是对于那些直面现实人生,用自己满腔的热血直接去写一个时代的历史巨变和广阔的社会生活的作家,如屈原、杜甫、陆游等及其作品的分析来说,还是有着相当强的理论说服力量的。更为重要的是,在这种理论方法的指导下,学者们把自己的研究重心转移到了对文学的社会本质的全面分析上,他们发现或深化了一系列前人没有发现或缺乏深入研究的课题。诸如中国文学史上的现实主义问题、爱国主义传统问题、阶级性问题、人民性问题等。他们也从这一角度试图解释中国文学发生发展的一系列问题,特别是对每一个时代、每一种文体的产生与发展,如关于唐诗繁荣的原因,词的产生及发展,元杂剧的兴盛,明清小说的兴起等,都从社会政治历史变化方面给予了深刻的说明。正是在这一基础上,他们完善了一个以马克思主义的文艺社会学为基础的文学史理论体系,其代表性成果就是游国恩等人主编的《中国文学史》和原中国科学院文学研究所主编的《中国文学史》。这两部著作,自60年代初问世后就一直被高校当作教材,几十年来在社会上产生了巨大影响。

在此,我们可以举例说明以马克思主义的文艺社会学为基础的分析法在古典文学研究中所取得的成就。如关于《史记》这部伟大的历史文学名著,早在其问世不久就引起社会对它的评价,"自刘向、扬雄皆称良史之材"[①]。大致从晋宋以来,开始出现了《史记》文辞品评派,如魏时曹植的《史赞》,梁时刘勰的《文心雕龙》就对《史记》的章法、文藻作过评述。到唐宋以后,人们更重视《史记》的文学价值,韩愈、欧阳修、曾巩、苏氏父子等都把它当成古文楷模。明清以来研究者更多,但是他们的研究大都有这样的缺陷:评判内容多从维护封建正统观念出发,评析艺术技巧多集中于章法气脉,研究方法则多是评点式。"五四"以后人们开始用新方法研究。如鲁迅在《汉文学史纲要》中专列一篇,并称它为"史家之绝唱,无韵之《离骚》",李长之的《司马迁之人格与风格》也是一部力作。但是,自从学者们用马克思主义的文艺社会学作为研究方法后,才使《史记》研究出现了一个新的局面。他们不但重视《史记》的艺术,更重视开掘《史记》所蕴

---

① (唐)张守节:《史记正义序》,(汉)司马迁:《史记》,中华书局1959年版,第11页。

含的巨大的社会政治内容和思想认识价值。如刘大杰的《中国文学发展史》在评价《史记》的文学成就时，就把"丰富的思想内容"放在了第一位，他指出："《史记》的文学价值，首先在于它具有丰富的思想内容和深厚的人民性。《史记》在叙述复杂的历史事件的基础上，无情地揭露了社会的矛盾，统治阶级和农民的矛盾以及统治集团内部的种种矛盾。对于专制帝王和贪官酷吏鱼肉人民、剥削人民的残暴行为，画出他们的丑恶面貌，给以有力的讽刺和抨击。"[1] "因为作者对于现实有了这样深刻的认识，在《史记》全书里，才能充分表现出反对暴君、暴政，豪强、酷吏的思想，洋溢着热爱人民，关怀人民疾苦的感情。革命的英雄人物，提到极高的地位。凡是爱国爱民的、品质高尚的、急公好义的、尚义任侠的、在文化教育方面有成就对于社会事业有贡献的各种人物，都在历史上得到很高的地位，而予以不同程度的评价。出身微贱的下层人物的历史，同样受到重视。"[2]

的确，关于《史记》中的人物描写，千百年来一直受到人们的称誉。但是，千百年来的评论家，有谁站在阶级斗争和反封建的高度对它作出这样的分析呢？如果说，刘大杰的分析在这方面还做得不够，还只是把分析的重点放在对昏君酷吏的批判上的话，那么，游国恩等人所编的《中国文学史》的分析就更深刻了。在这本书中，编者先从总体上作一概括："《史记》……在'本纪'、'世家'和'列传'中所写的一系列历史人物，不仅表现了作者对历史的高度概括力和卓越的见识，而且通过那些人物的活动，生动地展开了广阔的社会生活画面，表现了作者对历史和现实的批判

---

[1] 刘大杰：《中国文学发展史》（上），上海古籍出版社1982年版，第170—171页。
[2] 刘大杰：《中国文学发展史》（上），上海古籍出版社1982年版，第171—172页。

精神,表现了作者同情广大的被压迫、被剥削的人民,为那些被污辱、被损害的人鸣不平的战斗热情。"①下面,又从四个方面给以具体分析:1."《史记》是一部具有强烈的人民性和战斗性的传记文学名著,这首先表现在对封建统治阶级——特别是汉王朝统治集团和最高统治者丑恶面貌的揭露和讽刺。"2."司马迁不仅大胆地揭露了封建统治集团的罪恶,而且也热情地描写了广大被压迫人民的起义反抗。"3."《史记》的人民性、战斗性,还表现在记载那些为正史官书所不肯收的下层人物,并能从被压迫被剥削人民的观点出发,分别给他们以一定的评价。"4."《史记》中还写了一系列的爱国英雄。"最后又总结说:"总之,作为传记文学的《史记》的思想内容是丰富深刻的:它一方面揭露了统治者及其爪牙的无比丑恶,画出他们的真实的脸谱;另一方面表达了人民的思想感情和愿望,歌颂人民及其领袖的起义反抗,以及可歌可泣的爱国英雄和救人困急的侠义之士,表现了我们伟大民族的革命传统和优良品质,这对今天都还有积极意义。"②显然,这种分析,比刘大杰的分析更为细致,也深刻得多。

不仅如此,游国恩等主编的《中国文学史》还能在对《史记》的思想内容的分析基础之上来总结《史记》人物塑造成功的原因,并对其进行艺术分析。他们指出:"《史记》的思想意义是和作者精心的构思、高度的写作技巧密不可分的。"作为一部历史著作,《史记》的写作首先是在"坚持历史真实的原则下写人物的",但在这当中,作者也不是事无巨细全都照录,而是"通过对历史材料的选择、剪裁和集中,不仅使许多人物传记正确地反映了他们

---

① 游国恩等主编:《中国文学史》(第一册),人民文学出版社1963年版,第131页。
② 游国恩等主编:《中国文学史》(第一册),人民文学出版社1963年版,第132—136页。

在历史上的活动和作用,而且突出了他们的思想和性格,表达了作者的爱憎";其次,"作者在写人物传记时,尽力避免一般地梗概地叙述,而是抓住主要事件,具体细致地描写人物的活动,使人物性格突出";其三,"司马迁还通过许多紧张斗争的场面,把人物推到矛盾冲突的尖端,让人物在紧张的斗争中,表现他们各自的优点和弱点,表现他们的性格特征";其四,作者还"善于用符合人物身份的口语来表现人物的神情态度和性格特点","在叙事和记言中还常常引用民谣、谚语和俗语。由于它们产生、流传于民间,概括了广大的社会生活,是一种精粹的富于战斗性和表现力的语言,因此,使《史记》的语言更加丰富生动,并且有力地表达了作者对历史事件和人物的批判"。[1] 这种把艺术性的分析放在思想性的分析之后,并由思想性来看艺术性的方法,比起实证主义的分析学派来说,也显示了它对作品的整体把握方面的长处,更是以往的传统的评点分析法所不及的。

由刘大杰的《中国文学发展史》到游国恩等人主编的《中国文学史》中对于《史记》文学艺术性的分析,我们可以看出,以马克思主义的文艺社会学为基础的方法论,把对中国古典文学作品的分析深入到了何种程度。他们手中似乎掌握了一种洞微烛幽的有力武器,能够从社会政治的角度把作品的思想价值全部挖掘出来,它会使读者们确信,无论任何时代的文学作家,他们的思想都不可能超越时代,他们的作品都是对时代的反映;而那些伟大的作家和作品之所以流传百世,也首先在于他们对自己所生活的社会和历史有着最为深刻的认识,并且把所有这一切都生动地反映在他们的作品之中。也许,这并不是一个作家和一部作品之

---

[1] 游国恩等主编:《中国文学史》(第一册),人民文学出版社1963年版,第136—140页。

所以伟大的全部，如文化学派还会从中揭示其丰富的文化内容，心理学派也会从中找寻人类心灵成长的历史。但是，我们不能不承认，任何作家的思想都和该时代相关，任何优秀的文学作品中也都包含着深刻的社会思想，马克思主义的文艺社会学方法论正是引导人们在这方面去分析研究古典文学作家和作品，并且取得了前所未有的成就，仅此一点，就足以使它不朽了。

以马克思主义的文艺社会学为基础的分析方法论的出现，标志着20世纪中国古典文学研究在方法论上的一次革命，它所取得的成就是巨大的，所造成的影响也是深远的。但是，在这种方法论应用的过程中，也存在着一些明显的缺陷，具体来说，主要有以下三个方面：

首先，马克思主义的方法本来是以辩证唯物主义为基础的，它首先就要求人们全面地看问题，具体问题具体分析，而不能用一个现成的公式去套。可是，由于我们对马克思主义理论没有能够很好地理解，片面地夸大或强调了其中的某一个方面，并把它当成是普遍性的真理，并用它来代替对所有问题的具体分析，因而在一段时间和一些人那里形成了一种严重的形而上学倾向。比如说，从马克思主义的阶级观出发，那么，我们自然可以得出这样的结论，在阶级社会中，每一个人都在一定的阶级地位中生活，各种思想无不打上阶级的烙印。但是，这个理论只应该作为对于人的阶级分析和思想分析的一般原则，而不能代替对某一个人的具体分析。这是因为，在现实生活中，某一个人的阶级出身虽然不变，但是他的阶级地位却是可能变化的，这中间并没有一个永不可跨越的鸿沟；而对于一个社会和一个时代各阶级的思想来说，则更如大海与大洋的水一样，没有一个明显的界域可分。一方面，在阶级社会中，统治阶级的思想就是这个社会的统治思想，被统治阶级的思想也深受其影响；另一方面，统治阶级中的一些进步者，也会把自己的视野投入到被统治者中间，关心他们的生活和命运，在一定程度上替他们说话。更何况，在一定的历史条件下，各个不同的阶级之间思想和利益也不只是对立的，如在民族危亡和巨大的自然灾害面前，有可能存在着共同的方面。这说明，即便是我们对某一个作家的身世和生平有了一个比较好的了解之后，我们对他的思想还需要认真分析。可是，在很长一段时间里，我们恰恰把马克思主义的这个具体问题具体分析的灵魂丢掉了，不是认真地分析一个作家作品，而是简单地对作家作品贴标签，划成分；更有甚者，还试图据此把所有的中国古典作家分成两大派别，一派是现实主义的，一派是反现实主义的。这样，活生生的文学就成了僵死的政治图解，当然也就把文学的本质完全歪曲了。

其次，马克思主义的理论作为一种方法论，它本来也是一个开放的体系，是要继承和学习所有其他各家理论方法之长处的。所以，在学术研究上，我们应该采取的正确态度就是"百花齐放，百家争鸣"。但是，在很长的一段时间里，马克思主义的这一原理却没有得到很好的理解和应用，不是采取兼容并包、取长补短的态度对待其他学说方法，而是摆出自己唯一正确的态度来轻率地排斥或粗暴地否定其他观点方法和学说。于是，本来在新中国成立前的一段时间里，在古典文学研究中还是多种方法和学说并立，如进化论方法、文化人类学方法、心理学方法等都有人尝试，并有人在某方面取得了可喜的成绩。如闻一多用民俗学方法研究《诗经》，郑振铎用文化人类学的理论研究写作《汤祷篇》。可是，到了新中国成立后，我们反而轻易地把许多方法排斥了。百家争鸣变成了一家争鸣，这样就把马克思主义这个开放的学术思想体系变成了一个封闭的、僵化的思想体系，大大地限制了古典文学研究理论水平的提高和学术的发展。

再次，片面地强调分析的功能而忽视了实证的作用，有明显的"以意逆志"倾向，从而对某些作家作品做了严重的曲解。以马克思主义的文艺社会学为基础的研究方法强调对作家作品思想内容的分析，但是它更强调分析要有理有据，要有事实的基础。可是，在很长的一段时间里，人们却以一些马克思主义的抽象原理代替了具体分析，甚至也不对作家作品进行必要的考证，就在那里任意地发挥，去阐述其"微言大义"。而另有一种倾向则是从表面上看也重实证，实际上却是先有结论而后才去考证，不是在考证出的事实面前修正自己的观点，而是用自己的观点来解释考证的事实，或者只是片面地搜罗证据来证明自己的观点，这其实也是一种"以意逆志"的表现。这些情况，在 50 年代初就已经有所反映。以后越来越严重，到了 60 年代中期发生了"文化大革命"，这种在极"左"思潮指导下的古典文学研究思想方法更走上了错误的极端。"文化大革命"结束后，随着人们对"文化大革命"的批判，对古典文学研究中所存在的极"左"思潮也开始了全面的反思，关于古典文学研究方法论问题也开始了全面的思考，一个深入探讨古典文学研究方法论的新时期来到了！

三、20 世纪末叶以文化学为基础的系统方法论

在 20 世纪的中国古典文学研究方法论探讨中，80 年代以后显然是最为活跃的一个时期。之所以出现这种情况，首先是和当时思想解放的政治环境分不开的。粉碎"四人帮"后，党和国家在政治思想上拨乱反正，学术界自然也开展了对"四人帮"的批判，

并逐渐深化到对"文化大革命"前学术中的极"左"思想的反思。这其中重要的一个方面,就是对于自50年代就已经初露端倪的形而上学方法论的反思与批评;另一个重要的方面则是当代世界科学革命的飞速发展。80年代初,方法论问题首先在哲学界开始受到重视,1981年,《哲学研究》编辑部就编辑出版了一本《科学方法论文集》,号召研究者在"正在酝酿着新的科学革命的80年代已经到来"的时候,"积极开展科学方法论的研究",并"希望从事哲学、逻辑学、科学史、心理学、语言学等方面研究工作的同志都来关心科学方法论"。① 到80年代中期,随着改革开放而带来的思想解放与西方各种文化思潮的引进,方法论问题逐渐成为文学研究中的一个热门话题。1985年,文学界先后在北京、厦门、扬州、武汉等地召开了一系列全国性学术会议,专门讨论方法论问题,以至于有人把1985年称之为"方法论年"。古典文学研究在这方面反应相对慢一些,但是在1987年3月,由《文学遗产》、《文学评论》、《语文导报》、《天府新论》等单位发起,在杭州联合举行了全国首届"古典文学宏观研究讨论会",与会者有150多人。以后,由《文学遗产》编辑部牵头,又陆续在桂林、大连、漳州等地先后多次举行古典文学研究方法论讨论会。关于古典文学研究方法论的问题,在20世纪中,再也没有比这一时期更受到学者们的重视的了。

  80年代以来古典文学研究方法论受到了空前的重视,和改革开放的政治环境、国际国内学术思潮的变化与科学技术革命的发展都有着极大的关系,同时也和古典文学研究这一学科自身的成长发展有着极大的关系。严格说来,在具体的科学研究中,方法论不能单独存在,它总是在研究对象中体现出来,而抽象出来

---

① 《哲学研究》评论员:《积极开展科学方法论研究》,载《哲学研究》编辑部编:《科学方法论文集》,湖北人民出版社1981年版,第1—9页。

的方法论总带有一定的哲学意义。所以，由于受现代科学思想的影响，虽然古典文学研究在方法论上也有着很大的进步，但是自20世纪初以来，单独谈文学研究方法论的文章并不多见。查阅新中国成立前有关材料，就笔者所知，最早讨论文学研究方法论的著作当属姚永朴1933年在商务印书馆所出《文学研究法》一书。但是从书中所看，姚氏所持的文学观还比较宽泛，他所论研究方法也比较传统，将"明道"和"经世"视之为要务。而从新文学观出发所论研究方法的文章则不多，今天所能见到的文章也不过如下十几篇：渭川的《怎样研究中国文学史》（见1923年《学生杂志》10卷7期）；仲云的《一种研究文学史的新方法》（见1924年6月2~9日《学灯》）；〔日〕冈泽秀虎著，洛扬译《关于在文学史上的社会学的方法》（见1930年2月《文艺研究》1卷1期）；汪倜然《论中国文学的新研究》（见1931年5月《读书月刊》2卷2期）；须尊的《文学史之新途径》（见1932年《鞭策周刊》21、22、23期）；既舒的《文学史的材料与方法》（见1933年9月6日《天津益世报·文学周刊》第40期）；〔日〕川口浩著，穆木天译《关于文学史的方法诸问题》（见《现代》1934年3卷2期）；邹同礽的《研究中国文学史的三个阶段》（见1937年《学风》7卷2期）；罗根泽的《学艺史的叙解方法》（见《读书通讯》1940年第12期，1942年第36期）；谭丕模的《研究文学史的方法论的商榷》（见1946年《人民文艺》第1卷3期）等。[①] 而更多的人则是在具体研究中谈到自己的方法，如早在1918年中华书局印行的谢无量的《中国大文学史》，在绪论中就专有"文学研究法"一节；刘麟生的《中国文学ABC》（1929年世界书局印行）在导

---

① 以上可参考中国社会科学院历史研究所资料室、北京大学历史合编《中国史学论文索引》第一、第二编《中国文学史论文》部分。

言中也有"如何研究中国文学"一节;谭丕模的《中国文学史纲》（1933年和济印书局印行）也有"怎样去研究中国文学史"一节;张希之的《中国文学流变史论》（1935年北平文化学社出版）则把"文学史方法论"单列一章;罗根泽的《中国文学批评史》在第一章"绪言"中,也对研究方法问题进行了深刻的论述。相比较而言,自80年代以来,专门讨论文学研究方法论的文章则日渐增多,如杨公骥的《与青年同志谈如何研究中国古代文学》（《社会科学战线》1983年第1期）;陈伯海的《宏观的世界与宏观的研究》（《文学遗产》1985年第3期）;董乃斌的《中国古典诗歌研究的现状和未来》（《文学评论》1985年第2期）;徐公持的《关于古典文学的宏观研究及其现状》（《文学遗产》1987年第4期）;石家宜、高小康的《古典文学研究宏观再议》（《文学评论》1988年第2期）;陈一舟的《文学史的形态与语式》;严迪昌的《审辨史实,全景式地探求流变》;钟优民的《历史·现实·架构——文学史方法论漫议》;张晶的《逻辑与历史的辩证统一》;马德富的《语言艺术历史流变的描述与阐释》;吴调公的《从探求到抉择》等,在这一时期都产生了反响。以后,随着讨论的深入,有的刊物还开辟专栏发表这方面的文章,如1994年的《江海学刊》。几年时间,在全国的学术刊物上发表的有关论文不下几百篇。与此同时,一些学术著作中也把方法论当作一个重要的问题来论述。如赵沛霖的《诗经研究反思》、刘扬忠的《宋词研究之路》,在对《诗经》和宋词研究进行学术总结时,都对方法论问题进行了论述;李炳海的《周代文艺思想概观》在"导言"中也先讲了本书所用的研究方法;许总在《唐诗史》的《引论·文学史研究方法与唐诗史之重构》中更是用了近3万字的篇幅来对此问题进行阐释。更值得注意的是,王钟陵在撰写了《中国中古诗歌史》和

《中国前期文化—心理研究》这两部专著的实践基础上，于1993年又推出了《文学史新方法论》这部34万字的专论古典文学研究方法论的学术著作。钟优民也主编了《文学史方法论》一书，陶东风则出版了《文学史哲学》。这些专门论著的大量出现，标志了这一时期在文学研究方法论上所达到的研究高潮和空前的规模水平。

总的来说，80年代以来的古典文学研究在方法论上呈现出一派"百花齐放、百家争鸣"的前所未有的好形势。改革开放给人们的思想带来了解放，也带来了国外各种各样的学术思潮。人饿极了就饥不择食，一旦让他们有食可吃并且可以尽情享受的时候，相应而来的也许就是消化不良。80年代初中期的古典文学研究与此有些类似，当人们解开了思想的禁锢并把眼光投放到整个世界的时候，让人眼花缭乱的西方各种学术思潮和方法论还没来得及探究就被生吞活剥地咽到肚里去了；与此相反的是一些人带着一种逆反心理，在对50年代以来的极"左"思潮的批判中轻易地就把我们多年坚持的马克思主义的文艺社会学方法论中的正确的和精华的东西也一起丢掉了。但是和过去相比，人们的思想毕竟成熟了，所以这种局面并没有持续多久，古典文学研究方法论就出现了稳健发展的良好态势，在多极理论方法共存的情况下，逐渐形成了一种主导性的趋向，那就是以马克思主义文化学为基础的系统方法论。

在80年代以来关于方法论研究的理论探讨和具体实践中，还没有人直接提出过以马克思主义文化学为基础的系统方法论问题，我们在这里大胆地把它作为80年代以来的古典文学研究方法论发展的整体趋势来概括，却是有一番道理的。因为，在80年代的古典文学研究方法论探讨中，虽然表现为一种"百花齐放、百家争鸣"的态势，但是我们若仔细分析就会发现，在各家的理论里面也有一种属于这一时代的共同的东西，那就是对马克思主义的重新理解、文化的眼光和系统的观点，正是这三点构成了新时期以来古典文学研究方法论发展的共同趋向。之所以出现这种情况，又是和以下两点密切相关的。

1. 从研究主体的角度讲。作为20世纪80年代以来的古典文学研究者，他们的主要力量已经是新中国成立以后在马克思主义的理论思想指导下成长起来的新的学人。这其中，50年代培养起来的学者对马克思主义理论的学习时间最长，当然受极"左"思想的影响相对来讲也要大一些。粉碎"四人帮"后，当他们在对极"左"思想进行批判的时候，自然也要对自身进行反思。他们发现，自己过去对于马克思主义理论的理解的确有点片面了。马克思主义理论的一个重要特点，就是要人们学会全面地看问题，它本身就有一定的系统论特点。所以，在新形势面前，在对马克思主义理论重新学习的过程中，他们首先就开阔了自己的理论思维视野，把以马克思主义文学理论指导下的文学社会学的僵化研究转到文学文化学的系统研究。而另一批中青年学者则大都是"文化大革命"结束后成长起来的博士、硕士，他们的导师大都是50年代的学者，马克思主义也仍然是他们的指导思想；同时，他们虽然比50年代的学者小了一辈，可是也在不同程度上受到了极"左"思想的冲击。但是他们毕竟年轻，因而具有更为开放的意识，更容易接受新思想，也更容易把马克思主义的理论和文化学的系统研究结合起来。所以我们看到，在80年代关于方法论讨论的热潮中，无论是50年代成长起来的学者还是80年代的学术新人，他们中的大多数都是在坚持马克思主义理论的基础上提出新的方法论问题的。而这一点，尤其在当时许多人倡导的关于古典文学宏观研究上体现得最为明显。

说起来,在80年代古典文学研究方法论热中,"宏观研究"并不是一个可以革新方法论的很准确的提法。本来,"宏观"这一概念是和"微观"相对立的,若倡导"宏观研究",其暗含的前提就是我们过去在文学研究中"微观研究"过多而"宏观研究"不够。但事实上并不是这样,自50年代以来,我们对古典文学的"宏观研究"也不少,在一段时间内,有人把一部中国文学史当成是一部现实主义与反现实主义的斗争史,这够"宏观"的了;还有许多人不愿意对具体作家作品进行具体分析,就用"阶级性"、"人民性"的公式去套,专去做那些空疏的长篇大论,也够"宏观"的了。相比较而言,真正以扎扎实实的考证加深刻的理论分析而见长的好的"微观研究"文章并不多见,空疏是我们这一时代大多数学者的共同毛病。但是,为什么在80年代中期,古典文学研究领域突然兴起"宏观研究"来了呢?对此,董乃斌的一段话可以说明。他说:"加强宏观研究和综合研究。这要求研究者把诗歌作为一个整体,放在全部文学史,即由多种文体所组成的庞大体系以及由历代文学衍变所构成的长长链索中来进行考察。进一步,则是要放在各种艺术创作乃至一切社会意识形态的相互关系之中来进行考察。再进一步,还应将诗歌现象放在整个社会发展历史的背景上,从人类行为和思维发生发展这个角度来探索其特殊规律和演化过程。应该说,这是我国传统诗学中最为薄弱的方面。这种研究方法要求我们妥当地处理理论探讨和资料考证的关系,更自觉地把注意重心由个别具体的问题转移到有概括性、带规律意义的问题上去。例如,不仅研究单个作家,而且研究流派和一个时代的创作倾向,不仅从文学史而且从文学思想乃至整个思想史角度来观察和分析，等等。总之，就是要求古典诗歌的研究者对人类社会、特别是人类精神活动的各个方面都有一个完整的、系统的概念，要求他们除精通文学和历史以外，还掌握哲学、心理学、文化人类学等学科的知识。只有这样才能做到将我们的研究对象——古典诗歌——放在各个不同层次的体系中从各种不同角度进行全面深入的考察。与此相关，也就对微观研究提出了新的要求，即要求我们深入到诗歌作品的内核，深入到作家的心灵和创作过程许多细微的心理活动之中，去探究作家从生活的积累到灵感的触发乃至字斟句酌的提炼修润等每一个环节。今天，再停留在一般社会学高度，写出一般的古代作家作品论，已经不够了。我们十分需要以新的观点和新的方法写成的中国诗歌通史、断代诗歌史乃至断代诗歌分体史这样的著作，也十分需要对古代诗人、作家'心灵的历程'作细致入微探索的理论著作。为此，我们必须进一步学习马克思主义，提高理论水平。同时，适当地引进新理论、新方法，如系统论和比较研究的方法之类，显然是有益的。"①

　　董乃斌这段话虽然是专就中国古典诗歌研究现状而发，实际上也代表了倡导在整个中国古典文学中进行宏观研究者的共同心理。那就是，他们之所以要提出"宏观研究"这一问题，目的并不是要人们舍弃"微观研究"而专去发那些大而无当的"宏论"，而是要人们突破多年来的社会学模式，把文学放在更为广阔的人类社会历史背景中去研究；不但要研究社会，而且要研究心理；不但要精通文学和历史，而且要精通哲学、心理学和文化人类学等学科知识。这不但是对宏观研究提出的新要求，实际上也是对微

---

① 董乃斌：《中国古典诗歌研究的现状和未来》，《文学评论》1985 年第 2 期。

观研究提出的新要求。换句话说,这并不是什么"宏观"和"微观"的问题,而是在关于文学的新认识的基础上的方法论更新问题,即把以马克思主义的文艺社会学为基础的简单分析法改变为以马克思主义的文化学为基础的系统分析法的问题。它的要义有两条:一是把以前的文艺社会学批评扩展为文学的文化学批评;二是把对文学的简单的线性分析变为对文学的系统分析。而这两点,都离不开马克思主义的理论基础,所以董乃斌在文中强调"我们必须进一步学习马克思主义,提高理论水平",这的确代表了当时大多数古典文学研究者的方法论倾向。

在提倡古典文学的宏观研究中,陈伯海是其中的代表。他说:"宏观研究在八十年代中期得到特别有力的推进,又跟我国社会变革发展的大形势有关。'四化'与改革事业的深入展开,把建设现代化的民族心理、民族文化的任务提上议事日程,而新文化的建构又离不开文化传统的批判继承。文学是民族心灵的结晶,一部中国文学史便是中华民族之魂动荡变化的写照,它映现着我们民族的喜怒哀乐、好恶爱憎,昭示着我们民族对生活、对美的理想和感受生活,创造美的才能。研究中国文学史的目的,也正是要从中发掘民族的心理素质,探讨民族的审美经验,把握在这种审美心灵支配下的民族文学传统生成和演进的规律,藉以指导文学与社会生活的未来运行。一句话,怎样认识我们民族的传统精神与审美文化,又怎样在新形势下发展和改造这一传统,便是时代向文学史研究工作者提出的大课题。而要解答这个课题,单凭一字一句的诠说、一诗一文的解析以及一人一事的考订、评判,显然是不够的,必须对全部文学史作连贯的思考与整体的综合,这就需要改换研究的着眼点,超越个别事象,进入宏观层面。据此,宏观研究不光是对象范围的扩大,更其是研究意识的更新,它可以说是社会变革形势推动下现代意识渗入历史传统的重要表征。"①

显然,陈伯海在这里所说的宏观研究,从实质上讲仍不是"宏观"或"微观"的问题,而是社会变革促使研究者的主体意识如何更新的问题,是马克思主义的文学社会学如何向马克思主义的文学文化学方向转化的问题。

2. 从时代变革的角度讲。为什么80年代以来的古典文学研究在方法论上会从社会学的简单分析法转向文化学的系统分析法为主呢?这和国际国内的大环境的改变都是相关的。从国内方面看,"文化大革命"结束后,我国很快进入了改革开放的新时期。在拨乱反正的过程中,古典文学研究者一方面对"四人帮"的"极左"理论进行了深刻批判;另一方面在总结历史经验的基础上,对以前所坚持的社会反映论的文学观也进行了深刻的反思。在这当中,人们从实践中所得到的最深刻的认识之一就是:在迈向现代化的历史道路上,传统文化并不是轻易就可以抛弃的东西,它正在无形中发挥着巨大的作用。从国际方面看,世界在走向现代化的过程中,由于西方国家比东方国家先走了一步,多年来在西方国家就形成了一种西方文化优越论和西方文化中心论的论调,而东方国家在走向现代化的过程中首先要向西方学习,所以这种论调在一段时间内在东方国家也有相当大的影响。但是随之而来的两次世界大战和战后的西方经济文化危机使西方人对自己文化的优越感产生了怀疑;而东方国家在战后经济的飞速发展,尤其是亚洲四小龙和日本经济的起飞却使世界、尤其是西方各国看到了东方文化巨大的活力。在这种世界现代历史变化的过程中,人们所得到的最深刻的认识之一就是:现代化并不意味着世界各民

---

① 陈伯海:《中国文学史之宏观》,中国社会科学出版社1995年版,第3—4页。

族文化被哪一种文化同化,各民族的现代化都必须遵循自己的传统,它们同样在世界现代化的过程中各自发挥着自己的作用。因此,无论从国内情况还是从国际环境来讲,文化研究之所以成为学术研究中的一个热点,都是必然的。在这方面,国外、尤其是西方国家研究起步早一点,我们中国在打开国门之后,学术研究的热点自然也会很快地转到这方面来。而古典文学研究所面对的正是中国传统文化,关于文学的文化研究自然也会成为他们所关注的学术焦点。

从另一个方面讲,系统论作为一种研究方法的产生,也是和世界现代化进程紧密结合的。作为一种研究方法,系统论中的一个最基本的原则就是整体性原则。对这一原则的认识,正来自于现代自然科学和科技革命的飞速发展。在自然科学中,宏观宇宙所组成的系统随着人们的认识显得越来越复杂,而微观宇宙呈现出来的整体结构与宏观世界竟也是那样惊人的相似;在科技革命中,生物工程与计算机技术等所显示出来的整体大于各孤立部分总和的这一特征也越来越被人们所认识。扩而广之到大型的水电工程、原子能利用、农业开发,系统性特征则更为明显。世界上一切事物、现象和过程几乎都是有机的整体,几乎都是自成系统而又互成系统。因此,越来越多的人开始把系统论作为一种方法论应用于他们的研究,不独自然科学家这样,社会科学家也这样。而在中国这个自古就比较重视整体原则(尽管那是缺乏分析的模糊的整体)的国度里,接受系统论更是比较容易的事。所以我们看到,当改革开放之后系统论方法被介绍到我国时,不但是自然科学界,就是社会科学界也很快地接受了这种系统论方法。例如在 1985 年,林兴宅在他的《艺术魅力的探寻》的小册子里,就谈到要用"系统论的观点来考察艺术的本质";在我们上引的董乃斌的那段话中,实际上也包含着系统论的思想;而王钟陵在他的《中国中古诗歌史·前言》中则明确地说他写此书在方法论上所力图贯彻的两条原则之一就是"整体性原则"。他认为,研究文学之所以要如此,是因为:"从横向上说,人类生活的各方面本是一个大的有机系统,文学从来都是整体的文化活动中的一个重要的组成部分。从纵向上说,文学发展又是一个有着内在逻辑的有机过程。"[①]显然,王钟陵这里所说的整体性原则,也正是建立在系统论基础之上的,他用系统论的观点来看文学的发生与发展,然后又把这种观点用于他的文学研究实践。

由此可见,自80年代以来,古典文学研究者中虽然没有人直接提出马克思主义的文化学为基础的系统方法论这一概念,但是在改革开放的新形势下,对马克思主义的重新理解、文化学的眼光和系统论的方法,却必然会成为这一时期古典文学研究者在构建其方法理论时共同关注的方向。这说明,一个时期的学术研究不论有多少不同的流派,但是在这当中总有一个时代的主流。它同时也说明,一个时代之所以发生方法论的变革,并不是哪一个天才人物的提倡,而是社会变化和历史发展的结果。

对马克思主义的重新理解、文化学的眼光和系统论的方法,这三者大大开阔了80年代研究者的视野,也使他们对文学的理解扩展到前所未有的广度和深度,使古典文学研究方法论的探讨出现了前所未有的热闹场面。大家争相著书立说,阐明自己的理论方法,在共同的时代潮流下又各有自己的理论侧重。如同是对马克思主义的重新理解,有的人直接把马克思主义的文学社会观扩展为文学的文化观,有的人则更重视从马克思主义理论中提取

[①] 王钟陵:《中国中古诗歌史》,江苏教育出版社1988年版,第11页。

有助于文学的文化研究的理论思想和方法;同是从文化观的视角来看文学,有的人侧重于分析文学创作主体的文化心理,有的人则侧重于文学产生过程中的各种客观的文化因素;同是把系统论当作文学研究的方法,有的人把文学自身当作一个开放的系统,从文学自身出发来研究文学史的各种现象;有的人则把文学当成整个社会大文化系统的一部分,从文化系统的全面观照中来研究文学。而之所以会在这同一时代主流下出现"百花齐放、百家争鸣"的繁荣局面,是因为这种以马克思主义的文化学为基础的系统方法论本身就是一个开放的体系,是一个正处于多方吸收、容纳整合过程中的发展中的体系,因而也是一个和当前我们这个正处于世界文化大交融的现代历史相一致的体系。所以这种方法论正在展现着前所未有的活力,以这种方法论为指导的古典文学研究也正在展现着前所未有的活力。

在这一前所未有的古典文学研究热潮中,出现了一大批用新方法撰写的学术著作,也涌现出了一大批学有成就的中青年学者,他们一方面积极投身于文学研究实践,一方面也在研究方法论上不断地进行新的探索。"他们无论从治学道路、批评观念,以及精神气质、学术兴趣等方面,都表现出与其前辈和先行者有着明显的不同,这些不同已日益显露出一种新的发展方向和学术品格。"[1]他们的出现,不但为80年代以后的中国古典文学研究增加了无穷的活力,而且也预示着一代新的学风的开创,一个文学研究方法论新时期的到来。

以文化学为基础的系统方法论是在对马克思主义重新理解的基础上对多种思想理论的批判吸收,在世界文化交融中所形成的

---

[1] 傅璇琮、钟元凯:《古代文学的整体研究评议——从〈中国中古诗歌史〉谈起》,《文学遗产》1990年第1期。

开放的文化学眼光，和与现代科学的发展相并而生的一种新的科学方法。这三者使80年代研究者的学术视野比以往任何时代的学人都要开阔，也使他们对文学的理解扩展到前所未有的广度和深度，使古典文学研究出现了前所未有的热闹场面。但是，在这种研究领域空前扩展和深化的同时，也必然要把文学理论复杂化，使人们对于文学的把握感到了前所未有的困惑。文学发展过程中的因素固然有多种，但是我们究竟应该如何才能照顾到全部？把文学视为一个复杂而又庞大的系统固然是对的，但是我们在研究中又应该如何操作？从理论上说，80年代的新一代学者大都具有文化学的眼光和系统论的观念，他们关于文学研究方法论的理论文章也写得非常精彩，但是在具体操作中则往往顾此失彼、偏执一端。一方面是学术的进步和理论的发展极大地扩展了古典文学研究的深度和广度，另一方面则是因为对研究对象复杂性的认识而使得它更加难以把握。五六十年代、尤其是解放以前，一个人或几个人写出一部中国文学通史似乎是不困难的事，谢无量的《中国大文学史》、郑振铎的《插图本中国文学史》、刘大杰的《中国文学发展史》都是个人著述并享誉学界的。可是在今天，不要说我们目前尚未见到新出的个人著述的有分量的文学通史，就是以集体方式编著的文学通史，也没有一部得到了像上述几部书那样的广泛认可。之所以如此，也许有人认为那是我们这一代研究者的学力不够，当然这也可能是其中的一个原因，但我们以为更重要的原因则是由于学术的进步和理论的发展使古典文学研究的规模空前扩大也空前深入。试想，当我们把文学的历史不再看成是简单的文体变迁或社会政治变革的形象反映，而把它看成是一个复杂的历史——文化演化的动态系统的时候，当我们动辄把一部断代文学史或断代个体文学史（如断代诗歌史、小说史、戏曲史等）写至几十万言甚至上百万言还唯恐不够全面周到的时候，还想以一人之力写出一部让大家都点头称赞的文学通史又有多大的可能呢？从这一点来说，当代人的学力的确是不够了。同时，当大家都认识到了文学本身的复杂性以后，又有谁能有以简驭繁、综括众说的才力与气度写出一部让大家都称道的文学通史呢？近年来，在古典文学研究中我们虽然取得了突出的成绩，但是同时又对现状都感到不满。在高等学校教学中，大家都知道游国恩等人和中国社会科学院文学研究所编写的《中国文学史》已经不适应新的学术发展形势，一时间又写不出一部可以让大家都满意的代表我们这一时代最高水平的文学通史。这是一个群雄并起、百家争鸣，但缺少权威的时代；是一个多方探索、各是其是而缺乏归纳总结的时代；同时也是一个充满热情又充满困惑的时代。也许，这就是我们这一时代文学研究的特征？是古典文学研究方法论正在成为一门独立的学科的标志？抑或是另一个学术高潮即将到来的一种前兆？我们在总结了20世纪古典文学研究方法论的同时，也在热切地期待着它在21世纪的发展。

略论"五四"时期的古典文学研究

在 20 世纪的中国古典文学研究中,五四运动前后显然是最为重要的时期之一。它是中国旧民主主义革命的结束,新民主主义革命的开端。反映在古典文学研究上,则是由此而产生的学术思想的巨大变革。今天,在 20 世纪即将结束的时候,让我们简要回顾一下这一时期古典文学研究的概况,对于总结 20 世纪古典文学研究的历史,为今后的研究提供一些有益的资鉴,显然是很必要的。

一、文学革命推动下的传统文学的新的价值评估

追溯"五四"前后的这一段历史,我们不能不从辛亥革命时期说起。发生在 1911 年的这场革命,也是 20 世纪初最为重要的大事之一。延续了二千多年的封建王朝的灭亡和资产阶级共和国的建立,在中国人心中引起的震动之大是难以言喻的。一方面是,资产阶级共和国的建立打破了封建遗老们的维新复古之梦,康有为、刘师培等人怀着对君主立宪、"文艺复兴"一往情深的眷恋,对于辛亥革命自然抱着极大的不满,又策划了一出帝制复辟的丑剧。历史把他们由革命推向保守,他们不能不生出一种哀婉凄凉

之心。但是另一方面，由于辛亥革命的不彻底性，一批激进的、革命的青年更清楚地看到了中国社会的弊端，开始酝酿着一场更为深刻的政治革命和思想革命。这些反映到文学研究方面，就是又一批代替梁启超、刘师培、王国维等人而起的新一代政治家、思想家和学者，如陈独秀、李大钊、胡适、鲁迅等人的出现。他们的古典文学研究紧承前代而来，但是在思想观念上却有了极大的变革。

"五四"前后的古典文学研究，首先和当时以"反对旧文学，提倡新文学"为特征的文学革命是紧密相关的。何谓"文学革命"？用王瑶先生的话说："就是要求用现代人的语言（白话）来表达现代人的思想感情（民主、科学）；它是与封建专制主义和蒙昧主义直接对立的。"[①] 它的首倡者是胡适、李大钊等人。1916 年，李大钊在《晨钟之使命》一文中就说："由来新文明之诞生，必有新文艺为之先声，而新文艺之勃兴，尤必赖有一二哲人，犯当世之不韪，发挥其理想，振其自我之权威，为自我觉醒之绝叫，而后当时有众之沉梦，赖以惊破。"[②] 这篇文章，就是对于文学革命的呼唤。与此同时，胡适也开始了他的白话文学的创作，并且有了"文学革命"的提法。他所说的"文学革命"在形式上就是用"白话"代替"古文"，在理论上就是他后来所提出的"历史的文学的进化观"，在文学研究上就是推崇元明以来的戏曲和小说。他的这些主张，在以后发表的《文学改良刍议》（1917 年 1 月），《历史的文学观念论》（1917 年 6 月），《建设的文学革命论》（1918 年 4 月），《论文学改革的进行程序》（1918 年 4 月），《文学进化观念

[①] 王瑶：《"五四"时期对中国传统文学的价值重估——纪念"五四"七十周年》，载北京大学社会科学处编：《北京大学纪念五四运动七十周年论文集》，北京大学出版社 1990 年版，第 10 页。

[②] 1916 年 8 月 15 日《晨钟报》创刊号。

与戏剧改良》(1918年9月)、《谈新诗》(1919年8月)、《尝试集·自序》(1919年8月)、《中国文的教授》(1920年3月)、《五十年来之中国文学》(1922年)等文章中逐步充实和发展。其中尤其是《文学改良刍议》和陈独秀的《文学革命论》一文，在五四运动之前就引起了强烈的反响。胡适在该文中提出了文学改良的"八事"，"一曰，须言之有物。二曰，不摹仿古人。三曰，须讲求文法。四曰，不作无病之呻吟。五曰，务去烂调套语。六曰，不用典。七曰，不讲对仗。八曰，不避俗字俗语"①。而陈独秀则在其文中提出了"三大主义：曰，推倒雕琢的阿谀的贵族文学，建设平易的抒情的国民文学；曰，推倒陈腐的铺张的古典文学，建立新鲜的立诚的写实文学；曰，推倒迂晦的艰涩的山林文学，建立明了的通俗的社会文学"②。这种以倡导白话文学为突破口的"文学革命"，既是戊戌变法前后裘廷梁等资产阶级改良派倡"白话为维新之本"思想的延续，又比那时的思想要深刻得多。因为只有从胡、陈等人所倡导的"文学革命"起，才突破了资产阶级改良主义的旧路，"才真正进入了深层文化结构的根本改造：即价值观念、思维方式、道德情操、审美趣味、以至民族性格等的变革与再造"③。

以白话文学为突破口的五四文学革命运动，之所以对当时的古典文学研究具有重要意义，是因为这种运动不仅仅在于建设新的文学，还包括对传统文学的价值重估，它实际是在引导着当时

---

① 胡适：《文学改良刍议》，载陈思和主编：《中国现代文论选》，上海教育出版社2010年版，第4页。
② 陈独秀：《文学革命论》，《新青年》第2卷第6号，1917年2月1日。
③ 王瑶：《"五四"时期对中国传统文学的价值重估——纪念"五四"七十周年》，载北京大学社会科学处编：《北京大学纪念五四运动七十周年论文集》，北京大学出版社1990年版，第10页。

的学人站在新的文化立场上去重新研究几千年的中国古典文学,从而开创了自"五四"以来的中国古典文学研究的新局面。几年前,王国维在他的《宋元戏曲史》中开篇就说:"一代有一代之文学。"[1]而今日胡适在《文学改良刍议》也谈:"一时代有一时代之文学。"[2] 表面看起来,二人的话里都包含着历史进化的观念,他们对宋元以来的戏曲小说也都特别重视,颇有些殊途同归之意味,但仔细分析就不同了。王国维讲进化,是为了从历史进化的角度来说明"元曲为中国最自然之文学",最"有意境"之文学,主要的还是为他的唯美主义研究而张本。也就是说,王国维虽然讲进化,但是他所重视的并不是文学的进化而是宋元戏曲之艺术美。而胡适等人也讲进化,重视的则是白话文学的革命性质,是为他们的文学革命学说而立论了。甚至是鲁迅对于文学史也有大致相同的看法,他曾经说:"歌,诗,词,曲,我以为原是民间物,文人取为己有,越做越难懂,弄得变成僵石,他们就又去取一样,又来慢慢的绞死它。"[3]"士大夫是常要夺取民间的东西的,将竹枝词改成文言,将'小家碧玉'作为姨太太,但一沾着他们的手,这东西也就跟着他们灭亡。"[4] 以后由这里竟演变出了被后人称道的所谓文学发展的一条规律:"任何文学样式都成于民间,死于庙堂。"正是站在这样的思想基础上,他们开始了不同于戊戌维新派,也不同于王国维的文学研究。

在 20 世纪中国古典文学研究的历史上,这是一场重要的思想革命。中国古典文学有几千年的历史,在旧的文学观念中,"民

---

[1] 王国维著,黄仕忠讲评:《宋元戏曲史》,凤凰出版社 2010 年版,第 1 页。
[2] 胡适:《文学改良刍议》,载许觉民、张大明主编:《中国现代文论》(上),安徽教育出版社 2010 年版,第 2 页。
[3] 鲁迅:《鲁迅全集》,人民文学出版社 1956 年版,第 174—175 页。
[4] 鲁迅:《花边文学》,人民文学出版社 1980 年版,第 163 页。

间文学"一直是难登大雅之堂的,被文人士大夫瞧不起的。现在一切全变过来了。从周代开始,《诗经》中最有价值的不再是"雅"和"颂",而是"国风"。汉赋以降的文人创作,如六朝的骈文、唐代律诗,特别是明清以来被人标榜的桐城古文,都成了毫无生命的"死文学"。这种偏激的新说犹如一颗重磅炸弹,在人们心中引起强烈的震动,不能不使人们对过去的文学史观进行新的思考。当然,五四学人那时关于"活文学"、"死文学"的观点也许并不是十分科学正确的看法,特别是"五四"以后,当人们在冷静下来重新思考文学史时,就自然会发现这种说法的偏颇,所以三四十年代以后古典文学研究也并没有完全接受这种思想。但是胡适等人在当时提出的看法的确是中国古典文学研究史上的一场改变传统价值观念的"哥白尼革命"(胡适语)。也正是从这时开始,中国古典文学研究出现了一个全新的局面,"从古代歌谣,《诗经》中的'国风',《楚辞》中的'九歌',乐府诗,六朝民歌,直至后来的俗文学,或被重新发掘,或给以新的阐释和评价,都成为当时文学研究的'热点'。更重要的,是关于民间文学在传统文学的历史发展中所起的作用,第一次得到科学的说明。无论是'五四'时期的胡适,还是稍后的鲁迅,都揭示了中国传统文学发展的一个'规律性'的现象:'文学的新方式都是出于民间的'……"[1] 这种影响,在新中国成立以后游国恩等人编著的《中国文学史》中仍能明显看到。[2]

五四文学革命对中国传统文学的这种价值重估,影响了中

---

[1] 王瑶:《"五四"时期对中国传统文学的价值重估——纪念"五四"七十周年》,载北京大学社会科学处编:《北京大学纪念五四运动七十周年论文集》,北京大学出版社1990年版,第19页。

[2] 可参考该书第1册关于《诗经》、汉乐府民歌的评价与影响等有关文字。

国古典文学研究的方向和热点。翻看一下中国社科院历史所资料室和北大历史系合编的《中国史学论文索引》即可看出，自五四运动前后至20年代末以前的中国古典文学研究论文，关于白话文学、平民文学、戏曲、小说、民间文艺方面的内容占一半以上，在传统的《诗经》、楚辞、诗歌等方面的研究也大都采取了新的研究角度，给予了新的评价。如认为五言诗起源于民间，《孔雀东南飞》是民间的歌唱，甚至有人把杜甫诗也称之为"唐代的民间史"，把汉乐府称作"汉代普罗文学"等。也正是从这一时代起，逐步培养出了一大批有成就的古典文学研究家，如冯沅君、陆侃如、郭绍虞、曹聚仁、郑振铎、顾实、陈钟凡、朱希祖、胡怀琛、刘盼遂、刘永济、胡云翼、钟敬文、顾颉刚、郑宾于、卫聚贤、俞平伯、唐圭璋、沈雁冰、刘大白、游国恩、徐中舒、古直、胡小石、王伯祥、任二北、赵万里、赵景深、谢无量、钱南扬、傅惜华、徐嘉瑞、朱自清、容肇祖、孙楷第、杨世骥、阿英等。可以说，正是在这样的时代风潮之下，20世纪的中国古典文学研究才出现了第一次高潮。

在五四文学革命风潮影响下的古典文学研究，偏向于"白话文学"、"平民文学"和"俗文学"的方向开拓，其中最突出的领域就是对于中国小说和戏曲史、特别是对于宋元以来的小说戏曲的研究。它始于19世纪末叶以来白话小说创作的蓬勃发展，戊戌变法前后梁启超、狄葆贤、裘廷梁等人的"小说界革命"和"白话为维新之本"扬起波澜，至五四运动前后胡适、李大钊、陈独秀等人倡导文学革命，终于成为一种势不可挡的研究方向。它生动地说明，正是社会思潮的变革才逐渐引起了学术思想的革命、学术观念的更新，从而开拓出一片新的学术园地，发掘前人没有发现的东西，做出和前人完全不同的价值评估。也正是从此以后到二三十年代，在这个领域才能出现了一支声势颇为浩大的研究队伍，出现了一批 20 世纪最有成就的学者，一批 20 世纪最有学术价值的研究著作。如被郭沫若称之为"中国文艺史研究上的双璧。不仅是拓荒的工作，前无古人，而且是权威的成就，一直领导着百万的后学"[①]的王国维的《宋元戏曲史》和鲁迅的《中国小说史略》产生在这一领域；被后人推崇为"近代文学批评先声"[②]的王国维的《红楼梦评论》产生在这一领域。而胡适之所以在五四新文化运动中立下了不可磨灭的功勋，他的提倡白话文的学术研究的主要成就，引导了当代人学术研究方向的《白话文学史》等著作，也在这一领域。他的《红楼梦考证》，"头一次弄清楚这部不朽著作的作者是曹雪芹，头一次推翻了索隐派的胡言乱语。他的考证成果至今还像山一样的难以撼动"。[③]其他如张静庐的《中国小说大纲》（1920 年）、陈景新的《小说学》（1926 年）、范烟桥的《中国小说史》（1927 年）、胡怀琛的《中国小说研究》（1929 年）、吴梅的《中国戏曲概论》、佟晶心的《新旧戏曲之研究》（1927 年）、贺长群的《元曲概论》（1930 年）、曹聚仁的《中国平民文学概论》（1926 年）等著作，也都在这一时期先后出版。此外，还有以胡适的《水浒传考证》（1920 年）、《三侠五义序》（1925 年）、《宋人话本八种序》（1928 年）等为代表的一大批学术论文，也发表在这一时期。再如郑振铎一人在 20 年代就发表过《中国小说的文类及其演化的趋势》（1929 年）、《中国小说提要》（1925 年）、《明代之短篇评话》等有关论文 20 多篇。[④]

---

① 郭沫若：《鲁迅与王国维》，蔡震编：《郭沫若作品新编》，人民文学出版社 2010 年版，第 428 页。

② 陈鸿祥：《王国维与文学》，陕西人民出版社 1988 年版，第 101 页。

③ 吴组缃：《胡适文萃·序》，胡适著，杨犁编：《胡适文萃》，作家出版社 1991 年版，第 3 页。

④ 可参考《郑振铎古典文学论文集》和中国社会科学院历史所等编《中国史学论文索引》上编下册。

在五四新文化运动中，歌谣学运动是其中的一个重要方面。这个运动始于1918年2月，当时由北大文科教师刘半农、沈尹默、周启明等组织成立了歌谣征集处。从那年5月起，在《北大日刊》上开辟专栏，每天登载歌谣一首，称为《歌谣选》，主编是刘半农。前后共陆续刊登了148首歌谣，到了五四运动时期因为《日刊》停出，《歌谣选》也暂时结束。但是在1919年3月《新青年》4卷3期上，还刊发过《北京大学征集全国近世歌谣简章》。1920年冬，北大教师又组成了歌谣研究会，1922年北大研究所国学门成立，歌谣研究会也归并进去，并在这一年的校庆（12月17日）开始印行《歌谣周刊》，重新发表征集简章。《歌谣周刊》（后改为研究所《国学门周刊》）从1922年末到1925年6月，共印行了96期（实际是97期）。歌谣研究会前后共收集歌谣一万三千余首。出版物除《周刊》外，还印行过一个《歌谣纪念增刊》、《吴歌甲集》、《孟姜女故事的歌曲》、《看见她》（《一首歌谣整理研究的尝试》）等专册，[①]可谓成绩赫赫。

歌谣学属于民俗学的一部分。当时和歌谣研究会相呼应的还有风俗调查会和方言调查会。这一活动的重心1925年之前一直在北京。1926年前后，由于南方民众革命的高涨，北方一部分热衷于此事业的学者逐渐转到广州中山大学，民俗学研究活动在南方兴起。1927年11月1日，中山大学《民间文艺》周刊第1期刊出，1928年3月21日又改刊名为《民俗》。到1943年结束，前后活动延续了16年，共刊出了123期。[②]

歌谣学运动和民俗学运动是五四新文化运动的重要组成部

---

① 钟敬文：《"五四"前后的歌谣学运动》，载中国社会科学院近代史研究所编：《纪念五四运动六十周年学术讨论会论文选》，中国社会科学出版社1980年版。

② 钟敬文：《重印〈民俗〉周刊序》，见上海书店1983年影印《民俗》第1册。

分。当时研究者从事这一工作的主要目的之一就是反对封建贵族文化,表彰民众文化、俗文化,这和五四时期提倡白话文,打倒孔家店的目的显然是一致的。这一运动对五四时期把古典文学研究转向通俗文学的方向上来有很大的推动作用。如刘半农在《新青年》第 3 卷第 5 号上谈到《诗经》时就说:"国风是最真的诗,——变雅也可勉强算罢——以其能为野老征夫游女怨妇写照,描摹得十分真切也!"① 而这一运动本身所取得的成果也是多方面的,是具有重要的文化价值的。单就是通过这项运动搜集起来的一万多首歌谣和众多的民间文学故事等,就是一笔了不起的文化财富。这其中最为突出的成绩,又数顾颉刚的《孟姜女故事研究》和董作宾的《一首歌谣整理研究的尝试》。这实在是五四民俗歌谣学运动给予古典文学研究的一大贡献。

二、新文化运动与古典文学研究中的求是科学精神

"五四"新文化运动的口号是"民主"和"科学"。如果说当时由提倡白话文为突破口的古典文学研究之重视戏曲小说等平民文学是内含着反对封建专制和蒙昧主义,倡导民主精神的话,那么从具体的古典文学研究方法中也必然渗透着新的科学精神。

在渐趋活跃的"五四"前夕的古典文学研究当中,实际上是存在着进步与保守两个思想派别的。保守派是以刘师培等人为代表的一群辛亥革命前的维新派人物,他们对辛亥革命的推翻帝制,对于激进人士的倡言西学等大为不满,因而主张保存"国

---

① 刘半农:《诗与小说精神之革新》,《新青年》第 3 卷第 5 号,1917 年 6 月。

粹"，认为"国故"都是好的；而一些青年学者却持完全相反的态度。他们对当时的保守倾向进行批评，提倡采取科学精神。如毛子水在1919年5月1日出版的《新潮》杂志上发表的《国故和科学精神》，就是这样的一篇文章。在这篇文章中，作者首先给"国故"下了一个定义："国故就是中国古代的学术思想和中国民族过去的历史。"作者接着指出了时人对于"国故"的两种最大误解："（1）国故和'欧化'（欧洲现代的学术思想）为对等的名称，这二种就是世界上学术界里争霸争王的两个东西。（2）国故有神秘不可思议的技能：欧洲的学术，国故里面没有不备的；而国故里面有许多东西，欧洲是没有的。"正因为如此，所以作者强调："倘若要研究国故，亦必须具有'科学的精神'的人"，"'科学的精神'这个名词，包括许多意义，大旨就是从前人所说的'求是'。凡立一说，须有证据，证据完备，才可以下判断。对于一种事实，有一个精确的，公平的，解析：不盲从他人的说话，不固守自己的意思，择善而从。这都是'科学的精神'。""研究国故的人又有应该知道的，就是国故的性质。国故的一部分，是已死的过去的学术思想。古人的学术思想，不能一定的是，亦不能一定的非。所以我们现在研究他，第一须把古人自己的意思理会清楚，然后再放出我们自己的眼光，是是非非，评论个透彻就算完事了。现在有一班研究国故的人，说他们的目的是'发扬国光'。这个意思，最是误谬。要知道，研究国故能够'发扬国光'，亦能够'发扬国丑'。章太炎先生说道，'稽古之道，略如写真，修短黑白，使于肖形而止。'这个话最说得明白，我很希望研究国故的人，照这个意思做去！知道这个意思，那'古训是式''通经致用'等许多学术思想上阻碍的东西，就可不言自破了。研究过去的历史，亦应当用一样的道理。"①

由以上论述可见，五四新文化运动中所提倡的"科学精神"，也是和当时的反封建运动相关的。他们主张用科学的精神研究"国故"，首先要求在思想上破除迷信，不要把"国故"和"国粹"、"国光"等同起来，不要抱残守缺，不要拒绝进步。这种思想，对于当时的古典文学研究影响是相当大的。

在五四新文化运动中产生的一种疑古思潮，就是这种思想影响下的直接产物。以顾颉刚为代表的古史辨派，代表了"五四"以后到30年代的古史研究中取得的最高成就。他们对于封建思想的批判，并不是停留在一般的议论上，而是一方面继承了我国古代疑古辨伪的传统，另一方面又吸取了社会学和考古学的知识，运用了近代的科学方法，把我国古代先秦两汉古书中记载的上古历史，进行了认真的系统的研究和分析，从而指出了中国古史和经书的真面目。这样的科学研究，比起那些空泛地批判封建社会的文字所显示的力量，不知要强出多少倍。因为它真正掘出了封建文化的根基，所以在当时引起封建守旧派的强烈不满，甚至把它视为"离经叛道，非圣无法"的洪水猛兽。但是它对于当时的批判封建文化，对于当时的古典文学研究，却具有十分重要的意义。

古史辨派的影响之一，在于他们对《诗经》的评判态度。1922年，顾颉刚在和胡适、钱玄同的书信往来讨论中，受郑樵《诗辨妄》等的启发，首先认定《诗经》不过是中国最古的一部诗歌总集，毛序和郑注等的说法都是后人的附会。②接着和俞平伯、周作人、何定生、刘大白、张寿林、王伯祥、钟敬文、张天庐、

---

① 以上引文俱见毛子水：《国故和科学的精神》，《新潮》第1卷第5号，1919年5月1日。
② 顾颉刚编著：《古史辨》（第一册），上海古籍出版社1982年版。

魏建功等人的讨论中，对于《诗经》的性质问题有了更为明确的认识。顾颉刚的两篇文章《〈诗经〉在春秋战国间的地位》（1923年）、《论〈诗经〉所录全为乐歌》（1925年），可以说是20世纪关于《诗经》研究中最重要的文章之一。① 胡适1925年在武昌大学的讲演，也明确提出这样几点："一、《诗经》不是一部经典；二、孔子并没有删诗，'诗三百篇'本是一个成语；三、《诗经》不是一个时代辑成的；四、《诗经》的解释。"② 由此他提出关于《诗经》研究的两条路："（第一）训诂。用小心精密的科学的方法，来做一种新的训诂工夫，对于《诗经》的文字和文法上都重新下注解。（第二）解题。大胆地推翻二千年来积下来的附会的见解；完全用社会学的，历史的，文学的眼光重新给每一首诗下个解释。"③ 由顾颉刚、胡适等人的论述，可以看出这种科学态度对于《诗经》研究的重要影响。可以这样说，破除笼罩在《诗经》头上的"经"的迷雾，把《诗经》这部著作真正当作文学作品来研究，正是从"五四"时代才正式开始的。

这种疑古观念和科学的态度不仅表现为对于《诗经》研究的影响，还表现为对于整个古代文学研究的影响。郑振铎在《新文学之建设与国故之新研究》一文中主张在新文学的建设中"应有整理国故的一种举动"，整理国故的目的第一是打翻旧的文学观念，第二是重新估定或发现中国文学的价值。而要做到这一点，就必须有"无征不信"的新精神，"以科学的方法，来研究前人未开发的文学园地"，"我们怀疑，我们超出一切传统的观念——汉宋儒乃至孔子及其同时人——但我们的言论，必须立在积极稳固的根据

---

① 顾颉刚编著：《古史辨》（第三册），上海古籍出版社1980年版。
② 杨犁编：《胡适文萃》，作家出版社1991年版，第456页。
③ 杨犁编：《胡适文萃》，作家出版社1991年版，第458页。

地上"。① 正是用这样的科学态度，胡适、郑振铎、俞平伯以及同时代的其他学者，对大量古典文学作品，如传统的诗文，特别是对宋元以来的戏曲、小说，进行了比较详细的考证辨伪。这其中具有代表性的成果就是胡适的《红楼梦考证》《水浒传考证》等。

应该说，"五四"前后的这种科学态度，并非凭空产生，乾嘉学派的优良传统对五四学人是有深刻影响的。王国维先生的《宋元戏曲史》一出版，就受到学界的广泛赞誉。这不但因为此书是研究中国戏曲的开山之作，而且还因为这部书的考证精详，从中见出现代学人继承前人长处又超越前人之处。而"五四"时期的学者也是如此，他们不但继承了乾嘉以来的考证学传统，拿来为他们的新的学术研究服务，而且还吸收了当时西方的科学方法，尤其是以培根为代表的促进西方近代科学发展的归纳法。如郑振铎就曾指出："归纳的考察，倡始于培根；有了这个观念，于是近代思想，乃能大为发展，近代科学乃能立定了它们的基础。"② 正是在这一继承前代、吸收外国的基础上，胡适倡导"归纳的理论"，"大胆地假设，小心地求证"，郑振铎讲"归纳的考察"、"无征不信"，鲁迅也在后来讲到"知人论世"的精神，从而形成五四学人的实事求是的科学态度，这正是他们取得突出成绩的一个重要前提。对此，王瑶有一段评述说："'五四'以后对于中国传统文学的研究最有新意、成就最显著的著作，都是带有这种明显的时代精神的。鲁迅对于嵇康和中国小说史的研究，胡适对于吴敬梓和曹雪芹的研究，郑振铎对于小说、戏曲和俗文学的研究，都是明显的

---

① 原文载《小说月报》14卷1号，1923年1月，此处引自郑振铎著：《郑振铎古典文学论文集》，上海古籍出版社1984年版，第83—85页。

② 郑振铎：《研究中国文学的新途径》（节录），载贾植芳、苏兴良、刘裕莲、周春东、李玉珍编著：《中国文学史资料全编·现代卷：文学研究会资料》（上），知识产权出版社2010年版，第293页。

例证。"①

　　五四学人倡导用科学的态度去研究中国文学，另一个重要的表现就是对于文学概念的科学界定。"文学"在中国向来是个比较宽泛的概念。辛亥革命前章太炎出版的《国故论衡》一书，开篇《文学总略》首先为"文学"正名："文学者，以有文字著于竹帛，故谓之文。论其法式，谓之文学。"②可见，这时的"文学"仍是一个广义的概念。20世纪初出版的一些文学史著作，如黄人的《中国文学史》、林传甲的《中国文学史》、窦警凡的《历朝文学史》，全是以经、史、子、集包罗于其中的泛文学观念为基础的文学史。20世纪初王国维想给文学下一个定义，他说："学之义广矣！古人所谓学，兼知、行言之。今专以知言，则学有三大类：曰科学也、史学也、文学也。凡记述事物而求其原因，定其理法者谓之科学；求事物变迁之迹而明其因果者，谓之史学；至出入二者间而兼有玩物适情之效者，谓之文学。"③"文学中有二原质焉：曰景，曰情。前者以描写自然及人生之事实为主，后者则吾人对此种事实之精神的态度也。……要之，文学者，不外知识与感情交代之结果而已。"④由这段话看，王国维对文学的本质有很深体悟并试图给它一个定义，但是他这个定义还远没有把文学本质讲清楚。1918年谢无量出版的《中国大文学史》，于文学的定义专立一章进行

---

① 王瑶：《"五四"时期对中国传统文学的价值重估——纪念"五四"七十周年》，载北京大学社会科学处编：《北京大学纪念五四运动七十周年论文集》，北京大学出版社1990年版，第24页。
② 章太炎：《文学总略》，陈平原导读：《国故论衡》，上海古籍出版社2003年版，第49页。
③ 王国维：《国学丛刊·序》，傅杰编校：《王国维论学集》，云南人民出版社2008年版，第488页。
④ 王国维：《文学小言》，傅杰编校：《王国维论学集》，云南人民出版社2008年版，第373页。

讨论,先取中国古来说法,又引外国学者观点,最后把文学分为"无句读文"和"有句读文"两大类。"有句读文"中又分为"有韵文"和"无韵文"两类,试图努力给文学以一个准确的界定,但是因为他只注意了文字的形式而缺乏对文学本质的思考,所以他的文学概念还仍然是包括经学、小学、诸子、哲学、史学和理学等内容的模糊概念,而不是一个现代科学的概念。① 不过,从章太炎到谢无量,我们已经看出他们所具有的初步的现代科学意识,试图对"文学"这一概念有所界定。这种意识,在"五四"前后才表现得更为突出。如罗家伦在《新潮》1919 年第 2 期上就发表了一篇名为《什么是文学?——文学界说》的文章,想给文学一个科学界说。他想先看一下中国古人是怎么说的,为此他查找了桓谭、应璩、陆机、李充以至刘勰和章学诚的文章,结果发现谁也不曾"爽爽快快下一条文学界说",原来"中国人无论做什么事情都是浑浑沌沌,不愿有个明了的观念"。勉强地说,在中国近代史上,想给文学以一个明确界说的只有两个人,一个是阮元,一个是章太炎。阮元说:"必沉思翰藻,始名之为文",章太炎的说法已如上述。这些,显然也是比较宽泛比较模糊的,是罗家伦所不满意的。于是,他又广泛搜集了西方 15 家不同的说法,概括归纳,指出文学有以下八种要素:(一)文学是人生的表现和批评;(二)最好的思想;(三)想象;(四)感情;(五)体裁;(六)艺术;(七)普遍;(八)永久。最后他得出这样的结论:"文学是人生的表现和批评,从最好的思想里写下来的,有想象,有感情,有体裁,有合于艺术的组织;集此众长,能使人类普遍心理,都觉得他是极明了,极有趣的东西。"②

---

① 谢无量编:《中国大文学史》,中华书局 1918 年版。
② 罗家伦:《什么是文学?——文学界说》,《新潮》1919 年第 2 期。

罗家伦对文学概念所进行的探求显然是超越以前所有人的，代表了五四学人新的方向。但是罗家伦自身还不可能解决这一看起来简单实际上却是文学研究中的最本质的问题，所以他给文学下的这个定义也是不明确的，而且在他所进行的具体文学研究中也没严格遵守自己下的定义。因而五四学人并没满足于罗家伦的探讨，而是在此基础上继续前进。如郑振铎在《文学的定义》一文中就批评那个写了"什么是文学"的罗先生，在其《近代中国文学思想的变迁》一文中，又有什么"华夷文学"、"策士文学"和"逻辑文学"等不伦不类的名目。[①] 于是，郑振铎又想从另一角度来界定文学。他首先指出文学与科学的不同：文学是诉诸情绪，科学是诉诸智慧；文学的价值与兴趣，含在本身，科学的价值则存于书中所含的真理，而不在书的本身。其次又指出文学和别的艺术的不同：文学是想象的，因此它与诉诸视觉的图画、雕刻等不同；文学是表现人们思想和情绪的，不仅是只表现情绪的，因此它与音乐又不同。最后他下的定义是："文学是人们的情绪与最高思想联合的'想象'的表现，而他的本身又是具有永久的艺术的价值与兴趣的。"[②]

严格来讲，郑振铎的这个定义也不很准确，仍然不是一个非常科学的概括。但是我们从章太炎以至到五四学人的论述中，可以看出他们试图采取的科学态度，在他们并不很准确的定义讨论中，也的确逐步逼近了文学的本质。他们将文学从经学、文字学、诸子哲学以及史学等学术中分离出来，使"五四"以后的中国文学史研究范围逐步规范到诗歌、小说、戏曲和艺术散文这一具有现代意义的"文学"范畴中来，使文学获得了独立的地位和价值，

---

① 罗家伦：《近代中国文学思想的变迁》，《新潮》第 2 卷第 5 号，1920 年 9 月。
② 郑振铎：《文学的定义》，《文学周报》第 1 号，1921 年 5 月 10 日。

这是促使现代古典文学研究朝着科学化方向迈进的基础。

　　五四学人对于文学界定的科学态度，对古典文学研究的另一重要影响是对于文学艺术美的重视。在这方面，如果说王国维以其天才的艺术领悟力，已经在《红楼梦研究》、《人间词话》和《宋元戏曲史》的研究中开风气之先的话，那么五四学人经过科学的讨论，就把这种文学的艺术的本质更加明确化了。正是在这一点上，我们发现了罗家伦和郑振铎等人论述中的共同特征。罗家伦讲"感情"，讲"想象"，讲"艺术"，郑振铎也讲"情绪"、"想象"和"艺术"。世农在《文学的特质》一文中也说："文学是（以文字作工具）人生的表现，要具有艺术的美，暗示的印象，永久性与普遍性和体裁的作品。"[①]

　　五四学人对于古典文学艺术美的重视，既是一种科学地研究文学，深化对于文学本质认识的态度，也是和当时提倡白话文的"文学革命"思潮紧密相关的。五四学人为什么要提倡白话文学呢？就因为白话文学是最生动活泼的，最能表达人的情感的，最有艺术价值的文学。陈独秀在《文学革命论》中所提出的三大主义，所要建设的"平易的抒情的国民文学"，"新鲜的立诚的写实文学"，"通俗的明了的社会文学"，也就是五四学人对于白话文学艺术价值的评价。他们研究中国古典文学，也就是要发掘中国古典白话文学的不朽的艺术价值。

　　既然如此，五四学人研究古代戏曲小说等白话文学而重视对它们的艺术和美学方面的研究，也就是自然而然的事情。尽管这种研究还不是很深入、很系统，可是在现代古典文学研究史上却具有重要的意义。如胡适《白话文学史》中评汉乐府诗的活泼、

---

① 世农：《文学的特质》，《学术旬刊》（《文学周刊》）1921年第3号。

纯真，写出了"真的哀怨"、"真的情感"[1]；评古诗《江南可采莲》是"只取音节和美好听,不必有什么深远的意义"[2]；评《陌上桑》是采用"天真烂漫的写法"[3]；评陶潜是"自然主义的哲学的绝好代表者",是"能欣赏自然的美"的"自然诗人的大师"[4]。郑振铎评李后主的词也说："好的诗词，情感必真挚,词采必美丽。如春水经流于两岸桃花、轻舠唱晚之境地中。读者未有不为其美景所沉醉的。"[5] 评李清照是中国古代少有的"真诗人中的一个"，"她的词都是从心底流出的"。[6] 同样,鲁迅在他的《中国小说史略》和《中国文学史略》（1926年油印,后改名为《汉文学史纲要》）中,评价屈原的作品是"其言甚长,其思甚幻,其文甚丽,其旨甚明,凭心而言,不遵矩度"[7]；评价《庄子》是"汪洋辟阖,仪态万方"[8]。总之,从以上的论述中我们都可以看到这样一种现象,即他们在对古典文学进行批评时,都不再取法于传统儒家的正统教化观,而是注重文学本身的情感、技巧、趣味、意境等各个方面。有时话语不多,却有画龙点睛之效。

由上所说,"五四"前后中国古典文学研究的主流,是以"文学革命"大旗引导下对于传统文学观的更新,对于戏曲小说等白话文的重视为特征的。在这面大旗的引导下,五四学人继承了乾嘉学派重视"实证"的研究方法,吸收了西方的先进思想和理论,

---

[1] 胡适:《白话文学史》,百花文艺出版社2002年版,第17页。
[2] 胡适:《白话文学史》,百花文艺出版社2002年版,第12页。
[3] 胡适:《白话文学史》,百花文艺出版社2002年版,第14页。
[4] 胡适:《白话文学史》,百花文艺出版社2002年版,第80、85页。
[5] 郑振铎:《郑振铎文集》（第七卷）,人民文学出版社1988年版,第369页。
[6] 郑振铎:《郑振铎文集》（第七卷）,人民文学出版社1988年版,第375页。
[7] 鲁迅:《汉文学史纲要》（外一种）,上海古籍出版社2005年版,第20页。
[8] 鲁迅:《汉文学史纲要》（外一种）,上海古籍出版社2005年版,第16页。

开始系统地建立起新的科学理论。而对于古典文学艺术美的重视和研究,则正是在倡导民主自由的思想风气下对文学以抒发情感、赏心悦目等为基本特征的艺术本质深入认识的结果。也正是在这一基础上,"五四"以来的中国古典文学研究,开始出现了新的高潮,并且产生了一些卓有成就的学者和影响深远的学术著作。

三、文化保守主义者在古典文学研究中的进步因素

然而问题总是存在着两个方面,五四文学革命运动推崇白话文学、平民文学、俗文学,反对封建社会的雅文学、上层文学,还并非是一种十分科学的态度。历史地解剖古典文学,其中的文人文学、雅文学并非全是糟粕,而白话文学、俗文学或民间文学也并非全是精华。回过头来看,像胡适等人所推重的《水浒传》、《儒林外史》和《红楼梦》等,也并不完全是白话文学。尤其是《红楼梦》,从它一出世那天起,就大受文人赞赏,主要在文人阶层广泛流传,是获得了文人广泛赞誉的文学名著。而《水浒传》这样取材于民间的作品,同样显示出作者所具有的深厚的文化素养,不能视之为一般的白话文学。它说明,一个民族如果要形成高度的文化,产生优秀的文学作品,也必须要有俗文化向雅文化的升华,由通俗语言变为文学语言的千锤百炼。从这一角度讲,胡适把古典文学机械地分为"活文学"和"死文学"的说法也是不科学的。因此,这使他们对于几千年来以儒家学说为代表的封建文艺传统和文人创作否定过多,构不成一种批判的扬弃,这种"价值重估"当然也是不全面的。唯其如此,和胡适同时留学美国的安徽老乡且关系原来极好的梅光迪、胡先骕,才对胡适学说持激

烈的反对意见。

与胡适等人相反,在五四文学革命大潮的冲击下,一些在戊戌变法时代还比较进步的"维新派"、"国粹派",对于古代文化和文学却带着更多的眷恋。首先是辛亥革命后,以刘培师、黄侃、马叙伦为代表的保守的"国粹派"创作《国故》,接着是梅光迪、吴宓、胡先骕、汤用彤等人于1922年1月创办《学衡》杂志,他们以"论究学术,阐求真理,昌明国粹,融化新知"为宗旨,批评五四新文化运动。1925年7月,章士钊在北京复刊《甲寅》,也以反对白话文学为宗旨,并说:"吾之国性群德,悉存文言,国苟不亡,理不可弃。"[①] 因为他们是"五四"时期的文化保守主义者,所以在很长时间内一直受到较多的批判。

如何对这种文化保守主义思潮做出全面正确的评估已不在本文讨论范围之内,然而我们今天回过头来看,须要指出的是:这种文化保守主义的思潮也有其值得肯定之处。首先,这种思潮的产生是一种民族文化"危机"的产物,它有对抗西方文化的一个方面,具有浓厚的民族主义色彩;其次,这种文化保守主义思潮也并非是政治上的复古倒退,持这种观点的大多数人的目的都是要通过对传统文化的积极弘扬来建设一种民族主义的现代文化,即中国的"精神"加上西方的"物质"。因此,这使他们在文化思想上既有对西方文化的激烈批判,同时也有对传统文化的批判。如梁漱溟认为中国文化因其"早熟"而具有幼稚、老衰、不落实、落后消极、暧昧不明等"五大病"[②],对国民的劣根性如自私自利、知足、文弱、马虎、麻木不仁、圆熟老道等也有着激烈的批评。[③]

---

① 章士钊:《评新文化运动》《甲寅周刊》第1卷第9号,1925年9月。
② 梁漱溟:《中国文化要义》,学林出版社1987年版,第297—300页。
③ 梁漱溟:《中国文化要义·绪论》,学林出版社1987年版,第22—23页。

由此来看，文化保守主义者和当时的西化派虽然在文化价值取向上有所不同，但是在面向现代化，用现代人的观点来看传统文化这方面讲还是一致的。这种思潮同样影响了当时的古典文学研究，他们也从一个新的角度去进行新的诠释，同样取得了我们今天不能忽视的成果。这一点，只要我们简单翻看一下那时的《学衡》、《民彝》、《国学月报》、《国学丛刊》等刊物即可看出。这一派的人物成分比较复杂，见解也不完全相同，既有晚清遗老、戊戌维新派，"国粹派"，南社部分成员，其中也不乏一些留学西方的学子。晚年的章太炎、梁启超、林纾、章士钊乃至吴梅、马其昶、黄节、陈去病、胡蕴玉等属于此，胡先骕、钱穆等人也属于此。其中吴梅等人都取得了突出的成就，梁启超的成就更为显著。

梁启超晚年在清华研究院任导师，十年多的时间内潜心于学术研究，曾先后写出了《晚清两大家诗钞题辞》（1920年）、《翻译文学与佛典》（1921年）、《中国韵文里头所表现的情感》、《情圣杜甫》、《屈原研究》、《陶渊明》（以上1922年）、《稷山论书诗序》（1923年）、《中国之美文及其历史》（1924年）、《桃花扇注》（1925年）、《跋四卷本稼轩词》、《辛稼轩先生年谱》（1928年）等有关古典文学研究论著。

梁启超的古典文学研究无论在学术领域和研究方法方面都具有一定的创新开拓性，但是和胡适等人比较，在学术视野和观点，乃至研究对象的选择上显然有所不同。例如他的《中国之美文及其历史》，对先秦至唐以来的诗歌作了总体的论述，也给予民间歌谣以很高的地位。他说："韵文之兴，当以民间歌谣为最先。歌谣是不会做诗的人（最少也不是专门诗家的人）将自己一瞬间的情感，用极简短极自然的音节表现出来，并无意要它流传。因为这种天籁与人类好美性最相契合，所以好的歌谣，能令人人传诵，历几千年不废。其感人之深,有时还驾专门诗家的诗而之上。"①这种对歌谣的评价和胡适等人有相一致之处。但梁启超并没有因此过于褒扬歌谣而贬抑文人诗。他又说:"但我们不能因此说只要歌谣不要诗,因为人类的好美性决不能以天然的自满足,对于自然美加上些人工,又是别一种风味的美。譬如美的璞玉,经琢磨雕饰而更美;美的花卉,经栽植布置而更美。原样的璞玉、花卉,无论美到怎么样,总是单调的,没有多少变化发展。人工的琢磨雕饰栽植布置,可以各式各样月异而岁不同。诗的命运比歌谣悠长,境土比歌谣广阔,都为此故。"② 这段话显然和胡适等人单纯崇尚民间文学、白话文学的观点有些针锋相对,更是一种具有辨证观点的比较客观的评述。从学术的角度讲,自然也是更为科学的看法。

和"五四"一些新学人重视戏曲小说不同,梁启超晚年对文人创作给予更多的关注,他研究屈原、陶渊明、杜甫,不但方法新,而且也颇有高见。他研究屈原,能够从屈原所处的时代和个人遭际出发,从剖析屈原的死入手,去理解屈原的政治理想、伟大人格和艺术中丰富的想象和极热烈的情感,去揭示屈原的悲剧。他从"时代心理"和"作者个性"两个角度去研究陶渊明,他说陶渊明"是一位极热烈极有豪气的人","一位缠绵悱恻最多情的人","一位极严正——道德责任心极重的人"。他把陶渊明的社会理想——桃花源,比做"东方的 UTOPIA(乌托邦),所描写的是一个极自由极平等之爱的社会"③。他研究杜甫不用古人"诗圣"之说,而认为他是"写情圣手",即"情圣"。他说:"杜工部被后人上他徽号叫做'诗圣'。诗怎么样才算'圣',标准很难确定,

---

① 梁启超著:《中国之美文及其历史·序论》,东方出版社1996年版,第1页。
② 梁启超著:《中国之美文及其历史·序论》,东方出版社1996年版,第1—2页。
③ 梁启超著:《陶渊明》,商务印书馆1929年版,第7页、第9页、第12页,第25页。

我们也不必轻轻附和。我以为工部最少可以当得起'情圣'的徽号。因为他的情感的内容,是极丰富的,极真实的,极深刻的。他表情的方法又极熟练,能鞭辟到最深处,能将他全部完全反映不走样子,能像电气一般一振一荡的打到别人的心弦上。中国文学界写情圣手,没有人比得上他,所以我叫他做'情圣'。"[1] 从这些地方,我们可以看出梁启超敏锐的眼光和深刻的艺术感受力。他既能从历史时代入手把握人物命运,又能从个人性格角度开掘诗人内心,还能从情感的角度去阐释艺术的魅力。此外,他还能够吸收西方的一些思想方法,对古典文学的艺术进行比较细腻的分析,他对中国古典诗歌优秀诗人都能做出比较新颖而独到的评判。他的古典文学研究,是高质量的。

　　梁启超的古典文学研究还给我们一些其他方面的启示。它说明,一个时代的研究创新和成就的取得固然脱离不了时代的文化思潮,但是做为一种比较深层的学术研究来讲,学术新思想和新方法的应用也应该是比较深刻的,而不应该把学术研究简单地变成一种社会思想或政治运动的附庸,换句话说,不能以一时的激情或者一时的偏激言论来取代客观的学术思考。沉潜下来的学术研究做为一种深层次的民族文化建设,更需要一种冷静的头脑。梁启超的晚年固然属于保守派而不再是维新时代的战士,但是他对文学的研究却正因此而显得更为深沉和成熟。这也许是一种躲避现实的行为,但是我们也不能不承认其中也包含着他对于社会、历史和文化等方面的认识正在随着阅历的增加而显得更为深刻。梁启超晚年除了文学研究颇见成就外,他的另外两部学术名著《清代学术概论》和《近三百年学术史》都产生于此时,这也是值得我们思考的。

---

[1] 梁启超:《情圣杜甫》,《中国文学讲义》,湖南人民出版社 2010 年版,第 333—334 页。

"五四"前后古典文学研究方法论的更新[①]

[引言] 1984年12月,我有幸考取了杨公骥先生的博士研究生。在近3年的时间里,杨公骥先生不仅指导我顺利完成了博士论文,获得了学位,而且教我如何做人。这对我以后的生活方式与治学道路都产生了巨大的影响。如今恩师离开我们已经12年了,但是他当年指导我们的情景至今历历在目。千言万语,难以表达对恩师的无限怀念。回想恩师在指导我们的过程中,在学术研究的方法论方面曾给我以巨大启示。此文是对"五四"时期中国古代文学研究方法论变革问题的思考,在撰写的过程中,不仅引用了恩师的文章,而且在具体论述中也可以看出恩师对我的深刻影响。撰写此文,一为纪念恩师杨公骥先生,二为总结五四学人在研究方法论方面所取得的经验。轰轰烈烈的五四运动对20世纪的中国文化发展的贡献是多方面的。在以陈独秀、李大钊、胡适、鲁迅等为代表的一批先进知识分子的领导下,传统的古典文学研究也开始有了一个划时代的进步。在这一学术发展的历史过程中,方法论的变革起了举足轻重的作用。从20世纪初年朴学与西学相结合的实证主义研究方法的兴起,到五四文学革命中考据学和进化论相结合的新方法成为主流,再到"五四"前后古典文学研究方法中的分析主义的初步成功,这一切都说明,方法

---

① 该文原发于《佳木斯大学社会科学学报》1999年第4期。

本身似乎是研究的途径和工具，但是它的背后隐藏的却是不同的思想理论和认识哲学。所以，对"五四"前后古典文学研究方法论的考察，既是我们认识五四文化精神的重要方面，同时对于促进21世纪的古典文学研究，也具有重要意义。

一、20世纪以前古典文学研究方法的简单回顾

要对"五四"前后古典文学研究方法论的问题进行论述，首先就要回顾一下在此以前，尤其是有清一代的治学方法。梁启超在《中国近三百年学术史》一书中，开篇就先指出了这一时代的两大学术主潮，一是"厌倦主观的冥想而倾向于客观的考察"，二是"排斥理论，提倡实践"。之所以出现这种情况，又主要有四种原因，一是"王学自身的反动"，二是"自然界探索的反动"，三是"明末有一场大公案，为中国学术史上应该大笔特书者，曰：欧洲历算学之输入"，四是"藏书及刻书的风气渐盛"。[①] 而在这四个原因当中，又以"王学的反动"最为重要，因为它不但是学术自身的变革，而且还直接关涉着政治。所以，在明朝灭亡之后，如顾炎武等爱国志士们痛定思痛，都对王学作了严厉的批判。而有清一代的学术风气，也从此有了划时代的改变。对此，梁启超有一段深刻的论述：

> 这些学者虽生长在阳明学派空气之下，因为时势突变，他们的思想也像蚕蛾一般，经蜕化而得一新生命。他们对于

---

① 梁启超：《中国近三百年学术史》，天津古籍出版社2003年版，第7—10页。

明朝之亡，认为是学者社会的大耻辱大罪责，于是抛弃明心见性的空谈，专讲经世致用的实务。他们不是为学问而做学问，是为政治而做学问。他们许多人都是把半生涯送在悲惨困苦的政治活动中，所做学问，原想用来做新政治建设的准备，到政治完全绝望，不得已才做学者生活。他们里头，因政治活动而死去的人很多，剩下生存的也断断不肯和满洲人合作，宁可把梦想的"经世致用之学"依旧托诸空言，但求改变学风以收将来的效果。黄梨洲、顾亭林、王船山、朱舜水，便是这时候代表人物。他们的学风，都在这种环境中间发生出来。①

的确，生当明末清初的爱国志士顾炎武等人，就是走了这样一条治学之路。他们的学术研究，是从反对宋明理学的空谈心性而起的；在清初的高压之下，他们的政治梦想，也只有依托于识字读经。这其中无可奈何的良苦用心，梁启超已说得很透，但是具体到分析清人的治学思想和方法的关系，也许并不是所有的人都能体会出来，对此，杨公骥先生的一段话足资我们参考。他说：

> 但所谓宋儒，其学乃是凭借《四书》中的性、心、知、德、情、仁、义等字样，暗中羼以禅学，再发挥引申。他们大多"不识字"，以字的今义解释古义。因此，清初兴起的所谓"朴学"，首先是从文字的训诂开端，考证"经"文的古音、古义，如顾炎武自言：这是为了"明六经之音，复三代之旧"。这名义甚堂皇，不可加罪。然而，如果用古字音以定古字义，用

---

① 梁启超：《中国近三百年学术史》，天津古籍出版社 2003 年版，第 15 页。

古字义以定经旨,用经旨以断"夫子之心",这就使程朱的"性理之学"失去凭倚,变成"诬及圣人"的一派胡言。可见这一着是很厉害的。所谓"明道在于读经,读经始于识字,字皆不识,讲甚学?明甚道?"——是朴学大师的名言。进而,由训古文字扩延到探讨"经义"、"考证"六籍。为了撼动唐宋之后居于统治地位的"古文经学",于是援引汉儒"今文"经说,"公羊派"学说从而盛行。但这是有选择的,只是为了借汉儒之口驳宋儒之妄断,并非为了复活"公羊学"。因此公羊学的最主要观点,如"五行五德"、"天人感应"、"灾异"、"符命"、"谶纬"等,乾嘉诸老对之并无兴趣。"考证学"逐渐"深化",便考出了康有为的《新学伪经考》,成为其"变法"的理论依据之一。①

由此看来,有清一代的学术风气,和当时的政治是紧密相关的。由此而形成的考据学的方法,之所以取得了巨大的成绩,其实是由于里面包含着历史的发展与学术的进步这一重要原因。

清人的治学方法较之前代是一个进步。这种进步放在世界文化发展史上来看,似乎也有一些不谋而合之处。那就是,在西方,由中世纪的神学到文艺复兴,欧洲人也曾有过一段考证《圣经》的阶段,最后把《圣经》变成了人间的著作。对此,杨公骥先生还有一段很深刻的话:

> 我国所谓的"五经四书",除了欠缺神的灵光以外,其性质与作用与欧洲中世纪的《圣经》同。"五经四书"和《圣

---

① 杨公骥:《〈汲古说林〉代序》,何满子:《汲古说林》,重庆出版社1987年版,第11页。

经》，在封建时代乃是迫使人们必须信仰、遵从的"诫条"，并不是可以任意探讨、考证、研究的对象。但到文艺复兴前后，欧洲的一些神父或学者开始把《圣经》当作一门"学问"，考证起《圣经》来，用考据的方法查对《圣经》的来源和真伪、编写经过、成书年代、异文比较，而且进而考证起耶稣的家世、生年、生平经历。这样一来，"圣书"便变成了人间的著作，"圣子"便变成了人之子。最后，终于由新教神父创造出一个主张"平等、博爱"的耶稣。中国的"朴学""考据学派"也与此相近似，他们把"经"作为一门学问，考辨其真伪、作者、成书年代，同时，考证孔子的家世、生卒年、生平、游历。这样一来，"经"便变成了杂凑起来的各家著作，"圣人"便变成了先秦诸子之一。最后终于创造出一个主张"变法"的孔子。如果说，新教神父把不合意的《圣经》中的观点，归之于保罗的伪造，同样，中国考据家儒生，也把不合意的观点或文学归之于子贡、刘歆的伪造。显然这在意识形态中是收缴统治宗教手中"武器"的一种战斗方法。

　　资产阶级处于萌芽或初生阶段时，其进步思想不是表现在正面反对"宗教教义"上，而是表现在争夺"解释权"上：反对"教皇"（或道学）的解释权，争取自己的解释权。其手段则是使用整理、考证、比较、辨伪的方法。当然，14世纪的神父最初"研究"《圣经》，顾炎武、戴震、惠栋最初考据古文字，都不是自觉地有意识的行为，他们不能预见其后果。但是从历史发展的实践后果看，他们是在给"封建统治思想"预备棺材板。①

---

① 杨公骥：《〈汲古说林〉代序》，何满子：《汲古说林》，重庆出版社1987年版，第12—13页。

我们在这里之所以引用梁启超和杨公骥先生的话，就是首先要读者明了有清一代的治学方法的发生及其意义。清人的方法不但具有历史的进步性，而且在一定程度上也开启着后学。当然，我们在这里主要指出的是顾炎武、戴震以至康有为等清代有代表性的大学问家、大思想家的主导倾向，而不包括乾嘉学派的末流与那些不通时变的腐儒，因为他们的考据到后来已经变成了钻牛角尖的僵死的学问。但是从这里已经看出，一个时代的学风和研究方法的改变，并不仅仅是单纯的对前代学术的批判与继承，同时也与时代的变革和政治思想的变化有着密切的关系。"五四"前后古典文学研究方法的进步，也正是在对清人学术方法的总结和时代变革的双重作用下形成的。

二、20世纪初年朴学与西学相结合的实证主义研究方法的兴起

20世纪初年古典文学研究方法的变革，同清代一样，首先也是和时代的变革密切相关的。自1840年鸦片战争后，中国的民族危机日益加重，尤其是19世纪末叶中国所遭受的帝国主义的凌辱，对于当时和20世纪初的中国进步学人，产生了重大影响。他们开始思索中国之所以落后的原因，进一步看清了封建社会的腐朽。于是，"变法图存"就成为康有为等进步知识分子所奋斗的目标。而康有为的学术研究，也正是继承了顾炎武等人的精神和乾嘉传统。他的《新学伪经考》和《孔子改制考》与其说是考据的学问，不如说是变法的理论，或者说是以考据的学问为变法而服务的一个典范。这的确是20世纪初中国古典文学研究学风转

变的一个重要标志,也预示着方法论将要发生变革——即把考据的学问用于政治的维新和改良。同时,也正是在这个时候,随着对西方文化的介绍,以培根以来的归纳实证为代表的西方19世纪研究方法和中国清代以来的考据学融而为一,使实证主义在20世纪初所兴起的新学中得到了发展。如王国维关于宋元戏曲的研究,关于甲骨文与殷周文化的研究,都取得了突出的成绩。

在这里,我们就王国维的宋元戏曲研究略作分析,以见其治学方法在当时的代表意义。王国维集中对戏曲进行研究,从1908年开始,到1912年写成《宋元戏曲考》,前后近5年时间。他之所以研究戏曲,有两个原因。按他自己的话说,一是"因词之成功,而有志于戏曲……但余所以有志于戏曲者,又自有故。吾中国文学之最不振者,莫戏曲若"。二是由崇拜西洋名剧起,"元之杂剧,明之传奇,存于今日者,尚以百数。其中之文字,虽有佳者,然其理想及结构,虽欲不谓至幼稚、至拙劣,不可得也。国朝之作者,虽略有进步,然比诸西洋之名剧,相去尚不能以道里计。此余所以自忘其不敏,而独有志乎是也"。[①] 由此看来,王国维有志于研究戏曲的两个原因,其实也是他个人对于中国戏曲存在的两个偏见:一是和中国其他朝代的文学样式比,他认为戏曲的成就最低;二是和外国的同类艺术比,他认为中国不如西洋。显然,他的这一先入为主的成见是错误的。但是,王国维的可贵之处就在于,他在研究宋元戏曲时,并没有因为自己的主观偏见而影响了客观的研究,而是首先从事实出发去全面地占有材料、分析材料,最终在事实面前修正了自己的观点。为了搞好戏曲史的研究,他从1908年开始撰写《曲录》,以李斗《扬州画舫录》

[①] 王国维著,黄仕忠讲评:《宋元戏曲史·附录》,凤凰出版社2010年版,第170—171页。

所载的清代乾隆年间黄文旸的《曲海》与焦循的《曲考》为底本，在原有两书仅有1081种杂剧传奇的基础上多方搜集，共得金元明清曲本3 178种，并对每个朝代的作者数量及其地域分布进行了认真的研究。在此基础上，他又从不同侧面搜集戏曲资料，相继写成了《戏曲考源》、《唐宋大曲考》、《优语录》、《录曲余谈》、《曲调源流表》、《古剧角色考》等著作，对有关戏曲的产生、戏曲的定义、戏曲的发展、戏曲的角色、戏曲作家等莫不进行认真的考证。最终不但写出了《宋元戏曲考》这部具有划时代意义的古典文学研究著作，而且也改变了他自己原先对于中国戏曲的主观偏见，由"吾中国文学之最不振者，莫戏曲若"这样的低估，变成了"古今之大文学，无不以自然胜，而莫著于元曲"[①]这样的赞誉。

关于王国维在戏曲研究方面所取得的巨大成就，今人多有论述，如陈鸿祥在《王国维与文学》一书中，就专列一章谈"《宋元戏曲考》的开创性贡献"。他在谈及本书特色时，先对这本书的结构作了分析。他把此书正文十五章按内容分为四个单元，指出王国维分别所做的四个方面的考证：首考戏剧之源起，次考中国戏剧形成于宋，三考元剧之崛起及其在中国文学史上的位置，四考"南戏"与元杂剧的关系。他最后得出结论说："从以上概略中，也可以看出王国维关于戏剧的概念及元杂剧之'文章'的论说里，都有着'参证'西洋近代美学、文学与戏剧理论的明显特色；而在对戏曲之史的发展的探索中，则又运用了清代'朴学'家的'考证'方法，探赜索隐，钩沉故实，做到有所发现，有所发明。""要之，运用考证的方法治戏曲史，贯穿近代西方资产阶级的美学、文学观论述中国戏曲之艺术性，应该要算是王国维这部专著的最明显

---

① 王国维著，黄仕忠讲译：《宋元戏曲史》，凤凰出版社2010年版，第116页。

的两大特色。"① 其实这不仅是王国维这部著作的两大特色，也可以看作是 20 世纪初的古典文学研究在方法论上不同于 19 世纪的重要特色。它说明，20 世纪的学者虽然在考据学的方法上继承了前代，但是在如何进行考证的指导思想上却超越了前代，他们已经具有了现代世界文化的眼光，开始把传统的方法和西方的科学理论结合起来。因此我们认为，王国维的这部著作，不但是中国现代人研究古典戏曲的开山之作，也是 20 世纪初古典文学研究中具有方法论意义的代表性著作，它对当时乃至以后的学术研究方法论，都产生了相当大的影响。

三、五四文学革命中考据学和进化论相结合的新方法

考据学和进化论相结合的方法，是 20 世纪初古典文学研究中的主要方法之一。如果说，王国维把朴学和西学相结合的方法应用于宋元戏曲的研究，是 20 世纪古典文学研究方法论进步的一个开端的话，那么，胡适则是推动考据学和进化论相结合这一新方法向前发展的又一重要人物。之所以如此，是因为王国维虽然在研究方法上具有先进性，他对宋元戏曲的重视也代表了 20 世纪文学观念更新的趋向，但由于王国维在政治思想上是一个守旧派，他还不能把在文学研究中得出的进化论观念提到文学革命的高度来认识。而胡适恰恰在这方面超越了王国维，他不但用这种方法研究古典文学，而且还把他用这种方法考证出来的文学进化论的结论，用于鼓吹他的文学革命学说。因此，胡适在当时所

---

① 陈鸿祥：《王国维与文学》，陕西人民出版社 1988 年版，第 282、284 页。

进行的古典文学研究,不但具有学术性,而且具有现实性,他在当时所造成的社会影响也远远超出了王国维。从此,进化的文学史观不但是一种方法论,而且也成了指导人们加强对中国几千年的白话文学,特别是对于戏曲小说研究和评价的一种思想武器。这对"五四"以后中国古典文学研究的发展有着重大的影响。

　　胡适在五四运动初期倡导文学革命,他的社会影响超出了他的学术影响,但我们也不能低估了他在学术上的成就,实际上这二者在一定程度上也是相辅相成的。胡适很早就确立了自己的一套研究方法,那就是"归纳的理论、历史的眼光和进化的观念"[1],并把它应用于自己的研究实践。他花费了很大力气写作《白话文学史》,他把白话文学看成是中国文学的正宗,把一部中国文学的历史看成是白话文学的进化史,在今天看来,这显然是以偏概全,并带有严重的形式主义倾向的。但是,是他第一次把白话文学在中国文学史上的地位和意义提到了这样的高度,并由此提出了"一切新文学的来源都在民间"的论题,指出中国古代的许多著名作家都从民间文学中吸收了丰富的营养这一重要现象,这是具有重要意义的。另外他还对王梵志、寒山子、拾得等历来不被人重视的白话诗人及其诗歌进行考证和评价,这在学术上也有重要意义。而且,也正是这些论述,才使得他的"白话文学正宗论"有了理论根据。他对《红楼梦》作者问题的考证,头一次弄清楚了这部伟大的作品的作者是曹雪芹,推翻了索隐派的胡言乱语,至今有功于红学研究。虽然他把《红楼梦》当成是作者的自传,这种说法显然不对,但是他能从作者的生活经验等方面去看作家和作品的关系,这对后人深入研究这部书也有着相当大的启示作用。这些都说明,进化论的观念和考据学的方法在当时的古典文

---

[1] 胡适:《胡适留学日记》,商务印书馆1947年版,第167页。

学研究中是取得了成功的,是具有历史进步意义的。

在"五四"之后用进化论的观念和考据学的方法做的古典文学研究中,鲁迅也是一个代表人物。他的著作主要有《汉文学史纲要》和《中国小说史略》。《汉文学史纲要》原为作者在1926年任教厦门大学时的讲义,1941年"鲁迅先生纪念委员会"编《鲁迅三十年集》时,书名改作《汉文学史纲要》。相比较而言,他的《中国小说史略》更被学界推崇。受时代的影响,鲁迅先生很早对中国传统文学就有很深刻的论述。早在1907年所写的《文化偏至论》《摩罗诗力说》等文章中,就提倡文学革命,要求个性解放,打破旧的传统,已具有激进的革命民主主义文学观。经过五四运动暴风雨的洗礼,鲁迅先生反帝反封建的态度更加坚决、鲜明,受进化论思想的影响也相当明显,他说:"许多历史家说,人类的历史是进化的,那么,中国当然不会在例外。……文艺,文艺之一的小说,自然也如此。"①

《中国小说史略》是我国研究古典小说的第一部重要著作。虽不能说鲁迅就是中国第一个撰写中国小说史的人,但具备基本的文学史规格的中国小说史著作,还是从鲁迅的《中国小说史略》开始的。② 胡适在《白话文学史·自序》中赞扬说:"在小说的史料

---

① 鲁迅:《中国小说史略·附录》,人民文学出版社1973年版,第268页。
② 早于鲁迅之前写中国小说史的,我们目前知道的有两人。一是王钟麒,他早在1907年在《中国历代小说史论》文中就说他当时曾编过一部《中国小说史》(原文见1907年《月月小说》第1卷第11期,此处转引自郭绍虞主编:《中国历代文论选》第四册,上海古籍出版社1980年版,第259页)。也许这是我们所知的中国人自己最早编著的《中国小说史》,其开创之功不可埋没,可惜我们未见到此书。还有一个人是张静庐。张静庐(1898—1969)笔名张卒,化名吴齐仁。浙江慈溪人,他的《中国小说史大纲》出版于1920年6月,然而就是这本先于鲁迅《中国小说史略》的《中国小说史大纲》,却是只有2万字的大纲式的总论。王无为(即王新命)为张书作序说:"静庐兹书,分五编,本编特其总论。"可惜其余四编未见成书。

方面，我自己也颇有一点点贡献。但最大的成绩自然是鲁迅先生的《中国小说史略》；这是一部开山的创作，搜集甚勤，取材甚精，断制也甚谨严，可以替我们研究文学史的人节省无数精力。"[1]

鲁迅先生《中国小说史略》的体例是自创的，也是谨严的，这种谨严的体例正是建立在他的进化论观点上的。但他并非像胡适那样，把民间文学说得绝对的好，把文人作品说得绝对的糟，而是用进化的眼光，把文学看做是一个从低级向高级发展的动态过程。他说："许多作品里面，唐宋的，甚而至于原始人民的思想手段的糟粕都还在。今天所讲，就想不理会这些糟粕——虽然它还很受社会欢迎——而从倒行的杂乱的作品里寻出一条进行的线索来。"[2] 这条线索就是进化的线索，不仅是中国文学发展的线索，中国小说发展的线索，而且是《中国小说史略》中逻辑思维的线索。

在本书中鲁迅认为文学起源于社会生活，如诗歌起源于劳动和宗教，小说则起源于劳动休息时的"谈论故事"。所谈论的故事的内容，是以主宰万物的神灵来解释天地间自然现象的，便划之为神话；所谈论的故事的内容，主要是叙述半神化的祖先英雄事迹，则划之为传说。后来鬼神奇异之谈与人事史实逐渐分清畛域，产生了六朝的"志怪小说"与"志人小说"，而唐代的传奇，其源便出于六朝志怪。"小说亦如诗，至唐代而一变，虽尚不离于搜奇记逸，然叙述宛转，文辞华艳，与六朝之粗陈梗概者较，演进之迹甚明，而尤显者乃在是时则始有意为小说。"[3] 鲁迅先生认为从唐人开始有意为小说，然唐代传奇则是由以往传统文学，尤

---

[1] 胡适：《白话文学史·自序》，百花文艺出版社2002年版，第5—6页。

[2] 鲁迅：《中国小说史略·附录》，《鲁迅全集》（第九卷），人民文学出版社1981年版，第301页。

[3] 鲁迅：《中国小说史略》，《鲁迅全集》（第九卷），人民文学出版社1981年版，第70页。

其是六朝志怪小说演进而来，同时它又影响着后世各种小说的生成，有着承上启下的作用。

依据这种历史的演化，鲁迅先生将中国小说的发展大致按历史时期划分为六个阶段：六朝以前以神话、传说为主要特征的小说阶段；六朝志怪、志人阶段；唐朝传奇阶段；宋元话本、讲史阶段；明朝演义、神魔、人情小说阶段；清朝拟古、讽刺、人情、侠义小说阶段。清理出这六个发展阶段，既等于理清了中国小说演化的脉络，又等于搭成了《中国小说史略》的结构框架。

鲁迅先生这样总结中国小说演化历程，并不意味着他遗忘掉了中国小说发展中的复杂现象，恰恰相反，他认为中国小说的演进如同中国社会历史的进化一样，其发展轨迹并不是想象中的单线直上，"但看中国进化的情形，却有两种很特别的现象：一种是新的来了好久之后而旧的又回复过来，即是反复；一种是新的来了好久之后而旧的并不废去，即是羼杂。"[①] 中国小说发展亦如此，或具有各个旧阶段特色的旧式小说的"回复"，或具有不同阶段特色的新旧式小说的"羼杂"，这些都是中国小说发展史上客观存在的现象。鲁迅先生在这复杂的文学现象中把握住了中国小说发展总趋势，这就是不断进化的趋向，标志就是各个历史时期都有较前代又进一步发展了的小说形式及其代表性作品。从《山海经》、《穆天子传》、《搜神记》、《世说新语》、《莺莺传》、《南柯太守传》、《五代史平话》、《三国演义》、《西游记》、《水浒传》、《金瓶梅》、《红楼梦》、《镜花缘》等作品，可以清晰地看出中国小说从雏形到演进、到发达乃至蜕变的轨迹。

鲁迅先生对文学史料收集颇勤，在编写《中国小说史略》的

---

① 鲁迅：《中国小说史略·附录》，《鲁迅全集》（第九卷），人民文学出版社1981年版，第301页。

过程中，始终保持着求真务实的学术态度，尤其是 1930 年时他得知日人盐谷节山教授发见了元刊《全相平话》残本及"三言"，认为这是中国小说史上一件大事，根据新发现改订了自己出版了六七个年头的《中国小说史略》的第十四、十五、二十一篇，即《元明传来之讲史》的上下两篇和《明之拟宋市人小说及后来选本》一篇，这种严肃认真的治学态度堪称学术界的楷模，这种一丝不苟、精益求精的精神至今为人所称道。

以进化论的观点和考据学的方法来研究古典文学，在此处我们不能不提以顾颉刚为首的《古史辨》派。他们所进行的虽然主要是历史研究，但在中国的古代传统中，文史本来就是不分家的，特别对先秦来说更是如此；即便是在今天，研究文学史也照样离不开历史。因此，《古史辨》派的研究，无论在内容还是在方法上，都关涉当时的文学研究并对其产生了重大影响。本来，对中国的古史产生怀疑，也不是从"五四"才开始的，中国早就有疑古的传统，宋人郑樵、清人姚际恒、崔述都是著名的疑古派学者，为此他们也曾做过大量的古史考证工作。但是无论他们如何疑古，都没能从封建文化的圈子中跳出来。而以顾颉刚为代表的《古史辨》派，在继承了我国历代疑古辨伪的优良传统基础上，吸收了现代的科学知识，接受了以进化论为代表的现代思想，并运用了考证学等研究方法，把我国古代、特别是先秦两汉的古书上有关古史的记载，进行了详细的分析，从而向世人揭示了"经书"的真相，指出那些千百年来曾经被绝大多数人所相信的中国的上古的历史原来是后人用"层累的方式"造出的，这不但是对中国上古历史记载进行的一次最大的史料分析与考证，具有重要的科学研究意义，更重要的是它以科学研究的事实沉重地打击了封建主义，成为"五四"反封建文化思潮的一个重要方面。

以顾颉刚为代表的《古史辨》派之所以取得了那么大的成绩,一是因为他们生当"五四"时期,受当时反封建文化思潮的影响;再就是他们把传统的考据学方法和进化论等现代理论结合起来用于古史的研究。对此,顾颉刚曾说过这样一段话:

> 而我的《古史辨》工作则是对于封建主义的彻底破坏。我要使古书仅为古书而不为现代的知识,要使古史仅为古史而不为现代的政治与伦理,要使古人仅为古人而不为现代思想的权威者。换句话说,我要把宗教性的封建经典——"经"整理好了,送进了封建博物院,剥除它的尊严,然后旧思想不能再在新时代里延续下去。……同样,我们当时为什么会疑,也就是因为得到一些社会学和考古学的智识,知道社会进化有一定的阶段,而战国、秦、汉以来所讲的古史和这标准不合,所以我们敢疑。①

从这里我们可以看出,以进化论为主与考据学相结合的研究方法,一旦和时代的革命运动与进步思潮结合起来,会取得多么大的成绩,并会使书本上的研究产生多么大的社会作用。

以实证主义的方法进行考据式的研究,另一个有重要影响的人物是陈寅恪。陈寅恪是现代著名历史家和文学史家,对魏晋南北朝史、隋唐史、蒙古史,以及梵文、突厥文、西夏文等古文字和佛教经典均有精湛研究,为国内外学者所推崇。在文学史研究方面,他的主要著作有《元白诗笺证稿》、《桃花源记旁证》、《韦庄〈秦妇吟〉校笺》、《读哀江南赋》、《论再生缘》、《陶渊明之思想与清

---

① 顾颉刚:《我是怎样编写〈古史辨〉的?》,顾颉刚编著:《古史辨》(第一册),上海古籍出版社1982年版,第28页。

谈之关系》等。陈寅恪在文学研究上的主要方法还是从前清那里继承来的实证主义的考据法，但作为一个有着现代学术思想的学者，他的实证研究比起清人来显然更有深度。陈氏学问渊博，思路开阔，最善长的是以史证诗，以诗证史之法。文史不分向来是中国古代治学的传统之一，以史事来解释甚至比附文学的方法早自汉人解诗时就已使用。但是直到清代学人研究文学，充其量不过是通过考证说明某诗某人和某事有关而已。而陈寅恪的以史证诗，绝不仅限于一般的考证，实际上他的考证一直是在历史进化论等现代思想的指导下进行的，所以他能从浩繁的史料中钩稽出与作家作品相关的复杂历史背景，从而得出新见迭出的结论。例如他在研究陶渊明的思想之前，用了相当大的精力专门研究了魏晋以来的清谈问题，并就陶渊明的血统问题作了一篇专文，最后得出结论，说陶渊明之思想为承袭魏晋清谈演变之结果及依据其家世信仰道教之自然说而创改之新自然说，因而他实为吾国中古时代之大思想家。他的《论韩愈》一文，则从六个方面的考证叙述确定韩愈在唐代文化学术史上承先启后的地位。他的《元白诗笺证稿》一书，主要从文体关系和文人关系的角度，对白居易和元稹的《长恨歌》、《琵琶引》、《连昌宫词》、艳诗、悼亡诗、新乐府和古乐府等进行多方考证，最后不但指出了这些作品间"文学演化之迹象"和"文人才学之高下"，而且也对新乐府运动的产生因果及其意义等作出了自己的评价。[①] 陈氏的这些学术成果，到今仍能给人以方法论上的极大启示。

  以进化论的观点和考据学的方法来研究古典文学，在二三十年代乃至40年代中一直是颇有地位的。当时的一大批学人，在

---

① 以上可参考陈寅恪：《金明馆丛稿》（初编、二编），上海古籍出版社1980年版；陈寅恪：《元白诗笺证稿》，上海古籍出版社1978年版。

没有很好地掌握马克思主义理论方法之前，大都相信这种理论的有效性。如郑振铎1927年在《研究中国文学的新途径》一文中就把"归纳的考察"①和"进化的观念"②作为自己研究中国文学的方法，并且说这样就好比"执了一把镰刀，一柄犁耙，有了他们，便可以下手去垦种了"。③而当时的一些古典文学研究者运用这种方法，也的确取得了较突出的成绩。举例来说，如游国恩研究楚辞，冯沅君研究古优，罗根泽论中国文学的起源、中国诗歌的起源、乐府及五七言诗的起源等，都受这种方法的影响。当然，除了进化论的文学观之外，这些人也受其他理论：如社会学理论、历史学理论、心理学理论、美学理论等的影响。但是值得我们注意的是，当时的学者们在接受这些新理论的时候，都保留着从清代以来就已经形成的考据的传统，在一定程度上我们甚至可以说是对这种传统的发扬光大。之所以如此，是因为在近代西方科学思潮中，实证主义也一直是他们的优良传统。和清人不同的是，近代的实证主义不仅重视事实的归纳，而且也加强了分析。作为20世纪的中国古典文学研究者也是如此。和清人比起来，他们的思路更开阔，考证的范围更广，分析的更为深入，因此得出的结论也就更有说服力。无论是王国维、胡适、顾颉刚、陈寅恪，还是冯沅君、游国恩、罗根泽，举凡自20世纪初到三四十年代在中国古典文学研究中卓有成就的学者，莫不如此。换句话说，考据学作为一种自清代就已大大发展的实证主义方法论，若不是和20世纪初的先进学术思想相联系，它就不可能取得那么

---

①② 郑振铎著：《研究中国文学的新途径》，《中国文学研究》（下），人民文学出版社 2000年版，第280页。

③ 郑振铎著：《研究中国文学的新途径》，《中国文学研究》（下），人民文学出版社 2000年版，第287页。

大的成绩。它说明，方法本身不过是一种工具，它只有和一定的思想相结合，才能成之为一种有效的方法论。

说起来，考证的方法虽然是清人治学的根本方法之一，但是这种方法也并不是中国人的首创。在古人治学的过程中，大概只要遇到需要以事实来说话的时候，就必然要有或多或少的考证，这不独中国如此，外国亦然。在西方，自文艺复兴以后，随着中世纪神学的没落和近代科学的发展，以实证和归纳为主的研究方法也相继取代了自亚里士多德以来的三段论式的演绎法而成为西方近代科学研究中的主要方法。实证主义在19世纪，甚至在20世纪初的西方也是最受人重视的方法之一。这不独在自然科学中，在社会科学研究中也是如此。如英国著名的人类学家弗雷泽在他1913年出版的《金枝》第3版第9卷中曾说过这样一段话："我确信，一切理论都是暂时的，唯有事实的总汇才具有永久的价值，因此，在我的种种理论由于丧失了用处，而和那些习俗及信仰一样承受废止的命运的时候，我的书，作为一部古代习俗和信仰的集录，会依然保留其效益。"[1] 这话表明了弗雷泽对他这部名著价值的自信，同时也说明了他对自己为本书所做的大量考证工作的自赏和对考证方法的高度肯定。其实他这话在不同程度代表了至今我们的一些人的心理。

四、"五四"前后古典文学研究方法中的分析主义

在"五四"前后的古典文学研究方法中，分析主义也是一个

---

[1] 〔英〕弗雷泽著，徐育新等译，汪培基校：《金枝》，中国民间文艺出版社1987年版，第20页。

重要方面。说起来，分析作为进行科学研究的基本方法也是古已有之。我们要认识一个问题，就要对这个问题进行分析，没有分析就没有结论，古今都是如此。所以，即便是在实证主义盛行的时候，分析也有不可取代的作用。但是，把分析方法看得比实证方法更重要，并成为一种世界性的科学方法论趋向，还是自20世纪以来才更为突出。美国人M.怀特在评述20世纪的哲学家时所写的一本书名就叫《分析的时代》，并且在前言中说用这一标题是为了"简要地记载这样一个事实，即20世纪表明为把分析作为当务之急"[1]，"抓住本世纪一个最强有力的趋向来标志这个世纪"。[2]

　　分析主义之所以成为20世纪世界科学研究方法论的主流，显然是有着十分深刻的历史背景的。从自然科学方面讲，从牛顿的经典力学发展到爱因斯坦的相对论，这不但是物理学上的一场巨大革命，而且也促使人们在思维方式上发生了由绝对思维、线性思维转到了相对思维和网状思维的巨大变革；从哲学方面讲，从黑格尔庞大的绝对理念体系中分化而来的20世纪西方哲学流派纷呈，更体现了对世界文化多极思考的理论趋势；从世界政治和社会发展方面讲，西方资本主义社会矛盾的日益尖锐化和被压迫被剥削国家与民族的日益觉醒，也促使人们以更为清楚的眼光去看这个复杂的世界。因此，对于生于20世纪初的中国学人来说，无论他们是从对于本民族文化反省的角度，还是从对西方文化借鉴的角度出发，他们的思维方式都要发生巨大的变革，都会把分析主义放在重要位置上。

---

[1][2]〔美〕M.怀特编著，杜任之主译：《分析的时代·序言》，商务印书馆1981年版第5页。

正是从这个意义上我们说,"五四"前后中国古典文学研究方法论的进步,与其说是对实证主义的完善,不如说是分析主义的初步成功。

分析主义的成功首先表现为研究者具有宏观的学术实力和深刻的理论见解。它要求研究者不但是学问家,更应该是一个思想家和理论家。在20世纪初,梁启超就是这样一个具有代表性的人物。他以学术来鼓吹变法,很早就在史学观和史学方法论上为20世纪的学术研究作出了贡献。早在1901年,他就发表了《中国史叙论》,1902年刊出了《新史学》,提出"史界革命"的口号,把历史看成是"以过去之进化,导未来之进化者也"[①],号召人们从旧史学中解放出来,开辟史学的"新领土"。1921年他在南开大学关于《中国历史研究法》的演讲更把这种理论系统化。在历史研究的实践上,他所写的《清代学术概论》和《中国近三百年学术史》,更是站在社会政治的变革与学术思潮关系的角度,以综合与分析的方法,来纵论300年来的学术发展,因而被人誉为20世纪初文史学界影响最大、价值最高的学术著作之一。而王国维虽然没有提什么"新史学"的口号,但是他却被人们公认为"新史学的开山",是一代"史学大师"。之所以如此,并不是因为他在考证古史时使用了"纸上之史料与地下之材料相互释证的二重证据法",那地下材料的出土只不过是给他的研究提供了一些方便而已,更重要的还是王国维也有深刻的史学理论作为研究的指导。对此,陈鸿祥曾分析说:

在梁启超的"新史学"观点中,贯注着一个近代的基本

---

① 梁启超:《史学之界说》,《梁启超史学论著四种》,岳麓书社1998年版,第252页。

精神，即所谓"历史的进化的主张"，自谓此乃他"多年来"坚持，"现在并不肯撤消"的，亦即他的"今日之我"与"昔日之我"，是一以贯之地维系在这个基本精神上。王国维则不仅在词曲史研究中，明确地提出了"活文学"必将取代"死文学"的"一代有一代之文学"的"历史的进化的主张"，而且还在梁启超撰写《新史学》之前，就在他的《咏史二十首》中写有"憧憧生存起竞争，流传神话使人惊"（第三首）的诗句，试图以"物竞天择"的"进化论"来探索古代部族争战及社会变化发展之迹；又在他的关于"屈子文学"精神的专论中，提出用"此种竞争之产物"的"欧穆亚（Humour）之人生观"，实际上便是"生存竞争说"来考察从《小雅》到《离骚》，从《诗经》到《楚辞》的文学发展变化之迹。由于他的这些主张不是像梁启超那样通过提"口号"发表出来，乃是贯注于其实际研究中，故迄今并未受到研究者注意。[①]

由此可见，王国维在"五四"之前的学术研究上之所以取得了那么突出的成就，与他有着深刻的思想理论是直接相关的。考察王国维的学术生平我们知道，他在35岁以前，是特别喜欢西方新学、尤其是哲学的，他的思想深受西方哲学的影响。他在文学研究方面所取得的成就，也与此直接相关。如他在关于宋元戏曲史的研究中表现了明显的进化论观念，而他的《红楼梦评论》一文，以叔本华哲学来对《红楼梦》的思想内容进行分析，从中去体悟宇宙和人生的真谛，无疑是最早的开20世纪学术风气之先的著作。

---

① 陈鸿祥：《王国维与近代东西方学人》，天津古籍出版社1990年版，第373页。

和梁启超、王国维一样，胡适之所以在"五四"前期领导了新文化潮流，也因为他有一套进化论的理论。他用这一套理论来看文学的历史，就有了和别人不一样的眼光，因而才能提出别人所不能提出的问题，理论分析在他那里仍然具有着最为重要的意义。同样，古史辨派的考古与疑古，之所以和前人的考古与疑古不同，也是因为他们有了一个进化论的眼光，由此才发现古史的记载与进化的理论不合，进而在考证中才证明了古人对于历史的"作假"，从而得出了"中国的古史是用层累的方式造出来的"这样一个石破天惊的结论，为"五四"以来的反封建运动提供了强有力的历史学支持。此外，如当代的史学大家陈寅恪、陈垣等人，他们的文史研究之所以不同于前代并取得了巨大成就，也是因为他们有着比较鲜明的史学理论，他们同样是用理论的眼光和理论的分析来带动考证，统摄考证的。

分析主义作为"五四"前后古典文学研究方法论的重要方面并取得成功，另一个重要的方面是由此而带来的学术研究体系的建立。

如我们在前面所述，在20世纪之前，中国人并没有一个明确的文学界说，自然也不可能建立起一个具有现代意义的文学理论体系。他们的古典文学研究，从内容上附丽于经史子集，从形式上表现为史料考证和体悟式评点。因为没有理论统摄，所以他们的考证带有很强的随意性，他们的评论也流于琐屑和零散。换句话说，他们的文学研究还缺乏现代人的理性自觉。而20世纪在古典文学研究方法论上分析主义之所以兴起，就因为在它的背后支持它的是现代人的科学主义的理性自觉，是现代人建立起来的各种各样的理论体系。在这种科学主义的理性自觉指导下，他们研究文学，不再满足于以往的自发形态下的考证和评点，而首先要弄清楚文学是什么，要确定文学的本质，要探讨它的发生发展规律，要建立起一个具有现代意义的文学理论体系，要把文学当成一门现代科学来研究。正是从这个意义上我们说，分析主义不但是20世纪古典文学研究中具有代表性的方法论，而且也是和19世纪古典文学研究之所以不同的最重要的时代标志。在这方面，五四学人做出了最重要的贡献。是他们首先站在现代文化的立场上，对几千年的传统文学进行新的价值评估；同时，也正是他们在这种评估中破除了传统的过于宽泛和模糊的文学观念，以西方文学理论为参照给文学下了一个新的定义，使文学获得了独立的学科地位。

"五四"前后学术方法论的更新促进了20世纪古典文学研究的长足发展，其历史进步意义自不待言。但是在今天看来，也存在着严重的不足。因为考证的方法需要和一定的思想理论相联系才有意义，所以，那种视考证学为万能而缺乏思想理论的人，或者为错误理论所支配而进行考证的人，就往往失去了学术目的性而使考证失去意义或者使其误入歧途。这种状况，在"五四"前后的古典文学研究中也存在。首先，考证只是一种研究方法而不是研究目的；其次，考证或实证主义作为一种方法，也要和正确的思想理论结合起来，而且也有一定的适用范围。没有正确的理论指导或超越了一定的范围，有时候就会使考证误入歧途甚至出现一些笑谈。即便是有时我们对某一问题的研究考证出了一大批材料，也需要对材料作出正确的分析。实证有时只给我们研究问题提出参考点，但如果没有对它的正确分析，结论也可能是不准确的。在"五四"时期的古代研究中，进化论曾被人们视为理论的法宝，但是在今天看来，进化论的局限是很明显的。尤其是文学的发展，我们更不能轻易地套用进化论。举例来说，如在"五四"

以后的一段时间里，一些学者对汉代文人五言诗的创作问题进行了比较详细的讨论，特别是对传说中的枚乘、李陵、苏武、班婕妤等人诗作的真伪问题进行了大量的考证。这本是中国文学史上的一桩公案，过去人们虽然对它都有怀疑，但是由于材料的缺乏，在没有充分的反证之前，学术界基本上持慎重的态度，或表示存疑，或尊重传统说法给予肯定。可是，由于受疑古思潮和进化论的影响，当时有一些学者却敢于在证据不足的情况下轻下否定性的断语，至今在这个问题上仍产生着不良影响。由此来看，实证主义如果不和一定的理论相结合，不和分析的方法相结合，就不会取得更大的成果。但是在20世纪的古典文学研究史上，"五四"前后至今仍是最为活跃、成果最为突出的年代之一。而这些成果的取得，与这一时期方法论的进步有巨大的关系。同时，正是"五四"时期方法论的更新，为其后古典文学研究的发展奠定了良好的基础。

"五四"前后文学观念的变化对古代文学研究的影响

什么是"文学"?这一问题看起来很简单,其实要对它进行明确的界说并不很容易。在不同的历史阶段,人们对它会有不同的理解。而在这种不同理解的背后,则往往蕴含着一种深刻的社会文化思潮。因此,一种文学观念的改变,也往往是一个时代学术思潮变革的重要标志。"五四"前后关于文学本质问题的探讨,就深深地烙刻着五四文学革命的印记,并对20世纪文学理论体系的建立和文学研究产生了至为深远的影响。站在21世纪之初的今天,对20世纪之初关于文学本质问题的探讨进行一番回顾,对于深化新世纪的中国古代文学研究,应该说是一件十分有意义的事。

一、简谈中国古代的"文学"观

要探讨五四学人关于"文学"本质的理解,我们先应该回顾一下中国古人的文学观。

"文学"这一名称,最早见于《论语·先进》"文学子游子夏"一语中。这里所说的"文学",本是孔门四科之一,它指的是文章博学,即对所有文献经典的学习。文学这一意义,在汉代还在沿用,如《汉书·武帝纪》元朔十一年诏曰:"选豪俊,讲文学。"至于略近于我们今天所理解的"文学"概念,古代则单称之为"文"。"文"字在甲骨文中写作"✡"、"✡",其字形"象正立之人形,胸部有刻画之文饰,故以文身之纹为文"[①]。《说文解字》曰:"文,错画也。"《广雅·释诂》曰:"文,饰也。"是文的本义指文采和文饰,《说文》和《广雅》两书正好从形象和功用两个方面对此字做了完整的解释。因为其本义指人胸部纹饰,故此字一出现就带有审美意义,在甲骨文中"冠于王名之上以为美称"[②]。由此引而申之,"文"字可指一切有文采的东西。《周易·系辞下》曰:"物相杂,故曰文",《礼记·乐记》又曰:"五色成文而不乱。"故刘勰在《文心雕龙·原道》中说:"文之为德也大矣,与天地并生者何哉?夫玄黄色杂,方圆体分,日月叠璧,以垂丽天之象;山川焕绮,以铺理地之形:此盖道之文也。仰观吐曜,俯察含章,高卑定位,故两仪既生矣。惟人参之,性灵所钟,是谓三才。为五行之秀,实天地之心。心生而言立,言立而文明,自然之道也。傍及万品,动植皆文:龙凤以藻绘呈瑞,虎豹以炳蔚凝姿;云霞雕色,有逾画工之妙;草木贲华,无待锦匠之奇。夫岂外饰,盖自然耳。至于林籁结响,调如竽瑟;泉石激韵,和若球锽;故形立则章成矣,声发则文生矣。夫以无识之物,郁然有彩,有心之器,其无文欤?"[③]

由此可见,中国人很早就认识了文学所具有的那种形式上的审美艺术特色,由日月垂象的天之文,山川焕绮的地之文,以及

---

① 徐中舒主编:《甲骨文字典》,四川辞书出版社1989年5月版,第995—996页。
② 徐中舒主编:《甲骨文字典》,四川辞书出版社1989年5月版,第996页。
③ (梁)刘勰著,范文澜注:《文心雕龙注》,人民文学出版社1958年版,第1—2页。

傍及万品的动植皆文，推而广之到人心感于物形于语言的声音，见诸文字的表现，就是人之文。

但是中国人虽然很早就认识了文学的这种艺术形式美，可是却没有继续从文学内容本质方面进行更深入的探讨，因而形成一种泛文学观，把凡是人类用语言文字写成的东西都称之为"文"。所以，在号称体系最为完备的古代文学理论著作——刘勰的《文心雕龙》里，它所论述的"文"除了我们今天可称之为文学的"诗"、"乐府"、"赋"等3类之外，还包括颂赞、祝盟、铭箴、诔碑、哀吊、杂文、谐隐、史传、诸子、论说、诏策、檄移、封禅、章表、奏启、议对、书记等17类。[1] 这些，大都不能算在今日我们所说的"文学"之列。

也许，古人对于这种关于"文"的提法也觉得过于宽泛，故六朝时又有文笔之分。刘勰在《文心雕龙·总术》中说："今之常言，有文有笔，以为无韵者笔也，有韵者文也。"[2] 直至清人阮元，仍坚持这一说法，把无韵者称之为"直言之言，说难之语"，把有韵者才称之谓"文"，并把传为孔子所作的《周易·文言》一篇看成是千古文章（文学）之首。但是这里的"文"仍然不能等同于现代我们所说的"文学"。

正因为古人有这种模糊的文学概念，所以也就不能建立一个具有现代意义上的"文学"这一学科。尽管这并不妨碍中国古人千百年来仍然不断地进行着文学创作，并继续产生了大量的优秀作品，但是这种关于"文学"的研究却是相对薄弱的。直至辛亥革命前，章太炎作《国故论衡》，首先为文学正名，还这样讲："文

---

[1] （梁）刘勰著，范文澜注：《文心雕龙注》，人民文学出版社1958年版。
[2] （梁）刘勰著，范文澜注：《文心雕龙注》，人民文学出版社1958年版，第655页。

学者,以有字文著于竹帛,故谓之文;论其法式,谓之文学。"[1]可见,这时的文学还是一个经史子集无所不包的概念,对文学的研究自然也包容于对经史的研究中。在这个时期,由于受外国学术的影响,中国人也开始了文学史的研究和编写,代表作如黄人的《中国文学史》,窦警凡的《历朝文学史》、林传甲的《中国文学史》。但由于当时中国人对文学这一概念并没有进行现代化的梳理,所以他们的文学史仍是一个经史子集无所不包的体系。

二、五四前后关于"文学"概念的科学探讨

随着历史与科学的进步,20世纪的中国学人显然不会再把自己的研究停留在传统的思维框架中。在西方现代学术思想的感召下,自20世纪初开始,一些有识之士便开始了关于文学观念问题的新的思考。

在这一思考过程中,王国维显然是个开风气的人物。他在《国学丛刊》序中说:

> 学之义广矣,古之所谓学,兼知、行言之。今专以知言,则学有三大类:曰科学也、史学也、文学也。凡记述事物而求其原因,定其理法者谓之科学;求事物变迁之迹而明其因果者,谓之史学;至出入二者间而兼有玩物适情之效者,谓之文学。[2]

---

[1] 章太炎:《文学总略》,陈平原导读:《国故论衡》,上海古籍出版社2003年版,第49页。

[2] 王国维著:《国学丛刊·序》,傅杰编校:《王国维论学集》,云南人民出版社2008年版,第488页。

> 文学中有二原质焉：曰景，曰情。前者以描写自然及人生之事实为主，后者则吾人对此种事实之精神的态度也。……要之，文学者，不外知识与感情交代之结果而已。①

由这段话看，王国维对文学本质体悟很深，他试图要从科学、历史与文学的差别角度给文学下一个定义。尽管他给文学下的这个定义还不明确，应该说，这种对于文学本质的认识，从思想深度上看是远远超过了章太炎的。

在关于文学本质问题的探讨中，王国维之后，另一个重要人物是谢无量。1918年，谢无量出版了《中国大文学史》，在这部书第一篇的绪论中，第一章的题目就是《文学之定义》，在这里，他首先考察了"中国古来文学之定义"，又考察了"外国学者论文学之定义"。最后他认为，在中外学者中，只有英国学者庞科士（Pancoast）在他的《英国文学史》中所下的定义最好：

> 文学有二义焉。（甲）兼包字义，统文书之属，出于拉丁语 Initera。首自字母，发为记载，凡可写录，号称书籍，皆此类也，是谓广义，但有成书，靡不为文学矣。（乙）专为述作之殊名，惟宗主情感，以娱志为归者，乃足以当之。文学虽不规于必传，而不可不希传，故其表示技巧，同工他艺。知绘画音乐雕刻之为艺，则知文学矣。文学描写情感，不专主事实之智识。世之文书，名曰科学者，非其伦也。虽恒用历史科学之事实，然必足以导情陶性者而后采之。斥厥专知，撷其同味，有以挺不朽之盛美焉。此于文学，谓之狭义，如

---

① 王国维：《文学小言》，傅杰编校：《王国维论学集》，云南人民出版社2008年版，第373页。

诗歌、历史、传记、小说、评论等是也。①

这是中国人在自己的文学研究著作中第一次明确地表示接受外国人的文学定义，但这种接受并不是盲目的，而是在同中国传统的文学观以及外国诸多文学观之中的择善而从，这里实际已经包含着他们对于文学本质的理性思考。尽管谢无量在这里还没有提出自己的文学定义，他的《中国大文学史》中还包括经学、文字、史学方面的东西，可是他毕竟强调了文学导情陶性的方面，特别指出了对文学要做"精神上之观察"，要注意文学的"美的特质"，这样明确的理论主张，比起王国维来又有了发展。

五四新文化运动的口号是"民主"和"科学"，在科学精神的感召下，"五四"学人对文学的本质问题开始了更为深入的探讨。1919年，罗家伦在《新潮》第2期上发表了一篇名为《什么是文学？——文学界说》的文章，就明显地表现了这种理性的思考。他在这篇文章的开头就说："现在我们常常听得'文学！''文学！''保全旧文学！''创造新文学！'的声浪了。但是什么是文学呢？不但读者心里常常有这个疑问，就是我心中也常常有这个疑问。我去问保全旧文学的人，他说：'文学就是文学，何须你问。'我去看创造新文学的书，书里也还是没有提到这个问题。"于是，他就先看一下中国古人是怎么说的，为此他查找了桓谭、应瑒、陆机、李充以至刘勰和章学诚的文章，结果发现谁也不曾"爽爽快快下一条文学界说"，原来"中国人无论做什么事情都是浑浑沌沌，不愿有个明了的观念"，勉强地说，在中国近代史上，想给文学以一个明确界说的只有两个人，一个是阮元，一个是章太炎。阮元说："必沈思翰藻，始名之为文"，章太炎的说法已如上述。

---

① 谢无量：《中国大文学史》，中华书局1918年版，第4页。

这些,显然也是比较宽泛、比较模糊的,是罗家伦所不满意的。于是,他又广泛搜集了西方 15 家不同的说法,概括归纳,指出文学有以下八种要素:(一)文学是人生的表现同批评;(二)最好的思想;(三)想象;(四)感情;(五)体裁;(六)艺术;(七)普遍;(八)永久。最后他终于"用科学的方法,归纳出一个界说":

> 文学是人生的表现和批评,从最好的思想里写下来的,有想象,有感情,有体裁,有合于艺术的组织;集此众长,能使人类普遍心理,都觉得他是极明了,极有趣的东西。①

罗家伦给文学所下的这个概念,在今天看来也许还不是那么完善,但是他为了做到这一点,却查找了大量的资料,并对古今中外五花八门的文学概念进行了一次认真的梳理和细致的分析,体现了"五四"学人那种求是科学的研究精神。它标志着 20 世纪的中国文学研究开始从传统走进了现代,当代人的科学精神在文学研究中起到越来越重要的作用。它以概念的界定为基础,说明一种新的学术规范正在形成,一个新的中国文学理论体系也必将由此而开始诞生,它的意义是不可低估的。

在"五四"时期关于文学本质的探讨中,郑振铎在《文学周报》上发表的《文学的定义》是另一篇重要的文章。和罗家伦不同,郑振铎并不是在总结别人关于文学定义的基础上得出自己的结论,而是像王国维那样,从与科学和其他艺术门类的比较中来认识文学。他首先指出科学与文学二者的不同:文学是诉诸情绪,科学是诉诸智慧;文学的价值与兴趣,含在本身,科学的价值则

---

① 罗家伦:《什么是文学?——文学界说》,《新潮》1919 年第 2 期。

存于书中所含的真理,而不在书的本身。其次又指出文学和别的艺术的不同:文学是想象的,因此它与诉诸视觉的图画、雕刻等不同;文学是表现人们思想和情绪的,不仅是只表现情绪的,因此它与音乐又不同。最后他下的定义是:

> 文学是人们的情绪与最高思想联合的"想象"的表现,而他的本身又是具有永久的艺术的价值与兴趣的。①

严格来讲,郑振铎给文学下的这个定义并不比罗家伦强,他所讲的几点,罗家伦都已经讲到,而且比他讲的还要全面些。但二人不同的是,罗家伦虽然给文学下了一个较好的定义,可是他的文学研究却没有贯彻自己的理论主张。他在发表了《什么是文学》一年以后的一篇文章里,又提出了什么"华夷文学"、"策士文学"、"逻辑文学"等概念,显得有些不伦不类,因而不免受人批评。②而郑振铎在探讨文学本质的同时,把更大的精力都放到了文学的创作和研究上,他对于文学本质的实际把握还是超出了罗家伦的。

试图给文学下一个定义是"五四"以后以至二三十年代的一种学术风气,一些著名的学者在他们的文学史著作中往往都是如此。如胡小石的《中国文学史讲稿》,在第一章《通论》中就首先考察了文学的意义和古代对它的一些解释,然后讲什么是文学,他分析了古代的一些说法,还引用了日本人厨川白村《苦闷的象征》的说法,接着就给文学下了一个定义。③ 稍在其后出版的钱

---

① 郑振铎:《文学的定义》,《文学周报》第 1 号,1921 年 5 月 10 日。
② 罗家伦:《近代中国文学思想的变迁》,《新潮》第 2 卷第 5 号,1920 年 9 月。
③ 胡小石:《胡小石论文集续编》,上海古籍出版社 1991 年版,第 6—15 页。按:胡小石的《中国文学史讲稿》原版于 1928 年。

基博的《现代中国文学史》,在《绪论》里也是先谈"文学",该书的第一句话就是:"治文学史,不可不知何谓文学。而欲知何谓文学,不可不先知何谓文。"接着就从什么是"文"说起,也给文学一个基本的界定。①

从王国维、谢无量到罗家伦和郑振铎、再到胡小石、钱基博等人,"五四"前后的中国学人基本上完成了对于文学本质问题的重新定义。和马克思主义的文学观相比,尽管这个定义看来还不很准确,还不是一个非常科学的概括,其中一个重要方面,就是他们虽然看到了文学的艺术要素,看到了情感、想象等在文学中的地位,却还没有认清文学所具有的意识形态特质。但是,从他们的这种探求中我们却看到了五四学人的科学精神。正是他们的这种探讨,促使"五四"以后的文学研究朝着科学化方向迈进。同时,它也直接影响"五四"以后的中国学人接受马克思主义的文艺观,促进了中国文学理论体系的建立。

三、文学观念的变化对中国文学研究的积极影响

"五四"前后的中国学人关于文学本质的探讨,是整个五四文学革命运动的重要组成部分。它不但从理论探讨的角度对中国文学进行了学科规范,建立了中国文学研究的现代科学体系,而且从另一个方面也促进了文学革命运动的向前发展。这种历史意义,我们是不能低估的,这其中有三点值得我们特别注意。

第一,"五四"学人在探讨文学本质时,首先把它从经学、史学、哲学等学科中分离出来,这种学术的规范化不但有助于文学研究

---

① 钱基博:《现代中国文学史》,世界书局1933年版,第1—4页。

的深入，而且也有力地推动了"五四"时期白话文学、平民文学和俗文学的创作与研究。我们知道，在中国传统的文学研究中，一直把诗文当成重点，"民间文学"一直是难登大雅之堂的。可是到了"五四"时期，这一切却完全变了过来。在他们看来，中国文学从周代的《诗经》开始，最有价值的不再是"雅"和"颂"，而是"国风"。汉赋以降的文人创作，如六朝的骈文、唐代律诗，特别是明清以来被人标榜的桐城古文，都成了毫无生命的"死文学"，而真正有价值的则正是那些难登大雅之堂的民间谣谚，是明清以来的戏曲和小说。这种适应时代变革的新的文学观念和新的文学研究热点的形成，因为有了"五四"学人关于文学本质的重新界定而得到了强有力的支持。它使研究者可以堂堂正正地把这些俗文学、平民文学、白话文学摆上庄严的文学殿堂，使他们的研究和创作不再仅仅是一些时代变革者的深情呼喊，而且还有坚强的理论基础作为后盾。同时，也正是这两者的结合，才使"五四"前后的文学创作与研究不但结出了革命的硕果，而且也开创了 20 世纪文学研究的新天地，取得了前所未有的成绩。翻看一下中国社会科学院历史所资料室和北大历史系合编的《中国史学论文索引》即可看出，自五四运动前后至 20 年代末以前的中国文学研究论文，关于白话文学、平民文学、戏曲、小说、民间文艺方面的内容占一半以上。其中取得最突出成就的领域又是对于中国小说和戏曲史、特别是对于宋元以来的小说戏曲的研究，出现了一支声势颇为浩大的研究队伍，产生了一批 20 世纪最有成就的学者，一批 20 世纪最有学术价值的研究著作。如被郭沫若称之为"中国文艺史研究上的双璧，不仅是拓荒的工作，前无古人，而且是权威的成就，一直领导着百万的后学"[①] 的王国维的

[①] 郭沫若：《鲁迅与王国维》，《沫若文集》（第十二卷），人民文学出版社 1959 年版，第 536 页。

《宋元戏曲史》和鲁迅的《中国小说史略》产生在这一领域;被后人推崇为"近代文学批评先声"①的王国维的《红楼梦评论》产生在这一领域。而胡适之所以在五四新文化运动中立下了不可磨灭的功勋,他的提倡白话文的学术研究的主要成就,引导了当代人学术研究方向的《白话文学史》等著作,也在这一领域。其他如张静庐的《中国小说大纲》(1920年)、陈景新的《小说学》(1926年)、范烟桥的《中国小说史》(1927年)、胡怀琛的《中国小说研究》(1929年)、吴梅的《中国戏曲概论》、佟晶心的《新旧戏曲之研究》(1927年)、贺长群的《元曲概论》(1930年)、曹聚仁的《中国平民文学概论》(1926年)等著作,也都在这一时期先后出版。此外,还有以胡适的《红楼梦考证》(1921年)、《水浒传考证》(1920年)、《三侠五义序》(1925年)、《宋人话本八种序》(1928年)等为代表的一大批学术论文,也发表在这一时期。而郑振铎一人在20年代就发表过《中国小说的文类及其演化的趋势》(1929年)、《中国小说提要》(1925年)、《明代之短篇评话》等有关论文20多篇。②

第二,"五四"学人关于文学本质探讨的另一个突出特点,就是强调了文学的艺术审美性。这一点,也和"五四"前后的中国文学研究紧密相关。在这方面,如果说王国维以其天才的艺术领悟力,已经在《红楼梦研究》、《人间词话》和《宋元戏曲史》的研究中开风气之先的话,那么"五四"学人经过科学的讨论,就把这种文学的艺术本质更加明确化了。正是在这一点上,我们发现了罗家伦和郑振铎等人论述中的共同特征。罗家伦讲"感情",

---

① 陈鸿祥:《王国维与文学》,陕西人民出版社1988年版,第101页。
② 可参考《郑振铎古典文学论文集》和中国社会科学院历史所等编:《中国史学论文索引》上编下册。

讲"想象",讲"艺术",郑振铎也讲"情绪"、"想象"和"艺术"。世农在《文学的特质》一文中也说:"文学是(以文字作工具)人生的表现,要具有艺术的美,暗示的印象,永久性与普遍性和体裁的作品。"① 胡小石也说:"文学,是由于生活之环境上受了刺激而起的情感的反应,藉艺术化的语言而为具体的表现。"②

"五四"学人对于中国文学艺术美的重视,既是一种科学地研究文学、深化对于文学本质认识的态度,也是和当时提倡白话文的"文学革命"思潮紧密相关的。"五四"学人为什么要提倡白话文学呢?因为他们认为白话文学是最生动活泼的,最能表达人的情感的,最有艺术价值的文学。陈独秀在《文学革命论》中所提出的三大主义,所要建设的"平易的抒情的国民文学","新鲜的立诚的写实文学","通俗的明了的社会文学",也就是"五四"学人对于白话文学艺术价值的评价。他们研究中国文学,也就是要发掘白话文学的不朽的艺术价值。如胡适在《建设的文学革命论》中就这样说道:

> 为什么死文字不能产生活文学呢?这都由于文学的性质。一切语言文字的作用在于达意表情;达意达得妙,表情表得好,便是文学。那些用死文言的人,有了意思,却须把这意思翻成几千年前的典故;有了感情,却须把这感情译为几千年前的文言。明明是客子思家,他们须说"王粲登楼","仲宣作赋";明明是送别,他们却须说"《阳关》三叠","一曲《渭城》";明明是贺陈宝琛七十岁生日,他们却须说是贺伊尹、周公、傅说。更可笑的:明明是乡下老太婆说话,他

---

① 见《文学周报》1921 年第 3 期。
② 胡小石:《胡小石论文集续编》,上海古籍出版社 1991 年版,第 14 页。

们却要叫他打起唐宋八家的古文腔儿；明明是极下流的妓女说话，他们却要他打起胡天游、洪亮吉的骈文调子……请问这样做文章如何能达意表情呢？既不能达意，既不能表情，那里还有文学呢？①

既然如此，"五四"学人研究古代戏曲小说等白话文学而重视对它们的艺术和美学方面的研究，也就是自然而然的事情。尽管这种研究还不是很深入、很系统，可是在现代中国文学研究史上却具有重要的意义。如胡适《白话文学史》中评汉乐府诗的活泼、纯真，写出了"真的哀怨"、"真的情感"；评古诗《江南可采莲》是"只取音节和美好听，不必有什么深远的意义"；评《陌上桑》是采用"天真烂漫的写法"；评陶潜是"自然主义的哲学的绝好代表者"，是"能欣赏自然的美"的"自然诗人的大师"。郑振铎评李后主的词也说："好的诗词，情感必真挚，词采必美丽。如春水经流于两岸桃花，轻舠唱晚之境地中。读者未有不为其美景所沈醉的。"评李清照是中国古代少有的"真诗人中的一个"，"她的词则都是从心底流出的"。②特别是鲁迅，在这方面更为重视，他在那篇《魏晋风度及文章与药及酒之关系》的著名讲演中，完全是用一种艺术分析的眼光来评价魏晋文学。他说："用近代的文学眼光看来，曹丕的一个时代可说是'文学的自觉时代'，或如近代所说是为艺术而艺术（ART FOR ART'S SAKE）的一派。所以曹丕做的诗赋很好，更因他以'气'为主，故于华丽以外，加上壮大。归纳起来，汉末，魏初的文章，可说是：'清峻、通脱、华丽、壮

---

① 胡适：《建设的文学革命论》，杨犁编：《胡适文萃》，作家出版社1991年版，第31页。
② 郑振铎：《郑振铎文集》（第七卷），人民文学出版社1988年版，第375页。

大'。"[①]他的这段精彩论述,至今还被许多学者所乐于引用。同样,鲁迅在他的《中国小说史略》和《中国文学史略》(1926年油印,后改名为《汉文学史纲要》)中,评价屈原的作品是"其言甚长,其思甚幻,其文甚丽,其旨甚明,凭心而言,不遵矩度";评价《庄子》是"汪洋辟阖,仪态万方"[②]。总之,从以上的论述中我们都可以看到这样一种现象,即他们在对中国文学进行批评时,都不再取法于传统儒家的正统教化观,而是注重文学本身的情感、技巧、趣味、意境等各个方面。有时话语不多,却有画龙点睛之效。

第三,由于有了这种新的文学观念,从"五四"以后的中国文学史著作,其论述范围逐渐从古代的泛文学变成了具有现代意义的"纯文学"。

文学观念的变革,在20世纪的文学研究所产生的影响中,最终体现在文学史的编写上。如果我们把20世纪的中国文学史编写分成几个阶段的话,那么可以看出,在20世纪初,以黄人、林传甲等人为代表的文学史可算是第一个阶段,这一阶段的文学史家基本上仍然坚持的是传统的泛文学观;第二阶段是"五四"以后到20年代,这一阶段的文学史家除了编写了大量以"戏曲"、"小说"、"白话文学"为代表的个体文学史外,还写出了新的通史性中国文学史。这一时期的文学史家,基本上不再用传统的泛文学观念,而是根据自己对于文学的理解,各自创造新的体例。如胡适的《白话文学史》把平民文学和白话文学当成中国文学史的正宗,其他都排除在他的文学史视野之外。胡小石的《中国文学史》虽然只写了从上古到五代部分,但是其论述范围也不再像黄人等的著作那样驳杂,而基本上集中在现代意义上的文学范围

[①] 鲁迅:《汉文学史纲要》(外一种),上海古籍出版社2011年版,第49页。

[②] 鲁迅:《汉文学史纲要》,上海古籍出版社2005年版,第16页。

上展开论述。第三个阶段是三四十年代的文学史编写。这一时期的文学史基本上全都采用了现代的文学观念,并产生了几部很有影响的著作,如张希之的《中国文学流变史》、钱基博的《现代中国文学史》、郑振铎的《插图本中国文学史》、以及至今颇具影响的刘大杰的《中国文学发展史》。50年代以后,中国文学史的编写,基本上沿袭了在这种文学观念下形成的文学史编写模式。

很显然,在这种新的文学观念的影响下而编写的中国文学史,把封建社会的文学研究范围在一定程度上是缩小了,但是正因为它规范了文学的概念,才使它成为具有现代意义的一门人文科学,也使对这门科学的研究具有了现代的学科意义。它使得我们可以从现代学科规范的角度去探讨文学在中国古代的发生、发展以及其在中国文明史上的意义。也正是在这一基础上,"五四"以来的中国文学研究,开始出现了新的高潮,并且产生了一些卓有成就的学者和影响深远的学术著作。这一历史的经验,也许会给我们的文学研究带来一些有益的启示。

四、新文学观对中国文学研究的负面影响

但是反过来讲,"五四"时期关于文学本质问题的这种探讨,对于中国文学研究也产生了些负面影响,同样值得我们注意。

仔细想来,在20世纪里,随着"五四"时期对文学观念的探讨而建立起来的这个研究体系,虽然形成了现代的文学学科,但是在这门文学学科的建立过程中却过多地融入了西方的东西,包括西方的理论体系和西方的思维方式。这使它一方面变得更为"科学",但是从另一方面来看也有其"不科学"之处。其中最突

出的表现就是对中国文学传统重视不够，在一定程度上影响了我们对中国文学的全面把握，甚至导致了中国文学研究中民族性的丧失，值得我们在21世纪的文学研究中改进。

用现代的文学概念来规范中国古代文学，是丧失中国古代文学民族性的一个重要原因。如我们上文所说，在中国古代，"文学"是一个比较宽泛的概念，它不仅仅包含现代学科意义上的狭义的文学，如诗歌、戏曲、小说等，还包含策论、章表、书记等其他在今天看来属于非文学的文体形式。中国古代的文学概念，用章太炎的话说，那就是："文学者，以有文字著于竹帛，故谓之文；论其法式，谓之文学。"这一说法，"五四"以来受到了严厉的批评，因为它缺乏现代的科学性。它把在今天看来不属于文学内容的东西如章表、书记甚至文字、训诂等纳入了文学，而本来属于文学中大讲特讲的内容如戏曲小说等却受人轻视。因此，当我们在评价"五四"以来的古典文学研究的时候，文学观念的科学化和戏曲小说被纳入文学研究的领域是其中重要的成绩之一。不错，"五四"以来我们的文学观念的确是现代化科学化了，但是这种现代化和科学化的观念却不是来自于对中国古代文学发展事实的充分尊重的基础上总结出来的，而是用西方的理论和当代人对于文学的理解推衍出来后硬套在中国古代文学身上的。依照这种现代的科学的理论虽然也可以对中国古代文学的发展以及其规律进行"阐述"、"概括"和"总结"，但是这种做法却不符合中国古代文学发展的实际，因而既不能完整地描述解释中国古代文学现象，也不能很好地总结中国古代文学的发展规律。这起码表现在两个方面：第一，用今天的文学观念来论述中国古代文学，必然要砍掉其中一大部分在今天看来不属于文学范畴的内容。举例来讲，在中国古代的文学观念中，"文"是一个相当广泛的概念,它既包括今天所说的文学散文,还包括其他的政论应用等多种文章文体。在今天,把刘勰的《文心雕龙》里所论述的20种"文"——除了我们今天可称之为文学的"诗"、"乐府"、"赋"等3类之外,还包括颂赞、祝盟、铭箴、诔碑、哀吊、杂文、谐讔、史传、诸子、论说、诏策、檄移、封禅、章表、奏启、议对、书记等17类都称之为"文学"固然已不可取,但是如果把中国古代的"文学"仅限于现代意义上的"诗歌"、"辞赋"、"戏曲"、"小说"、和部分"散文",并不能完全反映中国古代"文学"发展的实际。从理论的层面上,我们尽可以对中国古代的文体进行"规范"和"选择",但是在古代文学的实际发展中,受泛文学观的影响,"文学"与其他文体的发展往往是很复杂地混合在一起的。在实际操作中,我们如果用今天观念的"文学"强行地把古代的泛文学分成"文学"与非文学两部分,就不能完整地描述其发展过程。

  第二,由于我们用今天的文学观念来规范古代的文学,也严重地影响了对于中国古代文学内容以及其发展规律的认识。正因为中国古代的文学一直是在泛文学观的影响下发展,所以我们研究中国古代文学就必须正视这个现实。否则就不能很好地解释中国古代人对文学的认识,也不能很好地解释他们的创作思想、创作动机等一系列问题。还以上面所引的章太炎的话为例。他说:"文学者,以有文字著于竹帛,故谓之文;论其法式,谓之文学。"这里所说的法式,显然并不等仅仅是指"词法"、"句法"、"章法"以及"修辞炼字"之"技法",还应该包括"原道"、"征圣"、"宗经"等作文之"义法"。用刘勰《文心雕龙》的话说,"盖文心之作也,本乎道,师乎圣,体乎经,酌乎纬,变乎骚",这是"文之枢纽",若乃"论文叙笔……原始以表末,释名以章义,选文以定篇,敷理以举统",可算是为文之"纲领",至于"割(剖)情析采,笼圈条贯",等等,则仅是为文之"毛目"而已①。这正说明,号称体大思精的《文心雕龙》的理论体系,正是在具有中国特色的泛文学观的指导下写出的。这种泛文学观,可以上推至先秦两汉,魏晋只不过是略有发展而已。可是,现在比较流行的一个术语却是"文学的自觉",并有许多人撰文论述所谓魏晋文学的自觉已经达到了如何如何的高度。在一些人的著作里,把魏晋人的文学观和先秦两汉的文学观完全割裂开,好似魏晋以前的中国人都不懂得什么是文学,所有的诗歌散文都是在"不自觉"的状态下产生的;而魏晋以后的中国文人,其文学观突然发生了质的飞跃,已经不再是一种泛文学观,而完全具有了现代人的文学观念,比章太炎还要进步得多,并以此为理论指导来论述魏晋时期的文学现象,以此为标志来对中国古代的文学发展进行历史分期,而完全忘了几千年中国古代文学发展的实际。这又如何能对中国古代文学的发展规律进行正确的总结呢?笔者以为,用现代的科学精神来研究中国古代文学,并不等于用现代人的概念来规范古人,把古人现代化,而是实事求是地对古代文学进行客观分析,庶几才能得出科学的结论,才能正确地把握中国文学的民族传统。

第三,文学观念的现代化对中国古代文学研究的影响而导致的民族性的丧失,还表现为阐释体系的西方化。在现代化的过程中,西方人比我们走得要快一些,所取得的成就也大一些,所以,"五四"以来在探讨文学概念的时候,人们不知不觉地都在从西方文学理论中找答案,如谢无量、罗家伦等。不可否认,世界各民族文化有共同的发展规律,这是我们在文学研究中可以借鉴西方理论的基础。但同时我们也要承认,中华民族有自己的文化传

---

① (梁)刘勰著,范文澜注:《文心雕龙注》,人民文学出版社1958年版,第727页。

统，在文学创作和研究中有自己的一套体系。自"五四"以来，随着文学观念的现代化，我们的文学理论体系逐渐西方化了，现当代文学批评体系西方化了，古代文学批评体系也在不自觉中西方化了。在古代文学研究著作中的表述语言，表面看起来还有一定的传统色彩，但是基本的理论术语却是西方的。这些西方的理论有助于我们在世界范围内认识中国文学，但是从根本上却不可能很好地解释中国古代文学现象，反而使人们对于中国古代文学规律的认识越来越模糊，越来越偏离历史的事实和民族的传统，失去了民族的特色。举例来讲，在一段时期内，我们曾经习惯于用"现实主义"和"浪漫主义"来解释中国古代文学，来给中国古代文学家戴帽子，贴标签。说某一作家是"现实主义"的，某一作家是"反现实主义"的，某一作家是"积极浪漫主义"的，某一作家是"消极浪漫主义"的。用这些西方资本主义时期才兴起的概念用来阐释中国古代文学现象，这也许是一个极端的例子。但至今还有一些类似的问题没有被人们认识到。比如，关于艺术起源的问题，看一下我们的文学史，充斥在其中的是马克思主义的"劳动说"、亚里士多德的"模仿说"、席勒的"游戏说"、泰勒等人的"巫术说"、苏珊·朗格等人的"符号说"等，可是却很少有人去论述中国古代的"言志"说、"抒情说"、"心灵感动说"等。当然，我们并不是一概地反对用西方的理论来研究艺术起源的问题，但我们应该有所警惕的是，对于艺术起源这样一个带有一定先验性的学术命题，并不是西方人才认识过、讨论过，也不是只有西方人的讨论才有学术价值和科学性，我们中华民族在很早的古代也曾经讨论过，研究过，并且有西方理论所不具备的理论长处。更重要的一点是：一个民族对于文学本质和文学起源问题的早期认识，不管它的科学性如何，它却往往比较好地反映了这个民族对于文学艺术的理解，体现了这个民族的文学气质，在客观上成为在该民族文学发展中具有指导意义的理论，亚里士多德的"模仿说"与中国古代的"言志说"就是最为典型的例子。但遗憾的是，很长一段时间内我们在自己的文学史中并没有认真地研究"言志"说，更没有认真地研究"言志"说对中国文学的影响，自然也没有用这种理论来认真地观照中国古代文学发展的历史。长此以往，中国古代文学研究中的民族性势必被埋没，而没有民族性的文学又怎么能够参与当代的世界文学建设呢？

五、简短的结语

本文的目的，是想通过"五四"以来文学观念的变化这一个点来看它对中国古代文学研究的影响，进而思考现代化与民族化这一对矛盾在20世纪中国文学研究中的表现，为新世纪的中国古代文学研究提供一些历史的资鉴。从20世纪初到21世纪初，又一个旧百年过去了，一个新百年乃至一个新的千年又已经开始，过去的一百年是中国历史上变化最大的百年，文学观念的变化仅是这种历史变化的一个缩影，但是它对中国文学研究的影响之大已经有目共睹，尤其是积极方面的影响。它告诉我们，在新世纪，仍然还要坚持与时俱进的新的文学观念，不断地用新的文学观念来指导我们的古代文学研究。同时，我们也要注意继承中国的文学传统，纠正一些历史的失误。现代化和民族化既是相互对立的，也是统一的。愿我们在新世纪和新千年之初仔细思考这一问题，以推动中国古代文学研究走向更辉煌的时代。

中国古典文学研究的现代化进程[①]

尊敬的各位专家、同学们,你们好!

承蒙倪豪士先生邀请,来此进行学术研究,并荣幸发表学术演讲,在此先表示我衷心的感谢!同时,为本人不能用贵国语言发言而给诸位带来的不便表示万分歉意。

我今天演讲的题目是"中国古典文学研究的现代化进程"。之所以选择这个题目,是想向贵国师生们介绍一百多年来的中国古典文学研究发展状况。无论中国、美国还是欧亚各国,我们同生活在这个地球之上,同样经历了一个多世纪的现代化的巨大变革时代。在这个巨变过程中,每一个国家都面临着如何对待文化传统的问题。由于世界各国历史传统有长短的不同,现代化进程的起步早晚不同,各个国家在对待传统的问题上也各有其自己的特点。而对于亚洲国家来讲,由于我们在现代化过程中还要面对西方文化的影响,因而如何处理本国传统文化的问题也就变得更为复杂。不过,既然世界各国都处于走向现代化的共同时段,所以各自的处理方式还是有着可以互相理解和沟通的一面。我本人所从事的专业是中国古典文学研究,所以我把演讲的范围定位于中国古典文学,意在世界现代化的背景下探讨中国古典文学研究的具体情况。或者也可以反过来说,通过中国古典文学研究的现

[①] 此文为 2010 年 4 月 28 日在美国威斯康辛大学的学术演讲。

代化进程这一个案，我们也可以更好地了解中国传统文化如何向现代文化转变的问题。我希望我今天的演讲能够引起在座各位的兴趣。

一、五四运动：中国古典文学研究现代化进程的开始

大家知道，中国是一个有着几千年文明史的国家，在历史中也留下了极为丰富的中国古典文学作品。从《诗经》、《楚辞》到唐诗、宋词、以至元明清戏曲小说等，这是一笔十分宝贵的历史文化遗产，它们在中国古代得到了代代传承和研究。

在这一研究过程中形成了中国文学的传统。它以儒家的诗教观为核心，以《诗经》为典范，以风雅比兴为审美标准，以秦汉文章为楷模，以李白、杜甫、白居易的诗，韩愈、柳宗元、欧阳修、苏轼的文为榜样，建立了一套完整的中国文学评价体系。在这个评价体系里，以经世致用为目的，以言志载道为内容的诗、文一直被看作文学的正宗。这个评价体系依托于士大夫群体，形成了绵延不绝的文统，与以儒家文化为核心的道统相互表里。一般来讲，人们也把这一文学传统称之为雅文学传统或者文人文学传统。

但是这个传统到了19世纪末期却受到了严重的挑战。一方面，随着西方文化的入侵和中国封建社会的没落，一些资产阶级维新派的人物开始正视传统雅文学中的落后因素；另一方面，自宋元以来在中国城市发展起来的市民文学，在上海这样新兴的现代工业城市里呈现出新的不可阻挡的态势，与当时的平民解放运动相互响应，成为一种时代的主潮。于是，一些有识之士开始重

视戏曲小说这些过去被封建正统文人们视为不登大雅之堂的通俗文学样式,认为它们有推动维新、改造思想的作用。裘廷梁的《论白话为维新之本》(1897年)、梁启超的《论小说与群治之关系》(1902年)、狄葆贤的《论文学上小说之位置》(1903年)等文章,是这方面的代表作。这在一定程度上预示着中国古典文学研究的现代化进程的方向,批判雅文学而推崇俗文学。20世纪初期王国维的《宋元戏曲史》之所以产生,就与这种时代文学思潮有着直接的关系。

但是真正推动中国古典文学研究走向现代化进程的还是五四运动。它同时说明中国古典文学研究的现代化进程命中注定要与中国政治现代化相关联。之所以如此,还要从1846年的鸦片战争开始说起,因为正是从鸦片战争的失败,使中国由天朝大国一变而为受人欺侮的小国,于是,中华民族的有志之士就开始了为拯救民族命运的自强不息的斗争。但是,中国人历经戊戌变法、辛亥革命之后,仍归于失败。这究竟是什么原因呢?陈独秀认为:表面的原因是三次革命都不够彻底,而深层的原因则是中国人没有一个西方文化的文艺复兴。① 因此,在陈独秀看来,中国革命要想取得成功,也要和西方一样,不但要有政治革命,还要有思想革命和文学革命。而且,只有思想革命和文学革命成功了,才会有中国政治革命的成功。也正是在这种思想的推动下,陈独秀发表了一篇具有宣言性质的文章——《文学革命论》。在这篇文

---

① 陈独秀《文学革命论》:"其原因之小部分,则为三次革命,皆虎头蛇尾,未能充分以鲜血洗净旧污。其大部分,则为盘踞吾人精神界根深蒂固之伦理道德文学艺术诸端,莫不黑幕昭张,垢污深积,并此虎头蛇尾之革命而未有焉。此单独政治革命所以于吾之社会,不生若何变化,不收若何效果也。推其总因,乃在吾人疾视革命,不知其为开发文明之利器故。"见《独秀文存》,安徽人民出版社1987年版,第95页。

章里，陈独秀提出了进行文学革命的方式，那就是首先打倒几千年的中国正统文学。他说："此种文学，盖与吾阿谀夸张虚伪迂阔之国民性，互为因果。"因此，要改造中国，首先就应该打起"文学革命军"的大旗：推倒雕琢的阿谀的贵族文学，建设平易的抒情的国民文学；推倒陈腐的铺张的古典文学，建设新鲜的立诚的写实文学；推倒迂晦的艰涩的山林文学，建设明了的通俗的社会文学。只有如此，才会使文学革命取得成功。[①]为此，他对几千年的传统文学进行了深刻的批判，上自汉赋作家，下到明代前后七子和晚清时期被奉为正宗的桐城派，都在他的批判之列。同时，他推崇《国风》、楚辞、唐代传奇、元明剧本、明清小说，把这些看成是中国文学中最有价值的东西。

陈独秀的这篇文章是以宣传他的文学革命主张为目的的，客观上却有着引领"五四"以后中国古典文学研究方向的作用。他反对以诗文为正统的雅文学、提倡以民歌戏曲小说为主的俗文学的观念，也与当时古典诗文的衰落与白话文学兴起的文学潮流相一致。倡导这种观念的，除陈独秀之外，另一个重要人物是胡适。胡适提倡文学改良，他和陈独秀一样，认为在中国古典文学中也存在着两个传统：一个是贵族文学的传统，一个是白话文学的传统。他认为，"以今世历史进化的眼光观之，则白话文学之为中国文学之正宗，又为将来文学必用之利器，可断言也。"[②]陈独秀和其胡适的主张很快就得到了当时一些进步文人的响应，并在社会上产生了极大的影响。对此，胡适在以后的回忆文章中说过这样一段话：

---

① 陈独秀：《文学革命论》，《独秀文存》，安徽人民出版社1987年版，第98页。
② 胡适：《文学改良刍议》，杨犁编：《胡适文萃》，作家出版社1991年版，第12页。

我们在那时候所提出的新的文学史观，正是要给全国读文学史的人们戴上一副新的眼镜，使他们忽然看见那平时看不见的琼楼玉宇，奇葩瑶草，使他们忽然惊叹天地之大，历史之全！大家戴了新眼镜去重看中国文学史，拿《水浒传》、《金瓶梅》来比当时的正统文学，当然不但何李的假古董不值得一笑，就是公安竟陵也都成了扭扭捏捏的小家数了！拿《儒林外史》《红楼梦》来比方姚曾吴，也当然不会发那"举天下之美无以易乎桐城姚氏者也"的伧陋见解了！所以那历史进化的文学观，初看去好像貌不惊人，此实是一种"哥白尼的天文革命"：哥白尼用太阳中心说代替了地中心说，此说一出就使天地易位，宇宙变色；历史进化的文学观用白话正统代替了古文正统，就使那"宇宙古今之至美"从那七层宝座上倒撞下来，变成了"选学妖孽，桐城谬种"！（这两个名词是玄同创的。）从"正宗"变成了"谬种"，从"宇宙古今之至美"变成了"妖魔""妖孽"，这是我们的"哥白尼革命"。①

用今天的观点看，以胡适、陈独秀为首的"五四"学人把白话文学视为中国文学的正宗，并不是一个科学的论断，他们的观点在当时也曾受到许多人的批评。但是，这种文学观点的提出，在当时的确具有振聋发聩的意义，它使那些沉湎于传统中的人清醒过来，用一副新的眼光来看文学；它使一大批青年学人奋发，走上了批判封建正统文学，研究白话文学的道路；它也使那些守旧的学者们不得不正视白话文学，再不敢以古文为正统而妄自尊大。所以，尽管胡适、陈独秀等人的提法并不十分科学，但是他

---

① 胡适：《〈中国新文学大系·建设理论集〉导言》，杨犁编：《胡适文萃》，作家出版社1991年版，第150—151页。

们这种对于白话文学的张扬，这种新的价值评判，却被"五四"以后的学人们继承下来并得到发展。而这，也正是中国古典文学研究现代化的真正开始。这里有两点特别值得注意。

第一，它改变了中国古典文学研究的格局。回顾"五四"以前、特别是19世纪以前的中国古典文学研究，一直以传统的诗文为主，而小说、戏曲以及平民文学，是登不上大雅之堂的。在"五四"以前，以梁启超等人为首的资产阶级维新派虽然提出了"小说为维新之本"、"诗界革命"等口号，但是其研究毕竟尚处于较小的范围，不足以形成古典文学研究格局的大改变。是陈独秀、胡适等人提出新的文学观，对中国传统文学进行新的价值评估，由此才引发了一场研究革命，彻底改变了以往的古典文学研究格局。戏曲、小说等白话文学的研究堂而皇之地登上了大雅之堂，并取得了前所未有的成就。作为一代学风的倡导者，胡适的研究从一开始就有鲜明的时代性。为了说明白话是中国文学的正宗，他就写了一部系统的《白话文学史》；为了让人们更好地学习白话文学，他就费许多工夫整理和提倡中国古代民间小说，如《水浒传》、《西游记》、《儒林外史》、《红楼梦》、《醒世姻缘》等。和胡适同时的一大批进步的五四学人，也与他抱着同样的研究态度，把重点放到了戏曲小说和民间文学之上，如鲁迅写《中国小说史略》，吴梅写《中国戏曲概论》，徐嘉瑞写《中古文学概论》，刘半农等人进行民间歌谣的搜集整理等。这些学者的工作，填补了以往文学研究的空白，改变了以往文学研究的格局，也取得了前所未有的成就。今天，让我们总结一下20世纪中国古典文学研究的话，从文体上讲，恐怕最有成就的就是中国古代的戏曲小说研究了，这正是那个时代的学者们做出的贡献。

第二，它确立了具有现代意义的中国文学观念。我们说"五四"

时期是中国古典文学研究现代化的开始，还有一个重要的原因是由文学革命引起的文学观念的更新。严格来讲，在中国古代，并没有一个与现代相等的"文学"概念。"文学"一词，最早出现在《论语·先进》之中，孔子把自己优秀的学生分为四种类型：德行、言语、政事、文学。这里所说的"文学"，指的是"文章博学"。①后又指儒家学说，由此引申，到汉代，则又指儒生，亦泛指有学问的人。一直到清人那里，中国人对"文学"认识基本上还是如此。即便是把它当作是一门学问，也与现代人所说的"文学"大不相同。如章太炎说："文学者，以有文字著于竹帛，故谓之文。论其法式，谓之文学。凡文理、文字、文辞，皆称文。"②总的来讲，中国古代的"文学"一词与现代意义上的"文学"意义是不一样的，从文体范围来讲在清代以前一直是一个经史子集、音韵训诂、金石碑帖等无所不包的模糊概念。是"五四"学人以西方的文学观为参照，才给中国文学以独立的地位。这种文学观念，较之传统的文学观，似乎使文学的范围有所缩小，但是它却改变了以往的缺乏现代科学分类的状态，终于使文学成为一门系统的现代科学，并使"五四"以后的文学史家开始按照现代的科学分类法对中国文学进行系统的研究。从另一个角度来说，这种新的文学观的确立，较之传统的文学观念，使中国文学研究的范围又有所扩大，把以往人们所不重视的戏曲小说、民间文学、白话文学等纳入文学研究的范围。这不但彻底改变了几千年的中国古典文学研究的格局，而且引导了现代化的古典文学研究的方向。

---

① （魏）何晏注，（宋）邢昺疏：《论语注疏》卷2："若文章博学，则有子游、子夏二人也。"（清）阮元校刻：《十三经注疏》，中华书局1980年版，第2498页。
② 章太炎著，陈平原导读：《文学总略》，《国故论衡》，上海古籍出版社2003年版，第49页。

二、新中国成立:古典文学研究现代化过程的曲折

在中国古典文学现代化进程中,新中国成立以后是另一个重要的阶段。之所以如此,是因为和"五四"时期相比,这又是20世纪以来中国社会发展的另一个重大的历史时期。如果说,在"五四"时期中国现代化所面临的主要任务之一,就是反对封建主义,相应的在文学研究领域中的主要任务,也是反对封建正统文学,提倡平民文学和通俗文学的话;那么,新中国成立以后的主要任务则是如何建设中国的新文化了。在这种新的历史条件下,对中国古典文学的价值评估和研究目的自然也不同于"五四"时期。这使得人们开始从新的角度去总结"五四"时期的经验,调整研究的方向,相应的古典文学研究也必然出现一种新的局面。

这种研究的开始,也是与对五四运动的反思直接相关的。"五四"是一场激烈的反对传统的运动。从对待传统文学的态度上讲,五四运动是有重要缺点的,它一概地批判和排斥正统文学,认为它们都是坏东西,这是对中国古代优秀文化的否定,也是对优秀传统的破坏,说起来是让人痛心的事。而平民文学和通俗文学里又有好些落后的、不健康的东西,不加分别地把它们都当成是好东西,也是一种不正确的态度。"五四"时代,其实有人就已经看出了这一点,如梁启超当时对杜甫和陶渊明的研究就是对胡适等人的纠偏。可惜的是当时那些激进的学者还没有认识到这一点。到了20世纪30年代以后,人们已经逐渐认识到这种思想方法在对待中国文学的态度上的偏颇,开始以分析的态度来对待传统文学。于是,就有人提出了"批判地继承文学遗产"的口

号。①1935年在中国曾经开展过一次关于中国文化出路的大讨论，就是对"五四"时期文化论争的深化，也是对传统文学态度的一次变化，这后来反映在毛泽东的相关论述中：

> 中国的长期封建社会中，创造了灿烂的古代文化。清理古代文化的发展过程，剔除其封建性的糟粕，吸收其民主性的精华，是发展民族新文化提高民族自信心的必要条件；但是决不能无批判地兼收并蓄。必须将古代封建统治阶级的一切腐朽的东西和古代优秀的人民文化即多少带有民主性和革命性的东西区别开来。②

毛泽东的以上论述代表了当时中国人对待传统文学的基本看法，在这里，我们把它和陈独秀的《文学革命论》略加比较就可以看出。首先，陈独秀在《文学革命论》中要解决的是打倒封建文化的问题，而毛泽东同志所论述的则是如何建设民族新文化的问题；其二，陈独秀在文章中把除了戏曲小说之外的中国传统的古典文学几乎全部否定，而毛泽东则指出中国古典文学中有着丰富的优秀遗产；其三，陈独秀的文章评价古典文学作品的标准是看其与社会文明进化有无关系，而毛泽东评价古典文学的标准则是看它是否具有民主性和革命性。显然，这已经是两个不同的评价体系。正因为如此，新中国成立以后，当中国的文化建设事业问题提到重要的议事日程，当如何对待古代文学，如何认识古代

---

① 如以明在《读了萨著的〈水浒传与中国社会〉以后》一文中，就提到了当时流行的"批判地接受过去文学遗产"口号的问题，原文见《现代》第6卷第2期，1935年3月1日。
② 毛泽东：《新民主主义论》，《毛泽东选集》（第二卷），人民出版社1991年版，第707—708页。

文学在现代文化建设事业中作用等成为人们重新思考的问题时，关于批判地继承文学遗产的论述就成为当时学者们进行古典文学研究的指导纲领。

新中国成立以后，当时的中国古典文学研究者站在建设中国新文化的立场上，的确是把继承优秀的中国古典文学作为研究目的的。为此他们重新检讨几千年的中国古典文学，对封建社会的正统文学给予了新的认识，认为它们都是中华民族优秀的作品。从《诗经》这部最古老的诗集起，它里面很多优秀的作品固不消说，《诗经》以下的古典文学作家，战国时代的伟大诗人屈原，汉代的司马迁，晋代的陶潜，唐代的杜甫、白居易，宋代的辛弃疾、陆游，元代的关汉卿、施耐庵，明代的顾炎武、屈大均以及清代的吴敬梓、曹雪芹等，他们在中国文学史上的价值都得到了新的认可。显然，这与"五四"学人把几千年的封建文学，尤其是文人文学看成是"落后的"、"没有价值的"、"死文学"的这种偏激的文学史观有了本质上的不同。在这种思想的指导下，当时的学者们开始以满腔热情对中国古典文学进行新的研究，写出了新的文学史。如杨公骥的《中国文学》、詹安泰等人主编的《中国文学史》、游国恩等五人主编的《中国文学史》和中国社会科学院文学研究所主编的《中国文学史》。与此同时，有关中国古代文学的文献学的整理方面也推出了一大批成果，如影印出版了一大批珍善本古籍，《全唐诗》、《全宋词》、《乐府诗集》、《昭明文选》等重要文学总集也都重新出版，校对整理注释了部分作家的全集，还汇集编写了如陶渊明、杜甫、白居易、陆游等重要作家的历代研究成果和相关研究资料。一时间，中国古典文学研究曾经呈现了蓬勃发展的大好形势。

但是，中国古典文学研究的现代化进程总是充满着曲折。新中国成立之后刚刚八年，就发生了反右斗争，接下来又是"文化大革命",阶级斗争的学说开始深深地影响着中国的现实政治,也影响了中国古典文学研究。自20世纪30年代提出的批判继承的口号的用意本来是好的,建设中华民族的新文学首先就要继承优秀的古典文学,可是在阶级斗争学说的影响下,在中国古典文学研究中却又重新开展了新一轮的批判。不仅批判古典文学作品,而且连研究者也一起挨批,俞平伯和他的《红楼梦》研究在50年代初遭受批判就是一个典型的例子。从此以后,批判的火药越来越浓,山水诗、田园诗、爱情诗等古典诗歌,李煜、李清照、陶渊明等一些作家都无能幸免。这种阶级斗争思想的极端发展,就是十年"文化大革命",这时候已经不再讲对传统文学的继承,而变成彻底批判了。在这里,我们可以杜甫研究为例作一个简单的说明。"文化大革命"十年中只出版了一本研究中国古典文学的学术著作——郭沫若的《李白与杜甫》。在这部书里,杜甫既不是中国古代社会"诗圣",也不是20世纪50年代的"人民诗人",而是一个代表地主阶级利益的"反动诗人"了。一个民族曾经有过这样一段时间疯狂地否定自己的优秀文学作品,这让我们这一代中华儿女自己都为他们感到羞愧。中国古典文学研究的现代化进程,再一次受到了巨大的历史挫折。

三、新时期:中国古典文学现代化进程的新起点

值得庆幸的是,中国古典文学研究的现代化进程,随着"文化大革命"的结束和中国的改革开放,终于走上了正确的轨道。从1977年到2006年,在这整整30年的时间里,中国的古典文学研究得到了极大的发展。这个新时期,同样是伴随着对"文化

大革命"的反思开始,当时的学者们都在思考一个问题:为什么那个号称是"史无前例的无产阶级文化大革命",实际上却成为一场"史无前例的文化大破坏"呢?这说明我们对几千年的传统文化的认识出现了错误。在中华民族急于走向现代化的过程中,我们片面地把传统当成是实现现代化的对立物,我们一味地要打倒它、毁灭它。我们没有认识到,所谓传统,也就是一个民族在漫长的历史中所积累下来的物质文明和精神文明的总和。它不仅以物化的形态存在于中华大地上,而且内化为中华民族的文化精神;传统不是我们的身外之物,而是已经复制在我们身上的原初基因;传统也不是和现代相对立的一堵高墙,而是培育现代化成长的土壤。离开了这个传统,我们建设不成现代的文化大厦和精神大厦。因此,重新认识传统,回归中华民族的优秀传统,就成为近30年来中国古典文学研究的中心问题。摆脱政治对文学研究的干扰,新时期的古典文学研究者,把自己的全部精力投入其中,开创了一个新的时代。其成绩可以包括以下几点:

第一是这时期的研究成果之多。因为受材料的局限,我们如今还无法对这一时期古典文学研究成果作详细的统计,但是可以举两个例子略做说明。一是从中国人民大学报刊复印资料上看,其中每一年仅在《中国古代、近代文学研究》上复印的文章数量,就在 650 篇以上;在索引中所辑录的文章篇目,更在 2 000 篇以上。[1]二是据周建忠《当代楚辞研究论纲》搜集,从 1978 年到 1990 年间,仅大陆出版的楚辞学著作就有 105 种。另外,含有屈原和楚辞研

---

[1] 按此数目据中国人民大学报刊复印资料《中国古代、近代文学研究》1993 年全年 12 期统计得出。这个数字,还远不是每一年发表文章的全部。因为还有许多通过其他途径所发表的文章,人大复印资料并不收入。如果把这些全部算入,那每一年古典文学研究文章的数量就更可观了。

究成果的著作 102 种，已完稿将出版的还有 31 种。① 除上述论著之外，这一时期的古籍整理出版也收获颇丰。一方面是重版了大量的古代经典文献、诗文总集。如《十三经注疏》、《诸子集成》、《诗集传》、《楚辞补注》、《二十四史》、《文选》、《乐府诗集》、《全唐诗》、《全宋词》、《元曲选》、《六十种曲》乃至《李太白全集》、《杜诗详注》等各种别集和《三国演义》、《水浒传》、《红楼梦》、《西厢记》、《牡丹亭》等大量古典文学名著②；此外还有大量的经过今人整理或校勘考订后的新版本的其他古代典籍。如《十三经清人注疏》、《先秦汉魏晋南北朝诗》、《全汉赋》、《曹植集校注》、《阮籍集校注》、《陶渊明集》、《李白集校注》、《白居易集笺校》、《李商隐诗歌集解》等；另一方面是在国家有计划的组织下进行的一些大型文献整理工程③。

---

① 周建忠:《当代楚辞研究论纲》,湖北教育出版社 1992 年版。

② 例如其中仅《三国演义》一书,自 1980 年至 1992 年,就有上海古籍出版社重印的《三国志通俗演义》(1980 年),人民文学出版社重印的《三国演义》,内蒙古人民出版社的《全图绣像三国演义》(1981 年),北京市中国书店据上海鸿文书局石印本影印的《增像全图三国演义》(1985 年),四川文艺出版社的吴小林校注、陈迩冬审定的《新校本三国演义》(1986 年),江苏古籍出版社的沈伯俊校理的毛宗岗评本《三国演义》(1992 年),中州古籍出版社的沈伯俊整理毛宗岗评改本《三国演义》(1992 年),浙江文艺出版社的潘渊校点繁体字线装本《三国演义》(1992 年)等 8 种之多。见胡世厚《新时期的〈三国演义〉研究》,载《中州学刊》1994 年第 4 期。

③ 如"七全一海"的编纂工作,就包括以北大古文献研究所为基地编纂的《全宋诗》(72 册),四川大学古籍所编纂的《全宋文》(约 180 册),苏州大学、河南大学编纂的《新编全唐五代诗》,中山大学编纂的《全元戏曲》(13 卷),北京师范大学古籍所编纂的《全元文》,复旦大学古籍所编纂的《全明诗》(约 200 册),上海古籍出版社和复旦大学共同编纂的《全明文》(约 300 册),及南开大学古籍所负责的《清文海》等 8 部大型图书,工程浩大。其中《全宋诗》,是迄今为止国内最大的诗歌总集,汇集两宋 300 年间的成篇诗作和残章单句,包括诗人 9 000 多家,全书约 3 000 多万字,规模相当于《全唐诗》的 5 倍;《全宋文》自 1986 年上马,共查阅图书 7 000 余种,碑刻法帖 3 000 余种,辑录宋文 10 万余篇,收宋文作者逾万,全书约 1 亿字,超过《四库全书》,海内外学者称其"嘉惠学林,功在千秋"。此处材料引自卢新宁、周庆《半世翰墨千载功——当代中国的古籍整理与出版之四》,见《人民日报》1994 年 11 月 14 日第 3 版。

古籍文献整理出版事业的昌盛,也是我们国家文化繁荣的重要标志之一。

第二是研究队伍的壮大。新时期开始后,随着思想的解放和文化的复兴,有比以往更多的人投入到古典文学研究的队伍中来,这里既有国家和各省市文学研究所的专职研究人员,高等学校里从事古代文学教学的教师,专业出版社里的古典文学编辑,也有社会各界古典文学的业余爱好者;既有老一代的学者,也有新一代的青年。他们为自己能赶上这一文化兴盛的时代而高兴,许多人都以全身心的热情投入,甚至克服了各种各样的困难。尤其是自80年代以来国家培养的一批博士、硕士,他们的学术起点高,思维活跃,很快成为这一研究领域里的一支生力军,其中许多人已经脱颖而出,成为新一代的博士生导师和学科带头人,此外还有一大批比他们更为年轻的学子,他们的健康成长,是这一学科21世纪的希望。

第三是各种学会的建立和学术活动的频繁。近十几年来,全国成立了不下几十个古典文学研究的专业学会,如全国《诗经》学会、屈原学会、唐代文学学会、李白学会、杜甫学会、苏轼学会、《水浒》学会、《金瓶梅》学会、《三国演义》学会、《红楼梦》学会等;而下面的各个省乃至有些地市,也大都有自己的古典文学学会或者是和全国的专业学会相对应的分会组织。这些学会,不但经常举行学术活动,出版论文集,而且有的还有自己的学术刊物,定期出版。① 除此之外,全国各地每年都要举办一些

---

① 如中国唐代文学学会,于1982年5月成立后,基本上是每两年举行一次全国性学术讨论会。起初仅有国内学者参加,后来逐渐发展,中国港台地区,乃至日本、韩国、美国等国家的学者也来与会。学会办有两种刊物,一是《唐代文学论丛》(后改名为《唐代文学研究》),一是《唐代文学研究年鉴》。其他如全国《诗经》学会、屈原学会等,也都是每年举行一次学术会议,还有自己的刊物,办得红红火火。

专题学术讨论会，① 每次会议都吸引了大量的学者，集中讨论许多问题，交流了信息，出了一批成果。可以说，在20世纪的古典文学研究历史上，还没有哪一个时期成立了这么多的学会，也没有哪一个时期的学术活动像今天这样活跃。这些学会的成立和学术活动的开展，对于古典文学研究的发展，都起了非常积极的推动作用。特别值得一提的是，21世纪初由中国教育部组织，在全国各重点高校组织成立了一批人文社会科学的全国重点研究机构，首都师范大学中国诗歌研究中心就是其中之一。诗歌中心成立以来，已经广泛地开展了各种活动。5年来前后召开了7次与中国古典文学有关的国际和国内学术研讨会，创办了《中国诗歌研究》这一大型学术刊物，开通了"中国诗歌网"，出版了20余部学术著作，承担了30多项北京市、教育部和国家级研究课题，包括《中国诗歌通史》等国家重点课题，与日本（包括广岛大学）、美国、韩国等国家的学者开展了广泛的国际交流。

　　第四是学术思想的活跃。粉碎"四人帮"之后，长期以来禁锢人们头脑的精神枷锁破除了，思想解放了，学术研究也呈现出前所未有的活跃，从狭隘的"阶级斗争"局限中走向更深更广的历史和文化的领域。随着改革开放的深入，古典文学研究者的视野大大扩展，国外的各种各样的新学说不断涌入，结构主义、心理学、文化人类学以及各种西方现代派哲学思潮都被介绍到国内，对这一时期的古典文学研究产生了深刻的影响，

---

① 如已经举办了几届的全国古典戏曲学术讨论会、旅游文学学术讨论会、李清照学术讨论会；此外还有全国赋学学术讨论会、《文选》学术讨论会、中国中古文学国际学术研讨会、中国诗歌与音乐关系学术研讨会等。近两年新成立的全国宋代文学学会、辽金元文学学会等，每年也都举办大型的全国或者国际会议。

产生了一批可观的成果，给古典文学研究带来了无限的活力。它扩大了人们的视野，开拓了研究的领域，极大地推动了古典文学研究的向前发展。

第五是国际交流在前所未有的深度和广度上展开。新时期以来，随着国门的打开，越来越多的中国古典文学学者开始走向世界，也有越来越多的世界各国的学者到中国进行学术研究。通过这种交流，使中国学者的眼界更加开阔，使世界各国的中国古典文学研究者更加了解中国，特别是最近几年以来，中国古典文学研究在全世界的范围内得到了前所未有的发展。

新时期以来的中国古典文学研究不仅在以上五个方面显现了它的繁荣，而且从研究目的上有了大的改变。对于中国学者来讲，他们一致认识到：研究中国古典文学的目的不是为了对它进行批判，也不是出于某种实用政治目的的简单地继承，而是为了保存、延续我们中华民族的传统。在当今世界正在走向科技一体化的时代，没有什么比保存、延续一个民族的传统更重要了。因为，不同的民族、不同的地域、有不同的特点、不同的生活习俗、不同的语言和不同的文化，现代化只有在民族传统上才能健康地发展。因此，对于我们这些从事中国古典文学研究的人来说，认真地保存、总结、整理中华民族的文学文献，运用各种思想方法来进行纯粹的学术研究，这就是对我们这个民族的现代化所做的最大的贡献，也是对全世界人民所做的最大的贡献。

以上，我把从20世纪初以来中国古典文学研究的历史作了一个简单的回顾，我之所以把它称之为："中国古典文学研究的现代化进程"，各位先生可能已经明白我的意思，我要说明的是：具体到每一个中国古典文学研究者来说，他所做的工作都是具体的，似乎是与整个社会无关的。但是从整体上看，现在的中国古典文学研究与中国封建社会的中国古典文学研究已经有了极大的差别，中国古典文学研究一百年的历史，证明它与中华民族的现代化过程是紧密相关的。明白了这一点，对于我们认识自己的研究工作是有好处的，可以解放我们的思想，开阔我们的胸怀，更好地认识到自己所从事的工作的价值和意义。就我本人来讲，我所从事的也是中国古典文学研究中的具体工作，我的主要研究对象是先秦两汉文学，这些年来用力比较多的是《诗经》和汉代诗歌，有时也关注六朝以至唐代以后的诗歌。在我的具体研究当中我也深有体会，一百多年来，中国学者在以往、特别是"五四"和"文化大革命"结束以前的先秦两汉文学研究，虽然也取得了一定的成绩，但是总的来说太受政治的左右了，做的工作实在是太粗浅了。我们缺乏扎实的基础研究，却忙于义理的阐释，以《诗经》为例，至今还没有出现一部可以代表我们这一时代最高水平的文献整理著作。当代中国人对《诗经》的理解还普遍存在着不正确的现象，例如把《诗经》仅仅当作一部《诗歌》总集而忽视了它在中国文化中的经典意义，认为《诗经》中的《国风》就是当时各国的民歌，因为它们是民歌所以就比《雅》和《颂》更有价值。这些都说明在中国古典文学研究的现代化过程中还有很长的路要走，包括纠正20世纪形成的一些错误认识。这些年，我本人也主要在纠正以往错误观念方面做了一些工作，包括对《诗经》的重新认识、对汉代诗歌的考证等。近年来，我主要从事的是先秦两汉中国歌诗研究。"歌诗"，也就是指可以"歌唱的诗"，中国古典的好多诗歌都是可以歌唱的，过去我们忽略了这一点，其实历史有关这方面的记载很多，我现在做的工作就是要通过历史文献的考证来尽量恢复中国歌诗的原貌,做一些扎扎实实的工作。①

以上,就是我今天演讲的全部内容,占用了大家宝贵的时间,在此,再一次表示衷心的感谢。

---

① 此处可以参考拙著《周汉诗歌综论》,学苑出版社2001年版;《中国古代歌诗研究——从〈诗经〉到元曲的艺术生产史》,北京大学出版社2005年版。

20 世纪《诗经》研究的几个问题[1]

20世纪的《诗经》研究曾经取得了巨大的成就，学人们也做过相关的学术总结，比如关于《诗经》的编辑问题，孔子是否删诗的问题，诗序的作者问题，风、雅、颂、赋、比、兴的问题，《诗经》作品的分类问题，等等。我觉得光有这些总结还不够，还需要我们从20世纪的学术理念、学术价值体系等方面对其进行另一种反思。下面我想从这方面谈几点自己的看法。

一、关于《诗经》的性质问题

《诗经》是一部什么性质的书？这个问题在封建社会没有人提出疑义，它是中国古代社会的文化经典，是"五经"之一。《荀子·儒效》说："圣人也者，道之管也。天下之道管是矣，百王之道一是矣。故《诗》、《书》、《礼》、《乐》之归是矣。"[2]可见，在战国时代，《诗》已经被认为是圣人的传道之书，已经有了"经"的意义。司马迁说："诗三百篇，大氐圣贤发愤之所为作也。"[3]又说："古者《诗》

---

[1] 该文原发于《光明日报》2005年2月28日第6版。
[2] （清）王先谦著，沈啸寰、王星贤点校：《荀子集解》卷4，中华书局1988年版，第133页。
[3] （汉）班固：《汉书》卷62，中华书局1962年版，第2735页。

三千余篇，及至孔子，去其重，取可施于礼义。……三百五篇孔子皆弦歌之，以求合《韶》、《武》、《雅》、《颂》之音，礼乐自此可得而述，以备王道，成六艺。"①这话很能代表汉人的思想，在他们眼里，也认为这部书是圣贤所作，又是圣人孔子所编，所以它才具有如此崇高的意义。刘勰在《文心雕龙》中说："经也者，恒久之至道，不刊之鸿教也。"②可见，在中国古代人的眼中，《诗经》并不是一部单纯的文学作品，而是一部以"诗"的形式以表现圣人之"志"的"经典"。

古人关于《诗经》的这种看法到"五四"时代开始受到严厉的批判。1922年，钱玄同在给顾颉刚的一封信中说的一段话很有代表性："《诗经》只是一部最古的'总集'，与《文选》、《花间集》、《太平乐府》等书性质全同，与什么'圣经'是风马牛不相及的。这书的编纂，和孔老头儿也全不相干，不过是他老人家曾经读过它罢了。③"于是，《诗经》不再具有了"经"的性质，而成了一部普通的中国古代诗歌总集。后人对此所作的评价是：正是"五四"的学人们才恢复了《诗经》的文学的本来面貌。这种认识奠定了20世纪研究《诗经》的基础，标志着《诗经》学的根本转向。

这里面显然有一个基本的问题需要我们重新思考。《诗经》在我们今天看来固然是普通的诗，但是当时人对它的看法也是这样吗？不是。孔子说："不学诗，无以言。"又说："小子何莫学夫诗。诗可以兴，可以观，可以群，可以怨。迩之事父，远之事君，多识于鸟兽草木之名。"④可见，孔子认为《诗》在当时是承担着多种功能，是有多种应用价值的。从现有的先秦文献记载看的确如此。

---

① （汉）司马迁：《史记》卷47，中华书局1959年版，第1936—1937页。
② （梁）刘勰著，范文澜注：《文心雕龙注》，人民文学出版社1958年版，第21页。
③ 钱玄同：《论诗经真相书》，顾颉刚编著：《古史辨》（第1册），上海古籍出版社1982年版，第46页。
④ （魏）何晏集解，（宋）邢昺疏：《论语注疏》卷17，（清）阮元校刻：《十三经注疏》，中华书局1980年版，第2525页。

《诗》在当时所承担的第一功能是礼仪功能。《颂》诗主要用于宗庙祭祀的礼仪活动里,《雅》诗主要用于宫廷燕飨等礼仪活动中,《风》诗也用于各种世俗的礼仪活动中。《诗》在当时所承担的第二功能是政治教化功能。中国古代有采诗以观民风的说法,又有公卿士大夫陈诗献诗之说。无论是采诗还是陈诗献诗,《诗》在这里都被当成是为政治服务的东西,而不是用来审美。《诗》的第三大功能是作为贵族子弟的教学教本。《周礼·大司乐》说:"大司乐掌成均之法,以治建国之学政,而合国之子弟焉。凡有道者,有德者,使教焉。死则以为乐祖,祭于瞽宗。以乐德教国子:中、和、祗、庸、孝、友;以乐语教国子:兴、道、讽、诵、言、语;以乐舞教国子:舞《云门》……《大武》。"① 这里的所说的乐德、乐语和乐舞,都与《诗》有直接的关系。这说明《诗》里面包含着用于贵族教育的多方面内容。总之,正因为古人对于《诗》的理解与今天有着如此多的不同,所以我们就不能仅仅把它当作一部文学作品来看待,从这个意义上讲,说20世纪的学者们恢复了《诗经》的文学的本来面目并不准确,这导致了《诗经》研究的狭隘化。今天,我们应该站在新的历史起点上,重新思考《诗经》这部书的"文学"性质了。

二、关于《诗经·国风》的大部分是否民歌的问题

在20世纪的《诗经》研究中,另一个重要的问题是关于《国风》是否民歌的问题。《诗经》本有《风》、《雅》、《颂》三大类别。在这三类诗中,《国风》受到了当代人特别的关注。之所以如此,是因

---

① (汉)郑玄注,(唐)贾公彦疏:《周礼注疏》卷22,(清)阮元校刻:《十三经注疏》,中华书局1980年版,第787页。

为在20世纪的学者看来,《雅》、《颂》都属于统治阶级所作,而只有《国风》的大部分才是劳动人民的作品属于民歌,是最有价值的部分。

《诗经·国风》的大部分真的都是民歌吗？早在20世纪30年代,朱东润先生就发表了《国风出于民间论质疑》一文,到了50年代,胡念贻又发表了《论国风的大部分是否民歌的问题》。这两篇文章从周代社会的政治、文化、典章制度,《国风》本身的内容、词汇、名物,以及与后世民歌的比较等多个方面列举证据,说明《国风》不可能出自民间,它的大部分不可能是"民歌"。朱胡两人的论证是有充分根据的,其观点是站得住的。但遗憾的是他们的观点没有被那个特殊时代的学术界所接受,至今,《国风》为民歌的说法还是主导性的观点而一直产生着影响。

笔者认为在历史已经进入21世纪的今天,我们有必要彻底纠正这种观点,这对深化当前的《诗经》研究极其重要。在这里首先要为《国风》正名。说《国风》不是"民歌",除了有朱东润、胡念贻等人提出的诸多证据之外,同样可以得到文字学和语义学上的证明。"风"是什么？"风"的本义是指风土、风情、风俗。"国"是什么,"国"指的是当时周代的一些诸侯国和地区。"国风"两字合在一起,从字面义上看已经非常清楚,就是指那些表现周代社会各诸侯国和地区的文化风俗、风土、风情的诗。同时我们还知道,在《诗经》中,《国风》是一个与《雅》和《颂》相并立的概念,它的最初意义与音乐相关。简单地说,《颂》是宗庙之乐,《雅》是周王朝的朝廷之乐,《风》是各诸侯国与地方的世俗之乐。而我们现在所说的"民歌",自"五四"以来已经有了特定的意义,即指下层劳动人民的口头创作。可见,无论是从诗的角度还是从乐的角度,《国风》都不是一个与"民歌"相等的概念。前者强调其地区性、民俗性和音乐性，而后者则特指其作者的阶级归属，二者不能混为一谈。其次是我们要设身处地地考虑周代社会的文化环境以及《诗经》的产生过程，虽然我国古代早就有"采诗以观民风"之说，但是我们不能把凡是从各地采来的诗都当成是"民歌"，即下层劳动人民的口头创作。《国风》中有相当多的诗所写的都是贵族社会的世俗生活，真正可以认定是出自下层劳动者之手的微乎其微，而且这些诗篇也不一定是它的原始形态，同样是经过乐官们整理后的艺术品。在文化教育被贵族垄断的周代，下层劳动者还没有那样高的艺术水平，《左传》、《国语》等先秦典籍中所记载的一些民间谣谚可证。第三是要纠正多少年来在《诗经》研究中形成的以作者的阶级性为标准的价值评判尺度。中华民族的文化遗产是各民族各阶层共同创造的，其中那些优秀的作品更是整个民族生活的典型再现，民族精神的凝聚与升华，它们大多数都出自于各个时代先进的知识分子之手，即便是其源于民间，也往往经过无数代的选择与淘汰，最终又经过专业艺术家的加工，而不再是它的原生形态。因此，简单地把《国风》中的一些作品认定为民歌的根据是不充分的，以作者的阶级性作为对《诗经》的价值评判尺度本身也是不科学的，由此而导致的在以往的《诗经》研究中重《国风》而轻《雅》、《颂》的倾向也是需要改正的。突破《国风》的大部分为民歌的说法，是深化21世纪《诗经》研究的一个重要问题。

三、关于《诗经》的文化价值重估问题

这一个问题与前两个问题紧密相关，同样值得我们重新思考。

我们知道,在古代,《诗经》是被当作中国文化的经典来看待的,其地位是崇高的。这固然与后世儒家的推重有关,但是最根本的原因还在于它本身的价值,它起码表现在两个方面:第一,《诗经》不是一部普通的诗歌总集,而是中国上古文化的诗的表现与艺术的升华,是在中华民族历史上具有奠基意义的文化典籍。我们伟大的中华民族从传说中的远古走到周代,已经基本上发育成型,形成了独特的民族文化性格,培养了独特的民族文化精神,比如爱国爱家的乡土情结,忧国忧民的思想意识,以孝为本的伦理观念,礼乐相配的文化制度,以人为本的人文精神等等,而这种独特的民族文化性格和民族精神,在《诗经》这部中国现存的第一部诗歌总集中就有了充分的表现。因而,这就使它成为了一部具有中华民族精神渊薮和文化原型意义的著作,这是中国后代任何一部文学作品都不能与之相比的。第二,《诗经》在周代社会并不仅仅是一部文学总集,而是周代历史政治宗教哲学的艺术表现,是礼乐文化的一部分,是贵族子弟的教科书,是周人精心编撰的杰作。而周代社会的政治、哲学、文化、制度等等,又对秦汉以来的中国古代社会产生了重要影响。这种影响,也是后世任何一部文学作品无法可比的。进入20世纪以来,《诗经》不再有那种崇高的地位。究其原因,笔者以为也主要表现在两个方面。第一,由于20世纪的学者仅仅把它当作一部普通的诗歌总集来认识,价值评估的角度发生了变化。在古代社会里,当人们把它当做文化经典来认识的时候,经学家们的重点是通过《诗经》的文本阐释来认识蕴含于这部伟大作品里的思想认识价值和丰富的内容;而20世纪的学人们把它当作一部普通的文学作品来研究,重点不过是认识其"文学"艺术上取得的成就。虽然也有些学者关心它里面所包含的文化内容和思想内容,但是其目的还是为了更好地说明它的"文学"特性,这是两种完全不同的价值评估角度,而这正是导致当代人对《诗经》认识偏低的根本原因。第二,在20世纪的《诗经》研究中,由于受庸俗社会学的影响,把对《诗经》的文学研究又进一步狭隘化。相当长的一段时间里,大多数学者都没有结合周代社会以至中国上古社会的特殊情况来对其丰富的内容进行客观的阐释,而是用极其简单的阶级分析方法来对待它,说《诗经》当中最有价值的部分是《国风》,是因为它的大部分是"民歌";说《诗经》中最没有价值的是《颂》诗,因为那是为统治阶级歌功颂德的庙堂之作;而《雅》诗是否有价值,则要看它是否对当时的周代社会进行了批判,是否反映了民生疾苦。把这样的价值评估标准用于《诗经》研究,不仅是对《诗经》在中国历史中的经典价值的一种彻底否定,也是对《诗经》"文学"价值的一种扭曲。新时期以来,对《诗经》的研究虽然逐渐走出这一误区,但是它的这种负面影响还严重存在,仍然需要我们对其进行认真的反思。在中华民族文化复兴的今天,我们要尊重传统,弘扬传统,就要溯源于中华民族文化的原始经典,就要对它进行新的价值评估,要重新确立《诗经》在中国文化史上的崇高地位,同时也要重新思考我们的学术理念。

"魏晋文学自觉说"反思[①]

在近年来的中国古代文学研究中,"魏晋文学自觉说"是最有影响的一种说法[②],它甚至成为许多人从事中国古代文学研究中的一个常识性判断。但是,"魏晋文学自觉"的这种提法合适吗？它能很好地揭示中国文学史现象吗？近年来,陆续有人提出了不同的看法,特别是"汉代文学自觉说"的提出,是对"魏晋文学自觉说"的有力反驳。但总的来说,"魏晋文学自觉说"在学术界的影响仍然巨大。笔者以为,由日本学者铃木虎雄首倡的这一说法并不是一个科学的论断,而鲁迅先生接受这一说法本是一种有感而发,[③]有一定的学术启发性,但是却不能把它上升为一种文学史规律性的理论判断。这样做的结果会影响我们对汉魏六朝文学的全面认识,也有碍于我们对于中国文学发展全过程和中国文学本

[①] 该文刊发于《中国社会科学》2005年第2期,同时刊发于《中国社会科学》(英文版)2005年第2期。

[②] "魏晋文学自觉说"在不同学者那里也有不同的表述,日本人铃木虎雄最早的提法是"魏的时代是中国文学的自觉时代",鲁迅则称之为"曹丕的时代",还有的学者称之为"建安时代",相应的内涵也多少有一些细微的不同,但是学术界最为流行的说法是"魏晋时代是中国文学的自觉时代",所以本文也以此为统称,除了确有必要外,一些内部的细微之处不再做更多的辨析。

[③] 据孙明君考证,鲁迅的《魏晋风度及文章与药及酒之关系》演讲辞乃是有感而发,"不同于那些爬梳史料、精心推敲的科学论文,其间渗杂了许多讥讽时事的成分"。参见孙明君:《三曹与中国诗史》,清华大学出版社1999年版,第91—92页。

质特征的认识,亟需要我们对这一说法进行深入系统的讨论。为此,本人不揣谫陋,就此问题谈几点个人看法,以就教于学界同仁。

一、"魏晋文学自觉说"简述

"魏晋文学自觉说"的提出,源于日本人铃木虎雄1920年在日本《艺文》杂志上发表的一篇名为《魏晋南北朝时代的文学论》,后收入他的《中国诗论史》。铃木先生认为汉末以前中国人都没有离开过道德论的文学观,按此路线发展,就不可能产生从文学自身看其存在价值的倾向,他由此得出结论:认为"魏的时代是中国文学的自觉时代"[①]。而作为得出这一结论的主要证据,就是他对曹丕的《典论》一书的分析。铃木先生在这里主要强调了四点:第一,曹丕在《典论·论文》里开始了对于作家的评论;第二,曹丕说文章是"经国之大业,不朽之盛事",其所谓"经国",恐非对道德的直接宣扬,而可以说是以文学为经纶国事之根基。这是从道德论的文艺观转向的重要标志;第三,曹丕提出的诗赋欲丽的观点,"这是根据不同的文体说明其归趋之异";第四,曹丕提出了"文以气为主"的观点。[②] 可见,关于"魏晋文学自觉说"的主要根据,铃木当时基本上都已经说到了。

但是,由于当时的中国人很难看到铃木的文章,所以,对于中国的学者来讲,最直接接受的还是鲁迅的观点。1927年9月,鲁迅应邀在广州夏期学术演讲会上作了题为《魏晋风度及文章与药及酒之关系》的著名演讲,他不仅沿用了铃木"文学的自觉"

---

① 〔日〕铃木虎雄著,许总译:《中国诗论史》,广西人民出版社1989年版,第37页。
② 〔日〕铃木虎雄著,许总译:《中国诗论史》,广西人民出版社1989年版,第37—38页。

的说法,而且同样以曹丕的《典论·论文》为主要论证根据,包括对于曹植的分析,[①]都与铃木的说法大致相同。[②]以后,"魏晋文学自觉说"逐渐在一些人的论述中开始出现,但是由于都没有对鲁迅的观点作更多的展开,因而它的影响并不大。也有人提出反对意见,如郭绍虞先生就指出:"(曹丕的)这种论调,虽则肯定了文章的价值,但是依旧不脱离儒家的见地。"[③]可是,到了20世纪80年代初,经过李泽厚的特别推重,以鲁迅先生为代表的"魏晋文学自觉说",在学术界迅速产生了重要影响。[④]可以毫不夸张地说,正是由于李泽厚对于鲁迅说法的张扬,使得"魏晋文学自觉说"在近20多年的时间里深入人心,大有"风靡天下"之势。[⑤]其后,学者们对于"魏晋文学自觉说"的具体内容也做了比较多的概括与补充,并在时间上也各有修正。[⑥]最有代表性的是袁行霈先生的说法。他说:"从魏晋开始,历经南北朝,包括唐代前期,是中国文学中古期的第一个阶段。"这一阶段的一个重要标志就是"文学的自觉",袁先生认为:"文学的自觉是一个漫长的过程,它贯穿于整个魏晋南北朝,是经过大约三百年才实现的。所谓文学的自觉有三个标志:第一,文学从广义的学术中分化出来,成为独立的一个门类。""第二,对文学的各种体裁有了比较细致的

[①] 鲁迅:《魏晋风度及文章与药及酒之关系》,《鲁迅全集》(第三卷),人民文学出版社1981年版,第504页。

[②] 按:铃木虎雄的文章发表于1920年,1925年又收入作者的《中国诗论史》一书,鲁迅的演讲在1927年,二者的前后承续关系比较明显。此处可参看前引孙明君:《三曹与中国诗史》,清华大学出版社1999年版,第89—95页。

[③] 郭绍虞:《中国文学批评史》,上海古籍出版社1979年版,第43页。

[④] 李泽厚:《美的历程》,文物出版社1981年版,第85,95—96页。

[⑤] 如王运熙、杨明主编的《魏晋南北朝文学批评史》,袁行霈主编的《中国文学史》,章培恒主编的《中国文学史》都接受了魏晋文学自觉说。

[⑥] 孙明君:《三曹与中国诗史》,清华大学出版社1999年版,第101—103页。

区分,更重要的是对各种体裁的体制和风格特点有了比较明确的认识"。"第三,对文学的审美特性有了自觉的追求。"① 袁行霈先生对于"魏晋文学自觉说"的这种概括,比起李泽厚的论述显得更有条理性和系统性,也更为坚实地立足于文学本身,其论述随着由他主编的《中国文学史》作为教育部面向 21 世纪高校文科教材的大量发行,正在产生着越来越大的影响。

二、"汉代文学自觉说"的挑战

"魏晋文学自觉说"虽然产生着越来越大的影响,但是,由于自鲁迅以来对于"文学自觉"的具体内涵解释的并不清楚,而当代学者对于什么是"文学自觉"本身就存在着理解上的歧义,所以,近年来逐渐有人对这种说法提出了质疑,认为中国文学的"自觉"不是从魏晋时代开始,而是从汉代就开始了。首先提出这一观点的是龚克昌先生。早在 1981 年,在《论汉赋》一文中,他就认为应该把文学自觉的时代,"提前到汉武帝时代的司马相如身上。"② 后来,他又专门就此问题发表了题为《汉赋——文学自觉时代的起点》的文章,认为从两个方面可以证明汉赋是"文学自觉时代的起点",第一是"文学意识的强烈涌动,文学特点的强烈表露",其次是"提出新的比较系统的文艺理论"。③ 张少康先生在这方面论述的最为系统。他说:"文学的自觉和独立有一个发展过程,这是和中国古代文学观念的演变、文学创作的繁荣与

---

① 袁行霈主编:《中国文学史》(第二卷),高等教育出版社 1999 年版,第 4—5 页。
② 龚克昌:《论汉赋》,《文史哲》1981 年第 1 期。
③ 龚克昌:《汉赋——文学自觉时代的起点》,《文史哲》1988 年第 5 期。

各种文学体裁的成熟、文学理论批评的发展和专业文人队伍的形成直接相联系的。"以此而进行综合考察,"文学的独立和自觉是从战国后期《楚辞》的创作初露端倪,经过了一个较长的逐步发展过程,到西汉中期就已经很明确了,这个过程的完成,我以为可以刘向校书而在《别录》中将诗赋专列一类作为标志。"[1] 詹福瑞先生也坚持汉代是中国文学自觉时代开始的观点。他认为,"两汉时期,文士的兴起和经生的文士化倾向,有力地推动了文学的自觉"。[2] 同时,詹福瑞还从汉人对屈原的批评入手考察,说明"在汉代,文学已渐趋独立,文学观念也渐近自觉。"[3] 李炳海同样以汉赋创作实践的大量事实说明:"辞赋的出现在中国文学史上是一场变革,这不仅因为它是一种新的文学尝试,更重要的它是文学独立和自觉的标志。"[4]

如果进入现代学术界关于"文学自觉"的讨论范围的话,在以上两种观点中,笔者本人是赞成"汉代文学自觉说"的。之所以如此,是因为即便按袁行霈先生所说的三个标志来衡量,凡是"魏晋文学自觉说"所提出的诸多理论和事实佐证,在汉代我们都可以找到明显的存在。在这方面,龚克昌、张少康、詹福瑞、李炳海几位先生已经从不同角度论述得非常深入,本人在此略作补充。

首先,汉代的文学已经"从广义的学术中分化出来,成为独立的一个门类",班固在《汉书·艺文志》中把诗赋单列一类,就是一个明显的证据。而由刘向所编辑的楚辞,所收只限于屈原作

---

[1] 张少康:《论文学的独立和自觉非自魏晋始》,《北京大学学报》1996年第2期。
[2] 詹福瑞:《文士、经生的文士化与文学的自觉》,《河北学刊》1998年第4期。
[3] 詹福瑞:《从汉代人对屈原的批评看汉代文学的自觉》,《文艺理论研究》2000年第5期。
[4] 李炳海:《黄钟大吕之音——古代辞赋的文本阐释》,吉林人民出版社2001年版,第16页。

品和汉人摹仿《离骚》、《九章》之作,这不仅是一种内容上的分类,同时也是一种形式上的分类。可见,汉人已经把诗赋从广义的学术中分开,已经认为它们是一个独立的门类,同时也说明当时人对于文体的区分已经非常细致。

其次,汉人不仅"对文学的各种体裁有了比较细致的区分,更重要的是对各种体裁的体制和风格特点有了比较明确的认识"。在这方面,扬雄就是一个明显的例子。班固在《扬雄传赞》中说:"(扬雄)实好古而乐道,其意欲求文章成名于后世。以为经莫大于《易》,故作《太玄》;传莫大于《论语》,作《法言》;史篇莫善于《仓颉》,作《训纂》;箴莫善于《虞箴》,作《州箴》;赋莫深于《离骚》,反而广之;辞莫丽于相如,作四赋:皆斟酌其本,相与仿依而驰骋云。"[1]可见,扬雄对于"易"、"传"、"史"、"箴"、"赋"等文体及其特点有了明确的认识,并有意识地去进行仿作。张衡是另一个明显的例子。他曾经作过多种文学作品,也体现了比较明显的文体区分意识。同时,看《后汉书·文苑列传》我们知道,汉代文人使用的文体不仅有诗与赋,还有书、铭、诔、吊、赞、颂、连珠、碑、策、箴、论、笺、奏、书、令、檄、谒文等多种,每种都有明确的记载。以上事例完全可以说明,汉人不仅"对文学的各种体裁有了比较细致的区分,更重要的是对各种体裁的体制和风格特点有了比较明确的认识。"特别值得注意的是,在汉末蔡邕的《独断》里,不仅把天子号令群臣与群臣上奏天子之文各分为"策书"、"制书"、"诏书"、"戒书"和"章"、"奏"、"表"、"驳"四类,而且对上述文体的性质以及基本写作要求都做了细致的说明。可见,曹丕在《典论·论文》中所说的"盖奏议宜雅,书论宜理,铭诔尚实,诗赋欲丽",并不是他的提倡和发明,不过是对汉人各种

---

[1] (汉)班固:《汉书》卷87,中华书局1962年版,第3583页。

文章体裁风格与创作实践认识的一般性的简要总结而已。

其三，汉人已经"对文学的审美特性有了自觉的追求"。这一点，除了大家所熟知的司马相如关于作赋的论述外，其他赋家的创作也莫不如是，如扬雄在《解嘲》中自言"雄以为赋者，将以风也，必推类而言，极丽靡之辞，闳侈巨衍，竞于使人不能加也"①。史称张衡作《二京赋》就是"精思傅会，十年乃成"②，这两人作赋时所投入的精力如此之大，如果没有对文学的审美特性的自觉追求，那是不可想象的。可见，即便是以袁行霈先生关于文学自觉说的三个标志来衡量，汉代文学也已经完全达到"自觉"了。结合龚克昌诸位先生的论述，笔者认为，如果说中国文学有一个自觉时代的起点，这个起点也应该是在汉代，而不应该是在魏晋。

三、对曹丕《典论·论文》的重新理解与评价

考察"魏晋文学自觉说"的缘起，总是与人们对于曹丕的《典论·论文》的理解相关。铃木、鲁迅、李泽厚等人之所以把它看作是魏晋文学自觉的标志，主要有以下几点：第一，曹丕在这里说"文章，经国之大业，不朽之盛事"，这说明他比以往任何时候都更看重文学的价值；第二，曹丕又说过"诗赋欲丽"的话，说明魏晋人已经开始有了明确的文体区分意识和对文学审美特点的认识。下面我们就在重读文本的基础上分别讨论这两句话的意义。

首先，曹丕在《典论·论文》里所说"经国之大业，不朽之盛事"是指以诗赋为主的"文学"吗？不是，而是"文章"。虽

---

① （汉）班固：《汉书》卷87，中华书局1962年版，第3575页。
② （宋）范晔：《后汉书》卷59，中华书局1965年版，第1897页。

然二者只是一字之差,却有着重大的区别,"文章"的范围远比"文学"要广。在曹丕所列出的八种文体中,在今天我们看来真正属于"文学"的诗赋两类,被曹丕排在了最后,可见他对"文学"的真正态度。在曹丕的眼中,真正能够让人不朽的并不是诗赋等文学作品,而是可以"成一家之言"的论说文。他在对建安七子进行评价时,没有认为在我们今天看来写出了《七哀诗》和《登楼赋》这样高水平的文学作品的王粲不朽,而是认为只有写出了《中论》的徐干才会不朽。他在此文中说:"融等已逝,唯干著论,成一家言。"在《与吴质书》中又说:"伟长独怀文抱质,恬淡寡欲,有箕山之志,可谓彬彬君子者矣。著《中论》二十余篇,成一家之言,辞义典雅,足传于后,此子为不朽矣。"[1] 由此看来,把曹丕的"文章,经国之大业,不朽之盛事"之说看成是他对"文学"自身价值的重视,显然是对曹丕《典论·论文》的一种误读。

其实,把"文章"看成"经国之大业、不朽之盛事"的观点由来已久,这句话最早来自于春秋时代鲁国大夫叔孙豹的"三不朽"之说,[2] 这是今人熟悉的事实。它是春秋以来士大夫人生价值观的基本追求,并被汉人继承了下来,司马迁在《报任安书》中提出的发愤著书说,就是对叔孙豹"三不朽"观点的继承,也是司马迁追求立言不朽的最好说明。扬雄也继承了这一传统观点。本文上引班固在《扬雄传赞》中说:"(扬雄)实好古而乐道,其意欲求文章成名于后世"之论,[3] 也是汉代文人追求立言不朽的证明。曹丕的《典论·论文》基本继承了司马迁和扬雄的思想,并

---

[1] (梁)萧统编,李善注:《文选》,上海古籍出版社1986年版,第1897页。
[2] (晋)杜预注,(唐)孔颖达疏:《春秋左传正义》卷35,(清)阮元校刻:《十三经注疏》,中华书局1980年版,第1979页。
[3] (汉)班固:《汉书》卷87,中华书局1962年版,第3585页。

没有超出二人之处。而且,无论是司马迁、扬雄,他们所说的文章不朽都不是专指论说之文,而是指包括诗赋在内的广义的文章。在这一点上,曹丕的观点不但没有比司马迁、扬雄二人进步,反倒有些落后。因为在司马迁所说的不朽之人中,还包括了《诗三百》的作者;扬雄要立言不朽,刻意地效仿古人,其中也包括对于屈原和司马相如辞赋的学习。而曹丕在说到文章不朽问题时,所举的前代例子却是周文王和周公旦,所谓"西伯幽而演《周易》,周旦显而治礼",在同时代人独举徐干而不举王粲,可见,在这方面,他甚至还不如司马迁和扬雄。

其次,"诗赋欲丽"的观点是曹丕首先提出来的吗?也不是。鲁迅说:"汉文慢慢壮大起来,是时代使然,非专靠曹操父子之功的。但华丽好看,却是曹丕提倡的功劳。"又说:"华丽即曹丕所主张。"[①]鲁迅先生把"华丽"看成是曹丕的提倡,这是错误的,当今的研究者已经从汉赋的研究中作了很好的证明。追求华丽的辞藻是汉赋写作的基本特征,这一点,龚克昌先生早在二十多年之前就已经有过比较详细的论证。[②] 王钟陵也认为,"丽"是汉代这一特定历史时期的审美范畴。[③] 詹福瑞认为:"作为一代文士的文学,汉赋是文章之士刻意为文的产物,形式华丽,是作家的有意追求。"[④] 事实也确是如此,汉人作赋,所追求的审美标准之一就是文采的华丽。《西京杂记》载司马相如谈作赋时说:"合纂组以

---

① 鲁迅:《魏晋风度及文章与药及酒之关系》,《鲁迅全集》(第三卷),人民文学出版社1981年版,第506、505页。

② 龚克昌:《汉赋——文学自觉时代的起点》,《文史哲》1988年第5期,按:龚克昌先生关于汉赋华丽的分析,亦可见作者另一文章:《汉赋——韵文史上的奇葩》,见龚克昌:《汉赋研究》,山东文艺出版社1990年版,第351—368页。

③ 王钟陵:《中国中古诗歌史》,江苏教育出版社1988年版,第24页。

④ 詹福瑞:《文士、经生的文士化与文学的自觉》,《河北学刊》1998年第4期。

成文，列锦绣而为质。"① 就是对于汉赋的华丽之美的自觉追求。我们看汉人对于诗赋的评价，基本上都要提到"丽"字。班固在《汉书·艺文志》说："宋玉、唐勒，汉兴枚乘、司马相如，下及扬子云，竞为侈丽闳衍之词，没其讽喻之义，是以扬子悔之曰：'诗人之赋丽以则，辞人之赋丽以淫。'"关于汉赋的"丽"的特征，连当时的皇帝汉宣帝也看出来了，他说："辞赋大者与古诗同义，小者辩丽可喜。"② 由此可见，鲁迅说汉文华丽是曹丕的提倡，显然是错误的。

总之，通过以上的分析我们可以看出，曹丕在《典论·论文》所谈到的"文章不朽说"和"诗赋欲丽说"，既不是他的首创，他在这几个问题上也没有做出超出前人的新的理论发展，没有比汉代其他文人的文学观念有所进步，因此，自然也没有如铃木虎雄、鲁迅和李泽厚所说的那样，在中国文学发展史上有那样重要的地位和意义。因此笔者认为，把曹丕的《典论·论文》看成是"魏晋文学自觉"的标志是不妥的。

四、"功利主义"与"文学自觉"的关系

"魏晋文学自觉说"认为中国文学的自觉从魏晋开始，一个重要的理由就是认为在魏晋以前中国人的文学观念基本都是功利主义的，而魏晋以后则开始追求艺术自身的美，功利主义真的与艺术审美不相兼容吗？下面我们从两方面展开讨论。

---

① （晋）葛洪：《西京杂记》，中华书局1985年与《燕丹子》合刊本，第12页。
② （汉）班固：《汉书》卷64，中华书局1962年版，第2829页。

（一）如何看待先秦两汉时期功利主义文学观的问题

很明显，站在"魏晋文学自觉说"的立场上，从铃木虎雄到李泽厚，对于功利主义的文学观或者说经学都是持否定态度的，认为它们影响或者阻碍了中国文学自觉的发生。

但是考察历史我们却发现，中国古代的文学发展，正是从功利主义的自觉走向艺术审美自觉的。由于中国人从先秦开始就一直把"文"、"文章"看成是各种事物的外在显现，在"文"与"道"二者当中更看重的是"道"，所以在做文的问题上始终坚持"文以载道"的原则。正因为如此，中国人早就把先秦的圣人之书推崇备至，不但把它们视之为道德思想的渊薮，也视为后世文学之楷模，正是在经学的研究中大大推进了对于文学本质的认识。

首先，中国古代的文学审美观是在六经建立的过程中逐渐成为体系的。客观地讲，由于在中国文化传统中，"文"本身就是一个具有审美意义的概念，它原指一切有文采的东西。以文字而写成的文章，从它产生的那天起就包含着美的因素。中国人很早就看到了这一点，所以，即便是在没有明晰的文体意识之前，就已经开始了关于"文"的形式技巧和审美方面的主动追求。这一点，在"六经"中表现得已很明显。《周易·系辞下》曰："夫易……其称名也小，其取类也大，其旨远，其辞文，其言曲而中，其事肆而隐。"《礼记·少仪》曰："言语之美，穆穆皇皇。"《左传·成公十四年》："故君子曰：《春秋》之称，微而显，志而晦，婉而成章，尽而不污，惩恶而劝善。"《左传·襄公二十五年》引孔子曰："《志》有之：'言以足志，文以足言。'不言，谁知其志？言之无文，行而不远。"由此可见，早在"六经"的写作中，就已经有了审美意识的追求，这其中尤以《诗经》的写作最为明显。我们看《诗经》大小雅的创作，整齐的四言句式，严格的押韵规则，词语的雕琢绘饰，章法的细密安排，风格的典雅庄重，已经达到了那样的艺术高度。如果说这些诗在写作的过程中没有自觉的艺术美的追求，没有精心的艺术锤炼，是可能的吗？

其次，先秦的经书分类，也正是最初的文体区分。《诗》、《书》、《礼》、《乐》、《易》、《春秋》等"六经"，不仅是内容的区别，也是文体形式的区别，还是中国人最早最有系统的文体分类。"《诗》以道志，《书》以道事，《礼》以道行，《乐》以道和，《易》以道阴阳，《春秋》以道名分"[①]；"圣人也者，道之管也。天下之道管是矣，百王之道一是矣，故《诗》、《书》、《礼》、《乐》之归是矣。《诗》言是其志也，《书》言是其事也，《礼》言是其行也，《乐》言是其和也，《春秋》言是其微也。"[②] 正是这种经学分类，开启了后世文体的区分，所以，后人也总是把各种文体的产生上推到经书，认为它们是各种文体产生的渊源。《颜氏家训·文章》曰："夫文章者，原出《五经》：诏命策檄，生于《书》者也；序述论议，生于《易》者也；歌咏赋颂，生于《诗》者也；祭祀哀诔，生于《礼》者也；书奏箴铭，生于《春秋》者也。"[③] 刘勰在《文心雕龙·宗经》中也说："故论说辞序，则《易》统其首；诏策章奏，则《书》发其源；赋颂歌赞，则《诗》立其本；铭诔箴祝，则《礼》统其端；纪传盟檄，则《春秋》为根；并穷高以树表，极远以启疆，所以百家腾跃，终入环内者也。"[④] 除此之外，在先秦的经书中，我们看到了最初的一些关于文体的初步辨析。如《周礼·春官·大祝》："作六辞以通上下亲疏

---

① （清）郭庆藩著，王孝鱼点校：《庄子集释》卷10，中华书局2004年版，第1067页。
② （清）王先谦著，沈啸寰、王星贤点校：《荀子集释》卷4，中华书局1988年版，第133页。
③ （北齐）颜之推著，王利器集解：《颜氏家训集解》，上海古籍出版社1980年版，第221页。
④ （梁）刘勰著，王利器校笺：《文心雕龙校证》，上海古籍出版社1980年版，第12页。

远近：一曰祠，二曰命，三曰诰，四曰会，五曰祷，六曰诔。"① 这六辞也就是六种不同的文体。《礼记·祭统》曰："夫鼎有铭。铭者，自名也。自名以称扬其先祖之美，而明著之后世者也。为先祖者，莫不有美焉，莫不有恶焉。铭之义，称美而不称恶，此孝子孝孙之心也，唯贤者能之。铭者，论譔其先祖之有德善、功烈、勋劳、庆赏、声名，列于天下，而酌之祭器，自成其名焉，以祀其先祖者也。"② 这说明，先秦人不仅已经把"铭"这种文体同其他文体作了区分，而且还对这种文体的来源意义以及其写法做了明确的说明。不仅如此，在先秦经书中我们还可以看到，有些应用性文体已经基本成熟，有了大家所遵守的共同规范，比较典型的如盟誓，在《左传》中记载较多，大都有固定的形式，"大致可以看出当时盟誓已经形成一定的样式体制"，而且，"后代的盟誓文的体制大致沿袭先秦盟誓"。③ 可见在先秦两汉经学中，不仅有着丰富的政治哲学思想，也有着丰富的关于文体学的内容。

再次，在经学的发展和经学的研究中，中国人逐渐形成了具有民族特色的文学理论，显示了自觉的文学理论意识。这当中，尤其又以诗乐的论述最有代表性。《礼记·乐记》一篇，就是中国古代最有代表性的艺术理论著作。在《乐记》中，已经有了对于艺术的一般本质的深刻理解，"乐者，音之所由生也，其本在于人心之感于物也"。《乐记》认为艺术是人的内在情感的表现，同时又受国家政治的左右，"是故治世之音，安以乐，其政和；乱世之音，

---

① （汉）郑玄注，（唐）贾公彦疏：《周礼注疏》卷25，（清）阮元校刻：《十三经注疏》，中华书局1980年版，第809页。
② （汉）郑玄注，（唐）孔颖达等正义：《礼记正义》卷49，（清）阮元校刻：《十三经注疏》，中华书局1980年版，第1606页。
③ 吴承学：《中国古代文体形态研究》（增订本），中山大学出版社2002年版，第17页。

怨以怒,其政乖;亡国之音,哀以思,其民困。"[①]《乐记》认为艺术应该承担起教化的社会功能。"乐也者,圣人之所乐也,而可以善民心,其感人深,其移风易俗,故先王著其教焉。"[②]《乐记》中还对艺术创作中的主体与艺术品之间的关系进行了深入的讨论,"德者,性之端也;乐者,德之华也;金石丝竹,乐之器也。诗,言其志也;歌,咏其声也;舞,动其容也。三者本于心,然后乐器从之。是故情深而文明,气盛而化神,和顺积中,而英华发外,唯乐不可以为伪。"[③]《乐记》的这些论述,对于中国古代的文学理论有巨大的影响和指导作用。而关于《诗》的研究,从孔子的"兴、观、群、怨"说等诸多论述到《毛诗序》,形成了系统的中国古代《诗》学理论,其标志就是"风雅"、"比兴"观的成熟,它已经成为中国后世作诗的根本大法与诗学批评的基本原则。可以毫不夸张地说,《乐记》和《毛诗序》对中国后世文学的影响,比起曹丕的《典论·论文》要大得多,在中国文学理论体系的建构上也要完善得多。因此,当我们在谈到中国文学自觉的时候,如果把《乐记》和《毛诗序》这样重要的文学理论著作排除在外,认为它们所讲的都与"文学自觉"没有关系,那就是对中国古代文学理论实际的曲解。

(二)魏晋以后的中国文学是不是摆脱了"功利主义"

让我们还是先从曹丕说起。如我们上文中所言,曹丕在谈到

[①] (汉)郑玄注,(唐)孔颖达等正义:《礼记正义》卷37,(清)阮元校刻:《十三经注疏》,中华书局1980年版,第1527页。

[②] (汉)郑玄注,(唐)孔颖达等正义:《礼记正义》卷38,(清)阮元校刻:《十三经注疏》,中华书局1980年版,第1534页。

[③] (汉)郑玄注,(唐)孔颖达等正义:《礼记正义》卷38,(清)阮元校刻:《十三经注疏》,中华书局1980年版,第1536页。

文章可以不朽的时候,所指的并不是诗赋,而是指文王所演的《易》,周公所制的《礼》,退而求其次,也是可以成一家之言的徐干的《中论》。所以,以曹丕的这段话而得出的结论,说魏晋文学开始了"为艺术而艺术"的一派,应用在曹丕本人身上都不合适,更不用说用以概括"曹丕的一个时代"了。从曹丕以往,我们再看六朝时期那些著名的文学家。曹植本身就说"辞赋小道,固未足以揄扬大义,彰示来世也"。这话固然有些"激愤"情绪,是"违心之论",但是曹植的终生最高追求是"戮力上国,流惠下民,建永世之业,流金石之功"是毫无疑问的。假如这个理想实现不了的话,他的愿望则是"将采庶官之实录,辩时俗之得失,定仁义之衷,成一家之言"①。可见,曹植也不是一个把"为艺术而艺术"当作自己终生目标的人。魏晋交替之际的文学家阮籍,史称"本有济世志,属魏晋之际,天下多故,名士少有全者,籍由是不与世事,遂酣饮为常"。"籍能属文,初不留思。作《咏怀诗》八十余篇,为世所重。著《达庄论》,叙无为之贵"。可见,阮籍也不是一个以"为艺术而艺术"为终生追求的人。那个被钟嵘称之为古今隐逸诗人之宗的大诗人陶渊明,自称"好读书,不求甚解;每有会意,便欣然忘食"。"常著文章自娱,颇示己志。忘怀得失,以此自终"。②陶渊明是一个把写文章当作抒写情志以自娱的人,也不是一个"为艺术而艺术"的人。所以,仅从上述诸人的情况来看,说魏晋以后中国文学走向了"为艺术而艺术"的道路,是不符合事实的。

魏晋以后的中国文学并没有真正走向"为艺术而艺术",自

---

① (魏)曹植著,赵幼文校注:《与杨德祖书》,《曹植集校注》,人民文学出版社1984年版,第154页。
② (晋)陶渊明著,逯钦立校注:《五柳先生传》,《陶渊明集》,中华书局1979年版,第175页。

然也不可能摆脱"功利主义"的艺术观。不错，中国文学从魏晋以后，对于文学的艺术审美追求已经达到了一个空前的高度，对于艺术技巧的掌握和运用都远远超过了前代。但是，在魏晋以后的中国文学理论中，也还有一个如何正确处理"文"与"道"的关系。陆机的《文赋》，是中国第一篇讲创作论的大文字，他说写作此文的目的是"以述先士之盛藻，因论作文之利害所由"[1]。其中讲作文之缘起，开篇就说："伫中区以玄览，颐情志于典坟。"[2]说明为文之由不外两途，一是感物而动，二是本之于对经典的学习。最后说作文章的目的是"俯贻则于来叶，仰观象乎古人。济文武于将坠，宣风声于不泯"[3]。作文的最终目的还是为了载道，而不是"为艺术而艺术"。这一点，在刘勰的《文心雕龙》里表现的特别鲜明。刘勰接受了先秦以来中国人对于"文"的理解，认为"文"本身就是"道"的体现。他在《文心雕龙》的第一篇《原道》中，首先就讲"文"与"道"的关系，为全书立下了总纲。在刘勰看来，圣人所作的经典不仅是"道"的最好表现，也是后世文章体式的渊源与为文的典范："故论说辞序，则《易》统其首；诏策章奏，则《书》发其源；赋颂歌赞，则《诗》立其本；铭诔箴祝，则《礼》统其端；纪传盟檄，则《春秋》为根：并穷高以树表，极远以启疆，所以百家腾跃，终入环内者也。……扬子比雕玉以作器，谓五经之含文也。"[4]

表面看来，《文心雕龙》用了大量的篇幅来分辨各种文体，又用大量的篇幅来讲创作论的具体问题，说明刘勰对于文学的艺术

---

[1] （晋）陆机著，张少康集释：《文赋集释》，上海古籍出版社1984年版，第1页。
[2] （晋）陆机著，张少康集释：《文赋集释》，上海古籍出版社1984年版，第14页。
[3] （晋）陆机著，张少康集释：《文赋集释》，上海古籍出版社1984年版，第181页。
[4] （梁）刘勰著，王利器校笺：《文心雕龙校证》，上海古籍出版社1980年版，第12页。

审美特征格外关注，但是整个《文心雕龙》的主导思想还在前面的五篇。关于这一点，他在全书最后一篇《序志》中又作了明确的交待。他把《文心雕龙》的前五篇称之为"文之枢纽"，把上篇关于文体的论述部分称之为"纲领"，把下篇关于创作论的部分称之为"毛目"，[①] 这就告诉我们这三者之间的轻重关系。在讨论中国古代文学自觉观的时候，我们要有一个清醒的认识，即不能把唯美主义的追求看成是文学自觉的唯一标志，时时刻刻记住文学应该承担的社会责任，是自先秦到魏晋六朝人们对于文学本质的一种深刻理解，这也是中国文学自觉的重要组成部分。

魏晋六朝人不仅一直没有摆脱功利主义的艺术观，而且对于那些形式主义的艺术给予了严厉的批判。我们知道，在魏晋六朝关于文学形式的探讨和文学创作实践中，存在着一种唯美主义和享乐主义的倾向，它的极致就是齐梁宫体诗的产生。因为他们背离了中国人关于"文"以载"道"的基本原则，所以受到严厉的批评。从萧子显的《南齐书·文学传论》[②]，《隋书·经籍志》的"文章道尽"[③]，到陈子昂的"寄兴都绝"，李白的"自从建安来，绮丽不足珍"，这些说法，代表了当时人对于六朝文学的基本认识。

五、不要忘记汉人的"个体意识"与抒情文学

李泽厚在谈到魏晋时代社会变革时，特别强调"人的主题"和"文的自觉"两点，认为是"两者的密切适应和结合，形成这

[①] （梁）刘勰著，王利器校笺：《文心雕龙校证》，上海古籍出版社1980年版，第295页。

[②] （梁）萧子显：《南齐书》卷52，中华书局1972年版，第908页。

[③] （唐）魏征、令狐德棻撰：《隋书》卷35，中华书局1973年版，第1090页。

一历史时期各种艺术形式的准则。以曹丕为最早标志，它们确乎是魏晋新风。"① 李泽厚的这段论述，是铃木虎雄和鲁迅先生"魏晋文学自觉说"的一个新发展，影响甚大。

我们承认魏晋文学与汉代文学有着时代的不同，但是这种不同不是用"人的主题"和"文的自觉"可以简单概括的。说汉代只有儒家思想和谶纬经学这样一种思想和学术，也只有"助人伦、成教化"这样一种艺术形态，这种认识显然是不全面的。

文学中"人的主题"早在汉初就表现的非常明显了。我们知道，汉帝国建立之初，儒家思想并没有取得独尊的地位，当时占社会主流地位的思想，反而是黄老思想。作为活跃在汉初的文人，他们继承的还是战国时代士阶层的个体意识，追求着体现个体价值的自由精神。汉代文人的悲剧不在于没有个体意识的自觉，而在于他们一方面认识到个体存在的价值，另一方面又感叹自己在封建官僚政体的压迫之下，永远失去了战国之际士阶层的人身自由与精神自由。所以，哀叹生不逢时，替屈原鸣不平，在老庄思想中寻求解脱等等，就成为汉代文人宣泄个人哀怨、表达个体意识的几条重要渠道。这一点，我们只要看一下王逸编的《楚辞章句》中汉人的拟骚之作的小标题就可以明白。如东方朔的《七谏》中有"怨世"、"怨思"、"自悲"、"哀命"诸节，刘向的《九叹》有"怨思"、"远逝"、"惜贤"、"忧苦"、"愍命"、"思古"、"远游"诸章，王逸的《九思》更有"伤时"、"哀岁"、"守志"等题目。严忌在《哀时命》的开篇就说："哀时命之不及古人兮，夫何予生之不遘时。往者不可扳援兮，来者不可与期。志憾恨而不逞兮，杼中情而属诗。"② 可见，他写诗就是要抒发自己那种强烈的生不逢时的个体意识，诗中所

---

① 李泽厚著：《美的历程》，文物出版社1981年版，第85、95—96页。
② （宋）洪兴祖著，白化文等点校：《楚辞补注》，中华书局1983年版，第259页。

表现的就是人的主题。我们知道，赋在汉代基本有两种表现形式，一种是以司马相如的《上林赋》为代表的散体大赋，另一类是以贾谊的《吊屈原赋》为代表的骚体赋。如果我们研究汉代文学而不读骚体赋，就不能说对汉代文人的内心世界有了真正的全面的了解。而骚体赋的主要内容大都是表达汉代文人个体情感的，他们的写作与儒家思想和经学的兴盛都没有多大关系。看一看从贾谊、枚乘开始的赋作，他们是在经学的束缚下进行的吗？根本不是。特别是贾谊的《吊屈原赋》和《鵩鸟赋》，内中所表达的个人哀怨与儒家经学是格格不入的。除了本文上引的摹仿屈原作品的《七谏》、《九叹》、《九思》、《哀时命》之外，更为典型的还有董仲舒的《士不遇赋》和司马迁的《悲士不遇赋》，内中那种强烈的生不逢时的个体情感表达，早已为大家熟知。甚至是大儒刘歆，当他"志意不得"之时，在《遂初赋》中还这样写道："攸潜温之玄室兮，涤浊秽于太清。反情素于寂漠兮，居华体之冥冥。""处幽潜德，含圣神兮。……守信保己，比老彭兮。"[1] 面对这些事实，我们还能说汉人没有个体意识的觉醒吗？我们还能说当时人的活动和观念完全屈从于神学目的论和谶纬迷信宿命论支配控制之下吗？仔细阅读汉代文献我们就会知道，在汉代社会中，虽然主流意识形态是儒家思想，官僚政体也造成了对于个体人格的极大压抑，但是，那些具有独立精神的文人士子，并没有停止反抗，也没有停止对于人生价值的追求和个体自由的追求。而且，正是他们把这些丰富的个体情感表现在骚体赋中，才让我们看见了汉代文人生动活泼的另一个方面。

---

[1] （汉）刘歆：《遂初赋》，费振刚、胡双宝、宗明华辑校：《全汉赋》，北京大学出版社1993年版，第233页。

汉代文人个体意识的觉醒，还表现在强烈的人生短促的感受与及时行乐的人生态度两个方面。在这方面，汉代诗歌特别值得我们重视。其实李泽厚也承认："尽管儒家和经学在汉代盛行，'成人伦，助教化''惩恶扬善'被规定为从文学到绘画的广大领域的现实功利职责，但是汉代艺术的特点却恰恰是，它并没有受这种儒家狭隘的功利信条的束缚。"① 以汉高祖刘邦的《大风歌》为代表的汉初楚歌，从一开始就没有遵循儒家的诗学传统。即便是那个接受了董仲舒意见的汉武帝，实行"罢黜百家，独尊儒术"的政策，身为一国之主，他所做的《秋风辞》和《李夫人歌》，也没有遵循"乐而不淫，哀而不伤"的儒家诗学传统，而是直抒人生短促与男女相思之情。西汉时有著名的《薤露》、《蒿里》二曲，按西晋人崔豹的《古今注》所言："故有二章。一章曰：'薤上朝露何易晞，露晞明朝还复滋，人死一去何时归。'其二曰：'蒿里谁家地，聚敛魂魄无贤愚。鬼伯一何相催促，人命不得少踟蹰。'至孝武时，李延年乃分为二曲：《薤露》送王公贵人，《蒿里》送士大夫庶人，使挽柩者歌之，亦呼为挽歌。"② 我们要注意的是，在西汉时无论是王公贵人还是士大夫庶人，在送葬时都要歌唱《薤露》、《蒿里》，这说明，"这个历史时期的人们并没有舍弃或否定现实人生的观念。相反，而是希求这个人生能够永恒延续，是对它的全面肯定和爱恋"③。与魏晋文学所不同的是，汉代人对于人生短促的感叹，对于生命的珍惜，并不是因为战乱、荒年、瘟疫以及政治的险恶使他们感受到生命的脆弱，而是因为他们在这个已经被自己所征服的世界中还没有尽情的享受，还没有过足享乐

---

① 李泽厚：《美的历程》，文物出版社1981年版，第73页。
② （晋）崔豹：《古今注》，《百子全书》，浙江人民出版社1984年影印，第7册。
③ 李泽厚：《美的历程》，文物出版社1981年版，第73页。

生活之瘾。对于汉代文人来说，他们在现实生活中或者通达顺利，或者路途坎坷。通达顺利时固然希望永远享受这种荣华富贵，在路途坎坷时也照样舍不得自己的生命，愿意在醉生梦死、及时行乐中度过一生。汉乐府中有一首著名的歌曲《满歌行》，从诗中的词句看明显的是文人之作，表现的正是这样的情感。《乐府解题》曰："古辞云：'为乐未几时，遭时崄巇。'其始言逢此百罹，零丁荼毒。古人逊位躬耕，遂我所愿。次言穷达天命，智者不忧。庄周遗名，名垂千载。终言命如凿石见火，宜自娱以颐养，保此百年也。"[①] 这首诗非常典型地揭示了汉代文人的复杂心理。

汉代文人个体意识的自觉，特别是关于人生短促、及时行乐等情感的抒发，在以《古诗十九首》为代表的汉代文人五言诗中表现的最为明显。这一点，李泽厚已经有过比较深入的论述。不过，李泽厚是把《古诗十九首》当成东汉末年或者魏晋时期的诗来看待的，[②] 而笔者则认为《古诗十九首》恰恰是东汉中早期的产物，把以《古诗十九首》为代表的文人五言诗归入汉末建安以后不仅没有事实的根据，也没有文本上的根据。[③] 反过来讲，正因为汉代社会处于儒家思想占统治地位的时代，封建专制政权也极大的压抑了个体人格，才使得汉代的文人士子们产生了特别强烈的个体生命意识。汉代文人的思想情感因此而丰富，汉代文学也因为有了骚体赋、乐府诗、文人五言诗而显得丰富多彩。

---

① （宋）郭茂倩编：《乐府诗集》卷43，中华书局1979年版，第636页。
② 李泽厚说："我以为，《十九首》及苏李诗实际应产生于东汉末年或更晚。"见李泽厚：《美的历程》，文物出版社1981年版，第87页。
③ 此处可参看拙作：《论班固的咏史诗与文人五言诗发展成熟问题》，《北方论丛》1994年第1期。

六、如何认识汉魏以来中国文学的发展变化

本文在以上论述中重点强调了魏晋六朝文学与汉代文学之间的继承关系,并不是要否定魏晋文学与汉代文学的巨大差异,而为了证明"魏晋文学自觉说"对一系列"汉代文学自觉"现象的忽略,旨在说明:如果认为中国文学存在着一个从不自觉走向自觉的历史起点的话,这一个起始点也应该从汉代开始而不是从魏晋开始。

但是从另一个角度来说,本人并不太赞成用"文学自觉"这一词语来概括汉魏以来中国文学的发展变化。因为"文学自觉"这个论断的内涵有限,歧义性太大。这里面起码有几个值得我们思考的问题,在这里提出来供学界同仁讨论:

其一,我们知道,在中国古代,本没有与我们现在所说的"文学"完全相对的概念,中国古代只有明晰的文体观,但是却没有明晰的文学观。萧统编文选的选目原则有"事出于沉思,义归乎翰藻"[①]之说,他所选的这些"文"固然有诗、赋等在今天看来属于纯文学的作品,同时也选录了诏、册、表、书等在今天看来属于杂文学的作品。即便是在我们今人所编写的中国古代文学史里,唐宋八大家的散文以及清代桐城派的古文,也都在论述之列。如果用"文学自觉"的观点来看,我们首先就要提出疑问:这些作品是文学吗?应该写进中国文学史吗?回答只能是否定的。如果我们认为它们应该写进中国文学史,那么"文学自觉说"就不能成为一种行之有效的批评理论,因为我们无法用这种理论来评价

[①] (梁)萧统编,(唐)李善等注:《六臣注文选》,中华书局1987年版,第4页。

所谓"文起八代之衰的"的韩愈，也无法评价唐宋古文运动，难道说这些人的文学观是从魏晋时代的"文学自觉"又回到了"文学不自觉"了吗？

其二，鲁迅在说到魏晋文学自觉的时候，是特别强调曹丕的时代是"为艺术而艺术"的一个时代，但是仔细思考，在中国古代文学史上，有过这样一个时代吗？笔者认为没有。如果真的有过这样一个时代，也许齐梁时代最为合适。但是这个时代在整个中国文学史中所占的时间太短，而且往往受到后代的批评。由此而言，在中国文学史上即便是曾经有人倡导"为艺术而艺术"，那也不是中国文学的主流。"文以载道"是中国人对于文学的最基本要求。杜甫之所以被尊为"诗圣"，一方面固然说他的诗歌在艺术上的水平特别高，但是更重要的是因为在杜甫的诗中体现了中国文人忧国忧民的博大胸怀。诗不仅是中国古代文人心中的"艺术品"，更是他们的"思想"和"精神"的特殊表达。它充分说明：如果我们承认中国古代存在着一种所谓"文学自觉"的话，那么这种自觉不仅包含着对于文学形式的追求，更重要的还要包括中国文人对于"文以载道"这一传统的功利主义诗学思想的文化认同。

其三，坚持"魏晋文学自觉说"的一个重要理论支撑点是强调从魏晋以后加强了对于中国文学形式的探讨，出现了几部有影响的文学理论著作，而这一时期的作家们也的确更加注重文学的形式美，使中国文学在艺术审美方面有了极大的提高，但是所有这些不同可以构成与前代文学的本质区别吗？一个明显的问题是，当我们说魏晋是中国"文学自觉"时代的起点时，就意味着说汉代以前的文学都是"不自觉"的，好像中国文学从魏晋以后发生了质的变化，与前代文学有了根本的不同。试问，如果说中国文学在汉代以前都是不自觉的，我们能很好地解释汉赋、汉诗的形式美的存在问题吗？其实，即便是《诗经》时代的诗人写诗，也照样需要在艺术方面的主动追求，要有文字技巧方面的熟练掌握。这些文学现象的出现，虽然我们很难用"自觉"来进行解释，但是我们同样也不能说这些好诗都是古人"不自觉"的创作。可见，"自觉"这个词语，不仅不能很好地解释魏晋以后的"文以载道"问题，也不能很好地解释先秦两汉文学作品的艺术形式美问题。

总之，"文学自觉"这个论断的内涵有限，歧义性太大而主观色彩过浓，因此我们不适合用这样一个简单的主观判断来代替对一个时代丰富多彩的文学发展过程进行客观的描述。

那么，我们又该如何认识汉魏以来的中国文学发展呢？笔者以为，最好的方式还是从历史中寻找相对客观的尺度，在这方面，从汉代开始的中国中古文学，有三个重要的客观标志特别值得我们重视：

第一，在封建地主制社会基础上文人阶层的产生，这是中国中古文学发展的一个划时代标志。我们知道，以《诗经》和楚辞为代表的中国先秦文学，从本质上讲是建立在血缘家族为纽带的世袭社会的文学，是以贵族文人为主体的文学，而中国的中古文学从本质上讲是封建地主制社会的文学，是以官僚文人为主体的文学。汉代正是这一新的政治制度建设的真正开始，自然也是中国中古文学的开始。正是在这种政治制度下，形成了以"读书—仕进"为核心的中国古代的文人官僚阶层。这一阶层此后不仅成为中国古代政治制度的主体，也成为中国中古文学的创作主体。中国中古文学从本质上讲就是以文人官僚为创作主体的文学。从这一点来讲，从汉到唐都没有本质的区别。所不同的只是，由于政治制度的内部变化，不同时代的文人在社会上所处的政治地位各有不同而已。汉代的文人依靠经学的学习和选举制走向社会政治舞台,魏晋南北朝的文人依附于门阀制度之下;唐代文人则通过科举制而成为封建社会的各级官僚。他们的文学创作,也正是在各自不同的政治背景之下而展开,来反映各个时代丰富多彩的历史生活的。

第二,正是在这个特殊的封建官僚政体的左右下,中国中古文人形成了特殊的文化心态,并对中国中古文学的创作产生了巨大的影响。他们一方面把自己的人生理想建立在辅佐明君建功立业的基础之上,一方面却要受到皇权与官僚政体的体制性压迫因而进行个体性反抗,于是儒道互补就成为中国中古文人的基本思想倾向。佛教在这个时期虽然对于中国的思想界产生过重大影响,但是佛教之所以被中国文人所接受,也正是在中国化的过程中实现的,照样不脱离儒道两端,只是不同的时代各有侧重而已。汉初的文人受道家思想较深,儒家思想相对处于弱势。自汉武帝以后儒家思想成为官方统治思想,道家思想又处于弱势。到了魏晋时代,随着儒家经学的衰落,道家思想在文人思想中成为主导倾向,儒家思想又相对处于弱势。到了南北朝时期,随着社会政治上的动乱与朝代的频繁更迭,儒道释三家思想则呈现出一种复杂的形态。唐代达到了中国中古社会的盛世,文人的文化心态与前代有所不同,但是指导他们的仍然是儒道释三家思想。这也构成了中国中古文人文学创作主题的两极:或者是以各种文体来抒写自己关心时政的积极入世态度,追求三不朽的人生理想;或者是以各种文体抒写自己在政治体制压迫下的各种牢骚与不平,追求个体的独立与自由、世俗的生活与享乐。无论是汉代文人还是魏晋文人乃至唐代文人,大都在这两者之间徘徊。

第三,中国中古文学在艺术形式美方面的追求,同样也与文人集团对于"文"的认识和他们的文化修养有关。他们把"文"

作为表达自己思想情感的工具,甚至把以文传世当作自己人生不朽的理想,正是在这一基础之上,所以他们才会在"文"的形式美方面不断地追求。在汉代,他们是赋体文学的开创者,创立了赋体文学的审美典范;同时也是乐府诗和五七言诗的积极参与者,确立了乐府诗和文人五言诗的基本艺术格局。在魏晋南北朝,他们进一步在文学的形式美方面下功夫,由汉赋逐步发展出了骈体文,他们让五七言诗由汉代文人文学的次要形式而蔚为大国,在辞藻的追求和韵律的探索方面取得了更大的成功,并且有意识地从理论上总结为"文"之道。在唐代,他们不仅完善了近体格律诗,又开创了"词"这样一种新的文体。同时,他们又反过来对于六朝时期对于艺术形式美的倾向给以适当的反思,其中心目的还是为了让"文"更好地发挥表达文人各种心态和文化思想的作用。从汉代文人司马相如到建安时期的曹氏父子再到唐代诗人杜甫和韩愈等,我们可以清楚地看到这样一条自觉地追求艺术之美的探索轨迹。

笔者以为,从以上三个方面来认识中国中古文学,结合各个不同时代的历史状况,也许可以比"文学自觉说"更好地理出一条中国中古文学的发展线索,描述中国中古文学的发展过程。它大体可以分为三个阶段:第一阶段为两汉时期,它标志着先秦贵族文学的衰落,是中国文人文学建立的开始,无论是从文体的形式探索还是文学内容的表现方面,都为魏晋六朝文学的发展奠定了坚实的基础。第二个阶段是魏晋南北朝时期,它是中国文人文学成熟的时期,特别是在文学形式和文学理论的探讨方面都做出了卓越的贡献。第三个时期是隋唐五代时期,它是中国中古文学的高峰,特别是以唐诗为代表的韵文文学,不仅是中国中古文学的最高成就,也是中国文学史上一座丰碑。

20世纪赋体文学研究的几个问题[①]
——兼谈中国特色的文学史理论体系建设

作为曾被后人誉为汉代文学之胜、在魏晋六朝以后仍然十分重要的赋体文学,在20世纪的中国古代文学研究中却一直受到不公正的待遇。20世纪80年代以后,赋体文学研究虽然呈现出一度的繁荣,但是它在当代人编写的古代文学史中的基本地位并没有发生大的改变。赋体文学在当代人心中的这种地位,在一定程度上反映了20世纪中国文学理论体系建设的重要偏颇,值得我们深思。在此,笔者想谈几个相关问题,以引起学界同仁的思考。

一、赋体文学在当代文体学分类中所遭遇的尴尬

赋体文学在20世纪的中国文学研究中之所以不受重视,一个重要的原因与20世纪的文体学分类有关。本来,中国古代的文体分类非常细致,如早在《周礼》中,就有作六辞的记载,"一曰祠,二曰命,三曰诰,四曰会,五曰祷,六曰诔"[②],这六辞,

---

[①] 此文原发于《北京大学学报》2005年第4期。
[②] (汉)郑玄注,(唐)贾公彦疏:《周礼注疏》卷25,(清)阮元校刻:《十三经注疏》,中华书局1980年版,第809页。

也就是六种不同的文体。曹丕《典论·论文》中提到奏、议、书、论、铭、诔、诗、赋八种文体,陆机的《文赋》提到了诗、赋、碑、诔、铭、箴、颂、论、奏、说等十种文体,刘勰《文心雕龙》里更提到了骚、诗、乐府、赋、颂、赞、祝、盟、铭、箴、诔、碑、哀、吊、杂文、史传、诸子、论、说、诏、策、檄、移、封禅、章、表、奏、启、议、对、书、记等三十多种文体。而《文选》则把所收作品分为三十九类,其中第一类赋下又分为 15 小类,第二类诗下又分 22 小类。其后明人吴讷的《文章辨体》把文体分为 59 类,徐师曾的《文体明辨》则更分为 127 类。中国古代文体的这种分类虽然有些过细,但是它说明文体的形式的确是多种多样的。20 世纪以后,文学作为一个独立的具有现代意义的学科建立起来之后,人们普遍采用的是四分法,即诗歌、散文、戏曲、小说,其他文体大体都被归于这四种文体之中。但是在这种文体分类里,作为中国古代重要的一类文体赋却没有了归属。有的人把它归入诗一类,还有的人把它归入散文一类。但是无论归到哪一类里,其地位都显得非常尴尬。而更多的分体文学史著作中干脆就不讲赋。看一下从 20 世纪二三十年代以来出版的各种文学史著作,我们就可以知道赋体文学的遭遇。在胡适的《白话文学史》中没有它的地位,在郑振铎的《中国俗文学史》中不见它的踪影,在郑宾于的《中国文学流变史》中基本上也不谈它,刘经庵的《中国纯文学史纲》把它排除在外,从冯沅君、陆侃如主编的《中国诗史》到当下的一些诗歌史著作中也基本上见不到它;从陈柱的《中国散文史》到近几年来出版的几部《中国散文史》,同样没有它的地位。在中国文学史上本来可以单列为一种重要文体、历代文人又特别重视的赋,竟然在当代的中国文学史中受到这种待遇!

赋是中国古代文学中最重要的文体之一,它产生于先秦,在汉代成为代表性的文学样式，魏晋南北朝时期，它在社会上仍然具有重要的地位，创作了大量的作品。如仅据严可均所辑，这一时期至少有三百四十多人的一千二百多篇作品。唐五代的辞赋，现存约有一千五百余篇。宋代辞赋有一千二百余篇，作者四百多人。现在已搜集的元代辞赋几近五百篇，明代辞赋已超过五千篇，清代辞赋则已达一万五千篇以上。①

如此数量众多的辞赋作品在中国文学史理论体系中没有一个恰当的归属，甚至对它视而不见，这个问题在今天应该引起我们的足够重视，这不仅是关于赋体文学的文体归类问题，更关系到我们如何建立具有中国特色的中国文学史体系的问题。它说明，近百年来我们的文学史研究虽然建立起了一个符合现代人文学观的文学史体系，但是这个体系并不是从认真研读中国古代文学的情况下总结出来的，而是先有了一个现代意义的"文学"概念，然后再用它去套中国古代文学，这说明目前我们所普遍采用的文学体裁四分法不完全适合于中国古代文学，因而也不能很好地运用它来正确地描述中国文学发展史。我们由此会生出质疑：无视于赋这种文体的客观历史存在，这样的文学史是不是违背了"历史性"这一基本原则？因为文学史毕竟不能等同于文学接受史，无论我们如何评价它，在文学史中我们首先要正视它的客观历史存在。

魏晋六朝以后赋体文学在当代人的中国文学史著作中被忽视，与"一代有一代之胜"的文学史观念的影响也有重要的关系。毫无疑问，在文学史的写作中，我们必须把握其中另一条重要原则，即动态原则，强调每一个时代居于主流位置的文学体式。从

---

① 此处可参考马积高：《历代辞赋研究史料概述》，中华书局2001年版，第69—70、95、118、136、141、149页。

这一点来讲，清人焦循所讲的"汉则专取其赋，魏晋六朝至隋则专录其五言诗，唐则专录其律诗，宋专录其词，元专录其曲，明专录其八股"①，无疑是突显各时代文学特色的简便方式。但文学史的任务不仅要叙述各时代的主要文体，更重要的是描述各种文体的源流和文学史的发展演变，不讲文体源流和文学史的发展演变，并不是对文学史动态原则的正确掌握，文学史的任务至少有一半还没有完成。更何况，在整个文学史的发展过程中，并不是每一朝代只有一种主要文体，而可能是几种文体共同繁荣。同时，在整个中国文学史中，还有几种贯穿于各个朝代始终的文体形式，赋体文学就是其中之一。把这样重要的一种文体置之于唐宋以后文学史叙述对象的范围之外，归根到底还是现代意义的文体四分法在其中起了重要的负面作用。笔者以为，在21世纪的今天，我们要重新思考中国文学史的编写，首先就要对这种文体四分法给以质疑，要在新的中国文学史中给赋体文学以重要的地位。

二、赋体文学在当代文学研究中所面临的困境

赋体文学在中国文学史研究中遭遇困境，表面上看是受了现代文体四分法的影响，其实质则是对赋体文学的认识不够。按中国的文化传统来讲，诗与赋是两类最能代表中国古代"文学"的体裁，而赋又是从诗中流变出来的。从渊源上讲，赋之文体源于作为《诗经》"六义"之一的"赋"，同时又与春秋时代的"赋诗言志"的文化风气相关，战国时代，从屈宋荀诸人手中形成一种

---

① （清）焦循：《易余籥录》卷15。可见李盛铎辑：《木犀轩丛书》，清光绪间刻本。

新的文体,到了汉代,则成为一种最有代表性的文学样式。班固《两都赋序》中说:"赋者,古诗之流也。昔成康没而颂声寝,王泽竭而诗不作。大汉初定,日不暇给。至于武宣之世,乃崇礼官,考文章,内设金马石渠之署,外兴乐府协律之事,以兴废继绝,润色鸿业。……故言语侍从之臣,若司马相如、虞丘寿王、东方朔、枚皋、王褒、刘向之属,朝夕论思,日月献纳。而公卿大臣,御史大夫倪宽、太常孔臧、太中大夫董仲舒、宗正刘德、太子太傅萧望之等,时时间作。或以抒下情而通讽喻,或以宣上德而尽忠孝。雍容揄扬,著于后嗣,抑亦雅颂之亚也。"[1] 这段话告诉我们许多信息。首先,它说明,赋是从古诗中流变出来的;其二,赋是继承古诗的颂美讽喻传统的;其三,赋是文人士大夫们创作的;其四,赋是可以说理也可以抒情的;其五,赋是讲究写作技巧的。不要小看这几点,其实,它这里所讲的不仅是赋的问题,也从根本上概括了从汉代以后文人们所推崇的中国正统文学的基本特征。因为赋建立在这样强大的中国文化传统之下,又因为赋这种文体所具有的独特优势,所以在中国古代诸种文学体裁中,它的包容性也是极强的。在汉代它的内容已经十分丰富,赋体形式也出现了许多变化。从语言形式方面讲,汉代的赋可以分成散体赋和骚体赋两大类。魏晋隋唐以后,赋的形式更趋多样化,又相继出现了俳赋、律赋、文赋。而从内容方面讲,西汉人就把赋分为屈原赋、陆贾赋、孙卿赋、杂赋四类,《昭明文选》则把赋分为京都、郊祭、耕籍、畋猎、纪行、游览、宫殿、江海、物色、鸟兽、志、哀伤、论文、音乐、情这样十五类。而且在《文选》六十卷中,赋就占了十九卷。昭明太子为什么这样看重赋体?一个重要原因,就是

---

[1] (梁)萧统编,(唐)李善注:《文选》卷1,上海古籍出版社1986年版,第1—3页。

因为这种文体是"事出于沉思，义归乎翰藻"的典范，是最有代表性的文体。用我们今天的文学观来衡量，赋在中国古代也是最典型的文学形式之一。

但是，因为当代文体四分法中没有给赋一个独立的位置，相应的也缺少对赋这种文体的艺术研究，致使赋这种文体长期以来一直受到不公正的对待。同时，由"五四"以来新建的中国文学价值评估体系，也基本上对赋采取否定性的评价态度。在五四新文学运动中，提倡白话文学、民间文学，反对贵族文学、文人文学，赋这种文体首当其冲地就要受到批判。而在其后的庸俗社会学的影响下，人们对赋体文学更从内容和形式方面给予了双重否定。在当时人的眼中，从内容方面讲，作为赋体文学中最有代表性的汉赋基本上是为统治者歌功颂德之作，仅仅的一点可怜的曲终奏雅的讽喻话语，根本就不可能起到批判社会的目的，甚至是适得其反，欲讽反劝。而作为魏晋六朝以后的赋则更成为没有多少价值的东西。从形式方面讲，赋体文学是典型的形式主义文学的代表。赋的那种铺陈张扬的"虚辞滥说"，连西汉后期的大儒扬雄都不满意，都把它称之为"雕虫小技"，在今天它还有在文学史中存在的价值吗？20世纪80年代以来，对于赋体文学的这种极端片面的认识逐渐得到纠正，赋体文学研究出现了一个高潮。但是，在这种盛极一时的赋体研究高潮中，大家所关注的不过是对于赋在内容上的丰富性和在艺术上的创造性给以充分的肯定。至于它在中国文学史中所处的地位，还没有得到真正的恢复。

笔者认为，如果要对赋这种文体作出一个符合历史客观存在的评价，首先需要我们建立一个新价值评估体系。这个体系，既不是沿袭着封建社会儒家文论家对它的批判，也不是用今天的文学观对它进行简单的否定，而应该是建立在历史动态描述基础上的具有民族文化特色的分析。从文学史的角度讲，我们首先要在其中给它一个独立的位置，要客观地描述出它在各个时代的实际存在过程。其次，我们不应该仅仅追随古代个别的赋体评论家来对它进行批评，而应该从整个封建社会赋体文学的创作过程入手来评价它。在古今对于赋体文学过多的否定中，其实忽视了一个明显的事实，即为什么在不绝于耳的批评中，还有那么多的人来从事赋体文学的创作呢？举几个简单的例子：继扬雄把赋称之为"雕虫小技"，并宣称"壮夫不为"之后，东汉以后的赋体还是得到了更大的发展。班固照样把它看成是"雅颂之亚"，并且精思竭虑地创作了《两都赋》，而张衡更是"精思傅会"，耗时十年才写成《二京赋》。① 据说左思作《三都赋》曾经"访岷、邛之事。遂构思十年，门庭藩溷皆著纸，遇得一句，即便疏之"②。这真是极尽智能，呕心沥血。写成之后，经人推扬，使得当时的"豪贵之家竞相传写，洛阳为之纸贵"③。据有人研究，从魏晋到隋建立之前，"不时有人因赋写得好而受举擢"，甚至"妇人也能因赋得官"④。以至到了唐代，进士试赋已经成为一种制度。宋代的文人，仍然喜好赋作，如王禹偁在他的《律赋序》中称自己曾作过律赋一百篇，现存的《小畜集》中仍然保留了十八篇作品。至于现存清赋至少在一万五千篇以上这个数量，更说明清代文人对它的重视。赋在清代的繁荣程度，今人已经做过比较详细的论述。⑤ 以上这些事实说明，赋体文学在中国文学史上存在合理性，它是与中国传统文学的民族特质息息相关的。

---

① （宋）范晔：《后汉书》卷59，中华书局1965年版，第1897页。
② （唐）房玄龄等著：《晋书》卷92，中华书局1974年版，第2376页。
③ （唐）房玄龄等著：《晋书》卷92，中华书局1974年版，第2377页。
④ 韩晖：《隋及初盛唐赋风研究》，广西师范大学出版社2002年版，第120页。
⑤ 按：此处可参考詹杭伦：《清代赋论研究》，台湾学生书局2002年版。

站在历史评价的角度来看中国古代的赋体文学，笔者以为有以下几点是值得重视的。第一，赋这种文体有很深的历史文化渊源。它源出于《诗经》，在它的身上沉积了深厚的儒家诗教精神，继承了美刺讽喻的诗学传统，把对于政治的关心看作是赋体写作的主要内容之一；它又深受楚辞影响，把抒发个人情感也当作重要的内容之一；同时，它又从宋玉赋那里吸收了营养，把描摹事物、遣兴娱性视为其一项重要的文体功能。这三者使赋这种文体具有了在表达内容方面的极大的包容性，适合从汉代以来的文人们的各种应用目的。第二，赋在语言形式方面有独特的优越性。讲究文辞的优美本来是中国文学的一大特性，也是中国人对于"文"的理解。《周易》讲"修辞立其诚"，孔子说"言之无文，行而不远"，对文辞的优美，古人一直都非常重视。对于以诗为主的韵文，从《诗经》、楚辞到汉乐府再到五七言律诗和宋词元曲，中国古代的文人们在不断的探索中走着一条越来越讲究的道路。对于以赋为主的无韵文，中国古代的文人们照样讲究其文辞的优美。赋这种文体是从诗中流变出来，它本身在一开始就有非常完美的语言形式，以及对形式美的特殊要求，可以更好地展示文人的才性。因此，赋体文学才成为文人们所独有而又非常喜爱的形式，历代都有优秀的作品传世，如司马相如的《子虚赋》、《上林赋》，曹植的《洛神赋》、江淹的《别赋》、庾信的《哀江南赋》、杜牧的《阿房宫赋》、欧阳修的《秋声赋》、苏轼的《赤壁赋》等等。

以上事实说明，要建立赋体文学的新的价值评估体系，我们不仅要对每个时代的赋进行各别的研究，还要结合中国古代对于赋体文学的基本理解进行整体性把握，同时也要从现代的眼光出发对其进行客观的历史的分析。这不仅包括赋的内容、赋的形式，还包括赋的文体功能和中国古代文人对于赋的认识。丰富的历史事实说明，赋体文学在中国古代有独立的发展道路，它不仅受外在条件制约，还有其内在的动因、内在的逻辑和内在的进程。赋是独立于诗歌、散文、戏曲、小说之外的一种文体，对这种文体，我们也必须建立独立的价值评估体系，只有这样才会使它摆脱在现有文学史中的尴尬困境。

三、如何建设有中国特色的文学史理论体系

赋体文学在中国文学史中的尴尬处境，说明当代中国文学史理论体系存在着极大的缺陷。由此应该引起我们的思考，如何真正建立起一个符合中国民族传统的文学史理论体系。回顾一个世纪以来的中国文学史研究，笔者觉得有两个重要的偏颇需要得到纠正。

第一，改变用现代人的文学观来代替古代人文学观的偏颇。我们知道，在中国古代，本没有一个与现代完全相对应的"文学"观念。这说明，用现代人的文学观念来写出一部中国古代"文学史"，这本身就是当代人对于古代文学作品的一种重新定位和重新认识。那么，我们根据什么原则把中国古代的某些作品写入"文学史"里，而把另外一些作品排除在"文学史"之外呢？笔者觉得，在这一过程中，阐释者的主体性原则固然是第一位的，首先要把我们认为在中国古代属于"文学"的东西写进来，这才能称之为"文学史"。但是另一方面，尊重被阐释者的客体性原则也是非常重要的。所谓客体性原则，在笔者看来首先要尊重历史，首先要承认中国古代的"文学"与现代人的"文学"有所不同。不仅仅是古代的赋体文学与现在不同，还包括中国古代的诗歌、散文、戏曲、小说。它们在艺术的本质上可能类似，但是在艺术的功能上却与

现代"文学"有着或多或少的差别。一个典型的例子是诗。我们现在认为中国古代最早的诗集就是《诗三百》,但是这部书在古代却被称之为"经"。现代人常说"五四"以来《诗经》研究的一个重要突破就是"恢复了它的文学的本来面目",但事实上《诗经》在当时被结集成书的时候主要不是把它当作"文学"来看,而是当成配合周代礼乐制度的音乐底本,是贵族子弟的教科书,是周人用于讽谏颂美的工具。在周人看来,《诗经》在当时主要承担的是政治讽谏颂美功能、礼乐教化功能,其次才是娱乐的功能和审美的功能。从本质上讲,中国古代人对于《诗经》的理解与我们现代人是有相当大差距的。同样,在魏晋六朝以前,人们通常把《诗经》的作者称之为"诗人",如扬雄论作赋时就说"诗人之赋丽以则,辞人之赋丽以淫"[1];刘勰在《文心雕龙·辨骚》中说屈原"轩翥诗人之后,奋飞辞家之前"[2],这里的"诗人"都是特指《诗经》的作者。而这些《诗经》的作者,在古人的心目中都是具有很高文化修养的文人士大夫,他们写"诗"的目的并不是为了单纯的进行艺术的创造,主要的是用来进行颂美讽谏。这样的诗人,与我们今天所说的"诗人"是有着极大差别的。即便是汉魏六朝以后以写诗出名的人,如我们现在常说的大诗人陶渊明、杜甫、苏轼等人,他们的职业也不是"诗人",而都是做过大大小小政府官员的官僚文人,写诗大都是这些人的副业,他们对于诗的态度和他们的身份与现代的诗人也有着相当大的不同。所以,我们切不可用现代的诗学观、用分析现代诗人的方法去分析古代的诗人,而要牢牢记住古代"诗人"的独特方面。至于像赋这样的古代文体形式,在现代文学中已经没有完全与它对应的

---

[1] (汉)班固:《汉书》卷30,中华书局1962年版,第1756页。
[2] (梁)刘勰著,范文澜注:《文心雕龙注》,人民文学出版社1958年版,第45页。

文体，我们更需要特殊对待。把它强行地纳入散文或者诗歌的方式固然是对文学史阐释中的客体性原则的破坏，无视它的存在同样也是对这一原则的破坏。坚持文学史阐释的客体性原则，就要求我们在文学史研究中能够尊重历史事实，不是把自己的观念强加给历史，而是在尊重历史事实的前提下用当代人的观念分析历史。遗憾的是我们在过去相当长的一段时间内没有认真地思考这一问题，恰恰犯了许多这样的错误。对赋体的不公正评价是其中之一，在其他方面这样的例子也不少。如当代人想当然地把《诗经》里的"风诗"和古人所说的"歌谣"说成是"民歌"，其实民歌本是一个现代人的概念，它有着特殊的历史内涵，与古人所说的"风"和"歌谣"并不能简单的相等。还有的人把古人所说的"文章"看成是现代人所说的"文学"，这两者也有着极大的不同。这导致了我们对中国古代文学研究中的一些概念混乱，也错误地解释了一些古代文学现象。现在我们应该对这种状况给以认真的纠正了。把阐释者的主体性原则与被阐释者的客体性原则有机地结合在一起，历史地、动态地描述中国古代文学内容、形式、文体、功能以及文学观念等各个方面从古代到现代演变的过程，是当前文学史研究的一个重要任务，也是建设具有民族特色文学史理论体系的唯一途径。

第二，改变用西方人文学观念来评价中国古代文学的偏颇。鸦片战争以后，西学东渐之风日盛，中国文学现代化学术体系的建立，受西方文化的影响不小。就是现代意义的"文学"一词，也"是从日本输入,他们的对于英文 Literature 的译名"[①]。但是在把西方文学观念整合的过程中，我们在许多时候过于依赖于西方的文学理论，其中最重要的一点，就是这种研究视野的世界化，

---

① 鲁迅:《鲁迅全集》（第六卷），人民文学出版社1981年版，第93页。

并不是站在当今世界的立场上来真正地把握中国文学的民族特色，而是借用大量的西方文化术语来对中国文学进行各种各样的解释，西方文化中心论在这里起了非常不好的作用。举两个典型的例子。一是以西方的文学史发展规律为标准来论述中国文学史的发展，如以古希腊的"荷马史诗"为参照物来论述中国古代诗歌的发展。一些人为了说明中国文学并不次于西方，于是就把《诗经》中的《生民》等诗篇说成是中国的史诗，并试图从马克思主义的理论中找到说明这些诗篇也是史诗的理论根据。其实，只要我们仔细研究《诗经》以及周代文化就会发现，《生民》这样的诗根本就不是"史诗"，而是当时周王朝用于国家仪式典礼的乐歌，因此，用"史诗"这样的概念根本不能很好地解释《生民》这样的作品，自然也不能揭示中国诗歌早期发展的过程以及其独特的艺术存在方式。遗憾的是多年来我们并没有立足于《生民》这些诗篇产生的民族文化传统来对其进行研究，而是围绕着西方的"史诗"概念来讨论问题，这不是舍本逐末？另一个典型的例子是关于艺术的起源的问题。中国人早在先秦就有自己的艺术起源观，汉魏六朝以来更有相当深刻的论述。可是我们的文学史中偏偏不讲自己的文学起源观，却大讲特讲西方的文学起源观，好像关于文学起源这样的问题只有西方人才思考过，而中国古代留下的文献资料，只不过为西方的文学起源论提供注脚而已。当然，我们这样说并不是要以中国的文学起源观来代替西方的起源观，西方的文学起源观对于我们深入研究中国古代的文学起源问题也照样有重要的参考价值，在一定程度上更有其理论意义。但我们同时需要知道，西方的文学起源观只是近代才逐渐介绍到中国来的，它们对于中国古代文学的发展并没有产生过影响，而正是中国人自己的文学起源观，不仅指导了中国文学的创作，而且以此为基础建构了具有中国特色的文学理论体系。从《礼记·乐记》到《毛诗序》再到钟嵘的《诗品》和刘勰的《文心雕龙》，莫不以中国的艺术起源观为理论的基础。同时，我们还应该认识到，中国人这种对于文学起源的认识，不仅是中国人所写的文学史和文学理论中的重要内容，也应该是世界文学理论中的重要一派，我们有责任让它在世界文学领域中产生影响。可惜的是我们自己却把它忽视了，不但没有对它进行充分的研究，更没有利用它来解释中国古代文学发展的诸多现象。这说明，在一个多世纪中国文学理论体系建构中，我们不知不觉地受西方文化中心论的巨大影响。今天，我们应该好好地思考这一现象了。同一百多年前的中国学人相比，我们对于西方文化的了解已经发生了质的变化，由对于其表面现象的认识已经逐渐深入到了本质。同样，在对于中国文化和西方文化的比较中，我们也逐渐从表面的比较发展为本质的比较。对于中国古代文学的研究而言，我们自然也应该立足于此。正是在通过对于西方文学的本质理论中，回过头来重新思考中国古代文学的艺术本质和文化本质。这意味着我们不要再套用西方的概念术语来进行中国文学研究，同时要对多年来我们在使用这些概念和范畴时所存在的问题进行反思，回归到中国文学的本体，站在世界文化的视野上来仔细地研读中国文学的文本，发现中国文学的民族特色。这样，我们就能逐步地建构起具有中国特色的中国文学史理论体系。

前不见古人，后不见来者[①]
——漫说分科过细给古典文学研究带来的弊端

在目前的高等学校和文学研究机构里，对古典文学进行分段研究和教学，是我们最熟悉的一种方式。有的分成先秦两汉、魏晋南北朝、唐宋、元明清四段，有的分成先秦、两汉魏晋南北朝、隋唐五代、宋元、明清五段，等等。分段研究和教学的最大好处，是推动断代的古典文学研究越来越细，越来越深入，一本本大部头的断代文学史愈出愈多，一册册关于某一作家作品的专题论著也越写越厚，近百年来的古典文学研究，没有比目前更繁荣的局面了，这无疑是令我们欢欣鼓舞的。

但分段过细也给古典文学研究带来一些重大弊端。其中最主要的，就是使当前的大多数古典文学研究者或者缺少某些连贯的古典文学知识，或者缺乏贯通古今的学术眼光。这里可借用唐代诗人陈子昂的两句诗来概括，那就是"前不见古人，后不见来者"。在面向21世纪的社会文化大转型之际，这一现象如不及时引起注意，必将影响古典文学研究在未来的发展。

我们这里所说的"前不见古人，后不见来者"，首先是指由于过细的分段，使许多研究者把自己的教学和研究长时期地集中

[①] 该文原发于《文学前沿》第1辑，首都师范大学出版社1999年版。

到某一小的文学史断代上,因而对前后代的文学史现象和研究现状不闻不问,甚至连一些基本的了解也没有。例如研究明清的学者有的不了解宋元,更不了解隋唐五代和汉魏六朝,当然不用说先秦了;研究其他朝代文学的人也是如此。当然,面对浩如烟海的古典文学作品,我们不能要求学者们对每一时代的文学都要精通,这在实际上是不可能的。但是,关于其他时代的基本研究动态,我们总应该知道一些,起码要知道与自己的研究内容相关的一些前后代文学研究状况,要有一些探本溯源的工夫。可是,由于人为的朝代分割,有些学者对于前后代的研究状况却缺乏必要的了解,许多本来在前代文学中早已出现的现象,早已有人研究过的问题,他还认为是在自己所研究的断代文学中发现的新现象,解决的新问题。还有些学者由于过于钟爱自己的研究对象,总认为自己研究的这一时期的某一文学现象最为重要,在文学史上有开创意义,于是就在有意无意间忽视了它与前后代文学与文化的传承关系。举例来讲,在近年来古典文学研究中,关于市民文化与市民意识的问题,是一个很时髦的话题。可是,中国市民文化与市民意识究竟源自何时?研究明代文学的学者们常说,自晚明资本主义经济萌芽之后才有了中国人的市民意识。可是研究宋代说唱文学的学者则认为宋代已经是市民文化与市民意识抬头的时期。再往上追溯,研究汉代文学的学者们则从《史记》、《汉书》中勾勒出许多属于中国市民经济和文化相关的东西。当然,明代的市民文化与汉代已经有了很大的不同,这二者不可等量齐观。但是,研究中国古代的市民文化与市民意识,如果不从在中国封建社会中出现了城市商业经济和市民文化萌芽的汉代说起,不充分注意宋元时期的市民文化状况,仅从明代社会说起,无论如何也是不全面的。但是反过来说,如果研究汉代文学的人过于强调汉代的市民文化与市民意识的重要性，而看不到它与宋明时代的重大区别，同样是一种不符合历史实际的说法。

另一个比较明显的例子是关于魏晋以来的"文学自觉"，这一说法自从鲁迅提出之后，就被许多人接受。新时期以来，李泽厚张扬其说，这一说法更有影响。可是，接受这一说法的大多是研究魏晋以后文学的学者，而研究先秦两汉文学的学者却大都不这样认为。之所以如此，是因为所谓魏晋以后中国文学才走向"自觉"这一说法，是以否定先秦两汉早已存在的大量的自觉的文学创作实践为代价换来的，而这是不符合事实的。试问，如果魏晋以后的中国文学才算走向"自觉"，那么，在这之前的中国文学，包括《诗经》、楚辞和汉代的辞赋、乐府诗、文人诗，它们所达到的那么高的艺术成就，难道都是在一种"不自觉"、都是在不知文学为何物的状态中创作出来的吗？显然不是。对此，龚克昌早在1988年发表的关于汉赋的论文就做出了很好的回答。笔者认为这篇文章讲的非常有道理。但可惜的是，由于分段过细，研究魏晋以后文学的人，对于这篇在龚克昌看来"不仅关系到对整个汉赋的评价,而且牵涉到对中国文学史的重新编写问题"[①]的重要文章却并没有引起重视，在一些新编的文学史中甚至根本就没有采纳或提及。不过，这一问题反过来也要引起研究先秦两汉的学者们的思考，因为就本人所看到的一些有关此类的论述文章，研究先秦两汉的学者与研究魏晋以后文学的学者,在对什么是"文学的自觉"这一概念的理解上可能存在着一些不同，研究魏晋以后文学的学者固然对于先秦两汉那些带有"自觉性"的创作实践认识不足，研究先秦两汉文学的学者们对于魏晋六朝以后更为"自

---

① 龚克昌:《汉赋研究》，山东文艺出版社1990年版，第350页。

觉"的创作现象也应该多一些了解，他们之间在这个问题上需要的是互相沟通而不是互相排斥。诸如此类的"前不见古人，后不见来者"的现象，不但大大影响了对于整个中国古代文学发展史的认识，影响了对于文学发展规律的科学探讨，而且也大大影响了学术研究的质量。

如果说，我们上面所谈的"前不见古人，后不见来者"主要指研究者在古代文学各朝代研究的范围内缺乏学术贯通，那么，由于古代文学研究与现代社会的割裂所造成的"前不见古人，后不见来者"，则主要指当前的一些古代文学研究者画地为牢，沉缅于古代，既看不见自己所研究的对象存在的历史局限，也看不清自己的学术研究在当代社会的作用和意义。

本来，中国文学是一个连续不断的发展过程，结合现实的文化现象来研究古代文学的历史，应该是我们的重要目的。可是，由于在当前的教学和科研中，古代文学与现代文学分成了两个学科，各自占领一块阵地而互不往来，结果在古代文学研究中，渐渐地养成了一种脱离现实、为学问而学问的学术倾向。久而久之，一些研究古典文学的学者们就这样禁锢了自己，把自己关进了一小块狭隘的领地而不能解脱，心目中只有古人而没有今人，结果离现实越来越远，不要说自己研究的学问越来越少有人问津，渐渐地连同他本人都要被这个社会遗忘了。

当然，我们不是极端的现实功利主义者，也不企望古典文学研究在现实中创造出多少物质财富，产生哪些直接的经济效益。国家和人民也并没有要求我们所做的研究必须产生物质实用价值和商品价值，这道理不言自明。但是，如果我们研究古典文学不是为了弘扬优秀的民族文化遗产，不是为了直接或间接地为当代社会提供丰富的历史文化营养，不是为了面向未来，那这种学问又有什么用呢？换句话说，如果我们所研究的东西对当代人没有任何用处，只是研究者自己的孤芳自赏，那么它的价值何在呢？随着时代的变迁，古典文学距离现实正在越来越远，当代人对于古典文学的熟悉程度比之几十年之前不知要陌生了多少。而作为古典文学研究者，他的研究成果对现实社会的直接影响也越来越小了。用比较时髦的话说，古典文学现在已经远离了现代文化中心，关于它的研究也正在远离当代学术研究的话语中心。作为一个古典文学研究者，如果我们不能意识到这一点，不能把自己的古代文学研究和现实相沟通，那么这种学问终究要失去它的存在价值，总有一天要成为僵死的东西。

我们感叹在当前的古典文学研究中存在着"前不见古人，后不见来者"的弊端，既是要探讨古典文学研究在当代社会的价值实现问题，也是在寻找它的成功之路。一时代有一时代之学术，纵观历史，无论是在汉学、宋学、清代朴学中，所有的大学者，无一不是站在该时代学术文化发展前沿的人，无一不是从现实出发来阐释古典学术，从而才开创了一个新学派或一代新学风的。一个在学术研究中"前不见古人，后不见来者"的学者，是不会有什么成就的。司马迁写《史记》时有"欲以究天人之际，通古今之变，成一家之言"的伟大抱负，王夫之研究学问有"六经责我开生面，七尺从天乞活埋"的烈士之心。古人如此，今人亦然。看一看20世纪以来那些取得了辉煌成就的学术大师，哪一个不是既精通前代历史，又有现代眼光的人。他们所做的学问，哪一个不是既继承了前代丰富的历史文化遗产，同时又以自己的时代智慧开启着无数后学。王国维之所以写《宋元戏曲史》、鲁迅之所以写《中国小说史略》，都不是为了发思古之幽情，而是站在时代前沿，敏感地捕捉到了时代学术动向之后才开创的新领地。

胡适的《白话文学史》更是五四文学革命的直接产物。闻一多的《神话与诗》、任二北的《唐声诗》、钱钟书的《管锥编》等学术著作，或者是运用了当代西方的新理论、或者是采用了新时代下形成的价值评判体系，或者是立足于与西方文化的比较。总之，这些在当代中国古代文学研究中成就卓著的学者，哪一个也不是单纯的古典看守者，而是新文化的领路人或新学问的开创者。

现代社会的学术研究要求一个成功的学者一定要有深厚的历史和文献功底，同时要有广博的贯通古今的学识。表面看来，这种对于研究者自身素质的高要求主要靠个人的努力才能达到。但不可否认的是，如今学科的过细分类，是造成研究者自身素质下降，以至于在学术研究中"前不见古人，后不见来者"的重要原因之一。如今在高校和研究机构里，文学和历史、哲学研究早就分开了，搞文学研究的人不通历史和哲学已是司空见惯。在文学研究内部，不但中国文学和外国文学早就是两家，就是中国文学自身，现当代文学和古代文学分开了，文学作品研究和文学理论研究分开了，甚至古代文学批评与古代文学作品研究也分开了，古代文学又分成若干断代，这种人为的条块分割的初衷，也许是因为学科的分化使然，是因为研究的问题太多而不得不有所侧重，是为了把某一方面的问题搞深搞透，是为了造就一大批真正的"专家"，客观上也取得了一些成绩。但是，这种过细的学科分工，久而久之却成为一种学术发展的牢笼，把许多人禁锢于其中，一生也没有离开那方寸之地，正所谓"邻国相望，鸡犬之声相闻"，在学问上却"老死不相往来"，这是很可怕的事。更可怕的是由于长时期的禁锢，许多人已经把它视为正常。他们心甘情愿地呆在这一牢笼里，把这方寸之地视为自己的安身立命之本，不敢离开半步。这里也有一些比较开放的人，他们已经意识到了这种画地为牢的弊病，羡慕那些博通古今、勇于开创进取的大家，认识到了自己在学术创造和贡献上与那些大家的巨大差距，可是却没有王国维、鲁迅、闻一多、钱钟书等大家的学术风范，没有冲破牢笼的学术勇气。

当代学术的发展特点一方面是学科分类越来越细，一方面是各学科之间的相互贯通越来越强。如果说，20世纪的学术研究总的趋向是以学科的高度分化为主导，那么21世纪的学术研究则将会越来越强调学科间的高度融合。我们目前正处于世纪之交的伟大时代，现代化的大潮正在把中国和世界更紧密地联系在一起，文化上的古今贯通与中西融合正在成为一个新的历史发展趋势。在这种新的时代潮流下，如果我们只局限于自己狭小的学科领地，不尽快地打通各种自造的牢笼，不要说难以在弘扬优秀的中国文化传统、建设新文化方面做出较大的贡献，恐怕将很快被时代抛弃。愿我们的古典文学研究尽快走出"前不见古人，后不见来者"的被动局面，以一个崭新的面貌迎接新世纪的到来。

新世纪的中国文学研究如何体现中国文化传统[①]

——从《中国历史文学史》说开去

一

中华民族有自己的文化传统,在体现世界各民族文化发展的共性中,又有自己鲜明的个性。受此影响,中国古代的哲学、历史学、文学等人文科学各领域,也各自表现出中华民族的文化特色。

但是在中国古代文学研究体系现代化的过程中,却表现出越来越明显的西方化的色彩。自"五四"以来,我们的文学理论体系逐渐西方化了,现当代文学批评体系西方化了,古代文学批评体系也在不自觉中西方化了。在古代文学研究著作中的表述语言,表面看起来还有一定的传统色彩,但是基本的理论术语却是西方的。这些西方的理论有助于我们在世界范围内认识中国文学,但是从根本上却不可能很好地解释中国古代文学现象,反而使人们对于中国古代文学规律的认识越来越模糊,越来越偏离历史的事实和民族的传统,失去了民族的特色。举例来讲,在一段时期内,

---

[①] 该文原发于《江汉论坛》2002 年第 11 期。

我们曾经习惯于用"现实主义"和"浪漫主义"来解释中国古代文学，来给中国古代文学家戴帽子，贴标签。说某一作家是"现实主义"的，某一作家是"反现实主义"的，某一作家是"积极浪漫主义"的，某一作家是"消极浪漫主义"的。把这些西方资本主义时期才兴起的概念用来阐释中国古代文学现象，在今天看来起码有三分荒唐，在当时却被人们十分真诚的相信着。时至今日，这种影响也没有完全消除。这也许是一个极端的例子。但至今还有一些类似的问题没有被人们认识到。比如，关于艺术起源的问题，看一下我们的文学史，充斥在其中的是普列汉诺夫的"劳动说"、亚里士多德的"模仿说"、席勒的"游戏说"、泰勒等人的"巫术说"、苏珊·朗格等人的"符号说"等等，可是却很少有人去论述中国古代的"言志"说、"抒情说"、"心灵感动说"等等。当然，我们并不是一概地反对用西方的理论来研究艺术起源的问题，但我们应该有所警惕的是，对于艺术起源这样一个带有一定先验性的学术命题，并不是西方人才认识过、讨论过，也不是只有西方人的讨论才有学术价值和科学性，我们中华民族在很早的古代也曾经讨论过，研究过，并且有西方理论所不具备的理论长处。更重要的一点是：一个民族对于文学本质和文学起源问题的早期认识，不管它的科学性如何，它却往往鲜明地反映了这个民族对于文学艺术的理解，体现了这个民族的文学气质，在客观上成为在该民族文学发展中具有指导意义的理论，中国古代的"言志说"就是最为典型的例子。但遗憾的是，很长一段时间内我们在自己的文学史中并没有认真地研究"言志"说，自然也没有用这种理论来认真地观照中国古代文学发展的历史。长此以往，中国古代文学研究中的民族性势必被埋没，而没有民族性的文学又怎么能够参与当代的世界文学建设呢？

新世纪的中国古代文学研究如何坚持中国文化传统？这应该是摆在我们面前的一个重要任务。要改变现在的古代文学研究模式，不仅需要我们在理论方面进行充分的探讨，更重要的还是结合中国文学的特色而进行认真的研究和实践。最近，有幸拜读了杨树增教授的《中国历史文学史》[①]，给了笔者极大的启发，本文想以此为题谈一点自己的看法。

二

在中华民族的文化传统中，历史与文学始终有着不解之缘。无论哪种形式的文学，总是一定历史条件下的产物。说起具有悠久历史的中国文学，我们也总是习惯于按朝代或时代来对其进行划分，如先秦文学、两汉文学、唐宋文学、近代文学等。中国人早就认识到了文学的发展和时代变化之间的关系，刘勰在《文心雕龙·时序篇》中说得好："时运交移，质文代变"，自"昔在陶唐"到"皇齐驭宝"，"蔚映十代，辞采九变"，[②]于是，"凡一代有一代之文学"的说法，就不仅仅是人们描述中国文学发展史的常用话语，同时也成为对其进行研究的重要思想指导。

但是要说起中国文学与历史的关系，还远远不是如此简单。文学的产生与发展不但受制于历史的变化，其内容和形式有时竟也与史学不分，亦文亦史，亦史亦文。在中国的上古时期亦即先秦时期，以《春秋》、《左传》等为代表的中国早期的历史著作，

[①] 《中国历史文学史》是杨树增教授承担的国家社会科学基金"九五"规划项目，2001年完成结项，远方出版社2004年出版。

[②] （梁）刘勰著，范文澜注：《文心雕龙注》，人民文学出版社1958年版，第671、675页。

同时也被我们称之为"历史散文"或曰"史传文学";反过来,像《诗经》这样的文学作品,也被历史研究者视为最珍贵最可靠的上古历史文献,其中有些作品就直接被后世称之为"史诗",正所谓"六经皆史"、"六经皆文"。到了汉代以后,虽然随着学术的分化而使中国的正统史学与文学的关系越来越远,但是用文学来演绎历史或者把历史作为文学题材的现象并没有消失。从远在先秦的《穆天子传》、《晏子春秋》开始而形成的杂史杂传传统,到汉代以后蔚为大观,出现了袁康、吴平的《越绝书》、赵晔的《吴越春秋》、佚名的《汉武帝故事》、刘向的《列女传》等一系列著作。由此而往,魏晋南北朝有轶事类小说;隋唐以后有历史人物传奇;宋代有讲史话本;元代有历史戏剧;明代有历史演义小说;清代有历史题材的说唱;现当代有历史回忆录、历史题材的电影和电视剧等。它们的内容是"历史"的,形式是"文学"的,"文"与"史"在它们身上如水乳交融一般,永远也不可能分开,这无疑是一种重要的中国文化现象。

  遗憾的是,多年来我们虽然在断代文学史和分体文学史的研究中不断地涉及这种现象,其中一些作品,也是传统文学研究的重要对象,可是我们并没有把它们当成一种特殊的中国文化现象来认识,自然也没有人来揭示它的艺术特质,对它的发生发展过程进行详细的考察。这对于全面地认识中国文学传统来讲,不能不说是一个缺陷。杨树增教授以其敏锐的学术眼光,看到了这一文学现象的重要性,并率先对它展开了系统的研究。他把这一类型的文学统称之为"历史文学",第一次对它的特质进行了具有科学意义的界定,对其发生发展的历史进行了粗线条的描述,并写出了第一部《中国历史文学史》(先秦两汉卷),这无疑是一项具有开创性意义的工作。

"中国历史文学"是中国历史与文学的完美结合，它既是以文学的笔法书写的历史，又是以历史事件、历史人物为题材的文学作品。它在先秦时期就达到了相当的高度，这正体现了中华民族的文化特征：由于自夏商周三代以来中国就逐步进入了"理性社会"，原本十分丰富的中国神话传说被过早地湮灭；而史官文化的发达则使中国人很早就形成了重史的传统。这使先秦时期的中国没有产生像古希腊那样长篇的史诗，可是却产生了希腊人无法企及的历史著作。如果说，正因为古希腊的神话与史诗的出现才会给西方文学提供了"丰富的土壤和武库"，从而奠定了西方文学的文化传统；那么在中国，也正因为史官文化的发达，才使得先秦的历史文学成为中国后世小说、戏曲等的重要文化源头，甚至使其成为中国后世诗词曲唱等文学样式的"丰富的土壤和武库"。笔者以为，杨树增教授以此为切入点来研究中国文学，其意义是相当重要的。他不仅为中国历史文学的本质给予定性，写出了第一部具有开创意义的中国历史文学史，而且还从一个新的角度揭示了中国文学独特的发生过程、发展规律，有利于从世界文化的范围内来更好地认识中国文学的内容形式以及其鲜明的民族特色，确立中国文学在世界文学中的独特地位。

　　我们知道，中国文学史作为一门新的学科，是在西方文学史观的影响下发展起来的，因而对中国文学史规律的认识，在不知不觉中也受到了西方文化中心论的影响，这使得我们在相当长的一段时间内，习惯于按西方文学史的发展之路来评价和衡量中国文学史的发展。例如关于史诗，曾经有许多学者以古希腊的长篇史诗为标准，认定中国古代没有史诗，这甚至被看成是中国古代文学不发达的标志。这种论断自然是错误的，因而也引起了一些学者的强烈反对，他们认为，《诗经》中的《生民》、《公刘》、《玄鸟》、

《长发》等诗,就是中国古代的史诗,它们虽然没有古希腊史诗的长度,但是却具备史诗的全部要素。这种解释自然是有道理的。但不容讳言,《生民》《公刘》等史诗在规模的宏伟和内容的丰富上远不能与荷马史诗相比,若以此来进行比较,仍然不能说中国的古代史诗与同时期的古希腊的史诗一样伟大。但我们并不能以此作为评价中国古代文学是否发达的标准,这是不公平的。因为在这种比较中,人们还是在不自觉中受制于西方文学的评判体系,仍然没有脱离西方文学中心论的偏见。而杨树增教授的研究则完全立足于中国文化传统的实际,他以充分的事实说明,中国文学是在一种完全不同于西方文化传统的环境中成长起来的,有着独特的发生发展之路。这正如同杨树增教授所说:我国古代神话史诗的不发达,"这与其说是我们民族文化的'短处',不如将它视为我们民族文化的一个特点。中国文学有自己独特的发展道路,中国不曾发展出繁荣的神话文学,在荷马史诗的时期也没有产生出具有大型规模的叙事诗,但中国在当时却找到了一种新的表现形式,它那种全面、详尽地反映历史大变革的能力,甚至超过了荷马史诗。"因此,我们不必为中国没有产生古希腊那样的长篇史诗而自卑,而应该为中国有如此悠久的历史文学传统而骄傲。这对于站在世界范围内全面而又正确地认识中国的历史文学特色,其启示意义是极大的。

三

杨树增教授的《中国历史文学史》给笔者的启发,不仅仅是关于历史文学方面的,而且还有关于中国文学其他方面的内容。

"历史文学"这一概念的提出之所以有意义,就因为它符合我们的民族文学传统,是在民族文学传统实际中概括出来的。他从民族文化的大背景方面着眼,从中国文化特征的早期探源开始,从文学与史学以及其他意识形态的网状联系中理出头绪,从纷繁复杂的中国文化现象中去把握其发展脉络。杨树增教授指出:"中国历史文学发展的内在脉络是中国历史文学特质的形成及其演化,只有把握了这一点,才能清理出一条清晰的中国历史文学自身发展的轨迹,这条轨迹要合乎中国历史文学内在的发展逻辑。当我们将中国历史文学特质的形成、演化置于中国社会历史进程中去加以观照时,便会发现:中国历史文学特质的形成不仅与社会的发展相联系,也与中国文学形体的演进相联系。"有了这样的理论指导和史的框架,杨树增教授自然就把过去文学研究中难以涉及、或者虽有涉及却因为难以纳入传统的文学系统因而不可能进行深入研究的一些著作,如《山海经》、《穆天子传》、《晏子春秋》、《燕丹子》等纳入了一个完整的中国历史文学的范畴,并给它们设定了一个准确的文学史位置,同时得出了一些前人所未发的结论。由此推而广之,我们不仅可以揭示具有中国文化特色的"历史文学"的发展规律,也可以揭示诗歌、小说、戏曲、散文等中国其他文学样式的独特性及其发展规律。回想近一个世纪的中国文学研究之所以在一定程度上丧失了民族性,一个重要的原因就是我们没有从中国文学的实践中来研究它,而是用一套从西方引进来的文学概念来规范中国古代文学。本来,在中国古代,"文学"是一个比较宽泛的概念,它不仅仅包含现代学科意义上的狭义的文学,如诗歌、戏曲、小说等,还包含策论、章表、书记等其他在今天看来属于非文学的文体形式。中国古代的文学概念,用章太炎的话说,那就是:"文学者,以有文字著于竹帛,故谓之文。论其法式,谓之文学。"① 这一说法,"五四"以来受到了严厉的批评,因为它缺乏现代的科学性,也和西方的文学观念不符。从积极的方面讲,"五四"以来的新文学观把过去不登大雅之堂的戏曲、小说正式纳入了文学的殿堂,使诗歌、散文、戏曲、小说成为并立而行的四种文学主要形式,从而把在今天看来不属于文学内容的东西如章表、书记甚至文字、训诂等东西排除在文学之外。但是从消极的方面讲,由于新的文学观念不是在对中国古代文学发展事实的充分尊重的基础上总结出来的,而是在用西方的理论和当代人对于文学的理解的基础上推衍出来后硬套在中国古代文学身上的。这样在概括中国古代文学时便不免有削足适履之感,用这种文学的概念来概括中国古代文学,并不符合中国古代文学发展的实际,因而也不能完整地描述解释中国古代文学现象,也不能很好地总结中国古代文学的发展规律。这起码表现在两个方面。第一,用今天的文学观念来论述中国古代文学,必然要砍掉其中一大部分在今天看来不属于文学范畴的内容,举例来讲,在中国古代的文学观念中,"文"是一个相当广泛的概念,它既包括今天所说的文学散文,还包括其他的政论应用等多种文章文体。可是在我们今天的文学史中,"散文"所占的比重是相当小的。而缺少了对散文这一古代文学重要内容的全面叙述,一部中国古代文学史还完整吗?第二,正因为我们用今天的西方的文学观念来规范古代的文学,所以也严重地影响了我们对于中国古代文学内容及其发展规律的认识。一个明显的例子是,在当前的文学史中,我们都把诗作为最典型的文学样式来研究。可是我们都知道,早

---

① 章太炎:《文学总略》,陈平原导读:《国故论衡》,上海古籍出版社2003年版,第49页。

自《诗经》时代开始,我们对诗就有着独特的理解。在古人看来,诗不仅承担着抒情娱乐的功能,而且还承担着教化的功能。在中国古人那里,作诗从来就不是一种纯粹的艺术活动,而是一种有着复杂意义的文化活动;要做一个好的诗人,首要的条件并不是看他掌握了多少艺术写作方面的技巧,而是修身到了何种境界,是否具有"原道"、"征圣"、"宗经"的本领。古人之所以把"诗三百"称之为"经",就因为看到了它里面所包含的多种文化功能。"五四"以来,人们不再把"诗三百"当做"经"来看待,而只是当做一部普通的"文学作品"来研究,并美其名曰"恢复了《诗经》的本来面目"。现在我们应该仔细地想一想,这到底是"恢复"还是"破坏"了《诗经》的本来面目了。笔者以为,如果我们不从中国文化的独特视角去认识《诗经》,我们就不会正确地解读它,就不会理解中国诗学传统中最重要的两个概念"风雅"和"比兴",也不会对中国诗歌的文化精神及其历史发展做出合理的解释。由此而言,充分地重视中国文学中的文化传统,是我们实事求是地研究中国文学的重要前提。只有如此,我们才不会用现代人的概念来规范古人,把古人现代化,才真正体现了新世纪的科学精神。正是从这一意义上,笔者为杨树增教授的《中国历史文学史》的完成所感动,笔者以为,它的出现,不仅是近年来中国古典文学研究领域里可喜的新收获,而且为新世纪的中国古代文学研究如何体现民族文化传统,提供了一个很好的范例。

论古代文学研究体系现代化过程中的民族化[1]

我们有幸生于世纪之交乃至千年之交，这真是一个难得的机遇。在这历史的转折时期，我们应该怎样看待20世纪中国古代文学研究走过的道路，又应该怎样规划我们在新世纪和新千年的未来呢？

20世纪的中国古代文学研究曾发生了天翻地覆般的变化，其起点则从19世纪中叶开始。在此之前的中国古代文学研究，基本上还是一个封建式的依附于经学的模糊的研究体系，历经鸦片战争、五四运动、新中国成立和改革开放等重大历史时期，古代文学研究也在一步步地向前推进，承担了历史赋予它的使命，发挥了它应有的作用，同时也建立了一个现代化的研究体系。这个研究体系有两大特色：其一是对于文学概念的重新定位，其二是纳入了西方的理论系统。正是在这两者的左右下，一种新的研究模式正在形成。

但是在古代文学研究体系现代化的过程中，也存在着一个十分值得注意的现象，那就是民族性的逐渐丧失，值得我们在21世纪的研究中改进。

阐释体系的西方化是使中国古代文学失去民族性的一个重要

---

[1] 该文原发于《文艺报·文学周刊》2002年1月29日。

原因。不可否认，世界各民族文化有共同的发展规律，这是我们在文学研究中可以借鉴西方理论的基础。但同时我们也要承认，中华民族有自己的文化传统，在文学创作和研究中有自己的一套体系。可是自"五四"以来，我们的文学理论体系逐渐西方化了，现当代文学批评体系西方化了，古代文学批评体系也在不自觉中西方化了。在古代文学研究著作中的表述语言，表面看起来还有一定的传统色彩，但是基本的理论术语却是西方的。这些西方的理论有助于我们在世界范围内认识中国文学，但是从根本上却不可能很好地解释中国古代文学现象，反而使人们对于中国古代文学规律的认识越来越模糊，越来越偏离历史的事实和民族的传统，失去了民族的特色。举例来讲，在一段时期内，我们曾经习惯于用"现实主义"和"浪漫主义"来解释中国古代文学，来给中国古代文学家戴帽子，贴标签。说某一作家是"现实主义"的，某一作家是"反现实主义"的，某一作家是"积极浪漫主义"的，某一作家是"消极浪漫主义"的。把这些西方资本主义时期才兴起的概念用来阐释中国古代文学现象，在今天看来起码有三分荒唐，在当时却被人们十分真诚的相信着。这也许是一个极端的例子。但至今还有一些类似的问题没有被人们认识到。比如，关于艺术起源的问题，看一下我们的文学史，充斥在其中的是马克思主义的"劳动说"、亚里士多德的"模仿说"、席勒的"游戏说"、泰勒等人的"巫术说"、苏珊·朗格等人的"符号说"等，可是却很少有人去论述中国古代的"言志"说、"抒情说"、"心灵感动说"等。当然，我们并不是一概地反对用西方的理论来研究艺术起源的问题，但我们应该有所警惕的是，对于艺术起源这样一个带有一定先验性的学术命题，并不是西方人才认识过、讨论过，也不是只有西方人的讨论才有学术价值和科学性，我们中华民族在很早的古代也曾经讨论过，研究过，并且有西方理论所不具备的理论长处。更重要的一点是：一个民族对于文学本质和文学起源问题的早期认识，不管它的科学性如何，它却往往比较好地反映了这个民族对于文学艺术的理解，体现了这个民族的文学气质，在客观上成为在该民族文学发展中具有指导意义的理论，亚里士多德的"模仿说"与中国古代的"言志说"就是最为典型的例子。但遗憾的是，很长一段时间内我们在自己的文学史中并没有认真地研究"言志"说，更没有认真地研究"言志"说对中国文学的影响，自然也没有用这种理论来认真地观照中国古代文学发展的历史。长此以往，中国古代文学研究中的民族性势必被埋没，而没有民族性的文学又怎么能够参与当代的世界文学建设呢？

用现代的文学概念来规范中国古代文学，是丧失中国古代文学民族性的另一重要原因。我们知道，在中国古代，"文学"是一个比较宽泛的概念，它不仅仅包含现代学科意义上的狭义的文学，如诗歌、戏曲、小说等，还包含策论、章表、书记等其它在今天看来属于非文学的文体形式。中国古代的文学概念，用章太炎的话说，那就是："文学者，以有文字著于竹帛，故谓之文。论其法式，谓之文学。"[①] 这一说法，"五四"以来受到了严厉的批评，因为它缺乏现代的科学性。它把在今天看来不属于文学内容的东西如章表、书记甚至文字、训诂等纳入了文学，而本来属于文学中大讲特讲的内容如戏曲小说等却受人轻视。因此，当我们在评价"五四"以来的古典文学研究的时候，文学观念的科学化和戏曲小说被纳入文学研究的领域是其中重要的成绩之一。经过近一个世纪的探索，笔者觉得应当对此问题进行一定的反思。不错，"五四"以来

---

① 章太炎著，陈平原导读：《文学总略》，《国故论衡》，上海古籍出版社2003年版，第49页。

我们的文学观念的确是现代化了科学化了，但是这种现代化和科学化的观念却不是在对中国古代文学发展事实的充分尊重的基础上总结出来的，而是在用西方的理论和当代人对于文学的理解的基础上推衍出来后硬套在中国古代文学身上的。依照这种现代的科学的理论虽然也可以对中国古代文学的发展及其规律进行"阐述"、"概括"和"总结"，但是这种做法却不符合中国古代文学发展的实际，因而既不能完整地描述解释中国古代文学现象，也不能很好地总结中国古代文学的发展规律。这起码表现在两个方面。第一，用今天的文学观念来论述中国古代文学，必然要砍掉其中一大部分在今天看来不属于文学范畴的内容，举例来讲，在中国古代的文学观念中，"文"是一个相当广泛的概念，它既包括今天所说的文学散文，还包括其他的政论应用等多种文章文体。可是在我们今天的文学史中，"散文"所占的比重是相当小的。而缺少了对散文这一古代文学重要内容的全面叙述，一部中国古代文学史还完整吗？第二，正因为我们用今天的文学观念来规范古代的文学，所以也严重地影响了我们对于中国古代文学内容及其发展规律的认识。一个最明显的例子是，我们都知道在中国古代本没有现代意义上的文学观念，那时的文学本是泛文学，可是以现在比较流行的一个术语却是"文学的自觉"，并有许多人撰文论述所谓魏晋文学的自觉已经达到了如何的高度。在一些人的著作里，把魏晋人的文学观描述得比章太炎还要进步得多，比当代人对于文学的艺术本质的认识还清楚，并以此为理论指导来论述魏晋时期的文学现象，并以此为标志来对中国古代的文学发展进行历史分期，而全不顾中国古代文学发展的实际。这又如何能对中国古代文学的发展规律进行正确的总结呢？笔者以为，用现代的科学精神来研究中国古代文学，并不等于用现代人的概念来规范古人，把古人现代化，而是实事求是地对古代文学客观分析，庶几才能得出科学的结论，也才能正确地把握中国文学的民族传统。

和 20 世纪相比，21 世纪的现代化进程会更快。但是现代化并不等于抛弃了民族化，而应该更好地吸收民族文化的营养。从这一角度讲，笔者觉得有必要反思我们在 20 世纪中国古代文学的研究中抛弃民族化的失误，思考民族化与现代化结合的问题，把中国古代文学的研究推向一个新的历史阶段。

20世纪出土文献与中国文学研究[①]

  1925年,王国维受清华学生会邀请作公开讲演时说:"古来新学问起,大都由于新发见。有孔子壁中书出,而后有汉以来古文家之学;有赵宋古器出,而后有宋以来古器物、古文字之学。……然则中国纸上之学问赖于地下之学问者,固不自今日始矣。自汉以来,中国学问上之最大发见有三:一为孔子壁中书;二为汲冢书;三则今之殷虚甲骨文字,敦煌塞上及西域各处之汉晋木简,敦煌千佛洞之六朝及唐人写本书卷,内阁大库之元明以来书籍档册。此四者之一已足当孔壁、汲冢所出,而各地零星发见之金石书籍,于学术之有大关系者,尚不与焉。故今日之时代可谓之'发见时代',自来未有能比者也。"[②]一代大师王国维在本世纪前期就敏锐地觉察到出土文献对中国学问的影响,并在此领域作出了重大贡献。一个世纪以来,我国在文物考古中出土了一批又一批的古文献,在中国文学研究领域产生了至为深远的影响。当代一些卓有成就的学者实际上都在利用着出土文献。正因为如此,在世纪之

[①] 该文系1999年由北京广播学院语文部、首都师范大学中文系、河南大学文学院、《文艺研究》编辑部四家单位共同主办的"出土文献与中国文学研究学术研讨会"论文,后发表于首都师范大学中文系主办的《文学前沿》第2辑,首都师范大学出版社2000年版,同时收入姚小鸥主编的《出土文献与中国文学研究学术研讨会论文集》,北京广播学院出版社2000年版。

[②] 王国维著,姚淦铭、王燕编:《最近二三十年中中国新发见之学问》,《王国维文集》(第四卷),中国文史出版社1997年版,第33页。

交的今天，让我们简略回顾一个世纪以来出土文献对中国文学研究的影响，自然是一件十分有益的工作。本文主要谈三个问题：一、出土文献本身即为文学作品，如何改变了我们以往对于文学史的认识；二、大批与文学相关的出土文献，如何从历史、文化、艺术、民俗等各方面深化并扩展着我们的文学研究；三、20世纪的出土文献，如何影响着我们的思维方式与研究方法。

一

说起一个世纪以来出土文献对中国文学研究的影响，最直接的当然是一批早已佚失的文学作品的重新发现了。它不仅使我们对中国文学的创作情况和中国文学的发展历史有了更多的了解，甚至改变了我们对以往的文学史的认识。在这方面，敦煌文学的发现，早已是我们耳熟能详的事实。敦煌莫高窟藏经洞中写经、文书和文物共4万余件，敦煌文学尽管只是其中的一部分，但是它已经让那些慧眼识珠的学者们惊叹不已了。因为那里面不但包括了歌辞、诗歌、变文、话本小说、俗赋、词、文和其他文体的大量作品，更可贵的是这些作品大都是早已失传、多少代已经无人知晓的文学珍品。例如，《云谣集》本是晚唐时编选的一种规模较大的歌辞集，早于《花间集》和《尊前集》，是当时社会流传的比较完备的歌辞选本。它的发现，就是我国词史上的一件大事，为研究词的起源、词的形式和词的创作等问题提供了许多宝贵的材料。所以，早在1917年，当朱孝臧得到董康欧游时所录《云谣集》伦敦本之录文和吴伯宛本石印本之董康录本后，就把它印入《彊村丛书》，并对之大加推崇，说它"其为词朴拙可喜，洵倚声中椎轮大辂,且为中土千余年来未睹之秘籍。"①

不过,国内学者最早关注它的,可能还是王国维。1909年,罗振玉等人将所得部分敦煌书卷编为《敦煌石室遗书》,法国人伯希和回国后,同年又从法国寄给罗振玉一些敦煌写卷照片,其中就有《云谣集杂曲子》,但罗氏没有注意。王国维则敏锐地看到了它的巨大文献价值,在1913年所写的《唐写本〈春秋后语〉背记跋》中就说:"上虞罗氏藏唐写本《春秋后语》有背记……末有词三阕:前二阕不著调名,观其句法,知为《望江南》,后一阕则《菩萨蛮》也。……据此则《望江南》、《菩萨蛮》二词,开元教坊固已有之。"②1919年,当他看到了日本学者狩野直喜从欧洲抄录的《云谣集》部分文字之后,又进而指出这些曲子"固开元教坊旧物矣",并与郭茂倩《乐府诗集》、《花间集》等同调名之作做比较,得出"盖诗家务尊其体,而乐家只倚其声"等初步结论。③

正因为《云谣集杂曲子》有如此重大的价值,所以,早在1932年,郑振铎先生在他的《插图本中国文学史》中,就热情洋溢地写道:"在敦煌石室所发现的汉文卷子里,有《云谣集杂曲子》一种……这是真正的民间的词,我们不能不特别加以注意的。"④他又在《云谣集杂曲子》校跋中写道:"唐五代词存于今者,于《花间》、《尊前》及《二主》词、《阳春集》外,寥寥可数。今

---

① 朱孝臧:《〈云谣集杂曲子〉跋》,见《彊村丛书》补编,1924年归安朱氏刻印本,此处转引自陈人之、颜廷亮编:《云谣集研究汇录》,第9页,上海古籍出版社1998版。
② 王国维著,姚淦铭、王燕编:《唐写本〈春秋后记〉背记跋》,《王国维文集》(第四卷),中国文史出版社1997年版,第218页。
③ 王国维著,姚淦铭、王燕编:《唐写本〈云谣集杂曲子〉跋》,《王国维文集》(第四卷),中国文史出版社1997年版,第217页。
④ 郑振铎:《插图本中国文学史》第32章,中国社会科学出版社2009年版,第377—378页。

此本复现人间,可称研究唐五代词者的大幸!抑其中作风尽多沉郁雄奇者,不全是靡靡之音。苏辛派的词,我们想不到在唐五代的时候已经有人在写作了。这个发现,是可以使论词的人打破了不少的传统的迷障的。"① 可见,正是《云谣集杂曲子》的发现,让我们这一代人有幸知道了唐代的这些优秀歌词作品,同时也改变了我们对于文学史的看法。正因为如此,自罗、王、朱等人之后,刘复、龙沐勋、杨铁夫、吴伯宛、董康、郑振铎、冒广生、唐圭璋、王重民、任二北、俞平伯、张次青、蒋礼鸿、饶宗颐、潘重规、沈英名、孙其芳等人,都对它进行研究。② 其中王重民、任二北、唐圭璋、饶宗颐、潘重规、沈英名等人取得的成就更大。③

《云谣集杂曲子》共 30 首作品,只是敦煌文学里曲子词中的一小部分,现在搜集最全的敦煌曲子词,以张璋、黄畬编辑出版的《全唐五代词》为最,共收录作品 494 首。又据刘尊明提供的信息,由中华书局约请曾昭岷等人合作编纂的新编《全唐五代词》,共收录作品 633 首,其中 199 首为"性质较为明确的敦煌曲子词作品",434 首"为存疑待考的敦煌曲子词作品"。④ 这 633 首作品所涉及的研究范围,已经超出了对于这些作品本身的解读。用任二北的话说:"综观五百余辞内,国计民生所系,人情物理所宜,范围已不为不广:儒道释三教皆唱也;文臣、武将、边使、番酋、侠客、医师、工匠、商贾、乐人、伎女、征夫、怨妇……无

---

① 陈人之、颜廷亮编:《云谣集研究汇录》,上海古籍出版社 1998 年版,第 37—38 页。
② 陈人之、颜廷亮编:《云谣集研究汇录·前言》,上海古籍出版社 1998 年版,第 4 页。
③ 关于《云谣集杂曲子》的研究情况,还可以参考刘尊明:《〈云谣集〉整理与研究综述》,《文史知识》1997 年第 8 期;《敦煌曲子词整理研究的百年历程》,《文献》1999 年第 1 期等。
④ 刘尊明:《敦煌曲子词整理研究的百年历程》,《文献》1999 年第 1 期。

不有辞也。除诡喻淫虐一端,视元曲犹逊外,其它皆无多让。此犹见于西陲一隅之所能储者耳,当时天下四方之乐曲,倘合而观之,其所涵盖孕育者为如何,当不难由此度之。"① 唐圭璋则说:"自唐词发现后,足以解决词学上之疑问甚多。如词为诗余之说,词起于中唐之说,慢词创自柳永之说,唐人无双调《望江南》之说,李白不能作《菩萨蛮》之说,杜牧不能作《八六子》之说,皆可以不攻自破。"② 另外,从《云谣集》等作品中,唐圭璋还归结出调与题合、二令慢词兼有、单双叠兼有、字数不定、平仄不拘、韵脚不拘、平仄通叶、用方言、不限闭口韵、入叶去上、上叶入、叙事等要点,并最后指出:"此外敦煌所出唐词,如《望江南》、《菩萨蛮》,可证唐词原有衬字;《鹊踏枝》有两'语'字,两'里'字,可证唐词不避重复;《杨柳枝》用绝句,于每句之后,添入四字或五字,可证唐词有和声;《鹊踏枝》上叠人恨鹊语,下叠鹊答人语,可证唐词有自序,亦有对话,开曲之先例。词曲并源于隋唐音乐,故观此集,不独可辨词学演进之趋势,亦可窥词曲沟通之消息也。"③

其实,我们上引任二北、唐圭璋先生所言,已是几十年前的认识,近年来,随着研究的深入,我们从敦煌曲子词中所得到的东西越来越多。举例来讲,如王昆吾的《隋唐五代燕乐杂言歌辞研究》,在很大程度上就借重于敦煌曲子辞提供的新材料。如

---

① 任二北:《敦煌曲初探》,上海文艺联合出版社1954年版,此处转引自陈人之、颜廷亮编:《云谣集研究汇录》,上海古籍出版社1998年版,第162页。
② 唐圭璋:《〈云谣集杂曲子〉校释》,原载《国立中央大学文史哲季刊》1943年第1卷第1期。此处转引自陈人之、颜廷亮编:《云谣集研究汇录》,上海古籍出版社1998年版,第60—61页。
③ 唐圭璋:《〈云谣集杂曲子〉校释》,原载《国立中央大学文史哲季刊》1943年第1卷第1期。此处转引自陈人之、颜廷亮编:《云谣集研究汇录》,上海古籍出版社1998年版,第84页。

作者在本书第三章《曲子》的结尾中这样写道:"在隋唐五代,曲子是联系其它各种音乐体裁的一个中心环节。……每一种流行的音乐作品,都有两方面特征:第一,它有比较成熟而稳定的曲体,否则它就不能流行;第二,它在流行中必须获得各种演唱手段的补充,否则它就会僵化。因此,曲体基本稳定,声情表现丰富,是曲子的又一个特色。这就决定了曲子辞的依调填辞的特色。……敦煌曲子辞可以看作是这种因声度词的文学的代表。""……而在敦煌写本和《乐府诗集》'近代曲辞'中,《酒泉子》、《回纥》、《献忠心》、《苏莫遮》、《临江仙》、《春光好》等一大批无名氏曲子辞,赖有写本和内容的时代特征而被发现。《教坊记》所载的数百调名、《敦煌歌辞总编》所载的数十首盛唐杂言曲子,揭明了盛唐杂言曲子的盛况。"[①] 至于敦煌诗歌、变文、话本小说、俗赋、词文和其他文体的发现对于中国文学研究的重大影响,并不亚于曲子辞。限于篇幅,我们在这里不再详述。

　　除了敦煌文学之外,近百年来出土的另一批重要的文学文献,当数1973年长沙马王堆帛书了。如果说,敦煌文献主要集中于唐代,对于唐宋文学的研究具有更大的价值,那么,由于马王堆帛书至迟也是汉文帝十二年之前的文献,它对于先秦文学的研究就有着更大的意义。

　　马王堆出土帛书文献,经专家考定共有28种,计12万余字,其中和文学关系密切的有《春秋事语》、《战国纵横家书》、《老子》甲、乙本、《黄帝四经》等。先秦本是文史哲不分的时代,上述作品,在客观上就不仅是思想史研究的著作,同时也是文学史研究的著作。

[①] 王昆吾:《隋唐五代燕乐杂言歌辞研究》,中华书局1996年版,第120—122页。

帛书《春秋事语》和《战国纵横家书》,记事年代分别相当于《左传》和《战国策》,其记事与文笔却与二书略有不同,使我们对于先秦历史散文的写作整体状况有了更为深入的了解。特别是《战国纵横家书》,在写作艺术上与《战国策》相似又别有一番情趣,同样可视为先秦历史散文中的优秀作品。同时,它的发现,还有助于我们更好地认识那一段历史事件,如关于苏秦事迹的新的了解;甚至更正原来历史文献中的一些错误,如《战国策》中的触詟应为触龙。而通过帛书研究,我们可知最初的《老子》也许正应该是《道经》在后,《德经》在前。因为帛书《老子》的编排顺序正是如此,这与《韩非子》一书中《解老》、《喻老》先解《德经》后喻《道经》正好相同。至于黄老帛书四篇《经法》、《经》、《称》、《道原》的思想体系,正属于汉初以前的黄老之学。[①] 利用这些新材料重新认识先秦文学,正在显现出一种新的气象。举例来讲,在郑杰文的《战国策文新论》一书中,《战国纵横家书》等出土文献就已经具有相当重要的地位了。[②]

与马王堆帛书的发现一样引起学术界巨大轰动,并将对中国文学研究产生重大影响的,是近年来郭店楚简的出土。郭店楚简于1993年冬出土于湖北省荆门市郭店一号楚墓,虽数经被盗,仍幸存八百余枚竹简,其中有字简共730枚,大部分完整,所写大约13000余字,都是学术著作。经专家整理后可分两部分,一是道家著作四篇,包括《老子》甲、乙、丙篇和《太一生水》一篇;二是儒家著作十四篇,包括《缁衣》、《鲁穆公问子思》、《穷达以时》、《五行》、《唐虞之道》、《忠信之道》、《成之闻之》、《尊德义》、《性自命

[①] 此处可参考湖南省博物馆编著:《马王堆汉墓研究》,湖南人民出版社1981年版。
[②] 郑杰文:《战国策文新论》,山东人民出版社1998年版。

出》《六德》《语丛一》《语丛二》《语丛三》《语丛四》。据专家考证，该墓是一座楚国贵族墓地，年代为战国中期偏晚，由此，可知竹简的写定至迟不会晚于此时。[①]

郭店楚墓竹简是目前我们所能看到的最早的写于战国时期的道家和儒家著作，其意义之大是不言自明的。自1994年12月15日在《湖北日报》发表消息后，立刻引起海内外学术界的轰动。目前，一批研究成果已经面世，在学术界再起波澜，仅在1998年5—6月间，就在中国和美国先后召开了3次学术研讨会。虽然目前研究者的注意力主要集中在考古学、历史学、哲学等领域，[②]但是它在文学研究领域将要产生的巨大影响是不可低估的。这一工作，今天已经有人开始了。

除敦煌文学、马王堆帛书、郭店楚简等文献的大批出土外，一些零星的文学文献出土，也具有重要意义。这些材料虽然有限，但是却可以为我们解决文学史上的某些疑难问题提供坚实的证据，甚至改变我们对文学史的看法。举例来讲，如在战国时代的楚国文学家中，除了屈原、宋玉之外，司马迁在《史记·屈原贾生列传》中提到唐勒与景差，《汉书·艺文志》中也记载说唐勒有赋四篇，但是却没有流传下来。1972年，考古工作者在山东临沂银雀山西汉早期墓葬中却发现了唐勒赋的残篇，[③]此文的发现，

---

① 此处可参考湖北省荆门市博物馆：《荆门郭店一号楚墓》，《文物》1997年第7期；荆门市博物馆编：《郭店楚墓竹简》前言，文物出版社1998年版。

② 如作为《中国哲学》第20辑的专刊，也是目前出版的第一本有关论文集《郭店楚简研究》（辽宁教育出版社1999年版）所收集的论文，便都是考古、历史和哲学思想方面的文章。

③ 关于唐勒赋的考释，可见吴九龙：《银雀山汉简释文》，《秦汉魏晋出土文献丛书》，文物出版社1985年版。汤漳平：《古文苑中宋玉赋真伪考》，《江海学刊》1989年第6期。汤漳平、陆永品著：《唐勒与〈唐勒赋〉残简》，《楚辞论析》，山西教育出版社1990年版，第210—215页。

不但证明了《史记》、《汉书》的记载真实性,让我们了解了唐勒赋的艺术特点,而且有助于对宋玉赋真伪问题的鉴别,"战国时代会不会有散体赋形式的出现,曾是研究者判断宋玉赋真伪问题的论据之一。唐勒赋的被发现,则对断定今传宋玉赋的真实性增加了有力的证据"。①

再如,1975年,湖北云梦睡虎地秦墓中也曾发现大批竹简,其中有《为吏之道》一篇,后面附有八首韵文,其格式竟与《荀子·成相篇》相同。谭家健指出:"清代及近代学者曾经提出,《成相》篇是仿效当时民间歌谣而写成的政治抒情诗。但缺乏实例,无法类比。《为吏之道》的发现,证实了这种推测。……云梦旧属楚,荀子曾为楚相春申君门客,完全有可能接受楚国地方通俗文艺形式的影响。"并进而推测这种体式可能上与《老子》句式相关,下与汉乐府《平陵东》相似。②

一篇作品甚或几行文字的发现在文学史研究中竟会有这样大的意义,这样的例子还有。如裘锡圭在对1979年在甘肃敦煌西北马圈湾出土的一枚汉简作了考释之后,认为汉代已经存在关于韩朋夫妇的故事。这不但有助于弄清《搜神记》中韩凭夫妇记载的渊源所自,而且对于研究汉代通俗文艺的发达情况也有重要意义。③另外,1993年考古工作者在东海县尹湾6号西汉晚墓发现了一批简牍,其中有一篇大体完整的《神乌赋》,共六百余字,基本上用四字句,大部分句子逐句押韵,赋中讲述了一个完整的关于鸟的故事,具有很强的通俗性,与当时的一般汉赋大不相同。前此,容肇祖在30年代曾发表了《敦煌本〈韩朋赋〉考》一文,

---

① 褚斌杰、谭家健主编:《先秦文学史》,人民文学出版社1998年版,第495页。
② 褚斌杰、谭家健主编:《先秦文学史》,人民文学出版社1998年版,第508页。
③ 裘锡圭:《汉简中所见韩朋故事的新资料》,《复旦学报》1999年第3期。

推测"在汉魏间……民间自有说故事的白话赋"。裘锡圭经考证认为:"《神乌赋》的出土证实了他(容肇祖)的卓见。"并说:"从《神乌赋》和韩朋故事残简来看,汉代俗文学的发达程度恐怕是超出我们的预料的。敦煌俗文学作品中有不少是讲汉代故事的,如《季布骂阵词文》(即《捉季布传文》)、《王陵变》以及讲王昭君的和讲董永的变文等。我怀疑它们大都是有从汉代传下来的民间传说作为底子的。说不定将来还会发现记叙这些民间传说的汉简呢!"[①] 其实,关于汉代说故事的白话赋,现存文献中也有类似者,如扬雄的《逐贫赋》、张衡的《髑髅赋》等,《神乌赋》的发现,无疑为我们研究这类文体的发展演变提供了更好的线索。至于说唱文学的发达,现在也有相关出土文物为佐证,1957年,四川成都天迥山崖墓出土了一尊东汉说唱俑,"描绘一个老年说唱艺人,头上着巾,戴簪,额前有小花饰,赤膊,膊上佩有饰物,大腹凸出,坐在圆垫上;左手抱鼓,右手握槌前伸,右足亦随之翘起,张口露齿,似是正在说唱一段动人的故事。其眉飞色舞、手舞足蹈之态,充满幽默感,使人如临其境,如闻其声。"[②] 这些材料的出土,预示着我们对于汉代文学的发展将会有一个新的认识。

1977年,在安徽阜阳双古堆一号汉墓中出土的《诗经》残简(简称《阜诗》),对于《诗经》研究的意义同样不可低估。首先,《阜诗》的发现,为研究《诗经》提供了宝贵的材料。按历史记载,在汉代,诗有齐鲁韩毛四家最有影响。在《阜诗》没有发现之前,流传下来的只有《毛诗》,历代的学者基本上是把《毛诗》看成是《诗

---

① 同上引。又,关于《神乌赋》的考证,可参考裘锡圭:《〈神乌赋〉初探》,原载《文物》1997年第1期,修改后又收入《尹湾汉墓简牍综论》,科学出版社1999年版。
② 郎绍君等主编:《中国造型艺术辞典》,中国青年出版社1996年版,第41页。

经》的本来样子的。但是《阜诗》出土之后,我们却发现它与《毛诗》在文字上有许多不同,这使我们不得不重新思考《诗经》的原始文本问题,《诗经》的编辑、流传和不同学者在学习、整理中对它的影响问题。其次,由于文字的不同,复经专家考证,可证明《阜诗》不属于《毛诗》,与传说的齐鲁韩三家诗也不同,这就使当代人不得不思考《诗经》在汉代传授的复杂性问题,对汉代的《诗经》学史重新认识。其三,出土的《阜诗》次序与今本《毛诗》颇有不同,这也让我们重新思考《诗经》的编辑次序。其四,《阜诗》中有3片残简类似《诗序》,这对于解决《诗经》学史上关于《毛诗序》的公案问题提供了重要的第一手材料,等等。[①] 总之,自从《阜诗》发现之后,我们对于传世《毛诗》已经有了不同的看法,它对今后《诗经》研究的影响将是巨大的。

以上我们所举的虽然只是个别例证,但是足以说明,在近年来出土的文献中,有相当大的一部分属于文学作品,或者可以当做文学作品来研究。其中的每一篇,都有弥足珍贵的价值,哪怕是一些断篇残简,也是相当宝贵的新材料。正是这些作品的出土,改变着我们的文学史观,在中国文学研究中产生着重大影响。

二

出土文献对中国文学研究影响的第二个方面,是为我们提供

[①] 此处可参考文物局古文献研究室、安徽阜阳地区博物馆阜阳汉简整理组:《阜阳汉简与〈诗经〉》,胡平生、韩自强:《阜阳汉简〈诗经〉简论》,二文俱载《文物》1984年第8期。

了更多的直接或间接的证据,从历史、文化、艺术、民俗等多方面深化并影响着我们的文学研究。

在谈到20世纪出土文献对中国文学研究所产生的这种影响时,我们不能不首先提到甲骨文的发现。我国有悠久的史学传统,很早就设立了史官,并有"左史记言,右史记事,事为《春秋》,言为《尚书》"①之说。周公也早就说过:"惟殷先人,有册有典。"②可是,在甲骨文出土之前,我们只知道《尚书》中有《盘庚》、《汤誓》、《高宗肜日》、《微子》等几篇书诰式的文章和《左传》等书中录下的商代人的只言片语。甲骨文的出土,让我们突然发现了在商代竟有这样一种刻在甲骨上的文字,这样一种古老的文体。作为一种应用性的文体,甲骨文使用着最简明的语言,创造了一种特殊的叙事写作模式。一条完整的甲骨文可以分成叙辞、命辞、占辞、验辞四个部分,通常情况下还包含序数(或卜数)和兆辞。③甲骨文中没有抒情和描写,但是却具有简明的记事特点,具备了叙事的基本要素,用字少而精,措辞也很讲究。由此,我们可以看出它与《春秋》这种编年体史书之间的某种有机联系,可以把它视之为中国史传文学产生的重要源头之一。

正因为甲骨文在文学史上有这样的重要意义,所以它很早就受到眼光敏锐的文学史家的注意。如刘厚滋在1937年编成的《中国文学史钞》(上)中,就已经把甲骨文当作文学史中的一项内容来论及了。④詹安泰、容庚等人主编的《中国文学史》(先秦两

---

① (汉)班固:《汉书》卷30,中华书局1962年版,第1715页。
② (汉)孔安国传,(唐)孔颖达疏:《尚书正义》卷16,(清)阮元校刻:《十三经注疏》,中华书局1980年版,第220页。
③ 王宇信、杨升南主编:《甲骨学一百年》,社会科学文献出版社1999年版,第239页。
④ 陈玉堂:《中国文学史旧版书目提要》,上海社会科学院文研所1985年版,第106页。

汉部分）里，竟引用了40条甲骨文，最后说："这四十条的卜辞，虽然非常质朴，但我们也可以从这里看出劳动人民的智慧与灵活运用语言文字的自由创造的精神。就文学发展的过程说，这是必经的阶段。因此在中国文学史上，它是具有引导文学向前发展的一定的历史意义的。"①

甲骨文对中国文学研究的影响，并不仅仅在于从文体上我们把它认定为中国古代历史散文的必经阶段或源头，还因为甲骨文本身所具有的巨大历史文化价值。从甲骨文在1899年第一次被学人发现，至今已经发现了十几万片甲骨文，经过国内国际众多学者的研究，出版了万余种甲骨学论著，从而使我们对于商代社会结构和国家职能、商代社会经济、商代宗教祭祀及其规律、商代气象、历法与医学传统等都有了相当深入的了解。② 这些，不但对于我们深入研究中国上古文学、包括上古诗歌、散文、神话等具体文学体裁的发展演变、阐释其民族文化精神等有重要影响，而且从文化、风俗、典章、制度等各个方面，印证和深化着我们对于上古文学的研究和理解。

举几个简单的例子：首先，甲骨文可以印证先秦文学中所记述的生活状况与风俗习惯。《诗经·豳风》言："一之日于貉，取彼狐狸，为公子裘。"《小雅·都人士》："彼都人士，狐裘黄黄。"《左传·僖公五年》："狐裘尨茸。"是狐裘乃西周春秋以前贵族的服饰。而甲骨文中有裘字，作从衣兽毛在外之形。由此可证《诗经》和《左传》上述话语，正是对当时贵族身着狐裘之形象的真实描写③。再

---

① 詹安泰、容庚、吴重瀚编：《中国文学史》（先秦两汉部分），高等教育出版社1957年版，第34页。
② 王宇信、杨升南主编：《甲骨学一百年》，社会科学文献出版社1999年版。
③ 王宇信、杨升南主编：《甲骨学一百年》，社会科学文献出版社1999年版，第558页。

如，我国骑马始于何时？文献记载追索到商的先公相土时代，《世本·作篇》有"相土作乘马"之说。到商的后期，周人文献中有言骑马者，《诗经·大雅·绵》："古公亶父，来朝走马。"顾炎武据此曾说："古者马以驾车，不可言走。曰'走马'者，单骑之称。古公之国邻于戎翟，其习尚有相同者。然则骑射之法不始于赵武灵王也。"[①]这是据现有文献推测。而于省吾则据甲骨文中有"马其先"的占卜认为，商时已有骑马。1936年春，在对殷墟进行第十三次发掘时，正好发现有一人一马一犬的埋葬，又有一戈一刀一弓形器和一件玉制马刺的随葬品。石璋如认为："这匹马似乎供骑射的成分多"，"这个现象就是战马猎犬。""假如这个推测可以成立的话，则中国骑射的习惯，不始于赵武效法胡人，而在殷代已经早有了。"其后，胡厚宣、唐兰、杨升南、王宇信等人根据甲骨文的证据，说明在商代军队中已有骑兵队伍，当时的骑马之术已经是很平常的事了。

其次，通过甲骨文和殷墟考古的研究，我们可知文学作品中所记载的政治、经济和社会阶级状况。如"邑人"一词，在先秦文献中经常提到。但邑人究竟是什么身份？经过甲骨文考证，我们知道商代的邑人应是指有自由身份的。居于城中或乡村广大村落中的平民。《楚辞·离骚》曰："吕望之鼓刀兮，遭周文而得举。"《天问》曰："师望在肆，昌何识？鼓刀扬声，后何喜？"《尉缭子·武议》也说："太公望年七十，屠牛朝歌，卖食盟津。"通过对安阳殷墟遗址的发掘，我们知道纣王时的殷都已经是一个规模不小的城市，已经有了专门的商业活动地。那么，古文献中所说的吕望

[①] 王宇信、杨升南主编：《甲骨学一百年》，社会科学文献出版社1999年版，第588—589页、494—495页。

屠牛于朝歌可能是事实。[1] 这些，对于我们深入研究先秦文学所起的作用之大，是不言而喻的。

　　有时候，一件器物的发现，就可能解决或有助于解决中国文学史上的重要问题。这种情况已不止一次。例如，关于汉乐府何时成立的问题，历史上曾有不同的记载。《汉书·礼乐志》说："至武帝定郊祀之礼……乃立乐府，采诗夜诵。"颜师古注曰："始置之也。乐府之名，盖起于此。"[2] 但同时又说："《房中乐》，楚声也。孝惠二年，使乐府令夏侯宽备其箫管，更名曰《安世乐》。"[3]《史记·乐书》也说："高祖过沛诗《三侯之章》，令小儿歌之。……孝惠、孝文、孝景无所增更，于乐府习常肄旧而已。"[4] 由于有这两种不同说法，所以自宋代起，就有争论。王应麟尊重《史记》的说法，在《汉书·艺文志考证》中说："乐府似非始于武帝。"沈钦韩却认为还是汉武帝立乐府之说可靠，他在《汉书疏证》中解释之所以《汉书》中又有"乐府令夏侯宽"之说，那是"以后制追述前事"。何焯也同意汉武帝立乐府之说，但是却有不同的解释。他在《义门读书记》中说："乐府令疑作太乐令。"现代学者王运熙同意何焯之说，引用了历史上的很多旁证作论据来充实自己的观点，并成为当代学者大都承认的说法。[5] 但是，1977 年，由于考古工作者在秦始皇陵附近出土了一只秦代错金甬钟，钟柄上刻有"乐府"二字，这就彻底打破了汉武帝立乐府的说法，也完全

---

[1]　王宇信、杨升南主编：《甲骨学一百年》，社会科学文献出版社 1999 年版，第 481—482、582 页。

[2]　（汉）班固：《汉书》卷 22，中华书局 1962 年版，第 1045 页。

[3]　（汉）班固：《汉书》卷 22，中华书局 1962 年版，第 1043 页。

[4]　（汉）司马迁：《史记》卷 24，中华书局 1959 年版，第 1177 页。

[5]　王运熙：《汉武始立乐府说》，《乐府诗述论》，上海古籍出版社 1996 年版，第 177—179 页。

推翻了沈钦韩、何焯、王运熙等人的推测,同时,秦代已有乐府,就成为中国文学史的定论。①

另一个重要的例证是太保玉戈的出土。在关于《诗经》、《楚辞》的研究中,我们需要弄清商人、周人和楚人的关系问题。本来,《诗经·商颂·殷武》中有"挞彼殷武,奋伐荆楚"的诗句,说明商王武丁时期已经与楚人发生过战争。又《史记·周本纪》中曾记,周文王时,"太颠、闳夭、散宜生、鬻子、辛甲大夫之徒皆往归之"。《集解》引刘向《别录》:"鬻子名熊,封于楚。"②《楚世家》又说:"鬻熊子事文王,蚤卒。"③云云。这说明,从文王时起周人的统治已经达到江汉地区。但是,由于对历史文献的不同理解,近代有些学者怀疑此事,认为商周王朝的实力未必及于江汉,封楚更是后人伪托。正是近年来的考古解决了这一问题。据李学勤研究并介绍说:"关于这一问题,现在已经有了一些考古学上的证据。前几年,在周原甲骨文中发现了'楚子'的记事,后来又在包山竹简释出'鬻熊'之名,可和《史记》相印证。某些文物的研究,也揭示出新的有关线索,我认为,迄今为止与周初经营江汉有关系的文物,最重要的应推有名的太保玉戈。"④据李先生考证,太保玉戈中的太保就是周初的召公,结合其他文献材料说明:"周人的影响从文王时已南及江汉,以至武王、成王时,召公在其间起了较大的作用。"⑤由此可见出土文献对于文学研究的帮助之大。

---

① 寇效信:《秦汉乐府考略——由秦始皇陵出土的秦乐府编钟谈起》,《陕西师范大学学报》1978年第1期。
② (汉)司马迁:《史记》卷4,中华书局1959年版,第116页。
③ (汉)司马迁:《史记》卷40,中华书局1959年版,第1691页。
④ 李学勤:《走出疑古时代》,辽宁大学出版社1994年版,第136页。
⑤ 李学勤:《走出疑古时代》,辽宁大学出版社1994年版,第140页。

中国自古就有诗乐舞一体之说。《尚书·尧典下》曰："诗言志，歌永言，声依永，律和声。八音克谐，无相夺伦，神人以和。"① 孔子说："兴于诗，立于礼，成于乐。"② 《礼记·乐记》也说："诗，言其志也；歌，咏其声也；舞，动其容也。三者本于心，然后乐器从之。"③ 可以说，研究中国文学，尤其是研究中国诗歌，我们就不能不研究中国古代音乐。可是，由于科学水平的限制，古人不可能把音乐这种声音信号记录下供后人研究。所以，后人对于中国诗乐舞三位一体的艺术研究，往往变成了仅仅依靠有限的文字所进行的文本研究。而大量的有关音乐文物和文献的出土，为我们的文学研究提供了极大的帮助。

1978年湖北随县曾侯乙墓大批乐器的出土，曾经震撼了整个世界。当时出土的乐器共有编钟、编磬、鼓、瑟、琴、笙、排箫、篪等8种乐器124件，其中以整套编钟最为珍贵，竹管排箫、铜座建鼓、十弦琴、五弦琴等也都是首次发现。篪在中国已出土的同类乐器中也是年代最早的。其中曾侯乙钟包括钮钟19件，甬钟45件，外加楚王赠送的一件镈钟，共65件。按形制不同，全部编钟以大小和音高为序组成8组，悬挂在铜木结构的三层钟架上。编钟音律准确，每个钟都能敲出两个乐音，整套编钟的音阶结构与现今国际通用的C大调七声音阶同一音列，总音域包括5个八度，中心音域12个半音齐备，可以旋宫转调。整套编钟音色优美，音域很宽，变化音比较完备，至今仍能演奏各种曲调。

---

① （汉）孔安国传，（唐）孔颖达疏：《尚书正义》卷3，（清）阮元校刻：《十三经注疏》，中华书局1980年版，第131页。

② （魏）何晏集解，（宋）邢昺疏：《论语注疏》卷8，（清）阮元校刻：《十三经注疏》，中华书局1980年版，第2487页。

③ （汉）郑玄注，（唐）孔颖达正义：《礼记正义》卷38，（清）阮元校刻：《十三经注疏》，中华书局1980年版，第1536页。

同时，编钟上还刻有 2 800 余字，除了 5 个字，都是关于音乐方面的，可以分为标音铭文与乐律铭文两大类，是研究那时音乐的珍贵资料。[①] 曾国在当时只是一个小小的侯国，竟会有这样多、这样精美的乐器出土、这样高水平的音乐文献，我们由此不能不惊叹中华民族在先秦时期已经取得的高度的音乐艺术成就。《诗经·周颂·有瞽》:"有瞽有瞽，在周之庭。设业设虡，崇牙树羽。应田县鼓，鞉磬柷圉。既备乃奏，箫管备举。喤喤厥声，肃雍和鸣，先祖是听。"[②]《楚辞·招魂》:"肴羞未通，女乐罗些。陈钟按鼓，造新歌些。《涉江》、《采菱》，发《扬荷》些。……竽瑟狂会，搷鸣鼓些。宫庭震惊，发《激楚》些。吴歈蔡讴，奏大吕些。……铿钟摇虡，揳梓瑟些。"[③] 在商周乐器没有大量出土以前，特别是在曾侯乙编钟没有出土以前，我们真的很难体会那时的歌舞音乐，也不知道当时的音乐发展水平究竟有多高，甚至认为那可能是诗人的浪漫想象。可是，自从曾侯乙编钟出土，当我们聆听了那优美的先秦古乐、解读了那些音乐文字之后，我们在惊讶其所达到的高超的音乐艺术水平的同时，对于《诗经》、《楚辞》中有关歌舞音乐盛况描写的理解，已经完全是另一个样子了。那整套令人陶醉的编钟演奏，已经如同挥之不去的袅袅的余音，每当在阅读《诗经》、《楚辞》的时候，很自然地就会在我们的脑海中回响。自然，从此以后，我

---

① 此处参考了《中国大百科全书·考古学卷》"曾侯乙墓"、"商周乐器" 条，中国大百科全书出版社 1986 年版。第 640—641、464—465 页，关于曾侯乙墓艺术研究，可参考谭维四:《科学宝库，艺术殿堂——曾侯乙墓艺术专论》，冯光生:《编钟·乐器——曾侯乙墓文物艺术专论》，同载湖北省博物馆编:《曾侯乙墓文物艺术》，湖北美术出版社，1992。关于曾侯乙编钟钟铭的研究，可参考崔宪:《曾侯乙编钟钟铭校释及其律学研究》，人民音乐出版社 1997 年版。

② (汉)郑玄笺，(唐)孔颖达疏:《毛诗正义》卷 19，(清)阮元校刻:《十三经注疏》，中华书局 1980 年版，第 594—595 页。

③ (宋)洪兴祖著，白化文等点校:《楚辞补注》，中华书局 1983 年版，第 209—212 页。

们对于孔子所说的"师挚之始,《关雎》之乱,洋洋乎盈耳"等先秦文献中有关诗歌音乐的评论记载,也会有了新的理解。

在论及 20 世纪出土的音乐文献对文学产生的重大影响时,我们自然还要说到同样发现于敦煌石窟中的敦煌乐谱。由于受科学技术的限制,古代的音乐声音信号不易保留,敦煌乐谱在珍贵的敦煌文献中就显得更加珍贵。为此,国内外的几代学者一直坚持不懈地进行研究,任二北、饶宗颐、叶栋、日本学者水源渭江等都做出过重要贡献,[1]直到近几年,席臻贯等人在吸取各方面经验的基础上,根据自己多方面的探索,破译了其中的 15 首歌曲,并译出乐谱 25 首。[2] 正是这些音乐与舞谱的破译,使我们有幸在千年以后重听煌煌唐乐,可以进一步了解唐代歌诗的演唱情况,这在今后的唐诗宋词研究以及中国文学史的研究上,必将产生重大的影响。

说到出土文献对于中国文学研究的影响,我们在这里还要提到汉代的画像石和画像砖。汉代画像石(砖)是我国古代艺术家以刀代笔、在坚硬的石面上留下的艺术珍品,是汉代最有特色的刻画艺术,它广泛分布于我国山东、江苏、河南、北京、山西、陕西、四川、安徽、浙江、湖北、江西、云南、贵州、广东、广西等地,其中尤以黄河流域的山东、河南、山西、陕西最为集中、数量最多,而四川又以画像砖和石棺画像最为著名。汉代画像石(砖)的内容极为丰富,其表现题材几乎可以涵盖汉代社会的各个方面,如农业、手工业、商业、纺织、建筑、医疗、交通、音乐、舞蹈、杂技、体育、宗教、历史、神

---

[1] 席臻贯:《唐乐舞"绝书"片前文句读字义析疑》,《古丝路音乐暨敦煌舞谱研究》,敦煌文艺出版社 1992 年版,第 1—3 页。

[2] 席臻贯:《敦煌古乐》,敦煌文艺出版社、甘肃音像出版社 1992 年版。

话、鬼怪、饮食、服装、民俗、奇异、日常生活、对外交往等。可以说，它本身就是一座艺术的宝库，形象地反映着汉代社会的全部历史。从文学方面讲，它不但多角度地印证着汉大赋、乐府诗和汉代散文、小说等文学作品中所描写的汉代社会情景，而且还生动地记述着汉代社会歌舞艺术的盛况。正是据此，使我们能比较清楚地了解汉代社会的文艺生活，知道了汉代歌舞演唱与音乐伴奏的具体形式。

举例来讲，按史书所记，汉代的官僚文人家庭常蓄有倡优，并时常进行自娱性的歌舞演唱。《汉书·杨恽传》中记杨恽在《报孙会宗书》就说："家本秦也，能为秦声。妇，赵女也，雅善鼓瑟。奴婢歌者数人，酒后耳热，仰天拊缶而呼乌乌。……是日也，拂衣而喜，奋袖低昂，顿足起舞。"[①]这种情况，在汉代画像石（砖）上正可以看到，如"成都市郊出土的一块画像砖，一乐人在鼓瑟，身后一女为歌者，左下角一乐人举桴击鼓，右上角一男一女坐于席上，右下角一舞者着冠，长袍拂地，徐舒广袖，正和着音乐的节奏舞蹈。……四川彭县出土的一块画像砖刻绘的是一男一女在舞蹈，两旁为手持便的侍者，这应当是夫妇对舞。这两幅家庭自娱性的舞蹈与《杨恽传》中的记述是相似的。"[②]

由于汉代画像石（砖）中大量的歌舞音乐百戏艺术图画正可以和汉代文学中的相关描写相对照，这为我们今天从事汉代文学艺术研究提供了极大的方便，也取得了重要成就。在这方面，萧亢达的《汉代乐舞百戏艺术研究》一书，就是一个最好证明。作为本书主体的第二章《文物资料所见汉代乐器》、第三章《汉代歌舞艺术》、第四章《文物资料反映的汉代百戏艺术》，都是在征

[①] （汉）班固：《汉书》卷66，中华书局1962年版，第2896页。
[②] 萧亢达编著：《汉代乐舞百戏艺术研究》，文物出版社1991年版，第196—197页。

引了大量的汉代画像石（砖）的资料写成并得出结论的。本书中所介绍的汉代乐器，大都凭借汉画像石（砖）材料而给我们以鲜明的印象。至于汉代社会的歌舞艺术，如《巾舞》、《拂舞》、《盘鼓舞》、《长袖舞》、《兵器舞》、《羽舞》、《盘舞》、《鞞舞》等，我们也只有通过汉代画像石（砖）才能窥见其貌。同样，刘志远等人也通过四川汉代画像砖来研究汉代社会生活，并进而对汉代舞乐百戏的发展进行新的解释；[①] 关于汉代画像石（砖）与汉代文学的关系，正在被越来越多的学者们注意。[②]

出土文献中的各种材料，除了我们上面所举的甲骨文、曾侯乙钟、汉画像石（砖）等之外，青铜器、玉器、石鼓文、楚帛画、陶瓷、秦刻石、壁画、汉简等，都是或可能会是文学研究的有关材料，都有可能对文学研究产生或多或少的影响，都需要我们在研究中充分关注。谁能够首先利用它，谁能够较好地利用它，谁就能取得突出的成绩。王国维通过甲骨文研究古史，郭沫若通过金文研究周代社会，已经给我们树立了最好的榜样。在史学研究中是这样，在文学研究中也是如此。如杨公骥先生在讨论变文的源头时，除了深入研究敦煌变文、壁画之外，还注意到了它与其他历史文献以及汉代壁画等文物之间的关系。正是这篇论文，纠正了胡适所说的变文是从印度佛教文学中输入等错误观点，并第一次对变文在中国文学史中的形成和发展过程理出了一个清晰的线索。这可以说是把王国维提出的"二重证据法"成功地运用于文学研究的范例。[③] 至于他运用了大量的民俗考古材料而写成的

---

① 周到、王晓：《汉画——河南汉代画像研究》，中州古籍出版社1996年版。
② 关于汉代画像石（砖）的有关研究材料，可参考深圳博物馆编：《中国汉代画像石画像砖文献目录》，文物出版社1995年版。
③ 杨公骥：《变相、变、变文考论》，《杨公骥文集》，东北师范大学出版社1998年版，第404—446页。

那篇《考论古代黄河流域和东北亚地区居民"冬窟夏庐"的生活方式及风俗》著名论文,对于我们研究《诗经》及先秦文学都有重要的价值。① 再如,关于出土墓志与唐代文学研究的关系,戴伟华指出,出土墓志或者是文学研究的直接对象,或者是文学家事迹的重要材料,或者可用于作家作品中人名的考订,或者可了解士人风尚及其学术文化环境,或者是了解文人所处时代社会状况的丰富材料。② 至于近年来大量的出土文献对楚辞研究的推动作用之大,就更是大家熟知的事实了。

总之,正是这些出土文献,为我们提供了丰富的新的材料,改变着我们的文学研究,甚至改变着我们对于中国文学史的重新认识,其意义之大是不可估量的。

三

出土文献材料不但可以直接或间接地用于文学研究,同时,它也在深刻地影响着我们的研究方法。

1926 年,王国维在他的《古史新证》中说:"吾辈生于今日,幸于纸上之材料外,更得地下之新材料。由此种材料,我辈固得据以补正纸上之材料,亦得证明古书之某部分全为实录,即百家不雅驯之言亦不无表示一面之事实。此二重证据法,惟在今日始得为之。虽古书之未得证明者,不能加以否定,而其已得证明者,

---

① 杨公骥:《考论古代黄河流域和东北亚地区居民"冬窟夏庐"的生活方式及风俗——民族民俗学学习札记之一》,《东北师大学报》1980 年第 3 期。

② 戴伟华:《出土墓志与唐代文学研究》,《传统文化与现代化》1998 年第 4 期。

不能不加以肯定,可断言也。"①

王国维在这里提出的著名的"二重证据法",就是在他运用考古资料研究古史取得辉煌成就之后的总结。王国维把能够获得"地下之新材料"称之为幸事,因为靠了它,才使我们可以"补正纸上之材料",可以证明古书的可靠性。同时,由于地下考古新材料有些是佚失已久的东西,被我们今天重新发现了,这将提示我们改变过去的思维方法。从这一角度来说,能够运用"二重证据法"从事研究不但是我们这一时代的幸事,而且也是我们必须坚持的,不坚持可能就会犯错误。

无论从事何种学术研究,实事求是首先是第一位的。这一学术规范,在王国维以前,清人已经做得相当出色,并取得了杰出的成就。正因为如此,以考证为特色的乾嘉之学一直受到后人的尊崇,也是20世纪初年以实证主义为号召的当代学人所坚持的方法。胡适所讲的"大胆的假设,小心的求证"也包含着这种实证主义在内。但是,正因为纸上文献有所不足,所以有些研究就要受到限制。而有的人,自以为在纸上文献中找到了一些有用的材料,就往往轻下断语。这本是学术研究中一个致命的缺陷,但因为打着有"真凭实据"的幌子,以纸上文献中没有见到什么就轻易地否定某事,以致一些错误的论断长期以来被人相信。举例来讲,如关于宋玉赋的问题,《汉书·艺文志》说有赋16篇。隋唐以前,曾有宋玉的别集行于世。《隋书·经籍志》载"楚大夫《宋玉集》三卷"②。可是由于《宋玉集》的失传,"自清人崔述开始提出怀疑,20世纪二三十年代以后,陆侃如等进一步发挥,于是

---

① 王国维著,姚淦铭、王燕编:《王国维文集》(第四卷),中国文史出版社1997年版,第2页。

② (唐)魏征、令狐德棻撰:《隋书》卷35,中华书局1973年版,第1056页。

否定者渐多"①。不但《笛赋》、《舞赋》等几篇被人否定,甚至连《文选》中所选的《风赋》、《高唐赋》、《神女赋》、《登徒子好色赋》、《对楚王问》五篇也被否定。但是,陆侃如等人的否定理由并不充分,所以胡念贻反驳说:"陆侃如先生把胡适怀疑《九歌》的'理由'变化一下,用来考据宋玉的作品,说宋玉的时候不可能有《高唐》、《神女》等赋的形式;又说这些作品里用了'楚王'、'宋玉'等字,便不是宋玉所作的证明。这种考据方法,是主观主义的考据方法。这样的理由,决不能用来作为否认自西汉以来就公认这些作品为宋玉所作的理由。"②应该说,胡念贻所讲是有道理的。但是,光靠讲道理并不能让人信服。而近年来的出土文献却给我们提供了新的证据。一是唐勒赋的发现,为我们断定宋玉赋之真增加了最有力的证明,因为它把陆侃如等所怀疑的几条理由,所谓"不可能"云云全部推翻;③从这里可以看出,关注出土文献资料,重视"二重证据法",在中国文学研究中有多么重要的意义。

说到出土文献对中国文学研究方法的影响,我们可以把它分成两种情况,一是在实际的研究中"二重证据法"的使用,二是对于中国历史文献状况的重新思考。从第一方面来讲,因为出土文献属于第一手材料,有时甚至就是最可靠的材料,所以,我们在从事具体的研究工作中,只要已经有了这方面的直接材料或相关材料,就必须以它为证,就必须使用"二重证据法",不使用就会出错误。举例来讲,因为有了出土的秦代编钟上所刻的"乐府"二字,我们知道中国的乐府机关最晚到秦代时已经设立,今后如果在研究中再说"乐府始立于汉武帝"就是错误的,而且这错误

---

① 谭家健:《〈唐勒赋〉残篇考释及其他》,《文学遗产》1990年第2期。
② 胡念贻:《中国古代文学论稿》,上海古籍出版社1987年版,第150页。
③ 谭家健:《〈唐勒赋〉残篇考释及其他》,《文学遗产》1990年第2期。

是不能原谅的。这道理是容易说通的。但是从第二方面讲，通过出土文献促使我们对于中国历史现存文献进行重新思考，却不一定每一个都能想得到，更需要我们在文学研究中充分重视。而这，也包括两个方面：

第一是如何认识现存历史文献的真实性的问题。我们知道，古书中可能有伪，古人也曾注意到，但是在总体上并没有影响人们对于古书的信任。可是自清代以来，出现了一种疑古思潮，以姚际恒、崔述为代表的一批人，开始大批地怀疑古书，如姚际恒作《古今伪书考》，把许多书都判为伪书。刘逢禄作《左氏春秋考证》，力主刘歆篡改之说。此风越演越烈，到清末，康有为等人也成了疑古派，甚至认为所谓古文经大都是刘歆伪造。"五四"以来，以顾颉刚为代表的古史辨派，更对古书的真实性进行了大规模的检索，把疑古之风推到了极致。

毫无疑问，古史辨派在现代中国史学上做出的贡献是巨大的，没有疑古就没有今天的学术发展，我们应该充分肯定它的成绩。但不可否认的是，由于受疑古思潮和庸俗进化论的影响，也妨碍了一些人对于古书的客观判断。像钱玄同那样，比康有为的疑古更进一步，直斥古文经传如《古文尚书》、《毛诗》、《逸礼》、《周礼》等都是刘歆伪造，《左传》也是刘歆从《国语》中挖出一部分而成书。[①]如今看来，这些说法都难以成立。其中一个重要的原因，用李学勤的话说，就是因为近年来人们通过对出土文献的研究，做出了很多新的推论，"而这些推出的结果，它的趋向是很明显的，就是和疑古思潮相反"。对此，李学勤以长台关出土《墨子》佚篇、用马王堆出土帛书《黄帝书》对《鹖冠子》年代的推测等为例作

---

① 钱玄同:《〈左氏春秋考证〉书后》、《重论经今古文学问题》，顾颉刚编著:《古史辨》（第五册），上海古籍出版社1982年版，第1—100页。

了分析。[1] 这在一定程度上正在纠正着人们对古书真伪的看法。

第二是如何认识现存历史文献流传过程的复杂性问题。对此，李学勤有一段非常精彩的话。他说：在历史上长远的时期里，人们主要靠书籍传播古代文化，对古籍是信任的。直到近代，在对传统文化的变革中，开始了对它的怀疑，于是涌现了"疑古"或称"辨伪"思潮。这对从根本上改变了人们心目中中国古代的形象，有着深远的影响。这可说是对古书的一次大反思。现代考古学在中国的发展，为认识古代文化提供了另一条渠道，特别是在近年，从地下发掘出大量战国秦汉的简帛书籍，使人们亲眼看到未经后世改动的古书原貌。这使我们开始对古书进行新的第二次反思，必将对古代文化的再认识产生深远的影响，并对上一次的反思成果重加考察。具体说来，"研究新发现的大量简帛书籍，与现存古书相对比，不难看到，在古书的产生和流传的过程中，有下列十种值得注意的情况：第一，佚失无存。第二，名亡实存。第三，为今本一部。第四，后人增广。第五，后人修改。第六，经过重编。第七，合编成卷。第八，篇章单行。第九，异本并存。第十，改换文字。"正因为有这种情况，所以他总结说："对古书形成和传流的新认识，使我们知道，大多数我国古代典籍是很难用'真'、'伪'二字来判断的。在'辨伪'方面，清代学者作出了很大贡献，但是也有不足之处，其一些局限性延续到现在还有影响。今天要进一步探究中国古代文化，应当从这些局限中超脱出来。从这个角度看，对古书的第二次反思，在文化史上也有其方法论意义。"[2]

李学勤所讲的这种方法论意义，在研究中国古代文学中也照

---

[1] 李学勤：《走出疑古时代》导论，辽宁大学出版社1994年版，第16页。
[2] 李学勤：《对古书的反思》，李缙云编：《李学勤学术文化随笔》，中国青年出版社1999年版，第80—86页。

样适用。由于我们在文学研究中没有考虑到文献存在的复杂性，过去的一些考证辨伪的缺陷是显而易见的。举例来说，如关于汉代文人五言诗究竟产生于何时的问题，由于年代久远，文献缺失，有些作品远在六朝时就或者是作者难详，或者是记载太少，因此就有人对一些古老的说法提出疑问。后来又有人不断推衍，陆续产生一些疑说。到了近现代，学者们越发"变本加厉"，就以这些疑说为根据来下结论，认为文人五言诗到东汉时才成熟，西汉时根本不会产生文人的五言佳作，于是，在历史上曾有过明确记载的所列在西汉人名下的五言诗，如虞姬的诗、枚乘的诗、李陵的诗、苏武的诗、班婕好的诗等，都成了不可靠的，《古诗十九首》只能产生在汉末。今天看来，这种一概否定的说法是值得重新思考的。比如关于虞姬的《和项王歌》，因为《史记》中只有项羽悲歌，"美人和之"的话，没有记载虞姬的歌，虞姬的歌最早见于唐人张守节《史记正义》，说是引自汉初陆贾的《楚汉春秋》。于是有人就说，此诗《史记》中不录，就不可靠；还有人说，现在所见的《楚汉春秋》是伪书，也不可靠，因此，这首诗必为伪作。可是如果仔细推敲，上述理由显然是不充分的。首先，我们不能因为《史记》不记就认为它是伪作，这种说法本身就过于武断。《史记》本是一部史书，并不是诗集，它并没有一定要记载这首诗的责任。其次，说现在我们所见的《楚汉春秋》是伪书，并不能否认唐人张守节所看的《楚汉春秋》也是伪书。《汉书·艺文志》说："《楚汉春秋》九篇，陆贾所记。"[①] 陆贾本为汉高祖时人，他的书记下虞姬歌是完全合乎情理的。即便此书为伪，其为西汉时著作也无可疑。又据《旧唐书·经籍志上》："《楚汉春秋》二十卷，陆

---

① （汉）班固：《汉书》卷30，中华书局1962年版，第1714页。

贾撰。"①《新唐书·艺文志二》:"陆贾《楚汉春秋》九卷。"② 张守节引用其书也应该是完全可信的,至于梁启超认为此诗"是一首打油的五言唐律,更无辨证之价值"③,则纯粹是个人的主观成见。平心而论,到如今,我们还没有充分的证据可以否定《虞美人歌》是虞姬所作。今天,当越来越多的考古文献正在证实着古书的记载大都可靠的时候,我们是应该好好地思考一下近几十年来我们在对历史文献不信任的态度,好好思考一下我们在文学研究中的思想方法了。

除了李学勤根据近年的考古经验而得出的结论,说明现存古书流传的复杂性需要我们充分注意之外,笔者觉得还有重要的一点也值得注意,那就是由出土文献而引发的我们对历史文献状况的另一种思考。过去,我们在文献中查找实证时,只要认为自己查找的比较准确,往往就敢下断语,说某一件事、某一作品或某种文学史现象在历史上有或没有,发生或没有发生。可是,随着甲骨文、敦煌变文、曾侯乙编钟、郭店楚简中《太一生水》、《穷达以时》、《成之闻之》、《性自命出》等一大批过去从来不知道也没听说过的文献的出土,这样的断语我们就不敢轻易下了。它再一次证明,我们如今所见到的代代相传的以文字或其他物质形式保留下来的文献,只是历史上曾经创造的文献中的一部分,绝不是全部。其实,从理论上讲,这一道理我们都懂。我们知道历史上曾经有过无数次的文化浩劫,如秦始皇的焚书坑儒,项羽的火烧咸阳,西汉末年,东汉末年的大战乱,晋代的永嘉之乱等,都曾经造成过无数文献典籍的毁灭。可是在从事具体研究的时候,我

---

① (后晋)刘昫等:《旧唐书》卷46,中华书局1975年版,第1994页。
② (宋)欧阳修、宋祁:《新唐书》卷58,中华书局1975年,第1463页。
③ 梁启超:《中国之美文及其历史》,东方出版社1996年版,第14页。

们却往往把这一点遗忘了。举例来讲,如关于五言诗的起源问题,二三十年代曾经有过一次大讨论,在这次讨论中,罗根泽的观点很有代表性。他经过考证后认为,《汉书·五行志》中所载的《黄爵谣》与《汉书·酷吏传》的《长安为尹赏歌》,"为有史以来,最初见之纯粹五言"①。那么,到底是否如此呢?在这里,我们且不要说所谓"纯粹"的标准难以确定,就算是同意了他的标准,我们也很难认同他的结论。之所以如此,是因为罗根泽的考证仅仅依靠现有的历史文献,因此我们最多只能说这两首诗是"现在我们所能见到的最早的'纯粹'五言",而不能说是"有史以来,最初见之纯粹五言"。焉知在那些早已佚失的汉代文献中没有记载过这类五言诗呢?现存的文献记载与历史上的曾经存在是两个不同的概念,是不能混为一谈的。两汉文献经过无数次的历史浩劫,至今幸存下来的真是太少了,这一点,我们只要比较一下《汉书·艺文志》和《隋书·经籍志》中所载的汉代书籍目录就清楚了。我们不能仅以现存文献记载与否就轻下判断,尤其是下一些否定某一事实的判断。这就是王国维在提出"二重证据法"之后所总结的另一条经验:"虽古书之未得证明者,不能加以否定而其已得证明者,不能不加以肯定,可断言也。"②也就是说,对于现存古文献,在没有充分的证据证明它是伪作之前,我们不要轻易否定其伪,而应该尊重现存历史文献,暂定其真;反之,对于那些可以得到证明的古文献,我们必须认定其真。这是我们今天应该坚持的基本治学态度。正是从这个意义上我们说,出土文献不仅提

---

① 罗根泽:《五言诗起源说评录》,《罗根泽古典文学论文集》,上海古籍出版社1985年版,第156页。
② 王国维著,姚淦铭、王燕编:《古史新证》,《王国维文集》(第四卷),中国文史出版社1997年版,第2页。

供了新的研究材料,而且启示我们在研究方法上的重新思考。它可以使我们的思维更为细密,考虑的问题更加全面,也可以扩大我们的学术视野。

80年代以来,学术界曾经出现过方法论热。这种热潮首先从哲学界开始,1981年,《哲学研究》编辑部就编辑出版了一本《科学研究方法论文集》,号召研究者在"正在酝酿着新的科学革命的80年代已经到来"的时候,"积极开展科学方法论的研究",并"希望从事哲学、逻辑学、科学史、心理学、语言学等方面研究工作的同志都来关心方法论"。[1] 到80年代中期,随着改革开放而带来的思想解放与西方各种文化思潮的引进,方法论渐渐成为文学研究中的一个热门话题。古典文学研究界也多次举行文学研究方法讨论会,还有些学者写出了文学史方法论著作,[2] 可见自新时期以来人们对于方法论的重视了。

但方法论热在古代文学研究中所取得的成就并不如人们预期的那样大,何以如此?笔者以为一个重要的原因,就是有些人过于强调研究方法而忽略了对于文献的基本把握。而出土文献,或者本身就是新发现的研究对象,或者是我们弄清研究对象的第一手材料,或者为我们的研究提供了新的线索和新的思路,其重要性是不言而喻的。20世纪以来,几次大规模的文献出土,如甲骨文、敦煌文书、马王堆帛书、郭店楚简等,都给我们提供了重要的第一手材料,提供了历史的新事实,都在不同程度上改变了我们对于学术史的看法。仅以这次郭店楚简出土为例,它给我们提供的东西,就已经成为我们今后研究先秦两汉文化、以至研究中国后

---

[1] 《哲学研究》评论员:《积极开展科学方法论研究》,《哲学研究》编辑部编:《科学方法论文集》,湖北人民出版社1981年版,第1—9页。

[2] 王钟陵:《文学史新方法论》,苏州大学出版社1993年版;钟优民:《文学史方法论》,时代文艺出版社1996年版。

世文化不得不重视的第一手材料。如"竹简《老子》的出现,证明《老子》成书甚早,不能如过去有些学者所说,迟到战国中晚期,甚至晚于《庄子》"①;它的发现,也使"先秦道家从老聃到庄子之间的发展演变的线索需要重新认识","道家和儒家的关系需要重新认识","先秦哲学的特点及其演变需要重新认识"②;其中儒家著作的出土,"说明《礼记》要比现代好多人所想的年代更早","印证了《礼记》若干篇章的真实性,就为研究早期儒家开辟了更广阔的境界"③。这些,对今后的影响是不可估量的,用杜维明的话说,此后"整个中国哲学史、中国学术史都需要重写",④ 自然,文学史的研究也要因此而有大的改变。由此说来,当我们在今天大讲文学研究方法论的时候,由王国维总结出来的"二重证据法",李学勤等人近年来提出的"走出疑古时代",以及我们在利用出土文献进行文学研究中所做的上述有关思考,也应该成为我们今天倡导文学研究方法论的重要方面。

出土文献对 20 世纪中国文学研究产生的影响是巨大的,也是多方面的,本文所论,只是其中的一小部分。笔者之所以不揣冒昧地写作此文,意在新世纪初的中国文学研究中引起人们对个问题的更加重视。错误不当之处,尚请方家教正。

---

① 李学勤:《先秦儒家著作的重大发现》,载《中国哲学》编辑部、国际儒联学术委员会编:《郭店楚简研究》,辽宁教育出版社 1999 年版,第 14 页。
② 郭沂:《楚简〈老子〉与老子公案——兼及先秦哲学若干问题》,载《中国哲学》编辑部、国际儒联学术委员会编:《郭店楚简研究》辽宁教育出版社 1999 年版,第 142 页。
③ 李学勤:《郭店楚简与儒家经籍》,载《中国哲学》编辑部、国际儒联学术委员会编:《郭店楚简研究》,辽宁教育出版社 1999 年版,第 21 页。
④ 杜维明:《郭店楚简与先秦儒道思想的重新定位》,载《中国哲学》编辑部、国际儒联学术委员会编:《郭店楚简研究》,辽宁教育出版社 1999 年版,第 4 页。

如何利用出土文献进行古代文学研究[①]
——从清水茂的《乐府"行"的本义》说起

出土文献对中国古代文学研究影响之巨大，已经是人所共知的常识。笔者在1999年12月召开的"出土文献与中国文学"学术研讨会上，曾发表过《20世纪出土文献与中国文学研究》一文，从三个方面进行概括："一、出土文献本身即为文学作品，如何改变了以往对于文学史的认识；二、大批与文学相关的出土文献，如何从历史、文化、艺术、民俗等各方面深化并扩展着我们的文学研究；三、20世纪的出土文献，如何影响着我们的思维方式与研究方法。"[②]然而在利用出土文献进行文学研究当中，也存在着一些问题。如何正确地将出土文献与现存历史文献有机结合，通过正确的分析鉴别而对文学史上的某些问题进行新的研究并得出新的结论，还需要我们认真对待。本文拟从日本学者清水茂《乐府"行"的本义》一文入手，就如何利用出土文献研究中国古代文学中所存在的问题谈一点看法。

"行"是汉乐府歌诗题目中常用的一个词语，查沈约《宋书·乐志》，平调曲中有《短歌行》、《燕歌行》，清调曲中有《秋胡行》、《苦

[①] 该文原发于《中州学刊》2009年第5期。
[②] 赵敏俐：《20世纪出土文献与中国文学研究》，载《文学前沿》第2辑，首都师范大学出版社2000年版，第11页。

寒行》《董逃行》《塘上行》，瑟调曲中有《善哉行》，大曲中有《东门行》《折杨柳行》《艳歌罗敷行》《西门行》《煌煌京洛行》《艳歌何尝行》《飞鹄行》《步出夏门行》《野田黄雀行》《满歌行》《棹歌行》《雁门太守行》。郭茂倩《乐府诗集》则辑录了更多以"行"字为题的汉魏相和歌辞作品。正因为如此，什么叫"行"的问题也受到了当代学者的关注，如丘琼荪、逯钦立、王运熙、杨荫浏、李纯一等的论著中都有涉及。近年来更是成为一个讨论的热点。日本学者清水茂《乐府"行"的本义》一文，在1955年安徽寿县出土的乐器中有"歌钟"和"行钟"和李纯一的相关考证文章的基础上写成，近年来颇受人关注。

清水茂的考证文章依据的是1955年5月24日治淮民工在安徽寿县西门取土时发现的乐器，其中八个编镈中有四个上面有"诃钟"（歌钟）之名。还有九个编钟，其中五个刻有"诃钟"之名，四个刻有"行钟"之名。[1] 这些乐器制作于春秋战国之际，郭沫若考证认为墓主蔡侯当是申侯（前471—前457在位），[2] 陈梦家考证则认为是昭侯申（前518—前491在位）。[3] 其后，李纯一对这些歌钟和行钟进行了包括音高、音分与频率三个方面的测音，并结合相关历史文献对它们的音乐性能进行了详细的研究，最后他说："总上所述，暂可得出这样的初步结论：春秋战国时期的歌钟与行钟的区别不仅在于应用场合之不同，还在于定音和组合的差异。即：歌钟用于上层贵族日常燕飨之时，所以它是按照一个完整音阶（或调式）而定音而组合；行钟为上层贵族巡狩征行时所用，因而它的定音和组合是以一个音阶（或调式）中的骨干音

---

[1] 安徽省博物馆：《寿县蔡侯墓出土遗物》，科学出版社1956年，考古学专刊乙种第5号。
[2] 郭沫若：《由寿县墓器论到蔡墓的年代》，《考古学报》1956年第1期。
[3] 陈梦家：《寿县蔡侯墓铜器》，《考古学报》1956年第2期。

为根据。当然，由于目前所能依据的资料十分有限，所以这个初步结论正确与否，还有待于将来新的考古发现和更多的测音结果来检验。"① 可见，李纯一虽然对出土歌钟、行钟进行了测音研究，但是，关于这些歌钟和行钟的具体用途以及何以被称之为"歌钟"和"行钟"的问题，因文献资料所限，他只是得出了个推断性的结论而已。至于其音高音阶等之所以会与宴会所用歌钟有差别，则完全是"为了适应出征出行的条件和要求而使然"（李纯一语），并不是一种音乐类型得以命名的原则。更何况，这些乐器作为春秋战国之际，也不可能与汉乐府的"歌行"发生联系。但是李纯一的研究却激发了清水茂的联想。按清水茂的说法，"李纯一论文并没有把这里的'歌钟''行钟'与乐府的'歌行'联系起来加以考察，但我们却可以由此进一步推论：依'歌钟'音阶的乐曲是'歌'，依'行钟'音阶的乐曲是'行'。"② 而支持清水茂作出这种联想的根据，则完全是他的推测：

> 我们可以推测，在使用编钟演奏的音乐中，其它乐器也可能同时被使用，但在演奏时，如果使用歌钟，就按歌钟音阶演奏，如果使用行钟，则依行钟音阶演奏。这样，按歌钟音阶演奏的乐曲，因其具有完整的音阶，就被题名作"歌"，或者不作特别命名；与之相对，用于旅行的音乐，即依行钟简单的大音程跳跃的音阶演奏的乐曲，因其具有旅行音乐的意味，而被题名作"行"，或即使乐曲并非用于旅行，但"行"的名称照样保留了下来。众所周知，音乐中有不使用某些音

---

① 李纯一：《关于歌钟、行钟及蔡侯编钟》，《文物》1973年第7期。
② 〔日〕清水茂著，蔡毅译：《乐府"行"的本义》，《清水茂汉学论集》，中华书局2003年版，第339页。

阶的乐曲，这就是与西洋音乐的七音阶相对的东方音乐的所谓"4、7不用"的五音阶。由此我们似乎也可以推论，在中国历史上，还曾经有过一种与五音阶旋律相对的、极其简单的三音阶旋律。①

分析上文我们会发现，清水茂研究问题的逻辑起点，并没有建立在李纯一关于行钟测音的基础上，而是建立在李纯一关于行钟"可能是因为这些乐器用于贵族们的出行才名之为'行'"这一推测的基础上。然而，李纯一的推测是有实物考证为根据的，而清水茂的推论却完全没有汉代出土文献与相关历史记载的支持，成为纯粹的空想。他没有任何证据可以证明汉乐府中的"行"是按照行钟的音阶来演奏，也没有任何证据证明汉乐府歌行用的是"极其简单的三音阶旋律"。这种通过某一出土文献的研究而做无限引申的猜想式研究，已经背离了"以实物为证"的实事求是的考古学的基本原则。

可能是由于这种想象过于大胆，所以清水茂在文章中给自己留下了余地。他说："这种三音阶的乐曲，即使依李纯一氏的推测，也仅存在于春秋战国时期，与东汉以后出现的乐府诗能否联系起来加以考察，似有疑问。从战国至汉代的二、三百年间，这种三音阶的旋律是否继续留存，因'文献不足征'，现在只能试作推测。"在文章的最后他又说："本文虽然推测颇多，求证不足，但探求'行'为'曲'之本源，与历来的解释相比，可能性似乎较大，故试作假说，以求教高明。"②正是由于清水茂在自感证据不

---

① 〔日〕清水茂著，蔡毅译：《乐府"行"的本义》，《清水茂汉学论集》，中华书局2003年版，第339—340页。
② 〔日〕清水茂著，蔡毅译：《乐府"行"的本义》，《清水茂汉学论集》，中华书局2003年版，第340页。

足却又充满自信的这篇文章的引发之下,李庆发表长文支持清水茂的观点。文章对《乐府诗集》中凡是标有"行"的题目都作了搜集,并且进行了分析,同时又引用了大量的汉代文献来试图证明汉代存在着和先秦行乐相关联的"一种特定形式的音乐"。他最后的结论是:"总而言之,歌行之'行',就其本来意义说,是一种在古代祭祀、宴乐、出行等仪式时演奏的一种特定形式的音乐。'行',和歌、引、弄、操、吟、拍等的乐曲,在音阶,使用的乐器,在运用的场合、范围,历史展开过程中的表现形态,都有明显的不同。随着礼乐制度的变更,到了魏晋时代以后,经一些文人改编的歌行之'行'指和这种音乐相对应的诗歌作品。"①但是让我们感到遗憾的是,在李庆的长文里,除了引用李纯一的考证结果之外,并没有发现任何一例标有"行钟"字样的出土文献,也没有任何现存纸本文献可以直接证明"行"是"一种在古代祭祀、宴乐、出行等仪式时演奏的一种特定形式的音乐"。我们考察现存有关汉代歌诗演唱的记录,都没有发现标有"行"字题的作品之演唱与"行钟"之间有任何关系的直接记载。反之,我们却可以找到大量的材料来反驳李庆的观点。首先是关于相和歌的性质,沈约《宋书·乐志》说:"相和,汉旧歌也。丝竹更相和,执节者歌。"②郭茂倩《乐府诗集》综合汉魏六朝诸多文献所作的关于相和歌清、平、瑟、楚各调和大曲的解题,详细记载了这些相歌曲在演奏时所用的笙、笛、篪、筑、琴、瑟、琵琶、筝等各种乐器和演奏方法,不要说没有说到"行钟",连"钟"都没有提到。这说明相和歌的特点是"丝竹更相和,执节者歌",其演

---

① 李庆:《歌行之"行"考——关于郭茂倩〈乐府诗集〉中"行"的文献学研究》,《中国诗歌研究》第5辑,中华书局2008年版,第22页。

② (梁)沈约:《宋书》卷21,中华书局1974年版,第603页。

出根本就不可能用"钟"这种乐器。其次是关于相和歌的起源,《宋书·乐志》说得很清楚:"凡乐章古词,今之存者,并汉世街陌谣讴,《江南可采莲》、《乌生》、《十五》、《白头吟》之属是也。"[①]《晋书·乐志》也有同样的说法。可见相和歌最早的起源当在汉代的街陌谣讴,这与李庆所引录的祭祀四方山川、食举宴乐、君王出行的有关记载也没有直接的关系。所以,我们不能不对李庆的这一研究结果表示怀疑。退一步讲,假设汉乐府中"行"的演唱虽然没有用"行钟"类乐器,虽然汉乐府相和歌最初属于"街陌谣讴",是否仍然会受汉代祭祀燕飨出行之乐的影响,仍然有依"行钟"的音阶来演唱的可能呢?李庆同样也拿不出出土文献的证据。反之,我们考察有关汉乐府相和诸调演唱的文献记载,发现只有"平调"、"清调"、"瑟调"、"楚调"、"侧调"等说法,也没有发现其音阶与"行钟"有关的记载。《乐府诗集》引《唐书·乐志》曰:"平调、清调、瑟调,皆周房中曲之遗声,汉世谓之三调。又有楚调、侧调。楚调者,汉房中乐也。高帝乐楚声,故房中乐皆楚声也。侧调者,生于楚调,与前三调总谓之相和调。"[②]《魏书·乐志》载陈仲儒论乐:"其瑟调以宫为主,清调以商为主,平调以角为主。五调各以一声为主,然后错采众声以文饰之,方如锦绣。"[③]以此而言,汉魏六朝清商三调的演奏,并不是以所谓的行钟的"音阶"来进行的。关于清商三调的音律和调式问题,杨荫浏、冯洁轩等人有过很好的探讨。[④]所以,无论是李庆的说

---

① (梁)沈约:《宋书》卷19,中华书局1974年版,第549页。
② (宋)郭茂倩编:《乐府诗集》卷26,中华书局1979年版,第376页。
③ (北齐)魏收:《魏书》卷109,中华书局1974年版,第2835—2836页。
④ 杨荫浏:《中国古代音乐史稿》(上册),人民音乐出版社1981年版,第132—133页;冯洁轩:《调(均)·清商三调·笛上三调》,《音乐研究》(季刊)1995年第3期。

法还是清水茂的说法,都是与汉魏六朝有关相和歌诗的记载相背离的,因而他们的说法也是错误的。

其实,关于汉乐府中"行"的问题本来很简单,前人已经有过比较简明的解释:"行"即"曲"也。《史记·司马相如列传》:"酒酣,临邛令前奏琴曰:'窃闻长卿好之,愿以自娱。'相如辞谢,为鼓一再行。"司马贞《索引》:"乐府《长歌行》、《短歌行》,行者,曲也。此言'鼓一再行',谓一两曲。"①《汉书·司马相如传》:"酒酣,临邛令前奏琴曰:'窃闻长卿好之,愿以自娱。'相如辞谢,为鼓一再行。"颜师古注:"行谓曲引也。古乐府《长歌行》、《短歌行》,此其义也。"②《文选·饮马长城窟行》李善注:"《音义》曰,行,曲也。"③可见,乐府诗中的"行"即"曲",唐以前人无异议。而清水茂却根据"为鼓一再行"这句话的句法结构,认为"再"是副词,不应该用在名词之前。所以这句话里的"行"应该是动词,自然也就不应该解释为有名词意义的"曲"。其实,"再"在古代,它的最初意义恰恰是量词,表示第二次的意义。《玉篇·冓部》:"再,两也。"《史记·苏秦列传》:"秦赵五战,秦再胜而赵三胜。"④所以,《史记》和《汉书》的表述没有问题,司马贞把它解释为"一两曲"也是正确的。"行"的意义就是"曲",那么汉乐府清平瑟调与大曲歌辞中有标有"行"字,就可以有很简单的解释,《长歌行》就是"长歌曲",《猛虎行》就是"猛虎曲",《东门行》就是"东门曲",以此类推,本无深义。它与春秋战国之

---

① (汉)司马迁:《史记》卷117,中华书局1959年版,第3000页。
② (汉)班固:《汉书》卷57,中华书局1962年版,第2530—2531页。
③ (梁)萧统编,(唐)李善注:《文选》,上海古籍出版社1986年版,第1278页。
④ (汉)司马迁:《史记》卷69,中华书局1959年版,第2244页。

际的"行钟"没有任何联系,在汉代也不存着"行"这种"依'行钟'音阶的乐曲"。

在此,我们还要解释清水茂和李庆等人的一个疑问,为什么在汉代歌诗作品里,主要在平调、清调、瑟调、楚调和大曲中的歌辞题目中标有"行"字呢?逯钦立有一句话富有启发性:"我们试从现存的'相和歌辞'看,凡是'相和歌'本身不分解,都不叫'行'。"①的确,如果我们考察《宋书·乐志》,会发现"相和"下面各首歌的题目中均无"行"字,各诗中也没有"解",而平调、清调、瑟调和大曲下面各首歌的题目上都有"行"字,各诗又全部都有"解",少则两解,多则八解。因此笔者认为,汉乐府相和诸调歌诗中之所以标有"行"字,最初只是为了区分相和曲与清、平、瑟、楚诸调以及大曲的区别。之所以如此,是因为清、平、瑟、楚诸调曲和大曲的歌辞大多数都在二解以上,因而才把这些歌曲称之为"行"。当然,歌辞分解,也就是歌曲分章;歌辞分几解,曲调也就重复几遍,重复乃是其应有之义。这也正是这些清、平、楚、瑟和大曲在标题上加一"行"字以标示其与相和曲不同的原因。

顺便提一句,李庆在统计《乐府诗集》中标有"行"字的作品时,把从汉到魏晋以后的所有作品一样看待,这种做法也有问题。其实,魏晋以后许多标有"行"字的作品已经属于文人的拟作,它们根本就不入乐,只是沿袭了乐府旧题。这对于弄清"行"字本义没有帮助,反而把问题混淆。作为现存汉乐府歌诗最早最可靠的文献记载就是《宋书·乐志》,其所辑录的相和曲标题均没有"行"字,而自平调曲以下诸调曲则全有"行"字并且每一首

---

① 逯钦立:《"相和歌"曲调考》,《文史》第 14 辑,中华书局 1982 年版,第 225 页。

歌辞都有"解"字,这正证明了汉乐府相和诸调发展的历史,它由最初不分"解"的相和曲,到可以分"解"的平、清、瑟、楚诸调,再到前有"艳"曲、后有"趋"与"乱"的大曲,其艺术形式在不断发展。同时,这些标有"行"字题目的乐府歌诗也代表了汉代歌诗艺术表现的最高形式,所以后人便把由此引申而来的乐府体诗歌也称之为"歌行",从而成为一种由此而演化出的一种新诗体即"歌行体"的名称。

以上,我们由清水茂《乐府"行"的本义》一文说起,不但是为了辨析汉乐府"行"的本义,而且想要说明的是,利用出土文献进行中国古代文学研究,这要看出土文献本身提供多少有用的信息,而不能把它的文献价值无限扩大,企图解决所有与之相关甚至毫无关系的问题。我们之所以看重出土文献的价值,是因为它给我们提供了新的实证材料。真理向前多走一步可能就会变成谬误,因为它违背了实事求是的治学原则。

司马迁《屈原贾生列传》的再认识[①]
——兼评屈原否定论者对历史文献的误读

屈原是中国文学史上第一个伟大的诗人,他不但以其辉煌的诗篇在中国诗歌史上建立了一座不朽的丰碑,而且以其伟大的理想、高洁的人格为后世树立光辉的典范。同时,他最终自沉汨罗的人生悲剧,也在后世文人那里获得了深深的同情。但是,由于时代的不同,后世的文人学子们对于屈原的理解也有着不同。在这方面,司马迁的《史记·屈原贾生列传》具有特殊的意义,它既是我们研究屈原最重要的原始材料之一,同时又包含着司马迁等汉代人对他的理解。本文的目的,就是要结合司马迁和汉代人的思想观念,通过加深对这篇作品的认识,加深对司马迁的认识,从而加深我们对屈原的认识。

一

仔细研究《屈原贾生列传》,我们就会发现,司马迁是把怀才不遇当作为屈原作传的一条主线来写的。司马迁在本传里告

---

① 该文原发于《鞍山师范学院学报》2001年第1期。

诉我们:屈原因受人谗言而被楚怀王疏远,他"疾王听之不聪也,谗谄之蔽明也,邪曲之害公也,方正之不容也,故忧愁幽思而作《离骚》"①。以后再次被顷襄王流放,不愿意以"身之察察"而受"物之汶汶",于是作《怀沙》之赋,表达其"世既莫吾知"的悲伤,然后"怀石遂自沉汨罗以死"。这种写法,基本上忠实地反映了屈原一生的不幸遭际。以此而言,司马迁不愧为"良史之才"。

但是在通读《屈原贾生列传》时,我们对于司马迁的这种写法多少也感到有些遗憾。因为在屈原的作品中,还有一种更为深沉的东西,司马迁并没有给予充分的重视,那就是屈原对于楚国的无比热爱和眷恋。这一点,在屈原的代表作《离骚》里已经表现的非常明显。诗人自称是帝高阳之苗裔,生下来就与楚国血肉相连。屈原在《橘颂》里反复歌颂的橘的品格:"受命不迁,生南国兮。深固难徙,更壹志兮"②,也正是他个人深深的宗国意识的真实写照。因为屈原对故土有着这样深厚的爱,所以才会在"国无人莫我知","既莫足与为美政"③的时候,义无反顾地殉国投江。可是,司马迁在《屈原列传》中虽然写到了他与楚国同姓的身世,写到了屈原因怨而作《离骚》的事实,并通过读《离骚》、《天问》、《招魂》、《哀郢》等诗而"悲其志",却并没有对屈原的爱国精神作更多的宣扬,而是把注意力集中在屈原怀才不遇的遭际和他那种出污泥而不染的高洁人格的赞许上。

司马迁用这样的观点来理解屈原,显然是与他个人的身世遭际紧密相关的。屈原"竭忠尽智以事其君","信而见疑,忠而被谤",两度被流放,最终"怀石遂自沉汨罗以死",这与司马迁以自己

---

① (汉)司马迁:《史记》卷84,中华书局1959年版,第2482页。
② (宋)洪兴祖著,白化文等点校:《楚辞补注》,中华书局1983年版,第153页。
③ (宋)洪兴祖著,白化文等点校:《楚辞补注》,中华书局1983年版,第47页。

的拳拳之忠换来身受腐刑的奇耻大辱,又是何其相似!司马迁以自己的不幸遭遇来理解屈原,自然对屈原的哀怨之情有着更多的体会。他认为屈原的伟大诗篇《离骚》乃是因怨而生,本质上是一篇哀怨之作。屈原怨小人的谗言陷害忠良,更怨怀王"听之不聪"。同时,司马迁分析楚怀王之死乃是"不知忠臣之分"[①],"内惑于郑袖,外欺于张仪,疏屈平而信上官大夫、令尹子兰,兵挫地削,亡其六郡,身客死于秦,为天下笑,此不知人之祸也"[②]。这岂止是在写屈原,分明也是在抒发自己与之相类的怨愤之情,并把批判的锋芒直接指向了古今同样的昏庸君主。

司马迁以怀才不遇作为一条主线来写屈原,其实也是他对汉代文人士子命运的一种理解。司马迁之所以把屈原和贾谊合列一传,显然是也看重二人在怀才不遇的悲剧命运方面的共同性。应该说,在汉初,贾谊是一位非常重要、非常有影响的人物。他既是一位著名的文学家,更是一位著名的政治家和思想家。要全面地认识贾谊,我们要对他的《新书》,尤其是其中最重要的文章如《过秦论》、《陈政事疏》等进行认真的研读,同时也要看到他在短短的政治生涯中为汉王朝所做出的重要贡献。对此,班固在《汉书·贾谊传》里有较详的叙述。这一点,司马迁知道的很清楚,他在《屈原贾生列传》中也作了介绍:"贾生以为汉兴至孝文二十余年,天下和洽,而固当改正朔,易服色,法制度,定官名,兴礼乐,乃悉草具其事仪法,色尚黄,数用五,为官名,悉更秦之法。孝文帝初即位,谦让未遑也。诸律令所更定,及列侯悉就国,其说皆自贾生发之。"[③]但是,司马迁为贾谊作传的主要用意却不

---

① (汉)司马迁:《史记》卷84,中华书局1959年版,第2485页。
② (汉)司马迁:《史记》卷84,中华书局1959年版,第2482页。
③ (汉)司马迁:《史记》卷84,中华书局1959年版,第2492页。

在这里,他的重点还是要指出贾谊的怀才不遇,要为贾谊鸣不平。在司马迁看来,不论是屈原也好,贾谊也好,都不能逃脱受人排挤、怀才不遇的命运。他不但把这种体会融进《屈原贾生列传》里,同时还作《悲士不遇赋》来抒发自己的这种感怀:"悲夫士生之不辰,愧顾影而独存……。何穷达之易惑,信美恶之难分。时悠悠而荡荡,将遂屈而不伸"。[①] 由此可知,司马迁那种怀才不遇的感受有那么深切!

其实,在汉代,怀才不遇并不只是司马迁的感受,贾谊本来就是一个这样的人。他因为在政治上受到排挤,对屈原怀才不遇的悲剧命运自然也最为理解。作为汉代文人,他是第一个亲临湘水,"投书以吊屈原"的人,他在《吊屈原赋》中这样写道:"造托湘流兮,敬吊先生。遭世罔极兮,乃陨厥身。呜呼哀哉,逢时不祥!鸾凤伏窜兮,鸱枭翱翔。阘茸尊显兮,谗谀得志……嗟苦先生兮,独离此咎!"[②] 这与其说是凭吊屈原,不如说是在发自己的牢骚。此外,如董仲舒、东方朔、严忌、王褒、刘向之属,或自言其志,或代屈原立言,也莫不流露出深深的生不逢时、怀才不遇之情。由此看来,司马迁之所以用这样的态度来为屈原立传,一方面固然是由于自己的遭遇有与屈原相同之处,另一方面也是时代的思潮使然。而这,正来自于汉代大一统的封建社会制度下文人们对于自己的身世命运的一种理解。由此而言,司马迁的《屈原贾生列传》,既是我们认识屈原的第一手材料,同时也是可以当作抒写汉代文人怀才不遇思想的文献来读的。

---

① (清)严可均校辑:《全上古三代秦汉三国六朝文》,中华书局1958年版,第270—271页。

② (汉)司马迁:《史记》卷84,中华书局1959年版,第2493页。

二

　　在怀才不遇的人生中,个人应该如何对待自己的生命,采取什么样的生活态度,是汉人思考的另一个重要问题。司马迁为屈原作传,自然也包含着这方面的思考。在司马迁看来,怀才不遇固然是封建社会中那些有才能和有志向的文人们不可摆脱的共同悲剧命运,但是在这种悲剧命运面前,每个人所表现的个性人格和所持的人生态度却大不一样。屈原在"举世皆浊我独清,众人皆醉我独醒"[①]的境遇中,没有像渔父劝他的那样随波逐流,而是"宁赴湘流,葬于江鱼之腹中",也决不愿"以皓皓之白,而蒙世俗之尘埃"[②]。司马迁深为屈原这种高尚的人格和伟大的人生态度所感染。但贾谊在怀才不遇之时,却要用"同死生,轻去就"的老庄思想来解脱自己。毫无疑问,司马迁是带着同样的同情之心来理解屈原和贾谊的。可是,面对二人对待命运的不同态度,他却感到有些困惑了。

　　解答这一困惑是我们理解《屈原贾生列传》的另一关键。这里可能包括两种因素。首先是个人禀赋和气质上的原因。屈原作为一名先秦贵族,又有良好的个人素质,他是把保持个人高尚节操作为自己的重要人生态度,同时也把它当成个人生存价值是否实现的重要方面来看待的。在屈原看来,与其污浊地活在世上,还不如一身清白地去死。这种属于先秦贵族的高傲的独特的气质,贾谊和司马迁都不具备。在贾谊的《吊屈原赋》里,他只写了对屈原不幸遭遇的同情,并借以抒发自己的人生感慨。但是,贾谊

---

① (宋)洪兴祖著,白化文等点校:《楚辞补注》,中华书局1983年版,第179页。
② (宋)洪兴祖著,白化文等点校:《楚辞补注》,中华书局1983年版,第180页。

并没有对屈原的好修为常的人生观做过多的赞扬。司马迁身受腐刑之后,巨大的人格耻辱感压在心头,使他感到无颜与世人并列,也无颜上父母之丘墓,以至于"肠一日而九回,居则忽忽若有所亡,出则不知所如往。每念斯耻,汗未尝不发背沾衣也"[①]。由此看来,司马迁虽然对屈原的高洁人格表示出极高的敬仰,但是从文化心态上讲,他并没有屈原那种与生俱来的贵族意识,自然也很难理解贾谊与屈原在这方面的巨大差异。其实,在这种人生态度和个性气质的差别里,表现的正是先秦贵族与汉代文人由于出身不同而显现出的时代与阶级差别。

其次是阶级出身与社会历史的原因。屈原之所以在怀才不遇的处境下最终投江而死,是他的爱国主义精神的最高表现。我们肯定屈原的爱国主义精神所具有的永恒与普遍意义,但同时也应该看到,从具体的表现形式来讲,屈原的爱国,是带着浓厚的宗法意识倾向的。他具有强烈的家族血缘意识,把自己的宗族和楚国看成一体,认为自己和楚国有一种永不可分的血肉联系。正因为有这种意识,所以当他的治国理想不能实现、一而再地被楚王疏远或被流放的时候,他仍然"睠顾楚国,系心怀王,不忘欲反,冀幸君之一悟,俗之一改也"[②]。在他看来,自己的才干只能在楚国施展,他决不会像战国时代的其他游士们一样"朝秦暮楚"、"楚材晋用",所以,当他听说楚国国都已经被秦人攻破之时,他便义无反顾地自投汨罗以身殉国。可以说,他的这种人生态度和生命观念,就是宗法制社会下一个贵族的最高行为准则。而出生于汉代社会一般士人家庭的贾谊和司马迁,本身与大汉皇帝已经没有这种宗法血缘上的关系。同时,他们生在大一统的封建帝国里,

---

① (汉)班固:《汉书》卷62,中华书局1962年版,第2736页。
② (汉)司马迁:《史记》卷32,中华书局1959年版,第1485页。

也没有先秦宗法制度下诸侯国贵族的那种特定时代和特定环境下形成的宗国意识。在这种情况下,怀才不遇的贾谊与屈原的人生态度和生命观念自然会有极大的不同。明于此,我们自然也就回答了司马迁的困惑:原来,贾谊"怪屈原以彼其材,游诸侯,何国不容,而自令若是"[①]等等,都是从自己的人生观念出发给屈原设定的人生道路,其实对屈原还没有理解。而他在"自以为寿不得长"的时候,宁可用庄子的"同死生,轻去就"的思想来解脱自己,而决不会像屈原那样投江而死,这既可以说明贾谊在思想意识上有自觉地接受道家人生态度的一面,同时也说明贾谊由于时代和出身的不同而产生的人生观和生命观的巨大差异。正是这种差异,划开了屈原和贾谊、司马迁的时代距离,也让我们理解了两个时代不同的文化精神。

三

我们这样分析司马迁的《屈原贾生列传》,其意义不仅在于弄清汉人对于屈原的理解,有助于更好地认识汉人的文化思想,反过来也是为了更好地认识屈原,认识司马迁写作这篇传记在屈原研究中的意义。我们知道,自 20 世纪初廖平首先提出屈原否定论以来,以胡适、何天行为代表的一些人张扬其说,其主要根据就是由于司马迁的这篇传记在记述屈原生平时有矛盾和不详之处。有些人,包括一些日本学者(如三泽玲尔等),在这方面大作文章。笔者以为,这里面有如何对待历史的态度问题,有学风问题,也

---

① (汉)司马迁:《史记》卷 84,中华书局 1959 年版,第 2503 页。

有对历史文献如何正确理解的问题,对这些问题,学者们都已经做出了强有力的回应,本文在研读《屈原贾生列传》的基础之上,再就屈原否定论者对历史文献的误读问题谈三点简单的认识。

1. 对早期历史文献求全责备,把自己的主观推断当成了否定历史文献的根据;表面上看是重客观实证,实则是以主观偏见来阅读历史。廖平、胡适等人提出屈原否定论,是以该篇传记中存着诸多记载不详之处为前提的。例如胡适在他那篇《读〈楚辞〉》的文章里,先说《屈原贾生列传》不可靠,有两可疑,后说屈原传叙事不明,有五可疑。的确,司马迁写的屈原这篇传记很短,里面还有一定的传闻性质,自然也不免不详之处。但是,记载不详并不就意味着文献可疑,其原因可能是多方面的,如文献本身的多少,作者对材料的取舍、受写作体例的限制等等。这些都不能成为否定屈原存在的理由。我们知道,司马迁在《史记》中为先秦历史人物作传,除了借助当时流传下来的历史文献之外,还有相当大的部分是根据自己的实地调查和民间传闻写成的。不独屈原是这样,从列传中第一篇写伯夷、叔齐开始,到后面写管仲、晏子、老子、孙子、苏秦、张仪等等,都是如此。甚至在写汉代刘邦、张良、韩信等人的时候,也夹有相当多的传闻性的故事,仔细研究起来,矛盾和破绽也不少。但是,我们并不能由此而否定刘邦、张良的真实存在。再比如,《史记》中关于老子的记载,疑点更多,学术界也有不同的争论,但人们仍然相信历史上真有老子其人。何以如此,因为相关的历史文献可以从多个方面证明他们的真实性,只是因为年代久远、历史记载不详,我们对他们的生平事迹所知甚少,已经难以给他们写出一篇详细的传记罢了。总之我们应该肯定,在这些传记中,真实性是第一位的,是不容否定的;相比较而言,不清楚的细节是次要的,我们决不能以后者轻易地否定前者，这应该是一种起码的尊重历史事实的学术态度，同时也应该是我们对待早期历史文献的一种正确理解方式。可是胡适等人偏偏不这样做，只看到其中的几点可疑之处，就可以大胆地断言，说"传说的屈原，若真有其人，必不会生在秦汉以前"，"我这个见解，虽然很空泛，但我想很可以成立"。[①]一句话，胡适让我们相信他提出的几个疑点，而不要相信《史记》和其他历史文献中关于屈原的一些最基本的不可否定的铁的事实，如关于屈原的身世、屈原所生活的时代、屈原生平的主要遭遇、屈原投江而死、屈原留下来的众多作品，以及贾谊对屈原的凭吊、司马迁亲赴屈原投江处考察的事实等等；胡适要让我们相信他"虽然很空泛，但我想很可以成立"的主观臆断，而不要相信《史记》等先秦两汉的古文献记载。仔细分析，这种说法不是很荒唐吗？刘向、扬雄早在西汉时就已经承认司马迁有"良史之才"，现在的出土文献也越来越证明司马迁记载历史的基本真实性，企图用古书中一些细节中的模糊而否定大量的铁的历史事实，从思想根源上说是历史虚无主义的一种表现，从治学方法和态度上说则是打着所谓实证主义的幌子，攻其一点而不及其余，是一种彻底的主观唯心论，是用自己的主观偏见来解读历史。

2. 不理解司马迁的著书体例和写作精神。司马迁写作《史记》，为历史人物作传，是以基本的历史事实为根据的。但是他为历史人物作传的目的又决不仅仅是客观详细地记述每一个人物的生平，而是要写出他们在中华民族历史上的代表性，写出他们独特的精神面貌，写出司马迁自己对人生和历史的思考，以此来"究天人之际，通古今之变，成一家之言"。这决定了司马迁在写人

[①] 胡适：《读〈楚辞〉》，杨犁编：《胡适文萃》，作家出版社1991年版，第381页。

物传记中的一个重要取舍原则，那就是注重选取所有能体现人物性格和精神的事件，舍弃了一些从历史记述方面看来虽然很重要，但是对于表现人物精神面貌却关系不大的材料，并加入了自己对历史人物的理解。如司马迁在《管晏列传》中就说："既见其著书，欲观其行事，故次其传。至其书，世多有之，是以不论，论其轶事。"[1] 可见，司马迁写《管晏列传》的目的并不是详记二人的生平，而是要"观其行事"、"论其轶事"。在《孙子吴起列传》中也说："世俗所称师旅，皆道《孙子》十三篇，吴起《兵法》，世多有，故弗论，论其行事所施设者。"[2] 可见，司马迁写作《孙子吴起列传》也是有所选择，对当时大家熟知的孙子和吴起兵法都没有多写，而只是选取了一些与二人相关的故事，并顺便写到了孙武的后世孙膑。孙武孙膑相隔约百年，二人都曾有兵书传世，这在当时是人人皆知的事，所以司马迁没有对此做什么详细解释。可是由于后来《孙膑兵法》的失传，一些人就揣测后世常说的《孙子兵法》可能是孙膑所作。但是随着1972年山东银雀山汉墓同时发现了《孙子兵法》和《孙膑兵法》，终于澄清了历史事实，反过头来看《史记·孙子吴起列传》，我们才发现原来司马迁在这里写的虽然简单，但是却明明白白，本无差错。这又再一次说明，司马迁在为历史人物作传时虽然加进了一些传闻佚事，在材料的使用上也表现了自己的选择态度，但是他却从不去伪造历史，改写历史。时至今日，还没有哪一个人可以举出铁的证据，说《史记》中的哪一件事是司马迁伪造出来的。司马迁读过屈原的《离骚》、《天问》、《哀郢》等作品，这说明他对屈原有着相当清楚的了解。但是在本传中一概不录这些诗篇，却另外摘录了带有很强的传闻性质的《渔

---

[1] （汉）司马迁：《史记》卷62，中华书局1959年版，第2136页。
[2] （汉）司马迁：《史记》卷65，中华书局1959年版，第2168页。

父》的大半，引录了《怀沙》全篇。显然，这与司马迁对屈原的理解有关，也和当时人对屈原的熟悉有关，在司马迁和他同时人看来，屈原的历史本来很清楚，他在《楚世家》、《张仪列传》、《太史公自序》、《报任少卿书》中都自然而然地提到，无可怀疑，在《屈原贾生列传》中自然也无须多言。可见，司马迁体现在此篇中的写作精神，与《管晏列传》和《孙子吴起列传》也是一致的。可惜的是胡适等人不理解司马迁的著书体例和写作精神，他们把司马迁对史料的选择和某些方面的叙事不详误当成了否定屈原的根据，把自己对历史的有限理解和可怜知识当成古人写作史书的常理，这种对《史记》的误读和误解，正是胡适等人得出屈原否定论的致命要害所在。

  3. 缺乏对历史文献的认真研读和对其中的文化精神的体认。廖平、胡适等人之所以否定屈原，另一个重要的原因是他们没有去认真地研读历史文献。胡适说："屈原明明是一个理想的忠臣，但这种忠臣在汉以前是不会发生的，因为战国时代不会发生这种奇怪的君臣观念。"正是这句话说明他没有认真地读过屈原的《离骚》等作品，对先秦的楚文化和周文化没有深入的了解，同时也说明他没有认真地读《屈原贾生列传》，没有看到体现在屈原和贾谊以及司马迁身上的时代文化精神的不同。而这，也正是他们对历史文献的一种更为严重的误读。不论是古代的学者还是当代学者，对于屈原的忠臣思想和先秦楚文化的关系，早已有过充分的论证，事实说明，屈原的这种思想只能产生在先秦时代的楚国，而决不会是汉代社会的产物。胡适说："战国时代不会发生这种奇怪的君臣观念"，正说明他对于战国文化尤其是楚文化根本就没有做过认真的研究，他的这个推断完全是出于自己的主观成见。此为其一。其二，由我们上文论述可知，司马迁之所以把屈原和贾谊合在一起来写，主要是为了表现二人怀才不遇的共同命运。为此他舍弃了许多有关屈原的作品和故事，只选择了那些可以表现他怀才不遇性格方面的典型材料。以后世史家的眼光看，这也许是个缺陷，增加了我们了解历史事实或某些历史细节的难度。但是从另一个方面讲，司马迁的《史记》却比《汉书》等更有价值，因为司马迁在史书中不但要写出人物的历史真实，还写出了人物性格的真实，中华民族精神的真实，这一点比起一般的史书更为难能可贵。我们知道，历史的真实包括两个方面，一是物质史料的真实，二是文化精神的真实。历史故事固然可以编造，但体现在历史文献中的时代文化精神却是编不出来的。虽然司马迁处处想用自己的人生观来理解屈原，虽然他主要写了屈原的怀才不遇，并把他与贾谊合列一传，认为二人在人生的悲剧命运方面相同。但是，屈原和贾谊的人生态度、人生观念方面的巨大不同，却是无论如何也统一不起来的。正是在这种看起来有所选择的记述中，让我们看到了一个性格生动的、在汉代绝不可能出现的真实的屈原。司马迁的伟大之处就在于，他不但为我们提供了有关屈原的物质史料方面的基本真实，同时也写出了有关屈原的文化精神上的真实。这正好是证明屈原其人真实可信的有力证据，是司马迁给我们留下的研究屈原精神思想的最可靠材料。自廖平、胡适等人提出屈原否定论以来，至今还有些学者，特别是一些日本学者，却还在坚持屈原否定论，并常常把胡适等人关于对司马迁《屈原贾生列传》的批评作为主要的论据。所以，认真地重读司马迁的这篇作品，从根本上指出胡适等人对这篇历史文献的误读，就具有了重要意义。

关于中国古代歌诗艺术生产的理论思考[1]

歌诗是指可以演唱的诗歌，它在中国古代文学中占有重要地位。歌诗也是中国最早的文学样式，它的产生和发展，体现了文学的起源与发展的最基本规律。艺术生产论是马克思主义文艺美学的基本理论，它的要义是把艺术看作人类的一种精神生产，把艺术活动看成是人类的一种精神生产活动。如何用马克思主义的艺术生产论来研究中国古代歌诗，并进而形成一种新的研究思路和研究方法，是本文所要阐述的中心问题。

一、人类的精神需求与艺术的起源

要系统研究中国古代歌诗，必须从它的起源开始。而关于艺术的起源，却正是一个众说纷纭的话题。在西方，有亚里士多德的模仿说，席勒、斯宾塞的游戏说，泰勒、弗雷泽的巫术说，维尔纳、科林伍德等的心灵表现说等众多说法。在中国古代，也有许多关于艺术起源问题的观点。如《吕氏春秋》认为音乐起源于

---

[1] 本文为作者主持的国家社会科学基金课题《古代歌诗与时代文明——从〈诗三百〉到元曲的艺术生产史研究》的导论，原发于《中国诗歌研究》第 2 辑，中华书局 2003 年版。

自然界阴阳的变化,其《大乐》篇曰:"音乐之所由来者远矣,生于度量,本于太一。太一出两仪,两仪出阴阳。阴阳变化,一上一下,合而成章。"①《毛诗序》则认为歌舞起源于人的心灵表达需求:"诗者,志之所之也。在心为志,发言为诗。情动于中而形于言,言之不足故嗟叹之,嗟叹之不足故永歌之,永歌之不足,不知手之舞之,足之蹈之也。"②孔颖达又认为艺术起源于人的本性,他在《毛诗正义·诗谱序疏》中说:"原夫乐之所起,发于人之性情,性情之生,斯乃自然而有,故婴儿孩子怀嬉戏抃跃之心,玄鹤苍鸾亦合歌舞节奏之应。"钟嵘则比较鲜明地提出了感物说,他在《诗品》中说:"气之动物,物之感人,故摇荡性情,形诸舞咏。"③而传说中伊耆氏的《蜡辞》、《吴越春秋》里的《弹歌》、《吕氏春秋》里所记的《葛天氏之乐》、《候人歌》等,也可以从不同的艺术起源论角度对其作出解释。时至今日,关于艺术的起源,还是一个远没有得到解决的问题。

笔者认为,在探讨艺术起源的问题上,我们首先必须承认两点:其一,无论何时何地的艺术品,都满足了人类的一种精神需求;其二,无论何种形式的艺术,都必须有与之相关的物质(声音、文字、色彩、造型等)表现形态。由此笔者认为:无论坚持何种艺术起源说,都必须承认艺术起源与人类的精神需求的关系,艺术的发展与相关的物质表现能力的关系,这两者达到什么样的程度,人类的艺术就相应地达到什么样的程度。因此,笔者的观点是:艺术起源于人类的精神需求;而艺术在不同的历史阶段所呈现

---

① (战国)吕不韦著,陈奇猷校释:《吕氏春秋校释》,上海古籍出版社 2000 年版,第 258 页。
② (汉)毛亨传,郑玄笺,(唐)孔颖达疏:《毛诗正义》卷 1,(清)阮元校刻:《十三经注疏》,中华书局 1980 年版,第 269—270 页。
③ (梁)钟嵘著,曹旭集注:《诗品集注》,上海古籍出版社 1994 年版,第 1 页。

出的不同形式，则取决于人类在该历史时期的物质表现能力。①

其实，关于艺术起源于人类精神需求的理论，在中外的心灵表现论中早已有了萌芽。中国古代最早的"诗言志"的诗歌理论，就是把诗歌的起源看成是人类心灵的表达需求。《吕氏春秋·音

---

① 笔者虽然提出了自己的艺术起源观，但是并不准备在这里详细讨论这一问题。因为这一问题实在太复杂。但有一点要指出：在笔者看来，关于艺术起源的命题，本是一个先验性的命题，同时又是一个实践性的命题。所谓先验，首先指这一命题本身就存在着不可解决的前提，按一种观点看，"艺术起源的问题在逻辑上应该包含以下三个层面：艺术何时（When）发生？艺术如何（How）发生？艺术何以（Why）发生"？（郑元者：《艺术之根：艺术起源学引论》，湖南教育出版社1998年版，第19页）而就目前的研究条件看，以上三个问题都是不可能解决的，都带有很强的先验性质。朱狄说：自上个世纪初以来，"对艺术起源的研究不外乎三种途径：第一就是从史前考古学角度对史前艺术遗迹的分析研究；第二就是从现代残存的原始部族的艺术进行分析研究；第三就是从儿童艺术心理学方面所进行的分析研究"。（朱狄：《艺术的起源》，中国社会科学出版社1982年版，第34页）而这三种途径，都不能完满地解决上面的三个问题。相比较而言，目前比较流行的受文化人类学影响的研究者，大都看重第一种研究方法，即把史前遗留下来的"艺术品"作为研究艺术起源阶段时的唯一可靠的证据。但是我们知道，那些史前遗留下来的"艺术品"不仅十分有限，我们至今并不能确定这些所谓的"艺术品"就是最早的具有艺术起源意义的"艺术"，即解决艺术何时（When）发生的问题；同时我们也不可能再依据这些"艺术品"完满地解释其创作的动机，即艺术如何（How）发生与艺术何以（Why）发生的问题。以上就是笔者所说的先验性，即无论从何种方法入手，在本质上我们已经无法回到艺术起源的时代，由此而言所有关于艺术起源的说法都是一种假说。而所谓实践性，则是指艺术本是人类的一种活动，它先天地具有实践的性质。它与人类的发展实践紧密结合，它最终表现为一种物质形态，但是其本质上却是人类的一种精神活动，是人类精神活动的物化产品。如果我们承认人类的进化是一个渐进的过程的话，那么，我们就无法从时间上给艺术的起源问题一个明确的回答。重要的不是研究艺术何时起源，而是研究艺术在何时呈现出何种形态，即研究不同时代人们的艺术实践过程。这就是笔者所说的实践性。基于以上两点的认识，所以笔者在这里提出"艺术起源于人类的精神需求，而艺术在不同的历史阶段所呈现出的不同形式，则取决于人类在该历史时期的物质表现能力"这样一个先验性与实践性相结合的观点。从先验性方面讲，笔者认为，当人类有了精神表达的需要的时候，就存在了艺术产生的前提；从实践性方面讲，当人类掌握了把自己的精神需要用物质的形式（声音、图象、动作等）表达出来的具体方法的时候，艺术品就已经产生了。由此观点来看，人类的艺术起源是相当久远的，它比现在的巫术说所追溯的时代还要早得多。但是，正因为艺术的产生有赖于人类掌握艺术表达的物质形式，所以笔者又不同意艺术的起源与人类的起源同步这样比较宽泛的观点，从这一点讲，笔者尊重劳动说、巫术说等在研究人类艺术实践方面所作出的切实的努力，因为他们分别描述了人类在不同阶段和不同实践情况下艺术所呈现的基本形态。

初》篇也说:"凡音者,产乎人心者也。"① 在西方,类似的说法也很多。如雪莱在《诗辩》中就说:"在通常的意义下,诗可以界说为'想象的表现';并且自有人类以来就有诗的存在。"② 科林伍德说:"没有什么比说艺术家表现情感再平凡不过了,这个观念是每个艺术家都熟悉的,也是略知艺术的任何其他人都熟悉的。"③ 黑格尔对此则有更深刻的见解。他说:"艺术的普遍而绝对的需要是由于人是一种能思考的意识,这就是说,他由自己而且为自己造成他自己是什么,和一切是什么。自然界事物只是直接的,一次的,而人作为心灵却复现他自己,因为他首先作为自然物而存在,其次他还为自己而存在,观照自己,认识自己,思考自己,只有通过这种自为的存在,人才是心灵。""艺术表现的普遍需要所以也是理性的需要,人要把内在世界和外在世界作为对象,提升到心灵的意识面前,以便从这些对象中认识他自己。当他一方面把凡是存在的东西在内心里化成是'为他自己的'(自己可以认识的),另一方面也把这'自为的存在'实现于外在世界,因而也就在这种自我复现中,把存在于自己内心世界里的东西,为自己也为旁人,化成观照和认识对象时,他就满足了上述那种心灵自由的需要。这就是人的自由理性,它就是艺术以及一切行为和知识的根本和必然的起源"。④ 黑格尔在这里把艺术的起源看成是"心灵自由的需要",其实也就是指人类的精神需要。遗憾的是他没有进一步探讨人类这种心灵需要产生的实践基础以及艺术表达所需要的物质条件,而马克思

---

① (战国)吕不韦著,陈奇猷校释:《吕氏春秋校释》,上海古籍出版社 2000 年版,第 338 页。
② 伍蠡甫主编:《西方古今文论选》,复旦大学出版社 1984 年版,第 132 页。
③ 〔英〕科林伍德著,王至元、陈华中译:《艺术原理》,中国社会科学出版社 1985 年版,第 112 页。
④ 〔德〕黑格尔著,朱光潜译:《美学》(第一卷),商务印书馆 1979 年版,第 38—39、40 页。

主义关于艺术起源的理论,正好弥补了这种不足。

关于马克思主义艺术起源的理论,过去我们往往存在着一种误解,认为它仅仅是指一切艺术样式和艺术内容都是从具体的劳动中产生,这种简单的理解方式显然是受普列汉诺夫的影响。其实,马克思主义的艺术起源说并不是这样,其核心是要我们首先正确理解"劳动创造了人"这一马克思主义理论的基本观点。用这一观点解释艺术的起源有两个要义:第一,人类的"劳动"从一开始之所以和动物的劳动有区别,是因为它具有明确的目的性。马克思说:"劳动过程结束时得到的结果,在这个过程开始时就已经在劳动者的表象中存在着,即已经观念地存在着。它不仅使自然物发生形式变化,同时还在自然物中实现自己的目的,这个目的是他所知道的,是作为规律决定着他的活动的方式和方法。"[①] 马克思的这段话,具有重要的理论意义,因为它深刻地揭示了人类的劳动与动物的"劳动"的最大不同,那就是人类在劳动过程中就有明确的目的性,在劳动中同时体现着人的精神指导作用。换句话说,人类的劳动与动物的"劳动"之所以不同,是因为人类的劳动——亦即生产过程,从一开始就包含着两种形态,一种是物质生产劳动,一种是精神生产劳动。从这个角度出发,人类的第一件"劳动产品"也就是第一件"精神产品",第一件"艺术品",作为精神生产的艺术活动最早就是和物质生产的劳动同步的。第二,人类早期的精神活动是和物质活动紧密交织在一起的,甚至人类的语言也是在劳动中产生的。恩格斯在论述从猿到人的过程时,就一再强调"语言是从劳动中并和劳动一起产生出来的"[②]。马克思恩格斯还指出:"思想、观念、意识的生产最初是

---

① 〔德〕马克思:《资本论》(第一卷),人民出版社1975年版,第202页。
② 〔德〕恩格斯:《劳动在从猿到人转变过程中的作用》,《马克思恩格斯选集》(第三卷),人民出版社1972年版,第511页。

直接与人们的物质活动，与人们的物质交往，与现实生活的语言交织在一起的。观念、思维、人们的精神交往在这里还是人们物质关系的直接产物。"①用这种观点来看，作为人类精神活动之一的艺术，就是在劳动中随着人自身的成长才逐步成长的，也是随着人类物质生产能力的增长而同步增长的。总之，是劳动创造了人，才使人有了精神表达的需求、审美的需求，同时也使人掌握了精神需求的物质表达能力，从此才有了艺术的起源。

我们说艺术起源于人类的精神需求，而这种需求的产生又以劳动创造了人，以人的物质生产能力所达到的高度为前提，这就和以往的各种艺术起源说划开了界限，同时也更能看到它们的不足。以近年来颇为流行的巫术说为例，虽然大量的人类学和考古学的材料可以证明史前人曾经有过一个巫术阶段，大量的原始艺术也与巫术活动有关，但是现有的考古材料还不能证明巫术活动的发生早于人类审美活动的发生，达尔文在《人类的由来及性选择》中指出，作为人类艺术活动主要类型之一的音乐，并不是产生于宗教，而是人类的一种本能。"人类的所有种族、甚至未开化人都有这等才能，虽然是处于很原始的状态……无论人类的半动物祖先是否象能够歌唱的长臂猿那样地具有产生音乐调子、因而无疑具有欣赏音乐调子的能力，我们知道人类在非常远古的时期就有这等才能了。拉脱特描述两支由骨和驯鹿角制成的长笛，这是在洞穴中发现的，其中还有燧石具以及绝灭动物的遗骸。唱歌和跳舞的艺术也是很古老的，现在所有或几乎所有人类最低等的种族都会唱歌和跳舞。诗可以视为由歌产生的，它也是非常古老

---

① 〔德〕马克思、恩格斯：《德意志意识形态》，《马克思恩格斯全集》（第三卷），人民出版社 1960 年版，第 29 页。

的,许多人对于诗发生在有史可稽的最古时代都感到惊讶"[①]。人类学家马林诺夫斯基(B.Malinowski)在调查新几内亚东北部地区的原始部族梅兰内西亚人时,曾明确指出,在这类原始部落里也并不存在着一个万物有灵的巫术阶段,原始人照样懂得巫术与知识的区别。"你若向土人说治园全用巫术,不要工作,他便笑你思想简单。他与你同样知道天然条件与天然原因,他以观察力量也知道这些天然势力可用自己底智力体力来加以控制。土人底知识固属有限,然在有限范围以内则颇正确而无神秘色彩。篱若倒了,种若坏了,或被水冲,或被干旱,他都不找巫术,都在知识理性之下努力工作。然在另一方面,他底经验也告诉他,不管怎样小心谨慎,也有某种势力会在某一年意外丰收,雨旸如时,一切顺利,害虫也不出现;另一年则有同一势力与你为难,干什么都遭坏运。巫术就是所以控制坏运和好运的。因此可见土人之间,是将两种领域,划分清楚的:一方面是一套谁都知道的天然条件,生长底自然顺序,一般可用篱障耘芟加以预防的害虫与危险;一方面是意外的幸运与坏运。对付前者是知识与工作,对付后者是巫术。"[②] 由此而言,"他们制造的用于生产或者战争的石刀、石斧、砍砸器、石球、骨针、箭镞等,用于帮助记忆或传递信息的刻在骨片、树皮、陶片、岩壁上的符号,那些由饱餐后的满足或性欲的冲动而产生的原始歌舞等等,都与巫术没有多少联系。这一类史前艺术对于'巫术说'的理论也是没有帮助的"[③]。因此,我们只能说巫术对艺术的发展有巨大的促进,但并不能把巫术看成是

[①] 〔英〕达尔文著,叶笃庄、杨习之译:《人类的由来及性选择》,科学出版社1982年版,第688—689页。

[②] 〔英〕马林诺夫斯基著,李安宅译:《巫术、科学、宗教与神话》,中国社会出版社1999年版,第483页。

[③] 邓福星:《艺术前的艺术》,生活·读书·新知三联书店2010年版,第29页。

艺术的起源。

巫术说既然在实证面前存在着如此大的问题,那么为什么至今它的影响还那么大呢?这是因为,在巫术说的后面,潜藏着一种对于原始文化的误解。这里,笔者可以引用朱狄先生关于科林伍德对于巫术理论的批评的一段话来提醒人们:

> 科林伍德认为这种关于巫术的理论对当代的人类学是种灾难,因为想用这种理论寻求答案的人受实证主义的影响所支配,这种哲学完全不顾及人类情感的本性并且竭力去贬低人类经验的智力水平,抹煞所有的智力活动,这种偏见才导致了泰勒和弗雷泽去把野蛮人的巫术实践活动和文明人利用科学知识去控制自然的实践活动进行比较。科林伍德认为洛克把野蛮人视同为缺乏逻辑思考能力的白痴是情有可原的,因为洛克和他的同时代人事实上并不知道关于野蛮人的事情。而十九世纪的人类学者们明明知道被他们称之为野蛮人的人们在冶金术、农业、畜牧业等等方面对因果关系都有极好的理解,更不必说他们在政治上、法律上、语言上体系非常复杂的习惯所展示出来的智力上的力量了。所以科林伍德认为十九世纪人类学家的观点已经过时,今天的人类学者已很少用"泰勒—弗雷泽"的理论去解释原始人的艺术了。[1]

科林伍德对于巫术说的批评切中要害,的确,即便是我们承认巫术对于原始艺术的发展产生了重大影响,也不能把它简单地视为艺术的起源,关于这一点,已经有越来越多的学者认识到。

和巫术说相比,在西方18、19世纪颇为流行的心灵表现说

---

[1] 朱狄:《艺术的起源》,中国青年出版社1999年版,第101页。

虽然重视人类的情感在艺术起源方面的重要作用，但是因为持这种说法的人倾向于把人类的心灵需求当作人与生俱来的本能而不是一种社会实践，"过于理想性地假定了人类心智的特殊的自律性活动，亦即所谓的纯粹的审美力和审美活动，在艺术起源的史前时代，这样一种心智上的自律性活动显然是不存在的"。这样也就从根本上抹杀了原始艺术与古典艺术和现代艺术的区别，甚至抹杀了艺术与非艺术的区别，因而也就不可能解释原始艺术从何时发生的问题，"很难真正顾及艺术发生的实际情境以及情境中的各种具体的差异性现象"[①]。更重要的是，这种理论没有考虑到艺术何以发生的物质基础。在笔者看来，人类的"情感表现"之所以会产生艺术，还因为人类在实践中才逐步掌握了把精神表现转化为物质形式（声音、文字、色彩、造型等）的能力。因为人类掌握了发声的技巧，所以才会唱歌；因为人类掌握了文字，所以才会有书法的艺术；因为人类对于色彩有了认识并且能够运用他们来进行描写，所以才有了绘画；因为人类对于造型活动有了认识并掌握了相应的物质表现能力，所以才会有各种造型艺术；因为人类能够掌握了摄影的技术和胶片的生产，所以才有了摄影和电影艺术；因为人类发明了电视和相关的制作方法，所有才有了电视剧；等等。总之，人类的精神需求在不断地发展，物质生产能力也在不断地提高，正是这二者的有机结合才构成了一部艺术发展的历史，并形成了史前艺术与古典艺术和现代艺术之间的巨大不同。从这一点讲，我们才更钦佩考古学家、文化人类学家和历史学家在人类早期艺术实践方面的研究上所做的不懈努力，是他们让我们了解了人类的物质生产能力在不同的历史阶段所呈现

[①] 郑元者：《艺术之根：艺术起源学引论》，湖南教育出版社1998年版，第182页。

的不同水平,由此而决定了人类在不同的历史阶段的不同艺术表现形式。从原始人带有审美意味的工具的出现,到法国拉斯科(Lascaux)洞窟中色彩艳丽的两只野牛岩画,到殷商时代制作精美的青铜器,再到今天用不锈钢制成的现代派雕塑;从传说中涂山氏之女"候人兮猗"那一声简单的吟唱,到"丝竹更相和"的汉乐府歌诗,再到今天的大型民族交响音乐会,艺术的产生总是和人的精神需求以及相应的物质表现能力有机地结合在一起。这就是我们立足于马克思主义的艺术生产理论、在吸纳古今学说基础上而提出的艺术起源说。[①]

二、对马克思的艺术生产理论的再思考

我们从人类的精神需求以及相应的物质表现能力相结合的角度来认识艺术的起源,这就掌握了马克思主义艺术生产论的一大要义。但是要全面地认识马克思主义的艺术生产论,还必须再深入一步,理解什么是马克思所说的"生产"。

根据马克思主义劳动创造了人的理论,当人一旦通过劳动从猿变成人之后,就和动物有了一个重要区别:人的生命不但需要物质滋养,而且需要精神滋养;不但需要物质消费,而且需要精神消费。从此,人类的生产也就形成了两大部类,一是物质生产,一是精神生产。艺术作为满足人类的精神消费需求的一种活动,它归根到底也是一种生产。

[①] 关于人类的精神需求与艺术起源的关系,自然不是如笔者这里所说的这样简单,但详细论证这一问题,已不是本文的任务,有待于以后的专门著作。故这里只是提出笔者的基本想法。

"生产"是马克思主义理论中一个内涵非常丰富的概念。它不但指人类创造物质财富的活动,而且也用来指人类创造精神财富的活动。马克思早在《1844年经济学哲学手稿》中就说:"宗教、家庭、国家、法、道德、科学、艺术等等,都不过是生产的一些特殊的方式,并且受生产的普遍规律的支配。"① 因此,认识马克思关于生产的一般理论,进而认识马克思主义关于精神生产的理论,就是我们研究马克思的艺术生产论的必由途径。

马克思主义在一般情况下所讲的生产,都是指物质生产。恩格斯说:"根据唯物主义观点,历史中的决定性因素,归根结蒂是直接生活的生产和再生产。"② 生产是社会再生产过程中的决定性因素,没有生产就没有交换、分配和消费;而交换、分配和消费反过来又影响生产。生产包括生产力和生产关系两个方面。劳动者和生产资料,是生产中不可缺少的人的因素和物的因素。两者的结合,形成社会生产力。人们在生产中发生的关系,就是生产关系。生产在任何条件下都是社会生产,人们只有结成一定的生产关系,才能同自然界进行斗争。人们在生产斗争中不断改变自然和自己,并创造人类的历史。生产是物质资料生产与生产关系生产的统一,即在生产物质资料的同时,生产一定的生产关系。

关于马克思主义的这些论述,我们已经耳熟能详。但关键是我们应该如何用此理论来理解人类的精神生产。艺术既然也是生产,那么它自然也应该遵从这一生产的普遍规律。其实,关于这一问题,马克思早已有过论述。他说:"如果我们把劳动能力本身

---

① 〔德〕马克思:《1844年经济学哲学手稿》,《马克思恩格斯全集》(第四十二卷),人民出版社1979年版,第121页。
② 〔德〕恩格斯:《家庭、私有制和国家的起源》,《马克思恩格斯选集》(第四卷),人民出版社1972年版,第2页。

撒开不谈，生产劳动就可以归结为生产商品、生产物质产品的劳动，而商品、物质产品的生产，要花费一定量的劳动或劳动时间。一切艺术和科学的产品，书籍、绘画、雕塑等等，只要它们表现为物，就都包括在这些物质产品中。""哲学家生产观念，诗人生产诗，牧师生产说教，教授生产讲授提纲，等等"。[1]又说："思想的历史除了证明精神生产随着物质生产的改造而改造，还证明了什么呢？任何一个时代的统治思想始终都不过是统治阶级的思想。"[2]"和其他任何一个艺术家一样，拉斐尔也受到他以前的艺术所达到的技术成就、社会组织、当地的分工以及与当地有交往的世界各国的分工等条件的制约。像拉斐尔这样的个人是否能顺利地发展他的天才，这就完全取决于需要，而这种需要又取决于分工以及由分工产生的人们所受教育的条件。"[3]通过以上这些论述，笔者可以做出以下总结：马克思主义所说的艺术生产，首先也要具有和一般的生产相同的要素，即它也要有艺术生产的物质条件，如工具、材料、使用手段等；要有艺术生产的社会机制，即艺术生产过程中的社会关系；也要有具有生产能力的艺术生产者——随着社会分工的发展，也要出现专职的艺术家。在商品社会中，艺术生产也必然会出现商品化现象，等等。英国学者珍妮特·沃尔芙在谈到艺术生产问题时曾指出这一理论中两个主要的观点："一是以艺术家作为生产者的观点来代替艺术家作为创作者的传统观点；一是把艺术作品的本质看作是被确定了范围的生

---

[1] 〔德〕马克思、恩格斯：《马克思恩格斯全集》（第二十六卷），人民出版社 1972 年版，第 164—165、415 页。

[2] 〔德〕马克思、恩格斯：《共产党宣言》，《马克思恩格斯选集》（第一卷），人民出版社 1972 年版，第 270 页。

[3] 〔德〕马克思、恩格斯：《马克思恩格斯全集》（第三卷），人民出版社 1960 年版，第 459 页。

产。"①总之,从一般的生产规律来探讨精神生产的规律,就是我们掌握马克思主义艺术生产论的出发点。董学文指出:"'艺术生产'这个概念是与马克思的整个理论体系紧紧地联系在一起的。既然经济是人类社会一切活动的决定性因素,那么艺术受生产普遍规律的制约则是不可避免的。'艺术生产'的概念及其理论,恰是马克思在文艺学和美学上的一个发现,是马克思主义美学旗帜上的重要标志。"②

从一般生产的角度来研究艺术生产,这一看来似乎很简单的道理,但是在以往的研究中却被极大的忽略了。之所以如此,是因为在传统的哲学和美学领域中,关于艺术的生产和人的精神消费需求问题是被另一种认识方式所掩盖了的,那就是马克思主义的艺术意识形态论。

艺术具有意识形态特质,马克思主义的这一论断无疑也是十分正确的。生产力决定生产关系,经济基础决定上层建筑,而社会意识形态又是上层建筑的一部分,用马克思主义的这一基本原理来研究艺术,我们归根到底也要从社会的物质生产活动入手。从这一点来讲,马克思主义的艺术生产论和意识形态论殊途同归,似乎没有什么差别。但仔细研究我们就会发现二者的不同。意识形态论强调的是艺术的意识形态特质,而艺术生产论则强调的是艺术的精神生产本质。因此,从艺术起源的角度讲,马克思主义的艺术生产论显然是比意识形态论更为基础的理论。因为从人类的基本需求方面讲,艺术首先是一种特殊的生产门类,是为了满

---

① 〔英〕珍妮特·沃尔芙著,董学文、王葵译:《艺术的社会生产》,华夏出版社1990年版,第180页。

② 董学文:《马克思的"艺术生产"概念及其理论——为马克思逝世百周年而作》,原载上海《文艺论丛》第十八集,1983年版。此处引自董学文:《文艺学的沉思》,人民文学出版社1992年版,第6页。

足人的精神需求的一种生产,而意识形态只不过是这种产品所呈现的一种特质而已。只有从艺术生产论的角度出发,我们才有可能既对"宗教、家庭、国家、道德、科学、艺术等等"这些"生产的一些特殊形态"的特殊性质给以研究,同时又能认识那些"支配"它们的"生产的普遍规律"。

英国籍西方马克思主义理论家伊格尔顿指出:"如何说明艺术中'基础'与'上层建筑'的关系,即作为生产的艺术与作为意识形态的艺术之间的关系,依我看来,是马克思主义批评当前面临的最重要的问题之一。"[①] 他认为,"文学艺术是意识形态的一部分,但从另一意义上也是经济基础的一部分。作家、艺术家生产者,在资本主义社会又是雇佣劳动者;文学艺术创作也是一种制造业,作品、艺术品可以是商品。艺术生产也依赖某些生产技术,艺术生产方式也决定艺术形式"[②]。遗憾的是,由于我们过去受意识形态论的影响,即便是把艺术当作一种"特殊形态"来认识时,也很少从根本上考虑到它是一种"生产"。这一点,在文学研究中表现的最为突出。因为文学具有意识形态的特性,所以,我们在对其进行研究的时候,总习惯于把文学的内容分析提升到思想和哲学的高度来认识,同时也把文学生产者当作哲学家和思想家来研究,并倾向于把这一切当作文学研究的中心,而忽视了文学作为一种产品的普遍生产规律。我们把研究目光往往集中到作者的生平、思想、人生际遇和个体创作动机等方面来。即便是当人们把对它研究的眼光开放到整个社会的时候,所注意的也只是整个社会的意识形态在文学创作中的影响,以及这个社会的物质生产

---

① 〔英〕特里·伊格尔顿著,文宝译:《马克思主义与文学批评》,人民文学出版社1980年版,第81页。

② 〔英〕特里·伊格尔顿著,文宝译:《马克思主义与文学批评·译者前言》,人民文学出版社1980年版,第3页。

力和生产关系对意识形态的作用。至于文学的物质生产方面的问题,比如生产的环境、生产的条件以及生产的过程等,我们实在关注的太少了。打一个比方,这就好比我们今天拍一部电影,从资金的投入、剧本的创作、演员的选用、导演的指导、摄影师的拍摄、音乐的配制、演员的演出、美工的设计到后期的合成,等等,经过了无数道复杂的程序,有众多的人参与其中,然后才产生出一部影片。这里的每一道程序都是电影生产的重要一环,都对电影的质量产生影响。艺术生产论就是要完整地研究和论述这一过程的全部;而艺术的意识形态论则只研究电影剧本的思想内容和剧作者的创作经历,最多再研究演员的表演水平和他的思想而已。显然,这远不是电影生产的全部,也不是一部电影的全部。诚然,对于中国古代的歌诗艺术来说,远不如现代的电影拍摄那么复杂;但是,除了文本和文本的创作者之外,一首歌诗的产生还是有着相当丰富的内容。以可以配乐演唱的中国古代歌诗为例,从殷周时代开始就已经形成了艺术生产的相当规模,产生了像《诗三百》这样的艺术精品,但是迄今为止我们还没有从一般生产的角度来对它的产生进行过全面的研究。例如,《诗三百》的产生和演唱在当时受制于什么样的物质生产条件?周代社会的艺术生产机制对它的生产具有多大的影响?由于社会的分工所产生的周代专职歌舞艺人在其中起了多大的作用?同样类型的问题在汉乐府、魏晋六朝隋唐歌诗、宋词、元曲中也存在。这些本来在中国古代歌诗研究中早就应该解决的最基本问题,我们至今还没有弄清。

我们重视马克思主义的艺术生产论,同时还因为它与意识形态论有一个重大的区别,那就是对艺术消费的重视。有生产就要有消费,消费反过来又促进了生产。马克思说:"艺术对象创作出懂得艺术和能够欣赏美的大众,——任何其他产品也都是这样。因此,生产不仅为主体生产对象,而且也为对象生产主体。因此,生产生产着消费:(1)是由于生产为消费创造着材料,(2)是由于生产决定着消费的方式,(3)是由于生产靠它起初当做对象生产出来的产品在消费者身上引起需要。因而,它生产出消费的对象、消费的方式和消费的动力。同样,消费生产出生产者的素质,因为它在生产者身上引起追求一定目的的需要。"① "钢琴演奏家生产了音乐、满足了我们的听觉的感受,在某种意义上说不也是在发展着我们的这种感受能力吗?钢琴演奏家刺激了生产,一方面是由于能使我们成为更精神旺盛、生气勃勃的人,一方面也是由于(人们一般总是这样认为)唤醒了人们的一种新的欲望,为了满足这种欲望,需要在物质生产上投入更大的努力。"② 而这又促使我们从生产和消费的辩证关系方面去认识艺术的发展。

从消费的角度加深对艺术生产的理解,是认识马克思主义艺术生产论的又一重要环节,同时也是一个难点。之所以如此,是因为精神消费除了有它的特殊性之外,还有它与物质消费相同的一面。它不仅仅给消费者带来精神上的满足,同时也需要消费者在物质上的付出。一个最简单的例子就是,如果我们想看一场戏剧或电影,首先我们就要花钱买票或者采取其他形式的物质付出。这一点,在艺术起源的原始社会时期还不明显(不过这时进行艺术的消费起码也要付出自己的生命时间或者也要付出自己的劳动),但是随着分工的出现和艺术作为一个独立的精神生产领域之后,在古代奴隶社会和封建社会里,艺术的生产和消费需要物

---

① 〔德〕马克思:《政治经济学批判导言》,《马克思恩格斯选集》(第二卷),人民出版社1972年版,第95页。
② 〔德〕马克思:《政治经济学批判大纲(草稿)》,德文版,第212页。转引自柏拉威尔:《马克思和世界文学》,生活、读书、新知三联书店1980年版,第393—394页。

质的生产和消费为基础的特征也越来越突出。这表现在两个方面。第一，分工使艺术成为少数人的职业，广大人民不得不从事其他繁重的劳动，却无暇从事艺术生产。而那些艺术天才的发展，在很大程度上也要受制于当时的物质生产水平和消费者对艺术消费的需求。第二，由于阶级的产生和财产的集中，艺术的消费成为少数人的特权。上层统治者和物质财富的占有者靠自己的权力和金钱来把持艺术消费，而广大人民的艺术消费权利却被无情地剥夺。由于他们没有充分的物质财富和较高的社会地位，他们也没有条件去观赏那些具有专业化的高水平的艺术演出，正如同在新中国成立前没有几个下层百姓能够买得起戏票到戏院里看梅兰芳的戏一样，而一些达官显宦却可以把戏班子请到家里或者自己就养着一个戏班。正是这种特殊的艺术生产和消费的方式，使古代社会的艺术朝着两个极端的方向发展——一方面由于广大人民没有充分的物质基础作为生活的保证，不可能抽出时间和精力专门从事艺术的生产，这使他们的艺术天才受到压抑，虽然他们的艺术产品大多数具有生动活泼的社会内容，但是却只能在比较低的艺术水平上徘徊；[1] 另一方面则由于占有财富的统治者的提倡和

---

[1] 关于传播于下层群众和广大社会层面的这些所谓"民歌"、"民谣"等的艺术水平判断问题，是个十分复杂的问题。我们这样说并不排斥民间曾经产生过一些好的作品，有些甚至是专业艺术所不及的。但是我们须要知道的是：那些长期流传于民间的具有典范意义的歌诗，也并不是普通大众脱口而出的天籁之音，同样经过了另一种形式的"艺术加工"和"大众选择"。那些广受大众欢迎的民间歌诗，或者经过漫长的历史流传，或者是经过民间艺人的创作。从一定意义上说，那些受人欢迎的民间歌手，在一定程度上也是"专业化"的或者准专业化的。陶文瑜在《访问民歌》一文中说："山歌黄鹂不认识字，山歌黄鹂还是少年时，这乡那乡去学唱山歌，人家唱一句，他跟一句，一句一句地跟，一首一首地学，少年就长成了山歌黄鹂。"（《新华文摘》2002年第5期，第98页，原文见《散文》2002年第3期）关于民间歌手和民间艺术家的艺术活动，可以参考朝戈金：《口传史诗诗学》（广西人民出版社2000年版）和傅谨：《草根的力量》（广西人民出版社2001年版）等著作，由于这一问题十分复杂，本文不能展开讨论，谨记于此。

支持，使某些人的艺术天才得到特殊的发展，艺术在城市和宫廷中得到畸形的繁荣。但由于这些艺术家很容易脱离生活，他们所生产的艺术产品水平虽高却往往缺乏生动的内容。真正生动活泼的艺术精品，则往往是在这两极互动的基础上实现。因此，要充分认识艺术的生产规律，我们也必须对这种古代社会的艺术消费现状加强研究。以中国古代歌诗生产为例，早在《诗三百》中的十五《国风》就有那么高的艺术成就，它的出现，和周代社会分工以及贵族文化生活与精神消费的关系，难道不值得我们深入研究吗？可惜的是由于我们一段时间内过于强调了它的民歌因素，而大大地忽略它里面所体现的贵族文化情调和专业艺人的加工成分，因而对它的发生发展的解释也是软弱无力的。之所以如此，在很大程度上就是和缺乏从周代社会的艺术生产消费方面的研究有关。近十几年来，接受美学在中国颇受关注，在中国古代文学研究领域也是如此。在笔者看来，如果从艺术的生产与消费角度考虑，我们不仅需要"接受美学"，同时也应该关注"消费美学"。

在理解马克思的艺术生产理论时，还有极其重要的一点，即分工。分工是社会发展的重要动因。在艺术发展的过程中也是如此。关于分工对于艺术发展的影响，在意识形态论的研究模式中我们也曾给予适当的注意，但是并没有把它当成决定艺术发展的重要方面。在相当长的一段历史时期内，由于我们强调了人民群众的地位和作用，在某种程度上甚至不承认分工在艺术生产中的巨大进步作用。一个典型的例子体现在对《诗经》的评价上，在相当长的一段时间内，人们把《国风》当成是《诗经》中最有成就的部分，而《国风》之所以最有成就，是因为这些诗属于"民歌"，而"民歌"则是由当时的劳动人民创造的，是他们"饥者歌其食，劳者歌其事"的产物。显然，这种对于《国风》的评价是不科学的。究其原因，就是因为他们忽视了分工在艺术生产中的重要作用，也忽视了在《国风》的生产中专业艺术家在其中所起的重要作用。不错，我们从来不否定人民群众在艺术生产中的创造能力，但是，原初的创作力和艺术产品的最终定型并不是一回事，现在我们还没有充分的证据证明《国风》中的诗歌大都是下层群众所作，更没有充分的证据证明它现在仍然保留的是来自下层大众口中的原样；反之，我们却有充分的证据证明，像《国风》这样的作品，并不是民间歌谣的原生形态，它实际上是在民间歌唱基础上的艺术再生产，是最终成形于专业艺术家手中的艺术精品而不是出自民间的毛坯。这再一次证明了分工在艺术生产中的重要意义。从这方面讲，我们更可以看出艺术的意识形态理论的某些不足。特别是在相当长的一段时间内，由于受意识形态阶级化理论的影响，有些人把人民大众的艺术创造能力给予了过高的评价，认为他们的艺术生产水平远远超过了那些专业艺术家，这显然是不科学的。只有在艺术生产的理论中，我们才能更好地认识分工的重要意义，它是艺术之所以成为艺术的前提，也是艺术得以实现的直接条件。从艺术起源的意义上讲，我们强调分工的重要性，是因为分工的出现才有了真正的艺术家，也才有了真正的"艺术"；从艺术发展的角度讲，我们只有承认分工，才能在艺术史上给艺术家确立一个明确的地位。同时，也只有承认分工，我们才能正确地认识民间艺术、宫廷艺术、文人艺术，认识他们之间的互动关系，并进而认识中国古代的歌诗作品，确立它们在中国诗歌史上的地位。

由此可见，我们之所以这样看重马克思主义的艺术生产论，就是因为这种理论不但把握了艺术起源的本质，而且大大地扩展了艺术和美学研究的领域,它使我们可以从"生产"这一宽广的领域更为全面地研究艺术,既看到艺术的意识形态特质,又看到它作为一种"特殊形态"的"生产"的本质。它要求我们把物质生产和精神生产联系起来,从而在人类的物质生产过程和精神生产过程的统一性中把握艺术的本质。正是由于马克思主义的艺术生产理论具有如此强大的生命力,所以在近几十年也逐渐引起了国内外学者的重视,如我们前引英国学者特里·伊格尔顿的《马克思主义与文学批评》和珍妮特·沃尔芙的《艺术的社会生产》都是阐发马克思主义这种理论的重要著作。在国内,董学文早于1983年出版的《马克思与美学问题》就有了对这种理论的比较系统的阐述[①],20世纪90年代前期,由于社会主义市场经济的巨大冲击,当代文学和艺术所呈现的艺术生产特质越来越明显,所以,结合当代文艺现状,文艺理论界和当代文学界就艺术生产论的问题也展开了比较热烈的讨论,[②] 但是在古典文学研究界,这一讨论并没有引起多大的反响,在当代文学研究领域,近几年来也逐渐归于沉寂了。这一方面是由于文学理论界的转向过快,他们的探讨并没有和中国古代文学实践相结合,还没有深入到丰富的中国文学创作实践中去,因而他们的有关探讨虽富于启发意义

[①] 董学文:《马克思与美学问题》,北京大学出版社1983年。

[②] 如《文艺报》在1993年就艺术生产问题专门进行讨论,见《本报召开艺术生产问题研讨会》一文,载《文艺报》1993年9月18日;发表在这一时期的《文艺报》的文章也很多,如丁振海:《在新的实践中学习和研究马克思的"艺术生产"理论》,载《文艺报》1993年8月7日;张来民:《走向艺术生产论》,载《文艺报》1993年9月4日;涂途:《把握"艺术生产"的特殊规律》,载《文艺报》1993年10月2日,等等。其他刊物也多有这方面的文章,如邵建:《艺术生产论与实践人类学》,载《文学评论》1993年第3期;马鋆伯:《艺术生产与艺术消费》等。此外,关于这一时期的讨论,可参考楚昆:《"艺术生产论"讨论综述》,载《人民日报》1994年3月10日。

却远远没有达到我们所期望的深度和广度，也没有建立起具有中国特色的艺术生产理论；另一方面也与人们关于艺术生产的思考趋向有关：即认为艺术的生产与消费现象，只有在资本主义社会、在商品意识浓厚的现代社会中才有明显的表现。但这却是对马克思的艺术生产论的一种误解。因为马克思是把艺术当作一种特殊的生产来考察，而不是当作现代社会的商品经济下的一种特殊现象来考察。所以，马克思的艺术生产理论，不仅适用于研究现代艺术，也适用于研究古代艺术以至艺术的起源。重要的是不要把这种理论当成新的研究公式和僵化的教条，而是要领会这一理论的实质，要把它当成一种具有生命力的研究方法论来认识。马克思的艺术生产论的要义既然是把艺术当作一种生产，而不仅仅是把现代具有商业性质的艺术才看成是一种生产，那么我们就有理由说中国古代的艺术也是一种生产，是符合中国古代社会实际的一种艺术生产。这就如同说现代化的大工厂的机械制造是一种生产，古代自给自足的春种秋收也是一种生产一样。它们的生产方式和生产规模虽然不同，但是在基本的生产性质上还是相同的。要紧的是不要用现代化的大工业生产方式和生产规律去解释古代的小农经济下的生产方式和生产规律，而是要结合中国古代特殊的历史实际，实事求是地研究中国古代歌诗艺术的特殊的生产方式和生产规律。中国有几千年的封建历史，积累了丰富的歌诗艺术生产经验，也形成了一套完整的歌诗艺术生产与消费体系，产生了一批优秀的歌诗产品。认真地研究中国古代歌诗艺术生产中的一系列特殊现象，描述其历史发展的过程，进而对其进行合理的解释，并建立一套符合中国文化特色的歌诗艺术生产阐释理论。笔者以为，这是一项极有意义的工作。在这方面，我们也有广阔的开拓空间。

三、从艺术生产的角度看中国歌诗的起源

在中国古代的艺术生产中,歌诗占有重要的地位。之所以如此,是因为在早期的艺术发展中,歌诗是最为原始的文学形式,也是诗歌舞三位一体的综合艺术。《毛诗序》说:"诗者,志之所之也。在心为志,发言为诗。情动于中而形于言,言之不足故嗟叹之,嗟叹之不足故永歌之,永歌之不足,不知手之舞之,足之蹈之也。"① 以此而言,歌诗是人类表达情感最为方便也最为直接的一种方式。

按马克思主义的艺术生产理论,歌诗的起源与人类的生产劳动的关系最为直接。生产劳动是原始人类最基本的实践活动,也是他们的社会生活的主要内容。原始社会以歌诗为代表的艺术活动一开始也是原始劳动实践活动的组成部分,它往往在劳动过程中起着协调动作、减轻疲劳、增强劳动效果的实际作用。而这,也正是人类精神需求的最早艺术表达。这也正如鲁迅先生所说:"我们的祖先的原始人,原是连话也不会说的,为了共同劳作,必需发表意见,才渐渐的练出复杂的声音来,假如那时大家抬木头,都觉得吃力了,却想不到发表,其中一个叫道'杭育杭育',那么,这就是创作;大家也要佩服,应用的,这就等于出版;倘若用什么记号留存了下来,这就是文学。"② 歌诗是适应劳动的需要而产生的情感表达,是为促进劳动的呐喊和伴奏。因为在生产力低下的条件下改造自然的生产劳动是原始人的主要生活内容,所

---

① (汉)毛亨传,郑玄笺,(唐)孔颖达疏:《毛诗正义》卷1,(清)阮元校刻:《十三经注疏》,中华书局1980年版,第2页。
② 鲁迅:《且介亭杂文·门外文谈》,《鲁迅全集》(第六卷),人民文学出版社1981年版,第94页。

以,"人类原始歌唱总是反映人类改造物质世界的劳动实践。像古老的《弹歌》、《葛天氏之乐》固然直接反映了原始狩猎与农业生产活动,即使是甲骨卜辞等记载的具有巫术宗教性质的祈雨、祈年活动的诗篇,也依然间接表现着人们力图征服自然的伟大活动。"① 而这也正是人类之所以要诉诸于艺术的最早的思想情感。

但是当在劳动中成长的原始人的生活和培养起来的思想情感日渐丰富之后,作为满足人类精神需求的歌诗也开始变得无比丰富起来。人类最早的歌诗何时由单纯的劳动歌变为可以表达各种思想感情的歌,这一历史过程我们目前还很难做出具体的描述。但起码可以肯定的是,其转化的时间距今已相当久远。因为我们看到,在现有文献中所记载的中国上古歌诗中,除了劳动歌之外,还有大量的祭祀歌、图腾歌、爱情歌、战争歌等等。《礼记·郊特牲》中所记《伊耆氏蜡辞》、相传产生于黄帝时代的《云门》、《吕氏春秋·音初篇》所载的《候人歌》、《周易·同人》中的爻辞等,可以作为上述各种类型歌诗的代表。

马克思说:"生产,总是指一定社会发展阶段上的生产"②,"要研究精神生产和物质生产之间的联系,首先必须把这种物质生产本身不是当作一般范畴来考察,而是从一定的历史的形式来考察。例如,与资本主义生产方式相适应的精神生产,就和与中世纪生产方式相适应的精神生产不同。如果物质生产本身不从它的特殊的历史的形式来看,那就不可能理解与它相适应的精神生产的特征以及这两种生产的相互作用"③。中国上古歌诗的基本特征

---

① 赵明主编:《先秦大文学史》,吉林大学出版社 1993 年版,第 101 页。
② 〔德〕马克思:《政治经济学批判导言》,《马克思恩格斯选集》(第二卷),人民出版社 1972 年版,第 87 页。
③ 〔德〕马克思:《剩余价值理论》(第一册),人民出版社 1975 年版,第 296 页。

是诗歌舞三位一体，具有简洁朴素的语言节奏，多是集体性质的口头歌唱，并有比较强的实用功能。这些，正和当时社会的生产水平相适应。原始人的物质生产水平低下，甚至作为精神生产力的人本身的语言也还没有得到高度的发展，所以最原始的歌诗总是在劳动中产生或者与劳动相关；它那简单的节奏韵律，也总是在劳动中才会得到最好的培养并进而应用扩展到其他方面。同时，由于生产力的低下，没有社会分工，也没有专门从事艺术生产的人，当时的歌诗也自然大都是集体的口头传唱。但是就在这种简洁朴素的口头传唱里，我们却可以看到原始人丰富的内心世界，看到了他们征服自然的决心，渴求美好生活的热切愿望。

歌诗是人类成长过程中离不开的精神需求，只要有人类的生活存在，就会有歌诗的生产。从这一角度讲，生活中的歌诗是无处不在的。而且，随着人类个体意识的发展，歌诗不再只是集体的艺术，而且成为个人的抒情表达。当涂山氏之女那一声深情无限的"候人兮猗"唱出之后，个体的抒情就开始成为中国歌诗艺术的重要内容之一了。

但最能推动中国歌诗艺术向前发展的，并不是涂山之女那简短的歌唱，而是由于社会的发展出现的分工。分工是生产力发展的标志。马克思说："一个民族的生产力发展的水平，最明显地表现在该民族分工的发展程度上。""分工只是从物质劳动和精神劳动分离的时候起才开始成为真实的分工。""分工不仅使物质活动和精神活动、享受和劳动、生产和消费由各种不同的人来分担成为可能，而且成为现实。"[①] 随着社会的发展和物质的逐渐丰富，

---

① 〔德〕马克思、恩格斯：《德意志意识形态》，《马克思恩格斯全集》（第三卷），人民出版社1960年版，第24、35、36页。

人们对精神表达和艺术消费的要求也逐渐提高，需要有专门的精神生产者。于是，中国历史上出现了第一批专门从事精神生产活动（自然也包括艺术）的人，那就是巫师、史官、乐官等，其中巫最受人们的关注。

作为中国古代的第一批专职精神生产者之一，巫所从事的主要是宗教活动，掌管宗教仪式，沟通人神之间的关系，并不专司文艺。但是，在人类上古的宗教活动中，以歌舞娱神是他的重要职能之一。许慎《说文解字》说："巫，祝也。女能事无形，以舞降神者也。象人两袖舞形。"因为巫主要从事的是以舞娱神的职业，所以巫舞两字可相通。段玉裁注："无舞皆与巫叠韵。《周礼》'女巫无数，旱暵则舞雩。'许云'能以舞降神'，故其字象舞袖。"①《墨子·非乐上》引汤之《官刑》："其恒舞于宫，是谓巫风。"②古代诗、歌、舞三位一体，巫在进行舞的表演时，一定也要伴随着娱神的歌唱。对此，王国维有一段很好的论述。他说：

歌舞之兴，其始于上古之巫乎？巫之兴也，盖在上古之世。《楚语》："古者民神不杂，民之精爽不携贰者，而又能齐肃衷正。（中略）如此，则明神降之。在男曰觋，在女曰巫。（中略）及少皞之衰，九黎乱德，民神杂糅，不可方物。夫人作享，家为巫史。"然则巫觋之兴，在少皞之前，盖此事与文化俱古矣。巫之事神，必用歌舞。《说文解字》（五）："巫，祝也。女能事无形以舞降神者也。象人两袖舞形，与工同意。"故《商书》言："恒舞于宫，酣歌于室，时谓巫风。"《汉书·地理志》言：

---

① （汉）许慎著，（清）段玉裁注：《说文解字注》，上海古籍出版社1981年版，第201页。
② （清）孙诒让著，孙启治点校：《墨子间诂》（上），中华书局2001年版，第259页。

"陈太姬夫人尊贵,好祭祀,用史巫,故其俗巫鬼。"《陈诗》曰:"坎其击鼓,宛丘之下,无冬无夏,治其鹭羽。"又曰:"东门之枌,宛邱之栩。子仲之子,婆娑其下。"此其风也,郑氏《诗谱》亦云。是古代之巫,实以歌舞为职,以乐神人者也。商人好鬼,故伊尹独有巫风之戒。及周公制礼,礼秩百神,而定其祀典,官有常职,礼有常数,乐有常节,古之巫风稍杀。然其余习,犹有存者:方相氏之驱疫也,大蜡之索万物也,皆是物也。故子贡观于蜡,而曰一国之人皆若狂。孔子告以张而不弛,文武不能。后人以八蜡为三代之礼戏(《东坡志林》),非过言也。

周礼既废,巫风大兴;楚越之间,其风尤盛。王逸《楚辞章句》谓:"楚国南部之邑,沅湘之间,其俗信鬼而好祠。其祠必作歌乐鼓舞,以乐诸神。屈原见俗人祭祀之礼,歌舞之乐,其词鄙俚,因为作《九歌》之曲。"古之所谓巫,楚人谓之曰灵。《东皇太一》曰:"灵偃蹇兮姣服,芳菲菲兮满堂。"《云中君》曰:"灵连蜷兮既留,烂昭昭兮未央。"此二者,王逸皆训为巫,而他灵字则训为神。案《说文》(一):"灵,巫也。"故虽言巫,而不言灵,观于屈巫之字子灵,则楚人谓巫为灵,不自战国始矣。……至于浴兰沐芳,华衣若英,衣服之丽也;缓节安歌,竽瑟浩倡,歌舞之盛也;乘风载云之词,生别新知之语,荒淫之意也。是则灵之为职,或偃蹇以象神,或婆娑以乐神,盖后世戏剧之萌芽,已有存焉者矣。[①]

以歌舞降神娱神的巫在中国歌诗发展史上的作用,王国维的这段话说的已经很明白。以此而论,中国上古流传下来的许多歌

---

① 王国维:《宋元戏曲史》,凤凰出版社 2010 年版,第 3—4 页。

舞都与巫相关。如《吕氏春秋》所载的《葛天氏之乐》，所谓"三人操牛尾，投足以歌八阕"，正是巫师在祭祀时表演的歌舞。近年来，由于受泰勒、弗雷泽等文化人类学家的影响，艺术起源于巫术之说大兴，巫在中国古代艺术发展史上的地位受到格外的关注。

但是从本质上讲，巫的职能是沟通人神之间的关系，歌舞只不过是它用以降神或进行相关巫术活动的一种手段而已，因此，我们只能说他们是那一时代专职的精神生产者，而不是最早的专职音乐家。以诗歌舞三者结合在一起的原始艺术样式，中国上古把它称之为"乐"。乐在原始时代的功用，也许比我们今天想象的要大得多。所以在中国古代，真正推动了歌诗生产向前发展的专职艺术家，还应该从专门掌管"乐"的官职出现的时候说起。从中国文化传统看，"乐官"与"巫"虽有相交叉之处，但是其职能并不相同。在促进艺术生产的发展过程中，"乐官"显然起着比巫师更为重要的作用。下面看《吕氏春秋·古乐篇》中关于古代乐官的记载：

> 昔黄帝令伶伦作为律……又命伶伦与荣将铸十二钟，以和五音，以施《英韶》……命之曰《咸池》。
>
> 帝颛顼好其音，乃令飞龙作效八风之音，命之曰《承云》，以祭上帝。乃令鱓先为乐倡。
>
> 帝喾命咸黑作为《声歌》——《九招》《六列》《六英》。有倕作为鼙鼓钟磬吹苓管埙篪鞀椎钟。帝喾乃令人抃或鼓鼙，击钟磬，吹苓展管篪。
>
> 帝尧立，乃命质为乐。质乃效山林谿谷之音以歌，乃以麋貉置缶而鼓之，乃拊石击石，以象上帝玉磬之音，以致舞百兽。瞽叟乃拌五弦之瑟，作以为十五弦之瑟，命之曰《大

章》,以祭上帝。

舜立,仰延乃拌瞽叟之所为瑟,益之八弦,以为二十三弦之瑟。帝舜乃令质修《九招》《六英》《六列》,以明帝德。"

禹立……于是命皋陶作为《夏籥》九成。

汤乃命伊尹作为《大护》,歌《晨露》,修《九招》《六列》,以见其善。[1]

按《吕氏春秋》所言,中国古代专门的艺术家,专门掌管"乐"的官职在黄帝时就已产生,伶伦、荣将就是那时的乐官,以后颛顼时有飞龙和鲜,帝喾时有咸黑作歌、有倕作乐器,尧时有质为乐,瞽叟乃拌五弦之瑟……这就是我国古代第一代有名字传世的专职音乐家。虽然这可能带有传说性质,根据尚不足。但是从舜开始就任命夔为乐官,当是比较可靠的。《尚书·舜典》中说:

帝曰:"夔,命汝典乐,教胄子,直而温,宽而栗,刚而无虐,简而无傲。诗言志,歌永言,声依永,律和声,八音克谐,无相夺伦,神人以和。"夔曰:"於,予击石拊石,百兽率舞。"[2]

同时在《尚书·益稷》中还记载了这样一段话:

夔曰:"戛击鸣球,搏拊琴瑟以咏。祖考来格,虞宾在位,群后德让。下管鼗鼓,合止柷敔,笙镛以间,鸟兽跄跄,《箫韶》九成,凤皇来仪。"夔曰:"於,予击石拊石,百兽率舞,

---

[1] (战国)吕不韦著,陈奇猷校释:《吕氏春秋校释》,上海古籍出版社 2000 年版,第 288—289 页。

[2] (汉)孔安国传,(唐)孔颖达疏:《尚书正义》卷 3,(清)阮元校刻:《十三经注疏》,中华书局 1980 年版,第 19 页。

庶尹允谐。"帝庸作歌,曰:"勅天之命,惟时惟几。"乃歌曰:"股肱喜哉,元首起哉,百工熙哉!"皋陶……乃赓载歌曰:"元首明哉,股肱良哉,庶事康哉!"又歌曰:"元首丛脞哉,股肱惰哉,万事堕哉!"①

上述两段话给我们透露了一些非常重要的信息。首先,它说明那时人已经初步认识了歌诗艺术的基本特征,所谓"诗言志,歌永言,声依永,律和声,八音克谐,无相夺伦,神人以和"。这不但是中国古代对于歌诗艺术起源的最早的"理论"解释,也是对歌诗须要声律相和这一基本规律的深刻认识,同时也说明当时人已经明确意识到艺术之美在协和人神关系上的重大作用。其次,从"命汝典乐,教胄子"诸语中可以看出,在当时人眼中,歌诗艺术已经不仅仅是诉诸于审美欣赏的东西,也不再仅仅是简单的用之于祭祀、庆典、劳动、娱乐中的精神消费品,而且还用之于教化,这说明当时人已经知道歌诗艺术中所蕴含的巨大的思想内容价值和审美教化价值,它在社会中已经具有了历史和生活教科书的意义。其三,由"夔击鸣球,搏拊琴瑟以咏"、"鸟兽跄跄"、"百兽率舞"诸语,我们可知当时的歌舞表演之精和场面之大。这时期已经发明了多种乐器,如鸣球、搏拊、琴、瑟、管、鼗、鼓、柷、敔、笙、镛等等,已经产生了像《箫韶》那样被后世称之为经典的歌舞作品。其四,更重要的是,从这里可以看出,至晚在虞舜时期,我国不但已经有了从事歌舞表演的专门艺人,而且在当时的"国家"中还设立了专门的管理机构和管理者。这说明,歌诗

---

① (汉)孔安国传,(唐)孔颖达疏:《尚书正义》卷5,(清)阮元校刻:《十三经注疏》,中华书局1980年版,第32页。

作为一个特殊的生产门类已经获得了相对的独立。从此以后，中国古代歌诗生产开始了它的迅速发展，这应该是值得我们重视的大事。①

从传说中的虞舜到夏商时代，中国古代的歌诗艺术生产得到了很大的发展。据《吕氏春秋·古乐篇》所记，大禹治水成功之后，为庆祝其胜利，命皋陶创作了《夏籥》九成。"成"是先秦时代有关"乐"（诗歌舞三位一体的统称）的一个术语，它指某一完整的"乐"的组合演出的完成。所谓九成，也就是一首音乐舞曲演奏九遍，或者以九章（九段）为一组合的大型歌舞，可见这时的歌舞艺术已经相当繁复。②大禹死后，他的儿子启更是一个喜爱歌舞享乐的人，《九辩》与《九歌》是这时期的代表性音乐歌舞，因为其形式优美，后人传说是从天上偷来的。③《墨子·非乐上》说："启乃淫溢康乐，野于饮食，将将铭，莧磬以力，湛浊于酒，渝食于野，

---

① 以上记载，是否真的写于虞夏时期，后人多表示怀疑，但这些古老的文献至少在战国时就广为流传，它所保存的至少也是那一时代的传说，即便有一些后人的加工，基本上也是可靠的。笔者之所以如此说，是因为在先秦两汉流传下来的古文献中，还有很多材料可以证明它。关于夔为舜时乐官之事，《礼记·乐记》也有记载："昔者舜作五弦之琴，以歌《南风》，夔始制乐，以赏诸侯。"郑玄注："夔，舜时典乐者也。"《吕氏春秋·察传》记孔子话也说："昔者舜欲以乐传教于天下，乃令重黎举夔于草莽之中而进之，舜以为乐正。夔于是正六律，和五声，以通八风，而天下大服。"舜时的乐舞为"箫韶"，又称之为"招"、"韶"、"箾"等。《史记·五帝本纪》："四海之内，咸戴帝舜之功。于是禹乃兴《九招》之乐，致异物，凤凰来翔，天下明德皆自虞帝始。"司马贞《索隐》："招音韶，即舜乐《箫韶》。九成，故曰《九招》。"《淮南子·泛论训》："舜《九韶》。"此外，《荀子·成相篇》、《韩非子·外储说左下》、《帝王世纪》、《大戴礼记·五帝德》、《说苑》等先秦两汉文献中也有相关记载。本人认为，有上述众多记载为证，我们不应该轻易怀疑这种说法的可靠性。

② 关于"成"的问题，可参考姚小鸥：《诗经三颂与先秦礼乐文化》，北京广播学院出版社 2000 年，第 48—53 页。

③ 《山海经·大荒西经》："夏后开上三嫔于天，得《九辩》与《九歌》以下。"《楚辞·天问》："启棘宾商，《九辩》、《九歌》。"王逸注："《九辩》《九歌》，启所作乐也。"

《万舞》翼翼。章闻于大,天用弗式。"①从这些记载中,可以得知夏代歌舞的繁盛。到了夏代末期,歌舞艺术已经出现了畸形的繁荣,据《管子·轻重甲》所言:"昔者桀之时,女乐三万人,端噪晨乐,闻于三衢。"②三万人之说,也许过于夸张,但是,夏代已经有了大量的专门供朝廷贵族享乐的歌舞艺人,应该是不争的事实。

商代是中国古代歌舞艺术非常繁荣的一个时代。和舜禹时期仅有传说不同,从历史文献的明确记载和出土文物发现中我们知道,殷商时期已经有了专门的乐舞机构,那就是"瞽宗"。并有了专职的教授人员,那就是"乐师瞽矇"。③ 这些乐师中,如今有名字可考的有乐官商容、师涓、太师疵、少师强等。④另据考古资料,1950年河南武官村殷代大墓发掘中,曾发现24具女性的殉葬骨架,在这些女性的随葬物品中,就有乐器和3个小铜戈,这24位女性,可能就是当时的乐舞奴隶,而小铜戈则是她们舞蹈时所用的道具。⑤又,1953年发掘的大司空村殷代墓葬中,有三具尸骨,尸骨旁有乐器钟三件,看来这三个人也是乐器的演奏者。⑥另外,从文献记载和考古发现中我们知道,殷商时期,起码已经有了鼓、鼗、铃、磬、编磬、钟、编钟、缶、埙、龠、言、

---

① (清)孙诒让著,孙启治点校:《墨子闲诂》(上),中华书局2001年版,第262—263页。
② 黎翔凤著,梁运华整理:《管子校注》,中华书局2004年版,第1396页。
③ 《礼记·明堂位》:"瞽宗,殷学也。"郑玄注:"瞽宗,乐师瞽矇之所宗也。"
④ 《史记·殷本纪》:"帝纣……于是使师涓作新淫声,北里之舞,靡靡之乐。"又:"商容贤者,百姓爱之,纣废之。"司马贞《索隐》引郑玄曰:"商家典乐之官,知礼容。"《史记·周本纪》:"太师疵、少师强抱其乐器而奔周。"
⑤ 郭宝钧:《1950年季殷墟发掘报告》,载《考古学报》1951年总第5期。
⑥ 参看杨荫浏:《中国古代音乐史稿》(上册),人民音乐出版社1981年版,第22页。

䶂等十几种乐器,这些乐器,有的制作得还相当精美。[1]而那时的舞蹈则有濩、隶舞、羽舞、万舞、鼓乐、殷乐、桑林舞等多种。这些音乐舞蹈,或为祭祀天地山川鬼神、或为庆祝胜利或丰收,或手持羽毛,或手舞干戈,或伴有鼓乐,或叙述故事,内容已经相当丰富,形式也很完美。[2]由这些材料可以证明商代音乐歌舞艺术发达的程度。

商代不但歌舞艺术发达,乐官的地位也相当高。《礼记·明堂位》:"瞽宗,殷学也。"郑玄注:"瞽宗,乐师瞽矇之所宗也。"[3]可知瞽宗在商代既是专门的音乐学校,又是乐官的祭堂。《周礼·大司乐》:"凡有道者,有德者,使教焉,死则以为乐祖,祭于瞽宗。"郑玄注:"道,多才艺者,德,能躬行者,若舜命夔典乐教胄子是也,死则以为乐之祖神。"[4]《国语·周语下》载伶州鸠曰:"古之神瞽,考中声而量之以制,度律均钟,百官轨仪。"韦昭注:"神瞽,古乐正,知天道者也。死以为乐祖,祭于瞽宗,谓之神瞽。"[5]

最能说明商代歌舞艺术水平的是《诗经》中留下的五篇《商颂》。这五篇作品,都是殷商王朝的宗庙祭祀乐章,[6]其中第一首

---

[1] 参看杨荫浏:《中国古代音乐史稿》(上册),人民音乐出版社1981年版,第22—26页。

[2] 参看杨公骥:《中国文学》(第一分册),吉林人民出版社1980年,第102—104页。

[3] (汉)郑玄注,(唐)孔颖达等正义:《礼记正义》卷31,(清)阮元校刻:《十三经注疏》,中华书局1980年版,第1491页。

[4] (汉)郑玄注,(唐)贾公彦疏:《周礼注疏》卷22,(清)阮元校刻:《十三经注疏》,中华书局1980年版,第787页。

[5] 徐元诰著,王树民、沈长云点校:《国语集解》,中华书局2002年版,第113页。

[6] 关于《商颂》,历来有作于商代和作于春秋时宋国两种说法,但随着近年来学术研究的深入,商代说逐渐为大多数学者所接受。在这方面,杨公骥先生的名作《商颂考》是最有影响的一篇文章,可参考。原文见杨公骥:《中国文学》(第一分册),吉林人民出版社1980年,第464—489页。

是《那》,据《毛诗序》所言,是祭祀商人的开国祖先成汤的祭歌,现引录如下:

> 猗与那与!置我鞉鼓。奏鼓简简,衎我烈祖。
> 汤孙奏假,绥我思成。鞉鼓渊渊,嘒嘒管声。
> 既和且平,依我磬声。于赫汤孙!穆穆厥声。
> 镛鼓有斁,万舞有奕。我有嘉客,亦不夷怿。
> 自古在昔,先民有作。温恭朝夕,执事有恪。
> 顾予烝尝,汤孙之将。①

这虽然是一首祭祀诗,但是对于研究中国古代歌舞艺术来说,却具有相当重要的意义。从诗中我们看到,殷商时祭祀成汤,敲鞉鼓、扣镛钟、击磬、吹管,还要表演万舞,真是鞉鼓渊渊、管声嘒嘒、磬声清越、镛钟将将、歌声庄严、舞蹈雄壮,场面隆重热烈极了。可见那时的歌舞艺术水平之高。同时,从艺术生产史的角度看,这首诗以及前面所引的关于殷商乐舞的诸多材料,更会给我们以诸多的启示:

第一,按马克思主义的理论,一个民族生产力的水平,最明显地表现在该民族分工发展的程度上,分工只有从物质劳动和精神劳动分离的时候起才开始成为真实的分工。殷商时代大量乐器出现,各种复杂的内容和形式多样的歌舞的产生,还有专职的殉葬的歌舞艺人的发现,以及在国家宗庙祭祀仪式上高水平歌舞表现的描述,这些都说明,殷商时代不但已经实现了真实分工,而且达到了相当高的程度,它不仅使当时的物质活动和精神活动、

---

① (汉)毛亨传,郑玄笺,(唐)孔颖达疏:《毛诗正义》卷20,(清)阮元校刻:《十三经注疏》,中华书局1980年版,第621页。

享受和劳动、生产和消费由各种不同的人承担成为可能,而且成为现实。由此我们可以这样说,当时的艺术生产已经初具规模,已经形成了一个比较完善的艺术生产的社会机制。像《那》这样的歌舞诗,虽然还不同于后世纯粹为了审美欣赏而创作的歌诗,还有着相当强的功利目的。但是我们有理由说,这时的宗庙祭祀之乐,已经不同于原始人的宗教祭祀歌舞,它不再是先民们的即兴演唱,而是经过长期积累、精心准备、有专人负责组织、创作、编排、演练、并有大量专职艺术家参与其中的大规模艺术生产活动。正是由于分工的出现,由于形成了一个比较完善的艺术生产的社会机制,从而使那些歌舞艺术人才成为专职的艺术生产者,成为少数"艺术天才",当时的"拉斐尔"。他们不但可以靠自己的技艺在社会上生存,而且成为这个时代的主要艺术生产力,是当时艺术水平的最高体现者。其中的有道有德者,死后还被尊为神謦,享受祭祀之礼。他们当中的一些人,从小就开始接受关于艺术的职业技能教育,受到专门的艺术训练,他们当中,有的专攻乐器的演奏,有的擅长歌舞表演,还有的人则是新的艺术形式的开创者。如果没有他们的贡献,我们在今天就很难想象,像《那》那样的歌舞,在当时何以能达到如此高的水平。

第二,从瞽宗的建立我们知道,殷商人不但在艺术的生产上已经达到了相当的高度,而且对艺术的社会功能有了初步的理性认识,他们继承了原始人的功利艺术观,并把它上升到理性的高度,他们在祭祀歌舞中追求那种"既和且平"的艺术美,但同时又要通过音乐歌舞向祖先表明自己"温恭朝夕,执事有恪"的敬祖敬业精神。人们已经从精神生产的角度认识到艺术创作的某些规律,强调艺术在陶冶人们的精神情操方面发挥的重要作用。也正因为如此,殷商的瞽宗就不再仅仅是一个音乐表演机关,同时承担着"乐教"的部分职能。《周礼·春官·宗伯》说:"大司乐掌成均之法,以治建国之学政,而合国之子弟焉。凡有道者,有德者,使教焉。死则以为乐祖,祭于瞽宗。以乐德教国子,中、和、祗、庸、孝、友;以乐语教国子,兴、道、讽、诵、言、语;以乐舞教国子,舞《云门》、《大卷》、《大咸》、《大磬》、《大夏》、《大濩》、《大武》。以六律、六同、五声、八音、六舞、大合乐。以致鬼、神、示,以和邦国,以谐万民,以安宾客,以说远人,以作动物。乃分乐而序之,以祭、以享、以祀。"①《礼记·文王世子第八》也说:"凡学世子及学士,必时:春夏学干戈,秋冬学羽籥,皆于东序。小乐正学干,大胥赞之。籥师学戈,籥师丞赞之,胥鼓南。春诵夏弦,大师诏之;瞽宗秋学礼,执礼者诏之;冬读书,典书者诏之。礼在瞽宗,书在上庠。"②《礼记·明堂位第十四》又说:"鲁公之庙,文世室也;武公之庙,武世室也。米廪,有虞氏之庠也;序,夏后氏之序也;瞽宗,殷学也;頖宫,周学也。"③ 以上这些说法,明显地带有周人的观念,但是,从《商颂》中所表现出来的精神看,说商人的"瞽宗"同时承担着乐教的责任,大体应该是符合实际的。

　　第三,审美意识的理性化是艺术发展到一定程度的产物,与此同时,由于分工,艺术享受已经成为某些人的特权。在殷商时期,艺术享乐主义也随着统治者物质财富的大量占有和享乐人生观的出现而并生。另一方面,专职艺术家的天才表演,也为统治者的艺术享乐提供了条件。于是我们看到,从此以后,殷商社会那些

---

① (汉)郑玄注,(唐)贾公彦疏:《周礼注疏》卷22,(清)阮元校刻:《十三经注疏》,中华书局1980年版,第787—788页。
② (汉)郑玄注,(唐)孔颖达等正义:《礼记正义》卷20,(清)阮元校刻:《十三经注疏》,中华书局1980年版,第1404—1405页。
③ (汉)郑玄注,(唐)孔颖达等正义:《礼记正义》卷31,(清)阮元校刻:《十三经注疏》,中华书局1980年版,第1491页。

专职的艺术家，他们的职能不再仅仅是为了国家的宗庙祭祀和朝廷礼仪而创作表演歌舞和诗乐，更重要的是为了满足统治者对艺术的享乐观赏需要。如上文所引，传说禹的儿子夏启和夏朝的末代帝王夏桀都曾是纵情声色的荒淫君主，歌舞艺术已经成为他们享乐的主要手段。而在殷商，这种享乐主义之风得到了更大的发展，上引河南武官村殷代大墓中发现的24具女性乐舞奴隶的殉葬骨架和随葬乐器，说明当时的统治者是如何把这些歌舞艺人当作自己的私有财产而随意处置。最为典型的当数商纣王，《史记·殷本纪》中说他"使师涓作新淫声，北里之舞，靡靡之乐，……慢于鬼神，大聚乐戏于沙丘，以酒为池，悬肉为林，使男女裸相逐其间，为长夜之饮"[①]。对宗教鬼神的亵慢和对歌舞声色的过分追求，这是后人总结商纣之所以亡国的重要原因之一。其实，如果从艺术本身的发展来讲，这一例证恰好说明享乐主义的艺术之所以产生的重要原因，那就是由于分工的发达和阶级的产生。一方面是专职艺术家的出现使艺术的水平大大提高，另一方面则是艺术正在成为少数人享有的专利。是他们大肆挥霍着社会的物质财富，用低廉的成本养活了那些专职从事歌舞艺术的人才，却让他们上演一幕幕专门适合自己艺术欣赏趣味的享乐主义的艺术。正是从此以后，功利主义的艺术观和享乐主义的艺术观开始发生激烈的冲突（也就是后世所说的"雅"、"郑"之争），并成为中国古代艺术发展道路上贯穿始终的一个主要矛盾。

第四，由于分工的出现使艺术的天才集中在少数人身上，广大群众的艺术天才受到压抑，因而，也正是从这时起，少数人精雕细琢的艺术（也就是所谓的雅艺术）和人民大众在生活中自发创作出来的艺术（也就是俗艺术）就成为歌舞艺术发展史上的

[①] （汉）司马迁：《史记》卷3，中华书局1959年版，第105页。

两种主要现象。前者如我们现在所能见到的《诗经·商颂》5篇，基本上都是经过专职艺人和当时有文化的上层贵族们精心创作的，是属于"雅"的艺术。而后者则如《周易》卦爻辞中保存的那些简短歌谣，以及传说中的《夏人歌》之类。①从现存的一些传闻记载看，即便是当时的一些上层贵族，因为没有专业的艺术训练，他们的歌诗创作也很难达到很高的水平，只不过是一些即兴吟唱而已，如传说中的《伊尹歌》、《麦秀歌》等就是这样。②这些事实说明，贯穿于中国古代歌舞艺术发展史上的雅俗之别和文野之分，归根到底仍是分工的产物。那些产生于民间的群众自发创作，尽管它们当中也不乏一些内容生动活泼、形式丰富多彩的佳作，并不断地为专职艺术家提供生产的原料或半成品，但它们毕竟不能等同于专职艺术家的艺术产品。用毛泽东的话说："这里有文野之分，粗细之分，高低之分，快慢之分。"③对此，《淮南子·精神训》中也早有论述："今夫穷鄙之社也，叩盆拊瓴，相和而歌，自以为乐矣；尝试为之击建鼓，撞巨钟，乃性仍仍然，知其盆瓴之足羞也。"④其实，我们不用讳言一般的群众艺术和专业艺术水平的高下之分，对于整个社会来说，分工的目的就是为了提高生产力，从而生产出更多更好的产品。艺术生产也是这样，一旦分工出现之后，整

---

① 《艺文类聚》卷十二引《尚书大传》："夏人饮酒，醉者持不醉者，不醉者持醉者，相和而歌曰：'盍归于亳，盍归于亳上，亳亦大矣！'"又《韩诗外传》卷二第二十二章记："昔者桀为酒池糟隄，纵靡靡之乐，一鼓而牛饮者三千人。群臣皆相持而歌曰：'江水沛兮，舟楫败兮。我王废兮，趣归于亳，亳亦大兮。'"

② 《艺文类聚》卷十二引《伊尹歌》："觉兮较兮，吾大命格兮。去不善而就善，何乐兮。"《史记·宋微子世家》："箕子朝周，过故殷墟，感宫室毁坏，生禾黍，箕子伤之，欲哭则不可，欲泣为其近妇人，乃作《麦秀》之诗以歌咏之。其诗曰：'麦秀渐渐兮，禾黍油油。彼狡僮兮，不与我好兮！'"

③ 毛泽东：《在延安文艺座谈会上的讲话》，《毛泽东选集》(第三卷)，人民出版社1972年版，第817页。

④ 何宁：《淮南子集释》，中华书局1998年版，第541页。

个社会对于艺术的要求马上就提高到一个新的层次和水平,他们不会再满足于那些自发的业余性质的创作,而对于艺术家有着更大的期待。同时,这些艺术家高水平的艺术生产反过来也进一步培养了广大群众的艺术消费和欣赏水平,这正符合马克思的"艺术生产"的理论,生产直接也是消费,消费直接也是生产。由此看来,殷商时代留下来的歌舞艺术作品虽然不多,可是却正体现了这种艺术生产史上的规律。它说明,从此以后,代表中国古代歌舞艺术水平的不再是那些群众自发的即兴创作,而是专业艺术家的艺术生产。但同时,正因为这些专业艺术家的艺术生产归根到底是为了满足大众精神消费和欣赏需要的,因此,他们也必须时时从大众生活中发掘艺术的素材,寻找艺术发展的营养。

由以上论述可见,殷商时代虽然是中国古代歌舞艺术发展的早期时代,但是它所表现出来的诸种形态,如专职艺术家的产生、国家音乐机构的建立、复杂多样的艺术形式、各种专用的乐器,以及由此而形成的一系列艺术生产现象与规律,如高超的专业艺术生产技巧、审美意识的理性化、雅乐与郑声的消长转化、教化与享乐两种艺术观的斗争、还有雅乐与俗乐在社会上所扮演的不同角色、它们之间的循环往复、互相促进等。总之,作为艺术生产的一些基本现象和规律,在这时都已经有了它的雏形。中国古代歌舞音乐的艺术生产,从此就在这种基本模式下运行,并开始了它的艺术生产的历史。

四、中国古代歌诗艺术生产的基本方式

从艺术生产的角度研究中国古代歌诗,一个重要的问题就是

要认识这种生产的基本方式。一般来讲,当我们把艺术当作一种生产消费行为之时,那么,从社会的生产关系和生产方式方面讲,就存在着一个自我完善的运作体系。笔者认为,在中国古代社会里,当阶级和分工没有出现之前,歌诗艺术的生产方式,只能是自娱式。从阶级、分工出现和艺术的生产与消费产生分离之后,由于受生产力水平相对低下、财富分配制度不平等和国家的宗教政治需要与统治者的享乐需要等影响,自娱式和歌舞艺人的寄食制(或统治阶级的豢养制、官养制)相结合,则成为主要的艺术生产方式。与此同时,卖艺制的艺术生产方式也开始有了萌芽。由于中国古代封建社会从其建立之初就具有一定的商业经济为基础,所以从秦汉以后,卖艺制在城市已经有了一定的发展,这时的艺术生产形式实际上已经变成了三者共存。总之,自娱式、寄食制和卖艺制,是中国古代歌诗艺术生产的三种基本方式。下面笔者对这三种生产方式分别进行一些初步考察。

在这三种方式中,自娱式显然是最古老的艺术生产方式。我们这里所说的"自娱",可以包括两种情况,其中最主要的一种情况,是自我作诗来表达自己的喜怒哀乐之情,满足自己的精神需求。另一种情况是吟唱别人的歌诗或者是吟唱在社会上已经广泛流行的一些歌曲来表达自己的感情,满足自己的精神需求。在人类没有出现分工、没有产生专职的歌诗艺术家之前,这种方式也是最基本的歌诗艺术生产方式。在那个时代里,我们也可以说每一个人都是歌诗艺术家,都是歌诗艺术生产者。只要他们心有所感,并把它诉诸歌唱,那么自然就会生产出一首艺术作品。在中国早期的历史和传说中,有关这方面的记载不少。如《吕氏春秋·音初》篇所记:"禹行功,见涂山之女,禹未之遇而巡省南土。

塗山氏之女乃令其妾待禹于塗山之阳，女乃作歌，歌曰'候人兮猗'，实始作为南音。""有娀氏有二佚女，为之九成之台，饮食必以鼓。帝令燕往视之，鸣若谥隘。二女爱而争搏之，覆以玉筐，少选，发而视之，燕遗二卵，北飞，遂不反，二女作歌一终，曰：'燕燕往飞'，实始作为北音。"[①] 人类最初的歌唱首先是自娱式的歌唱，这是不争的事实。

分工的出现和专职艺术家产生之后，自娱式仍然是歌诗生产的一种重要方式。之所以如此，是因为最初的分工还远远不能满足广大群众的歌诗消费需求，同时，要享受专业艺术家的歌诗艺术，广大群众也远没有那么充足的经济和政治条件。从另一方面讲，自娱式的歌诗生产也有着比专业的艺术生产更为灵活的机制，它可以随时随地的生产，满足每一个人的自娱消费需要，充分地发挥每一个人的艺术天性，并且为专业化的歌诗艺术生产提供了坚实的群众艺术基础。

自娱式歌诗生产在中国古代的社会生活中起着重要的作用。只要是有人的地方，就可以听到歌声。中国古代历史上一些著名的人物都善于吟诗歌唱，历史上留下了许多记载。郑庄公与他的母亲"黄泉"相见，吟的是"大隧之中,其乐也融融"、"大隧之外,其乐也洩洩"[②]；百里奚的妻子见到丈夫的时候，一面弹琴，一面唱道："百里奚，五羊皮。忆别时，烹伏雌，炊扊扅，今日富贵忘我为"[③]；荆轲在易水送别，唱的是"风萧萧兮易水寒，壮士一

[①] （战国）吕不韦著，陈奇猷校释：《吕氏春秋校释》，上海古籍出版社2000年版，第338页。

[②] 杨伯峻注：《春秋左传注》，中华书局1981年版，第15页。

[③] 原出东汉应劭《风俗通》，该书已佚，此见郭茂倩编：《乐府诗集》卷60，中华书局1979年版，第880页。

去兮不复还"[①];项羽兵败时有《垓下歌》[②],刘邦回乡时有《大风歌》[③]。此外,我们知道庄子在妻子死时有鼓盆而歌之事(《庄子·至乐》),《论语》中也有关于孔子唱歌的记载,据说有一个叫孺悲的人要见孔子,孔子以有病为由拒绝接待。传话的人刚出门口,孔子就取瑟而歌,故意让孺悲知道(《论语·阳货篇》)。由上述记载可见,自娱式的歌诗不仅仅满足个人的娱乐需要,同时也可以表达每个人不同的思想情感以及其喜怒哀乐等各种情绪。当然,对于普通百姓来说,娱乐在其中占有更为重要的地位。随着封建社会经济的发展和大众对于娱乐需求的提高,在战国时代的一些大都市里已经非常流行自娱式的歌舞娱乐。如苏秦曾经对齐宣王说:"临淄甚富而实,其民无不吹竽、鼓瑟,击筑、弹琴。"[④]越是通俗性的大众歌诗,越会得到更多人的喜欢。如宋玉对楚王所言:"客有歌于郢中者,其始曰《下里》《巴人》,国中属而和者数千人;其为《阳阿》《薤露》,国中属而和者数百人;其为《阳春》、《白雪》,国中属而和者,不过数十人;引商刻羽,杂以流徵,国中属而和者,不过数人而已。是其曲弥高,其和弥寡。"[⑤]

自娱式歌诗生产具有明显的群众性和普遍性。所谓群众性和普遍性,不仅仅指参与自娱式的歌诗生产的人数之多、范围之广,而且指这种自娱性歌诗产品所表现出来的群体性特征。几乎所有产生于群众中的自娱式歌诗,我们都没有办法找到它的原初作者。

[①] (汉)刘向集录,范祥雍笺证,范邦瑾协校:《战国策笺证》,上海古籍出版社2006年版,第1790页。

[②] (汉)司马迁撰:《史记》卷7,中华书局1959年版,第295页。

[③] (汉)司马迁撰:《史记》卷8,中华书局1959年版,第341页。

[④] (汉)刘向集录,范祥雍笺证,范邦瑾协校:《战国策笺证》,上海古籍出版社2006年版,第539页。

[⑤] (战国)宋玉著:《对楚王问》,(梁)萧统编,(唐)李善注:《文选》卷45,上海古籍出版社1986年版,第1999页。

它也许最初出自于某一个人之口，但是它之所以能够流传，却因为它满足了千百万群众的自娱的需要。特别是那些经典性的产品，它通常不是一个人的产品，而是千百万群众的共同产品。在流传的过程中，它会得到不断的加工、修改、润色，甚至不止是一代人，而是数代人的加工、修改和润色。其典型形态，就是《诗经》十五《国风》中的大部分作品。像《豳风·七月》那样的诗篇，它最初可能是流行于豳地的农歌，它生动地表现了当时农人一年的劳动过程、风俗习惯、吃穿住行等各种活动，是最为直接地来自于民众中的自娱式歌诗，语言的质朴和生活的真实，也是这些歌诗的突出特点。

由于没有分工、没有专业化的艺术培养，一般来讲，早期的自娱式歌诗的艺术水平是不高的。这其中，只有那些长久地传播人口的部分作品，或者是经过民间艺术家不断演唱和磨炼的作品，才会达到较高的艺术境界。[1] 然后经过专业艺术家的整理，上升为典范性的作品，如《诗经》中的十五《国风》。以后，受分工的出现、阶级的出现以及受教育机会的不平等等因素的影响，自娱式歌诗的队伍开始出现分化，那些传播于社会底层的自娱式歌诗，在艺术生产上受到了更大的限制，广大群众的艺术天才被逐渐泯灭。[2]

---

[1] 关于自娱式歌诗生产的生产机制，是一个非常复杂的问题；另外，如何认识民间歌手以及其艺术技巧的问题，也比较复杂，对此本人将另作探讨，这里不准备详述。

[2] 从中国古代的历史上讲，这是一般的情况。但是，一个民族的歌诗生产，有时候也与这个民族的文化风俗习惯有相当大的关系，如有些少数民族，能歌善舞，一直到今天，群众性的自娱式的歌诗生产仍然非常活跃。中华民族古代社会的历史是否也是这样，我们没有充分的材料证明。这其中一个重要的原因，也可能是这些可贵的歌诗没得到很好的保存与记录。因为在整个封建社会，掌握文化的上层阶级，对于这些出于下层民众中的歌诗生产是不重视的。明代冯梦龙编写了《山歌》、《挂枝儿》，是极为难得的例外。不过总的来说，在以汉民族为主体的中国古代各历史阶段，由于科学文化水平和文明的程度已经达到了相当的高度，下层社会的自娱式歌诗生产的艺术水平是远不及专业艺术家的艺术生产的，同时也远不及那些受过教育的贵族、文人以及达官显宦们的歌诗生产水平。

而那些受过教育的贵族、文人以及达官显宦,成为自娱式歌诗的主要生产者。并且,是他们使中国古代的自娱式歌诗朝着两个方面分化——一个方向是朝着雅文学的方面发展,并逐渐开始与乐相分离,使其中的一大部分变成了文人士大夫们抒情言志的徒诗,走上了一条独立发展之路。在此,它不再属于本课题研究的对象;另一个方向是继续坚持俗文学的传统,诗乐合一,以满足自己的艺术消费为主要目的。这种文人化的自娱式的歌诗,自汉代以来呈现出相当强的生命活力,它往往与专业艺术家的歌诗生产混合在一起,成为中国古代歌诗生产的主要方面。①

在中国古代歌诗生产的三种方式中,寄食制是特别值得重视的。所谓寄食制,据我们所知,是由法国学者埃斯卡皮提出来的。他说:

> 寄食制,就是由某一个人或某一个机构来养活一个作家,他们保荐他,反过来又要求他满足他们的文化需要。这种门客——君主的关系和顾客——老板之间的关系不能说没有共同之处。作为封建组织形式的寄食制,与建立在独立实体基础上的社会结构相适应。没有一个共同的文化阶层(中等阶级缺乏教养,或者根本不存在中等阶级),缺乏有效的传播手段,财富集中在几个豪门贵富之手,一小撮杰出人物具有极高的文学造诣,等等,所有这一切必然形成几个封闭式的体系。在这种体系里,作家被认为是提供奢侈品的工匠;于是,他也根据物物交换的

---

① 自娱式歌诗的这种分化,是一个十分复杂的问题,我们不可能在这里展开全面的讨论。一般来讲,这种分离形成了中国文学中的雅俗两种不同的传统。所谓雅传统,也就是我们通常所说的文人文学传统,从《诗经》以后形成的以儒家诗教为主的正统文学;所谓俗传统,也就是继续坚持面向广大社会艺术消费需求的歌诗传统,是我们在这里的主要研究对象。

原则，用自己的产品换取他人对自己的供养。

那位罗马帝国的大富豪、奥古斯都大帝的密友、贺拉斯的保护人、名震四海的梅赛纳，他的门庭无疑是最适宜于产生寄食制的社会结构。寄食制（mécénat）这个词的词源，就来自这位古罗马人的名字。而这种制度在王侯的宫廷、皇家的宫廷，甚至教廷中广为发展。后来，当财产出现了平均化，越来越多的阶层有了精神生活，有效的传播手段，比如印刷术问世之后，这种制度的发展势头才受到挫折。[1]

埃斯卡皮在这里所说的寄食制是古罗马时的情况，其实也大体适用于中国古代。所不同的是，在中国古代，像贺拉斯这样靠寄食制生存的著名作家并不多（西汉时梁孝王门下的枚乘、邹阳等人组成的文人集团可以算是一个比较典型的例子），在中国古代歌诗艺术发展的过程中，寄食制的主体主要是指那些寄食于宫廷、皇室或达官显宦、富商大贾之家的歌舞艺人。另外，笔者还要指出的是，埃斯卡皮这里之所以用"寄食"这一名词，主要是从生产者的角度着眼。如果我们从消费者的角度考虑，我们也可以把这种制度称之为豢养制或者说是官养制。

我们知道，在中国古代社会，当社会生产得到初步发展，当分工开始出现，开始有了专业的歌舞艺人的时候，这最初的歌舞艺人只能由国家来供养，他们的最初职能也只是为了国家的宗教祭祀、宴会朝见等的观赏与娱乐。以后随着经济的发展和统治者享乐意识的增强，才逐渐有了由统治者所豢养的家庭艺人，但他们也大都供职在皇亲国戚和达官显宦的家中。而且，受奴隶制和

---

[1] 〔法〕罗贝尔·埃斯卡皮著，王美华、于沛译:《文学社会学》，安徽文艺出版社1987年版，第72—73页。

早期封建领主等级制的限制,一般的中等阶层以下的家庭里是不允许有专业歌舞艺人的。这一点,我们可以在先秦的历史文献材料中得到印证。

由国家供养的歌舞艺人,最初由乐官来管理。如上文所言,中国古代的乐官建制很早,传说中的夔就是舜帝的乐官。这种乐官制度到了周代得到了极大的发展。按《周礼·春官·宗伯》所记,其总人数为1463人,尚不包括旄人中的"舞者众寡无数"。

按《周礼》所记周人官制,因为有理想化的色彩,向来被后人怀疑,也许实际上没有这样多的人数,但无论如何,周王朝有一个庞大的音乐机关,应该是不可否认的事实。[1]除了周王朝之外,各诸侯国也都有自己的音乐机关,公卿士大夫的家中也有歌舞艺人。如《左传·襄公十一年》曾记载:"郑人赂晋侯以师悝、师触、师蠲……歌钟二肆,及其镈、磬;女乐二八。晋侯以乐之半赐魏绛。"杜预注:"悝、触、蠲,皆乐师名。""肆,列也。县钟十六为一肆,二肆,三十二枚。"女乐二八为"十六人"。[2]这件事,在《国语·晋语七》中也有记载:"十二年,公伐郑,军于萧鱼。郑伯嘉来纳女、工、妾三十人,女乐二八,歌钟二肆,及宝镈,辂车十五乘。公锡魏绛女乐一八,歌钟一肆。"[3]按西周的礼制,天子的乐舞可以有8佾,即64人,诸公可以用6佾,36人,诸侯

---

[1] 按关于《周礼》一书的成书问题,争论颇多,最早的说法是周公所作,有人认为它是刘歆伪作。本人同意刘起釪的观点:"《周官》一书,最初作为官职汇编,至迟必成于春秋前期。它系集自西周后期以来逐渐完整的姬周系统之六官官制资料,再加以条理系统以成书。"详见刘起釪《〈周礼〉真伪之争及其书写成的真实依据》,载《古史续辨》,中国社会科学出版社1991年版,第619—653页。

[2] (晋)杜预注,(唐)孔颖达疏:《春秋左传正义》卷31,(清)阮元校刻:《十三经注疏》,中华书局1980年版,第1951页。

[3] 徐元诰著,王树民、沈长云点校:《国语集解》,中华书局2002年版,第413—414页。

可以用4佾，16人。《春秋·隐公五年》："初献六羽。"①《公羊传》："初者何？始也。六羽者何？舞也。初献六羽，何以书？讥。何讥尔？讥始僭诸公也。六羽之为僭奈何？天子八佾，诸公六，诸侯四。诸公者何？诸侯者何？天子三公称公，王者之后称公，其余大国称侯，小国称伯、子、男。"何休解诂："佾者，列也。八人为列，八八六十四人，法八风。六人为列，六六三十六人，法六律。四人为列，四四十六人，法四时。"②可见，这种礼制自春秋初年已经被打破。隐公本为诸侯，却公然享受六羽之舞。春秋前期，秦穆公曾经把十六名女乐送给戎王。到了春秋中期，晋侯竟然把女乐八人赐给了魏国的大夫魏绛。而到了春秋后期，鲁国的大夫季氏竟然公开在自己的家里演出八佾之乐，以至于孔子见了之后气愤地说出"是可忍也，孰不可忍也"③的话。但不可否认的是，随着礼制的破坏和经济的发展，自战国时期，统治者所供养的歌舞艺人越来越多。据《韩非子·内储说上》，齐宣王因为喜欢吹竽，每次一定要三百人一齐来吹。这虽然是寓言之说，但并非没有根据。《楚辞·招魂》中所描写的楚宫廷歌舞的人数之多和场面之大，就是最好的说明。

我们说寄食制是中国古代的歌诗生产的主要方式之一，是因为作为艺术的生产，尤其是分工出现之后的艺术生产，一定要有强大的物质财富作为支持。如我们上文所言，在周代有一个1463人的音乐机关，可以想象，要养活这些人，国家需要多大

---

① （晋）杜预注，（唐）孔颖达疏：《春秋左传正义》卷3，（清）阮元校刻：《十三经注疏》，中华书局1980年版，第1726页。

② （汉）公羊寿传，（汉）何休解诂，（唐）徐彦疏《春秋公羊传注疏》卷3，（清）阮元校刻：《十三经注疏》，中华书局1980年版，第2207页。

③ （魏）何晏注，（宋）邢昺疏：《论语注疏》，（清）阮元校刻：《十三经注疏》，中华书局1980年版，第2465页。

的支出。这1643人当中,有中大夫2人,下大夫6人,上士12人,中士24人,下士68人,府34人,史40人,胥51人,舞者16人,上瞽40人,中瞽100人,下瞽160人,眡瞭300人,徒610人。按《礼记·王制》:"王者之制禄爵:公侯伯子男,凡五等。诸侯之上大夫卿、下大夫、上士、中士、下士凡五等。""制,农田百亩。百亩之分,上农夫食九人,其次食八人,其次食七人,其次食六人,下农夫食五人。庶人在官者,其禄以是为差也。诸侯之下士视上农夫,禄足以代其耕也。中士倍下士,上士倍中士,下大夫倍上士。"郑玄注:"庶人在官,谓府史之属,官长所除,不命于天子国君者。"① 又按《周礼·天官冢宰》:"治官之属……府六人,史十有二人",郑玄注:"府,治藏;史,掌书者。凡府史皆其官长所自除辟。""胥十有二人,徒百有二十人。"郑注:"此民给徭役者,若今卫士也。"贾公彦疏:"案《礼记·王制》云:'下士视上农夫食九人,禄足以代耕',则府食八人,史食七人,胥食六人,徒食五人,禄其官并亚士,故号'庶人在官者也'。郑云'若今卫士'者,卫士亦给徭役,故举汉法况之。"② 由此我们可以知道,在周代的音乐机关里,大体可以分为两种人员,一种是有爵禄的中下层贵族,从中大夫到下士均是,他们可以直接享受国家规定的奉禄。一层是由音乐机关直接征用的歌舞艺术人才和相关的服务人员,他们可以统称"庶人在官者",也就是庶人被征用而为官府服务的人员,也要享受国家所给的一定的俸禄。如果我们相信贾公彦的推论,那么,即便是在周王朝音乐机关中服务的"徒"这

---

① (汉)郑玄注,(唐)孔颖达等正义:《礼记正义》卷11,(清)阮元校刻:《十三经注疏》,中华书局1980年版,第1321—1322页。
② (汉)郑玄注,(唐)贾公彦疏:《周礼注疏》卷1,(清)阮元校刻:《十三经注疏》,中华书局1980年版,第640页。

一类人员，每个人也要享受下农夫的收入待遇。这对于他们来讲，其待遇虽然已经很少，但是要支持如此庞大的音乐机构的正常运转，每年的开支还是巨大的。

寄食制在中国封建社会有着极为强大的传统，这是由中国的封建社会性质决定的。由于在漫长的中国封建社会里，商品经济一直不发达，艺术享乐的权利一直掌握在以皇帝为首统治者手里，所以寄食制也就在这一传统里一直延续下去。战国时期的楚国的歌舞娱乐之盛，在屈原和宋玉的作品中有生动的记载。汉哀帝时，仅乐府中的各种艺术人才就有829人之多。魏明帝曹睿，好声色之欲，青龙三年（235）大治洛阳宫，"于列殿之北，立八坊，诸才人以次序处其中，贵人夫人以上，转南附焉，其秩石拟百官之数。帝常游宴在内，乃选女子知书可付信者六人，以为女尚书，使典省外奏事，处当画可，自贵人以下至尚保，及给掖庭洒扫，习伎歌者，各有千数。"[①] 西晋统一后，作为战利品的吴地女乐，使清商乐队伍迅速壮大起来。《晋书·武帝纪》载，太康二年三月"诏选孙皓妓妾五千人入宫"[②]。《晋书·后妃传·胡贵嫔传》也说："时帝多内宠，平吴之后复纳孙皓宫人数千，自此掖庭殆将万人。"[③]《南齐书》卷二十八《崔祖思传》称，宋（后）废帝元徽年间（473—476），不算"后堂杂伎"，太乐雅、郑乐工，还多达一千余人。[④] 齐武帝"后宫万余人，宫内不容，太乐、景第、暴室皆满，犹以为未足。"[⑤]《北齐书》卷八《后主纪》也说：后主"盛为无愁之曲，

---

① （晋）陈寿：《三国志》裴注引《魏略》，中华书局1997年版，第104—105页。
② （唐）房玄龄等：《晋书》卷3，中华书局1974年版，第73页。
③ （唐）房玄龄等：《晋书》卷31，中华书局1974年版，第962页。
④ （梁）萧子显：《南齐书》卷28，中华书局1972年版，第519页。
⑤ （唐）李延寿：《南史》卷42，中华书局1975年版，第1063页。

帝自弹胡琵琶而唱之,侍和之者以百数。人间谓之无愁天子。……诸宫奴婢、阉人、商人、胡户、杂户、歌舞人、见鬼人滥得富贵者将万数。庶姓封王者百数,不复可纪。"①隋炀帝时,幸臣裴蕴"揣知帝意,奏括天下周、齐、梁、陈乐家子弟,皆为乐户。其六品已下,至于民庶,有善音乐及倡优百戏者,皆直太常。是后异技淫声咸萃乐府,皆置博士弟子,递相教传,增益乐人至三万余。"②在唐代,为了适应饮宴之乐的需要,大规模的专业歌舞演唱团体应运而生。当时的音乐机构,除了原有的太常寺掌管的太常乐以外,又出现了教坊与梨园,甚至连府县都设有教坊③。玄宗时期,是唐代教坊规模最大的时期,曾经容纳11409人。在这批人中,有的善歌、有的善舞、有的歌舞兼工。如:"开元中,内人有许和子者,本吉州永新县乐家女也,开元末,选入宫,即以永新名之,籍于宜春院。既美且慧,善歌,能变新声,韩娥、李延年殁后千余载,旷无其人,至永新始继其能。遇高秋朗月,台殿清虚,喉转一声,响传九陌。"④"任智方四女善歌,其中,二姑子吐纳凄婉,收敛浑沦;二姑子容止闲和,意不在歌;四儿发声遒润,如从容中来","庞三娘善歌舞","颜大娘亦善歌舞"。⑤她们与同在坊中并为之作曲伴奏的乐工,成了发展和传播音乐文化的主体。唐崔令钦在《教坊记》所载开元、天宝间的教坊乐曲就有343首。而这三百余首教坊乐曲的内容,又是相当丰富的,有的用于歌唱,

---

① (唐)李百药:《北齐书》卷8,中华书局1972年版,第112页。
② (唐)魏征、令狐德棻著:《隋书》卷67,中华书局1982年版,第1574—1575页。
③ 《明皇杂录》:"诸蕃酋长就食,府县教坊,大陈山车旱船,寻橦走索,丸剑角抵,戏马斗鸡。"(唐)郑处诲、裴庭裕著,田廷柱点校:《明皇杂录》卷下,中华书局1994年,第26页。
④ (唐)段安节:《乐府杂录》,中国戏剧出版社1982年版,第46页。
⑤ (唐)崔令钦:《教坊记》,《中国古典戏曲论著集成》(第一册),中国戏剧出版社1959年版,第23页。

有的用于说唱,有的用于舞蹈,有的还用于百戏。它们都由教坊歌妓乐工演奏于宫廷宴会中;有时甚至走出宫廷,服务于社会。由上述这些记载可知,中国古代寄食制的艺术生产方式是多么发达。

其实,在中国封建社会寄食制的艺术生产方式中,参与国家音乐机关的歌舞艺人所占的比例并不大,而且因为这些音乐机关还要承担着祭祀宴飨等重要的国家礼仪文化职能,有一定的政治宗教思想等方面的文化意义。作为寄食制的主体,应该是出入于宫廷贵族富商大贾之家、专供这些人享乐的歌舞艺人。而统治者为了满足自己的享乐需求,也不惜把人民大众用血汗换来的财富据为己有来进行大肆挥霍。墨子之所以提出非乐的主张,就是因为他看到了统治者在歌舞享乐方面所造成的巨大财富浪费:"昔者齐康公兴乐万,万人不可衣短褐,不可食糠糟。曰:食饮不美,面目颜色不足视也;衣服不美,身体从容丑羸,不足观也。是以食必粱肉,衣必文绣,此掌不从事乎衣食之财,而掌食乎人者也!"① 又据《史记·赵世家》记:"烈侯好音,谓相国公仲连曰:'寡人有爱,可以贵之乎?'公仲曰:'富之可,贵之则否。'烈侯曰:'然。夫郑歌者枪、石二人,吾赐之田,人万亩。'"② 齐康公为了使万舞更为好看,给所有的乐人提供肥美的食物和华贵的衣服;赵烈侯因为喜欢两个乐人,就要分别赏给他们每人良田万亩。由此可见,歌舞艺术是一种奢侈的活动,没有足够的物质条件是不可能实现的。而这种奢侈的活动,也只有富贵之人才能享受。

对歌舞艺术的喜爱本是人的天性,分工使歌舞艺术生产得以

---

① (清)孙诒让著,孙启治点校:《墨子闲诂》,中华书局2001年版,第255—257页。
② (汉)司马迁:《史记》卷43,中华书局1959年版,第1797页。

在更好的社会条件下发展。但是正因为歌舞艺术生产需要充足的物质生活为基础，如果过分追求享乐就会导致政荒国乱。所以，除了墨子有非乐的主张之外，儒家也主张把乐的生产控制在一定的范围之内，既让人得到艺术的满足，同时又不流于奢侈的享乐，所以很早就提出乐教的主张。《礼记·乐记》言："夫物之感人无穷，而人之好恶无节，则是物至而人化物也。人化物也者，灭天理而穷人欲者也。于是有悖逆诈伪之心，有淫佚作乱之事。……是故先王之制礼乐，人为之节。"[1]但实际上，统治者对于艺术享乐的追求并没有因此而衰减。从一定程度上讲，正是封建统治者的这种畸形的精神消费，才使得寄食制的艺术生产方式得到了大发展，并且促进了中国古代歌诗生产的繁荣。以上，我们所引的材料主要来自于唐前文献，后世的寄食制艺术生产方式比这一时期还要成熟得多，复杂得多。不过，即便是从上面的论述中我们已经看出，寄食制的艺术生产方式在中国古代歌诗生产中占有多么重要的地位。

在寄食制的艺术生产方式下，培养了一大批著名的歌舞艺术人才，他们为中国古代歌诗艺术生产的发展做出了重要贡献。但是，这些歌舞艺人在社会上的地位却低得很。从上面我们所引《周礼》的材料可以看出，在1463人的周代歌舞人才中，有士以上身份的人不过112人，不到全部人数的10%，相比较而言，周代乐官的职位是较高的，其最高者大司乐是中大夫2人，汉代的乐官大抵上是600石的中等偏下的官职（李延年曾为协律都尉，是个特例）。《礼记·乐记》说："乐者，非谓黄钟大吕弦歌干扬也，

---

[1] （汉）郑玄注，（唐）孔颖达等正义：《礼记正义》卷37，（清）阮元校刻：《十三经注疏》，中华书局1980年版，第1529页。

乐之末节也,故童者舞之。……乐师辨乎声诗,故北面而弦。……是故德成而上,艺成而下,行成而先,事成而后。"[1] 由于受这种思想的影响,中国古代社会的歌舞艺人的社会地位愈发低下。但是从艺术生产的角度来讲,正是这些歌舞艺人,成为推动中国古代歌诗艺术向前发展的重要力量。

应该看到,中国古代的寄食制往往以一种变型的方式出现,那就是卖身,即把自己卖给了达官显宦,成为他们的奴隶。早自先秦两汉,这种现象就一直存在。曹魏以后,蓄养家妓成了盛行于士人中的风习。南朝宋沈演之之子勃"轻躁耽酒,幼多罪愆。比奢淫过度,妓女数十,声酣放纵,无复剂限"[2]。杜骥之子幼文"家累千金,女妓数十人,丝竹昼夜不绝"[3]。北朝夏侯道迁"大起园池,殖列蔬果,延致秀彦,时往游适,妓妾十余,常自娱乐"[4]。而那时的歌舞艺术人才的社会地位也是非常低下的。在北魏时,乐户就是奴隶。历史称"孝昌已后,天下淆乱,法令不恒,或宽或猛。及尔朱擅权,轻重肆意,在官者,多以深酷为能。至迁邺,京畿群盗颇起,有司奏立严制:诸强盗杀人者,首从皆斩,妻子同籍,配为乐户;其不杀人,及赃不满五匹,魁首斩,从者死,妻子亦为乐户"[5]。隋大业初,裴蕴"奏括天下周、齐、梁、陈乐家子弟,皆为乐户……增益乐人至三万余"[6]。这里所谓的前代诸朝的"乐家子弟",即由罪犯妻子组成的官家乐人,由此可见他们地位的

---

[1] (汉)郑玄注,(唐)孔颖达等正义:《礼记正义》卷38,(清)阮元校刻:《十三经注疏》,中华书局1980年版,第1539页。
[2] (梁)沈约:《宋书》卷63,中华书局1974年版,第1687页。
[3] (梁)沈约:《宋书》卷65,中华书局1974年版,第1722页。
[4] (唐)李延寿:《北史》卷45,中华书局1974年版,第1655页。
[5] (北齐)魏收:《魏书》卷111,中华书局1974年版,第2888页。
[6] (唐)魏征、令狐德棻著:《隋书》卷67,中华书局1982年版,第1574—1575页。

低下。其实到了后代,一旦入了专门的乐籍,要变成平民的身份也是相当难的。

在中国古代寄食制的歌诗生产中,还有一种很独特的现象,即文人士大夫的准寄食制。所谓准寄食制,是说这些文人士大夫并不是专职的歌诗生产者,但是在一些特殊的场合,为了国家和帝王的某种需要,他们也会临时加入这种歌诗艺术生产中来。举例来讲,如汉武帝为了制定新的郊祀乐章,就曾经"多举司马相如等数十人造为诗赋,略论律吕,以合八音之调,作十九章之歌"[1]。还有些文人是为了应和帝王的雅好而作诗,如《唐诗纪事》卷三"上官昭容"条曾清楚地记录了这样一件事:"中宗正月晦日幸昆明池赋诗,群臣应制百余篇。帐殿前结彩楼,命昭容选一首为新翻御制曲。从臣悉集其下,须臾纸落如飞,各认其名而怀之。既进,唯沈、宋二诗不下。又移时,一纸飞坠,竞取而观,乃沈诗也。……"[2] 传说李白的《清平调》三首,就是为了取悦唐明皇、杨贵妃所作。这些文人虽不是专职的歌舞艺人,但是他们享受的是国家的俸禄,在某种特殊的场合,制作歌诗就是他们的职责,所以我们称这种现象为准寄食制。而且,在整个中国封建社会里,这种现象是比较普遍的,它对中国古代歌诗艺术生产的发展也有相当大的影响,这是值得我们注意的现象。

另一种准寄食制是一些出入于达官显宦之家的著名才子艺人。他们既不同于出身于下层而身在隶籍的歌舞艺人,也不同于那些具有准寄食制性质的文人。这些人有一技之长,又有一定的社会地位,但是却没有一官半职,全靠出入于上流社会之家表演

---

[1] (汉)班固:《汉书》卷22,中华书局1962年版,1045页。
[2] (宋)计有功著,王仲镛校笺:《唐诗纪事校笺》,中华书局2007年版,第64页。

才艺而谋生,如《唐才子传》云:"洽,酒泉人,黄须美丈夫也。盛时携琴剑来长安,谒当道,气度豪爽。工乐府诗篇,宫女梨园,皆写于声律。玄宗亦知名,尝叹美之。所出入皆王侯贵主之宅,从游与宴,虽骏马苍头,如其己有;观服玩之光,令人归欲烧物,怜才乃能如是也。"①

寄食制与准寄食制是封建社会艺术生产的主要方式。它有许多值得我们研究的地方。认识这种生产方式,是我们研究中国古代歌诗艺术的重要环节。

在中国古代歌诗艺术生产的方式中,第三种是卖艺制。所谓卖艺,也就是通过表演艺术来挣取一定的酬劳,并以此为谋生的手段。当然,如果仅仅从谋生的角度讲,寄食制也有一定的卖艺性质。所不同的是,在寄食制度下,歌舞艺人被国家宫廷以及贵族富豪长期供养,有相对固定的服务对象以及相对稳定的经济收入。其中一部分人甚至成为国家官员,一些下层艺人也可以成为"庶人在官者"。而卖艺制则没有这种固定的关系,他们自发地生长于民间,有的以个人的形式、有的以家庭为单位,还有的是由一些人组成一个演出的班子,出入于街头巷尾、城市、农村,靠卖艺为生,或者也会被宫廷贵族或富商大贾们请去做临时性演出。他们有相当强的流动性,也有相当灵活的组织方式。

在这三种歌诗生产方式中,卖艺制应该是产生最晚的,起码也是发展最晚的一种方式。之所以如此,是因为卖艺制所面对的消费群体与寄食制有极大的不同。我们知道,在原始社会里,只有自娱式一种歌诗生产的方式,所有的人既是歌诗生产者,同时又是艺术消费者。而进入阶级社会之后,随着分工的出现和财富

---

① (元)辛文房:《唐才子传》(第四卷),古典文学出版社1957年版,第62页。

占有的不平等,艺术消费成为统治者的特权,而广大群众的艺术消费权利被无情地剥夺。他们虽然可以继续享受自娱式的歌诗艺术消费,但是却很难有机会和权利去观赏专业艺术家的艺术表演。只有当他们当中的一部分人有了相对剩余的物质财富之后,才有可能花钱去购买这样的消费品,也就是说才有可能去欣赏这样的歌诗艺术。即便如此,由于他们的物质财富远远不能和宫廷贵族和官僚商贾等相比,他们不可能有足够的钱财长期养活一些供自己享乐需要的歌舞艺人,他们的最大渴望不过是在自己的时间与财力许可的情况下适当的去进行临时的艺术消费。最初的卖艺制可能正是为了满足这样一个新的中下层的消费群体的需求才得以产生的,以后,随着商业经济的发达、城市的发展、市民阶层的壮大,卖艺制才得以更大的发展并显示出良好的前景,但这已经是宋元以后的事了。

考察历史,以卖艺为生做为一种社会现象,在先秦就已经出现。《史记·范雎蔡泽列传》曾记载:"伍子胥橐载而出昭关,夜行昼伏,至于陵水,无以糊其口,膝行蒲伏,稽首肉袒,鼓腹吹篪,乞食于吴市。"[①] 又据《列子·汤问》:"昔韩娥东之齐,匮粮,过雍门,鬻歌假食。既去而余音绕梁欐,三日不绝,左右以其人弗去。过逆旅,逆旅人辱之。韩娥因曼声哀哭,一里老幼悲愁,垂涕相对,三日不食。遽而追之。娥还,复为曼声长歌。一里老幼喜跃抃舞,弗能自禁,忘向之悲也。乃厚赂发之。"[②] 伍子胥、韩娥并不是以卖艺为生的歌舞艺人,他们只不过是在生存危机的情况下把自己的艺术技能临时充当了谋生的手段。但是由此两例我们可

---

① (汉)司马迁:《史记》卷79,中华书局1959年版,第2407页。
② 杨伯峻:《列子集释》,中华书局1979年版,第177—178页。

以推知，早在先秦，应该存在着以卖艺为生的街头艺人，也可能存在着以卖艺为生的民间歌舞团体。这种民间歌舞团体，在当时被称为"散乐"。《周礼·春官·旄人》："旄人掌教舞散乐。"郑玄注："散乐，野人为乐之善者，若今黄门倡矣。"贾公彦疏："以其不在官之员内，谓之为'散'，故以为野人为乐之善者也。……汉倡优之人，亦非官乐之内，故举以为说也。"不过，这时的散乐并不仅仅指歌舞之乐，而是包括民间的各种技艺表演。[①] 杜佑《通典》卷146《乐六·散乐》："散乐，非部伍之声，俳优歌舞杂奏。后汉天子临轩设乐，舍利兽从西方来，戏于殿前，激水化成比目鱼，跳跃漱水，作雾翳日，而化成黄龙，长八丈，出水游戏，辉耀日光。以两大绳系两柱，相去数丈，二倡女对舞行于绳上，切肩而不倾。如是杂变，总名百戏。"[②]《旧唐书·音乐志二》也有相同的记载。郭茂倩《乐府诗集》卷五十六："《周礼》曰：'旄人教舞散乐。'郑康成云：'散乐，野人为乐之善者，若今黄门倡。'即《汉书》所谓黄门名倡丙强、景武之属是也。汉有黄门鼓吹，天子所以宴群臣。然则雅乐之外，又有宴私之乐焉。《唐书·乐志》曰：'散乐者，非部伍之声，俳优歌舞杂奏。'秦汉已来，又有杂伎，其变非一，名为百戏，亦总谓之散乐。自是历代相承有之。"[③] 由此而言，散乐是个比较宽泛的名称，它有与宫廷的雅乐相对而言的意义，又因为从事散乐的人不隶属于官府，所以被郑玄称为"野人为乐之善者"。这些野人为乐之善者，也可以被宫廷贵族等豢养，为其宴私享乐之用，但同时这些人的身份也很复杂，他们所从事的技

---

① （汉）郑玄注，（唐）贾公彦疏：《周礼注疏》卷24，（清）阮元校刻：《十三经注疏》，中华书局1980年版，第801页。
② （唐）杜佑著，王文锦点校：《通典》卷146，中华书局1988年版，第3727页。
③ （宋）郭茂倩编：《乐府诗集》卷56，中华书局1979年版，第819页。

艺也多种多样,故在唐以前又统称之为百戏,他们当中很多人的身份都比较自由,以在城市街头卖艺为生。正因为这些人以在街头卖艺为生,游走于路上,所以宋以后又称这些为人"路歧乐人"。宋赵彦卫《云麓漫钞》卷十二:"今人呼路歧乐人为散乐。"①宋无名氏《宦门子弟错立身》戏文第一出:"因迷散乐王金榜,致使爹爹赶离门。"又第四出:"老身幼习伶伦,生居散乐。"②由宋以后明确认定散乐就是民间的歌舞团体的情况推知,唐以前所说的散乐情况也当如此。并且由此可知,汉唐以前的"百戏"当中亦主要由这种民间歌舞团体组成。这些民间团体,或者以表演歌舞为生,或者以表演百戏为业。这种散乐百戏在先秦虽已出现,但是因为那时的城市经济不发达,散乐的服务对象仍然主要在宫廷贵族之家,只不过他们不隶属于官府而已。可是到了汉代,这种情况就有了很大改变。《汉书·周勃传》中说,周勃先时"常以吹箫给丧事"。颜师古注:"吹箫以乐丧宾,若乐人也。"③显然,像周勃这样的乐人,就应该属于当时专为丧事而服务的民间音乐团体。《盐铁论·崇礼》中说:"夫家人有客,尚有倡优奇变之乐,而况县官乎?"④《盐铁论·散不足》也说:"今俗因人之丧以求酒肉,幸与小坐,而责办,歌舞俳优,连笑伎戏。"⑤这也说明,当时社会上的确存在着这样活跃在民间的歌舞团体。如果不是这样,一个普通人家来了客人或者有了丧事,何以很快就能举办"倡优奇变之乐"和"歌舞俳优、连笑伎戏"呢?又《三国志·魏书·文昭甄皇后》裴松之

---

① (宋)赵彦卫著,傅根清点校:《云麓漫钞》卷12,中华书局1996年版,第222页。
② 王季思主编:《全元戏曲》(第九卷),人民文学出版社1999年版,第182、186页。
③ (汉)班固:《汉书》卷40,中华书局1962年版,第2050页。
④ 王利器:《盐铁论校注》,中华书局1992年版,第437页。
⑤ 王利器:《盐铁论校注》,中华书局1992年版,第353—354页。

注，说甄皇后八岁时，"外有立骑马戏者，家人诸子皆上阁观之，后独不行。"① 这也是汉末已有卖艺团体存在的明证。从情理上推测，在汉代社会里，一些达官显宦和富商大贾之家可以养得起专为自己服务的歌舞倡优，但是还有更多的中下层商人、地主和官吏未必养得起这样的私倡，他们对于歌舞音乐的需求如果得到满足，最好的方式莫过于临时雇佣民间的歌舞团体来为自己表演了。从现有的文献记载和出土文物来看，汉代歌舞艺术的演出有时场面很大，节目也很多，这些，未必都是私家倡优的表演，可能就包含来自于民间以卖艺为生的歌舞艺术团体。据杨衒之《洛阳伽蓝记》所记，在北魏都城洛阳："出西阳门外四里，御道南有洛阳大市，周回八里。……市东有通商、达货二里。里内之人，尽皆工巧，屠贩为生，资财巨万。……市南有调音、乐律二里。里内之人，丝竹讴歌，天下妙伎出焉。有田僧超者，善吹笳，能为《壮士歌》、《项羽吟》，征西将军崔延伯甚爱之。……市西有退酤、治觞二里。里内之人多酝酒为业。……市北有慈孝、奉终二里。里内之人以卖棺椁为业，赁辆车为事。"② 由这一记载可知，至晚在北魏时期，卖艺制的艺术生产方式已经在城市市民生活中占有一定的地位，这是值得注意的大事。

这种商业性的卖艺制生产方式到了唐代更为普遍。有时著名文人的诗歌可以被乐工以一定的价格买去，这可以说是一种带有准商业性质的行为。《新唐书·李益传》："李益，故宰相揆族子，于诗尤所长。贞元末，名与宗人贺相埒。每一篇成，乐工争以赂求取之，被声歌，供奉天子。"③ 北宋的柳永半生在脂粉堆里讨生

---

① （晋）陈寿著，（宋）裴松之注：《三国志》卷5，中华书局1959年版，第159页。
② （北魏）杨衒之著，范祥雍校注：《洛阳伽蓝记校注》，上海古籍出版社1978年版，第202—204页。
③ （宋）欧阳修、宋祁：《新唐书》，中华书局1975年版，第5784页。

活,将词作出售给青楼歌妓,更带有现代社会把文学创作"商业化"的"先驱"意味,而柳永也当之无愧地可以称之为"职业作家"。宋罗烨《醉翁谈录》载:"耆卿居京华,暇日遍游妓馆。所至,妓者爱其有词名,能移宫换羽;一经品题,声价十倍。妓者多以金物资给之。"① 柳永在《西江月》词中也自夸道:"腹内胎生异锦,笔端舌喷长江。纵教疋绡字难偿,不屑与人称量。我不求人富贵,人须求我文章。风流才子占词场,真是白衣卿相。"② 用今天的话来说,由于柳永有特殊的艺术才华,演唱他的作品可以给歌舞艺人带来更大的利益,他的作品就成了"卖方市场",定然价格不菲。到了元代,由于特殊历史条件的配合,就有完全的"职业作家"——书会才人大量涌现了。

这种卖艺制的歌诗生产方式的主要表现形态是自唐代以来具有职业化、商业化的各艺术表演团体的出现。这里面有的隶属于某家,是从事商业活动的私家文艺团体,如"某家歌"、"某家琵琶"、"某家柘枝"等。张祜诗集中就有《听崔莒侍御叶家歌》、《听刘瑞公田家歌》、《题宋州田大夫家乐丘家筝》、《耿家歌》、《王家琵琶》、《董家笛》、《王家五弦》等诗。还有一批充斥于秦楼楚馆的市井妓,据孙棨作于僖宗中和四年(884)的《北里志》可知,唐代长安城中的市井妓院,具有相当的规模,既有歌妓,又有乐工,也有品流等级,形成了一套管理制度,除了由年长色衰的"假母"总管外,又设有"都知"等职务,由"曲妓之头角者",即歌舞伎艺、文学修养、口才俱佳的妓女充当,有"分管诸妓,俾追逐匀齐"之权力。

---

① (宋)罗烨:《醉翁谈录》,古典文学出版社1957年版,第32页。
② (宋)柳永著,薛瑞生校注:《乐章集校注》,中华书局1994年版,第261页。

这些歌舞团体在唐代大都以出入于达官显贵之家演出为主要方式。到了宋代以后，由于市民阶层也有了比较强的艺术消费需求，则出现了更具"商业"性质的娱乐场所——"瓦舍"。《都城纪胜》"瓦舍众伎"："瓦者，野合易散之意也，不知起于何时。但在京师时，甚为士庶放荡不羁之所，亦为子弟流连破坏之地。"[1] 由此可见，所谓"瓦舍"，就是城市中提供曲艺杂技演出的专门场所，其初起时简陋且多具临时性质，因而名之以"瓦"，但是到了宋代，随着整个社会对精神消费的需求的不断增长，瓦舍成了都市文化消费中不可或缺的部分。《东京梦华录》多处提到开封城内的"瓦子"，如"街南桑家瓦子，近北则中瓦，次里瓦。其中大小勾栏五十余座。内中瓦子，莲花棚、牡丹棚、里瓦子、夜叉棚、象棚最大，可容数千人"[2]。《武林旧事》也将临安城内23家"瓦子"一一列出。[3] "瓦舍"中提供的文艺演出，内容丰富繁杂，包含了多种门类。《都城纪胜》将其划分为散乐、杂剧、诸宫调、小唱、嘌唱、叫声、唱赚、杂扮、角抵、踢弄、杂手艺、影戏、说话、商迷等十余种，而每一大类之下又可加以细分。[4] 如此大的规模、数量以及如此细致的分工，可见当时卖艺制的艺术生产的繁盛程度。

由于没有一个强有力的市民消费阶层作为支持，所以，中国古代的卖艺制的艺术生产水平相对而言是比较低的，他们的社会地位也是十分低下的。这些人既没有达官贵族们在财力上的支持，

---

[1] （宋）孟元老等：《都城纪胜》，《东京梦华录、梦粱录、都城纪胜、西湖老人繁胜录、武林旧事》合刊本，中国商业出版社1982年版，第8页。

[2] （宋）孟元老等：《东京梦华录》，《东京梦华录、梦粱录、都城纪胜、西湖老人繁胜录、武林旧事》合刊本，中国商业出版社1982年版，第15页。

[3] （宋）孟元老等：《武林旧事》，《东京梦华录、梦粱录、都城纪胜、西湖老人繁胜录、武林旧事》合刊本，中国商业出版社1982年版，第117—118页。

[4] （宋）孟元老等：《都城纪胜》，《东京梦华录、梦粱录、都城纪胜、西湖老人繁胜录、武林旧事》合刊本，中国商业出版社1982年版，第8—12页。

也没有像文人士大夫那样受过专门的文化教育。即便是和寄食制下的歌舞艺术相比，从总体上讲其地位和水平也远远不如。到了元明时期，这种区别也仍然存在，如洛地先生所言，这里有"乐府律曲与民间俚歌（剧曲）的分野"，其唱者也有"与名公文士交往从而能（善）作'曲唱'的'角妓——上等艺人'与民间作'俚歌之唱'的路歧人之别"。[①]

应该看到，在整个中国的封建社会里，卖艺制还不是歌诗艺术生产的主要方式，即便是到了宋元以后，也仍是如此，但是它的出现却有重要意义。我们知道，人类社会自从出现阶级和分工以来，对艺术的欣赏就渐渐地变成了少数人享有的特权，特别是对那些专业艺术家所创作的高水平的艺术享受更是如此。专业艺人成了专为上层统治者提供艺术生产服务的寄食奴隶，而广大的中下层群众却没有资格也没有条件来欣赏这样的艺术，实现这样的文化消费。但是，随着社会经济发展，随着一部分中下层市民群众经济条件的改善和政治地位的相对提高，他们也逐渐有了追求这种艺术消费的迫切需要并使这种需要成为可能。可以这样说，与寄食制的艺术生产方式最大的不同之处，就在于卖艺制的生产服务对象不再是以达官显宦为主而是以平民为主，这在一定程度上标志着广大人民群众的艺术消费权利的重新获得，也是历史的巨大进步。同时，它也进一步说明，只有当广大人民群众重新获得了艺术消费的权利之后，艺术的发展才会有更加广阔的前景，才会显出艺术的旺盛生命力。封建社会里的这种艺术生产与消费方式虽然仅仅是个开始，但是它所代表的艺术发展方向却不可改变。

仔细分析以上三种艺术生产方式，因为各有其特点而在封建社会的歌诗艺术生产中占有不同的地位。由于歌诗重点是歌与诗

---

① 洛地：《词乐曲唱》，人民音乐出版社1995年版，第23页。

的结合，也就是诗与乐的结合，所以这种艺术生产主要体现在两个方面，一是诗的生产，一是乐的生产。相比较而言，诗的生产以自娱式为主，而乐的生产则以寄食制为主。在中国古代，由于社会的分工和受教育机会的不同，诗的生产又可以分为民间大众的歌谣传唱和文人士大夫的歌诗创作。在这两者当中，又以文人士大夫的歌诗创作占主导地位。他们虽然大都不是专职的歌诗生产者，可是他们有良好的教育，有对诗与乐的特殊的钟爱，诗的生产一直是他们最主要的情感表达方式和精神消费方式，所以他们的歌诗是中国古代歌诗生产的主要方面，而民间的歌谣传唱从艺术水平上讲则与之有较大的差距，往往以其质朴与生动见长，成为文人歌诗生产的丰富资源、专业艺术家搜集和改造的对象。相比较而言，乐的生产，尤其是在诗的配乐演唱方面，则以寄食制下的歌舞艺人为主要的生产者。他们从小受到良好的专业教育，长大后以歌舞表演为自己的终身职业，他们为文人的歌诗配乐配舞，搜集改编来自于社会下层群众中的优秀歌诗，承担着为国家的宗教、祭祀、礼仪交往中歌诗表演的任务，同时满足着封建统治者们的歌诗消费的精神需要，并以其高超的艺术造诣影响着整个社会的歌诗艺术向着更高水平的方向发展。正是这种自娱式歌诗生产与寄食制的歌诗生产的互动与补充，推动了整个封建社会歌诗艺术生产。而卖艺制作为一种在商品经济社会下才会完善起来的歌诗生产方式，在中国古代的前期始终处于比较幼稚的状态，没有得到充分的发展。宋元以后，这种歌诗生产的艺术方式才有了较大的发展，在宋词的传唱、元曲的生产以及明清以后的说唱艺术中占有更为重要的地位。而正是他们的兴起，同时标志着中国封建后世艺术生产门类的变化——传统的供大众消费的歌诗表演的主导地位逐渐被戏曲、小说以及各种民间曲艺形式所取代，诗主要成为文人案头的东西，与歌已经游离得越来越远。

五、"歌诗"概念的界定与本课题的研究方法

本课题的目的是用马克思主义的艺术生产论来研究中国古代歌诗，在展开正文之前，我们还要对这一概念做一界定。简单地讲，歌诗就是指中国古代可以歌唱的诗。一般来讲，在先秦时期，诗大都是可以歌唱的。因而，那时对诗歌之类的艺术，或称"诗"，或称"歌"、或称"颂"、"风"、"谣"等等，并没有"歌诗"这一概念。"歌诗"这一名称，最早见于《左传》，指的是当时在外交场合赋诗言志的诗歌演唱。[①]有时甚至特指歌唱《诗经》，如《墨子·公孟篇》所说"歌诗三百"（加上今天的标点符号，或可写作"歌《诗三百》"）是也。另外，在《庄子·大宗师》里也有一例用法，意指鼓琴而歌，[②]还都不是我们这里所说的"歌诗"之义。但是，由于诗不但可以歌唱，也可以吟诵或诵读，并由诗的诵读逐渐演变成一种以"不歌而诵"为特征的文体——赋，于是，"歌诗"在汉代就由先秦的演唱诗歌的意义转化为一个名词，专指那些可以演唱的诗，并成为汉人常用的一个概念。如《史记·高祖本纪》："高祖还归，过沛，留。置酒沛宫，悉召故人父老子弟纵酒，发

---

① 《春秋左传·襄公十六年》：晋侯与诸侯宴于温，使诸大夫舞，曰："歌诗必类！"齐高厚之诗不类。荀偃怒，且曰："诸侯有异志矣！"使诸大夫盟高厚，高厚逃归。于是，叔孙豹、晋荀偃、宋向戌、卫宁殖、郑公孙虿、小邾之大夫盟曰："同讨不庭。"

② 《庄子·大宗师》：子舆与子桑友，而霖雨十日。子舆曰："子桑殆病矣！"裹饭而往食之。至子桑之门，则若歌若哭，鼓琴曰："父邪！母邪！天乎！人乎！"有不任其声而趋举其诗焉。子舆入，曰："子之歌诗，何故若是？"

沛中儿得百二十人，教之歌。酒酣，高祖击筑，自为歌诗曰：'大风起兮云飞扬，威加海内兮归故乡，安得猛士兮守四方！'令儿皆和习之。"①《史记·吕太后本纪》："梁王恢之徙王赵，心怀不乐。太后以吕产女为赵王后。王后从官皆诸吕，擅权，微伺赵王，赵王不得自恣。王有所爱姬，王后使人酖杀之。王乃为歌诗四章，令乐人歌之。王悲，六月即自杀。"②《史记·乐书》又记："后伐大宛得千里马，马名蒲梢，次作以为歌。歌诗曰：'天马来兮从西极，经万里兮归有德。承灵威兮降外国，涉流沙兮四夷服。'"③《史记·赵世家》也记："十六年，秦惠王卒。王游大陵。他日，王梦见处女鼓琴而歌诗曰：'美人荧荧兮，颜若苕之荣。命乎命乎，曾无我嬴！'"④等等⑤。

---

① （汉）司马迁：《史记》卷8，中华书局1959年版，第389页。
② （汉）司马迁：《史记》卷9，中华书局1959年版，第404页。
③ （汉）司马迁：《史记》卷24，中华书局1959年版，第1178页。
④ （汉）司马迁：《史记》卷43，中华书局1959年版，第1804页。
⑤ 关于汉代歌诗一词的应用，《汉书·陈胜项籍传》亦有记述："乃悲歌慷慨，自为歌诗曰：'力拔山兮气盖世，时不利兮骓不逝。骓不逝兮可奈何！虞兮虞兮奈若何！'歌数曲，美人和之。羽泣下数行，左右皆泣，莫能仰视。"又《汉书·高五王传》云："（赵王恢）王赵，恢心不乐。太后以吕产女为赵王后，王后从官皆诸吕也，内擅权，微司赵王，王不得自恣。王有爱姬，王后鸩杀之。王乃为歌诗四章，令乐人歌之。"又《汉书·严朱吾丘主父徐严终王贾传》："宣帝时修武帝故事，讲论六艺群书，博尽奇异之好，征能为《楚辞》九江被公，召见诵读，益召高材刘向、张子侨、华龙、柳褒等待诏金马门。神爵、五凤之间，天下殷富，数有嘉应。上颇作歌诗，欲兴协律之事，丞相魏相奏言知音善鼓雅琴者渤海赵定、梁国龚德，皆召见待诏。于是益州刺史王襄欲宣风化于众庶，闻王褒有俊材，请与相见，使褒作《中和》、《乐职》、《宣布》诗，选好事者令依《鹿鸣》之声习而歌之。时，汜乡侯何武为僮子，选在歌中。久之，武等学长安，歌太学下，转而上闻。宣帝召见武等观之，皆赐帛，谓曰："此盛德之事，吾何足以当之！""又《全汉文·卷三十八》刘向《别录》佚文有《乐歌诗》四篇、《赵氏雅琴》七篇，《师氏雅琴》八篇，《龙氏雅琴》百六篇。（见《隋书·音乐志》）。又《后汉书·光武十王列传》："封上苍自建武以来章奏及所作书、记、赋、颂、七言、别安、歌诗，并集览焉。"又《后汉书·南蛮西南夷列传》记白狼王唐菆作《远夷乐德歌诗》、《远夷慕德歌诗》、《远夷怀德歌（诗）》三章。

因为歌诗在汉代已经成为与赋相对应的一个文体概念，所以在《汉书·艺文志》中，班固就把《诗赋略》里的作品从是否可以歌唱的角度分为"歌诗"与"赋"两大类型，并辑录了以下歌诗：《王禹记》二十四篇、《雅歌诗》四篇、《黄公》四篇（名疵，为秦博士，作歌诗，在秦时歌诗中）、《高祖歌诗》二篇、《宗庙歌诗》五篇、《出行巡狩及游歌诗》十篇、《李夫人及幸贵人歌诗》三篇、《吴楚汝南歌诗》十五篇、《邯郸河间歌诗》四篇、《淮南歌诗》四篇、《京兆尹秦歌诗》五篇、《黄门倡车忠等歌诗》十五篇、《杂歌诗》九篇、《洛阳歌诗》四篇、《河南周歌声曲折》七篇、《周谣歌诗》七十五篇、《诸神歌诗》三篇、《周歌诗》二篇、右歌诗二十八家，三百一十四篇。①

由以上名目可见，汉人所说的歌诗范围很广，它几乎包括了当时所有可以演唱的诗歌，而且演唱形式和内容也是多种多样的。应该说，这就是汉代诗歌的主体，也是汉代诗歌的主要样式。但是，正因为诗在任何时代都可以吟诵，所以，由歌诗到诵诗的转化，也就是一个不断发生发展的动态过程。汉人把不歌而诵的诗称之为赋，把可以歌唱的诗称之为歌诗。到了魏晋六朝以后，赋已经成为一种和诗没有多大关系的散文式的文体，而原本在汉代都属于歌诗的文体中又出现两种情况，一种是只为诵读而作的诗，一种是可以歌唱的歌诗，这两者并没有一个十分明确的界限。从一般情况讲，当时人把那些可以演唱的诗称之为乐府，而由此流变出来的以五七言为主的诵诗则又称为诗。到了唐代，原来可以演唱的乐府诗有些也变成了诵诗，同时又产生了大量的可以歌唱的新诗，这些作品的名目不一，难以用一个名称来概括。大体来

---

① （汉）班固：《汉书》卷 30，中华书局 1962 年版，第 1753—1755 页。

讲，如果以占一个时代的歌诗主导样式而言，那么唐代则是燕乐歌词和曲子词，宋代是词，在元代是曲。所以，我们这里所说的歌诗，也就比汉人的歌诗概念更宽一些，泛指中国古代那些可以歌唱的诗。

我们在这里用汉人最常用的"歌诗"这一概念来指代中国古代所有可以歌唱的诗，并以此作为研究对象。其实，在我们之前，任二北先生已经就唐代同类歌诗做过相当有意义的研究。但任二北先生和我们的研究方法不同、指导思想不同，侧重点也不同。另外还有重要的一点，就是他和我们所使用的概念不同。他认为"声诗"的概念比"歌诗"更好，在《唐声诗》第一章《范围与定义·声诗名目由来》中这样说：

> 《礼记·乐记》曰："乐师辨乎声、诗，故北面而弦。"谓乐师仅执技艺之末，非施乐教之本，故所能辨者仅声与辞，所操者弦，而所处者，乃封建时代臣工北面之地位而已。其曰"声、诗"，乃指两事——乐歌与辞也。《乐记》又曰："诗，言其志也；歌，咏其声也；舞，动其容也——三者本于心，然后乐器从之。"盖乐从心而发于器，乃用以兼统诗、歌、舞三事。所谓声者，以歌声为主，以乐声为准；而其所歌之诗，必有内容，曰志。以上《乐记》中所见之"声"、"诗"二文，及声与诗为二事之说，义实相贯，且于心志、声乐、诗言、歌咏、舞容之间，已明定其本末源流之系统。吾人体认唐代声诗之范围与定义，应倚为根本。①

---

① 任半塘：《唐声诗》（上编），上海古籍出版社1982年版，第1—2页。

由此为出发点,他又引刘勰《文心雕龙·乐府》中"乐辞曰诗,诗声曰歌"、"诗为乐心,声为乐体"等诸家说法申明其义。并说:"'歌诗'仅用肉声,不包含乐器之声,其义较狭;'声诗'云云,则兼赅乐与容二者之声,此其大别也。"①

任二北先生关于"声诗"概念的提出,自有一定的根据和道理。但是,他关于"歌诗仅用肉声"的说法,则是不对的。《诗经·魏风·园有桃》:"心之忧矣,我歌且谣。"《毛传》:"曲合乐曰歌,徒歌曰谣。"《乐府诗集》卷八十三引《韩诗章句》:"有章曲曰歌,无章曲曰谣。"《尔雅·释乐》:"徒歌谓之谣。"② 可见,在先秦两汉,仅用肉声的歌唱只能叫谣,而不能叫歌。凡是称之为"歌"者,至少应该有乐章乐曲的配合,大多数场合是有乐器或舞蹈伴奏的。《礼记·乐记》说:"昔者,舜作五弦之琴以歌《南风》,夔始制乐以赏诸侯。"③《左传·襄公二十九年》记吴季札在鲁观周乐,襄公使乐工"为之歌《周南》、《召南》"、"为之歌《小雅》"等等,这里所说的歌,都是包括乐器的伴奏歌唱,甚至还可能带有歌舞的表演,如"为之歌《颂》"④,因为《颂》本身就是宗庙祭祀的歌舞音乐,并不是仅有人声的徒歌。《周礼·春官·宗伯》曰:"大司乐掌成均之法……,以和邦国,以谐万民,以安宾客,以说远人,以作动物。乃分乐而序之,以祭、以享、以祀。乃奏黄钟,歌大吕,舞《云门》,以祀天神;乃奏大簇,歌应钟,舞《咸池》,以祭地示;

---

① 任半塘:《唐声诗》(上编),上海古籍出版社1982年版,第2、10页。
② (宋)郭茂倩编:《乐府诗集》卷83,中华书局1979年版,第1164—1165页。
③ (汉)郑玄注,(唐)孔颖达等正义:《礼记正义》卷38,(清)阮元校刻:《十三经注疏》,中华书局1980年版,第1534页。
④ (晋)杜预注,(唐)孔颖达疏:《春秋左传正义》卷39,(清)阮元校刻:《十三经注疏》,中华书局1980年版,第2007页。

乃奏姑洗,歌南吕,舞《大磬》,以祀四望;乃奏蕤宾,歌函钟,舞《大夏》,以祭山川;乃奏夷则,歌小吕,舞《大濩》,以享先妣;乃奏无射,歌夹钟,舞《大武》,以享先祖。"① 这里所说的"歌大吕"、"歌应钟"云云,更不是专指人声,而与"奏"大体同义。贾公彦疏曰:"此黄钟言奏,大吕言歌者,云奏,据出声而言;云歌,据合曲而说,其实歌奏通也。"这是先秦的情况,至于汉人所说的"歌诗",如《汉书·艺文志》所记,同样都是可以配乐表演的。最明显的例子莫过于汉代流行的"相和歌",《宋书·乐志》已经说的明明白白,其演唱特点就是"丝竹更相和,执节者歌"②。而任二北先生由于误把《汉书·艺文志》中的《河南周歌诗七卷》与《河南周歌声曲折七卷》这两种不同的歌辞文本与乐曲文本看成了各主"诗"或"声"的两个相对立的概念,就认为"'歌诗'仅用肉声,不包含乐器之声,其义较狭",显然是不符合实际情况的。

正因为"歌诗"本就是指可以演唱的诗,其义甚明,所以,笔者认为,无论是从历史的既定事实还是从概念的明确方面讲,"歌诗"都是比"声诗"更好的名称,在这里笔者可以引郑樵的一段话来做进一步的说明:

> 古之诗曰歌行,后之诗曰古近二体。歌行主声,二体主文。诗为声也,不为文也。浩歌长啸,古人之深趣。今人既不尚啸,而又失歌诗之旨,所以无乐事也。凡律其辞则谓之诗,声其诗则谓之歌,作诗,未有不歌者也。诗者,乐章也。或形之

---

① (汉)郑玄注,(唐)贾公彦疏:《周礼注疏》卷22,(清)阮元校刻:《十三经注疏》,中华书局1980年版,第787—789页。
② (梁)沈约:《宋书》卷21,中华书局1974年版,第603页。

歌咏，或散之律吕，各随所主而命。主于人之声者，则有行，有曲。散歌谓之行，入乐谓之曲。主于丝竹之音者，则有"引"、有"操"、有"吟"、有"弄"。各有调以主之，摄其音谓之调，总其调亦谓之曲。凡歌行，虽主人声，其中调者，皆可以被之丝竹。凡"引"、"操"、"吟"、"弄"，虽主丝竹，其有辞者，皆可以形之歌咏。盖主于人者，有声必有辞，主于丝竹者，取音而已，不必有辞，其有辞者，通可歌也。近世论歌行者，求名以义，强生分别，正犹汉儒不识风、雅、颂之声，而以义论诗也。[①]

郑樵这里所说的"歌行"，也就是乐府歌诗，它本来就是以声为主的，既可以徒歌，也可以配乐演唱。至于演唱方式，则根据具体情况而定，因而又各有不同的名称。此段话说得再清楚不过，足可以让我们明白古代歌诗的实际意义。笔者以为，歌诗这一概念在中国古代有相当明确的意义，使用更广泛，也更有概括性，所以在我们的研究中仍用歌诗的概念。

歌诗是指可以演唱的诗歌，它是整个中国古代诗歌的一部分。诗本是语言的艺术，它是否可以演唱，表面看起来似乎只是一种表现方式的不同，与诗本身没有多少关系，对诗的理解也不会有多大影响。从诗的发生学本质上讲，如果诗在它的产生时只是一种书面文字写作或诵读行为，那么，我们在今天对它的研究，自然也就只进行一般的文字分析就可以了。但真正的事实却是，诗从产生那天起，就是和歌舞音乐等融合在一起的。在中国古代，音乐、舞蹈等艺术样式从来就与诗有不解之缘。从汉代以后，虽

---

① （宋）郑樵：《通志》卷49，中华书局1987年版，第626页。

然由于诗逐渐成为文人们表达思想情感的工具，与歌舞音乐相脱离的纯粹的文人诗在中国诗歌史上占了越来越大的比例，但是通观中国古代诗歌，它的发展，无论从内容到形式，仍然受歌舞音乐的影响甚巨。没有歌舞音乐的参与，诗就不会有那么丰富的内容，不会有那么多彩的艺术形式，不会有从《诗三百》到楚辞、从汉乐府到唐宋词再到元曲的巨大文体变革，也不会在中国古代社会产生那么深远的影响。因此，如果我们不重视中国古代诗歌这种与音乐歌舞相结合的特点，忽视了从这方面的研究，那么，我们对中国古代诗歌的研究就是不全面的，甚至可以说是具有重大缺陷的。而这，也就是我们所以要研究歌诗的主要原因。

本课题的目的是用马克思主义的艺术生产论来研究中国古代歌诗，由于歌诗与诗歌在概念上有重大的不同，马克思主义的艺术生产论与意识形态论也不同，这样，在我们的研究中，自然也就会采用一整套赋有新意的话语体系。

首先，从研究内容方面讲，我们以歌诗为主，所关注的并不是中国古代的全部诗歌，而是从《诗三百》到元曲这一漫长历史时期内所有可以演唱的歌。因此，歌诗的演唱性质，演唱方式，由演唱而产生的多种艺术样式，文体流变，语言特点，艺术风格，由此而生成的中国古代歌诗的民族文化特征和发展规律，以及对整个中国古代诗歌的影响等，就是我们要探讨的主要内容。至于一般作品产生的社会历史背景、政治思想内容、作家生平经历、创作中的个体意识表现等等，就不是本文关注的重点。即便是同样的问题，由于关注的角度不同，思考问题的方法不同，也与我们现在流行的讨论重点有异。举例来讲，如汉乐府作为我国古代歌诗发展史上的一个重要形式，关于它的产生、它的艺术形式、它的思想内容，都有人进行过相当深入的研究。关于汉乐府的演唱、曲调、语言等等，也有人做过较好的研究。但是，以往的这些研究，由于只关注汉乐府的文字文本，只是从一般的诗歌的角度来研究，因此，即便是有人注意到了它的一些音乐演唱特征，也并没有从此入手来探讨它的文体流变、它的语言特点等等，更没人从这一角度来探讨中国歌诗的发展规律。如萧涤非的《汉魏六朝乐府文学史》，对汉乐府的变迁、乐府的产生、沿革、分类、声调等等都有相当好的介绍和考证，但是，这些与汉乐府的艺术样式有何关系？汉乐府的文体流变、语言特点、艺术风格等与歌诗演唱又有哪些关联？我们是否可以从歌诗的角度来认识它的这种特殊性？这些，在他的书中或言之甚少，或者没有涉及。同样，王运熙《乐府诗述论》一书对汉乐府的产生流变，包括对于黄门鼓吹、汉代鼓吹、杂曲歌辞、舞曲歌辞、清商三调等有关问题考之甚详，可是，也没有由这些歌诗的特征进而去论述汉乐府诗的艺术。在他们看来，以上所有这些有关汉乐府的情况，只不过是我们现在所见到的汉乐府诗歌文本形式得以产生的文艺背景，它们与我们现在所进行的文本研究其实没有多少关系，或者说还没有发现或讨论过它们之间的内在关系。而我们的研究则认为，以上所有那些情况，就是汉乐府歌诗形式的有机组成部分；不仅如此，它们同时也以其特有的方式，沉积在文本形式之中。换句话说，在分析汉乐府文本的语言艺术结构时，我们发现，楚声楚舞的介入、丝竹更相和的演唱方式、西域音乐的接受等，都对汉乐府的文本生成产生了重要影响。一句话，站在歌诗理论的立场上笔者认为，汉乐府的文本是为了适应演唱的需要才成为我们目前所见到的这个样子的。所以，凡是有关它的语言艺术成就，包括章法、句式、修辞技巧等等，我们都只有站在演唱的角度才能做出解释，汉乐府的发展规律，也只有从演唱的角度才能弄清。举例来讲，如果没有横吹鼓吹的演唱方式，就不会有《铙歌十八曲》那种杂言乐府诗的形式；如果没有李延年的"新声变曲"，也不会有汉《郊祀歌》那种新的宗庙乐章；没有为了表演而产生的汉大曲，就不会有汉乐府叙事诗。像《陌上桑》这首诗之所以分成三解，每一解之所以采取不同的方式突出一个重点，并不是为了写作的需要，而是服从于表演的需要。郭茂倩在《乐府诗集》中介绍汉乐府时说："诸调曲皆有辞、有声，而大曲又有艳、有趋、有乱。辞者，其歌诗也，声者，若羊吾夷、伊那何之类也，艳在曲之前，趋与乱在曲之后，亦犹吴声西曲，前有和，后有送也。"[①]这段话很明确地告诉我们，现在我们所见到的汉乐府歌诗，只不过是汉乐府表演中的文字部分。局部要服从整体，文字的写作要服从表演，"填词之设，专为登场"（借用清人李渔语）。因此，脱离了表演去谈文字的艺术性，去谈所谓的汉乐府创作发展规律等等，那只不过是文人们在案头的艺术想象与自我欣赏而已。汉乐府的研究是如此，对于《诗经》、楚辞、六朝乐府、隋唐歌诗、宋词、元曲的研究也是如此。

其次，从指导思想与方法方面讲。马克思主义的艺术生产论和意识形态论的最大不同，就是把我们通常所说的歌诗艺术创作看成是一种生产。对于同一时期或同一件歌诗艺术品，从艺术生产的角度把握和从创作的角度是完全不同的。从创作的角度考虑，

---

① （宋）郭茂倩编：《乐府诗集》卷26，中华书局1979年版，第377页。

作家在作品的产生中具有最为重要的意义。而在决定作家创作的诸因素中，作家的思想观念、世界观与创作方法又是其核心。作为创作者的作家，他有权决定作品的内容和形式，他就是创作的唯一主体。而我们通常所说的社会生活、阶级意识、民族特点、文学传统、以及文学的鉴赏和批评等，归根到底都要通过影响作家，变成作家创作的主观意图，并只有通过作家的自我表现才能实现。一句话，在意识形态的创作论里，作家占有着最为耀眼的中心地位。可以想象，当他们在进行"精骛八极，心游万仞"的艺术思考，在进行"笼天地于形内，挫万物于笔端"的创作时，作家本身感到自己是多么伟大！在读者心中他又是多么神圣呀！但是在艺术生产论中，笼罩在作家头上的这一光环却远未有那么明亮。作家成了一个生产者，他或者是个体生产者，或者是群体生产者中的一分子，作家的文本写作只是整个艺术生产中的一个流程，他不但要受制于艺术生产关系，也要受制于艺术生产方式。至于他个人的艺术生产能力，也要在符合这一生产总目标的前提下才能发挥。举例来讲，如在当前一首流行歌曲的产生过程中，歌辞作者只是这首歌的文本生产者，它的文本生产首先要服从流行歌曲的演唱规律，决不能仅凭自我创造。在一首歌中，一位词作者，无论他是按谱填词还是先作词之后被人谱曲，也无论歌词写的多么好，他都不是这首歌的唯一生产者，作曲家、歌唱家、音乐演奏家等，都在这里占有同样重要的位置。在大众眼中，歌唱家甚至比词曲作家更受欢迎。

同时，有生产就要有消费，在艺术生产论中，消费对于生产的作用，也远比在创作论中欣赏对于创作的作用大得多。其中重要一点，就是生产者在生产时就要考虑消费者的口味和需要，这在当代社会中表现得最为明显,无须赘言。① 但我们不要以为这种现象只有进入现代商品社会才会出现,其实,古代社会也有。从理论上讲,只要有了艺术生产,就要有艺术消费;只要有艺术消费,消费者在艺术的生产过程中就要起作用,生产者就要考虑消费者的需要。只不过由于时代的不同,艺术的生产方式和生产能力不同,消费对于生产的影响也不同罢了。在原始时代,由于还没有出现分工,艺术的生产和消费也是统一在一起的,一个氏族或家庭成员,既是艺术生产者,也是艺术消费者。这就如同小农经济下的物质生活一样,自己生产,自己消费。分工出现以后,生产和消费自然也出现了分离,艺术生产者在进行生产时就必须考虑消费者的实际需要。同时,由于阶级对立的出现,统治者成了艺术消费的主导者,他们的审美趣味和他们对艺术的需求,不但成了职业艺术家得以产生的重要前提,而且成了左右艺术家进行艺术生产的重要因素。《史记·货殖列传》说:"中山地薄人众,……女子则鼓鸣瑟,跕屣,游媚贵富,入后宫,遍诸侯。"又说:"今夫赵女郑姬,设形容,揳鸣琴,揄长袂,蹑利屣,目挑

---

① 对这一现象,笔者可引祁述裕的一段话以供参考。他说:"随着市场经济的形成,文化消费者在越来越大的程度上决定着文化的生产和存在方式。……一些作家、影视导演、制片人也自觉地把迎合读者(观众)的喜好,作为自己的艺术追求。汪国真谈到他成功的秘诀是'根据杂志属性不同及风格差异,去针对性写点诗,这样才能附合读者,去赢得读者'。他介绍说,'我给妇女刊物写诗,主要是要偏重于容貌服饰、欣赏角度;我给青年刊物写诗,主要写他们的荣誉、深刻、宽容……','艺术和读者并重,在接近读者的同时要求艺术。'王朔一再申明,文人无非是用笔写字,编出些故事悦百姓的行当:《渴望》是给老头、老太、家庭妇女看的,招老百姓掉眼泪儿的。'《编辑部的故事》不过就是部逗笑开心的通俗喜剧,只载些笑声和轻松。'而'我的小说有些是冲着某类读者去的。……《顽主》这一类就冲着跟我趣味一样的城市青年去了,男的为主。《永失我爱》、《过把瘾就死》,这是奔着大一大二女生的……'电影导演方艾认为影视改革'第一步要考虑可看性,要像商品那样考虑顾客的需求'。见祁述裕:《市场经济下的中国文学艺术》,北京大学出版社1998年版,第33—34页。

心招,出不远千里,不择老少者,奔富厚也。"① 这些歌舞艺人从小就要进行严格的艺术技能训练,长大后出入王侯富贵之家,主要就是为他们表演歌舞,讨得他们的喜欢,现存汉乐府中的许多作品,如《相逢行》等,就是在这些场合,为这些人演唱的。即便是那些内容比较严肃的歌诗艺术品,如宫廷雅乐等,也是为了适应统治者的消费需要而生产的。而到了封建社会后期——宋元以后,随着市民文化的兴起和商品经济的初步发展,不要说当时的一些著名歌曲是迎合观众而生产,就是连话本小说、杂剧以及各种曲艺形式,都是在适应大众文艺消费需求的基础上产生的。吕天成在《曲品》中说:

> 传奇定品,颇费筹量,……我舅祖孙司马公谓予曰:"凡南剧,第一要事佳,第二要关目好,第三要搬出来好,第四要按宫调、协音律,第五要使人易晓,第六要词采,第七要善敷衍——淡处做得浓,闲处做得热闹,第八要各角色派得匀妥,第九要脱套,第十要合世情、关风化。持此十要以衡传奇,靡不当矣。"②

衡量一出传奇的好坏不是从一般的作者角度,而是从欣赏者、也就是消费者角度出发,正所谓"戏唱得好坏,还是归观众评定的"③。这也是艺术生产论和艺术的意识形态论在研究和评价中国古代歌诗艺术在指导思想和方法论上的一个重大不同。

---

① (汉)司马迁:《史记》卷129,中华书局1959年版,第3263、3271页。
② (明)吕天成:《曲品》,见《中国古典戏曲论著集成》(第六册),中国戏剧出版社1959年版,第223页。
③ 毛泽东:《在中国共产党第八届中央委员会第二次全体会议上的讲话》,《马列著作毛泽东著作选读》,人民出版社1978年版,第432页。

最后，从研究对象方面讲，我们以歌诗为主，所关注的并不是中国古代的全部诗歌，而是指可以演唱的诗歌，那么，这里面就提出了一个问题，即对那些主要用于诵读，用于知识阶层主要依靠文字基础进行诵读欣赏的诗歌，比如对于中国文学史上像屈原的《离骚》和杜甫的《北征》之类的诗歌，如何从艺术生产的角度来进行解释或如何进行处理的问题。其实对此问题并不难理解。因为马克思主义的艺术生产论既把艺术当成是一种"精神生产"，同时又指出它是一种生产的"特殊形态"，这说明，我们在从一般的生产角度来研究艺术，来重视关于艺术生产与其他生产共同规律的同时，也要在此基础上重视其特殊规律。因为它是一种生产的特殊形态，所以，从它一产生的那天起，艺术的意识形态性就已经存在了。或者我们也可以这样说，艺术作为一种精神产品，在原始社会中就开始扮演着娱乐和教化的两种功能，也就存在着两种艺术形式，一种是以娱乐为主的，一种是以教化为主的。以娱乐为主的艺术，从古到今都把艺术的形式放在首要的位置，都更多地服从生产的普遍规律；以教化为主的艺术，从古到今都把内容放在最重要的位置，都更倾向于脱离艺术的生产本质而向思想和哲学靠拢。换句话说，以娱乐为主的艺术是以诉诸感性为主的，而以教化为主的艺术是以诉诸理性为主的。在西方，美学之父鲍姆嘉通一开始就把美学定名为"感觉学"，在中国古代，《礼记·乐记》认为"乐者，音之所由生也，其本在人心之感于物也"[1]，"夫乐者乐也，人情之所不能免也。乐必发于声音，形于动静，人之道也"[2]，可以说都正好抓住了以娱乐为主的艺术的

---

[1] （汉）郑玄注，（唐）孔颖达等正义：《礼记正义》卷37，（清）阮元校刻：《十三经注疏》，中华书局1980年版，第1527页。

[2] （汉）郑玄注，（唐）孔颖达等正义：《礼记正义》卷39，（清）阮元校刻：《十三经注疏》，中华书局1980年版，第1544页。

本质，这也是艺术发展的主流。从欣赏的角度讲，美首先是人类感觉上的一种愉悦，而这种愉悦是人的生理、心理、生命、生活的需求，故原始人就开始了艺术，尤其是视觉艺术和听觉艺术的生产。是感觉（视觉、听觉）艺术最大限度地满足了人们的审美需要，因而它才是长盛不衰、最受大众喜爱的。而以教化为主的艺术，正因为从一开始就有突出理性的倾向，所以它虽然可能从感性开始，但是它的终极指向却是思想和哲学。在西方，黑格尔正是从这一点来认识艺术和美的典型，所以他把美定义为"理念的感性显现"，并说"艺术表现的普遍需要所以也是理性的需要"，[①]在中国古代，"诗言志"的理论经《毛诗序》的解释也突出了这一特征。符合这一类特征的艺术，也就成为精神生产中更为特殊的一种形态。在这种形态的艺术生产中，凸显了作为文本生产者的个体的价值，同时也凸显了艺术产品中的思想蕴含。至于艺术生产中的其他环节，如艺术生产的生产方式、生产关系、以及这种艺术产品的消费方式、消费者与生产者的关系等，则或者被大大地简化了，或者变得更为间接，或者对生产者和消费者提出了更为复杂和更高的知识的和理性的要求，等等。举例来讲，像《离骚》这样的艺术产品，它的生产首先需要像屈原一样独一无二的生活和生命经历，需要经过多年的文化培养和艺术培养。他所生产的艺术产品只以文字为物质表现形态，它不是诉诸感觉的艺术而是诉诸理性的艺术。对于消费者来讲，他不但首先要有读书识字的基本素质，而且需要有对生产者的自身经历和理性精神的充分理解，有通过文字唤起自己最大的审美心理能量的可能。因此，这一类艺术从它产生的那天起就不是以感觉的方式让大众直接消费的，而是以理性

[①] 〔德〕黑格尔著，朱光潜译：《美学》（第一卷），商务印书馆1979年版，第40、142页。

的方式、通过各种转换（如通过通俗解说、通过转化为其他感觉式的艺术形式、通过与其他大众类似生活故事的比较等）来引导大众心智的。但是无论如何，它的艺术生产的基本特征还是存在的。

　　从生产的角度，我们倾向于把艺术分为以感觉为主的艺术和以理性为主的艺术，或者说是以娱乐为主的艺术和以教化为主的艺术，主要是为了说明艺术生产具有和物质生产同样的复杂性，这就如同在物质生产领域中，农民生产稻谷和工人生产钢铁、这一工厂生产电视机和那一工厂生产羽绒服一样，在生产的流程和工艺等方面都有着极大的不同。我们还要强调的是，我们虽然这样对艺术进行分类，但是这两类艺术并不是截然分开的，有时甚至是难以分辨的。以感觉为主的艺术固然要强调它的娱乐性，但是在娱乐性中如果没有一定的生活思想根基，那也是不被大众接受的。用我们上引吕天成的理论来讲，一部好的传奇也要"合世情、关风化"；以理性为主的艺术，如果没有诉诸感觉的美的形式作为基础，我们就不能把它称之为"艺术"。艺术生产的复杂性要求我们的研究也要对不同的艺术采取不同的研究方法。以理性的追寻为主要目标的艺术，最适合于用意识形态论来对其进行研究，而这也正是我们以往在艺术研究中所使用的最主要的方法和所做的最主要的工作。但是，我们切不能以这种艺术生产中的特殊形态来取代艺术生产中的普遍形态。反过来讲，以感觉为主和以娱乐为主的艺术，则最适合于用艺术生产的理论来加以研究和把握，而这，也正是我们目前在艺术研究中的不足之处。而且，从根本点上讲，由于我们把艺术看成是一种精神生产，所以，用艺术生产论来研究这类艺术，对于我们更为深入、全面地认识中国诗歌，也就具有更为重要的意义。

由于我们把艺术分为以感觉为主的艺术和以理性为主的艺术，或者说是以娱乐为主的艺术和以教化为主的艺术，并认为在研究方法上也要有所侧重。这样，在客观上也就把本书研究范围做了基本界定。如上所言，如果说从形式上讲，我们在这里研究的对象是中国古代歌诗；那么从具体内容方面而论，我们所研究的就是以感觉为主和以娱乐为主的歌诗艺术。感觉要求我们更看重艺术的生产方式和表现形式，娱乐要求我们更看重艺术生产的社会关系和生产与消费的互动过程，这就是在我们的歌诗研究中的重点。至于有关思想意识方面的内容，则不是本书的主要研究对象。换句话说，生产论从另一个角度对艺术做出了新的分类，并对歌诗有独特的观照方式，它所考虑的中心问题是艺术产品，而这种产品的产出首先要符合生产的规律，一个社会的艺术生产分工、一种歌诗的艺术生产方式、一件歌诗艺术品主要由哪些艺术生产者来完成、大众的消费需求对于一种艺术产品的生产具有多大的影响，从娱乐和感觉的角度看，一个时代的歌诗艺术产品为什么会表现为这样一种形式而不是那样的形式等，这些，就是本书研究的新的重点。举例来讲，当我们在分析以词为代表的宋代歌诗艺术生产的时候，我们在这里关注的中心并不是晏殊、欧阳修、苏轼、辛弃疾等词人的生活经历和他们的思想意识，也不是这些词主要表现了他们什么样的思想，反映了什么样的生活，而是两宋都市商业经济的发展与市民阶层的壮大，都市音乐的勃兴与歌诗艺术的繁荣，宋词的兴盛与社会消费需求的关系、宫廷贵族的享乐生活与文人词的应制、文人的养妓制度与辞采风流、在脂粉堆里混生活的柳永对词这种艺术产品的认识以及对词的发展的影响等。在此基础上，我们再来看宋词的艺术形式特征如何得以形成,音乐演唱对宋词语言形式的开拓与规范、在偎红倚翠、笙歌燕舞、应酬互唱中所形成的文人对于词这种艺术形式的价值评判和艺术评判体系,等等。由此让我们来充分了解宋词艺术生产的一些本质特征,并从而加深对于宋词的全面认识。对宋词的研究是如此,本书中对其他各段的歌诗艺术研究重点也在此。由此我们期望对于从《诗三百》到元曲的中国古代歌诗的艺术生产过程,理出一个大致的线索。

中国古代歌诗艺术生产与消费的基本方式[①]

同学们晚上好！非常高兴今天能有这样一个机会和大家作一些交流。我虽然是首都师范大学的老师，但是在这样的场合作这样的学术报告还是第一次。我要讲的内容属于我研究的范围，在平时给研究生或本科生讲课的时候可能都会涉及一些，但是不会这样专门化。我今天讲的题目是："中国古代歌诗艺术生产与消费的基本方式"。这里边有两个概念：第一个是歌诗，古代歌诗。注意，我说的不是诗歌，是歌诗，把"诗歌"两个字倒过来。第二个是艺术生产与消费。我先要把这两个概念解释一下，同时还要说明我这个研究的价值和目的在什么地方。

我们先说歌诗。歌诗是指可以歌唱的诗，从《诗经》到汉乐府到唐诗、宋词、元曲，一直到明清以来的各种民间戏曲等等，大都是可以歌唱或者可以入乐的，所以歌诗在中国古代诗歌史上是占有重要的地位的。我说中国古代的诗有好多是可以歌唱的，这是一个大家都熟知的前提，大家都没有异议。但是在具体的研究过程当中，老师在给我们讲课的时候，不管是小学、中学学习古诗还是大学的文学史讲到古诗的时候，从来不讲这些诗是怎么唱的，歌唱对这些诗的创作，对诗的艺术成就到底产生什么影响。

[①] 本文为作者于2007年10月10日在首都师范大学图书馆学术报告厅所作的学术演讲，高美平根据录音整理。

从理念上来讲，我们说《诗经》是可以歌唱的，但是一到分析作品的时候，我们就把可以歌唱的这个事给忘了，就只是分析它的文本。当然这里还有一个重要的原因，就是古代的科学技术不发达，既没有录音也没有录像，没有留下什么东西，研究起来很困难。但是不管怎么困难，这个客观事实是存在的。我们应该重视中国古代歌诗的研究。歌诗跟诗歌，就是文人案头写的那些诗，是不太一样的。我们来打个比方，作个比较：大家平时都会读一些新诗，像艾青的诗、臧克家的诗，这些新诗我们读起来也都觉得很好，同时我们也很爱听流行歌曲，但是流行歌曲和新诗是不一样的。其实古代的诗也应该分成这样两种形态，不是一样的。这是我给大家提出的第一点，是我研究的切入点。

　　第二个是艺术生产与消费的理论。艺术生产的理论也是现在西方比较关注的一种理论，这个理论的要义就是把艺术当成一种生产，一种精神产品的生产。其实应该说它是从马克思主义的理论中产生出来的，马克思说，人类社会有三大生产，第一是物质的生产，我们要种粮食，要吃饭，这是物质的生产；第二类是精神的生产，我们要生产思想、生产艺术，供我们精神上的消费；还有一类是人的生产，是不断地繁衍我们的种族、后代。那么艺术就是一种生产，是一种精神生产，它是满足我们的精神需求的。有生产就要有消费，生产和消费就构成了一个完整的社会运作体系，所以我这里讲的艺术生产其实是包括消费在里面的，没有消费就没有生产。那么我们为什么要把艺术当成一种生产来研究呢？就是因为它和消费有关，没有消费不会有生产。精神上的消费和物质上的消费有不一样的地方，但是又有些相同的地方，比如说都要有一个消费群体。我们都要消费物质财富。精神生产表面上看起来消费的似乎不是物质财富，但实际上是一种变形的物质财富。比如说我们去听戏，就算戏票是别人送给你的，这个演戏的过程也需要消费大量的物质财富。听戏的时候，起码你要消费时间。当然你如果自己买票的话，你还得消费金钱，这笔钱你完全可以干别的嘛。现在国家大剧院正在演戏，一张戏票好几百块钱，这是不是消费？这是一种变相的物质消费。生产和消费对古代的歌诗产生了重要的影响。我们过去的文学史里讲诗歌的创作，是不讲生产，也不大讲消费的。比如我们讲杜甫的诗，只是讲杜甫是怎样创作的，这些诗有什么样的深刻的思想，有什么样的高超的艺术成就。但是有些诗不一定是这样的，有一些诗的产生就是有一个消费的过程。所以我们要把生产和消费的理论纳入我们文学研究的视野中来，这样我们就把艺术生产和歌诗联系在一起了，换句话说，我给大家讲这个题目就是以歌诗作为一个研究的个案，用艺术生产的理论来进行研究，这样我们就会对中国古代的文学作品有一个新的认识。

  我今天给大家讲的这个题目，只是从生产和消费的角度探讨一下它的基本方式是什么。我把中国古代的歌诗生产分成三种方式。第一种方式是自娱式的歌诗生产与自娱式的消费。我们先来看一下这个定义，什么是自娱式的歌诗生产与自娱式的消费？我们可以这样来简单地界定它，就是自作歌诗来表达自己的喜怒哀乐之情，满足自己的精神需求。人生下来和动物不一样的地方，就是人有自己的精神需求，这个精神需求不是为了创造财富，不是为了赚钱，是为了满足自己的需要；就像农民种地，第一个目的是为了吃饭，为了自己的消费，不是为了拿到市场上卖一样。第二种方式是，吟唱别人的歌诗，或者是吟唱在社会上已经广泛流行的歌诗，来表达自己的感情，满足自己的精神需求。我们现在有很好的物质条件，有时我们会拉上几个同学说，今天晚上我们去歌厅唱唱歌吧。不唱自己的,唱别人的,去快乐一下。唱别人的歌来满足自己的需求,简单地说这也是自娱式的,自我娱乐式的生产和消费。

我们说,这种自娱式的歌诗艺术生产和消费是人类最初的生产与消费方式。当人刚刚懂得表达情感的时候,还没有社会分工,没有商品的交换。这个时候,人类都是自己发出那种天籁之音,满足自己的需要。用《毛诗序》的话说:"诗者,志之所之也。在心为志,发言为诗。情动于中而形于言,言之不足则嗟叹之,嗟叹之不足故永歌之,永歌之不足,不知手之舞之足之蹈之也。"[①]就是说,这是一种自发的,表达自己情感的,自我娱乐的方式。这是古人从理论上的概括。实际的例子,我在这里举两个,一个就是《吕氏春秋·音初》篇:"禹行功,见塗山之女,禹未之遇而巡省南土。塗山氏之女乃令其妾待禹于塗山之阳,女乃作歌,歌曰'候人兮猗'。"[②]"候人"就是等着这个人,"兮猗"就是一种拖长的声音:"啊呀"。"候人兮猗"实际上是一句很简单的歌,就是"我等着你啊"。(笑声)这个故事说的是大禹治水,是南土的事,是南方音乐开始。还有北方音乐的开始,《吕氏春秋》里也有一段记载:"有娀氏有二佚女,为之九成之台,饮食必以鼓。帝令燕往视之,鸣若谧隘。二女爱而争搏之,覆以玉筐,少选,发而视之,燕遗二卵,北飞,遂不反,二女作歌一终,曰:'燕燕往飞',实始作为北音。"[③]《吕氏春秋》把上面两个故事看作南音与北音的开始,当

[①] (汉)毛亨传,郑玄笺,(唐)孔颖达疏:《毛诗正义》卷1,(清)阮元校刻:《十三经注疏》,中华书局1980年版,第269—270页。

[②] (战国)吕不韦著,陈奇猷校释:《吕氏春秋新校释》,上海古籍出版社2002年版,第338页。

[③] (战国)吕不韦著,陈奇猷校释:《吕氏春秋新校释》,上海古籍出版社2002年版,第338页。

然不一定准确，但是这两个故事都是带有自我娱乐性的歌唱，这却没有问题。另外还有，《吕氏春秋·古乐》篇里边说："昔葛天氏之乐，三人操牛尾，投足以歌八阕。"[①] 这段文字在文学史里边都讲，我们过去说艺术起源于劳动，要用它做例子。现在我们换一个角度来考察它，不管艺术起源于什么，它这种表演本身就是一种自娱自乐式的：高兴起来了，三个人拿起牛尾，举足踏歌，这就是自娱自乐，这是个最简单的例子。所以说，在人类社会没有产生分工之前，最早的艺术生产和消费方式就是自娱式的。

到了分工出现之后，自娱式仍然是歌诗生产和消费的一种重要方式。为什么说分工之后还需要自娱式的歌诗生产和消费呢？就是因为最初的分工还是远远不能满足广大群众的歌诗消费需求。要享受专业艺术家的歌诗艺术，广大群众也远没有那么充足的经济和政治条件。一直到现在，专业艺术家的演出也并不是我们想看就能看的。北京是个文化中心，有这么多的剧院，这么多的专业艺人，但我想同学们上这些剧院里听专业艺术家的演唱还是少数。更多的时候，我们觉得很快乐时，自己就在那里哼唱起来，所以说自娱式还是一种重要的方式。第二个原因是，自娱式的歌诗艺术生产和消费有着比专业的艺术生产更为灵活的机制，因而更能满足广大群众的消费需求。

中国古代的书里面有很多关于自娱式的歌诗生产与消费的记载。中国古代历史上一些著名的人物都善于吟诗歌唱，比如郑庄公、百里奚、孔子、庄子、荆轲、项羽和刘邦等等，他们的这种歌唱就是典型的自娱式的。刘邦征讨英布胜利回乡，和家乡的父老乡亲们一起喝酒，高兴的时候，就唱了起来："大风起兮云飞扬，

---

① （战国）吕不韦著，陈奇猷校释：《吕氏春秋新校释》，上海古籍出版社 2002 年版，第 288 页。

威加海内兮归故乡，安得猛士兮守四方。"这样的例子我们可以找到很多。这是一种情况。第二种情况，就是随着封建社会经济的发展和大众的娱乐需求的提高，在战国时代的一些大都市里已经非常流行自娱式的歌舞娱乐活动。城市里出现了早期的市民阶层，这个市民阶层有了空闲时间，自然就要追求精神享受的满足，这个时候自娱式的歌诗生产和消费就在那里流行起来。我这里举两个例子，第一个例子是《战国策·苏秦说齐宣王》所记："临淄甚富而实，其民无不吹竽、鼓瑟、击筑、弹琴……"[①] 说临淄这个地方的老百姓非常喜欢娱乐，吹竽、鼓瑟、击筑、弹琴，差不多的人都会。这显然不是为了出去卖钱，是为了自我娱乐的。第二个例子就是宋玉《对楚王问》的记载："客有歌于郢中者，其始曰《下里》、《巴人》，国中属而和者数千人。"[②] 这就是说《下里》《巴人》是非常通俗的歌曲，越是通俗的歌曲老百姓越是熟悉，每个人都会唱，随时都可以唱。这样的例子很多，大家可以自己在文学史中找一找。

下面我们再分析一下自娱式歌诗艺术生产与消费的特点。第一个特点是，自娱式歌诗艺术生产与消费具有明显的群众性和普遍性。它是群众的艺术，带有普遍性。南方的好多少数民族都有能歌善舞的特点，到了节日的时候所有的人都去唱歌跳舞，这种活动带有明显的群众性和普遍性。北方的民族，像蒙古族，也是能歌善舞。群众性和普遍性是它的第一个特点。第二个特点，由于没有分工，没有专门的培养，一般来讲，早期的自娱式歌诗艺术生产和消费水平都是不高的，是老百姓的日常歌唱。当然，也

---

① （西汉）刘向集录，范祥雍笺证，范邦瑾协校：《战国策笺证》，上海古籍出版社2006年版，第539页。

② （梁）萧统编，（唐）李善注：《文选》卷45，上海古籍出版社1986年版，第1999页。

不能说在长久的流传过程中就不会产生一些经典的作品，但是这些经典的作品往往还要经过专业艺术家的加工。像我们现在比较熟悉的从民歌改编过来的一些东西，比如河北民歌《回娘家》，江苏民歌《茉莉花》，再比如《康定情歌》，这些我们都说它是民歌，但是这些民歌现在都被固定化了；就是说经过了专业艺术家的加工，这些长久流传的歌曲的艺术水平进一步地被提升了，虽然在旋律等各个方面都还保留着民间的特色，但其实已经不完全是民间的了。像《康定情歌》，还有《乌苏里船歌》，前几年曾经出现过打官司的事件。就是因为《乌苏里船歌》的作者说这首歌曲是他作的，而那个地区的人说这首歌是我们民间的歌曲，不是你个人的。我们说这首歌的原初肯定是来自民间的，不过我们现在所听到的的确是经过了专业作者的加工，这也是事实。在历史的流传过程当中，这样的歌曲还是少数，所以说一般来讲早期的自娱式歌诗的艺术生产和消费水平不是很高。第三个特点，自娱式歌诗的生产和消费有着相当强的生命活力。在民间的长久流传过程当中，它会形成一个特殊的程式，一些特殊的旋律，这样一来它就会长久流传下去，几百年，甚至几千年。我们过去可能没有注意到，其实这一类文学史的现象还是很多的。像《宋玉对楚王问》里曾经说到《下里》、《巴人》，到了汉代，从《下里》、《巴人》的歌曲中就演化出了《薤露》和《蒿里》。这里还提到了《阳春》和《白雪》，一直到唐代，岑参还有一首《白雪歌送武判官归京》，可见《白雪》歌在唐代还在流行。再比如说，新中国成立前比较流行的歌曲《月子弯弯照九州》，在宋元话本中我们就能见到。它们不断地在流传，一代一代地传下去，有非常强的生命活力。上海音乐学院有一个著名的音乐家叫钱仁康，就对这个歌曲的从宋代到现在的演化过程作过专门的研究。还有一个典型的例子就是《茉莉花》,它在全国的各个地方都有些流传,各个地方都有些变曲变调,但是它有一个基本的模式,所以说它有非常强的声乐的活力。这是自娱式的歌诗。

其实在自娱式的歌诗中,我们还应该讲一点,但这个问题比较复杂,由于时间的关系我们在这里提一下,就是文人士大夫的歌唱。文人诗的写作其实主要是自娱式的,因为他们的写作不是拿来卖钱的,也不是用来演出的,至少绝大多数人不是这样的,主要是表达自己的思想情感,是寄托自己的情志的。像陶渊明、李白、杜甫,他们的诗就都是这样的。这个问题比较复杂,我就不在这里讲了。

中国古代歌诗生产的第二种方式,是寄食式的歌诗生产与特权式的消费。什么叫寄食式的生产和特权式的消费?这个问题西方人有过一些探讨。我这里引用了埃斯卡皮的一段话,埃斯卡皮是法国的一个进行文学社会学研究的著名学者。他说:"寄食制,就是由某一个人或某一个机构来养活一个作家,他们保荐他,反过来又要求满足他们的文化需要。这种门客与君主的关系和顾客与老板的关系不能说没有共同之处。作为封建组织形式的寄食制,与建立在实体基础上的社会结构相适应。没有一个共同的文化阶层(中等阶级缺乏教养、或者根本不存在中等阶级),缺乏有效的传播手段,财富集中在几个豪门之手,一小撮杰出人物具有极高的文学造诣,等等,所有这一切必然形成几个封闭式的体系。在这种体系里,作家被认为是提供奢侈品的工匠;于是,他也根据物物交换的原则,用自己的产品换取他人对自己的供养。"[①] 这段话里有两点,重要的一点就是说寄食制下的艺术家是被财富集

---

① 〔法〕罗见尔·埃斯卡皮著,王美华、于沛译:《文学社会学》,安徽文艺出版社1987年版,第32页。

中的少数的豪门养起来的，是寄食于人家。寄食于这些人家里，他就应该是为这些人来演唱，为这些人服务，是为个别人服务的。埃斯卡皮认为这也是一种交换原则，是物物交换原则。艺术家用他自己的产品来跟别人交换。他的产品是什么？是歌唱；欣赏他歌唱的消费者的产品是什么？是饭，是钱，给他饭吃，给他钱花。

　　埃斯卡皮探讨的是欧洲中世纪到现在社会的情况，我们再结合中国的情况作一些探讨。下面是我个人的一些思考和补充。我把埃斯卡皮说的"寄食制"称之为"寄食式"，我觉得中国古代的具体情况和西方多少有些不一样。寄食制好像是一种制度，我觉得说它是一种制度不如把它说成是一种艺术生产方式更合适，所以我把它叫做寄食式。这是第一点。第二点，在中国古代歌诗艺术发展的过程中，寄食式的主体主要是指那些寄食于宫廷、皇室或达官显宦、富商大贾之家的歌舞艺人。在封建社会里，财富集中在少数人手中，主要是宫廷皇室、达官显宦和一些贵族，还有富商大贾等等。第三点，埃斯卡皮只说了生产的方式，我们再把它从消费方式的角度来看一看。如果从消费者的角度来考虑，我们也可以把这种方式称之为豢养式或官养式。消费者，或者官家，把他们养起来。第四点，由于这种豢养式或官养式主要是为封建社会的各种特权阶层服务的，所以我们把与之相对应的消费方式称之为特权式，就是寄食式的生产与特权式的消费。我们不说很早的历史时代，就说清朝。我们都熟悉《红楼梦》，《红楼梦》里贾府很有钱，养了一个戏班子。这个戏班子专门给谁唱戏？专门给贾府的人唱戏。外人看不到贾府的戏班子演的戏，因为这是贾府中人的特权，是他们自己养起来的。我们如果再往前追溯的话，就会发现，古代社会里这一类的艺术生产方式是最普遍的。比如说在汉代。汉代的城市文化比较繁荣，在这个繁荣的汉代社会中,又产生了一大批的歌舞艺人。这些歌舞艺人都到哪里去了?都到了宫廷贵族那里。这一点司马迁在《史记》当中记载得非常清楚,他说尤其是燕赵地区,这个地方的民风是,男的往往尚武好强,女的往往能歌善舞,而且从小都要在歌舞方面进行专门的培养。培养完了都到哪里去了?都到宫廷中,到了贵族家里去了。司马迁说这叫"奔富厚也"①。有的是代代为倡,就是代代都是艺人。比如说李延年,汉武帝时候的著名艺术家,他们家就是中山人,就在现在的河北,他家里就是代代以卖艺为生。因为他以卖艺为生,所以他的艺术水平非常高,唱得非常好。在当时,他能"每为新声变曲",他唱了一首歌叫《北方有佳人》:"北方有佳人,绝世而独立。一顾倾人城,再顾倾人国。宁不知倾城与倾国,佳人难再得。"②汉武帝听了之后说,哪儿有这么漂亮的佳人哪?李延年说我妹妹就是。(笑声)大体上是这个意思。这样,李延年就把他妹妹献给了汉武帝,成为汉武帝最宠爱的妃子。这一类的歌舞艺人都被宫廷养起来,他们的表演普通老百姓是很难看得到的,老百姓自己更养不起。艺术其实是一种奢侈品,中国古代很早就有这方面的记载,墨子有一篇文章叫《非乐》,"乐"就是指艺术。他说艺术需要耗费大量的钱财物力,一个国家如果没有大量剩余的钱财物力就养不起这些艺术家;如果没有钱还要追求这种享乐,那就要亡国。所以墨子提出非乐的主张,他认为音乐是会误国的。当然他这种说法有些偏激,但是我们知道艺术确实需要耗费大量的人财物力。想一想我们的国家大剧院盖起来之后花了多少钱哪,这个在"文革"之前是不可想象的事。前几天我刚刚看过一篇报

---

① (汉)司马迁:《史记》卷129,中华书局1959年版,第3271页。
② (汉)班固:《汉书》卷97,中华书局1962年版,第3951页。

道，说是为了让普通老百姓能够到国家大剧院听戏，在某些剧场里设立了站席，站席的票价要控制在二百块钱以下。想一想吧，就算是二百块钱，我们也还是很难消费得起的。所以说艺术是需要专门的人来养的。对现在的一个中等之家来说，养一个戏班子也是不可能的事。我现在是教授了，我家里要养一个保姆恐怕还不大容易呢。（笑声）所以说，艺术是一种消费品，因此，我们说在中国封建社会里，是一种特权式的消费，是一种寄食式，必须寄养在宫廷、贵族、高官和富商之家。

现在我们来看看寄食式的生产与特权式的消费在中国古代表现的特点。第一点，最初的艺术生产者主要是国家供养，为国家和少数特权阶层服务的。这个跟人类社会物质财富的有限有关。最早的财富主要集中在少数人的手里，因为当时人类的生产能力比较低。那个时候专业的艺术家基本上都是为国家服务，为宗教服务，为帝王服务。正因为这样，在中国古代很早的时候就由国家设立了专门的机构，从西周时候开始就设立了乐官制度，周代有大司乐，到了西汉的时候有乐府。这是第一个特点。第二个特点，在早期社会里，无论是从生产者的管理还是从消费者的特权分配来看，都有严格的等级规定。在最早的时候，这个等级特别重要，不是说你有钱你就可以消费，你有钱但没有那个等级也不能让你消费。

我们选几条记载，《左传·襄公十一年》曾记载："郑人赂晋侯以师悝、师触、师蠲。"这个"赂"就是用钱财拉拢关系，说郑国人为了跟晋国要结好，就贿赂晋侯，把师悝、师触、师蠲这三个乐工送给了晋侯。还有"歌钟二肆，及其镈、磬；女乐二八"，"晋侯以乐之半赐魏绛"。这段话是什么意思呢？杜预在这里的注说："悝、触、蠲，皆乐师名。"当时的乐师是没有人身自由的，甚至有一定的奴隶身份,可以被所有者随意地拿来送人。这里的"郑人"就是指郑国的国君,三个乐工就被他像礼品一样送出去了。"肆,列也。县钟十六为一肆。二肆,三十二枚。"① 先秦时期的音乐以金石音乐为主,像编钟、编磬。钟和磬都需要用高高的架子给悬挂起来,一个架子悬挂就叫一肆。一组悬钟共有十六个钟,分上下两排挂起来,就叫一肆。两肆就是三十二枚,这是非常贵重的礼品。晋侯把乐工赐给魏绛,这个事情《左传·襄公十一年》为什么记载下来呢?一方面是说明魏绛是晋国一个有功的大夫,晋侯把这些东西赏赐给他,这是对他很大的奖赏。另一方面也说明如果晋侯不赏赐给他的话,他自己是没有权利来享受这样的音乐的,这实际上是给了一种享受的权利。第二个例子,《春秋·隐公五年》有这样一段记载:"初献六羽。"下面是《公羊传》的注:"初者何?始也。六羽者何?舞也。"就是"六羽"之舞。"初献六羽,何以书?讥。""讥"就是批评、讽刺。"何讥尔?讥始僭诸公也。""僭"是僭越,超越了等级名分。"始僭诸公"怎么解释呢?"六羽之为僭奈何?"为什么说是僭越呢?因为"六羽"这种舞蹈是有一定级别的人才能看的。"天子八佾,诸公六,诸侯四。"说天子的羽舞只能用八佾,八佾就是每一排八个人,八八六十四个人。诸公是什么呢?"诸公"指的是天子下面的三公,周天王下边最大的官才叫公:"天子三公称公,王者之后称公,其余大国称侯,小国称伯、子、男。"② 周王的后代如果没有做王——比如说周王有两个儿子,老大继承了王位,老二没有继承——那么就给他一

---

① (晋)杜预注,(唐)孔颖达疏:《春秋左传正义》卷31,(清)阮元校刻:《十三经注疏》,中华书局1980年版,第1951页。
② (汉)何休注,(唐)徐彦疏:《春秋公羊传注疏》卷3,(清)阮元校刻:《十三经注疏》,中华书局1980年版,第2207页。

个公的爵号,这才叫公。其他的大国国君只能叫诸侯。按照当时的礼节,诸侯只能欣赏"四羽"之舞,也就是只能是四四十六个人跳舞。这段话是说鲁隐公的,别人献给鲁隐公"六羽"之舞,就是六六三十六个人的舞蹈队,他接受了,史书就给他记载下来,说这是一种僭越。僭越在古代是了不得的事情。我们常说春秋时期是礼崩乐坏的时代,礼崩和乐坏为什么联系起来?就是因为乐也是分等级的,乐实际上是礼的一种表现形式。鲁隐公这个时候是春秋的初年,孔子在世的时候是春秋的末年,那个时候的礼崩乐坏就更厉害了。当时鲁国有个著名的大夫叫季氏,季氏是鲁国的大夫,是诸侯国里的一个执政大臣;但这个季氏在自己的家里竟然用八佾之舞来欣赏娱乐。八佾是八八六十四人的舞蹈,这是只有天子才能享受的。孔子听了这个事情之后就非常气愤,说:"是可忍也,孰不可忍也。"[1] 说如果这个事情都可以容忍的话,那什么事情都可以容忍了。就是说这是不能接受,不能容忍的。所以说这是特权式的消费。在早期社会,西周到汉代初年,商人阶层是不能欣赏特别高级的音乐的,因为商人属于贱民,再有钱也不行。穿衣服也是,再有钱也不能穿官服,有些高档的衣服,像丝绸之类也是不能穿的,不像我们现在的社会。现在商人有了地位,我们国家领导人胡锦涛到美国访问,住在比尔·盖茨的私邸里。这就是商人一旦富可敌国,他的地位自然就提高了。但这是现代社会,古代社会可不是这样的。

我们再来说一下寄食式的生产和特权式的消费在古代社会的规模有多大。我给大家介绍这样几个例证。第一个,《周礼·春官》记载周代乐官建制一共有一千六百四十三人,这个多少带有一点理

---

[1] (魏)何晏注,(宋)邢昺疏:《论语注疏》卷3,(清)阮元校刻:《十三经注疏》,中华书局1980年版,第2465页。

想化的成分，但是我们可以想象，这个队伍实在是太庞大了，我们现在国家的音乐团体也没有这么多人。而且这一千六百四十三人角色分工特别的细，有歌唱的，有舞蹈的，有演奏乐器的。舞蹈的又有表演文舞的，有表演武舞的。演奏乐器的有的专门是敲钟的，有的专门是敲磬的。第二个是《汉书·礼乐志》的记载，说汉哀帝罢乐府的时候，乐府中的各种艺术人才有八百二十九人。乐府只是西汉宫廷音乐机构中的一种，当时的宫廷音乐机构不止这一种，除了乐府还有太乐、掖庭女乐等。这是汉代。第三，魏晋时期，《晋书·后妃传·胡贵嫔传》记载："时帝多内宠，平吴之后复纳孙皓宫人数千，自此掖庭殆将万人。"① "掖庭"就是皇宫后院。掖庭养起来的那些人，主要是指那些宫廷歌舞艺人，有将近万人。第四，《隋书·裴蕴传》："是后异技淫声咸萃乐府，皆置博士弟子，递相教传，增益乐人至三万余。"② 说隋朝的时候，乐府里竟然有三万多人。第五个例子，唐代玄宗时期，是教坊规模最大的时期，教坊能容纳一万一千四百零九人。这些都是历史上的记载。所以说在古代社会，因为财富集中在少数人手里，因为有特权等级的限制，所以歌舞艺术的主体都在宫廷里，在一些王公大臣、贵族那里。

除了这些歌舞艺人之外，另外还有一种情况，我把它称为准寄食式。这是寄食式的另外一种表现方式，文人士大夫的准寄食式。什么叫准寄食式？有很多文人寄食于宫廷，他们本身并没有其他的本领，很多时候是把自己的才艺拿来迎合帝王，讨帝王的喜欢。这个在汉代的时候就有，像司马相如、枚乘、枚皋。枚皋在晚年的时候"自悔类倡"，很后悔自己一辈子像倡优一样。为什么呢？因为自己一辈子没有什么真本领，就是给皇帝写上两篇

---

① （唐）房玄龄等：《晋书》卷31，中华书局1974年版，第962页。
② （唐）魏征、令狐德棻：《隋书》卷67，中华书局1973年版，第1575页。

赋,让皇帝高兴一下。所以我把这种情况叫做准寄食式。我这里引了《唐诗纪事》中的一条材料:"中宗正月晦日幸昆明池赋诗,群臣应制百余篇。帐殿前结彩楼,命昭容选一首为新翻御制曲。"群臣都来做诗,在殿前结起一座彩楼来。昭容是一种女官。让她在百官的诗作中选一首,谱曲给皇帝演奏。"从臣悉集其下,须臾纸落如飞,各认其名而怀之。"这些臣子每人做一首诗都献上去,昭容看到哪首诗不好就给扔下来了。百官看到纸上有自己的名字,怕别人看见不好意思,就赶紧捡起来揣在怀里。"既进,唯沈、宋二诗不下。又移时,一纸飞坠,竞取而观,乃沈诗也。"① 最后只剩沈佺期和宋之问两个人,又扔下来一张纸,原来是沈佺期的,最后就剩下了宋之问的一首诗。我们在讲唐初诗歌的时候经常举这个例子,说明沈佺期和宋之问的诗做得好。但是如果我们从另外一个角度来解读,就可以知道,其实当时的这些文人们有一个很大的职责,就是给皇帝取乐。为什么把这些人叫做御用文人呢?其实确实是有点御用的性质。所以说,这些人是国家拿俸禄养起来,但他们其实没有为国家做什么正事,可以称作是一种准寄食式。这是在宫廷。第二个例子我们再说一下富商大贾之家。《唐才子传》:"(康)洽,酒泉人,黄须美丈夫也。盛时携琴剑来长安,谒当道,气度豪爽。工乐府诗篇,宫女梨园,皆写于声律。玄宗亦知名,尝叹美之。所出入皆王侯贵主之宅;从游与宴,虽骏马苍头,如其己有;观服玩之光,令人归欲烧物,怜才乃能如是也。"② 说康洽特别豪爽,美丈夫,而且各种技艺集于一身,特别善于写诗度曲;但是他一辈子没有功名,没有当官,没有为国家出力。

---

① (宋)计有功著,王仲镛校笺:《唐诗纪事校笺》,中华书局2007年版,第64页。
② (元)辛文房:《唐才子传》,古典文学出版社1957年版,第62页。

那么他这一生干什么？他这一生其实就像我们说的食客那样，靠着自己那点才艺，今天到这个达官显宦家里去打秋风，明天到那个达官显宦家里混两天，就靠这个过日子。这种文人士大夫确实可以称为准寄食式。

中国古代歌诗生产的第三种方式，是卖艺式的歌诗生产与平民式消费。卖艺式的歌诗生产与平民式消费有什么特征？我们从这三个方面来说。第一，从生产者的角度来考察，他们不是寄食于达官显宦或宫廷，而是生长于民间，以个人或家庭为单位，或者组成一个演出的班子，出入于城市农村的街头巷尾，靠卖艺为生。我记得前一段时间中央电视台好像还演过这样两个戏剧，专门就是讲卖艺的团体的故事，讲歌舞艺人的悲惨遭遇的。我小时候家在农村，我经常可以看到卖艺的团体走街串巷，搭棚子唱戏。有的是耍杂技,唱影戏,有的是其他的卖唱。总而言之就是这样的。这是从生产者的角度考察。第二，消费者的角度考察，这些团体的消费对象不是封建社会的特权阶层，而是下层平民。所以我们把与这种卖艺式生产方式相对应的消费方式叫做平民式的消费。因为有了普通百姓的精神需求，所以就有了卖艺式的艺术生产群体。因为在早期，财富集中在少数人手里，专业艺人都被少数人垄断起来，那么普通的老百姓怎么进行精神上的消费？只能是自娱式的。如果想看稍微有点专业水平的演出，就需要花钱，需要自己养起来，他们又养不起，怎么办呢？只能是看那些流落在民间的歌舞艺术团体的演出。第三，从产生的时间来讲我们就可以知道，相对于前两种方式，卖艺式的方式产生得是最晚的，它的出现有赖于平民阶层的产生。而在先秦，这样的平民阶层是几乎没有的；到汉代的时候，才逐渐出现；从汉到唐没有太大的发展；到了宋代，才有了突飞猛进的发展，一直到我们现在。现在的艺术生产和消费,我觉得都是商业化的,都和这个卖艺式的生产与平民式的消费相关联,是卖艺式的生产和平民式的消费的一种变体。

我们再来考察一下卖艺式歌诗艺术生产在早期的一些情况。早期这一类的情况比较少,但我们还是可以找到一些。一个是《史记·范雎蔡泽列传》曾记载:"伍子胥橐载而出昭关,夜行昼伏,至于陵水,无以糊其口,膝行蒲伏,稽首肉袒,鼓腹吹篪,乞食于吴市。"①伍子胥因为受楚王的陷害,逃跑的时候,白天不敢出来,晚上才出来赶路。到了陵水这个地方,没有东西吃,就靠自己会吹篪的本领来换点饭吃,就是靠卖艺来糊口。另一个是《列子·汤问》:"昔韩娥东之齐,匮粮,过雍门,鬻歌假食。"靠卖唱来换饭吃。"既去而余音绕梁欐,三日不绝,左右以其人弗去。"唱得太好了。"过逆旅,逆旅人辱之。韩娥因曼声哀哭,一里老幼悲愁,垂涕相对,三日不食。"韩娥唱得太悲惨了,一里老幼三天都吃不下饭,(笑声)"遽而追之。娥还,复为曼声长歌。一里老幼喜跃抃舞,弗能自禁,忘向之悲也。乃厚赂发之。"②又唱了一首欢乐的歌,一里老幼兴奋得载歌载舞,于是给了她很多财物。历史记载这个故事是为了说明韩娥的歌唱艺术水平非常高,但我们从中可以看到早期卖艺的方式。卖艺的方式在周代的时候也有,《周礼·春官》里记载《旄人》:"旄人掌教舞散乐。"郑玄注说:"散乐,野人为乐之善者。"③什么叫"野人为乐之善者"?当时被朝廷养起来的歌舞艺术人才叫乐工、乐人或者乐官;朝廷不可能把所有的艺人

---

① (汉)司马迁:《史记》卷79,中华书局1959年版,第2407页。
② 杨伯峻:《列子集释》,中华书局1979年版,第177—178页。
③ (汉)郑玄注,(唐)贾公彦疏:《周礼注疏》卷24,(清)阮元校刻:《十三经注疏》,中华书局1980年版,第801页。

都养起来,除了这些人之外,还有一些人散在四野之外,这些人中也有一些表现得不错的,这就叫"野人为乐之善者"。这些人就叫旄人,这些旄人就像汉代民间的倡优一样。汉代以后这个名称逐渐发生了变化,比如说宋代就把他们叫做路歧艺人。

以上是早期的情况。到了汉代,这种情况就逐渐地多了起来。《盐铁论·散不足》里说:"今俗因人之丧以求酒肉,幸而小坐而责辨,歌舞俳优,连笑伎戏。"[①]说西汉时期,城里的平民百姓,家里面办丧事的时候一般要置办酒肉,如果坐的时间长一点,就会把歌舞艺人请来,进行歌舞艺术表演。那么我们就可以知道在汉代就已经在民间流行这样一些歌舞艺术团体。他们不是在宫廷中;宫廷的歌舞艺人,一般的平民百姓是不可能把他们请出来的,请不起。第二个例子,《三国志·魏书·文昭甄皇后》裴松之注,说甄皇后八岁时,"外有立骑马戏者,家人诸姊皆上阁观之,后独不行"。[②]是说甄皇后小时候也是生活在平民家庭的,有一次,她家院子外边来了表演马戏的,家里人都上了房子上了墙头去看,只有甄皇后不愿意去看。这条历史记载是为了说明甄皇后非常贞静专一,不好这些没有用的东西,它是颂美甄皇后的;但是无意中给我们提供了另外一个信息,就是那个时候有卖艺的歌舞艺术团体,在民间各个地方演出。第三个例子是《洛阳伽蓝记》,说的是南北朝时期:"市南有调音、乐律二里。"说洛阳城里市南这个地方有调音、乐律二里,"里"就是居住的地方。古代的城市都有个分工,城市的这边主要住着从事某些职业的人,城市的那边主要住着从事另外一些职业的人。这里说,在市南有调音的和乐律的两条街,这个地方住的人,"丝竹讴歌,天下妙伎出焉。有田僧

---

① 王利器校注:《盐铁论校注》,中华书局1992年版,第353—354页。
② (晋)陈寿著,(宋)裴松之注:《三国志》卷5,中华书局1959年版,第159页。

超者,善吹笛、能为《壮士歌》、《项羽吟》,征西将军崔延伯甚爱之"①。这两条街上的人干些什么?主要就是为平民百姓演唱。

到了唐宋以后,这种情况得到很大的发展,文人开始参与卖艺式的歌诗生产,还有卖艺团体的商业化演出。我们来看几条例子,第一条是《新唐书·李益传》:"李益,故宰相揆族子。"宰相李揆的本家侄子。"于诗尤所长。贞元末,名与宗人贺相埒。"和李贺名声差不多。"每一篇成,乐工争以赂求取之,被声歌,供奉天子。"② 李益做的诗能配乐演唱,乐工把他的诗买去,配上乐来给天子演唱。李益已经把自己的诗拿来换稿费了,实际上他的做法有点参与商业化的性质。再有就是《醉翁谈录》记载的柳永的事。柳永更是这样一个人,大家看文学史都比较熟悉他。"耆卿居京华,暇日遍游妓馆。所至,妓者爱其有词名,能移宫换羽,一经品题,声价十倍,妓者多以金物资给之。"③ 柳永的词能配乐演唱,如果哪个妓女唱了他的词,就会声价十倍,所以都争着买他的词,柳永对这些事也很自负,他说:"腹内胎生异锦,笔端舌喷长江。纵教匜绡字难偿,不屑与人称量。我不求人富贵,人须求我文章。风流才子占词场,真是白衣卿相。"④ 当时正统的文人对柳永是看不起的。文学史上都讲柳永的故事,说他到京师考试的时候,因为他的词写得好,皇帝看了,就给他写了几个大字:"且去填词。"后来柳永干脆就把皇帝给他写的这几个字当成圣旨了,自称"奉旨填词柳三变"。自己说,"才子词人,自是白衣卿相"。可以说柳永的词和其他词人的词不一样,柳永真的是非常像现在的流行歌

---

① (北魏)杨衒之著,范祥雍校注:《洛阳伽蓝记校注》卷4,上海古籍出版社1958年版,第203页。
② (宋)欧阳修、宋祁著:《新唐书》卷203,中华书局1975年版,第5784页。
③ (宋)罗烨:《醉翁谈录》,古典文学出版社1957年版,第32页。
④ (宋)柳永著,薛瑞生校注:《乐章集校注》,中华书局1994年版,第261页。

曲作者，有点像罗大佑。（笑声）后来，柳永靠这个虽然挣了很多钱，但是他的社会地位不行，所以后来还是"改邪归正"了，考了一个功名。要是在我们现在的社会里，柳永根本就不用改邪归正，他做的事本来就是很正当的。我们说从宋代时候文人开始参与商业化的演出了，为什么会这样？就是因为从宋代开始，中国的市民阶层越来越发展壮大。我们讲宋代文学的时候，说宋代的话本和小说很流行。为什么呢？就是因为当时城市里市民阶层特别壮大，商业经济特别繁荣，勾栏瓦肆都是表演的场所，我后边引的《东京梦华录》说的就是这个情况。《东京梦华录》多处提到开封城内的"瓦子"，如"街南桑家瓦子，近北则中瓦，次里瓦。其中大小勾栏五十余座。内中瓦子莲花棚、牡丹棚，里瓦子夜叉棚，象棚最大，可容数千人。"[①]

以上是三种艺术生产方式：自娱式的歌诗生产与自娱式的消费，寄食式的歌诗生产和特权式的消费，卖艺式的歌诗生产与平民式消费。我们再来简单说一下三种歌诗艺术生产和消费方式的历史发展和辩证关系。

先说第一点，三种歌诗艺术生产和消费方式的产生时序。自娱式的歌诗生产与自娱式消费方式，是最早也是最基本的，它为其他两种艺术生产和消费方式奠定了基础。第二种是寄食式的歌诗生产与特权式的消费，在封建社会中，这是带有主导性的歌诗艺术生产和消费方式。而且越是早期，封建社会早期，这种寄食式的歌诗艺术生产和特权式的消费就越突出。第三就是卖艺式的歌诗生产与平民式消费，它产生得最晚，但是到宋元以后就逐渐发展壮大，成为最有发展后劲的艺术生产与消费

---

① （宋）孟元老著，邓之诚注：《东京梦华录注》，中华书局1982年版，第66页。

方式。因为平民阶层越来越壮大，民间卖艺式的歌舞团体水平越来越高，宫廷里的歌舞艺术消费方式慢慢地反倒是萎缩了不少。到南宋之后就是这样，朝廷有的时候不再养这么多人，大概是朝廷也算经济账，养这么多人耗费巨大。这样也很好，如果需要的话可以到民间去请，直接把他们请到宫里来。这是几种艺术生产产生的时序。

第二是相互的影响关系。我讲这样几点：第一点，一部分本来是来自社会各阶层自娱式的歌诗生产与消费，经过朝廷专业艺人的加工和整理，应用于贵族的祭祀典礼等各种场合，在一定程度上又成了寄食式的生产方式下的产物，成了满足贵族特权消费的艺术。民间的歌唱有很多好的东西经过加工以后就会成为宫廷的演唱方式。《诗经·国风》的大部分作品应该属于这种情况，它可能最初是民间的，后来经过歌舞艺人的加工，变成了贵族的东西。现在的文学史讲《诗经》说《国风》大部分是民歌，其实这个民歌的说法不大合适；因为在周代社会的那种情况下，民间的歌唱是不会达到那么高的水平的。我们可以找到很多的证据，因为我们现在在《左传》或其他先秦的史书里看到的零星地记载下来的民间谣谚，艺术水平根本没法和《诗经》比。这是第一个方面。另一方面，《诗经》里所表达的情感或所写的人物，有好多都是贵族的，不属于平民的生活。这个有好多人做过一些考察，比如说《诗经》的第一篇《关雎》。《关雎》虽然是写男女恋爱的诗篇，但是它里边的一些名物都和贵族生活有关。"参差荇菜，左右流之。窈窕淑女，寤寐求之。"荇菜和贵族的宗教祭祀有关。再有，"君子"是周代社会贵族的专称，普通老百姓称为庶人，不能称为君子。还有，结婚的时候"琴瑟友之"、"钟鼓乐之"，琴瑟和钟鼓，都是当时的君子所用的特殊的乐器。像后边的《葛覃》,说的是一个贵族女子祭祀的事。《采蘩》、《采蘋》都是这样。还有《卫风·硕人》,歌颂的是卫国的贵族女子庄姜,说她长得如何如何地漂亮。还有《淇奥》歌颂的是贵族的男子。这些诗篇好多可能是文人士大夫根据歌唱的习俗做出来的。我们过去一直有这样一种很简单的思维方式,一看里面写到了男女之情,那就认为一定是下层老百姓的,其实有些不一定是这样。因为艺术本身是为了满足娱乐和消费的,内容本身可能只是一个题材。就像我们现在的流行歌曲,有一首《纤夫的爱》,大家想一想那是真正的纤夫的爱吗?我想那不是,只不过以纤夫这种题材来表达现在的年轻人的一种情感,一种情调。这就是说,下层的艺术和上层的艺术之间没有一条截然的鸿沟,好的艺术产品是被各个阶层都欣赏的。像王洛宾的歌曲《在那遥远的地方》,它是源自于民间,源自于生活的,但它又是世界名曲。《茉莉花》原本来源于民间,现在世界上好多国家重大的礼仪场合都会演奏《茉莉花》。所以说它们之间是一种互相影响的互动关系。第二种情况是,本来专属于上层社会的特权式的生产与消费,有时也会随着社会的不断融合而下移于民间,再对民间社会的歌诗艺术产生新的影响。宫廷的艺术都是很高雅的,在特殊的环境下,那些从事高雅艺术的歌舞艺人会流散于民间。战国末期礼崩乐坏,很多歌舞艺人就流散到民间,促成了民间歌舞艺术的发展。汉代也是这样,一直到唐宋以后,这种情况都很多。我在给研究生讲课的时候曾经讲过我家乡的一个例子。我小的时候,我们村里——那时候叫生产大队——有一个很好的剧团,剧团里有几个特别著名的演员,其中有一个女演员,唱得非常好。她原来是黑龙江省某京剧团著名的女花旦,武功非常好,唱得也很好。但是有一次练功的时候不小心把腿摔断了,没有治好，走路都一瘸一拐的，再也不能演花旦了，只能做一些配角。到了1957、1958年全民大搞卫生运动的时候，她喷洒石灰时不小心把石灰弄进了眼里，把一只眼睛弄瞎了。很可怜。后来在剧团里更沦落了，只能给人家打杂。这个时候，我们那个地方有一个年轻小伙子，家里很穷，闯关东跑到了黑龙江，正好说不上媳妇儿，这个女演员就嫁给了他。到了三年自然灾害的时候，他们在黑龙江没有饭吃，生活不下去，两口子就回到了老家。那时候农村也没有什么娱乐活动，我们的生产大队想要组建一个剧团，就把这个女演员找去。她虽然眼睛瞎了，腿瘸了，但本领还在，唱得照样好，她对京剧的舞台知识也非常熟悉，所以培养了一大批演员。在农村的剧团里，她不再唱花旦，改唱青衣。唱青衣不用跑，慢慢地走，穿上大袍，也看不出瘸来。眼睛虽然有一只瞎了，远处也看不出来，农民们主要是听她唱。她唱《秦香莲》时候，真的是能把方圆几十里来看戏的人都给唱哭了。那个时候我们在农村听不到梅兰芳的戏，(笑声) 听她的戏我们觉得是最高的享受。我们这个剧团就因为有了她这么一个人，成了方圆几十里最好的乡村剧团，那个时候每年都会被调到赤峰市演出，因为我们的剧团水平最高。(笑声) 这里举了一个简单的例子，要说明上层的歌舞艺术人才由于各种原因自然也会融和到下层去。还有的人是主动地学习。我们村的剧团那时还有另外一个奇人。他的家庭出身不好，他父亲在1949年前是凌源县的县长，他本人是个不务正业的人，就爱听戏，当票友。凌源离北京很近，他拿着钱到北京听戏，听梅兰芳的戏。梅兰芳的戏，那个时候骆驼祥子是听不起的，骆驼祥子每个月挣三块现大洋，梅兰芳的戏一场最低得三块到五块现大洋。可是他有钱，他爹是县长，他可以在北京听戏。听完了也不爱干别的，就愿意当票友，唱戏。后来土改的时候，他父亲被枪毙了。他呢，被认为是一个二流子，就被流放到我们那个地方去了。但是他听过梅兰芳的戏，也懂得很多东西，于是教会了很多的人唱戏。这就是说民间的东西和上层的东西之间是有一个相互影响的。我们再以京剧为例来说明。京剧的形成，最早是从民间开始的。清朝初年，因为宫廷里边需要演出，就从南方调来了戏班子，就是所谓的徽班进京。在宫廷演完之后，这些戏班子开始就在北京民间演戏。经过融会，各种流派逐渐融合在一起，吸收了彼此的长处，形成最好的一种戏剧形式。我们再看它的消费对象。根据消费对象，京城里的京剧戏班分成各种层次，最好的主要是为贵族演出，差一点的就为北京城里的普通老百姓演出；有的演员就成为寄食式下的艺术生产者，更多的戏班子活跃在城市里，为平民阶层的消费服务。它们之间是互相影响的关系。

  我们再来说一下它们的不同的发展趋向。这三种艺术生产与消费的方式又有着两种不同的发展趋向。因为我们讲的是歌诗，这里边有歌和诗，如果再仔细地分一下，具体地有这样两种情况。一种是以诗为主的生产和消费，一种是以乐为主的生产和消费。以诗为主的生产和消费，就是不用唱，或者是很简单的吟。只要你稍微有一点文采又正好有一些感受的话，表达出来都可以称为诗。这一类往往是自娱式的。普通老百姓没有很高的音乐修养，并不一定懂得作曲作谱等等，民间流行的歌的老调就唱起来了。但是重要的是歌词的生产，就是诗的生产，所以说以自娱式为主。由这种方式逐渐产生了文人诗，我觉得文人诗是在这个基础上产生出来的。而乐却以寄食式和卖艺式为主，因为乐是一种专门的技术，你必须得学，不管是吹笛子、吹口琴还是拉二胡，总之得有个学的过程，才能有专门的技艺。舞蹈也必须专门去学。实际上这一类专门的技艺必须经过分工，分工之后就成为专业的生产者。这些专业的艺术生产者就是寄食式、卖艺式的。现在的歌舞艺人都有一技之长，但不管是哪种技艺，就是唱，也得要从小训练，要不然也唱不好。诗的生产与消费又可以分为下层民众的自娱式的歌谣传唱和文人士大夫们的自我情感表达与个体的精神追求上的满足。下层百姓的自娱式消费，很朴素，很自然，但修养不是很高。一般的老百姓，比如农民，唱出来的歌很好听，合于韵律，但是不一定像杜甫的律诗那样合于诗的格律，不会那么讲究，它是另外一种情况。乐的生产与消费，前期以寄食式下的歌舞艺人为主要的生产者，以封建统治者为主要消费者。宋元以后，卖艺式的生产与消费占有更重要的地位。这里边体现出一种社会的发展和进步。我们现代社会，从个人来讲，基本上没有什么特权，法律面前人人平等。就算有一点特权也是因为国家赋予你不同的职位，这些权力是让你用来为人民服务的。现在社会是平民式的，因此我们现代社会的专业艺术机构都是为普通老百姓服务的。"文革"之前国家还养着一些艺术团体，现在国家养的歌舞艺术团体很少了，只给很少的钱，很多歌唱家、音乐家都需要去自谋生路。这也是一种平民式的消费，但现在和过去不一样了，现在的传媒特别发达，平民式的消费在商业的操作中进入一个巨大的市场，可以使一个人短时间内就富起来。因为这种生产有特殊的模式，尤其是和现代技术结合起来。比如说一个优秀的歌唱家，唱了一首歌非常受欢迎，他可能会录磁带，这个磁带可以一下子录一亿张，全世界发行。一首歌可能就红遍全世界，一夜之间成为大富翁。乐的生产和消费在现代社会中商业化的色彩是越来越浓厚。

现在我们对所讲的内容作一个简单的总结：前面对三种艺

生产和消费的方式做了一个概括。我这里讲的是歌诗的生产与消费，实际讲的是中国古代可以歌唱的诗。为了说明这个问题，我把它和现代的一些生活联系起来，这样大家可能听得更清楚一些。我们现在再回过头来看这个研究有哪些价值，有什么意义。

我们先来说它的理论价值：我们可以重新探讨歌诗艺术的价值，认识歌诗艺术本身的复杂性，打破过去的思维模式。歌诗艺术的本质是什么？我们现在讲诗，一般会给诗下一个定义，说诗是一种语言艺术，诗是表达思想和情感的，是意识形态的反映。但是如果再进一步地追问就会发现，一首好的诗歌，尤其是歌，它和诗多少还有些不同。我们在听歌的时候，是先听它的思想的东西还是先感觉它的艺术的美？或者说它的功能主要是什么？我们听一首歌的目的是什么？你的主要目的是为了受到思想的教育还是为了得到一种精神上的满足？我们现在好多人都听流行歌曲，听歌的第一个目的，我想不是说某人现在思想落后了，要通过听歌来接受一下教育。（笑声）我们首先是为了欣赏它的艺术的美。但是好的歌曲好在什么地方？好歌一定是有很高雅的思想和情趣，有很高的艺术水平。但这是两个问题，艺术的本质是为了满足人的精神需求的，艺术所表达的思想境界只是艺术的一个方面。艺术承担着多种功能，有的是纯粹为了娱乐的，有的是在一种特殊的情况下用来鼓舞人们的精神的。在民族存亡的危机关头，我们就需要振奋民族精神，于是我们说"中华民族到了最危险的时候"。这就是艺术承担的那种思想的功能，鼓动的功能。但是到了和平的环境下可能就不是这样了，它的功能是多方面的。所以说艺术的本质我们过去理解得比较单纯，现在我们应该重新理解这个问题，然后从不同的角度来重新理解这些艺术形式是怎样产生的。要打破过去那种单一的模式。我们过去的文学史在分析作家作品的时候用的是一个模式。分析杜甫的时候，说杜甫是诗圣，"每饭不忘君"，他的诗里面都是些忧国忧民的东西，"致君尧舜上，再使风俗淳"，"朱门酒肉臭，路有冻死骨"，"安得广厦千万间，大庇天下寒士俱欢颜，风雨不动安如山"。说杜甫是个圣人，他的诗就是表达那种崇高的情感的，这个没有错，这是我们中国古代文人的传统，杜甫就是这样一个典型的文人士大夫，我们用这样的思维模式去评价他是合适的。所以说古代把杜甫说成是诗圣，我们今天评价他时换了一个称谓，说他是人民诗人，其实还是一样的。这是一种思想研究。但是我们在研究关汉卿的时候，也这样说，说关汉卿是人民的艺术家。这样说也没有错，但关汉卿之所以被称为人民的艺术家，并不是他本人要把艺术创作当作战斗的武器，他的戏剧创作主要是为了养家糊口。关汉卿不认为自己是特别伟大的，他说："我是个蒸不烂、煮不熟、捶不扁、炒不爆响当当一粒铜豌豆。……你便是落了我牙，歪了我嘴，瘸了我腿，折了我手，天赐与我这几般儿歹症候，尚兀自不肯休！则除是阎王亲自唤，神鬼自来勾，三魂归地府，七魄丧冥幽，天哪！那其间才不向烟花路儿上走。"① 意思是说我就是这样一个不可救药的人，我就认准了这条路了。他并不把自己看成一个像杜甫一样的人。那么关汉卿的作品之所以被我们欣赏，是因为作品本身的客观价值，而不是因为关汉卿本人的思想达到了多高的境界。这是两回事，关汉卿是一种类型，杜甫是一种类型，我们不能用解读杜甫的方式去解读关汉卿。

第二，歌诗艺术生产方式研究的实践意义，就是可以解决过去难以解决的一系列问题，重新认识中国文学史，推进中国文学

---

① （元）关汉卿著，蓝立蓂校注：《汇校详注关汉卿集》，中华书局 2006 年版，第 1703 页。

研究的深入。我们中国文学史有好多问题没有解决，过去解决不了。为什么？因为我们解决问题的有些路径不对，我们的研究有问题。有时候我们抱着一个不能解决的问题非要去解决它。这个有没有意义呢？可能没有意义。我们可以举个例子，在学习中国文学史的时候我们就会发现，宋元明清时的著名的戏剧作家或小说家的身世都不清楚：关汉卿的身世我们知道的不多；王实甫到底是个什么人，我们不清楚；《水浒传》作者施耐庵到底是何许人也，历史上没有记载；罗贯中，钟嗣成的《录鬼簿》中只记载了一句话，说就见过他一面，知道他号为湖海散人，别的没有了；《金瓶梅》的作者兰陵笑笑生到底是谁，不清楚；《儒林外史》的作者是不是吴敬梓现在还在争论；连《红楼梦》的作者到底是不是曹雪芹现在也弄不清楚。（笑声）那么我们就要问一下，为什么讲文学史的时候讲杜甫讲得很清楚，讲关汉卿的时候就不清楚了？为什么讲施耐庵的时候又不知道他是何许人也？这样我们就会发现，其实，不同的艺术形式对作者的关注程度是不一样的。我们中国古代的传统文人士大夫做的诗文，都是要表达思想情感的。用现在的研究模式去评价它是可以的。而且这些文人士大夫本身就是官僚，如果他诗文做得好，我们起码可以在正史的《文苑传》里看到他。还有些文人本身就是官僚，像白居易、韩愈、柳宗元、王安石、苏轼、欧阳修，官都做得很大，历史上都有他们的名字。但是那些歌舞艺术创作者，像关汉卿，或者小说作者，历史书上不可能记录他们的名字。因为他们的身份不一样，历史对他们的关注程度不一样。这是第一点。

第二点，我们在欣赏李白和杜甫的诗的时候，我们说这些诗是表达文人士大夫的心声的，文如其人，诗如其人。我们了解了这些诗人的生平身世，再来读他的诗，会有助于我们理解和学习他们的作品。所以我们在读这样的诗的时候,首先就要关心作者。但是我们在读戏曲小说的时候,我们只被其中的情节所吸引,并不大关心作者。曹雪芹是何许人也,对读《红楼梦》其实没有多大关系。我们现在看电影也是这样,我们看电影,记住了故事情节,记住了演员,很少能记住导演。除非是现在商业炒作出来的几个大牌导演,像张艺谋,我们能记住;一般的电影我们不会关心导演,这个电影剧本谁写的,我想在座的也没有几个人会去关注。因为在不同的文化消费的情况下,消费者对消费品的关注点是不一样的。从这样的角度来解释,就可以说有些问题研究起来并没有多大的意义。

这是一种情况,可以解决一些问题。还有一种情况。一首诗,我们在对它进行解读的时候说这首诗非常好,我们往往是从文人案头的角度来解读的,不是从歌的角度解读。不从歌的角度解读,我们这个解释就不一定准确,这个解读可能就会出错。比如学习杜甫的诗,我们说杜甫的诗好,思想境界也高,艺术水平也好。他的典型诗作,比如《登高》:"风急天高猿啸哀,渚清沙白鸟飞回。无边落木萧萧下,不尽长江滚滚来。万里悲秋常作客,百年多病独登台。艰难苦恨繁霜鬓,潦倒新停浊酒杯。"[①] 我也常给学生这样讲,老杜这首诗做得实在是太好了。你看,两句诗里边就有十层意思。"万里"说明离家之远,"悲秋"点明了秋天这个使人伤悲的时节:两层意思了。"常做客",说明是常年流落在外,不是偶然地做客他乡。四层意思了。"百年多病"说明年老体衰,"独登台",说明自己是孤零零地一个人登上了高台。这又是四层意思。上一句"万里"说的是空间,这句"百年"说的是时间,时空交错,

---

① (唐)杜甫著,(清)仇兆鳌注:《杜诗详注》卷20,中华书局1979年版,第1766页。

形成了一个立体的画面。老杜的诗真是写得好!每一个字都有它自己的意思,用词造句精练到了极点。但是我们如果用这种方法去分析《诗经》怎么分析?《诗经·芣苢》:"采采芣苢,薄言采之。采采芣苢,薄言有之。采采芣苢,薄言掇之。采采芣苢,薄言捋之。采采芣苢,薄言袺之。采采芣苢,薄言襭之。"我们怎么分析?我们说这里边有八层意思?(笑声)没有,很简单。显然,我们如果用分析律诗的方法分析这首诗就会无能为力。因为律诗讲究平仄互协,不允许重复,只有在"无边落木萧萧下"的"萧萧"这样的情况下才可以重复,一般的情况下是不能重复的。而《诗经·芣苢》最大的特点就是重复,用文人案头的分析方法分析这首诗就不通;但是我们的文学史偏偏就这样分析。如果按文人诗的方式分析这首诗肯定不好,净重复,一首诗只换了六个字。但是很奇怪,我们的先人偏偏说它好,方玉润在他的《诗经原始》里就说这首诗写得好,真好,读了这首诗就恍惚觉得田家妇女三三两两在这平原秀野之中迎歌互答,真是让人不知道心是何以旷神是何以怡啊。(笑声)哎呀,升华了这么多的想象!闻一多也是,说这首诗写得真是太美了,有一段非常精彩的描写。余冠英也说这首诗美。但是,它美在什么地方?我们可以试着从歌的角度来分析它,说它充分利用了歌的技巧。歌唱的最大特点之一就是重复,重复是歌唱的技巧。因为歌唱是时间的艺术,如果不重复的话就不能打动人。一部电影有一个主旋律,一出京剧有一个基本的调子,一首交响乐,一支简单的歌都有一个主旋律。这个主旋律一定是重复的,而且这种重复符合人的生理心理的需求,往往都是两三段,四段以上的很少,一段的也很少。歌曲里《十送红军》这样的很少。(笑声)《十送红军》唱十段都是一样的,但正式的演唱会唱的时候很少一个人把这十段都唱完，往往是选两段唱。只有在大合唱的时候，旋律上有了一些变化，有领唱或有独唱、有合唱的时候才可能会唱完。音乐需要重复，为了配合音乐，语言就要重复。语言重复是为什么？就是要在熟悉的音乐和语言相配合的情况下，让这些词语能够最快地流入我们的心里。音乐是用最简单的方式来打动人的。我们在读杜甫的《登高》的时候，不可能在很短的时间内把那十层意思体会出来，我相信神仙也做不到；只有在课堂上，老师用半节课的时间给你讲了，才能明白。你慢慢地涵咏，越品越有味儿。但是流行歌曲就不是这样，我们一听就能明白。所以歌唱的语言一定要比较通俗，而且在通俗的基础上还要通过特殊的方式，重复的语言也是一种方式。那么这种重复的语言是不是一味地重复下去？它有没有技巧？它也有技巧。它的技巧在哪里？就在词语熟悉的曲调中，变换一个中心词语，通过这个中心词语的变换，使得故事的情节往前推进。重复还有另外一个技巧，重复的是大家熟悉的曲调，好处就在这里。其实我们听音乐的时候，完全陌生我们接受不了，完全重复也不行，最好就是在熟悉和陌生之间。我们相对熟悉这个曲调，大家才能接受，然后再重复，就很好操作。另外还有一种重复，就是演唱者可以不假思索就唱出来。古代的一些民间艺人，可以记住很多的东西。为什么能记住？有时就是因为重复里面有一个模式，他记住这种模式，就可以尽量地变换一些词语，一直唱下去。比如过去有些要饭的，说数来宝都有一些技巧。他拿着快板，说："打竹板，往前凑，掌柜的卖的好猪肉。皮又薄，膘又厚，骨头长在肉里头。"（笑声）这是套语，他为了让卖肉的给他点钱，就说点吉利话。一会儿到了卖粮食的地方，他还是这个歌，换了几个词:"打竹板,往前凑,掌柜的卖的好绿豆。"(笑声)变一个词语就行了,它是个套式,是演唱技巧。在这个演唱的技巧中中心词语就起作用。《诗经·芣苢》的中心词语是什么,是采芣苢的动作,六个动词的变化。"采采芣苢,薄言采之",这个"采"是一般的采。"采采芣苢,薄言有之",这是采芣苢的情景。一群妇女去采芣苢,看到这里有很多,就说我们都到这里来采吧。这是第一段,是泛泛的采的动作。"采采芣苢,薄言掇之。采采芣苢,薄言捋之。""掇",捡,把芣苢的种子一粒一粒地从地上捡起来。"捋",芣苢就是车前子,它的果实在茎上,就像麦穗一样,用手一下子就捋下来了。"采采芣苢,薄言袺之。采采芣苢,薄言襭之。""袺",把衣襟撩上来就叫袺。"襭",把衣襟掖在腰带里,把芣苢往里装。这就是一个采的过程和一个装的过程。我们现在来看,这首诗虽然只换了六个字,但实际上在回环的复唱中讲了一个故事。用了最经济的语言,演唱了一个故事,而且给我们留下了想象的空间。那么这个技巧叫什么呢?我把它叫做情景的推进,用中心词语的锤炼,来达到情景的推进的效果。因为有了情景的推进,所以方玉润就可以想象,他的想象不是没有根据的,是根据诗理生发出来的。这就是歌的技巧。这个歌的技巧如果用过去分析文人案头作品的方法是行不通的,可是我们过去没有其他的分析方法。所以说我们过去对《诗经》的分析有很多是不到位的。大家想想是不是这样?我们要按这个例子来类推就会发现《诗经》里有好多诗都是这个模式。这就是情景的推进,一个是情一个是景。刚才说《芣苢》里写劳动的动作,中心词语是动词;有的诗中心词语是名词,那么它锤炼的词语可能就是名词。有的诗就是感情的推进,我们举个很简单的例子:《诗经·王风·采葛》:"彼采葛兮,一日不见,如三月兮。彼采萧兮,一日不见,如三秋兮。彼采艾兮,一日不见,如三岁兮。"前面换了三个名词,后面换了三个动词。"三月"、"三岁"和"三秋"都是名词,其实它们之间应该有一个程度上的加深。这个程度上的加深有什么意义?就是为了说明相思的感情随着时间的推移逐步加深。这是感情的推进,我们前面说的是劳动场景的推进。我们如果用这种方法分析《诗经》里其他的作品,就会发现很多过去没有发现的东西。

总而言之,我今天给大家讲的,我想可能是你们过去在文学史中没有接触过的东西,这个可能会使你们对文学的研究和理解产生一些新的看法。大家如果有兴趣的话,可以看一看有关这方面的书,也可以试着对作品进行分析,我相信你们一定会有所得的。这几年我主要在做这个研究,在这方面写过一本书,也发表过一些文章。书是我在北京大学出版社出的一本书,叫《中国古代歌诗研究——从〈诗经〉到元曲的艺术生产史》,大家如果有兴趣的话可以看这本书;也可以看我的文章,我今天讲座的主要内容2005年在《江海学刊》发表过,那个文章的题目是《中国古代歌诗艺术生产与消费的基本方式》,增加了"消费"两个字。好了吧,我今天就讲到这里。(掌声)

论加强中国古代歌诗艺术生产研究的意义[①]

歌诗是指可以演唱的诗歌，同时也包括入乐、入舞的诗，它在中国古代文学中占有重要地位。艺术生产论是马克思主义文艺美学的基本理论，也是当代在中西方都非常受重视的一种理论，它的要义是把艺术看作人类的一种精神生产，把艺术活动看成是人类的一种精神生产活动。用艺术生产的理论来研究中国古代歌诗，具有重要的理论意义和实践意义。在古典文学研究界，对于歌诗这种特殊的文艺样式，我们至今还缺乏系统的专门研究。而把艺术生产的理论用于中国古代歌诗研究，更是一个新的课题。笔者觉得，这两方面的问题都值得我们给予足够的重视，它对于推动中国古代文学研究的深入开展，不仅具有重要的实践意义，而且还有相当重要的理论意义。就此，本文谈一点粗浅的看法，以引起学术界的关注。

一、加强古代歌诗问题研究的重要意义

研究文学的人都知道，在中国古代，从《诗经》到元曲以至

[①] 该文原系《中国古代歌诗研究——从〈诗经〉到元曲的艺术生产史》一书结语部分，收入本书时略作改动。

明清时期,有相当大的一部分诗歌都是可以歌唱、可以入乐、入舞的,我们把这一类可以歌唱的诗称之为"歌诗"。事实上,"歌诗"这一名称,早在先秦就已经产生,它指的是诗的演唱。到了汉代,它已经成为一个由演唱诗歌转化而成的名词,专指那些可以歌唱的诗。在《汉书·艺文志》里,班固明确地把当时的诗分为"不歌而诵"的赋与可以歌唱的"歌诗"两大类型。其实,不仅仅汉代的诗歌是如此,如果从是否可歌这一角度讲,中国古代所有的诗歌都可以分成这两大类型。而且,可以歌唱的诗歌在历代诗歌发展的过程中都占有重要的地位,有时甚至占有主导的地位。

歌(乐)与诗的结合是中国古代文学的一个重要特色。中国古代向有诗乐舞一体之说,越往前代追溯,歌与诗的联系越紧密。《尚书·舜典》曰:"诗言志,歌永言,声依永,律和声。"《毛诗序》曰:"诗者,志之所之也。在心为志,发言为诗。情动于中而形于言,言之不足故嗟叹之,嗟叹之不足,故永歌之,永歌之不足,不知手之舞之,足之蹈之也。"① 《文心雕龙·乐府》亦言:"故知诗为乐心,声为乐体。"② 沈约在《宋书·谢灵运传》中也说:"夫五色相宣,八音协畅,由乎玄黄律吕,各适物宜。欲使宫羽相变,低昂互节,若前有浮声,则后须切响。一简之内,音韵尽殊;两句之中,轻重悉异。妙达此旨,始可言文。"③ 以上所言提示我们,在中国古代,特别是在六朝以前,诗主要配乐而行,乐与诗相结合所形成的表演艺术,在一定程度上甚至决定了那一时期诗歌发展的主要方向。既便是六朝以后文人的徒诗逐渐增多,但是如隋唐之大曲、

---

① (汉)毛亨传,郑玄笺,(唐)孔颖达疏:《毛诗正义》卷1,(清)阮元校刻:《十三经注疏》,中华书局1980年版,第269—270页。
② (梁)刘勰著,范文澜注:《文心雕龙注》,人民文学出版社1958年版,第102页。
③ (梁)沈约:《宋书》卷67,中华书局1974年版,第1779页。

宋词、元曲以及诸多以新旧乐府或近体为名的诗作，仍然离不开音乐，这本是大家公认的事实。以歌为主体，形成了中国诗歌发展史上另一条明晰的轨迹。

既然中国古代的歌与诗是如此的密不可分，那么我们就不能不对长期以来存在于中国古代诗歌研究中的基本方式提出质疑。因为在传统的诗歌研究中，人们关注的仅仅是诗歌的文字文本，只是把诗歌当成是一种语言的艺术来进行研究。这对于那些"不歌而诵"的诗来讲，当然是无可非议的。但是，如果我们把那些本来与乐舞不可分割的歌诗也仅仅当成一种纯粹的"语言艺术"来进行研究，则显然是一种片面的做法。道理很简单，因为语言并不是一首歌诗的全部内容，也不是一首歌诗的完整表现形式。我们要对这首歌诗进行全面的研究，全面地揭示它的艺术成就，就不仅要研究它的语言，还要研究它的音乐，研究它的歌唱表演；不仅要研究这首歌诗的词作者，而且还要研究它的曲作者、歌唱者以及表演者。正是上述诸种因素的综合作用，才共同完成了一首生动的、活态的歌诗。而现在遗存下来的文字，仅仅是这首歌诗的一部分而已。

当然我们也可以有充分的理由为以往的文本研究辩护。首先我们必须承认的是，文本虽然只是这首歌诗全部内容的一部分，却是其中最重要的部分。以文字为载体的作为语言艺术的中国古代诗歌，它本身就构成一个独立的研究对象，也形成了一系列属于这一研究对象的学术范畴。脱离了音乐，并不妨碍我们对它进行独立自足的研究，也照样可以从中发现一系列具有重大意义的理论问题，解释文学史中的许多现象，目前的中国诗歌研究所取得的丰富的成果就足以说明这一点。其次，由于音乐是一种时间艺术，由于受科学技术水平的影响，古代人还难以用物质的形式把它完整地保存下来，这使得我们无法看到中国古代音乐的演奏实况，聆听古代音乐的美妙声音，甚至连古代乐谱的破译也困难重重。由此而来，研究中国古代音乐，自身就面临着巨大困难。把中国古代的乐与诗结合在一起进行研究，更成为一个难以突破的领域。既然历史给我们留下来的主要是诗歌的文字文本，我们以此为客观现实而建立起的中国诗歌研究体系更是无可厚非的。更何况，按现在的学术分类，文学是文学，音乐是音乐，二者都有自己的质的规定，并无混淆。纯粹的音乐可以不依赖于语言，纯粹的诗歌也不必一定要配以音乐。① 从这一角度讲，研究中国诗歌的人不一定要关心音乐，研究中国音乐的人也不一定要关心诗歌，他们在各自的学术领域都可以取得相当高的成就。

　　但是无论以上这些理由多么充分，都不能否认它在研究中国古代歌诗上存在的问题。从发生学本质上讲，如果诗在产生时只是一种书面文字写作或诵读行为，那么，我们在今天对它的研究，自然也就只进行一般的文字分析就可以了。但真正的事实却是，中国的诗从产生的那天起，就和歌舞音乐等融合在一起。汉代以后，虽然诗逐渐成为文人们表达思想情感的工具，与歌舞音乐相脱离的纯粹的文人诗在中国诗歌史上占了越来越大的比例，但是通观中国古代诗歌，它的发展，无论从内容到形式，仍然受歌舞音乐的影响甚巨。没有歌舞音乐的参与，诗就不会有那么丰富的内容，不会有那么多彩的艺术形式，不会有从《诗三百》到楚辞、从汉乐府到唐宋词再到元曲的巨大文体变革，也不会在中国古代社会产生那么深远的影响。因此，如果我们不重视中国古代诗歌

---

① 按：此处只是一般地讲诗歌与音乐的这种本质属性。如果仔细说起来，纯粹的音乐符号，我们也不妨把它称之为"音乐的语言"；不配乐的诗歌，也要具有符合一定规范的节奏韵律形式，从这一点来讲也离不开音乐。但是，它们毕竟已经属于两种不同形式的艺术，二者从本质上讲已经完全不同了。

与音乐歌舞相结合的特点，忽视了这方面的研究，那么，我们对中国古代诗歌的研究就是不全面的，甚至可以说是具有重大缺陷的。遗憾的是，多年来，我们的研究正好呈现出这样一种明显的倾向。因此笔者呼吁，在当前的中国古代文学研究中，应该加强对于歌诗的研究，要把它当作中国诗歌史中的一种特殊现象来认真思考，这也就是我们提出本课题的一个重要原因所在。

在近几年我们从事歌诗的研究中，因为常常提到中国诗歌与音乐的关系问题，也曾经遇到不少人对我们所从事的研究提出疑问。如有的人说：关于中国古代诗歌与音乐密不可分的问题，已经是大家的共识，何必再由你们来谈起。还有的人说：关于中国诗歌与音乐问题的研究，不是已经有人做过很好的工作吗？你们的研究与他们的研究到底有什么不同之处？的确是如此，共识早就存在，而且也已经有人作过相关的研究，如早在20世纪30年代，朱谦之就写过《中国音乐文学史》，以后，杨荫浏的《中国古代音乐史稿》也有不少关于音乐与诗的论述，任二北先生的《唐声诗》更是这方面的巨著。此外，如余冠英、王运熙、逯钦立、丘琼荪等人的乐府诗研究，也涉及了音乐与文学的问题。王小盾关于隋唐五代燕乐杂言歌辞的研究、葛晓音等人的音乐文学研究等等，也都取得了很高的成就，上述学者所做的工作都是我们开展此项工作的基础，并且给我们的研究提供了极大的帮助与便利。但是，我们要指出的是：中国古代诗歌与音乐的关系问题，并不是仅靠几个人来研究而别人却漠不关心的问题，而需要把它变成一种学术研究中的自觉意识，贯穿到整个中国诗歌史研究当中，成为其中的重要组成部分。而上述几位学者所做的工作仅仅是个开头。本课题的研究并不是对上述学者工作的重复，而是一种新的深入，是我们在关于中国古代歌诗的艺术本质方面所做的更为深刻的理论思考。这种思考主要表现在以下两个方面：

第一，我们认为：歌诗是中国古代的一种诗乐相结合的特殊艺术，而不仅仅是一门语言的艺术。我们并不是从以往一般的思考角度去研究诗歌与音乐的关系，而是认为，在中国古代社会里一直存在着诗与乐不分的这样一种艺术形式——即歌诗。歌诗本身就构成了一条独立发展的历史。歌诗是中国古代一种特殊的艺术，它不同于一般的只用来诵读的诗歌，也不同于一般的音乐，而是一种文学与音乐的结合体，歌唱与表演的结合体。正因为它是一种特殊的艺术形式，所以也有着独特的发展规律，需要用独特的方法来观照它、研究它。用现在流行的话语来说，它是处于中国古代诗歌史和音乐史之间的一个分支，可以构成一个新的交叉学科与边缘学科。正因为如此，我们既不能仅仅从一般的文学的角度来看音乐对它的影响，也不能仅仅从音乐的角度来看文学对它的影响，而是要找出这些歌诗发展的特殊规律。举一个具体的例子：如汉乐府作为我国古代歌诗发展史上的一个重要形式，关于它的产生、它的艺术形式、它的思想内容等等，都有人进行过相当深入的研究。但是，以往的这些研究，或者只关注汉乐府的文字文本，或者有人注意到了它的一些音乐演唱特征，但是并没有人把它当作中国古代一种特殊的艺术形式来看待，并从此入手来探讨它的发展流变以及其特殊的运行规律。如当代学者对汉乐府的变迁、乐府的产生、沿革、分类、声调等等都有相当好的介绍和考证，但是，这些与汉乐府的艺术样式有何关系？汉乐府的文体流变、语言特点、艺术风格等与歌诗演唱又有哪些关联？我们是否可以从歌诗的角度来认识它的这种特殊性？这些，或言之甚少，或没有涉及。同样，即便是在一些对汉乐府的产生流变，包括对于黄门鼓吹、杂曲歌辞、舞曲歌辞、清商三调等有关问题考之甚详的书里,也没有由这些歌诗的特征进而去论述汉乐府的艺术。在他们看来,以上所有这些有关汉乐府的情况,只不过是我们现在所见到的汉乐府诗歌文本形式得以产生的文艺背景,它们与我们现在所进行的文本研究其实没有多少关系,或者说还没有发现或讨论过它们之间的内在关系。而我们的研究则认为,以上所有那些情况,就是汉乐府歌诗形式的有机组成部分;不仅如此,它们同时也以其特有的方式,沉积在文本形式之中。换句话说,在分析汉乐府文本的语言艺术结构时,我们发现,楚声楚舞的介入、丝竹更相和的演唱方式、西域音乐的接受等,都对汉乐府的文本生成产生了重要影响。一句话,站在歌诗理论的立场上我们认为,汉乐府的文本是为了适应演唱的需要才成为我们目前所见到的这个样子的。所以,凡是有关它的文化思想内容、语言艺术成就,包括章法、句式、修辞技巧等等,我们都只有站在演唱的角度才能做出解释。汉乐府的发展规律,也只有从演唱的角度才能弄清。如果没有横吹鼓吹的演唱方式,就不会有《铙歌十八曲》那种杂言乐府诗的形式;如果没有李延年的"新声变曲",也不会有汉《郊祀歌》那种新的宗庙乐章;没有为了表演而产生的汉大曲,就不会有汉乐府中的叙事歌诗。像《陌上桑》这首诗之所以分成三解,每一解之所以采取不同的方式突出一个重点,并不是为了写作的需要,而是服从于表演的需要。郭茂倩在《乐府诗集》中介绍汉乐府时说:"诸调曲皆有辞、有声,而大曲又有艳,有趋、有乱。辞者,其歌诗也;声者,若羊吾夷、伊那何之类也;艳在曲之前,趋与乱在曲之后,亦犹吴声西曲,前有和,后有送也。"[①]这段话很明确地告诉我们,现在我们所见到的汉乐府歌诗,只不

[①] (宋)郭茂倩编:《乐府诗集》卷26,中华书局1979年版,第377页。

过是汉乐府表演中的文字部分。局部要服从整体,文字的写作要服从表演,"填词之设,专为登场"(借用清人李渔语)。因此,脱离了表演去谈汉乐府的艺术性,去谈所谓的汉乐府创作发展规律等等,那只不过是文人们在案头的艺术想象与自我欣赏而已。以往的汉乐府研究是这样,《诗经》、楚辞、六朝乐府、隋唐歌诗、宋词、元曲的研究也同样存在着这样的倾向。换句话说:我们在这里倡导加强中国古代歌诗的研究,与以往学者的一个基本不同,就是把歌诗当成是中国古代的一种特殊艺术形式来研究来认识的。

第二,歌诗不仅是中国古代的一种特殊艺术形式,而且也与传统意义上的以诵读为主的文人诗歌具有不同的艺术本质。我们从这个角度来认识中国古代歌诗,是为了更好地研究和解释中国文学史、音乐史乃至艺术史,要描述出另一条以往被人们所忽视的、以歌诗为主体的文学史发展轨迹,要改变以往那种研究文学、特别是研究中国诗歌的简单化的思维模式。从文学的角度来讲,因为中国古代歌诗的文字文本基本上都以诗的形式出现并保留下来,所以,按传统的观点,我们是把它统统纳入文学的领域来认识来研究的。久而久之,也就把这些可以歌唱的诗与那些只用来诵读的诗、尤其是文人们案头写作的诗混而为一,从而用一样的发生学理论来解释它。客观上讲,由于这些歌诗的文字文本与文人们案头写作有时候在表面形式上并没有多少区别,甚至文人们也参与了歌诗的生产与创作,所以二者之间有时真的难以分清。但是,主要用于表演歌唱的歌诗与文人们抒写个体之情的案头之作,它们所承担的艺术功能和寄予其中的情感内容等,却有着极大的不同,二者在艺术的本质上也是有着相当大的不同的。同样属于一个人的作品,如同为屈原所作的《离骚》和《九歌》就是如此。王逸在《楚辞章句》中说:"《离骚经》者,屈原之所作也。

屈原与楚同姓,仕于怀王,为三闾大夫。……入则与王图议政事,决定嫌疑;出则监察群下,应对诸侯。谋行职修,王甚珍之。同列大夫上官、靳尚妒害其能,共谮毁之。王乃疏屈原。屈原执履忠贞而被谗邪,忧心烦乱,不知所诉,乃作《离骚经》。离,别也。骚,愁也。经,径也。言己放逐离别,中心愁思,犹依道径,以风谏君也。"又说:"《九歌》者,屈原之所作也。昔楚国南郢之邑,沅湘之间,其俗信鬼而好祠,其祠必作歌乐舞鼓,以乐诸神,屈原放逐,窜伏其域,怀忧苦毒,愁思沸郁,出见俗人祭祀之礼,歌舞之乐,其词鄙陋。因为作《九歌》之曲,上陈事神之敬,下见己之冤结,托之以讽谏。"[①]王逸的解释,基本上说明了二者的不同,以我们的观点看,《离骚》是屈原个体的抒情诗,属于传统的文人诗范畴,可以视为中国文人诗的开端;而《九歌》则本是用于祭祀的歌唱,是属于当时在社会上流行的歌诗艺术。尽管它们都同出于屈原之手,但是二者的性质是不同的。所以,面对这两种类型的诗歌,我们就需要根据它们的不同性质、所承担的不同功能而进行不同的解释。不幸的是,由于以往我们缺乏对于这两种诗体的区分,所以在《九歌》的研究中总是不自觉地用分析《离骚》的方法去分析,从而对这组作品的解释中就渗透了过多的政治、思想因素,而这也正是引起《九歌》研究混乱的重要原因之一。在这方面,王逸实际是始作俑者,他认为《九歌》是屈原被谗放逐后在民间祭歌的基础上改造成的一组表达个人冤屈、具有思君寄托讽谏之义的作品,这显然是汉人美刺讽谏诗学观在屈原研究中的表现;而后人在此基础上又生出政治寄托说,认为《九歌》是屈原在当时特殊历史环境下所创作的具有特殊政治意义的表达楚人爱国精神的祭歌,如清人戴震认为"怀王入秦不反,而顷襄

[①] (宋)洪兴祖著,白化文等点校:《楚辞补注》,中华书局1983年版,第1—2、55页。

继世,作《东君》"、"闵战争之不已,作《国殇》"。①《九歌》中到底有没有个人思想和政治情感的表现?这是一个复杂的问题,我认为可能存在也可能不存在。即便是存在,也不是直接的存在,而是在服从歌诗艺术表现规律下的一种存在。从本质上讲,《九歌》就是一组祭祀乐歌,而决不是屈原的政治抒情诗,这是我们必须清楚的。由此笔者在这里要提出的是,当我们在对中国古代歌诗作品进行解读时,弄清其作品的性质应该是首要的问题。我们要清楚,在中国古代文学史上,大多数与乐舞相配的歌诗主要是用于观赏和娱乐的,他们的最初生产并不是出于某种抒发个人政治情感的目的。

同样的问题发生在对汉乐府的研究当中。本来,汉人已经看出了二者的不同,把那些属于文人用于诵读的作品称之为赋,把可以演唱的作品称之为歌诗。赋更多的体现了经过先秦儒家阐释后的诗骚传统精神、或曰风雅精神,而歌诗则主要是用于娱乐欣赏的艺术形式。沈约《宋书·乐志》曰:"相和,汉旧歌也,丝竹更相和,执节者歌。本一部,魏明帝分为二,更递夜宿。本十七曲,朱生、宋识、列和等复合之为十三曲。"②由此可见,这些乐府诗,在汉魏之世主要是用于宫廷贵族"更递夜宿"的娱乐性歌曲,同时又有一些专业的艺术家为之谱曲表演,并不是如我们平常所说的"感于哀乐,缘事而发"的民谣。如汉乐府《陌上桑》这样的作品,本是汉魏时期的大曲之一,《宋书·乐志》里保存下来的则是"前有艳歌曲,后有趋"的"晋乐所奏",其所写虽为一个美女为太守所邀,并巧妙地拒绝太守的故事。从这里,我们

---

① (清)戴震著,褚斌杰、吴贤哲点校:《屈原赋注》卷2,中华书局1999年版,第22页。
② (梁)沈约:《宋书》卷21,中华书局1974年版,第603页。

也不难看出太守是一个"好色之徒",并不妨我们对他进行道德乃至阶级的批判。但是,这只是这首诗所显示的客观价值的一个方面而已,它的原初创作意义却并不见得如此,而只是一个供人娱乐的歌舞式的喜剧。显然,我们在近几十年来对于这首诗的研究,过于强调了它里面所包含的客观批判因素,甚至有从中无限引申发挥之嫌,而完全忽略了这首诗的艺术本质和它在当时的演唱情境。与我们的研究相比,倒是法国人桀溺对这首诗的理解更为可取。他说:"我认为还是不必涉及罗敷的阶级出身为好,如说她是名门闺秀,那么她独自一个来到桑园是干什么的?如说她是普通村姑,又为何如此浓妆艳抹呢?这问题也许会使诗人自己瞠目结舌。根据一切迹象来看,诗人眼中的罗敷只是个理想中的美丽、高雅、聪慧和贞洁的女子。他不会考虑把她写成一个阶级或一种社会地位的代表。"[①] 桀溺把这首诗看成是和桑园与祭祀有关的古老题材,认为《陌上桑》中的罗敷"把采桑女形形色色的特征集于一身,她特有的、令人欲进不能、欲退不舍的魅力,使风流俊俏和严守贞操的两种采桑女的性格浑为一体",这个人物可能就是"常被引荐到汉朝乐府去的江湖艺人中的一分子"所创造,是在"供宫廷娱乐的圈子里"的产物。[②] 笔者觉得,桀溺的这种解释有助于我们对于这首诗的本质的理解。因为它的本质是娱乐的幽默的,而不是严肃的批判的,所以我们用道德的眼光来审视它也许并不合适。这并不仅仅关系到《陌上桑》一首诗的理解,而与我们全面地理解汉乐府艺术有直接关系,这正说明汉乐府歌

---

① 〔法〕桀溺:《牧女与蚕娘——论一个中国文学的题材》,见钱林森编:《牧女与蚕娘——法国汉学家论中国古诗》,上海古籍出版社1990年版,第165页。
② 钱林森编:《牧女与蚕娘——法国汉学家论中国古诗》,上海古籍出版社1990年版,第196—197页。

诗与我们从传统的意义上所理解的"诗歌"存在着巨大的不同。

这种情况在唐以后仍然存在。王小盾在《隋唐五代燕乐杂言歌辞研究》一书中，把所有歌唱之辞统称之为歌辞，并把它作为与徒诗相对的一个概念。① 由于古代歌舞的表演形象与声音没有完整地保存下来，留下来的这些歌辞从语言文字上看与徒诗是没有什么区别的，这使它成为广义的诗的一部分，于是人们就把它们统统混在一起当作一种诗歌艺术来看待，只进行文本的研究，而不再考虑这些歌辞与音乐的关系。任半塘先生说："元明以来，方诗乐、词乐相继失传于士大夫阶层后，徒诗、徒词（或曰哑诗、哑词）随在充斥，皆未尝有声。'主文'之作日益沉酣泛滥，在文人生活中，'主声'之事自大减。环境如此，习染日深，于是文人对于所谓'调'者，乃只知在词之长短句法、字之四声阴阳之间而已。结果诗声被伪，词声被伪，两俱有失。清吴颖芳《吹豳录》三七曰：'诸儒所论曲调，每每于诗辞上着意。夫辞者，句字也，非均音，非声折，其去曲调远甚！'正好针砭此事。"② 任先生看到了这一重要失误，于是对唐代的"声诗"的语言形式从章节、片段、联章、字句、平仄等方面作了比较细致的分析。任先生对于"声诗"的范围界定比我们所说的"歌诗"要窄，在语言形式上仅限定于齐言，还远不是我们要讨论的唐代歌诗的全部。即便如此，已经给我们提出了许多值得参考的重要见解。我们认为，歌诗的语言形式与文人士大夫的徒诗或诵诗的差别不仅仅在章节、片段、联章、字句、平仄等方面，更主要的差别还在歌诗语言的艺术功能方面。其实，只要我们认真地考察，并不难发现

---

① 王昆吾：《隋唐五代燕乐杂言歌辞研究》，中华书局1996年版，第4页。
② 任半塘：《唐声诗》（上编），上海古籍出版社1982年版，第104—105页。

二者的巨大差别，特别是从发生学的角度入手来讲更是如此。我们知道，唐代的音乐，大致有雅乐、燕乐、清乐、胡乐、俗乐五大类别，又有曲子、谣歌、琴歌、大曲四种主要体裁。歌辞作为其中的一个组成部分，是为整体的演唱服务的。所以，这些歌辞的语言形式，首先要符合音乐的要求。因声以填词的那些歌诗自不必说，即便是那些被选以配乐的歌词，配乐之后也照样要按乐曲的方式来演唱，并往往赋予它一种新的意义。之所以如此，是因为配合乐舞而演唱的歌诗与文人们案头所制的徒诗从本质上属于两种不同的艺术，在社会上扮演着不同的角色，承担着不同的功能。如我们在导论中所言，从这一角度我们倾向于把中国古代的诗分为以感觉为主的艺术和以理性为主的艺术，或者说是以娱乐为主的艺术和以教化为主的艺术。歌诗大致属于前者，而文人的徒诗大体上属于后者。所以，我们不要仅仅从现存的语言形式上来同等地看待这些作品，不要犯清人吴颖芳所说的"诸儒"所犯的错误，而应该从本质上把它们区分开来。这种区分，除了在一些典型的唐代歌诗与文人诗，如杜甫的《北征》《自京赴奉先县咏怀五百字》与《春江曲》《玉树后庭花》之类的作品之间有着明显的表现之外，在文人们自身的创作心态和观赏心态上也可以看得出来。在这里我们特别要指出的是，对于中国古代的文人们来讲，由于他们受儒家的传统影响太深，他们总是想把那些以娱乐为主的艺术拉到以教化为主的艺术里来，在这方面，白居易可以算是一个代表，例如他在《新乐府序》中就说，他写作新乐府的目的就是要借助可以播之于乐章的歌曲，来达到教化的作用，即所谓"为君、为臣、为民、为物、为事而作，不为文而作"，自然更不会为了娱乐而作。他在《与元九书》中还说："文章合为时而著，歌诗合为事而作。"可是实际上白居易并没有完全实践他的这种主张。如他所做的《宴桃源》三首,《长相思》二首,就完全是为了娱乐之作。我们可以推想,当白居易创作这类诗作的时候,他的创作动机、创作情境以及他对这类诗作的理解,与他所作的新乐府辞决不相同。也许,正因为白居易在人们的心中是一个比较正统的诗人,所以有人认为这两组诗都不是他所作,其中《宴桃源》三首为"唐庄宗自度曲",后二首中的第二首"深画眉"则"传为吴二娘作"[①]。其实,我们在这里不必为尊者讳,因为就白居易本身来说,他本来在现实生活中就扮演着多重角色,思想感情相当复杂,日常的歌舞娱乐与严肃的政治抒情完全可以在不同的场合、不同的情境下发生,这才是他的真实面目。同样,对于后代的研究者来讲,我们也应该对这种现象区别对待。但可惜的是,多年来,我们在文学史中对于白居易这样的诗人的上述两种诗作一视同仁,把诗和词、诗和曲也看成是没有区别的诗歌艺术,甚至把唐代大诗人杜甫的诗歌与关汉卿的戏剧也视为同一种心态下的写作,而实际上两者相差已经极远。杜甫属于传统意义上的"文人",是每饭不忘君的"士大夫",而关汉卿则属于传统意义上的"艺人",是一颗响当当的"铜豌豆";杜甫的诗是抒写自己的个体情怀和政治情感的,关汉卿的戏曲是供平民大众观赏娱乐的,二者有着本质的区别。当然,在从先秦到后代的可以歌唱的歌诗与那些以诵读为主的诵诗之间,没有杜甫与关汉卿、《北征》与《窦娥冤》如此大的差别,有时甚至水乳交融而难以分清,但是实际上这二者之间的本质差别是存在的。我们在这里强调歌诗研究与前人之所以不同,就是要提示大家,歌诗不仅是中国古代的一种特殊艺术形式,而且也与传统意义上的以诵读为

---

① 张璋、黄畲编:《全唐五代词》,上海古籍出版社1986年版,第134、136页。

主的文人诗歌具有不同的艺术本质。在这里，我们既要透过现象看本质，同时也要通过对于歌诗艺术本质的重新认识，反过来认识中国古代诗歌发展的复杂性，来较为客观地展现中国古代文学发展的原生形态。

总之，我们认为，在中国古代诗歌发展史中，歌诗可以作为一种类型而成为独立的研究对象，它的生成、它的写作、它的演唱方式、由演唱而产生的多种艺术样式、文体流变、语言特点、艺术风格，以及由此而生成的中国古代歌诗的民族文化特征和发展规律，等等，都与我们所认识的传统的"诗"有着很大的不同，有一条明晰的轨迹。二者之间的关系，则既有相互交融的一面，又有独立发展的一面。如果说起二者之间的影响以及在整个中国诗歌史上的作用，倒是歌诗更具有活力并且在历代诗歌运动中起着开风气之先的作用。而诵诗大体上可以看作是从歌诗流变出来，到了文人手中才成为一门相对独立的艺术并赋予了它很高的地位，如赋从《诗经》和楚辞中流变出来，文人五言诗和七言诗从乐府中流变出来，文人词从唐代曲子词和燕乐歌辞中流变出来。同时，由于强大的儒家文化传统对歌诗的改造施加了巨大的影响，又由于中国古代文人习惯于从儒家诗教理论来对歌诗艺术进行阐释并形成一种"霸权话语"，有目的地把文人诗抬到正统的地位，但是这并没有影响歌诗艺术的生命力和创造力，它仍然是整个封建社会里最具有活力的艺术形式。可惜的是，由于我们过去并没有把这些歌诗当作一个特殊的类别来看待，所以对于它的发生发展的规律以及在各个历史时期的表现形式等问题，我们还研究的很少或者说有相当多的问题没有注意，这正是中国古代文学研究中一块亟待开拓的领域。

二、艺术生产理论在歌诗研究中的应用价值

不同的研究对象也要求我们采取不同的方法。要对歌诗进行研究，尤其是对我们上面所提到的问题进行研究，也需要借助于新的理论，那就是在马克思主义理论基础上产生的艺术生产论。

把艺术的创作也看成是一种"生产"，这是马克思主义理论中的一个特殊观点。按照马克思主义的理论，人类的生产活动主要包括两大方面，一是物质生产，一是精神生产。物质生产的产品满足人民的物质生活需要，精神生产的产品满足人民的精神生活需要。物质生产是一种生产，精神生产自然也是生产。既然同是生产，自然也要有相同的生产规律，有诸如生产力与生产关系、生产与消费、分工与交换等各种矛盾关系。这些问题其实一直就存在着，只不过在漫长的封建社会里表现的不如物质生产那样明显，同时人们习惯于用意识形态的观念来看待艺术，把这些十分重要的问题忽略了。在当代社会中，由于艺术受社会经济的影响越来越大，它的生产特征越来越突出，马克思主义的艺术生产论也日益受到国际国内学术界的重视。关于作为生产的艺术，英国的马克思主义批评家伊格尔顿把它称作是"一个简单的事实"，"人人都看得到"，"文学可以是一件人工产品，一种社会意识的产物，一种世界观；但同时也是一种制造业。书籍不只是有意义的结构，也是出版商为了利润销售市场的商品。戏剧不只是文学脚本的集成；它是一种资本主义的商业，雇佣一些人（作家、导演、演员、舞台设计人员）产生为观众所消费的、能赚钱的商品。批评家不只是分析作品，他们（一般地说）也是国家雇佣的学者，从意识形态方面培养能在资本主义社会尽职的学生。作家不只是超个人

思想结构的调遣者,而是出版公司雇佣的工人,去生产能卖钱的商品。""艺术可以如恩格斯所说,是与经济基础关系最为'间接'的社会生产,但是从另一意义上也是经济基础的一部分:它像别的东西一样,是一种经济方面的实践,一类商品的生产。"[①] 除了伊格尔顿之外,英国的珍妮特·沃尔芙和法国的彼埃尔·马谢雷以及埃斯卡皮等人自20世纪70年代相继开始了"艺术生产论"的研究。我国文艺理论界自80年代后有人开始注意这一理论并进行讨论,90年代起结合当代文艺现状曾有过一段比较热烈的争论,有人甚至以此为题而撰写博士论文。

但是,关于艺术生产的理论在我国并没有得到深入的开展,特别是在中国古代文学研究当中没有得到应有的重视。之所以如此,是由于在这一理论中几个核心的概念如"生产"、"消费"、"交换"、"分工"等总是与物质生产有着不可分割的联系,在人们的理解中总是把它和艺术的经济行为联系起来,认为这是探讨艺术与社会经济发展相关的问题,再扩大一点,是艺术社会学的问题。特别是随着当代的大众艺术越来越多的与经济行为结合在一起,体现为一种复杂的社会现象,探讨"艺术生产"的理论家总是把他们的研究视野放在当代艺术领域。在中国古代文学研究者看来,"艺术生产"的理论与他们是无关的,因为中国古代文学并没有体现出当代大众艺术那样明显的"生产"性质。所以,谈起艺术生产论,不免让许多研究古代文学的人望文生义,认为所谓"艺术生产论"仅仅是在讨论现代文学艺术中的才适合的一种特殊理论,对于古代文学研究是没有多大意义的,显然这是一种极大的误解,需要我们把它澄清。

[①] 〔英〕特里·伊格尔顿著,文宝译:《马克思主义与文学批评》,人民文学出版社1980年版,第65—66页。

第一要澄清的是对"艺术生产理论"本质的误解。按我们的理解,马克思主义的艺术生产论是一种非常深刻的理论。首先我们承认,它与马克思主义的物质生产理论有相联通之处。因为艺术生产论把人类的艺术活动也当成是一种生产活动,人类的精神生产活动与物质生产活动自然也就有它的相一致处,即作为一般人类生产的规律应该是一致的,因此,关于人类一般生产的一些基本规律,也会在人类的精神生产中发挥着作用,这是马克思主义艺术生产论的一个重要理论基础。但是,物质生产与精神生产毕竟有着极大的不同,它有着自身的独特性,所以,艺术生产论并不是要人们机械地套用物质生产,尤其是商品生产的规律来认识艺术生产,而是为人们提供一种新的方法论,即从人类的精神生产的角度来认识艺术,来探讨精神生产的规律。如果用物质生产的规律来套用精神生产,就会把艺术生产的理论引向歧路,就会扭曲艺术的本质。在这方面,一个重要的问题就是要求我们正确地认识什么是艺术生产论中所说的"生产",邵建认为:"在这里生产的概念是重要的。它的语义指向一般可以划分为如下三个范畴,一是日常生活用语范畴,生产即'做'。二是政治经济学范畴,生产是指利用一定的生产资料改变自然物质用以满足人类自身的谋生需要。三是哲学范畴,它指的是作为人类所特有的感性活动的物质实践。"[①] 邵建的这种区分有一定道理,但是表述不够全面,也不够明确。我认为,可以用一句话对生产的概念做如下的明确界定:凡是人类在生存和社会实践中创造所有的物质形态与精神形态的过程,都可以称之为生产。通俗点说,生产物质产品的过程,如生产粮食、机器、衣服等的过程叫生产,生产诗

---

① 邵建:《艺术生产论与实践人类学》,《文学评论》1993 年第 3 期。

歌、绘画、思想的过程也叫生产。① 在这里，理解的难点不在于对两种生产的认定，而在于对物质生产与精神生产过程的重新考察。物质生产与精神生产既各自有它的特殊规律，同时也有相一致之处。更重要的是，有时二者是非常复杂的混合在一起的，人类的物质生产的产品从一开始就在里面包含了精神生产的因素，总是在其中体现了一定的观念、审美的东西。艺术史家之所以把原始人打制的石斧、石球等都当成史前艺术品来看待，就因为在这些人类最早制作的物质产品中已经包含着精神的因素。② 而精神生产的产品也总是要通过一定的物质形态表现出来，它可能不会形成具体的"物"，而是声音的组合（如音乐）、动作的组合（如舞蹈）等等，但是这声音、动作也同样是一种物质表现形态。

关于人类的物质生产中越来越多地包含着精神生产的问题，已经成为被当代人接受的不可争辩的事实。人类社会之所以走到现在，之所以会有物质生产水平的极大提高，主要是因为科学技术的进步，而科学的创造与发现和新技术的发明本来就应该属于精神生产的范畴。同样，人类的所有精神生产活动中也都含有物质生产的要素，它的首要前提是为精神生产提供相应的物质条件，包括对精神生产者提供足够的教育，满足精神生产者必需的吃、穿、住的问题，提供精神生产所必须的物质材料，如写字的纸笔、绘画的颜料、演奏的乐器、舞蹈的道具、戏剧的舞台、拍摄电影的摄影机和胶片等等。伊格尔顿甚至指出："艺术是劳动分工的产物，社会发展到某个阶段，物质劳动与精神劳动相分离，以致产

---

① 此处可参考〔德〕马克思：《剩余价值理论》（第一册），人民出版社1975年版，第164—165、415页。
② 此处可参考邓福星：《艺术前的艺术》，山东文艺出版社1986年版，第8—9、49—51页。

生一批相对地脱离物质生产手段的艺术家与知识分子。文化本身是一种'剩余价值':如托洛茨基指出:艺术靠经济的汁液过活,其发展主要靠社会在物质上的剩余。"[1] 不仅如此,所有作为观念形态的精神产品,它的产生都与一定物质生产水平相对应的社会相关,都是特定物质形态社会的产物,从原始时代的诗歌乐舞到今天的电影与电视莫不如此。由此而言,艺术生产的理论并不仅仅是面向当代精神生产的理论,而是面向人类社会各个历史阶段的共同理论,是一门通向实践哲学的理论,只是在不同的历史阶段,人类社会的精神生产与物质生产同步而表现为不同的形态罢了。正如人类的物质生产从原始社会就已经开始了,人类精神生产的历史也与之同样久远;认识人类社会物质生产的规律需要从原始社会最初的物质生产开始,认识人类的精神生产也需要从原始社会开始。我们要对人类社会的艺术生产有较深的理解,观察当代社会艺术的商业化生产无疑是一个重要的方面,但是笔者以为更重要的是正确理解马克思主义艺术生产论的精髓,要从人类社会精神生产出现的早期入手才有解决这一问题的可能。一个最为明显的事实是:作为人类社会精神生产的一种重要现象,艺术生产在相当长的古代社会里都不表现为一种商品生产的形式,或者说它绝不是典型的商品生产的形式,甚至与一般的物质生产的形式也有很大的区别。因此,比起探讨人类社会物质生产的规律,关于人类精神生产规律的探讨也就更为困难。

影响对艺术生产理论正确理解的另一个难题,是"如何说明艺术中'基础'与'上层建筑'的关系,即作为生产的艺术与作

---

[1] 〔英〕特里·伊格尔顿著,文宝译:《马克思主义与文学批评》,人民文学出版社1980年版,第79页。

为意识形态的艺术之间的关系"。[①] 在这方面,英国学者珍妮特·沃尔芙做了有益的探讨。她在《艺术的社会生产》一书中,以"艺术作为意识形态"和"美学自律性和文化政治学"两章的篇幅,分别从意识形态理论、卢西恩·戈德曼的著作、审美中介、艺术家和作家的作用、意识形态和文化的表层自主性、政治对文化舞台的干预、文化政治学各个艺术门类的作用等七个方面,分为二十几个小问题反复讨论,来说明作为生产的艺术和意识形态之间的复杂关系。[②] 要而言之,我们不能把文学艺术看成是意识形态的简单的反映,也不能把意识看成是独立于物质之外的东西,而应该把人们的观念、信念与他们实际的物质存在状况的复杂关系联系在一起考虑。同时,我们更不能把文学等同于意识形态,尽管我们可以对文学中的意识形态进行分析研究,但是并不是所有的文学作品都表现出意识形态特性,特别是表现为鲜明的政治性与阶级性。艺术品本身具有自己的独立性,即便是它要表现一定的意识形态,也要按照美的规律得到实现。"艺术家可以在构成艺术作品的过程中,利用一切可以得到的艺术生产形式以发挥积极作用。从这种意义上说,艺术家在社会中所形成的思想和价值观念,是被风格、语言、格调和审美词汇等各种文学和文化的常规所传达出来了。正如艺术家使用艺术生产的技术材料进行创作一样,他或她也使用能够得到的各种审美常规材料进行创作。这就是说,在欣赏文化产品的时候,我们要理解其结构的逻辑及其包括结构在内的审美代码。意识形态在艺术作品中并不是

[①] 〔英〕特里·伊格尔顿著,文宝译:《马克思主义与文学批评》,人民文学出版社1980年版,第81页。
[②] 〔英〕珍妮特·沃尔芙著,董学文、王葵译:《艺术的社会生产》,华夏出版社1990年版,第65—125页。

以其抽象的形式来表达的，艺术作品也不是作为消极的载体而发挥作用的。相反，艺术作品自身却再创造出审美形式中的、与同时代艺术生产各种规则和常规相一致的意识形态"。[1] 遗憾的是，对于中国古代文学的研究者来说，我们至今受20世纪五六十年代以来的意识形态理论影响太深，对于艺术生产和意识形态之间的关系还没有认真地清理。今天，我们也许不会再发生关于山水诗到底有没有阶级性、陶渊明到底是现实主义诗人还是反现实主义诗人那样的荒唐的讨论。但是，在古代文学研究领域里，艺术的意识形态论仍然占有主导地位，所不同的是，只不过把五六十年代"时代背景、作家生平、思想内容、艺术特色"这样的四段论稍加扩充，例如在时代背景的基础上不再简单地讨论政治历史背景，还要再加上民族文化背景等等，在作家的生平思想研究中不仅注意到他的社会政治思想，还会注意其个性品质、文化心态等各个方面，但是对文学的本质认识上还没有跳出文学意识形态论的范围。

第二是要加强对中国古代文学的艺术生产特点的探讨。与现当代文学艺术一样，中国古代文学也很早就体现出艺术生产的特点。早在原始时代，中国古代艺术生产的形式，就同当时自给足的物质生产的形式一样，体现出自娱式的特征；随着分工的出现和专业艺术人才的产生，寄食制的艺术生产逐渐成为中国封建社会的主要艺术生产形式；随着社会经济的进一步发展，则出现了卖艺制的艺术生产方式。[2] 这三种艺术生产方式虽然与现在的艺

---

[1] 〔英〕珍妮特·沃尔芙著，董学文、王葵译：《艺术的社会生产》，华夏出版社1990年版，第83页。

[2] 关于中国古代歌诗艺术生产方式的基本特点，请参看拙文《关于中国古代歌诗艺术生产的理论思考》，载《中国诗歌研究》第2辑，中华书局2003年版，第66—78页。

术生产方式有所不同,但是至今还能看到它们的影子,或者说现代社会的艺术生产方式,就是在它们基础上的发展的必然结果。如从原始社会自娱式的歌舞艺术到今天的群众性歌舞晚会和卡拉OK,从封建社会的国家乐府机构到今天的国家戏剧歌舞剧团,从封建社会的街头卖艺、勾栏瓦肆到今天的大型商业性演出。中华民族有着悠久的历史传统,也有着同样悠久的艺术传统,积累了丰富的艺术生产经验,留下了丰富的艺术产品,值得我们认真研究。遗憾的是我们过去多从意识形态的角度来认识中国古代文学艺术,而没有从艺术生产的理论来对它进行系统的研究。

运用艺术生产的方法论开创中国文学研究的新领域,歌诗是个非常好的突破口。在中国古代,从《诗三百》到元曲的歌诗发展之路,就非常鲜明地体现了这种艺术生产的特质。它是中国古代歌诗形态发展的一个完整过程,它的产生、创作、演唱、传播与流变,也同样服从于艺术生产的规律。它不是单纯的文人创作,而是社会各个阶层的共同创作,这其中也包含了下层民众、歌舞艺人等的艺术才华;它不只是供文人们案头欣赏的书面艺术,而是供社会各个阶层共同欣赏的综合艺术;它的兴衰流变,主要也不是受文人们的兴趣爱好所左右,而是受整个社会文化变革和大众艺术审美欣赏潮流所影响。正是这一切,推动了从《诗三百》到元曲的中国古代歌诗艺术的向前发展。

我们强调以艺术生产论为指导来研究中国古代歌诗,与以往我们所应用的马克思主义的意识形态论的最大不同,就是不仅仅把文学当成一种意识形态,而是把它看作是人类从事精神生产的一种产品;对文学的发生发展规律,也不仅仅从政治历史的变革的角度和不同时期不同作者的角度来进行研究，而是从艺术生产的角度来进行研究。以此为出发点，我们会发现许多新的问题需要重新认识。从宏观上讲，这种研究的目的不是简单地探讨历史的变革对中国歌诗创作的影响，也不是为了弄清一般的作家思想和作品内容之间的关系，而是要从社会精神需求的角度探讨中国古代歌诗的发生机制，研究这一时期社会大众的精神消费需要对中国古代歌诗艺术发展的影响；研究作为精神生产者的歌诗艺术家、艺术生产和消费服务的歌诗演唱组织、社会各种艺术生产机构等在中国古代歌诗发展中的地位、作用和贡献；作为满足精神消费需要的歌诗的一系列艺术特征；它的演唱、传播等对一个时代的精神文明的提高或一个民族文化精神塑造的巨大作用；以及由此而生成的艺术生产规律等。举例来讲，从艺术生产的角度来研究中国古代歌诗，我们碰到的和需要解决的重点和难点问题有：①作为中国古代歌诗源头的《诗三百》，它的产生与中国古代社会早期的大众精神需求和贵族文化消费有什么关系？周代的乐官制度是如何建置的？当时的乐师、乐官、歌舞艺人等在《诗三百》的艺术提高中做出了哪些贡献？作为满足人们精神消费需求的《诗三百》与作为有着明确实用目的的《诗三百》是如何有机的统一在一起的？从艺术生产和消费的角度，我们又如何看待《诗三百》在中国古代文学中的经典意义？如何从艺术生产的角度来认识楚辞的产生？从精神生产的角度我们如何来看待屈原的伟大？②作为对后世有深远影响的乐府诗，它在汉代的出现和汉乐府机关的建设有何关联？汉代民间歌舞艺术人才在汉乐府的创作表演中起了什么样的作用？两汉都市经济的繁荣对歌舞艺术的发展和市民艺术消费需求的增长有多大的促进？③我们如何从精神文化消费的角度来看待汉魏六朝乐府乐府机构的沿革和乐府诗在艺术形式和内容方面的创新？文人们接受这种新的艺术样式并促进了汉魏六朝诗的发展，这与当时大众艺术审美欣赏潮流有没有关系？永明体的产生与当时的歌诗传统有哪些关联？④唐代是中国古代文人诗创作的高峰，也是歌诗艺术发展的高峰，我们如何从艺术生产的角度来看待二者之间的关系？唐代律诗的形成与初唐宫廷享乐艺术的追求以及沈宋体的关系如何？元白新乐府歌诗到底是为什么而创作的？唐代社会大众的艺术需求与歌诗传唱对文人诗创作有什么影响？词的产生是否与唐代社会对新型艺术产品的需要有关？⑤我们如何认识从中唐以后的诗词分途问题？为什么白居易、温庭筠、韦庄、欧阳修等人会用不同的心态来创作诗和词？从艺术生产和消费的角度我们应该如何评价作为当时"流行歌曲"作者的柳永？怎样认识和评价唐代的教坊、宋代的大晟乐府等在歌诗发展中的地位？唐宋的歌妓制度、歌妓词在词发展中的作用和文人赠妓词的意义在何处？⑥宋词的诗化、文人化和词的衰微、元曲的兴起的根本原因是什么？自从杂剧产生之后，为什么传统的文人诗词越来越远离了社会普通大众？⑦从艺术生产的角度讲，我们如何确定关汉卿等人在中国歌诗艺术史上的地位？等等。总之，通过以上问题的探讨，我们才能对中国古代各个时代歌诗艺术生产的发生过程进行简单的描述，并对其所取得的艺术成就进行新的评估，探讨其特点，从而为更好地认识中国文学史开辟新的途径。而上述这些问题，恰恰是传统的艺术意识形态论难以解决或解决不了的，也正是艺术生产理论的用武之地。

要而言之，在中国古代文学研究中，歌诗是一块亟待开采的领域，而艺术生产则是研究中国古代歌诗艺术的一种行之有效的研究方法和理论。开展这方面的研究，不仅对于完整地认识中国古代诗歌发展大有助益，对于认识中国古代其他文学体式的发展以至重新认识中国文学史都有重要意义。

加强中国诗歌与音乐关系研究的思考[①]

在中国文化传统里，诗歌与音乐的关系密不可分。音乐不仅对中国诗歌的内容、题材、形式、风格的形成有重要影响，而且对中国诗歌的生产、消费、传播以及其发展起到了重要的推动作用。在文学研究日益深入的今天，我们不能再忽视或简单地描述这一文化现象，而应该从艺术本质方面对诗歌与音乐的关系进行透彻的理论思考，重新认识中国诗歌的发展规律。在此，笔者谈以下几点意见：

1. 全面、准确地把握中国诗歌的艺术形式，重视对历代诗歌发展与音乐关系问题的研究。

中国古代向有诗乐舞一体之说，《尚书·舜典》曰："诗言志，歌永言，声依永，律和声。"[②]《毛诗序》曰："诗者，志之所之也。在心为志，发言为诗。情动于中而形于言，言之不足故嗟叹之，嗟叹之不足故永歌之，永歌之不足，不知手之舞之，足之蹈之也。"[③]《文心雕龙·乐府》亦言："故知诗为乐心，声为乐体。"[④]沈约在《宋

[①] 该文原发于《文艺研究》2002年第4期。
[②] （汉）孔安国传，（唐）孔颖达疏：《尚书正义》卷3，（清）阮元校刻：《十三经注疏，中华书局1980年版，第131页。
[③] （汉）毛亨传，郑玄笺，（唐）孔颖达疏：《毛诗正义》卷1，（清）阮元校刻：《十三经注疏》，中华书局1980年版，第269—270页。
[④] （梁）刘勰著，范文澜注：《文心雕龙注》，人民文学出版社1958年版，第102页。

书·谢灵运传》中也说:"夫五色相宣,八音协畅,由乎玄黄律吕,各适物宜。欲使宫羽相变,低昂互节,若前有浮声,则后须切响。一简之内,音韵尽殊;两句之中,轻重悉异。妙达此旨,始可言文。"[1] 以上所言提示我们,在中国古代,特别是在六朝以前,诗主要配乐而行,乐与诗相结合所形成的表演艺术,在一定程度上甚至决定了那一时期诗歌发展的主要方向。即便是六朝以后文人的徒诗逐渐增多,但是如隋唐之大曲、宋词、元曲以及诸多以新旧乐府或近体为名的诗作,仍然离不开音乐,这本是大家公认的事实。可是,由于受技术条件的限制,在古代本来属于诗乐结合的艺术,到后世只留下了以文字为载体的诗歌语言,这大大影响了我们对于古代诗歌真实面貌的全面把握。我们的许多研究者在理念上虽然承认诗乐关系的重要性,在实际的研究中却似乎早已把这一历史事实忘记了,他们在不自觉中仅仅把诗的文字形式作为其唯一对象,并在此基础上描述中国诗歌史的线索,总结所谓的发展规律。这种不正常的研究现象,应该引起我们的充分关注了。笔者以为,不正视中国古代诗歌与音乐之间这种紧密的关系,不对其进行深入的研究,我们就不能全面地描述中国古代诗歌的面貌,也不能很好地解释它的发展规律,而这样的诗歌史就是不全面的,起码是不完善的。我们在今天虽然已经不能再一次耳闻目睹中国古代诗乐舞相结合的艺术表演,但是大量的相关历史文献还在,事实的真相还可以探寻。在这方面,音乐界的学者们已经为我们的研究奠定了很好的基础,如郑觐文的《中国音乐史》、王光祈的《中国音乐史》、日本人田边尚雄的《中国音乐史》、杨荫浏的《中国古代音乐史稿》,他们的成果值得我们借鉴。可喜

---

[1] (梁)沈约:《宋书》卷67,中华书局1974年版,第1779页。

的是，有些学者在关于音乐与诗歌的关系问题上有研究已经取得了突出的成绩，朱谦之的《中国音乐文学史》、任二北的《唐声诗》代表上一代学者在这方面的最高成就，施议对的《词与音乐关系研究》、王昆吾的《隋唐五代燕乐杂言歌辞研究》、葛晓音、户仓英美的《从古乐谱看乐调和曲辞的关系》等著作和论文，则是中青年学者近年来取得的最新成果。但是总的来说，时至今日，从事这方面研究的学者们还不多，这一问题还没有引起足够的重视，直到最近新编的一些《中国文学史》著作，都没有把中国诗歌与音乐的关系问题放到一个适当的位置。因此，准确、全面地把握中国古代诗歌的艺术形式，重视对历代诗歌发展与音乐关系问题的研究，应该是当前诗歌研究中的重要任务。

2. 突破"意识形态说"的文学史观念，深化对于中国诗歌艺术本质的认识。

当代的中国诗歌史研究之所以忽视诗歌与音乐关系的研究，除了对中国古代诗歌艺术形式的认识有偏颇之外，笔者以为还有重要的一点是受到了文学意识形态说的局限所致。多年来，由于我们过于强调了文学的意识形态本质，因而我们习惯于从社会"经济—政治—思想"、作家"时代—生平—创作"这样的逻辑思路来研究中国诗歌的发生发展问题。所谓思想内容决定艺术形式，这无疑是一条重要的研究之路，但事实并非这样简单。作为一种艺术形式，它并不总是被意识形态所左右，它总是有着自己独立的发展历史，有着自己独特的创作规律。举例来讲，如在远古时期或在没有文字的地方，口头传唱就是诗歌创作和流传的唯一形式，并在长久的发展中形成独特的艺术表达方式和技巧，研究这些表达方式和技巧，是认识口传诗歌的必不可少的途径，甚至也是认识后世诗歌传唱以及表演艺术的重要方面，而这，恰恰是"意识形态说"无能为力的。从早期的口头传唱诗歌到后代的配乐而行的歌诗再到后代词曲,它们的内在关联与发展轨迹究竟如何,也是"意识形态说"无法完满解决的文学史难题。再从一种诗歌体裁方面讲,如自汉代以来产生的横吹曲,本是一种军中之乐,历魏晋六朝以至唐代,社会政权屡有交替,但是横吹曲属于军乐的性质并没有发生多少变化。六朝时期的许多宫体诗人,并没有从事军旅生活的经历与感受,但是他们同样创作出了许多反映这种生活与情感的作品,如梁元帝、陈后主、徐陵等人的《陇头水》就属于此类。这种情况,也是"意识形态"说无法解释的。不仅如此,有时候,一首歌曲可以流传数百年而不衰,并进而在诗歌发展史上产生多方面的影响。例如,《月子弯弯》一诗,本是在长江下游地区广泛流传的古老民歌,南宋时已见记载,其渊源则来自于六朝以来的吴声歌曲。明清时期,这一歌曲的歌词就有七种形式,其演唱方式则有苏南民歌和评弹、苏剧等所唱的山歌调和民间传唱的五声小调两种。清朝末年和民国初年的许多民间小调,如《梳妆台》、《哭七七》、《唱春调》等,都直接或间接地从《月子弯弯》演变而成。[①] 以上的例子说明,研究中国诗歌史,如果我们突不破诗歌的意识形态说,对于中国古代诗歌的艺术本质不做进一步的思考,不对中国古代诗歌的音乐传唱等问题给予充分的关注,我们就不能很好地认清其发展规律。我们所写出的诗歌史顶多不过还是一部在社会意识形态影响下的诗歌思想史、形象化了的文人心态史、或者是仅供诵读的那一部分诗歌的语言形式变化史,而决不会是一部全面的、生动的、立体的中国诗歌史。

3. 从艺术生产和消费的角度,对乐舞活动、诗的生产与社

---

① 钱仁康:《〈月子弯弯〉源流考》,见钱亦平编:《钱仁康音乐文选》(上册),上海音乐出版社1997年版,第113—132页。

会生活等问题进行新的研究，是我们认识中国诗歌发展史的重要一环。

从理想的状态讲，研究中国古代诗歌与音乐的关系，首先要有古代音乐演唱的材料，也要懂得古代音乐。由于这两方面的欠缺，给我们的研究带来了极大的困难，这也是许多人不愿意从事这方面研究的重要原因。但是这并不能成为我们忽视此项研究的借口。因为中国古代诗歌与音乐的关系问题，的确是我们研究中国古代诗歌史不可回避的大问题。流传下来的可以演唱的古代诗歌作品虽然极其有限，但是相关的历史记载却相当丰富；我们对于中国古代音乐虽然懂得很少或者基本不懂，但是音乐史家的丰硕成果却给我们的研究提供了可能。更为重要的是，我们之所以要倡导加强诗歌与音乐关系问题的研究，是因为它不仅与古诗在相当多的情况下密不可分，而且对中国诗歌的发展产生了深而又广的影响，其意义远远超出了诗乐结合本身。在封建社会里，音乐以及与之相关的艺术表演，不仅是诗歌创作与发展的巨大动力，也是把诗歌推向广大社会的最佳途径。它使得诗歌的发生发展不仅仅是一种简单的文学创作和欣赏行为，同时成为一种满足人类精神生产和消费的生活行为。由于有音乐的加入，乐舞活动、诗的生产与社会生活之间，就形成了一个远较单纯的文人案头诗歌创作要复杂得多的社会现象，认识这种复杂现象，是全面认识中国诗歌发展不可缺少的环节。在这方面，我们恰恰有大量的研究工作可做。举例来讲，如关于汉乐府的演唱，我们在今天早已不能聆听，相关的乐谱至今也早已不见。但是，通过有关历史材料的搜集，我们还是可以看得见音乐演唱对于汉乐府歌诗创作以及其发展所造成的巨大影响，这仍然是我们认识汉乐府的重要途径。两汉社会的艺术生产和社会各阶层的艺术消费，是促成汉乐府歌诗繁荣的重要原因。同时，汉代社会歌诗的演唱方式，对汉乐府歌诗的题材以及其艺术语言形式的发展，也所产生了重要影响。其实，不仅汉乐府如此，魏晋六朝乐府、唐代歌诗、宋词、元曲的发生发展，与当时社会的乐舞活动、艺术生产和消费等，也同样关系密切。推而广之，每个时代的乐官建置、歌妓制度、国家的文艺政策、宫廷士大夫以及平民百姓们对于歌舞音乐的爱好与欣赏等等，都是我们全面认识中国诗歌发展的重要方面，都属于中国诗歌与音乐关系研究的大范围。可喜的是，如今已经有很多中青年学者开始了这方面的研究，并取得了一定的成绩，如钱志熙的《汉魏乐府的音乐与诗》、吴相洲的《唐代歌诗与诗歌——论歌诗传唱在唐诗创作中的地位与作用》，沈松勤的《唐宋词社会文化学研究》、李剑亮的《唐宋词与唐宋歌妓制度》、陈元锋的《乐官文化与文学——先秦诗歌史的文化巡礼》等的出版，预示着在这方面的研究将要有一个新的突破。随着学术研究的发展，这一问题的重要性已经逐渐被越来越多的学者所认识。

传统文学研究的当代文化意义

一

我们今天所生活的时代正是从传统走向现代化的时代。现代化的科学、民主和自由精神正在引导我们朝着幸福美好的明天迈进。然而，也正是在这一巨大变革的时代中，传统文化和现代化的关系问题，正在成为当今世界文化发展中最让人困惑的问题之一。中国是一个有着几千年文化传统的国度，优秀的祖国文学遗产是我们的骄傲。尽管我们今天已经进入新的历史阶段，过去的历史似乎已经和我们隔得那么遥远，优秀的古代文学作品仍然深入人心。凡是生活在中华大地上的炎黄子孙，有几人不知道屈原名字？在何处不能听到唐诗、宋词的吟咏？又有谁不熟悉诸葛亮、曹操、宋江、李逵、孙悟空、猪八戒等文学形象呢？而且，随着科技的进步与发展，优秀的古代文学不但没有因为时代的推移而失去其往日的荣耀，反而借助于广播、电视等新的现代化的传播手段大放异彩，在现代中国人的文化生活中，仍然扮演着重要角色。

是什么原因使当代中国人仍然对传统文学如此厚爱？又是什么原因使古代文学作品和现代人的心灵相沟通？这些每天发生在我们身边的司空见惯的文化现象，很值得我们认真思考。多年来，虽然我们不曾间断对传统文学的研究，并且在批判继承思想的指导上取得了巨大的成就。但是，在从传统走向现代的转变中，我们却始终带着这样一种自觉或不自觉的意识，不是把传统看成存在于我们民族血脉中的内在要素，而仅仅把它看成已经过去的历史，认为它已经是远离我们而去的身外之物。可是在今天，越来越深化和强化的中西文化的撞击与冲突以及社会主义新文化和传统文化之间的和谐与矛盾，却使我们越来越有这样切肤的感受：在世界正在逐步走向一体化现代化的过程中，各个民族的文化传统不但没有消失，反而更明显地呈现出它们的文化特质。而且，正是这种不同的民族文化传统特质，制约着各个民族现代化的进程，左右着他们的发展方向，在塑造他们的民族灵魂方面仍然起着举足轻重的作用。

让我们先看一个生动的例子罢。20世纪80年代中，《十五的月亮》这首歌曲风靡一时，无论在城市、农村还是部队、学校，到处可以听到不同年龄、不同文化层次的人在情不自禁的吟唱。它是如此地深入人心，这足以说明其歌唱内容符合现代中国人文化心理的程度。但是，明月的意象、相思的主题，却更使我们回想起远在《诗经》时代的《月出》，汉代《古诗十九首》中的《明月何皎皎》，六朝人谢惠连的《月赋》、初唐张若虚的《春江花月夜》，当然，最脍炙人口的还有李白那首"窗前明月光"的小诗、杜甫的《鄜州望月》和苏东坡那首"明月几时有"的中秋佳作。原来，《十五的月亮》所表现的，竟是一个中国文学几千年来歌咏不断的传统题材！

这的确是一个十分引人注目的文化现象。也许对于那些不太熟悉中国古代文学的人来说，他们在欣赏和吟唱《十五的月亮》这首歌曲的时候，未必像我们想得这么多、这么远，他们只是在主体感受上的不自觉接受。但是，这种不自觉的接受，不正好说明中华民族文化传统在当代人身上的历史积淀吗？因为如果单从客观的角度来分析，明月和相思二者之间，并没有本质上的联系，换一个民族，比如说美国人，未必能够从明月中生发出如此深切的相思眷恋之情。可是在中国，人们却对明月怀有这样深的情感，把它和男女相思这么紧的联系起来，以至于形成了一个几千年连续不断的明月相思的文学母题，从古代一直唱到今天。这种现象，难道不值得我们从民族文化传统的角度去深思吗？

月亮的母题仅仅是简单的一例，可是它却告诉我们，即使是自然界中的客观景物，当它出现在文学作品中的时候，也总是染上浓厚的民族文化色彩。当然它在客观上也说明，一个民族的文化精神，是和这个民族的文化传统密不可分的。它不但影响着当代人的思想情感，而且不同程度地决定着该民族的文化性格，甚至在无形中左右着他们在现代化过程中的思想行动和价值取向。因此，当我们今天以新的姿态走上改革开放的现代化道路的时候，站在新的历史高度去审视中国文学传统，深化对文学本质的认识，从而摆正中国文化与西方文化、传统文化与现代文化之间的关系，进一步调整中国传统文学研究的未来取向，不能不说是我们面临的新的任务。

二

在中国最古老的哲学著作《周易》中，曾经提出过"变易"与"不易"的伟大哲学思想。用它来揭示中华民族文化传统的发展规律，也许是再准确不过的了。"变易"是文化传统的运动变化，"不易"是文化传统的本质特征；"变易"是它的发展趋向，而"不易"则是民族文化传统得以保存的原初基因。"变易"和"不易"的矛盾运动，就是中国文化传统发展的规律。我们今天是正处于"变易"的伟大时代，现代化的历史大趋势正在使我们的民族文化在接受世界新文化的过程中获得无限蓬勃的生命活力。同时，我们也必须意识到民族文化传统中存在着"不易"的方面。而且，只有弄清了什么是中国民族的文化传统，我们才能明白它的"不易"之所在，才能调整它与现代文化"变易"之间的关系。正因为如此，在当前的中国古代文学研究中，我们就必须注意揭示它的民族文化意蕴，把阐释民族文学的文化传统作为我们的努力方向。具体来讲，下面的问题，是需要我们认真思考的：

第一，当我们提到民族文化沉积和文学民族传统的时候，我们首先要碰到这样的问题，什么是民族文化传统？几千年的中国文学，是否有一个民族文化传统的轴心？不同时代作家的创作，是如何选取不同的体裁和形式，来围绕着这个轴心转动的呢？

第二，在这种形式下，中国文学究竟形成了哪些传统题材？这些题材表现了民族审美心理上的哪些特质？同时，它是否又形成了中国文学表现上的特殊方式呢？

第三，这些民族审美心理传统是否仍在继续影响着现代人？它在现代社会中有什么意义？研究它是否能寻找到民族文学发展的规律？是否能预测中国文学传统的未来取向呢？

应该说，随着学术研究的发展，上述问题已经逐渐引起人们的重视。近几年来，关于什么是中国文学传统的探讨已经不少，并且逐步从表象向深层发展。这无疑为我们今后的研究提供了有益的启发和借鉴。但是我认为，要探讨中国文学的民族文化特征，并不仅仅意味着在传统的作家作品，文学通史文体史的编写中加入研究者的新的文化观念，更重要的是更换新的研究角度，从而对文学的本质问题进行新的思考。文学是什么？如果说过去我们从社会学的角度把它定义为"一种社会意识形态"，是"用形象反映社会生活"的"语言的艺术"，[①]那么从文化学的角度考虑，我们就必须把它定义为"民族文化的语言艺术归结"和"民族文化的语言艺术表现方式"。因为从文化学意义上看，文学不仅仅是社会的产物，更是文化的产物，文学不是孤立于文化之外的独特领域，它本身就是文化的一个层次，同时又是一种文化的特殊表现方式，是它的语言艺术表达，它的蕴含就是全部的文化。甚至它借以表现的物质载体——语言，也是一种文化的历史沉积。因此，要认识文学的本质，我们就必须从中华民族的文化模式和文化价值建构的角度入手。在这里，我们所说的"文化模式"，是指一种文化得以形成并且表现出来的民族形式；"文化价值建构"，指人们对事物进行价值判断的文化标准系统。振叶以寻根，沿波而讨源，正是中华民族依据最初的生态环境所创造的经济、政治、道德伦理系统以及对于人的文化本质的认识等各个方面的交互作用，才形成了几千年的中国文化模式和文化价值建构，并使它成为中国文学的表达内容和中国人艺术审美的价值取向，凝定为中国文学的民族文化传统。无论《诗经》、楚辞还是唐诗、宋词、元曲和明清小说，也无论屈原、司马迁还是阮籍、陶渊明、李白、杜甫、苏轼、关汉卿乃至施耐庵、曹雪芹，我们都能够从中看到中华民族的文化精神，看到涌动于其中的民族血液的热流。正是这些优秀的作家和作品，合成了我们中华民族的文化之魂，成为保持我们中华民族特色不变的文化基因和代代相传的生命之种。当然，也只有我

[①] 以群主编：《文学的基本原理》，上海文艺出版社 1980 年版，第 1 页。

们对这些有了清楚的认识和把握，才能够明白我们民族的优秀传统是什么，才能够更深刻地体会到传统文化在现代化过程中的真正意义。

三

从中国文化模式和文化价值建构的角度出发，不但是我们探讨文学中的民族文化传统的门径，同时也是我们来阐明中国文学表现形式的民族特征的必由之路。我们之所以把文学定义为"民族文化的语言艺术归结"，是因为我们看到，中国文学形式同样不是空洞的塑造，它本身也是民族文化传统的一个组成部分。如中国诗歌中的意象构造、小说中的情节发展、戏剧中的冲突产生等。从本质上讲同样都是民族文化的表现，是民族文化模式和文化价值取向作用的结果。举例来讲，如我们前面提到的明月的意象，就带有鲜明的文化特征。它出现于中国古代诗词之中，就不再仅仅是客观的物象，同时也成为中国人表示家庭团圆的象征物，可以通过它来寄托中国人的相思与怀念之情，可以传达对于亲人的祝福。唯其如此，围绕着明月的意象，才会产生中国诗词中的一种特殊艺术结构，形成一种符合中国人文化审美心理的艺术形式。用荣格的话说，这就是中国文学中的一个文化"原型"，它如同一套秘传的符号，具有广泛的沟通性，无限的再生力，不仅在过去的历史里，而且在未来的发展中仍然是中国文学中最为生动活泼、蕴含无尽的意象。再比如，什么是情节？按现在一般文艺理论的说法，情节就是"指叙事性作品和剧本中人物活动的过程，某种性格、典型成长的历史，它是由一系列能显示人物与人物之间、人物与环境之间的复杂关系的具体事件组成的"[1]。但是从文化学的角度看，这种定义显然是不够的。因为空洞地讲人物的性格和人物与环境的复杂关系是不能说明问题的。事实上，当文学作品中的人物面对具体生活事件的时候，他可以做出多种反应。如果让情节的发展合乎情理，除了符合人物性格之外，更重要的是还要符合一定的民族文化审美心理。因为人物的性格也必须是符合民族文化传统的。《三国演义》写关羽在华容道放走曹操，这个情节之所以被中国人所接受，就不仅因为它符合人物的性格，而且因为它符合中华民族的道德传统，因而才使它具有存在的合理性。关羽非但没有因为这一重大"政治错误"被诸葛亮杀头，反倒留下了"拼将一死酬知己，至今千秋仰义名"的佳话，被作者赞许、被读者钦佩。时至今日，京剧舞台上还不断地搬演着表彰关羽"义"行的《捉放曹》这一传统剧目。由此可见，只有从文化模式和文化价值建构的角度对文学题材意蕴的发掘，才有助于我们把握文学传统审美形式的内在奥秘；只有把中国文学从题材的文化内蕴上的研究探入到形式上的文化传统解析，才是我们对中国文学传统的真正了解，才能更好地阐释传统文学在当代文化中的存在意义。

从历史唯物主义的观点看，一个民族的文化传统不是一朝一夕形成的，而是一个渐进的历史过程；它也不是一成不变的，而是在选择和淘汰的过程中不断地改造和完善。作为一个系统的文化结构，在中国封建社会中，它显示了一定的封闭性。封闭使它自成体系，并且构想出一种理想化的模式，如桃花源境界、男耕女织的生活、圣君贤相的组合、才子佳人的婚配、忠臣义士的品

---

[1] 以群主编:《文学的基本原理》，上海文艺出版社1980年版，第321页。

格等等。在这种相对封闭的环境里，中国封建社会虽然也吸收一些外来文化，但是并未引起中国文化形态的重大变革，它们很快就被同化为中国式的东西。如佛教的中国化，尤其是禅宗的出现就是如此。但是在这种封闭式的结构中，也毕竟存在着转换调整、开放吸收的功能，从而使中国文化传统在发展中不断完善，并形成一种历史规律。如周秦制度就不同于汉唐制度，孔孟学说和宋明理学间也存在着很大差异。这也构成了中国文学的发展规律。从继承的方面讲，如题材的因袭、模式的套用、意象的重复等；从发展的方面讲，如主题的转换、形式的更新、意象的扩展等。现代化是从根本上打破封建社会模式，破坏封建社会价值建构的重大变革时代，"变易"是它的主流，这就要求我们决不能固守于旧的传统而不思进取，应该积极地推动时代的变革。但是，中国的现代化又决不可能脱离它几千年已经造就的文化传统，特别是那些已经凝定为民族文化心理的深层的东西，在现代化社会中仍然起着举足轻重的作用，民族的文化传统永远不可能消失，"变易"中始终存在着"不易"，并且永远是以"不易"为其原生形态的。只要了解了中国文学传统中这种"变易"和"不易"的辩证关系，我们就能够比较好地从历史的角度去认识我们现在自身的文化特征，就会随时调整我们关于民族传统文学研究的目的和方向，把握民族文学发展的未来，为现代民族的文化建设做出我们应有的贡献。

先秦两汉文学绪论①

伟大的中国是世界上四大文明古国之一,她那悠久的历史和独特的文化至今在世界上仍然放射出夺目的光彩;作为最能表现民族文化精神的中国文学,有着与中华民族同样久远的历史。它形成于先秦、壮大于两汉,并由此而奠定了中国文学的坚实基础,确立了中国文学的民族特征。因此,无论是学习还是研究中国文学,首先都要从先秦两汉开始。

第一节 先秦两汉文学的历史背景与阶段划分

一、先秦两汉文学产生的历史文化背景

作为一个时间概念,先秦两汉是指东汉末年以前漫长的历史时期,要了解这一漫长时期的中国文学,首先要对这一阶段的历史文化有一个大概的认识。

中华民族有着悠久的历史,考古研究证明,早在200万年到170万年以前,在中华大地上已经有了巫山(重庆巫山)人、元谋(云南元谋)人的足迹。到了距今大约100万年至50万年左

---

① 该文系《中国古代文学通论·先秦两汉卷》绪论,辽宁人民出版社2005年出版。

右，陕西蓝田人已经会使用石器并且会用火。① 到了距今约70万至20万年左右生活在中国北方的北京人，除了可以制造石器之外，还能把兽骨拿来用简单磨制等方法制作骨器。在距今大约2万年前生活的山顶洞人，已经能够把石珠、贝壳、鸟兽的骨头等经过磨制、打孔、染色等方法制成装饰品，把死者埋葬在地下室并在其周围撒上赤铁矿粉，这说明山顶洞人已经具有了审美意识和原始的宗教信仰。在距今大约7000年到5000左右的仰韶文化阶段，中国人不仅可以制作精美的彩陶，建设村落，而且还发明了用符号记事的方法，这些具有文字性质的符号，可以看作是中国人最早的"汉字"或者是汉字的前身。在与仰韶文化同时的浙江河姆渡文化遗址里，发现了世界上目前最古老的人工栽培稻。从公元前6000年到公元前2000年，考古学界一般把这段时间称之为中国新石器时代，这一时期可能包括传说中的神农、轩辕、尧、舜时期，从社会形态上讲则属于原始氏族社会后期，包括母权制和父权制两个时期。在这个时期里，原始农业得到了长足的发展，饲养家畜家禽已经成为比较普遍的现象，制陶工艺不断进步，其中在山东龙山文化中出土的双层镂孔蛋壳黑陶杯，其制作工艺让人叹为观止；制玉工艺已经兴起，良渚文化的大型玉琮、玉璧制作精美；早期青铜器已经问世；建筑技术日趋提高，横洞穴式、半地穴式、地面营造和空中居住等各种建筑形式都已产生，并出现了像河南登封王城那样的小型城堡。随着社会产品的积累，已经出现了贫富分化，预示着私有制和阶级已经诞生。到了距今大约4000年时期，中国已经进入了阶级社会，随着夏商周等国家的交替产生，到秦始皇统一中国和四百年大汉帝国的建立，中华民

---

① 蓝田人可分为公王岭和陈家窝两地，其中公王岭人距约100万年，一说约80至75万年，陈家窝人距今约65万年，一说约50万年。

族已经跨入了当时世界最先进最发达国家的行列，最终奠定了无愧于世界四大文明古国称号的中华文明，并且奠定了中华文化的基础。

中国有着广阔的国土，早在距今上万年的新石器时期，中华大地就体现出多元文化共同发展的态势。黄河流域在早期有新郑裴李岗文化、河北武安磁山文化和甘肃秦安大地湾文化，在中后期黄河中游有仰韶文化和龙山文化，在黄河下游有青莲岗文化、大汶口文化和山东龙山文化，在黄河上游有马家窑文化和齐家文化，在长江中游有大溪文化、屈家岭文化和湖北龙山文化，在长江下游有河姆渡文化、马家浜文化和良渚文化，在华南地区有山背文化、石峡文化，在西南地区有云南宾川的白羊村遗址和藏东的卡若遗址，在北方地区有沈阳新乐文化、内蒙古赤峰为代表的红山文化，等等。与夏商周同时，在中华大地上也同样活跃着各种不同的文化与文明。例如在四川有与夏商周约略同期的三星堆文化，在内蒙古赤峰有夏家店文化，在吉林省有西团山文化，在甘肃临洮有辛店文化、寺洼文化，在江苏有湖熟文化，等等，其中在四川三星堆文化遗址出土的青铜人像雕塑之精美，可以说是世界文明的奇迹，所有这些，不仅说明中华民族历史的悠久，而且说明中华文化的丰富多彩。[①]

中国现存最早的文字是商代的甲骨文，它是刻画在兽骨和龟甲上用于占卜的一种特殊文字，并不能代表中国文字的最初形态，实际上中国文字的产生应该比这更早。上引仰韶文化中的刻画符号，有人就认为是中国早期文字的开始。无独有偶，在河南舞阳贾湖遗址中，也出土了与之相类的中国早期文字。这说明中国人

---

① 以上所写参考了《中国大百科全书·考古学卷》（中国大百科全书出版社，1986年版）等相关资料。

早期的文字记事应该远在甲骨文字之前。《尚书·多士》曰:"惟殷先人,有册有典。"①"典"和"册"都是象形字,意即用笔把字写在竹简或木条上,然后用绳把它们连接起来,也就是以绳编简的象形。这说明商代除了有甲骨文之外,还存在着记事的典册。而现存《尚书》中的《盘庚》诸篇,学术界公认为是殷商时代的文献,这文献自然是当时人用甲骨文之外的另一种书写文字记录下来的。在甲骨文考古中人们发现,其中有些甲骨文不是直接用刀刻上去的,而是先用笔写在甲骨之上,然后用刀刻画的,这说明那时已经有了书写的方法和相应的工具。《尚书·序》说:"古者伏犧氏之王天下也,始画八卦,造书契,以代结绳之政,由是文籍生焉。"②《周易·系辞下》:"上古结绳而治,后世圣人易之以书契。"③《左传·昭公十二年》记左史倚相"能读《三坟》、《五典》、《八索》、《九丘》。"④孔安国《尚书·序》:"伏犧、神农、黄帝之书,谓之《三坟》,言大道也。少昊、颛顼、高辛、唐、虞之书,谓之《五典》,言常道也。"⑤以上说法虽然带有传说的性质,但是也可以从一个侧面证明中国的文字产生当在殷商以前,中国人很早就用文字来记载历史。在《史记》里所记殷商帝王世系与出土的甲骨文记载基本相符,也从另一个侧面说明司马迁可能看过早期用文字记录

---

① (汉)孔安国传,(唐)孔颖达疏:《尚书正义》卷16,(清)阮元校刻:《十三经注疏》,中华书局1980年版,第220页。
② (汉)孔安国传,(唐)孔颖达疏:《尚书正义》卷1,(清)阮元校刻:《十三经注疏》,中华书局1980年版,第113页。
③ (魏)王弼注,(唐)孔颖达疏《周易正义》卷8,(清)阮元校刻:《十三经注疏》,中华书局1980年版,第87页。
④ (晋)杜预注,(唐)孔颖达疏:《春秋左传正义》卷45,(清)阮元校刻:《十三经注疏》中华书局1980年版,第2064页。
⑤ (汉)孔安国传,(唐)孔颖达疏:《尚书正义》卷1,(清)阮元校刻:《十三经注疏》,中华书局1980年版,第113页。

下来的历史资料。除了用文字记录的历史之外,口头传说在上古社会也一直扮演着记录历史的重要角色,在中国早期的文献中记载下来的诸多上古神话与传说,在一定程度上都可以看成是上古文化的历史记录。这说明,中华民族源远流长的文明传统,是被后人一代一代地不断地继承下来了。所以,对于殷商文化的高度发达,特别是青铜器的制造和传说中音乐歌舞的精美,我们不应该感到吃惊。

大约在公元前1044年,周武王姬发率领诸侯攻灭了商纣王,建立了西周王朝。周王朝不但建立了远较前代更为先进的社会制度,而且还建立以礼乐文明为标志的先进文化。周代社会是典型的宗法制社会,它继承了原始氏族社会传承下来的社会制度,以血缘关系为纽带来建构政治关系,决定土地占有的形式,确定社会的等级秩序,这就是所谓的"亲亲"和"尊尊"。武王克商后,大封同姓兄弟、异姓亲戚为诸侯,帮助周王室镇抚各地,以保护王室的安全,"封建亲戚,以蕃屏周"①。同时,周人还确立了立子立嫡制、同姓不婚制等与之相配。"是故有立子之制而君位定。有封建子弟之制而异姓之势弱,天子之位尊。有嫡庶之制于是有宗法有服术,而自国以至天下合为一家。……有同姓不婚之制而男女之别严。且异姓之国非宗法之所能统者,以婚媾甥舅之谊通之。于是天下之国,大都王之兄弟甥舅,而诸国之间亦皆有兄弟甥舅之亲。周人一统之策实存于此。"②也就是说,周人是靠宗法关系建构起一个政治网络,靠亲亲与尊尊的道德枢机来强化了其政治功能的正常运行。这种分封制同时又是周代社会的经济占有形式。

---

① (晋)杜预传,(唐)孔颖达疏:《春秋左传正义》卷15,(清)阮元校刻:《十三经注疏》,中华书局1980年版,第1817页。

② 王国维:《殷周制度论》,见《观堂集林》(上),中华书局1959年版,第474页。

按此制度，周王是天下所有财产的当然占有者。"溥天之下，莫非王土。率土之滨，莫非王臣"①，他的权力是上天赋予他的，因此他就是天子。从宗法制角度来讲，他就是天的长子，是天下大宗。凡同姓诸侯都要尊奉他为大宗子。以次而降，诸侯、卿、大夫、士、庶民，也各具有其上下宗属关系。天下的土地和财产也就依次而下分。②这种新型的宗法关系和土地占有关系的结合，成为周代社会经济结构和政治制度的主要特征，使周代社会成为中国古代典型的宗法制的封建领主社会。这种社会无论在政治上经济上和殷商社会相比都表现出相当大的进步。

周人不仅在政治制度上远较商代为先进，同时还建立了先进的理论思想体系。周人在其灭商建国之际，对于前代的历史经验进行了认真总结。它首先建立了新的天命观。殷人相信天命，他们认为在人世之上有个冥冥之天统治着一切，人只有被动地去接受天的安排，需要靠问神、占卜的方式去征求天的意见，以此来决定自己的行动。而周人相信天命，却看到了天命和人事相关的本质。在周人看来，天固然决定人的命运，但"天命"并不仅仅是上天的一种主观意志，它同样需要参验人事来进行决断。"天视自我民视，天听自我民听"，"民之所欲，天必从之"③。基于这一认识，他们确定了"敬德保民"的治国纲领，它的要义包括两端：一是自我方面的完善，二是施恩惠于民。自我完善就是"敬德"，它要使统治者保持良好的自我道德素质，从积极方面说是"诚敬"、"孝友"、"勤劳"；从消极方面说，是"无逸"、"戒酒"。施惠于民

---

① （汉）毛亨传，郑玄笺，（唐）孔颖达疏：《毛诗正义》卷13，（清）阮元校刻：《十三经注疏》，中华书局1980年版，第463页。
② 此处可参考范文澜：《中国通史》（第一册），人民出版社1978年版，第76—77页。
③ （汉）孔安国传，（唐）孔颖达疏：《尚书正义》卷11，（清）阮元校刻：《十三经注疏》，中华书局1980年版，第181页。

就是"保民",要"怀保小民,惠鲜鳏寡",要禁止"乱罚无罪,杀无辜"[①],要"施取其厚,事举其中,敛从其薄"。[②] 我们看现存周人文献论及治国大要之处,莫不贯之以"敬德保民"的基本精神。以后儒家在经典著作《礼记·大学》中开宗明义所讲的"大学之道,在明明德,在亲民,在止于至善",实在是周人这种政治思想精神的最好概括。与这种"敬德保民"的治国纲领相配,周人建立了一套完善的礼乐文化制度,"礼"既强化了社会等级(尊尊),又靠血缘关系拉近了人与人之间的情感(亲亲),而这一切又可以通过"乐"的教化由外在的规范而变成内在的行为自觉。周人的这种先进制度和文化,从一定程度上奠定了此后数千年中国政治制度和文化的基础,王国维曾指出:"中国政治与文化之变革,莫剧于殷周之际。"其意义不在于一家一姓的灭亡和都邑之转移,而在于"旧制度废而新制度兴,旧文化废而新文化兴"[③]。中华民族的文化经典——《诗》、《书》、《礼》、《易》、《春秋》五经,都是在周代文化的影响下整理完成的。

公元前770年,周平王东迁洛邑,中国从此又进入了大动荡大分化的春秋时期,社会也开始一个新的变革。在春秋200多年的时间里,天子衰微,诸侯力政,五伯代兴,强侵弱、众暴寡,大国争战,小国结盟,在不断的变乱中,逐渐冲决了周王朝建立起来的社会政治制度,开始寻找新的社会体制。这时期,"世卿世禄"式的宗法制度被破坏了,以往的旧贵族沦落了,一个新型的

---

① (汉)孔安国传,(唐)孔颖达疏:《尚书正义》卷16,(清)阮元校刻:《十三经注疏》,中华书局1980年版,第222、223页。
② (晋)杜预注,(唐)孔颖达疏:《春秋左传正义》卷58,(清)阮元校刻:《十三经注疏》,中华书局1980年版,第2167页。
③ 王国维:《殷周制度论》,见《观堂集林》(上),中华书局1959年版,第451、453页。

地主阶级登上了历史舞台。由于脱离了宗法制度的束缚，大量的农奴变成了自由民，他们其中的杰出人才脱颖而出，积极参与社会的变革和政治斗争，也开始参与文化建设。到了公元前475年前后，中国历史进入了战国时期，周王朝彻底失去了天下共主的地位，齐、楚、燕、韩、赵、魏、秦七个国家逐渐强盛，加紧了兼并和统一的历史进程。在从春秋到战国共500多年的时间里，中国社会政治制度逐渐演化、逐渐走向新的成熟，最终由秦始皇统一中国，建立了中央集权式的封建地主制国家。

春秋战国是中国历史的大分化、大变革时期，自然更是中国文化思想史上最为辉煌的时代。在这个时代里，人们从社会、政治、哲学、历史、文化等各个方面进行学术的思考与总结，探索中国的未来之路，纷纷提出自己的主张，出现了儒、墨、道、法、名、阴阳、纵横、杂、农、小说以及兵家等各种学派，出现了老子、孔子、墨子、孟子、庄子、荀子、商鞅、韩非子、田骈、慎到、驺衍、惠施、公孙龙子等著名学者。特别是以儒、墨、道、法、阴阳为主的五家学说，从不同程度上为秦汉社会的建立提供了文化上、政治上、哲学上和思想上的基础，并为中国后世文化做出了巨大贡献。

公元前221年秦始皇统一中国，这在中国历史上又是一件划时代的大事。秦王朝虽然短命，但是继之而建立的大汉帝国却基本上继承了秦人创设的社会制度，并在百家争鸣的基础上进行了思想文化整合，确立了儒家思想在中国后世社会的主导地位。大汉帝国的建立约略与西方的古罗马帝国同时，这两个东西方的大国在当时代表了世界文明的最高水平。大汉帝国的疆域之广大，人口之众多，生活之富庶，文化之发达，也远远超出了前此以往的夏商周各代，它是在经过了几百年的历史大变革、民族大融合、文化大交流的基础上形成的新的社会，具有旺盛的生命力量，它的伟大气魄让后人叹为观止。中华民族之所以被称之为"汉族"，正是这个文化盛世留给后人的最好的历史见证。

二、先秦两汉文学的阶段划分

先秦两汉文学在如此广阔的历史文化时空下产生，自然也具有同样恢弘的气度，它是先秦两汉历史和文化的艺术总结和诗意的升华。作为具有奠基意义的先秦两汉文学，又可以分为两个大的阶段，其中先秦文学是中国文学辉煌的起点，两汉文学则是中国文学走向独立的阶段。

广义的先秦文学应该指从原始文学的产生到秦始皇统一中国以前的全部内容，但是由于在文字没有产生之前的口头文学难以得到保存，所以我们的研究之能从有文字的记载开始。不过，在人类发明了文字以后，同样可以把以前口传的文学记录下来一部分，这使得我们对于中国早在夏商以前的中国文学并非一无所知。这样，依时间的线索，我们大体可以把先秦文学分成以下几个阶段：(1) 文字产生以前的文学；(2) 商周文学；(3) 春秋战国文学。

我们这里所说的文字产生以前的文学，大体上可以定在商王朝以前。在传说中的夏王朝或者更早，从理论上说虽然有文字产生的可能，并以相关的刻画符号和传说为证，但是因为没有可资证明的实物或文献史料，我们只能把它们看成是传说时代。传说时代的文学应该包括上古神话、原始歌谣和口传史诗等几个方面。以上内容大都记载在《尚书》、《诗经》、《周易》、《左传》、《国语》、《竹书纪年》、《山海经》、《礼记》、《吕氏春秋》、《楚辞》、《史记》、《淮南子》等先秦两汉的文献典籍里，材料虽然十分有限，可是并不影响它的丰富性。在上古神话里，我们可以看到先民们如何战胜各种自然灾害，如何进行生产生活，如何发明了取火、盖房、养蚕、织布、畜牧、捕渔、种植，如何进行艺术的创造。在这些历史文献中保存的上古歌谣里，我们也可以看到古人的情感世界和娱乐生活，看到了后世诗歌与前代诗歌所存在的千丝万缕的联系。在研究文学艺术的起源和中国文学的民族传统时，这一时期的文学有着特殊重要的地位。

殷周时期是有文字记载的最早的中国文学，其内容包括甲骨文、金文中具有文学内容的记述文字，《周易》卦爻辞中的部分殷周歌谣，《尚书》中的《商书》、《周书》部分，以及保存了殷周两代诗歌的《诗经》等内容。甲骨文和金文虽然都过于简略，文学性不强，但是它们已经具有了中国叙事文学的基本模式，可以看成是中国后世叙事文学和散文文学的前身。《周易》中的卦爻辞本是殷商时期用于卜筮的文字，但有些地方却以歌谣的方式出现，其中有些爻辞与《诗经》的诗歌极其相似，无疑是中国早期诗歌的遗存。《尚书》中有五篇《商书》，是殷商历史的真实记录，其中《盘庚》上中下三篇是殷王盘庚迁都时的演说辞，全篇以说理为主，但同时晓之以情，语言口气等都符合人物身份，形象和个性在字里行间也有着较好的体现，文字简洁而生动，这说明那时人已经较好地掌握了记述和叙事的技巧。《尚书》中的《周书》大都是西周时的作品，其体制比《商书》更为完整，结构严谨，手法娴熟，叙事有条不紊，记言形象生动。它们既是周代早期政治家思想的完整记录，同时也标志着中国古代文学散文基本上已经成熟。

商周时期最伟大的文学作品是《诗经》，其中有《商颂》五篇是商代作品,记录的是殷商历史的祭祀性史诗[1],其余均为周代作品,其中《周颂》和《大雅》全部、《小雅》的大部分和《国风》的小部分都为西周作品,《小雅》的小部分和《国风》的大部分以及《鲁颂》为东周和春秋前期的作品。《诗经》的编辑和成书,奠定了中国抒情诗的传统并确立了它的民族文化特征。从《诗经》中可以看出,中国的抒情诗歌创作一开始就具有普及性,是群众性的艺术。它的创作队伍是相当广泛的。这里既有上层统治者,如周王、执政大臣、公卿大夫,也有下层贵族和平民百姓、农夫、奴隶;既有各阶层的男人,也有各阶层的女子。从《诗经》中还可以看出,中国诗歌创作一开始就是直接面向生活的,是现实的世俗的艺术。诗人们面对自己的现实生活,"哀乐之心感,而歌咏之声发"[2],"饥者歌其食,劳者歌其事"[3],莫不把诗歌作为抒发情感、表达思想的最好工具。这里有君王的忏悔,如《周颂·小毖》;有公卿对时政的关心,如《大雅·民劳》;有失意贵族的哀怨,如《小雅·小弁》;有征人对家乡的怀念,如《豳风·东山》;有女子对恋人的痴情,如《郑风·狡童》;有对农业生活的叙述,如《豳风·七月》;有宗教礼仪上的歌唱,如《周颂·丰年》;有民间风俗中的男女互答,如《郑风·溱洧》……。正是这些从现实生活中捕捉到的诗歌题材,组成了丰富多彩的历史画卷。从世俗里看社会,从个体中看群体,从际遇中看人生,从生活中看历史。这就是《诗

---

[1] 关于《商颂》,向来有两种说法,一种说法认为是春秋时宋国的作品,一种说法认为是殷商时期的作品。我们认为后者更为可靠。有关这方面的考证,可参考杨公骥:《商颂考》,见杨公骥:《中国文学》,吉林人民出版社1980年版,第464—489页。

[2] (汉)班固:《汉书》卷30,中华书局1962年版,第1708页。

[3] (汉)何休注,(唐)徐彦疏:《春秋公羊传注疏》卷16,(清)阮元校刻:《十三经注疏》,中华书局1980年版,第2287页。

经》所奠定的中国诗歌的文化传统。它是以小溪汇成的巨流，以繁花簇成的锦绣，是以个体的平凡所构成的最伟大的群体的艺术。正是这种抒情诗的民族文化传统，昭示着后代各阶层进行广泛的诗歌创作，使诗歌成为中国人最为喜爱、最为普及、也最具表现力的文学形式，使中国成为一个诗的国度。

中国文学发展到第三个阶段是春秋战国文学。这时期最为显著的特征之一是历史散文的发展。其中《春秋》是当时众多史书中的一部，是鲁国的大事记，是孔子根据鲁国历史资料编写而成，它是中国现存第一部编年体史书，以年月纪事，笔法极为简练，在叙事文字中自然寓有褒贬。《左传》是一部与《春秋》体例大致相同的纪年体史书，也有一种说法说它是为《春秋》所作的传。其起始与《春秋》同为鲁隐公元年（前722），而结束则为前468年，比《春秋》多记了14年。此书用了将近二十万字的篇幅，详述254年间发生的历史大事。内容丰富，包罗万象，其叙事详细生动，写人生动传神，描摹人物语言毕肖，其结构部局之严整，都达到了相当高的水平，标志着中国历史散文的成熟。《国语》是现存中国第一部国别史，其记事起于西周穆王到战国初年的鲁悼公，分为周、鲁、齐、晋、郑、楚、吴、越八国，尤以晋国历史记述最详。《国语》以记言为主，记事为辅。在记言中往往侧重于人物对于事件的判断，有重要的思想史价值。同时部分地方的叙事也极为生动，如晋公子重耳出亡一段甚至有小说家色彩，也是十分值得重视的一部作品。到了战国时期，纵横家和策士们出于游说人主的需要，记录下了无数战国纵横家言行史料，有的叫《国策》，有的叫《事语》、有的叫《修书》等不同名称，这些史料中的一部分被西汉刘向编在一起，依国别汇为东周、西周、秦、齐等十二策，定名为《战国策》。其书以辩丽恣肆见长，又有丰富多彩的修辞手段和传神细腻的描写技巧，书中又多用寓言故事，可谓文采飞扬，备极生动。除了上述四种历史著作之外，该时期还出现了具有传奇野史性质的《穆天子传》、以写人物传闻故事为主的《晏子春秋》等著作，显示了这一时期历史散文的多方面成就。此外，如《逸周书》、《竹书纪年》等史学著作，和近年来考古新发现的《战国纵横家书》、《春秋事语》等著作，也属于这一时代的历史散文，同样具有一定的文学色彩。

春秋战国时期文学第二个显著特征是诸子散文的大量涌现。诸子散文开始于春秋后期的《老子》、《孙子兵法》和《论语》。其中《老子》五千言是以韵语的方式写成哲学著作，《论语》是孔子的门人及其后学辑录的孔子的言行，《孙子兵法》讲的是用兵之道。虽然这三部书的篇幅都不长，但是内容却非常丰富，语言极其精炼，在只言片语中蕴含了深刻的道理，是真正的具有原创意义的人类文化经典，有无限的阐释空间。进入战国，诸子百家著述迭出，《墨子》、《庄子》、《孟子》、《荀子》、《韩非子》、《吕氏春秋》是其中的代表，《墨子》之文以说理之朴素明白见长，并长于逻辑思辨；《孟子》一书由孟轲及其门人所著，以饱满的热情宣传孟子的"仁政"主张，其文多譬善辩，而孟子其人对其主张的自信，"说大人则藐之"的气概和充满感情的言说尤其为人所击赏。《庄子》一书也是庄周与其后学所著，其文之汪洋恣肆，其想象之超乎寻常，其风格之诡谲怪异，其思想之深刻无涯，使其书成为先秦诸子中最具有文学色彩的著作，也可以说是用诗化的语言写成的最富有情采的哲学。《荀子》之文的博大雍容，谨严绵密，《韩非子》之文的析理透辟，冷峻峭刻，也足可以为后世文章之法。《吕氏春秋》是战国后期秦丞相吕不韦汇集门客所编，虽出于众人之手，却建构了一个最为系统的文章结构模式，全书分十二纪、八览、六论，十二纪中每纪分为五篇，八览中每览分为八篇，六论中每论分为六篇，显见全书是经心结撰之作，其汇总百家之说的用心可谓良苦。除上述诸家之外，如《商君书》、《公孙龙子》、《申子》、《慎子》、《文子》、《尉缭子》、《鹖冠子》、《尹文子》等等，也各以其独到的思想见解而流传于后世。此外，如《礼记》、《仪礼》、《周礼》等礼学著作，也都产生于战国时期。近年来考古发现的山东银雀山汉墓《孙膑兵法》、睡虎地秦简《为吏之道》、郭店出土的楚简《太一生水》、《缁衣》、《鲁穆公问子思》、《穷达以时》、《唐虞之道》、《五行》、《忠信之道》、《成之闻之》、《性自命出》、《尊德义》、《六德》、《语丛》（一、二、三、四）等、上海博物馆藏《战国楚竹书》中的《孔子诗论》、《性情论》、《缁衣》、《民之父母》、《子羔》、《鲁邦大旱》、《从政》（甲、乙篇）、《昔者君老》、《容成氏》等著作，不仅证明了前人所怀疑的一些著作如《礼记》、《尹文子》等的确是战国人所作，而且再一次说明了春秋战国之际诸子百家之说的腾涌，不仅形成了中国思想史上的黄金时期，也造就了中国古代论说散文的空前繁盛。其博大丰富的内容和多样化的风格技巧，无论从思想还是从文章学方面都是一个开掘不完的宝库。

春秋战国时期文学第三个显著特征是楚辞的产生。它是战国后期以屈原为代表的诗人，以楚文化为背景而创造的一种新诗体。屈原出身于楚国贵族，是一位贵族政治家，他生当社会大变革的战国后期，企图以自己的"美政"理想来拯救楚国，但是却遭到楚王和一伙掌权的贵族旧势力的迫害。屈原又是一位追求个体人格完美的圣者，他不愿意抛弃了高尚的个人节操而与他人同流合污。屈原又是一位哲人，在个体理想和社会理想都得不到实现的时候，对自然、历史和人生进行了深刻的思考。他把这一切付诸于诗章，写出了惊天动天的伟大诗篇《离骚》，以及《九歌》、《九章》《天问》《招魂》等一系列作品，抒发自己的崇高理想，表达了对人生价值的高尚追求，和对历史文化的反思拷问。屈原把丰富的情感和强烈的理性精神相结合，把美妙的神话与瑰丽的语言相结合，把中国诗歌创作推向了浪漫主义的新高峰。其后，宋玉在刻意学习《离骚》的基础上又创造了抒写文人怀才不遇为主题的《九辩》，并创造了《高唐赋》《神女赋》《登徒子好色赋》《风赋》《对楚王问》等一系列作品，开中国赋体文学之先河。

先秦文学到春秋战国时代而达到了高峰，并奠定了中国文学的民族文化传统。继之而来的是两汉文学，在四百年的两汉盛世里，诸子散文得到了新的发展，在西汉，陆贾的《新语》、贾谊的《新书》，淮南王刘安的《淮南子》、董仲舒的《天人三策》、司马迁的《报任安书》、桓宽的《盐铁论》、刘向的《战国策叙录》等著作，东汉王充的《论衡》、崔寔的《政论》、王符的《潜夫论》、仲长统的《昌言》等著作，把中国古代说理性散文逐渐引向独立发展之路。

相比较而言，两汉史传文学因为有了司马迁的《史记》而大放异彩。司马迁以"究天人之际，通古今之变，成一家之言"的伟大的史家气度，不仅写出了中国人的第一部通史，创造了一种新的史学体例，而且创造性地开辟了传记文学这一文学新形式。它通过写人来写历史，不仅写出了人在历史事件发展中的核心作用，更为难能可贵的是写出了形形色色的中国人，写出了中国人的性格，写出了中国人的精神面貌。同时，《史记》传记文学在篇章的结构、人物形象的塑造、语言的生动传神、故事的委婉曲折等方面，都有极高的成就，并为后世戏曲、小说的发展产生了重要影响。《史记》之后的《汉书》，在叙事记人方面也有其独到之处，其语言之文雅，叙事之绵密，堪为典范。

两汉文学中最典型的文学样式是汉赋。班固曰："赋者，古诗之流也"①,又曰:"不歌而诵谓之赋"②,这就从文化传承和文体形式两个方面对赋这种文学样式做了准确了界定。说赋是古诗之流,是因为汉赋的确是从古诗中流变出来,不仅是文体的形式,而且还包括体现在汉赋中的文化精神。它包括两个方面:第一是汉赋继承了《诗经》到楚辞的颂美讽谏精神,并把它作为汉赋创作的主导思想;第二是它把抒写文人士子的个人哀怨作为重要的内容之一,这同样是从《诗经·小雅》到楚辞中的重要内容。说赋的文体特征是不歌而诵,是因为赋这种文体不再可以歌唱,它是从文人士大夫在春秋时期的赋诗言志逐渐演变而成的一种只可以诵读的文体。赋这种文体在汉代的发展,又可以再分为散体大赋和骚体赋两种主要形式。大体来讲,以颂美讽谏为主的,是散体大赋,以抒写个人哀怨离愁为主的,是骚体赋。它从两个方面表现了汉代文人的文化心态。一方面是借助于赋这种文体对汉代社会的空前繁荣给予热情的歌颂,同时也表现了汉代文人们对于国家政治的关心。强盛的国运、丰饶的物产、奢侈的生活、征服者的心态,都在汉代散体大赋中得到了淋漓尽致的表现,最大程度地张扬了楚汉浪漫主义精神,其代表作家司马相如、扬雄、班固、张衡等人的大赋作品,正可以看成是两汉社会文化精神的艺术表现与象征。而骚体赋则从另一个方面表现了汉代文人个体精神的失落,他们在一个强盛的国度里虽然可以从政作官,可以过比较平稳的生活,但是在封建集权制下却永远失去了像战国时代的士人那样可以尽情地张扬自己个性的条件。于是,感叹士之不遇,生不逢时,就成为骚体赋的基本情调,董仲舒、司马迁、班彪、刘歆等人的赋作以及王褒、刘向等人的拟楚辞是这方面的典型作品。到

---

① (梁)萧统编,(唐)李善注:《文选》卷1,上海古籍出版社1986年版,第1页。
② (汉)班固:《汉书》卷30,中华书局1962年版,第1755页。

了东汉后期，随着汉帝国的由盛到衰，汉大赋渐渐失去了它的活力，骚体赋也不再繁荣，一个由抒情小赋和抒情诗为主流的文学时代逐渐到来。

与赋这种文体更多的继承了《诗经》楚辞的颂美讽谏和抒情传统不同，诗歌在汉代则更多的继承了自战国以来以享乐为主的新声传统。从大的方面，可分为乐府诗和文人诗。"乐府诗"，顾名思义，就是由乐府官署搜集、演奏、保存下来的诗歌。这些诗歌，有一部分是由帝王、贵族、官僚、文人们制作的，还有一大部分是从各地民间采集来的。班固在《汉书·礼乐志》中说："至武帝定郊祀之礼，……乃立乐府，采诗夜诵，有赵、代、秦、楚之讴。"[①] 他在《汉书·艺文志》中又说："自孝武立乐府而采歌谣，于是有代赵之讴，秦楚之风。皆感于哀乐，缘事而发。亦可以观风俗，知薄厚云。"[②] 以此，知汉武帝立乐府采集民间诗歌的目的之一是为了用于宗庙祭祀的"采诗夜诵"，目的之二则是效仿周代"采风"制度来观察民俗风情。其实在这两者之外还有一个更重要的目的，就是为了统治者的娱乐观赏。但是在客观上则起到了搜集、整理、保存、流传民间诗歌的作用，在文学史上有重大意义。据《汉书·艺文志》所辑，当时收入乐府中的歌诗起码有以下几类：(1) 皇帝贵族及王室近臣宫妾等所作歌诗；(2) 宗庙祭祀歌诗；(3) 帝王出行巡狩和军旅歌诗；(4) 歌舞艺人和一般文人所作歌诗；(5) 各地方歌诗。从时间顺序上，我们也可以把汉乐府诗大致分为西汉乐府和东汉乐府。一般来说，西汉乐府诗主要包括以下作品：(1)《安世房中歌》十七章和《郊祀歌》十九章；(2)《鼓吹铙歌》十八曲；

---

① (汉) 班固：《汉书》卷22，中华书局1962年版，第1045页。
② (汉) 班固：《汉书》卷30，中华书局1962年版，第1756页。

（3）从有关文献记载和诗歌本身可以或大体可以定为西汉的作品，如《大风歌》《秋风辞》《薤露》《蒿里》《鸡鸣》《东光》《江南》等，其余诗篇大体上可以归之于东汉。汉乐府诗歌从音乐上讲是一种新乐调，从语言上看也是一种新形式。它不是对诗骚体的继承，而是一种新创造。从章法上看它很少像《诗经》那样重章叠唱，大多是一章到底。即便是分章分节的作品，也很少有句子的重复，形式上多变化，如大曲多分为"解"，前面有"艳"，后面有"趋"和"乱"。从句式上看除少数诗篇采用四言和骚体句式外，大都以杂言和五言为主，还有些七言句。从用词上看它也不再有诗骚体那样多的虚词和单音词，而是以复合词和双音词为主。这一切都说明，汉代不但是中国诗歌传统从上古到中古转变的新阶段，也是中国诗歌形式从上古到中古发展变化的一个新阶段。代表这种转变的诗歌主要就是乐府诗。它不但从诗歌形式上开创了汉以后一种中国诗歌的新诗体——乐府诗体，并从其中孕育了五言诗和七言诗，正是这三者，成为从汉到唐的中国诗歌的主要形式。汉代乐府诗在中国诗歌史上的地位和影响，从文学形式的创造方面看得最清楚。

汉代也是文人五言诗大发展的时期。文人五言诗的代表是《古诗十九首》和传说中的苏李诗，其产生时代应该在东汉中早期。[①]文人五言诗本从乐府诗中脱胎而来，它与散体大赋、骚体赋同为

---

① 关于《古诗十九首》的产生年代，历来有很多争论，有的人说它产生于西汉早期，其中有枚乘的作品；有的人说它只能产生在东汉末年，或者建安中曹、王所制；还有其他说法，各能讲出自己的道理，但又难以完全说服对方。结合下文对东汉有主名的文人五言诗的创作情况分析，特别是结合对班固《咏史诗》和秦嘉《赠妇诗》的分析，我们把这些诗篇的产生年代定为东汉的中早期，也许是比较恰当的。此处可参看赵敏俐：《论班固的〈咏史诗〉与文人五言诗的发展成熟问题——兼评当代五言诗研究中流行的一种错误观点》，载《北方论丛》1994年第1期。

文人所作，但是在情感的抒发上却有很大的不同。如果说，散体大赋主要抒发的是文人们对于汉代社会的颂美与讽谏之情，骚体赋抒发的是文人们在社会政治生活中的悲士不遇、生不逢时的感情，那么，以《古诗十九首》为代表的文人五言诗所写的则是他们的世俗之情，是游子思妇的相思与伤别，是人生无常、及时行乐的抒怀，是世态炎凉、怀才不遇的感叹。它生动地反映了汉代文人士子游学求仕的艰辛生活，真实地坦露了汉代文人士子的世俗情怀，深刻地表现了汉代文人的生命意识。《古诗十九首》取得了卓越的艺术成就。其真挚自然的抒情风格，尤为人所注重。前人评价《古诗十九首》，多用"真"和"自然"等语，如元人陈绎曾在《诗谱》中就说它"情真、景真、事真、意真、澄至清，发至情"[①]；谢榛在《四溟诗话》中说它"自然过人"[②]。这正是《古诗十九首》的最主要特点。它们没有标题，如随口吟唱，只是凭外界景物对灵感的偶然触发，突然把蕴藏在自己心底多年的人生经验和生活感受倾吐出来，毫无矫饰地向人们坦露了他们那真实的内心世界，因而读来特别亲切感人。《古诗十九首》具有整体浑成的艺术境界。胡应麟在《诗薮》中评价《古诗十九首》,说它"随语成韵，随韵成趣，辞藻气骨，略无可寻，而兴象玲珑，意致深婉"，又说它"不可句摘，章法浑成，句意联属，通篇高妙"，[③] 都是指它的这一特点。《古诗十九首》的出现意味着中国诗歌到东汉以后出现了新的转型，它在世俗的乐府抒情诗基础上逐渐融汇了汉代骚体赋中的文化精神，并成为魏晋六朝以后文人诗发展的主要方向。这对中国后世诗歌的影响是十分深远的。

---

① 丁福保辑：《历代诗话续编》，中华书局1983年版，第627页。
② 丁福保辑：《历代诗话续编》，中华书局1983年版，第1205页。
③ （明）胡应麟：《诗薮》卷2，上海古籍出版社1979年版，第25、32页。

两汉也是中国古代戏曲和小说进一步发展的时代。从理论上讲，先秦文学中诗歌舞三位一体的综合形态，就已经蕴含着后世戏剧的萌芽，但是却没有完整的具有戏剧形式的作品流传下来。而汉代不仅有了更为具体的相关记述，而且在汉乐府中还保留了我国最早的一篇歌舞剧本《巾舞歌辞》。"巾舞是我们今天所能见到的我国最早的一出有角色、有情节、有科白的歌舞剧。尽管剧情比较简单，但它却是我国戏剧的祖型。在中国戏剧发展史上，它具有重要价值。"① 同时，在先秦具有小说萌芽的《穆天子传》等著作的基础上，汉代的小说向着两个方向发展，一是子史类的小说，如刘向的《说苑》、《新序》、《列女传》，袁康、吴平的《越绝书》，赵晔的《吴越春秋》、应劭的《风俗通义》以及无名氏的《燕丹子》和传为刘歆作的《西京杂记》；② 二是神怪故事类小说，如《列仙传》、《神仙传》《洞冥记》、《十洲记》、《括地图》、《神异经》、《汉武帝故事》、《蜀王本纪》、《徐偃王志》、《汉武帝内传》等等。这些小说类作品，实开六朝小说之先河，并从故事原型和文化内容方面对后世中国的小说以及戏剧都产生了深远影响。

第二节　先秦两汉文学的基本特征和历史地位

先秦两汉文学在中国文学史中的地位是独特的，它不同于中国后世某一个朝代的断代文学，而是在中国早期历史文化背景下，标志着中国文学从奠基走向独立这一完整过程的特殊时段的

---

① 杨公骥：《西汉歌舞剧巾舞〈公莫舞〉的句读和研究》，原载 1950 年 7 月 19 日《光明日报》，增订后又刊发于《中华文史论丛》1986 年第 1 期。
② 《西京杂记》一说为西晋葛洪所作。

文学。因此，要认识先秦两汉文学，我们不仅要了解其发生发展的历史背景以及其阶段划分，还需要掌握先秦两汉文学的基本特征，并认清其历史地位。对此，我们可以从以下几个方面来认识：

一、漫长久远的历史传承与包容宽广的文化内容

作为一个时间概念，先秦两汉指的是东汉末年以前的漫长的历史时期。从洪荒远古中走来的中华民族，到东汉末年汉帝国的衰落，不知道已经走过了多少万年的艰难跋涉之路。这期间，他们逐渐学会了取火、盖房、用网捕鱼、种植庄稼；学会了歌唱、跳舞、吟诗；学会了用文字来记录自己的活动，表达自己的思想；同时他们还试图用自己的知识解释世界和改造世界，创造了神话和哲学。正是在这一漫长的过程中，他们养成了自己的民族习惯、性格、思维方式，确立了自己的民族文化和文学艺术。到了公元前3000年左右，也就是传说中的炎黄时期，中华民族共同体已经初步形成，再经过自夏到商的发展，到了公元前1044年周王朝的建立，中华民族已经相当成熟，于是，他们迎来了人类文明史上的轴心时期——春秋战国时期，并最终奠定了中华民族的文化传统和文学传统。

正因为先秦两汉文学经过了如此漫长的历史积累，在每一类作品中莫不蓄积了久远的文化内容。作为中国文学源头的神话，每一个都可以追溯到久远的古代，如女娲补天、大禹治水、后羿射日、黄帝战蚩尤等等；传世的中国最古老的历史文献《尚书》，其作品也是从传说中的尧舜时代开始；至于《周易》这部书的产生，则有"人更三圣（伏羲、文王、孔子），世历三古"[①]（上古、中古、下古）之说；《诗经》的最终编辑成书是在春秋中期，但是其中最

---

① （汉）班固：《汉书》卷30，中华书局1962年版，第1704—1705页。

早的作品却是殷商时代的颂歌,而像《豳风·七月》那样的作品,其源头则可以追溯到周民族在豳地的生活甚或更为遥远的时期;以《离骚》、《九歌》、《天问》为代表的楚辞,虽然产生于战国时代,其内容则与上古神话有着直接的承接关系。文化上的深厚沉积本是诸子之学的特质,在他们的思想深处莫不有一个向着中华文化的远古而追寻的不解的情结,如墨家所崇拜的人物是治水的大禹,儒家把尧舜当作圣君的典范,道家则更把自己的"至德之世"定格在"同与禽兽居,族与万物并"的往古时期。至于倡导"治世不一道,变国不必法古"的法家,他们的思想理论也是在对往古社会的历史思考中得出的。以《春秋》、《左传》、《国语》、《战国策》为代表的先秦史传文学,虽然所叙述的历史事件不出西周到战国这一段时期,但是在其中所体现的文化视野却早已超出了这一时间的范围而直溯上古,如《左传·昭公元年》中写子产论高辛氏二子在晋地早年的历史以及汾河之神的来历;《国语·楚语下》记载观射父讲述绝地天通的故事,等等,已经向我们说明了这些著作所体现的历史文化含量。而产生于汉代的司马迁的《史记》,则以其少有的恢弘的气度写出了从传说中的炎黄时代到汉武帝时期近3000年的历史,并对这一漫长的历史事件进行了全面的总结,对中华民族政治的衰兴、朝代的更替、人事的变迁等等做了深刻的思考。总之,正是这种漫长久远的历史文化继承,使先秦两汉文学不同于后世一般意义上的断代文学。它里面所体现的每一个观念,所表述的每一个意象,以至于传达信息的每一种方法,莫不有着文化原型的意味。所以,认识先秦两汉文学也不同于认识后世的断代文学,它不但告诉了我们这一时期中国文学的基本特征,同时也在向我们诉说着中华民族的文化传统如何得以形成的过程。

先秦两汉文学具有纵深的历史文化继承,自然也承载着宽广的文化内容,并形成一种深厚的民族文学传统,对后世文学产生深远的影响。如作为中国文化传统中最富有特色的人文主义精神,它早已包含于神话、传说、诗歌、诸子、史传等先秦两汉文学的各种体裁之中。在中国古代神话中,人的力量是最伟大的,夸父可以与日逐走,女娲炼五色石以补苍天,大禹劈山凿河治服洪水,后羿上射九日而下杀长蛇。在中国古代传说中,人类的文明都不是上帝的赐予,而是他们自己的智慧创造。有巢氏发明了筑巢,燧人氏发明了用火,伏羲氏发明了结网捕鱼,神农氏发明了农业和药草。在中国古代诗歌中,也表现了他们主宰宇宙的情感和愿望:"土反其宅,水归其壑,昆虫毋作,草木归其泽。"[1]在中国古代哲学中,很早就确立了自然人本的思想,确立了人具有和天地并生的地位,"惟天地万物父母,惟人万物之灵"(《尚书·泰誓》)[2];"天地絪缊,万物化醇;男女构精,万物化生"[3]。同样,在先秦两汉时代形成的社会意识里,记述人自身活动的历史才是人最可宝贵的经验和智慧,如《春秋》早就被中国人推重为"上明三王之道,下辨人事之纪,别嫌疑,明是非,定犹豫,善善恶恶,贤贤贱不肖,存亡国,继绝世,补敝起废"[4]的治国经典……总之,这种最具有中国文化特色的人文主义精神和文学传统,早已充盈于先秦两汉文学的各种体裁样式之中,并贯穿于几千年中国文学的

---

[1] (汉)郑玄注,(唐)孔颖达等正义:《礼记正义》卷26,(清)阮元校刻:《十三经注疏》,中华书局1980年版,第1454页。

[2] (汉)孔安国传,(唐)孔颖达疏:《尚书正义》卷11,(清)阮元校刻:《十三经注疏》,中华书局1980年版,第180页。

[3] (魏)王弼注,(唐)孔颖达疏:《周易正义》卷8,(清)阮元校刻:《十三经注疏》,中华书局1980年版,第88页。

[4] (汉)司马迁:《史记》卷130,中华书局1959年版,第3297页。

历史里。从创作方面讲，它是构成中国文学作品最基本的文化内容之一，也是形成中国文学最基本的情感形式要素；从文化心理方面讲，它是中国人对现实生活进行理解的思想核心，也是体现在文化原型中的民族精神在他们心中的激荡。它以审美艺术的方式培养着中国人的文化品格，塑造着中国人的灵魂，同时也教育和引导着后代文人保持和发扬这种优秀的人文主义精神传统，去面对现实、关注人生，去无情地揭露封建社会的种种弊端，指出战争、瘟疫、灾难、昏君奸相、贪官污吏、强盗土匪等对人的种种伤害，去批判社会各种恃强凌弱、以众暴寡等不公平现象和道德堕落、腐败荒淫等不良行为，号召人们向不合理的现象斗争；同时，它也向人们展示什么是人类美好的品质，什么是社会值得赞扬的行为，唤醒人类至善的天性，激发他们互助互爱的感情，鼓励他们为实现自己的崇高理想而奋斗。总之，因为先秦两汉文学是在中华民族成长初期漫长历史中形成的文化传统，所以才具有长久的生命力和强大的感召力。它是后代开掘不完的宝库，也是让人永感亲切的乡音。它使先秦两汉文学成为中国文学的原点，无论在何时何处，要认识中国文学，总是要回归到这个原点。只有原点才具有民族文化的代表性，才具有活生生的力量并预示着无限阐释的可能性。在世界走向现代化和一体化的21世纪，我们更需要重新回到这个原点来认识中国文学传统，这是所有研究中国文学的学者必须遵循的基本原则。

二、文史哲融为一体的综合形态与文学的文化之美

先秦两汉是中国文化的开创期和奠基期，先秦两汉文学也有着远比后世文学宽广得多的范围，它体现出一种文史哲浑融一体的综合形态。之所以如此，是因为早期人类认识和把握世界的三

种基本形式——认知、评价、审美,总是作为一个不可分割的整体而发生着作用和影响。以后世的文学观念看,先秦两汉文学中除了以《诗经》《楚辞》和汉赋、汉乐府为代表的诗歌之外,其他都不能算是严格意义上的文学作品。即便是诗歌本身,当它在初始的时期,也仍然扮演着文学、历史乃至宗教应用等多方面的角色,具有多种实用功能,同样不能等同于后世以审美为主的严格意义上的诗歌。文学作为一门独立的艺术形态而存在,已经是人类社会产生很晚的事情。这期间,它走过了从非文学到文学、从实用到审美、从综合形态到单一形态的漫长的历史演变过程。

文史哲融为一体的综合形态是先秦两汉文学的重要特质。也是我们把握和认识先秦两汉文学的一个重要基点。文学是什么?如果从现在比较通行的观点看,文学是用形象反映社会生活和人的精神世界的一种形式,是语言的艺术。那么,把先秦两汉文学和后世文学相比较,我们固然会觉得后世文学在形式方面更为成熟,在表现技巧方面要比先秦时代更为精致和高超,但是从形象地反映社会生活方面却远不及先秦两汉文学那么丰厚多彩、浑莽宏阔。在先民们那些深情缱绻而又浪漫怪谲的神话里,讲述的却是一个个中华民族早期的历史故事,也是先民们对于宇宙万物和大千世界的具有诗性智慧与审美意识的解释。在《诗经》《楚辞》那些音韵和谐而又语言整齐的诗歌中,同时也包含着周人和楚人对于历史和哲学的思考。"周虽旧邦,其命维新"[1],"遂古之初,谁传道之?"[2] 这种以诗的形式对于历史的叙述和对宇宙起源的考问,使这些早期的诗篇的思想文化蕴含远远地超出了后世的一般

---

[1] (汉)毛亨传,郑玄笺,(唐)孔颖达疏:《毛诗正义》卷16,(清)阮元校刻;中华书局1980年版,第503页。

[2] (宋)洪兴祖著,白化文等点校:《楚辞补注》,中华书局1983年版,第85页。

诗歌作品。反过来，在那些见于行事而不尚空言的叙述、诉诸形象而不干枯的说理中，我们也能够看出先秦两汉时代人们所具有的那种极强的形象思维能力和诗性的智慧。他们用审美的眼光来看待生活，甚至用审美的方式来解释宇宙、社会、人生等最基本的问题。在他们的心目中，天是有情有义的天，地是有德有信的地，大自然中的一切，如江河湖海、三山五岳、草木虫鱼、风云雷电等都具有生命色彩，甚至于像"道"这样代表宇宙本体和事物运动规律、被后人视为极其抽象的哲学概念，在先秦人那里也同样是充满了人情味、需要靠审美的方式才能够真正的体验和把握得住的东西。"昔者庄周梦为蝴蝶，栩栩然蝴蝶也，自喻适志与！不知周也。俄然觉，则蘧蘧然周也。不知周之梦为蝴蝶与？蝴蝶之梦为周与？"[1]当我们阅读这些先秦两汉哲人的论述之后，有谁不会为他们这种诗意的哲学而感动，为他们的诗性智慧而惊叹呢？哲学如此，历史也复如此。《左传》在开篇就讲"郑伯克段于鄢"的故事。那"黄泉相见"丑剧的精彩描写，郑庄公等人物形象的生动刻画与声情并茂的语言，和后世的小说又有什么区别呢？而《史记》中传记人物的生动性，让后世许多小说家和戏曲家也自叹弗如。文学、历史和哲学就这样水乳交融般地合在一起，这既是先秦两汉文学的一种特殊形态，也是它独具魅力的地方。它产生于人类社会走向成熟的早期，是用诗性的智慧凝结成的人类精神生产的全部成果。看一下古今中外的文学史，凡是被人们所称誉的伟大作品，没有哪一部仅靠它的艺术技巧而成名，全部都是因为其包容的深刻的思想性内蕴、丰富的文化精神、生动的生活内容，乃至反映了一个民族的历史时代面貌等才享誉世界的。从

---

[1] （清）郭庆藩著，王孝鱼点校：《庄子集释》，中华书局2004年版，第112页。

这一角度讲，文史哲本来就不可分割，先秦两汉文学之所以对后世产生了深而又广的影响，就因为它是先民们用那个时代特有的形象语言方式所表达的中国文化的全部内容，最鲜明的体现了文学的这种特质所致。

　　文史哲融为一体的综合形态与纵深的历史文化继承相互表里，赋予了先秦两汉文学以特殊的文化之美，它显得是那样的朴拙而厚重，又是那样的真挚而浪漫。在女娲补天、大禹治水、后羿射日等神话里，在《周易》的卦爻辞中，在《诗经》的颂歌、雅诗以及各地风诗里，在《尚书》对于尧舜禹等中国早期历史英雄事迹的追述中，在《论语》所记录的孔子的言行里，在《庄子》以"三言"说理的荒唐中，在《春秋》以一字寓褒贬的记事里，在《战国策》策士们口若悬河的雄辩中，在汉大赋那种铺张扬厉的描写中，我们总是体会到或朴拙或厚重、或真挚或浪漫的美的境界，这使它与后世文学的纤细、狭小、精致、造作形成了鲜明的时代对比。历史似乎总是在矛盾悖论中前进。当后人用理性的眼光把"文学"看成了一个独立的范畴，看成是须要努力经营才能得到的东西,并且美其名曰"文学自觉"的时候，也就意味着他们走出了原本与历史和哲学所组成的共同的文化大家园而去经营自己的那一方小小的天地，他们已经不可能像自己的祖先那样把认知、评价和审美有机地融为一体，用艺术的方式来把握一切了。但是，他们却不得不随时回到自己的老家去进行精神的追寻，才不致于断绝自己的民族之根，不致于使自己的诗性智慧枯竭。

三、各种文学体式的渊薮和文学观念的奠基

　　先秦两汉文学虽然呈现出文史哲融为一体的综合形态，却是

中国后世各种文学体式的文化渊薮，中国后世各种文学体裁的源起与形成，都需要在先秦两汉文学中才能找到其根。在中国古代文学中，最具有代表性的文体是诗，而诗歌的生成与发展以及其民族特征，在先秦两汉文学中也看得最为清楚。在中国最古老的历史文献《尚书》中，就提出了"诗言志"这一命题，并同时指出了诗歌与音乐歌舞的亲密关系，"诗言志，歌永言，声依永，律和声。八音克谐，无相夺伦，神人以和"[1]。以后，在《楚辞》中又提出了"发愤以抒情"观念。中国的诗歌以抒情诗为主，而抒情诗的艺术形式正是在这种文化传统中形成并在先秦奠基完成的。作为代表中国诗歌传统源头的《诗经》和《楚辞》，不仅是四言诗和骚体诗的典范，也对后世如五七言诗、杂言诗等各种诗歌体裁的形成有着直接或间接的影响。[2] 而从《诗经》中总结出来的"风雅"精神与"比兴"原则，经过《楚辞》的发扬光大，更成为中国后世诗歌的根本大法。刘勰在《文心雕龙·宗经》中说："诗主言志，诂训同书，摛风裁兴，藻辞谲喻，温柔在诵，故最附深衷矣。"[3] 他在评价屈原作品时指出其值得肯定的四点，"典诰之体"、"规讽之旨"、"比兴之义"、"忠怨之辞"，就因为它是"同于《风》、《雅》者也"。[4] 钟嵘在《诗品》中评品诗人，说陈思王曹植

---

[1] （汉）孔安国传，（唐）孔颖达疏：《尚书正义》卷3，（清）阮元校刻：《十三经注疏》，中华书局1980年版，第131页。

[2] （晋）挚虞《文章流别论》："古之诗有三言、四言、五言、六言、七言、九言。古诗率以四言为体，而时有一句二句，杂于四言之间，后世演之，遂以为篇。"刘勰《文心雕龙·明诗》："按《召南·行露》，始肇半章；孺子《沧浪》，亦有全曲；《暇豫》优歌，远见春秋；《邪径》童谣，近在成世；阅时取证，则五言久矣。"钟嵘《诗品》："昔《南风》之辞，《卿云》之颂，厥义夐矣。夏歌曰：'郁陶乎予心。'楚谣曰：'名余曰正则。'虽诗体未全，然略是五言之滥觞也。"

[3] （梁）刘勰著，范文澜注：《文心雕龙注》，人民文学出版社1958年版，第22页。

[4] （梁）刘勰著，范文澜注：《文心雕龙注》，人民文学出版社1958年版，第46页。

"其源出于《国风》",是因为其"情兼雅怨,体被文质",阮籍"其源出于《小雅》",也因为其"可以陶性灵,发幽思","洋洋乎会于《风》、《雅》,使人忘其鄙近。"① 元稹在称赞杜甫时,也首先说他"上薄风雅"②。后世诗人在批评不正诗风时,也往往打着《诗经》"风雅"与"比兴"传统的大旗,如陈子昂批评齐梁间诗是"彩丽竞繁而兴寄都绝,每以永叹。思古人常恐逶迤颓靡,风雅不作,以耿耿也"③。白居易也说:"至于梁陈间,率不过嘲风月,弄花草而已。噫!风雪花草之物,三百篇中岂舍之乎?顾所用何如耳。"④ 正因为"风雅"与"比兴"在中国诗歌史上有如此重要的地位,所以它才会被后人视之为"诗学之正源,法度之准则"⑤。

在中国古代文体史上,与诗赋相区别的另一大文体类别就是散文,其典范自然就在先秦两汉。"《易》、《诗》、《书》、《仪礼》、《春秋》、《论语》、《大学》、《中庸》、《孟子》,皆圣贤明道经世之书;虽非为作文设,而千万世文章从是出焉。"⑥ 此话不假,先秦文章,一向被后人视为学习的榜样。北齐颜之推曰:"夫文章者,原出《五经》,诏命策檄,生于《书》者也;序述论议,生于《易》者也;歌咏赋颂,生于《诗》者也;祭祀哀诔,生于《礼》者也;书奏箴

---

① 以上见(梁)钟嵘著,曹旭集注:《诗品集注》,上海古籍出版社2011年版,第117、150—151页。
② (唐)元稹:《杜甫墓志铭》,见(清)钱谦益笺注《钱注杜诗》,上海古籍出版社1979年版,第706页。
③ (唐)陈子昂著,徐鹏校:《陈子昂集》,卷1,中华书局1960年版,第15页。
④ (唐)白居易:《与元九书》,《白氏长庆集》卷45,文学古籍刊行社影宋本1955年版,第1102页。
⑤ (元)杨载:《诗法家数》,(清)何文焕辑:《历代诗话》(下册),中华书局1981年版,第727页。
⑥ (元)李淦:《文章精义》,人民文学出版社1960年与《文则》合版,第59页。

铭,生于《春秋》者也。朝廷宪章,军旅誓诰,敷显仁义,发明功德,牧民建国,施用多途。至于陶冶性灵,从容讽谏,入其滋味,亦乐事也,行有余力,则可习之。"① 无论是从功利应用的角度还是从审美欣赏的角度讲,颜之推都把先秦文章视为典范,这代表了中国古代人的基本思想。由六经而至诸子,如《孟子》之文的情深气盛、雄辩多姿,《庄子》散文的想象奇幻、浪漫夸张,《荀子》散文的雍容大度、论证绵密,《韩非子》散文的锋芒锐利、冷峻峭刻等等,都从不同的角度为后世文章提供了最佳的范本。在先秦,小说这一文学样式虽然还没有成熟,但是像《左传》、《国语》、《国策》中的生动叙事,《庄子》、《孟子》、《韩非子》、《吕氏春秋》中的寓言等,已经开后世小说之先河,其中个别篇章如《庄子·盗跖》,《左传》中"郑伯克段于鄢",《国语》中"晋公子重耳出亡"等,已经可以和后世小说相媲美。至于像《穆天子传》那样的著作,不妨可以看作是后世小说的前身。不仅如此,中国小说所体现的民族精神和民族传统,如以史为鉴,以劝善惩恶为宗旨,甚至连特别强调历史时空意识的叙事方式等等,都可以在先秦两汉诸子与史传散文中找到它们的源头。② 中国古代诗歌舞三位一体的形式,以歌舞娱神的传统以及中国早期专职艺术家"巫"、"觋"的出现,也可以说从多个方面为戏剧的产生奠定了基础。王国维在《宋元戏曲史》开篇所作的论证,已经得到了学术界的普遍认同。至于闻一多把《楚辞·九歌》当作中国古代最早的歌舞剧来看,虽然目前还没有更多的材料为其提

---

① (北齐)颜之推著,王利器集解:《颜氏家训集解》,上海古籍出版社1980年版,第221页。
② 此处可参考孙绿怡:《〈左传〉与中国古典小说》,北京大学出版社1992年版;傅修延:《先秦叙事研究——关于中国叙事传统的形成》,东方出版社1999年版。

供佐证,但是体现在这些作品中的戏剧因素是不可否认的,它们对后世戏剧文学自然也有着密切的传承关系。两汉则是中国古代文学诸体大备的时期,无论是散文的各种形式,还是戏剧、小说,都是如此。诗至两汉乐府和五七言诗的产生,唐以前的中国诗歌文体已经基本完备。关于先秦两汉文学对后世文体的关系,今人已经做过不少的工作,① 但是在这方面还有相当大的开拓空间。

先秦两汉文学不仅是中国文学各种文体的渊薮,而且也是中国人文学观念的奠基期。了解中国人的"文学"观,对于认识整个中国古代文学都具有重要意义。

在中国人的文化心理中,"文学"一直是一个具有民族特殊蕴含的概念。从现有的文献资料看,中国人老早就认识了"文学"的审美特性。"文"字的本义即指文采与文饰,在甲骨文中写作"figure"、"figure",其字形"象正立之人形,胸部有刻画之纹饰,故以文身之纹为文",并且"冠于王名之上以为美称。"② 可见,此字一出现就带有审美的意义。《说文解字》曰:"文,错画也。"《广雅·释诂》曰:"文,饰也。"这两部书正好从形象和功用两个方面对此字做了完整的解释。因为"文"的本义如此,引而申之,"文"字可以指一切有文采的东西。《周易·系辞下》曰:"物相杂,故曰文。"《礼记·乐记》曰:"五色成文而不乱。""文"在古代又和"章"连称,其本义也是指错杂的色彩和花纹。后来"文章"指以文字连缀成篇的

---

① 此处可参考褚斌杰先生的《中国古代文体概论》(增订本),北京大学出版社1990年版。该书虽然并没有特别系统地讲先秦文学在中国古代文学学方面的重要意义,但是在每种文体的产生溯源中都可以看出先秦文学的影响。另外,吴承学的《中国古代文体形态研究》中的个别篇章也可供参考,中山大学出版社2000年版。

② 徐中舒主编:《甲骨文字典》,四川辞书出版社1980年版,第995—996页。

文辞，也不仅仅指散文，甚至包括诗在内，我们上引颜之推的话可证。杜甫在《偶题》一诗中说："文章千古事，得失寸心知。"也是用的这一概念。而"文学"这一概念最早出现在《论语·先进》之中，则是指的文章博学，即对所有文献经典的广泛学习，所谓孔门弟子四科之一，"文学：子游、子夏"，[1] 就是说的这个意思。后来泛指文献经典，如《汉书·武帝纪》元朔元年十一月诏曰："选豪俊，讲文学。"[2] 从"文"与"文学"的这种概念演化过程中，我们就可以看出中国人对于"文"的审美因素的重视。

然而在先秦两汉人的文化观念里，却不把"文"当作一个独立的艺术范畴，也不把它当成一个独立的存在。他们认为"文"是事物的形式与现象，是附丽于事物本质的外在表现。"天秉阳，垂日星。地秉阴，窍于山川，播五行于四时"[3]；"日月丽乎天，百谷草木丽乎土"[4]。这自然生成的日、月、星就是天之文；山川风物、五行四时、百谷草木之类，就是地之文。"傍及万品，动植皆文。龙凤以藻绘呈瑞，虎豹以炳蔚凝姿；云霞雕色，有逾画工之妙；草木贲华，无待锦匠之奇"[5]。同样，"情动于中，声成文，谓之音"[6]，这由人心感物形于语言声音的表现就是人之文——广义的文学，它包括形诸语言和文字的所有的物质表现形态。但无论天文、地

---

[1] （魏）何晏注，（宋）邢昺疏：《论语注疏》卷11，（清）阮元校刻：《十三经注疏》，中华书局1980年版，第2498页。
[2] （汉）班固：《汉书》卷6，中华书局1962年版，第166页。
[3] （汉）郑玄注，（唐）孔颖达等正义：《礼记正义》卷22，（清）阮元校刻：《十三经注疏》，中华书局1980年版，第1423页。
[4] （魏）王弼注，（唐）孔颖达疏：《周易正义》卷3，（清）阮元校刻：《十三经注疏》，中华书局1980年版，第43页。
[5] （梁）刘勰著，范文澜注：《文心雕龙注》，人民文学出版社1958年版，第1页。
[6] （汉）毛亨传，郑玄笺，（唐）孔颖达正义：《礼记正义》卷17，（清）阮元校刻：《十三经注疏》，中华书局1980年版，第270页。

文还是动植之文,都是"道"的自然表现,同样对于人来说,"文学"只是人的一切思想感情自然表达的结果而已。

先秦两汉时代对于"文学"的这种理解是中国人一系列文学观念产生的基础,由此而推衍出的就是以善为美的美学观。强调作文的条件首先是做人,只有道德人格的完善,才能作出天下之至文。即便是无意为文,也照样文采焕发。故孔子曰:"大哉尧之为君也,巍巍乎唯天为大,唯尧则之。荡荡乎民无能名焉,巍巍乎其有成功也,焕乎其有文章"①。因此,作文的途径只有从"原道"、"征圣"、"宗经"入手(刘勰《文心雕龙》),②"入门须正,立意须高"。③也正因如此,中国人早就把先秦两汉经典推崇备至,不但视为后世文学之楷模,也是后世做人之必读,"《诗》以道志,《书》以道事,《礼》以道行,《乐》以道和,《易》以道阴阳,《春秋》以道名分"④;"圣人也者,道之管也。天下之道管是矣,百王之道一是矣,故《诗》、《书》、《礼》、《乐》之归是矣。《诗》言是其志也,《书》言是其事也,《礼》言是其行也,《乐》言是其和也,《春秋》言是其微也。"⑤ 正是在此基础上,汉人建立了富有中国特色的学术体系,其中和"文学"相关的方面,在班固《汉书·艺文

---

① (魏)何晏注,(宋)邢昺疏:《论语注疏》卷8,(清)阮元校刻:《十三经注疏》,中华书局1980年版,第2487页。
② 刘勰的《文心雕龙》之所以把《原道》、《征圣》、《宗经》称之为"文之枢纽",正是源自于对中国文化传统和文学传统的这种理解。其实,要真正理解中国的文学理论,我们也必须从先秦与之相关的一系列论述中入手。在这方面,李炳海的工作做的非常出色,他从先秦文化哲学等方面抽出的一对对范畴而进行深入解释,可谓把握住了中国古代文学理论的根本,此处可参考李炳海《周代文艺思想概观》,东北师范大学出版社1993年版。
③ (宋)严羽著,郭绍虞校释:《沧浪诗话校释》,人民文学出版社1983年版,第1页。
④ (清)郭庆藩著,王孝鱼点校:《庄子集释》卷10,中华书局2004年版,第1067页。
⑤ (清)王先谦著,沈啸寰、王星贤点校:《荀子集解》卷4,中华书局1988年版,第133页。

志》中被列为"六艺略"、"诸子略"、"诗赋略"三大部分。其后刘勰的《文心雕龙》在文体的划分和作文的总归上也仍然沿袭了这一传统。尽管中国后世文学已经和哲学史学分流而成为一个独立的体系,但中国人从来就不曾改变这种对于"文"的认识,也从来不曾放弃过对先秦两汉经典的学习,从而去认识文学、理解文学,进行文学的创造与欣赏,并建立起中国文化特色的文学理论。从这一角度讲,产生于中国文化发生期的先秦两汉文学,不但在中国文学发展史上具有奠基的意义,而且还因为它奠定了中国人对文学理解的文化心理基础,规定和引导着后世文学创作发展的方向和文学批评的方向。

第三节 先秦两汉文学学科建设与本书撰述宗旨

一、中国古代的先秦两汉文学研究

先秦两汉文学是中国文学的光辉起点,所有的文学作品几乎都具有经典的意义。特别是先秦文学,在中国文化史、学术史上具有非同寻常的价值。它们不仅仅属于文学的范畴,也是史学、哲学等中国文化各学科的共同经典。关于它们的研究,早在先秦时期就已经开始。中国文学最早的经典是"六经",即《诗》、《书》、《礼》、《乐》、《易》、《春秋》,"六经"或者是经过孔子的整理,如《诗》、《书》、《礼》、《乐》、《易》,或者是经过孔子的编定,如《春秋》。孔子称自己是"述而不作,信而好古"[①],"述"在这里就有"讲述"和"整理"两重意思,其实也包含着一定的研究。如孔子说:"吾

---

① (魏)何晏注,(宋)邢昺疏:《论语注疏》卷7,(清)阮元校刻:《十三经注疏》,中华书局1980年版,第2481页。

自卫反鲁，然后乐正，雅颂各得其所。"① 这正乐的过程自然也包括对乐的研究在内。司马迁说："孔子晚而喜《易》，序《彖》、《系》、《象》、《说卦》、《文言》。读《易》，韦编三绝。"② 孔颖达也说："伏羲制卦，文王系辞，孔子作十翼。""其《彖》、《象》等十翼之辞，以为孔子所作，先儒更无异论。"③ 从这个意义上讲，孔子就是在中国系统从事先秦文学研究的第一人。孔子整理编辑过的六经从此也就成为中国文化史的最重要的经典，成为中国人的"恒久之至道，不刊之鸿教"④。同时，经孔子之手整理编定过的六经，也成为后世学者从事学习与研究的起点。如孔子作的《春秋》为我国现存第一部编年体史书，它记述了我国春秋时期242年的历史，只用了近2万字的篇幅，过于简略，其中之微言大义和以一字寓褒贬的笔法，让后人难以明白。于是，相传孔子的再传弟子，也就是子夏的学生公羊高和穀梁赤两人，就分别从不同角度撰写了解释《春秋》的两部著作——《春秋公羊传》和《春秋穀梁传》。从此以后，研治"六经"就成为中国的专门学问。西汉自文帝时起，鲁人申培、燕人韩婴以诗成为经学博士，到汉武帝时，除了已经亡佚的乐经之外，其余五经都有博士列于学官，这标志着儒家经学成为国学。从此以后，治经成为中国学术的一大传统，"经"的范围也不断扩大，东汉班固在《汉书·艺文志》中有《六艺略》，除了先秦"六经"之外，又列入了《论语》、《孝经》和《小学》三类，不过班固这里所说的六艺略只是一个类别概念，上面

---

① （魏）何晏注，（宋）邢昺疏：《论语注疏》卷9，（清）阮元校刻：《十三经注疏》，中华书局1980年版，第2491页。
② （汉）司马迁：《史记》卷47，中华书局1959年版，第1937页。
③ （魏）王弼注，（唐）孔颖达疏《周易正义》卷首，（清）阮元校刻：《十三经注疏》，中华书局1980年版，第10、11页。
④ （梁）刘勰著，范文澜注：《文心雕龙注》，人民文学出版社1958年版，第21页。

的九类中每一类都列有数家著述。由于乐经在汉代已亡,事实上,在东汉,由先秦"五经"再加上《论语》、《孝经》,于是有了七经之说。至唐代开元间以科取士,在"明经"科中分三《礼》(《周礼》、《礼记》、《仪礼》)三《传》(《左传》、《公羊传》、《穀梁传》),加上《易》、《诗》、《书》为九经,唐文宗开成年间,又加《论语》、《孝经》、《尔雅》三种,为十二经,至南宋绍熙年间,又将《孟子》列入经部,于是遂有十三经之称。可以说,自汉代以后,经学已成为中国最为显赫的学术。直到清王朝的灭亡,经学也统治了中国学术数千年,其间产生了无数经学大师,也产生了无数研究经学的权威性著作,中国古代学术思想的发展,在一定程度上也是通过对于经学的重新阐释来实现的。时至今日,我们要研究先秦经典,还必须从这些权威性著作的学习入手。如研究《诗经》,必须首先学习《毛传》、《郑笺》和孔颖达《正义》,然后再读朱熹的《诗集传》和清人的著述;研究《周易》,必须先读王弼的《周易注》;研究《礼记》,必须先读郑玄的注;研究《春秋左传》,必须要读杜预的《春秋左传集解》等等,同时参考宋人、清人等相关的著作。

司马迁的《史记》是中国古代史学的高峰,它与接下来的《汉书》共开后世中国正统史学二十四史之先河,在中国文化史上的意义是非凡的。无论是两汉史学还是后世史学,都是从先秦史学中流变而来,都与孔子的《春秋》有着直接的继承关系。所以在班固的《汉书·艺文志》中,《国语》、《世本》、《战国策》、《楚汉春秋》、《史记》以及《汉著记》等等,都列在《春秋》目下,由此而奠定的中国的史学理论与史学传统,也是我们研究中国古代史传文学、进而研究中国古代杂史传奇以及后世戏曲小说的纲领。

先秦两汉文学中另一个重要门类是诸子之学。诸子之学与经学有着直接的承接关系,但是他们又分别开辟了独立的学术流派,与经学一样是中国文化思想的渊薮。班固在《汉书·艺文志》中选列先秦百家之说中的十家,对每一家的学术源流都有大略的介绍,最后有这样的总评:"诸子十家,其可观者九家而已。皆起于王道既微,诸侯力政,时君世主,好恶殊方,是以九家之术蜂出而并作,各引一端,崇其所善,以此驰说,取合诸侯。其言虽殊,辟犹水火,相灭亦相生也。仁之与义,敬之与和,相反而皆相成也。《易》曰:'天下同归而殊途,一致而百虑。'今异家者各推所长,穷知究虑,以明其指,虽有蔽短,合其要归,亦六经之支与流裔。"①班固的一个著名理论是诸子出于王官,这一理论可能源自于刘向刘歆父子,诸子百家之学说都与某一国家机构的职能有关。如他说儒家"盖出于司徒之官,助人君顺阴阳明教化者也。游文于六经之中,留意于仁义之际,祖述尧舜,宪章文武,宗师仲尼,以重其言,于道最为高";说道家"盖出于史官,历记成败存亡祸福古今之道,然后知秉要执本,清虚以自守,卑弱以自持,此君人南面之术也。合于尧之克攘,《易》之嗛嗛,一谦而四益。此其所长也"。②应该说,这是有一定道理的。但是诸子百家之说并不仅仅是一种修身理论或者是治国理论,每一家学说的背后都有着深刻的哲学思想。所以,对于诸子百家的研究,自汉代以来也一直代不乏人。儒家中除孔子孟子受到特别的重视并把其相关著作列于经学之外,对于荀子、董仲舒等人的研究也有相当多的成果。道家思想尤其受到中国后世的重视,老子、庄子、列子等的著作也被后世推之为"经",有与儒家思想并列之地位。其余诸子,在汉代以后也大都有专门研究著作。更值得重视的是,后人

---

① (汉) 班固:《汉书》卷30,中华书局1962年版,第1746页。
② (汉) 班固:《汉书》卷30,中华书局1962年版,第1728、1732页。

不仅研究诸子的思想，也研究诸子的文学、人格、情采等诸多方面。在这方面，刘勰的下段话可称之为经典性的评断："研夫孟荀所述，理懿而辞雅；管晏属篇，事覈而言练；列御寇之书，气伟而采奇；邹子之说，心奢而辞壮；墨翟随巢，意显而语质；尸佼尉缭，术通而文钝；鹖冠绵绵，亟发深言；鬼谷眇眇，每环奥义；情辨以泽，文子擅其能；辞约而精，尹文得其要；慎到析密理之巧，韩非著博喻之富；吕氏鉴远而体周，淮南泛采而文丽。斯则得百氏之华采，而辞气文之大略也。若夫陆贾《典语》，贾谊《新书》，扬雄《法言》，刘向《说苑》，王符《潜夫》，崔寔《政论》，仲长《昌言》，杜夷《幽求》，咸叙经典，或明政术，虽标论名，归乎诸子。何者？博明万事为子，适辨一理为论，彼皆蔓延杂说，故入诸子之流。……赞曰：大夫处世，怀宝挺秀。辨雕万物，智周宇宙。立德何隐，含道必授。条流殊述，若有区囿。"[1] 可见，诸子之文不仅是中国思想之渊薮，也是文章之典范；同时，像诸子那样著书立说，也是中国古代文人的一个伟大的理想。这可以代表中国古代人对于诸子文学研究的总认识。

在先秦两汉文学里，诗赋是最合于中国现代文学观念的一类。它与六艺诸子有着很大的不同，所以班固在《汉书·艺文志》里单列《诗赋略》。这说明，起码在汉代，中国人对于诗赋这一类的文学作品已经有了不同于经学和诸子的评价。《诗赋略》从大的方面分为诗与赋两大类别。其中赋包括"屈原赋之属"、"陆贾赋之属"、"荀卿赋之属"、"杂赋"四类；而诗则称之为"歌诗"。班固不仅对诗赋进行了认真的分类，而且对于其演生的来龙去脉做了很好的分析。他说："传曰：'不歌而诵谓之赋，登高能赋，可以为

---

[1] （梁）刘勰著，范文澜注：《文心雕龙注》，人民文学出版社1958年版，第309—310页。

大夫。'言感物造耑，材知深美，可与图事，故可以列为大夫也。古者诸侯卿大夫交接邻国，以微言相感，当揖让之时，必称《诗》以喻其志，盖以别贤不肖而观盛衰焉。故孔子曰：'不学诗，无以言'也。春秋之后，周道寖坏，聘问歌咏不行于列国，学诗之士，逸在布衣，而贤人失志之赋作矣。大儒孙卿及楚臣屈原，离谗忧国，皆作赋以风，咸有恻隐古诗之义。其后，宋玉、唐勒、汉兴枚乘、司马相如，下及扬子云，竞为侈丽闳衍之词，没其风喻之义，是以扬子悔之，曰：'诗人之赋丽以则，辞人之赋丽以淫。如孔氏之门人用赋也，则贾谊登堂，相如入室矣，如其不用何！'"[1] 可见，以屈原、贾谊、司马相如等人为代表的赋作，无论是其"不歌而诵"的形式还是其中所体现的文化精神，都继承了《诗经》的传统，这是汉代人的总体认识。这期间虽然赋体的发展也有很大的变化，如以屈原为代表的作品在汉代又被称之为"楚辞"，而司马相如和扬雄等人的赋作与"楚辞"已经有了很大的区别。但是，汉人对于赋体文学的总体认识，尤其看重赋体文学与《诗经》之关系的认识，还是极有道理的，也是后世认识和研究赋体文学的最重要史料，认识中国赋体文学传统的最有参考价值的论述。其后刘勰在《文心雕龙》中列《辨骚》和《诠赋》两篇，也特别强调了这一点。而对于自汉代兴起的歌诗，班固则特别指出了它们与汉武帝立乐府的关系："自孝武立乐府而采歌谣，于是有代赵之讴，秦楚之风，皆感于哀乐，缘事而发，亦可以观风俗，知薄厚云。"[2] 应该说，班固对于汉代歌诗的评价不高，认为它们不可以与古诗同列，也不能与屈原贾谊司马相如等人的赋作同列，它们最多不过起到一点"可以观风俗，知薄厚"的作用罢了。这是经

---

[1] （汉）班固：《汉书》卷30，中华书局1962年版，第1755—1756页。
[2] （汉）班固：《汉书》卷30，中华书局1962年版，第1756页。

学传统对于汉代文人文学观念的影响,对于汉代歌诗的认识并不全面。但是从客观上讲,中国后世的文学评论家在评价汉乐府诗的时候,还是沿袭了班固的这一观点。应该这样讲,先秦两汉时期不仅是中国文学的奠基期,也是中国文学研究的开创期。这一时期对于中国文学发展流派的认识和研究,都对后世先秦两汉文学研究产生了重要影响。当然同时我们也要看到,随着魏晋六朝以后文学与史学哲学的分野越来越明显,后人对于先秦两汉文学的独立论述也越来越多,特别是关于汉赋和汉代歌诗(包括乐府诗和文人五言诗)的研究,侧重于文学审美的东西越来越多,但是总的来说,对于先秦两汉文学的总的认识,还是没有离开过这个大的传统。

二、20世纪先秦两汉文学学科的建立和本书的撰述宗旨

进入20世纪以后,先秦两汉文学的研究发生了极大的变革。传统的以经史子集为分类基础的泛文学观的学科体系被打破,代之而起的是从西方移植过来的新的文学观。于是,20世纪学者眼中的先秦两汉文学不再是包括几乎所有先秦两汉经典的六经诸子诗赋之学,而是把这些经典自然地分为哲学、史学、文学等新的门类,文学只是其中的一部分。在这种观念的指导下,一部分经典,如《诗经》、楚辞、汉赋、汉诗等真正成了名符其实的文学著作,而另一部分经典如《周易》、《尚书》、《春秋》、《左传》、《史记》、《论语》、《老子》、《孟子》、《庄子》等则分别归之于哲学和史学的名下。同时,在正视先秦两汉文学文史哲不分家的历史事实的情况下,对这些哲学和史学著作所包含的文学因素也给予适当的重视,于是就有了"历史散文"、"诸子散文"、"史传文学"、"寓言文学"、"白话文学"、"俗文学"等新的提法。一种新的文学观念的

产生也就意味着同时打开了一个新的视野，它使得20世纪的学人们对先秦两汉文学的各个方面都进行了新的思考，建立了一系列新的研究领域，如关于文学艺术起源的研究、关于神话的研究、关于《诗经》的研究、关于先秦历史散文的研究、关于先秦诸子散文的研究、关于楚辞的研究、关于汉赋的研究、关于乐府诗的研究、关于文人五言诗的研究等等，都有相当丰硕的成果问世。在此基础上，20世纪的学人也撰写了多部有关中国文学史的著作，其中有通史性的，如胡适的《白话文学史》、郑振铎的《中国俗文学史》、郑宾于的《中国文学流变史》、刘大杰的《中国文学发展史》、游国恩等五人主编的《中国文学史》等等，还有专门以先秦两汉为研究对象的断代文学史，如杨公骥的《中国文学》（第一分册）、詹安泰等人主编的《中国文学史》第一册，徐北文的《先秦文学史》、褚斌杰、谭家健主编的《先秦文学史》、赵明等主编的《先秦大文学史》、《两汉大文学史》等等。其他如专门性的研究著作，如关于《诗经》、《楚辞》、《史记》、汉赋、汉诗、先秦诸子等专门性著作不胜其数，先秦两汉文学正在成为中国文学史上方兴未艾的新的学科。[①]

　　从传统的先秦两汉文学研究到20世纪新的研究体系的建立，有太多的学术成果需要我们继承。但同时，作为中国文学奠基期的先秦两汉文学，它那丰富的内容还远远没有得到全面的开掘。在新世纪新千年开始之际，在伟大的中华民族走向新世纪走向现代化的今天，弘扬中华民族的文化传统，认真研究奠基期的中华文化经典，为现代化的中国提供历史的滋养，具有着更为重要的

[①] 此处可参考赵敏俐、杨树增：《20世纪中国古典文学研究史》，陕西人民教育出版社1997年版；费振刚主编：《20世纪中国文学研究·先秦两汉文学研究》，北京出版社2001年版。

意义。与一般的先秦两汉文学史和某一课题的专著不同，我们撰写这部先秦两汉文学通论的目的，是要把它写成研究先秦两汉文学的入门书，全面反映本学科的基本内容、研究水平和发展趋势，反映 20 世纪的学术积累和认识深度，体现当代学者对学科的认识及对学术史的估量。并提供一些研究的入门途径和资料寻找线索，以供有志于攻读古典文学专业研究生的考生和对古典文学有兴趣的读者阅读。从这一目的出发，本书在体例上大体分为以下三个方面：第一是简介先秦两汉文学的基本内容，主要包括上古神话、诗经、先秦历史散文、先秦诸子散文、楚辞、汉赋、汉代散文、汉诗、先秦两汉文学思想等几个方面，让研究者对于先秦两汉文学有一个基本了解。第二是选择先秦两汉文学研究中的一些重要问题分专题论述，包括先秦两汉文学与哲学、先秦两汉文学与史学、先秦两汉文学与经学、先秦两汉文学与原始宗教、先秦两汉文学与艺术、先秦两汉文学与地域文化、先秦两汉文学与出土文物、先秦两汉文学与语言文字等几个方面。之所以从这一角度列出专题，是因为在 20 世纪开始以来的先秦两汉文学新的研究体系之内，文学固然已经成为一个独立的学科范畴，但是要对文学进行深入的研究，却必须要打通文学与其他学科之间的关系。特别是在先秦两汉时代，文史哲原本不分家，对于那些具有中华民族原创意义的文化经典，光从文学的角度我们的确没有办法对它进行很好的研究，必须结合历史、哲学、宗教、艺术、语言等兄弟学科。同时，要研究先秦两汉文学，光靠纸上的材料远远不够，还要紧密关注 20 世纪以来在先秦两汉考古方面所取得的一系列重要成果。相信有关这方面的介绍，会成为本书和一个重要特点，也会给新时期的先秦两汉文学研究带来新的活力，开拓研究者的视野。第三是为研究先秦两汉文学提供必要的参考资料，这一方面的内容包括先秦两汉文学的原始典籍、先秦两汉文学的历代训释、先秦两汉文学的历代评点、有关先秦两汉文学的新出土文书、先秦两汉文学研究之工具书等几个方面。先秦两汉文学距今历史久远，可资参考的历史文献极其丰富。同时，20世纪以来有关先秦两汉文学的文化考古材料也相当可观，当代中国与海外的研究也取得了可喜的成果，我们把这些有用的材料提供给读者，对于他们的研究入门是有极大帮助的。为了达到这样的要求，我们对撰写此书作者的进行了精心的选择，每一个专题大体上都是由学有专攻、发表过有关课题研究成果的中青年学者来承担的。他们力图站在专家的立场介绍各课题的基本内容，力求每一篇的内容严谨、全面，尽量反映先秦两汉文学新的研究成果和认识水平，并鼓励他们在包容本课题经典研究的前提下，提出自己的独到见解。总之，本书是从专家立场对学科做出的概述，为普通读者提供较全面的基础知识，为初学者指示学术门径，为学界同仁提供最新的学术总结和学科展望。当然，这只是我们的主观愿望，由于水平有限，自知未必能达到这样的效果，错误在所难免，诚恳地请各位专家学者以及所有对本书寄予厚望的读者，提出宝贵的批评意见。

先秦两汉文学研究的总结与展望[①]

先秦两汉是中国文学的源头，也是中国文化的源头。从广义上讲，关于先秦两汉文学的研究，也已经有了悠久的历史。但是相比较起来，20世纪的先秦两汉文学研究，却具有划时代的伟大意义。因此，当我们在全书中对先秦两汉文学的主要内容做了系统的介绍之后，最后对20世纪的先秦两汉文学研究再进行简要的总结，并对新世纪的先秦两汉文学研究进行展望，以作为全书的结束。

第一节 20世纪先秦两汉文学研究的主要成就

20世纪先秦两汉文学研究所取得的成就是巨大的，几乎在有关先秦两汉文学的每一个研究对象方面都有人涉及，都有超越前人的独立之见，综合起来，则主要体现在以下几个方面。

一、独立的先秦两汉文学学科的建立

在20世纪的先秦两汉文学研究中，最重要的成就自然是具

---

① 该文为《中国古代文学通论·先秦两汉卷》结语部分，辽宁人民出版社2005年版。

有现代意义的先秦两汉文学研究这一学科的建立。我们知道，在中国古代，由于没有现代意义上的"文学"观念，也没有独立的"先秦两汉文学"，对先秦两汉文学的研究，只能混杂于先秦两汉经典的阐释之中。20世纪初，随着西方文化的引进和现代学术体系的建立，"文学"才正式成为一个独立的学科，"先秦两汉文学"的研究也相应的与先秦两汉史学、先秦两汉哲学研究等区分开来而得到极大发展。区分的过程也就是对于先秦两汉文学重新认定的过程。按现代的观点看，在先秦两汉的所有典籍中，只有《诗经》、楚辞、汉赋、汉诗等才算得上是真正的文学，而对这些文学作品的研究自然也成为20世纪先秦两汉文学的主要内容和成就最为突出的方面。依照新的文学观，学者们打开了蒙在《诗经》之上"经"的面纱，开始从文学的角度对它进行新的观照。1920年，顾颉刚、钱玄同等人关于《诗经》一书性质的讨论是最初的发端，到1925年顾颉刚发表著名论文《论〈诗经〉所录全为乐歌》，《诗经》作为中国古代第一部诗歌总集的身份正式被学人们确定。[1]近一个世纪以来，关于《诗经》的文学研究是先秦两汉文学研究中最活跃的领域。而楚辞、汉赋、汉诗的研究，也得到了全面的开展。在这种鲜明的新的文学观念的指导下，20世纪的文学研究者对于以《尚书》、《春秋》、《左传》为代表的历史著作，以《老子》、《庄子》、《论语》、《孟子》等为代表的哲学著作的研究，与史学和哲学工作者的研究日益有了明确的分工。他们不再研究这些文献的全部内容，而只是从文学的角度切入来研究其中的相关方面，并分别赋予这些先秦两汉经典以"诸子散文"、"哲理散文"、"历史散文"、"传记文学"等不同名号。从这一点来讲，20世纪

---

[1] 此处可参考顾颉刚编：《古史辨》第一、三册，上海古籍出版社1982年影印本。

的先秦两汉文学的研究范围，比起传统的先秦两汉文学研究的范围缩小了。但是从另一个方面看，由于20世纪的学人们对于文学的本质的认识要比过去明确得多，对于先秦两汉文学的研究也比以往深入得多。还是以《诗经》为例。在20世纪以前的《诗经》研究，一直受儒家诗教观的影响而没有大的突破。虽然古人也特别看重"风雅"、"比兴"等从《诗经》中总结出来的文学形式与内容问题，虽然也有朱熹等人早就把《国风》中的大部分看作是"里巷歌谣之词"，但是，对于《诗经》中丰富的文学内容以及多方面的文学成就，古人并没有多少研究，是20世纪的学人们才对《诗经》这部经典进行了多方面的文学开掘。同样，20世纪的楚辞研究、汉赋研究和汉诗研究，也都比以往要深入得多。对于《庄子》的文学性、《左传》的文学描写以及司马迁《史记》传记文学的伟大成就以及其他诸子散文与史传散文的全面开掘，其成就更是前无古人。不仅如此。正因为20世纪的学人们有了这种新文学观，所以，当他们研究在中国文学中具有发端地位的先秦两汉文学的过程中，把先秦两汉经典中所有具有文学性质的材料都纳入了文学研究的领域，并从文学发端的角度，对其进行了探本求源性的研究。从研究对象讲，20世纪的学人们把对先秦文学的研究扩展到最古老的口传歌谣、甲骨文、金文、《山海经》、《周易》以及兵家、名家等著作中去，从中探寻中国文学的起源，并指出它们与中国后世诗歌、戏曲、小说等文学样式之间的历史源渊关系；从研究的课题来讲，关于艺术的起源问题、神话问题、寓言问题、中国古代歌谣问题等等，都是过去很少涉及或者是新开辟的领域。同时，由于把文学从其他历史、哲学等门类中独立出来之后，客观上并不能割断文学同这些学术领域的深层联系，于是，关于先秦两汉文学与哲学、史学、经学、宗教学、艺术学、语言学、文字学、地理学、文献学、考古学等各个学科的联系，也逐渐成为学者们讨论和关注的重要课题。从这一方面来讲，20世纪的先秦两汉文学的研究，比起以往的研究范围又扩大了。总之，无论是20世纪先秦两汉文学研究范围的缩小、扩大还是研究的深入程度，都与具有现代意义的先秦两汉文学学科的建立紧密相关，这也是20世纪以来先秦两汉文学研究最大的成就。

二、20世纪对先秦两汉文学的价值重估

先秦两汉文学是中国文学中最古老的部分，因为对中国文学乃至中国文化的影响巨大，其中的多数作品都被后世奉为经典。在封建社会里，这些作品也因此而享有崇高的地位。可是，随着封建社会的灭亡，如何重新认识这些经典，就成为20世纪学术研究的重要问题，也是20世纪先秦两汉文学取得历史性进展的重要方面。

从大的方面来讲，20世纪对于先秦两汉文学的价值重估，大体上经过了以下三个主要阶段。第一个主要阶段是自五四运动至二三十年代。在以反帝反封建为主要内容的五四运动中，以"四书""五经"为代表的儒家经典受到了极为严厉的批判，这对20世纪的先秦两汉文学研究产生了巨大影响。1919年，陈独秀在《文学革命论》中提出了"推倒雕琢的阿谀的贵族文学，建设平易的抒情的国民文学"；"推倒陈腐的铺张的古典文学，建设新鲜的立诚的写实文学"；"推倒迂晦的艰涩的山林文学，建设明了的通俗的社会文学"的口号，并认为"《国风》多里巷猥辞，《楚辞》盛用土语方物，非不斐然可观。承其流者，两汉赋家，颂声大作，雕琢阿谀，词多而意寡，此贵族之文古典之文之始作

俑也。"[1] 陈独秀的这段话,在一定程度上为20世纪的先秦两汉文学的价值评估定下了基调。它大体上包括两个方面:第一是内容方面,凡是在先秦两汉文学中属于贵族阶级的、统治阶级的、文人阶级的,不同程度地受到了批判;而凡是属于平民阶级的、被统治阶级的、下层劳动人民的,都受到了较高的评价。以诗歌为例,在20世纪的先秦两汉文学中,《诗经》中的《国风》、汉乐府中一部分来自民间的歌唱受到了高度的重视,所取得的研究成就也相对更高。而《诗经》中的《雅》、《颂》,汉乐府中的贵族歌唱以及主要是文人们创作的汉赋,在相当长的时间里受到的大多都是批评。对于以《论语》、《老子》、《荀子》为代表的儒家著作,和以《老子》、《庄子》为代表的道家著作,在相当长的一段时间里则被视为封建社会的落后思想,也是否定的多而肯定的少。第二是形式方面,在先秦两汉文学中,凡是通俗的、来自民间的文学样式,都受到了高度肯定;而那些属于文人的、贵族的、庙堂的文学样式,则受到了不同程度的否定。胡适说:"中国每一个文学发达的时期,文学的基础都是活的文字——白话的文字。"[2] "一切新文学的来源都在民间……这是文学史的通例,古今中外都逃不出这条通例。《国风》来自民间,《楚辞》里的《九歌》来自民间。汉魏六朝的乐府歌辞也来自民间。"[3] 胡适的这种文学观,对当时的古代文学研究产生了重要影响,鲁迅、郑振铎等著名学者都不同程度地接受了他的这一观点。20世纪50年代以后,"出于民间,死于庙堂"甚至被总结为中国文学发展史上的一条规律。今天看来,这些论述显然有些过于偏激,也不合于中国文学史的实际。但是在当时却对推

---

[1] 陈独秀:《独秀文存》,安徽人民出版社1987年版,第95—96页。
[2] 胡适:《胡适的声音》,广西师范大学出版社2005年版,第240页。
[3] 胡适著,骆玉明导读:《白话文学史》,上海古籍出版社1999年版,第15页。

动先秦两汉文学的发展具有重要的意义，它不仅推翻了传统的价值评判体系，第一次提高了民间文学和通俗文学的地位，而且也改变了先秦两汉文学研究的格局，开创了新的研究方向。

由于五四运动对于中国传统文化的偏激态度，导致了20世纪二三十年代全盘西化论和中国文化本位论之间的大论争，到了30年代以后，"批判地继承中国文化"逐渐成为当时学术界的主流。相应的先秦两汉文学研究也进入了第二个主要阶段。批判地继承要有一个基本的标准，那就是毛泽东所说的"剔除其封建性糟粕，吸收其民主性精华"。显然，这样一种态度和标准有助于学者们从正反两个方面对先秦两汉文学进行比较客观的评价，它首先承认先秦两汉文学是一笔丰富的文化遗产，无论是《诗经》、《楚辞》、汉赋还是《左传》、《史记》、《论语》、《老子》等著作中都有非常优秀的可以继承的东西，同时也排除了民间文学中心论的偏见，比较客观地描述了一条先秦两汉文学的发展线索。杨公骥的《中国文学》（第一分册）、詹安泰、容庚、吴重瀚编写的《中国文学史》（先秦、两汉部分）、游国恩等五人主编的《中国文学史》（第一册）和中国科学院文学所编写的《中国文学史》（一）代表了这一时期先秦两汉文学研究的最高水平。由于坚持了马克思主义的阶级分析法和历史分析法，尤其是在先秦两汉各种文学作品的内容研究和时代背景研究方面，取得了十分突出的成就。如杨公骥《中国文学》（第一分册）对于《诗经》的分析，詹安泰等人的《中国文学史》（先秦、两汉部分）对楚辞的分析，游国恩等五人主编的《中国文学史》（第一册）对于《史记》的分析等，至今仍然值得我们学习。此外，在中国文学的起源、神话和诸子散文方面也都取得了相当突出的成就。

批判地继承本是研究先秦两汉文学的有利思想武器和指导思

想,但是由于从 20 世纪 50 年代后期开始,中国的学术界受极"左"政治的影响越来越大,到了"文化大革命"时期,"批判地继承"的口号逐渐被彻底打倒封建文化的口号所取代,先秦两汉文学也度过了最为萧条的十年。新时期以来,人们开始重新对中国古代文学进行新的价值评估,先秦两汉文学研究也进入了第三个主要阶段。这一阶段的重要特点,就是人们在经过了"五四"、特别是"文化大革命"之后而认识到:"传统并不是我们的身外之物,而是已经复制在我们身上的原初基因;传统也不是和现代相对立的一堵高墙,而是培育现代化成长的土壤。正因为传统和现代化的关系如此,所以我们对待传统文化的态度就既不应该是'五四'式的反对,也不应该是把我们自己置身于传统之外的'批判继承',而应该是把传统和现代水乳交融,是立足于传统土壤中广泛吸收现代营养的新陈代谢。"[1]因此,把先秦两汉文学研究深入到哲学、美学、心理学、民俗学、文化人类学等各个方面领域,多方探讨先秦两汉文学的民族文化传统,在弘扬优秀的先秦两汉的民族文化方面做出了突出的成绩。无论是在中国古代神话、《诗经》、《楚辞》、《老子》、《庄子》、《论语》、《孟子》、《左传》、《史记》、汉赋、汉乐府诗和文人五言诗等各个方面,都有大批的新成果问世。特别是《诗经》与《楚辞》研究的空前活跃与汉赋研究的兴起,代表了这一时期先秦两汉文学研究的学术转向和最新成就。

三、研究方法的现代化和多样化

20 世纪的先秦两汉文学研究所取得的巨大成就,与研究方法的现代化与多样化是紧密结合在一起的。这其中,以进化论为

---

[1] 赵敏俐、杨树增:《20 世纪中国古典文学研究史》,陕西人民教育出版社 1997 年版,第 183 页。

指导的考据学方法首先值得注意，也是 20 世纪初期最有影响力的研究方法。我们知道，在清代，先秦两汉文学研究的主要方法是从宋明的义理之学转向而来的考据学方法。清人在先秦两汉的文学的考据方面做出了巨大的贡献。但是，由于清人的考据学基本上是建立在复古尊经的基础上，同时缺少世界性的文化视野，所以考据所得的结论只是为了证明经典在封建文化建设方面的权威意义。历史进入 20 世纪以后，这种情况则完全变了。虽然当时的学者们大都坚持考据学的方法，但是由于受到进化论的影响，考据研究的对象与目的则发生了巨大的变化。这其中，以顾颉刚为代表的古史辨派的考据在先秦两汉文学研究中的影响最大。他们"在继承了我国历代疑古辨伪的优良传统基础上，吸收了现代的科学知识，接受了以进化论为代表的现代思想，并运用考证学等研究方法，把我国古代、特别是先秦两汉的古书上有关古史的记载，进行了详细的分析，从而向世人揭示了'经书'的真相，指出那些千百年来曾经被绝大多数人所相信的中国的上古的历史原来是后人用'层累的方式'造出的，这不但是对中国上古历史记载所进行的一次最大的史料分析与考证，具有重要的科学研究意义，更重要的是它以科学研究的事实沉重地打击了封建主义，成为'五四'反封建文化思潮的一个重要方面"[1]。当然在今天看来，古史辨派对于先秦两汉的古书的态度有些偏激，他们的考证结果有些也是错误的，并对以后的先秦两汉文学研究产生了相当大的负面影响。也正是由于这样，20 世纪末期学人们对古史辨派学术思想的反思之后，以李学勤为代表的新一代学者提出"走

---

[1] 赵敏俐、杨树增：《20 世纪中国古典文学研究史》，陕西人民教育出版社 1997 年版，第 231 页。

出疑古时代"的新口号。① 但是从总的方面来讲，我们还是应该充分肯定古史辨派所取得的成就。

　　以进化论的观点和考据学的方法来研究先秦两汉文学，在20世纪二三十年代乃至40年代中一直是具有重要地位的。当时的一大批学人，在没有接受马克思主义理论方法之前，大都相信这种理论的有效性。郑振铎1927年在《研究中国文学的新途径》一文中，就把"归纳的考察"和"进化的观念"作为自己研究中国文学的方法，并且说这样就好比"执持了一把镰刀，一柄犁耙，有了他们，便可以下手去垦种了"②。当时研究先秦两汉文学的学者运用这种方法，也的确取得了很好的成绩，如游国恩研究楚辞，冯沅君研究古优，罗根泽论中国文学的起源、乐府诗与五七言诗的起源等，都受这种方法的影响。当然，这一时期还有其他一些研究方法，如社会学、心理学方法等，王国维的二重证据法也颇为人所赞同，但是以进化论为基础的考据学无疑是最具主导性也最有影响力的方法。

　　马克思主义传入中国之后，随着世界性的社会主义运动的高涨和反帝反封建的中国新民主主义革命的发展，以马克思主义的历史唯物主义为指导的社会分析法逐渐取代了以进化论指导的考据学。马克思主义的社会分析法之所以优于进化论，首先因为它不是从形式层面而是从内容层面、不是从单纯的艺术层面而是从广泛的社会生活层面来确定文学的本质，来认识文学发展的。用这种方法来研究先秦两汉文学，它引导人们去深入研究先秦两汉文学产生的时代背景，分析文学家的社会出身和他们的政治态度、思想倾向，由此来入手进入文学的内容，再从内容扩展到形式。

---

① 　李学勤：《走出疑古时代》，辽宁大学出版社1997年版。
② 　郑振铎：《中国文学研究》（下），人民文学出版社2000年版，第287页。

这样，一部中国文学史就不再是一部简单的文学形式进化史，而是一部以语言艺术的方式来反映社会政治经济变革的思想史了。显然，用这种方法来研究先秦两汉文学，最突出的成就就在于对先秦两汉文学的思想内容进行了前所未有的深入开掘。杨公骥先生的《诗经》研究，堪称是这方面的典范。在《中国文学》第一分册中，他创造性地从《诗经》中找出一些周民族的原始祭歌进行了系统的分析考证。他把周代社会的历史情况、礼教特征和诗三百篇的结集成书问题联系起来进行考察；他从周诗中所反映的历史事件和社会生活两个方面来详细地分析了《诗经》中的一些作品，在此基础上提炼出周诗的文学成就和历史价值，并对《诗经·商颂》的时代问题及其内容进行了详细的考证，其分析问题的深度以及所使用材料的丰富性，迄今仍少有人可与之相匹。[①]游国恩先生主编的《中国文学史》，则系统地建立了一个以社会发展为经，以作品的思想内容分析为纬的文学史表述体系，其中对屈原生平身世的研究与《离骚》等楚辞作品分析的有机结合、对司马迁的《史记》思想内容的分析等等，都显示出这种研究方法论的科学性和有效性。从一定程度上讲，以马克思主义的历史唯物主义为指导思想的社会分析方法，是20世纪先秦两汉文学研究中影响最大的方法。

20世纪80年代以后，先秦两汉文学研究在方法论上出现了新的转向。随着改革开放的新时期的到来，人们打破了思想上的禁锢，先秦两汉文学研究的学术方法逐渐呈现出百花齐放的局面，文化学、心理学、民俗学、接受美学、结构主义、原型批评等各种研究思想与方法同时并存，马克思主义的社会分析法也得到了

[①] 杨公骥：《中国文学》（第1分册），吉林人民出版社1980年版，第45—81、149—264、464—489页。

新的发展。这其中，以文化学为基础的系统研究方法论，则具有更为广泛的代表性。原因有两个方面：其一来自于对于马克思主义的社会分析法的反思，在极"左"思潮的影响下，特别是经过"文化大革命"，人们发现以往对于马克思主义的理解有严重的僵化与教条现象，那种把文学当成是社会政治附庸的理论也不符合文学发展实际。其二是在当前中华民族迈向现代化和世界文化大交融的过程中，人们越来越发现文化的民族化的重要性。因此，以文化学为基础的系统方法论在先秦两汉文学研究中逐渐被人们所接受。这其中，由于先秦两汉文学处于中国文化源头的特殊位置，文化人类学、民俗学、原型批评理论等在《诗经》、楚辞和中国古代神话领域的研究中扮演了更为重要的角色。但我们要注意的是，在百花齐放的20世纪末的先秦两汉文学研究发展期，这种以文化学为基础的系统方法论并没有形成一个体系，也没有形成马克思主义的社会分析法独领风骚的局面，在更大的程度上它体现为一种倾向，是在众多研究方法中所渗透的带有共同性的指导思想与研究方法。这一时期出现了一批比较优秀的中青年学者，他们在先秦两汉文学研究的各个领域都有新的进展，由于这些进展就发生在我们身边，我们在这里不再举例详述。

20世纪末期的先秦两汉文学研究，还有一个重要的倾向值得注意。随着一大批地下文献的出土，先秦两汉文学的研究内容有了新的对象。同时，面对着这些新发现的实证材料，人们不仅在纠正着以往在先秦两汉文学研究中的错误认识，也在思考着以往研究方法上的问题。崇尚务实的研究态度而反对主观臆测的空论，正在成为人们的共识。处在这样一个时代，人们不仅需要实证，其实也需要新的思想。

总之，当我们回顾一个世纪的先秦两汉文学研究的时候，我们会发现它的成就巨大。而这些，又集中体现在文学观念的变革、对先秦两汉文学的价值重估、研究方法论的变化三个方面。至于具体到先秦两汉文学研究的不同内容，所取得的成就高低并不完全相同，20世纪末期，学人们开始对一个世纪的先秦两汉文学研究进行系统的总结，费振刚先生主编的《先秦两汉文学研究》，是对一个世纪以来的先秦两汉文学研究进行学术总结的最新成果。

第二节 21世纪先秦两汉文学研究展望

20世纪的先秦两汉文学取得了伟大的成就，但是同时也存在着严重的不足。如今我们又处于一个新世纪的开端，如何重新开创先秦两汉文学研究的新局面，已经成为必须认真思考的问题。历史的发展有许多不可预料的因素在内，但是它的发展又总是在前一个历史阶段上的继续，这使得我们有可能在总结历史经验的基础上对21世纪的先秦两汉文学研究提出预测，笔者以为，在新世纪的先秦两汉文学研究中，会有以下几个方面的突破：

一、重新认识先秦两汉文学与中华民族的文化传统

先秦两汉文学是中国文学的开端也是第一个高峰。先秦两汉文学对后世文学的巨大影响不仅表现在文学的体裁、内容、形式等各个方面，更表现为中华民族文学传统的建立方面。20世纪的中国先秦两汉文学之所以取得重要成就，一个重要的原因是由于我们采用了新的文学观念而对其进行了新的解读。但仔细思考我们就会发现，在这种解读的过程中，我们是以抛弃了古代的文学观为代价的。中国古代自先秦时期开始对文学就有独特的理解，几千年来一直持一种泛文学观念。显然，这种泛文学观与西方的文学观念、特别是西方近代的文学观念是不合的。客观地讲，这种不合正是中国文学的独特之处，应该引起我们的重视。可是，由于自19世纪中叶以来中国的现代化进程一直是在西方文化潮流的引导下前进的，所以在近一个半世纪的时间内，我们并没有用科学的态度客观地对此现象进行分析，而是企图按照西方的近代的文学观念来规范它、解释它。这种现象在先秦两汉文学研究中表现最为明显。举例来讲，如史传这种文体，在中国古代文学史中具有重要意义，其影响可延伸至元明清小说，可以说，从早在先秦时期的《春秋》、《左传》、《穆天子传》开始到汉代的《史记》、《汉书》、《越绝书》、《汉武帝内传》等正史野史中所形成的传统，是中国小说的最直接的文学源头。这不仅表现在中国小说的形式方面，而且表现在中国小说中所体现的文化传统和文化精神方面。因此，认真地从先秦两汉这种亦史亦文的著作中总结中国小说的民族文化要素以及其发展规律，才是我们研究先秦两汉文学的正途。可是，由于史传这种文体并不符合今天的文学标准，所以当代的文学史就不再把"史传"当做一种"文学"或"文体"来看待，而首先认定它是历史著作，充其量认为这些著作是有些"文学因素"的"历史散文"而已。这样做的结果，不仅不能全面地总结分析先秦两汉这一类文体的写作规律，更不能全面地认识其与后世小说之间的复杂联系。而脱离了内容的所谓"艺术分析"也就显得是那样的苍白无力。而学者们津津乐道的则正是从这方面总结的规律，如《左传》的文学特色之一善于描写战争，《史记》的最突出特色是对于人物的塑造。殊不知，离开了对于《左传》和《史记》作者史学观念的分析，我们就不能很好地解释为什么这两部书会把人物和战争的描写放在如此重要的地位，自然也不能很好地解释这两部书的战争描写与人物描写与其他文学作品之间的不同之处。同样的问题也发生在"诸子散文"之中。例如《庄子》一书的文学成就与庄子的哲学思想二者自然更是不可分割，我们如果不谈庄子的哲学思想而想要正确解释《庄子》一书的文学成就，简直就是不可能的。这样做的结果，只会造成对先秦两汉文学的割裂，造成形式与内容的分离，只会使先秦两汉文学的研究之路越走越窄。为了避免这种尴尬局面，当代许多学者也在探索新的研究之路，如研究先秦两汉文学与宗教、历史、哲学、文化、艺术等各种关系，但由于受西方的和现代的文学观念的束缚，因而所有这些努力并没有摆脱先秦两汉文学研究的困境。从中国古代的文学观念实际出发，重新认识中国文学的民族特色，结合中国文学的实际来研究先秦两汉文学，已经是当代学人的共识，在新世纪的先秦两汉文学研究中必将成为一种新的指导思想。

中华民族有自己独特的文学传统，这一传统在先秦时期就已形成。回顾20世纪的先秦两汉文学研究，另一个重要的失误就是缺少对于中国文学传统的尊重。先秦两汉文学对后世文学的影响和经典意义，正是通过传统的延续得以实现的。从形式上讲，中国后世的文学样式都发端于先秦两汉，这已是大家公认的事实；从内容上讲，先秦两汉文学更给后世做出了基本的规定，那就是要遵循"风雅传统"、"春秋之义"以及一定要"为道言文"等等，这也是自先秦两汉就已确立的中国文学精神，是从《诗经》、《春秋》、《周易》等先秦所有经典中总结出来的，而不是仅仅从先秦的文学作品中总结出来的。正是这些传统的文化精神，在千百年来的中国文学发展中发挥着主导性的影响。刘勰在《文心雕龙》中说得好，要了解中国人"为文之用心"，首先就要"原道"、"征圣"、"宗经"，然后再"辨骚"、"正纬"，这才是"法度之本原"，"为文之极轨"。可是,20世纪的先秦两汉文学研究却不是如此,以《诗经》为例,许多人根本不考虑它作为"经"在中国文学史上产生的全面影响,而只是简单地、用很狭隘的"文学眼光"分析所谓的"思想内容"和"艺术特色",并美其名曰"恢复了《诗经》的本来面目"。这种情况,在史传和诸子研究中表现尤甚,仅仅抽出这些著作中的所谓具有"文学因素"的东西,怎么能全面地认识先秦两汉文学?怎么能认识它对中国后世文学的影响?今天,应该是彻底地改变这种局面的时候了。当然,这样讲并不是要今天的学人重新操起古代的泛文学观来进行现代研究,而是强调要正确地认识历史,认真地思考先秦两汉文学给我们的民族带来了哪些独特的东西。客观地分析中国古代的泛文学观,从"原道"、"征圣"、"宗经"的角度,全方位地认识先秦两汉文学在中国文学史上的奠基地位以及其意义,尊重中国古代的文学传统,建立具有中国传统的文学阐释学,是我们在新世纪推动先秦两汉文学研究的重要任务。

一个世纪以来,先秦两汉文学研究之所以取得重要成就,与考古学的大发现是分不开的。其实,20世纪的先秦两汉出土文献给这一时期文学研究的影响不仅仅在于提供了更多的资料,而且还在于由此而带来的研究方法论方面的思考。充分吸收近百年来的考古学新成果,对先秦两汉文学所达到的水平进行新的评估,也会使21世纪的先秦两汉文学的研究走向一个新的时代。

我们在这里所说的对先秦两汉文学所达到的水平进行新的评估,是有感而发的。应该看到,在20世纪的先秦两汉文学研究中,我们对先秦两汉文学的所达到的艺术水平的总体评价是偏低的。之所以如此,一个重要的原因来自于我们对先秦两汉文化典籍的怀疑和所谓先秦两汉文化落后的观念,并由此导致了对先秦两汉文明认识的偏颇。一段时间以来，一些人甚至最愿意在先秦两汉文学中寻找那些宗教迷信的东西并把它放大，说成是先秦两汉文学的特点，造成了相当不良的影响。先秦两汉是中国文化的源头，但同时又是中国文化的高峰，对这两点，我们都要有一个新的认识。说先秦两汉是中国文化的源头，是因为先秦两汉文化有着纵深的历史文化继承，其渊源可以追溯到几万甚至几十万年前的远古，中华民族的文化基因早在这一时期就已经基本确定，其传统也基本形成。近年来对中国新旧石器以至更为久远的文化年代的考古成果，正在不断地提示着我们要加强这方面的认识。要充分重视这一段漫长的民族历史以及其传统，以及其在后代中国文化发展中的巨大作用。说先秦两汉是中国文化的高峰，是因为我们现在以文字记录下来的先秦两汉文明，正是中国上古文明发展到高峰的产物，无论是制作精美的青铜器具，还是语言流畅的诗歌文学；无论是编年准确的历史记述，还是见解精深的哲学思辨，都一再地提示着我们，自商周以来的先秦两汉文化，的确已经进入了高度发达的时代。近年来的考古发现，如曾侯乙墓编钟的出土，郭店楚简的发现以及最近刚刚公布的上海战国楚简，不仅一次次地否定着自20世纪以来大行其道的疑古思潮，而且一次次地以其高度的文明形式向我们昭示着先秦两汉文化的伟大。充分认识先秦两汉文学的伟大方面而不是它的落后因素，应该是我们认识和研究先秦两汉文学的主导思想。

21世纪注定是中国的世纪，我们期待着中国文化的复兴。在这个复兴中国文化的世纪里，重新认识中国文化传统，深化先秦两汉文学的研究，是其中的重要方面。愿从事中国文学研究的学者都来思考这一问题，共创新世纪先秦两汉文学乃至中国文学研究的新局面。

二、先秦两汉文学将进一步走向世界

20世纪的中国文学研究之所以不同于以往，一个重要的原因是因为我们有了世界文化的眼光。21世纪的先秦两汉文学研究，将进一步走向世界。为了说明这一问题，我们先在这里简要回顾一下20世纪以前的先秦两汉文学在海外的研究动态。

我们知道，中华民族是世界上最伟大的民族之一，中华民族的文化很早在世界上就已经产生着影响。自然，中国古典文学在世界文坛上也享有崇高的地位。作为中国文学源头的先秦两汉文学也是如此。据有关材料介绍，早在16—18世纪东学西渐的第一次大潮中，经由传教士的译介，《诗经》就在世界各国流传开来，受到世界人民的喜爱。随着人文学科的发展，对《诗经》的研究不断有新的成果推出。其中如法国著名汉学家比奥在1838年《北方杂志》和1843年11月的《亚洲报》上发表的一系列研究《诗经》的专论，如《根据〈诗经〉探讨古代中国人的风俗民情》，这是从社会学的角度研究《诗经》的最早的论著。其后，马塞尔·葛兰言（Marcel Granet）于1911年发表的《中国古代歌谣与节日》一书，是另一部研究《诗经》的重要著作。在这部书中，葛兰言探讨了《诗经》中一些爱情诗与中国古代节日的礼仪习俗的关系，并继承其前辈学者比奥的研究方法，从社会民俗学的角度对这些诗进行了精彩的分析。他根据歌谣描写的内容，推定出了中国古代四个季节性的节日，详细描述了这些节日的内容、庆典祭祀的情况，进而探讨了古代中国的社会组织、宗教信仰和思想原则、生活风尚。他还批评了中国古代理学家否定爱情诗，把爱情诗纳入儒家诗教的做法。可以说，这种把《诗经》当作文学作品来研究，并从民俗学的角度来认识其中的民俗歌谣的方法，比起胡适、顾颉刚等人在五四时期才开始从文学的角度来认识《诗经》，闻一多、郭沫若等人从民俗学和社会学的角度研究《诗经》都要早得多。至于日本学者关于《诗经》的研究，在20世纪更取得了多方面的成就。代表性的成果如白川静的《〈诗经〉——中国的古代歌谣》，长泽规矩也的《毛诗注疏》，吉川幸次郎的《诗经国风》，铃木修次的《中国古代文学论——〈诗经〉的文艺性》等，都是值得我们认真学习和借鉴的。① 其中，出版于1977年的铃木修次的著作从《诗经》的编辑与构成、中国古代对于诗的认识、民间歌谣的文艺性、知识阶层的诗歌、诗人的诞生等多个方面对《诗经》所进行的探讨，在许多方面都有自己的特色。近年来，随着中国《诗经》学会的成立，中国的《诗经》学者与国外学者的交流日渐增多，每两年举办一次的《诗经》国际学术研讨会，都有日本、韩国、美国、蒙古、俄罗斯等多国的学者前来参加。

伟大的历史学家司马迁1956年被列为世界文化名人，并被誉为"中国历史之父"。司马迁的研究在日本成就尤其显著。泷川资言（泷川龟太郎）汇集了中国历代的研究成果，并依据流传到日本的《史记》旧钞本与研究成果，参考三家注及清代研究著述，撰成《史记会注考证》，于1934年出版，这是目前能够见到的资料最全的注本，书后还有长达160多页的"总论"，该书不仅有自己的研究心得，更有重要的资料价值，其中有些材料在中国还是比较罕见的，尤其是唐代张守节的《正义》，泷川所引比中国流传的各版本多出一千三百多条，为研究《史记》提供了极大的方便，自问世以来一直受到中外学者的推许。该书出版后，日本的水泽利忠又作《史记会注考证校补》，为泷川所引《正义》佚

---

① 参见宋柏年主编：《中国古典文学在国外》，北京语言学院出版社1994年版，第23—36页。

文标明了出处，并补充《正义》佚文二百余条。今有上海古籍出版社出版的《史记会注考证附校补》。泷川注本虽然也有许多缺点，如对历代注释罗致并不全面，甲、金文等出土文献的研究成果未能吸收，材料取舍亦有失当之处，有些引文未指明出处等，但是作为一名外国学者，对中国古代典籍的研究能到如此精深的地步，我们不能不十分佩服。这一实例同时也说明，先秦两汉文学的研究正在成为世界范围内展开，在许多相关的研究领域内、国外学者甚至走在了我们的前面，我们切不可妄自尊大。

近年来，随着改革开放步伐的日益加大，世界各国研究先秦两汉文学的成果也被更多地介绍到中国来，使我们的眼界逐渐打开。举例来讲，如1990年，由钱林森主编的《牧女与蚕娘——法国汉学家论中国古诗》一书由上海古籍出版社出版。这部书前有国内著名学者程千帆先生和法国著名汉学家侯思孟与桀溺的序言。书名《牧女与蚕娘》取自法国汉学家桀溺1977年发表的一篇论文题目，而这篇论文所讨论的恰恰是汉代乐府诗《陌上桑》的问题。与中国学者在20世纪50年代以后关于《陌上桑》的普遍评价不同的是，桀溺反对把这首诗看成是一个民间女子巧妙地拒绝太守调戏的故事，更反对把这首诗看成是对劳动人民的歌颂和对统治者的批判，而是从中国古老的桑园祭祀与传说谈起，从东方和西方同样的母题故事中进行分析，最终指出了这首诗所承担的文化遗产和它在中国诗歌体系从民间抒情的思想及语言方式中脱离出来的意义。[1] 相比较而言，中国学者从传统题材上来研究这个问题最早的当是游国恩先生，他的《论〈陌上桑〉》发表

---

[1] 见钱林森主编：《牧女与蚕娘——法国汉学家论中国古诗》，上海古籍出版社1990年版，第154—206页。

于 1947 年，[1] 其后赵敏俐也曾注意到这一现象，并指出其与汉代城市社会审美风尚的关系，[2] 但是相比较而言，中国学者在这方面却没有桀溺这样开放的世界文化眼光。书中另收入桀溺论《古诗十九首》的一篇文章，这本是作者《古诗十九首》一书的结论部分，出版于 1963 年，在该文中，作者不但详细讨论了《古诗十九首》的主题情感以及艺术形式问题，而且还对它的产生年代进行了比较详细的考察。作者反对把《古诗十九首》的创作年代推到汉末，甚至也不同意梁启超认为是公元 120—170 年的作品观点，而"主张《古诗》产生于公元一世纪中叶到二世纪中叶之间，就是以班固、傅毅之间为上限，以秦嘉这段时间为下限"[3]。本人认为，桀溺的这一推论是有道理的，与国内进入 20 世纪 80 年代以后李炳海、赵敏俐等人的讨论吻合。因为它体现了一种更为客观的态度，而不是像国内学者在讨论这一问题时有着明显的先入为主之见和庸俗社会学倾向。

以上仅是国外先秦两汉文学研究中的几个例子，其实，从世界范围内来看先秦两汉文学研究，有相当多的成果值得我们重视，如关于屈原的研究、关于孔孟老庄的研究、先秦两汉文论研究等等都是如此。[4]

---

[1] 游国恩：《论〈陌上桑〉》，见《开明书店二十周年纪念文集》1947 年版。后收入《游国恩古典文学研究论文集》，中华书局 1989 年版。
[2] 赵敏俐：《汉乐府〈陌上桑〉新探》，《江西社会科学》1987 年第 3 期。
[3] 钱林森主编：《牧女与蚕娘——法国汉学家论中国古诗》，上海古籍出版社 1990 年版，第 228 页。
[4] 读者可以参考以下诸书：宋柏年主编：《中国古典文学在国外》，北京语言学院出版社 1994 年版；周发祥、李岫主编：《中外文学交流史》，湖南教育出版社 1999 年版；王晓平、周发祥、李逸津：《国外中国古典文论研究》，江苏教育出版社 1998 年版；此外，读者如果要了解相关情况，还可以参考李学勤主编：《国际汉学著作提要》，江西教育出版社 1996 年版；安平秋、〔美〕安乐哲主编：《北美汉学家辞典》，人民文学出版社 2001 年版。

新世纪的先秦两汉文学研究必将进一步走向世界。这包括两个方面的意义。第一，随着世界一体化的发展，中国文学正在成为世界学术的一部分，先秦两汉文学也是如此。因此，充分关注世界范围内的先秦两汉文学研究，而不是仅仅关注中国的研究，只有如此，才能使我们的研究站在新的时代高度，才会不断地开拓先秦两汉文学研究的新天地。那种认为先秦两汉文学的发源地在中国，研究的最高水平的成果也在中国的观念正在被不断的修正。事实上，正是有了世界各国学者的共同努力，才使20世纪的先秦两汉文学研究达到了空前的高度。世界各国的先秦两汉文学研究，正在从多个方面充实和提高着国内的先秦两汉文学研究水平，并带来了前所未有的活力。为了说明这一问题，在此我们还可以再举一例。如关于《诗经》的研究，如我们上文所言，除了民俗学的方法、文化人类学的方法都来自于国外，并最终在国内产生了相当大的影响之外，还有一些其他的研究方法也可以给我们以极大的启示。从20世纪30年代开始，美国哈佛大学教授米尔曼·帕利（Milman Parry）在研究西方史诗的时候提出了一种套语理论，后来由他的学生阿伯特·洛德（Albert Lord）的进一步发展，成为一套完整的理论体系，也就是口传诗学的理论，或者曰帕利—洛德理论。正是在这一理论的指导下，美藉华人学者王靖献开始研究《诗经》，从而发现了《诗经》作为中国最早的口传诗歌的一系列形式特征以及相关的批评标准。这在20世纪的《诗经》研究中是有开创意义的。[1]这同时也说明，21世纪的《诗经》研究不再是中国人的专利，而是世界学术研究的一部分。我们的研究必须多方面吸收世界各国的研究成果，才能跟上这个前

---

[1] 此处可参考〔美〕王靖献著，谢濂译：《钟与鼓——〈诗经〉的套语及其创作方式》，四川人民出版社1990年版。

所未有的新时代。

第二,站在世界文化的立场上研究先秦两汉文学,同时也要求我们改变自己的学术视野。苏东坡先生有诗云:"不识庐山真面目,只缘身在此山中。"我们要认识先秦两汉文学的真面目,不仅要跳出中国古代的文化圈子,而且还要跳出当代中国的文化圈子,站在世界文化的视野上来看。只有如此,我们才能在先秦两汉文学中发现过去没有发现的东西,尤其是对现代化的中国文化发展有利的东西,包括文学的内容、形式、风格以及审美等各个方面的东西。先秦两汉文学是中国文学的源头,体现出更多的中国文化特色,要认识这一点,更需要如此。举例来讲,在20世纪的世界范围内、尤其是西方社会的先秦两汉文学研究中,老庄哲学思想与道家美学曾经产生了巨大影响,这其中,除了国外的哲学家与文学家站在自身立场上来认识老庄哲学思想及美学,给我们提供了新的东西之外,中国人站在世界文化的立场上回过头来看老庄哲学及其美学,从而进一步认识中国文学的民族文化特色也是一个重要方面。旅美华人叶维廉到美国之后,在一个西方文化的背景下重新审视中国文学,才发现中国的传统文学批评理论与西方的巨大不同,进而反思五四运动造成的负面效应:移植西方文化、扬西抑东,对自己的文化没有自信,于是要把它怀疑,把它毁掉。以西方的批评观念为是非,以西方的理论体系为标准。而这恰恰毁灭了中国文化,造成了中国文学研究中严重的失语症。[1]正是在这种反思的基础之上,叶维廉开始致力于"中国诗学"的研究,并把这种研究建立在对中国的传统美学、特别是道家美学全面的把握上。他的几篇著名论文,如《中国古典诗中

---

[1] 见叶维廉:《中国文学批评方法论略》,《中国诗学》,生活·读书·新知三联书店1992年版。

的传释活动》、《言无言:道家知识论》、《秘响旁通:文意的派生与交相引发》、《中国古典诗中山水美感意识的演变》等,都是站在西方文化的视野下来对中国古典美学的特色进行的新的把握。[①] 这样也就克服了以往用西方的理论来套用中国的文学实践的不良风习,充分揭示了中国文学的民族文化特色,有效地克服了西方文明中心论在中国文学研究领域的弊端,并进而指出中国文学理论与西方现代派诗歌之间的关系以及对西方现代文学产生的巨大影响。[②] 可以说,只有站在世界文化的立场上来重新审视先秦两汉文学,才能更好地认识中国文学的民族文化特色。从这一点来讲,21世纪的先秦两汉文学研究应该比20世纪站的更高,看的更远,它将摆脱西方文化中心论下形成的一些论争,如中国是否有史诗;没有史诗就说明中国文学没有古希腊发达;希腊的文明是正常的文明,中国的文明是早熟的文明等等。一个一切以西方文学批评理论话语来研究先秦两汉文学的时代已经过去,一个确立在世界文学中中国文学与西方文学具有同等重要地位的时代已经开始。而要完成这个时代的重任,先秦两汉文学处于格外重要的地位,因为它是中国文学的源头。当然在这种形势下我们要尽量避免狭隘的民族主义,要树立真正的中西平等的新的世界文化观念。

三、21世纪的先秦两汉文学研究条件将要有大的改观

21世纪的先秦两汉文学研究条件的改观可以分为两个方面,第一是研究者自身条件的改观,第二是研究者外部条件的改观。

---

① 以上俱见叶维廉:《中国诗学》,生活·读书·新知三联书店1992年版。
② 叶维廉:《道家美学、中国诗与美国现代诗》,见赵敏俐主编:《中国诗歌研究》第2辑,中华书局2003年版。

所谓研究者自身条件的改观，也包括研究者知识系统的改变和研究队伍成分改变两个方面。我们知道，先秦两汉文学研究属于中国的传统学术，19世纪以前，这种传统学术的研究基本上属于经学、史学和诸子之学的范畴，研究者也都是不出国门也不知国外情况的传统中国学人。随着中国人开始现代化的探索，20世纪的先秦两汉文学很快地改变了这种情况，在五四运动的影响下，一批新的接受了外国文化的学者走上了先秦两汉文学研究之路，试比较一下19世纪末叶以王先谦、孙诒让等人为代表的老学者和20世纪前期以王国维、郭沫若、闻一多等为代表的一批新学者的知识背景，我们就可以知道二者之间的差异有多么巨大。历史进入21世纪之后，随着我国改革开放速度的加快、教育体制的改革以及对外交流的日益扩大，一大批具有新型知识结构的学者会逐渐充实进先秦两汉文学研究的队伍中来。他们是站在新的世界文化背景下来学习、研究先秦两汉文学的，他们比20世纪的学者具有更为开放的学术意识，也具有更为宽广的知识领域。先秦两汉文学研究也不再是中国人的事情，还会有更多的外国人来参与其事。他们不仅在中国从事这方面的研究，而且还会在世界范围内从事这种研究。我们要充分认识到研究队伍自身条件改变所产生的重要影响，对于新一代的学者来说，更要自觉地融入到这个队伍中来，只有如此，才有可能跟上这个飞速发展的时代。

所谓研究者外部条件的改观，在21世纪将会更明显。现代化的科学技术和广泛的学术交流，将会更好地推动21世纪的先秦两汉文学研究。我们应该看到，在20世纪的先秦两汉文学研究中，虽然国际国内的交流也有过前所未有的开展，但是由于受到了各种自然条件和社会条件的限制，还是不能使世界各国的研究成果及时地沟通。中西方之间的学术交流，在20世纪的相当一段时间内,由于意识形态之间的差距而产生了人为的阻碍,再加上语言交流上的障碍,使得国外的许多研究成果都不能及时地传递到国内来,中国的相关研究也不能很好地传播到世界中去。如我们上引关于法国学者对于《诗经》和汉代诗歌的研究,最早的研究成果出现在19世纪,最晚的也发表于20世纪70年代,可是国内的学者比较大范围的了解到(其实还不是全部的了解,更多的仍是介绍性的),还是在20世纪的90年代以后的事情。时至今日,我们对世界各国的先秦两汉文学研究了解得还远不够全面,而中国的先秦两汉文学研究成果,世界各国的了解也同样少。21世纪,这种情况将会有极大的改变。学术交流的国际化、语言沟通障碍的逐步消除,都会极大地促进先秦两汉文学研究的发展。

与此同时,科学技术的突飞猛进,将会为21世纪的先秦两汉文学研究带来更大的促进。一方面,计算机的应用和互联网的普及速度之快,远远超出了人们的预料。科技发展为先秦两汉文学研究带来的效应,首先是信息传递与交流的加快与及时。无论发生在世界任何地方的学术信息,只要发布到网上,马上就可以传播到世界各地,这足以让我们及时地了解世界各地先秦两汉文学的研究动态,了解到最新的研究成果。不仅如此,互联网的开通,也使全世界的图书馆都连在了一起,在不久的将来,我们可以足不出户地查到世界各地的相关图书杂志,资料缺乏的困难将来可能不会再发生。另一方面,随着计算机技术的飞速发展,各种有关先秦两汉文学研究的电子数据库也越来越多。如今,《四库全书》、《四部备要》、《国学宝典》等各种大型的古典文学研究的电子数据库和检索系统都已经研制完成并投入使用,过去为了一条资料到图书馆去一页一页翻书的繁重的体力劳动已经被电子检索系统取代,20世纪学者们为此而花费大量的劳动编制的各种"引得"、"索引"以及"字典"、"词典"等笨重的工具书也正在被新的检索手段代替。学者们之间的交流也可以突破时空的限制在网上随时进行。随着计算机语言研究难关的攻克，20世纪因为语言和文字所造成的学术交流障碍也将不复存在。如此好的科研外部环境将会给先秦两汉文学的研究带来不可估量的影响。我们期待，随着研究者自身条件，也就是一个新型的研究队伍的出现和科研外部条件的改善，21世纪的先秦两汉文学研究将会产生更大的飞跃。

关于先秦大文学的文化思考[①]

　　从洪荒远古时代发端的先秦大文学,于荆棘丛莽中走完了它那漫长的开创之路,终于在秦王朝统一中国的历史大潮中步入了另一个新的时代。在它的身后留下的是一条闪光的足迹,同时也竖起了一座历史的丰碑。从反映初民生活与精神风貌的上古神话与原始歌谣,到《诗经》、《楚辞》这两部伟大作品的产生;从先民们口头传诵的历史到《左传》、《国策》等史传文学巨著的创造;从上古人类思想的理性萌芽到孔孟、老庄等博大精深的哲理散文的出现;先秦大文学所取得的辉煌成就令后世敬仰。它如滔滔不竭的江河之源滋润着后代文学,也如经天丽日般普照着百代文坛。它那丰厚的文化蓄积和深沉的历史意蕴不但是后世文学永远也开掘不完的精神宝库,而且它那成熟的艺术样式和高超的艺术技巧也永远是后世文学所取法的楷模。它不仅奠定了中国后世文学的文化传统,孕育了后世封建社会文学的基本样式,如诗歌、散文乃至小说、戏剧的原初形态,而且还以其特有的时代艺术样式,如原始神话和先秦寓言等,向后人显示了先秦时代的独特文化智慧。总之,它的故事令人惊叹,它的丰采令人神往。然而,在惊叹和神往之余,我们更需要深深的思考:为什么产生于中国历史早期的这些文学作品,会具有如此巨大的艺术魅力?会成为中国

---

① 此文为作者为《先秦大文学史》所写的"结语",吉林大学出版社1993年出版。

后世文学的典范和楷模呢？它体现了中国文学发展的哪些规律？表现了中国文学艺术的哪些特质呢？也许，这并不是本书就可以完全解答的问题。但是要认识这些关于中国文学发展中的根本问题，又必须建立在对先秦大文学的深入了解之上。振叶以寻根，沿波而讨源，一个对于产生于中国历史早期的具有发端意义的先秦大文学没有了解或了解甚少的人，是不可能正确解释中国文学的发展规律和中国文学的民族特征等一系列问题的。从这个意义上讲，对先秦大文学的上述思考，也就是所有研究中国文学的人都必须思考和回答的问题。因此，作为本书的编撰者，我们自然更应该就上述问题略抒己见了。

一、从先秦大文学看文学的文化本质

先秦大文学所取得的辉煌成就并产生深而又广的影响，首先是与它那文史哲融为一体的形式不可分的。而这种形式，也是和后世文学的最大区别。以后世的文学观念看，先秦大文学除了原始歌谣、《诗经》、《楚辞》之外，其他都不能算是严格意义上的文学作品。但是在混沌未分的远古时期，文学和其他意识形态之间并没有严格的界限。即便是诗歌本身，当它在初始的时期，也仍然扮演着文学、历史乃至宗教应用等多方面的角色，具有多种实用功能，同样不等同于后世以审美为主的严格意义上的诗歌。文学作为一门独立的艺术形态而存在，已经是人类社会产生很晚以后的事情。这期间，它走过了从非文学到文学，从实用到审美，从综合形态到单一形态的漫长的历史演化过程。演化本身标志着历史的进步，也促使文学朝着自身独立的方向发展，从而出现了后世越来越繁荣的文学创作局面。然而从另一方面看,文史哲融为一体的先秦大文学却更能表现文学的文化特质。文学是什么?如果说我们从现在比较通行的观点看,文学是一种社会意识形态,是用形象反映社会生活的一种方式,是语言的艺术,那么,把先秦大文学和后世文学相比较,我们固然会觉得后世文学在形式表现的技巧方面要比先秦时代更为精致和高超,但是从形象地反映社会生活方面却远不及先秦大文学那么丰厚多彩、浑莽宏阔。且不用说先民们那些情深缥绵而又浪漫怪谲的神话、音韵和谐而又语言整齐的诗歌,即便是从那些见于行事而不尚空言的叙述、诉诸形象而不干枯的说理中,我们也能够看出先秦时代人们所具有的那种极强的形象思维能力和诗性的智慧。他们用审美的眼光来看待生活,甚至用审美的方式来解释宇宙、社会、人生等最基本的问题。在他们的心目中,天是有情有意的天,地是有德有信的地,大自然中的一切,如江河湖海、三山五岳、草木虫鱼、风云雷电等都具有生命色彩,甚至于像"道"那样代表宇宙本体和事物运动规律,被后人视为极其抽象的哲学概念,在先秦人那里也同样是充满了人情味、需要靠审美的方式才能够真正的体验和把握得住的东西。"昔者庄周梦为蝴蝶,栩栩然蝴蝶也。自喻适志与!不知周也。俄然觉,则蘧蘧然周也。不知周之梦为蝴蝶与?蝴蝶之梦为周与?"[①]当我们阅读这些先秦哲人的论述之后,有谁不会为他们这种诗意的哲学而感动?为他们的诗性智慧而惊叹呢?哲学如此,历史也复如此。《左传》在开篇就讲"郑伯克段于鄢"的故事,那"黄泉相见"丑剧的精彩描写,郑庄公等人物形象的生动刻画与声情并茂的语言,和后世的小说又有什么区别呢?历史

---

① (清)郭庆藩著,王孝鱼点校:《庄子集释》,中华书局2004年版,第112页。

似乎总是在矛盾悖论中前进。当人类在为自己的理性思维不断增强而骄傲的时候，同时也应该为形象思维的渐渐枯竭而悲哀。当他们用理性的眼光把"艺术"看成了一个独立的范畴，看成是须要努力经营才能得到的东西，并且美其名曰"艺术的自觉"的时候，也就意味着人类的童真意趣和原初的诗性智慧已经丧失，他们已经不可能像自己的祖先那样把评价、认知和审美有机地融合为一，用艺术方式来把握一切了。

　　我们说先秦大文学之所以更能表现文学的文化本质，就因为它产生于人类社会的早年，是用诗性的智慧凝结成的人类精神生产的早期的全部成果，它包括人类生活领域的各个方面，甚至连他们对宇宙本体的认识在内。是先秦大文学才更好地提示我们：文史哲的分流虽然是后代文学艺术独立发展的必然趋势，但是这绝不意味着文学表现生活面的缩小，也绝不意味着要对文学进行自我封闭和限制，使文学变成所谓仅仅是诉诸审美的消遣的"艺术"。它要求后世文学家在艺术技巧不断改进和人的自觉的审美意识不断提高的情况下，更好地以语言艺术的方式去把握生活的全部内容，去多方面地开掘生活、揭示生活中的本质方面，使文学艺术永远成为具有真善美相结合的教育人的艺术。事实也是如此，无论古今中外，凡是被人们所称誉的伟大作品，没有哪一部仅靠它的技巧而成名，全部都是因为其所包容的深刻的思想性内蕴、丰富的文化精神、生动的生活内容，乃至反映了一个历史时代的面貌等才享誉世界的。从这个意义上讲，文学特质就是文化，是文化的一种特殊表现方式，即一个民族文化的语言艺术表达。先秦大文学之所以对后世产生了深而又广的影响，就因为它是先民们用那个时代特有的形象语言方式所表达的中国文化的全部内容，最鲜明地体现了文学的文化素质所致。

二、从先秦大文学看中国文学的文化传统

先秦大文学之所以取得辉煌成就并对后世产生深广影响，也与它那蓄积久远的文化内容密不可分。丰厚的文化内容又积淀为民族文学传统，使之成为文学中最能打动人心的力量。

说到底，文学的传统就是文化传统，是民族文化传统的文学表现形式。而文化传统的形成决非一朝一夕之事，它本身也总是在历史的过程中不断沉积和发展，也总是在不断的扬弃中才凝结成的。但先秦文学所体现的无疑是中华民族文化堆积中最为深厚的传统。之所以如此，就因为先秦文学并非一般的断代文学，而是漫长久远的中国上古文化的艺术总结和升华；它所承继的文化内容远不止一代几代、几十几百年，而是自从中华民族诞生以来的悠悠岁月中生成的全部文化。在那看似荒诞不经的神话故事里，体现的却是中国初民在和大自然进行坚持不懈的长期斗争中积累起来的最宝贵的生产生活经验，如大禹对江河的疏导，神农对农业的发明；在那些并非属于信史的古史传说中，体现的却是中国早期社会组织的产生经过以及人们所理想的政权形式，如炎黄之间的战争和尧舜之间的禅让；在那些极其简短而又朴素的歌谣中，表现的却是中国人最为真实的生活内容和最为纯朴的思想感情，如传说是黄帝时的《弹歌》与大禹时代的《候人歌》；在那些极其简单的文字符号中，表现的却是中国人在长久实践中总结出的最基本的自然规律，如传说产生于伏羲时代的八卦阴阳学说。事物的原初形态往往就是它的基本形态，最能显示它的本质。先秦大文学产生于中国文化的初始阶段，也同样具有这样的性质。它是生成中国文学这棵参天大树的种子和幼苗，也是孕育中国文化

这一伟大生命的基因和胎儿。一个民族的文化虽然也会因为时代的发展而发生一定的变异，但是形成它的原初遗传基因却是维持其种族生命长久的根本所在。从这个意义上讲，中国文学之所以不同于西方文学，乃是早在先秦时代就已经确定了的。所以，虽然先秦大文学距今已时隔久远，但每一个炎黄子孙都会对它感到亲切，都会由衷体味到我中华民族成长和发展的历史，都会在心中激发爱国的热情和民族的亲近感。同样，凡是研究中国文学传统的人都不能不追溯到先秦，凡是对先秦文学不能有较好理解的人都不能很好地认识中国文学的文化传统。

先秦时代是中国文学的民族传统基本形成的时代，这不仅仅因为其传统文化堆积的深厚，而且还因为其包孕的范围之广。在民族文化传统形成的过程中，越是属于一个民族文化核心内容的东西堆积越深厚、越久远，也就越具有普遍性、包容性。如作为中国传统中最富有特色的人文主义精神，它早已包含于神话、传说、诗歌、诸子、史传等先秦文学的各种体裁形式之中。在中国古代神话中，人的力量是最伟大的，夸父可以与日逐走，女娲炼五色石以补苍天，大禹劈山凿河治服洪水，后羿上射九日而下杀长蛇。在中国古代传说中，人类的文明都不是上帝的赐予，而是他们自己智慧的创造，有巢氏发明了筑巢，燧人氏发明了用火，伏羲氏发明了结网捕鱼，神农氏发明了农业和药草。在中国古代诗歌中，也表现了他们要主宰宇宙的情感和愿望，命令"土反其宅，水归其壑，草木归其泽"（《伊耆氏蜡辞》）[1]。在中国古代哲学中，人同样具有和天地并生的地位，"惟天地万物父母，惟人万

---

[1] （汉）郑玄注，（唐）孔颖达等正义：《礼记正义》卷26，（清）阮元校刻：《十三经注疏》，中华书局1980年版，第1454页。

物之灵"(《尚书·泰誓》)[1],"天地絪缊,万物化醇;男女构精,万物化生"(《周易·系辞下》)[2]。在看似矛盾对立的儒道两家学说中,这种自然人本的思想仍然是两家理论的共同哲学基础。同样,在中国古代社会意识中,记述人自身活动的历史才是人最可宝贵的经验和智慧,如《春秋》早就被中国人推重为"上明三王之道,下辨人事之纪,别嫌疑,明是非,定犹豫,善善恶恶,贤贤贱不肖,存亡国。继绝世,补敝起废"[3]的治国经典……总之,这种最具有中国文化特色的人文主义精神,作为根柢深沉的民族传统,早已充盈于先秦文学的各种体裁样式之中,并贯穿于几千年中国文学的历史里。从创作方面讲,它是构成中国文学作品最基本的文化内容之一,也是形成中国文学作品最基本的情感形式要素;从文化心理方面讲,它是中国人对现实生活进行理解的思想核心,也是体现在文化原型中的民族精神在他们心中的激荡。它以审美艺术的方式培养着中国人的文化品格,塑造着中国人的灵魂,同时也教育和引导着后代文人保持和发扬这种优秀的人文主义精神传统,去面对现实、关注人生,去无情地揭露封建社会的种种弊端,指出战争、瘟疫、灾难、昏君奸相、贪官污吏、强盗土匪等对人的种种伤害,去批判社会各种恃强凌弱、以众暴寡等不公平现象和道德堕落、腐败荒淫等不良行为,号召人们向不合理的现象斗争;同时,它也向人们展示什么是人类美好的品质,什么是社会中值得赞扬的行为,唤醒人类至善的天性,激发他们互助互爱的

---

[1] (汉)孔安国传,(唐)孔颖达疏:《尚书正义》卷11,(清)阮元校刻:《十三经注疏》,中华书局1980年版,第180页。

[2] (魏)王弼注,(唐)孔颖达疏:《周易正义》卷8,(清)阮元校刻:《十三经注疏》,中华书局1980年版,第88页。

[3] (汉)司马迁:《史记》卷130,中华书局1959年版,第3297页。

情感，鼓励他们为实现自己的崇高理想而奋斗。总之，在先秦大文学中我们看到，越是在中华民族成长初期的漫长历史中形成的文化传统，越具有长久的生命力和强大的感召力。它不但是后代开掘不完的宝库，也是让人永感亲切的乡音；它不但是体现在所有文学作品中的文化内蕴，也是扎根于所有人心中的有生命的东西。先秦大文学对中国后世文学的影响，我们也只有从文化传统这一角度才能有更好的理解。

三、从先秦大文学看中国人的文学观念

先秦大文学之所以对后世产生深广影响，除了文史哲融为一体的形式和蓄积久远的文化内容外，还因为它与中国人关于文学的理解有关。

在中国人的文化心理中，"文学"一直是一个具有民族特殊蕴含的概念。从现有文献资料看，中国人老早就认识了"文学"的审美特质。"文"字在甲骨文中写作"𡥑"、"𡥐"，其字形"象正立之人形，胸部有刻画之纹饰，故以文身之纹为文"[①]。《说文解字》曰："文，错画也"，《广雅·释诂》曰："文，饰也"，是文的本义即指文采和文饰，《说文》和《广雅》两书正好从形象和功用两个方面对此字做了完整的解释。因为其本义指人胸部纹饰，故此字一出现就带有审美的意义，在甲骨文中"冠于王名之上以为美称"。由此引而申之，"文"字可指一切有文采的东西。《周易·系辞下》曰："物相杂，故曰文"，《礼记·乐记》又曰："五色成文而不乱"。"文"在古

---

① 徐中舒主编：《甲骨文字典》，四川辞书出版社1989年版，第996页。

时又和"章"联称,其本义也是指错杂的颜色和花纹。后来"文章"演变为以文字连缀成篇的文辞,也不仅是指散文,甚至包括诗在内,如杜甫在《偶题》一诗中就说:"文章千古事,得失寸心知。"而"文学"这一概念最早出现于《论语·先进》之中,则是指的文章博学,即对所有文献经典的广泛学习,所谓孔门弟子四科之一,"文学:子游、子夏"是也。后来泛指文献经典,如《汉书·武学纪》元朔十一年诏曰:"选豪俊,讲文学。"从"文"与"文学"的这种概念演化过程中,我们就可以看出中国人对于"文"的审美因素的重视。

然而在先秦人的文化观念中,却并不把"文"当作一个独立的艺术范畴,也不把它当作一个独立的存在。他们认为"文"是事物的形式与现象,是附丽于事物本质的外在表现。"天秉阳,垂日星。地秉阴,窍于山川,播五行于四时"①;"日月丽乎天,百谷草木丽乎土"②。这自然生成的日、月、星就是天之文,山川风物、五行四时、百谷草木之类,就是地之文。"傍及万品,动植皆文。龙凤以藻绘呈瑞,虎豹以炳蔚凝姿;云霞雕色,有逾画工之妙;草木贲华,无待锦匠之奇"③。同样,"情动于中,故形于声;声成文,谓之音"④,这由人心感物形于语言声音的表现就是人之文——广义的文学,包括形诸语言和文字的所有的物质表现形态。但无论天文、地文还是动植之文,都是"道"的自然表现,同样,对于人来说,"文学"只是人的一切思想感情自然表达的结果而已。

---

① (汉)郑玄注,(唐)孔颖达等正义:《礼记正义》卷22,(清)阮元校刻:《十三经注疏》,中华书局1980年版,第1423页。
② (魏)王弼注,(唐)孔颖达注:《周易正义》卷3,(清)阮元校刻:《十三经注疏》,中华书局1980年版,第43页。
③ (梁)刘勰著,范文澜注:《文心雕龙注》,人民文学出版社1958年版,第1页。
④ (汉)郑玄注,(唐)孔颖达等正义:《礼记正义》卷37,(清)阮元校刻:《十三经注疏》,中华书局1980年版,第2527页。

先秦时代对于"文学"的这种理解是中国人一系列文学观念产生的基础，也是中国古代文学观念和西方文学观念最根本的不同。古希腊人因为把文学看成是对客观的摹仿，由此便主要在摹仿的基础上求真；而中国人则由于把"文学"看成是主观思想情感的表现，由此便主要在表现的基础上求善。中国人对于"文"的理解从来就和他们对于"人"的理解不可分开，文如其人，作文的条件首先是做人，只有人的道德人格上的完善，才能作出天下之至文，即便是无意为文，也照样文采焕发。故孔子曰："大哉尧之为君也，巍巍乎唯天为大，唯尧则之。荡荡乎无能名焉，巍巍乎其有成功也，焕乎其有文章"。[1] 因此，作文的途径只有从"原道"、"征圣"、"宗经"入手（刘勰《文心雕龙》），"入门须正，立意须高"（严羽《沧浪诗话》）。也正因为如此，中国人早就把先秦推崇备至，不但视之为后世文学楷模，更重要的还是后世做人之必读，是圣人所讲的要言妙道："《诗》以道志，《书》以道事，《礼》以道行，《乐》以道和，《易》以道阴阳，《春秋》以道名分"；[2] "圣人也者，道之管也。天下之道管是矣，百王之道一是矣，故《诗》、《书》、《礼》、《乐》之归是矣。《诗》言是其志也，《书》言是其事也，《礼》言是其行也，《乐》言是其和也，《春秋》言是其微也"。[3] 尽管中国后世的文学已经和史哲分流而成为一个独立的体系，但中国人从来就不曾改变这种对于"文"的基本认识，也从来就不曾放弃过对于先秦经典的学习。他们要在通过对于先秦经典的学习

---

[1] （魏）何晏注，（宋）邢昺疏：《论语注疏》卷8，（清）阮元校刻：《十三经注疏》，中华书局1980年版，第2487页。
[2] （清）郭庆藩著，王孝鱼点校：《庄子集释》卷10，中华书局2004年版，第1067页。
[3] （清）王先谦著，沈啸寰、王星贤点校：《荀子集解》卷4，中华书局1988年版，第133页。

中确立起关于人的道德规范体系，它使中国人把文学看成是培养人格、陶冶情操的艺术，在文学创作和欣赏中提高人的思想水平，去追求人生的最高境界，无论是儒家所敬仰的君子风范还是道家所推崇的真人品格，莫不可在后世文学创作中得以体现。总之，早在先秦时代的中国，就已经把西方直到近代才提出的"文学即人学"这一深刻命题，做了最富有中国文化特色的表现。同时，它也不断地教育着中国人永远这样地去理解文学、认识文学，去进行文学的创造和欣赏，并建立起具有中国文化特色的文学理论。从这个意义上讲，产生于中国文化发生期的先秦大文学，不但在中国文学发展史上具有开拓定型的发生学意义，而且还因为它奠定了中国人对文学理解的文化心理基础，规定和引导着后世文学创作发展的方向。

深化先秦文学研究的几点想法[①]

先秦是中国文学的源头，也是中国文化的源头。在中国古代，由于没有现代意义上的"文学"观念，也没有独立的"先秦文学"，对先秦文学的研究，只能混杂于对先秦经典的阐释之中。20世纪初，随着西方文化的引进和现代学术体系的建立，"文学"正式成为一个独立的学科，先秦文学研究也得到极大发展。学者们打开了蒙在《诗经》之上"经"的面纱，开始把它当作一部文学作品来研究。对以《尚书》、《春秋》、《左传》为代表的历史著作，以《老子》、《庄子》、《论语》、《孟子》等为代表的诸子之书，也多方面发掘其中所具有的文学因素。进一步，人们把对先秦文学的研究扩展到甲骨文、金文、《山海经》、《周易》以及兵家、名家等著作中去，指出它们与中国后世诗歌、戏曲、小说等文学样式之间的历史源渊关系。可以说，一个世纪的先秦文学研究，已经取得了空前的成就。

但是，在取得成就的同时，也存在着严重的不足。如今我们又处于一个新世纪的开端，如何重新开创先秦文学研究的新局面，已经成为必须认真思考的问题。在此笔者想谈以下三点想法：

1. 从中国古代的文学观念实际出发，重新认识先秦文学和中国文学的民族特色。

---

① 该文原发表于《光明日报》2002年2月6日。

自20世纪初以来的先秦文学研究之以取得重大成就，一个重要的原因是由于我们采用了新的文学观念而对其进行了新的解读。但仔细思考我们就会发现，在这种解读的过程中，我们是以抛弃了古代的文学观为代价的。中国古代自先秦时期开始对文学就有独特的理解，几千年来一直持一种泛文学观念。可是，一段时间以来，我们并没有用科学的态度客观地对此现象进行分析，而企图按照今天的文学观念来规范它。举例来讲，如史传这种文体，在中国古代文学史中具有重要意义，其影响可延伸至元明清小说，刘勰的《文心雕龙》中还专列一章来进行论述。可是，由于史传这种文体并不符合今天的文学标准，所以当代的文学史就不再把"史传"当作一种"文学"或"文体"来看待，而首先认定它是历史著作，充其量认为这些著作是有些"文学因素"的"历史散文"而已。同样的问题也发生在"诸子散文"之中。这样做的结果，只会造成对先秦文学的割裂，造成形式与内容的分离，只会使先秦文学的研究之路越走越窄。为了避免这种尴尬局面，当代许多学者也在探索新的研究之路，如研究先秦文学与宗教、历史、哲学、文化、艺术等各种关系，但由于总是受今天的文学观念的束缚，因而所有这些努力并没有摆脱先秦文学研究的困境。从中国古代的文学观念实际出发，重新认识中国文学的民族特色，是我们在新世纪开创先秦文学研究新局面首先要考虑的问题。

　　2. 尊重中国古代的文学传统，在先秦文学研究中重建具有中华民族特色的"文学解释学"体系。

　　中华民族有自己独特的文学传统，这一传统在先秦时期就已形成。回顾20世纪的先秦文学研究，另一个重要的失误就是缺少对于中国文学传统的尊重。先秦文学对后世文学的影响和经典意义，正是通过传统的延续得以实现的。从形式上讲，中国后世的文学样式都发端于先秦，这已是大家公认的事实；从内容上讲，先秦文学更给后世做出了基本的规定，那就是要遵循"风雅传统"、"春秋之义"以及一定要"为道言文"等等，这也是自先秦就已确立的中国文学精神，在千百年来发挥着主导性的影响。刘勰在《文心雕龙》中说得好，要了解中国人"为文之用心"，首先就要"原道"、"征圣"、"宗经"，然后再"辨骚"、"正纬"，这才是"法度之本原"，"为文之极轨"。可是，20世纪的先秦文学研究却不是如此，以《诗经》为例，许多人根本不考虑它作为"经"在中国文学史上产生的全面影响，而只是简单地、用很狭隘的"文学眼光"分析所谓的"思想内容"和"艺术特色"，并美其名曰"恢复了《诗经》的本来面目"。这种情况，在史传和诸子研究中表现的尤甚，仅仅抽出这些著作中的所谓具有"文学因素"的东西，怎么能全面地认识先秦文学？怎么能认识它对中国后世文学的影响？今天，应该是彻底地改变这种局面的时候了。当然，笔者这样讲并不是要今天的学人重新操起古代的泛文学观来进行现代研究，而是强调要正确地认识历史，认真地思考先秦文学给我们的民族带来了哪些独特的东西。客观地分析中国古代的泛文学观，从"原道"、"征圣"、"宗经"的角度，全方位地认识先秦文学在中国文学史上的奠基地位以及其意义，建立具有中国传统的文学阐释学，是我们在新世纪推动先秦文学研究的重要任务。

3. 充分吸收近百年来的考古学新成果，对先秦文学所达到的水平进行新的评估。

一个世纪以来，我们之所以对先秦文学的评价偏低，一个重要的原因来自于我们对先秦文化典籍的怀疑和所谓先秦文化落后的观念。并由此导致了对先秦文明认识的偏颇。一段时间以来，一些人甚至更愿意在先秦文学中寻找那些宗教迷信的东西并把它放大，说成是先秦文学的特点，造成了相当不良的影响。先秦是中国文化的源头，但同时又是中国文化的高峰，对这两点，我们都要有一个新的认识。说先秦是中国文化的源头，是因为先秦文化有着纵深的历史文化继承，其渊源可以追溯到几万甚至几十万年前的远古，中华民族的文化基因早在这一时期就已经基本确定，其传统也基本形成。近年来对中国新旧石器以至更为久远的文化年代的考古成果，正在不断地提示着我们要加强这方面的认识。认识到这一段漫长的民族历史以及其传统，在后代中国文化发展中的巨大作用。说先秦是中国文化的高峰，是因为我们现在以文字记录下来的先秦文明，正是中国上古文明发展到高峰的产物，无论是制作精美的青铜器具，还是语言流畅的诗歌文学；无论是编年准确的历史记述，还是见解精深的哲学思辨，都一再地提示着我们，自商周以来的先秦文化，的确已经达到了高度发达的时代。近年来的考古发现，如曾侯乙墓编钟的出土，郭店楚简的发现以及最近刚刚公布的上海战国楚简，不仅一次次地否定着自20世纪以来大行其道的疑古思潮，而且一次次地以其高度的文明形式向我们昭示着先秦文化的伟大。充分认识先秦文学的伟大方面而不是它的落后因素，是我们认识和研究先秦文学的主导思想。

  21世纪注定是中国的世纪，我们期待着中国文化的复兴。在这个复兴中国文化的世纪里，重新认识中国文化传统，深化先秦文学的研究，是其中的重要方面。愿从事中国文学研究的学者都来思考这一问题，共创新世纪先秦文学乃至中国文学研究的新局面。

重塑孔子形象，再造中华道德[①]

孔子是中华民族文化的象征，在几千年的中华民族社会发展中起到了重要的作用。但是到了 20 世纪初，孔子这个中华民族文化的象征却被打倒了。在当时那个特定的历史条件下，"打倒孔家店"有重要的现实意义。因为"孔家店"从某种角度来讲也可以说是封建文化的象征。

但是从本质上来讲，把孔子当成封建文化的象征又是不妥当的。这里面有两个问题我们过去没有认识到，受历史的条件局限，在当时也很难认识到。但是经过一百年的时间，我们应予以重新认识和反思：其一，不能把以孔子为代表的儒家文化与整个的封建社会文化看成一体，二者有相当大的区别；应该看到，孔子的思想以及全部儒学思想都有与封建政治相统一的一面，因为相统一，才能使儒学成为封建社会的官方哲学，它在一定程度上为封建社会的统治提供了最好的思想理论基础。但是另一方面，儒家思想又有与封建政治相对立的一面，它所提出的社会理想和人生理想，都是封建社会从来没有达到的目标，从这个角度来讲，它一直对现实封建社会的政治和道德有批判作用和规范作用。其二，

---

① 该文为 2007 年北京语言大学主办"儒学与 21 世纪国际学术研讨会"上的发言提纲，后发表于方铭主编：《儒学与二十一世纪文化建设》，学苑出版社 2010 年版。

正因为如此我们说，孔子和儒家的最高理想就曾是中华民族的最高理想，是世世代代为之奋斗的目标，那就是大同社会与圣贤人格。这是儒家的真精神，一个民族不能没有自己的道德信仰，不能毁掉自己的精神支柱。过去我们把孔子和儒家思想的这点否定了，是现代化建设中的失误。

孔子是中华民族的圣人。虽然他最初也不过是一个普通人，但是孔子的确有着与众不同的意义。因为孔子的思想不是他自己创造出来的，而是从历史中继承而来的。孔子思想的核心观念都是来自于我们这个民族早期发展的历史。从近处说他主要继承了周公的思想，从远处说他继承了三代甚至更远的中华民族的思想。孔子的思想核心是"仁"，这个"仁"是直指人心的，是直接指向人的本性中最核心的东西的，再扩大点说就是"仁义礼智信"，这是我们这个民族值得骄傲的道德传统，须臾不可或缺的东西。这就注定了孔子的思想必定会被中华民族发扬光大，孔子一定会成为中华民族的圣人。

从另一方面讲，孔子又不完全是一个现实中的人，他已经成为我们中华民族理想的化身，在他的身上，寄托了我们民族的文化理想，道德人格。从本质上讲，孔子以"仁"为核心的道德思想，在任何一个封建朝代里都是中华民族人们所追寻的理想，都是与现实社会中黑暗与腐朽的东西相对立的。它显示了我们民族对于美好的社会和美好的道德理想的代代追求。我们把这些追求都寄托在一个精神偶像身上，于是孔子才成为我们民族的圣人，成为我们世世顶礼膜拜的对象。于是我们中华民族就有了精神的寄托，我们才有一种归属感，有一种是非观，知道自己的生命价值所在。没有了孔子，我们中华民族的精神依托在哪里？没有了以"仁"核心的儒家道德学说,我们的灵魂归宿在何处?我们怎么能收拢当前物欲横流时代下的道德人心?怎么能把港澳台和全世界的海外华人团结在中华文明的大旗之下?怎么能确立我们中华民族在道德文明方面给世界做出的贡献?

所以我以为要重塑中华民族的精神,要建立和谐社会,我们就要重新树立孔子的文化形象。因为孔子就是中华民族文化的旗帜,是中华民族的精神象征,有了他,我们才能重塑中华民族的国魂,把全世界的华人都团结在一起,进而与全世界各民族的人民和平共处。

同时我要指出的是:我们现在所塑造的孔子圣人的形象,又不完全是汉魏六朝到唐宋元明清时代的孔子,而是一个更加伟大的孔子。他引导我们站在新的历史高度去追本溯源,从直指人心处入手,让我们重新理解"仁义礼智信"的道德真谛,重新发掘孔子思想中的最本质最伟大的道德思想,重新点亮我们心头那盏明灯。孔子讲"仁者人也"(《礼记·中庸》)、"仁者爱人"(《论语·颜渊》)、"克己复礼为仁"(《论语·颜渊》)。在这里,不同的时代对于"仁"和"礼"会有不同的理解。但是最具有本质意义的是,孔子在这里所说的"仁"是直指人的道德本心的,它的本质就是"爱人"。一句"己所不欲,勿施于人",至今也应该是当代人类社会和谐共处的金科玉律。这就是人类心灵的最高境界。只有有了它,人才可以称之为"人",我们的社会才会和谐。孔子之所以伟大,之所以是圣人,就因为鲜明地指出了这一点,指出了人的共同本性。以"仁"为基础建立起来的孔子学说,它不仅具有伦理的意义,而且具有哲学的意义。它是人的伦理道德原则(人道主义)的最终根据,人类社会政治原则的最终根据,也是人类社会发展变化的最终根据。一个社会要团结进步，就是要有这样一个人，他是一个民族的精神偶像。就是要有这样一种思想，这种思想既是最高的伦理原则、政治原则，同时它又能够深入到每一个普通百姓的人心。这种思想就是"仁义礼智信"，这个精神偶像就是孔子。

重树孔子形象，再造中华道德，这是时代给我们提出的新的任务。

台湾中国古代文学研究之一瞥①

2010年9月1日至2011年1月31日,我应邀赴台湾逢甲大学文学院任客座教授半年,除了给本科生、研究生开设有关课程之外,还与台湾古代文学研究界的朋友们进行了广泛的交流。半年的任教经历,使我较为深入地了解了台湾高校古代文学研究的情况。

台湾的中国古代文学研究,承继大陆20世纪40年代以前的学术传统而来,其间经过50—60年代、70—80年代中期、80年代后期到21世纪初10年的发展,形成了与大陆既有联系又有区别的新格局,是当代中国古代文学研究的一支重要生力军,其成就值得我们关注。

20世纪50—60年代,是台湾当代中国古代文学研究的一个重要起点。此前台湾的中国古代文学研究,似乎尚未形成一个独立的格局。随着国民党1949年撤退台湾,一批中国古代文学研究的学者也相继来到这里。所以,50年代台湾的中国古代文学研究,基本上以大陆迁台的一批学者为主,他们所承继的学术传统,主要是清代乾嘉学派乃至"民国"后以进化论为主导的考据之风,以及秉承孟子的"知人论世"观,以史传生平为主的个人传记思想研究,取得了一批成果。苏雪林、台静农、屈万里、王叔岷、王梦鸥、叶庆炳等人为代表。至50年代末期这种学术风

---

① 该文原发表于《人民政协报》2011年2月14日。

气有所改变,加强了对文学文本的研究和艺术的分析,其中以徐复观的诗学研究和叶嘉莹的诗词研究,具有开风气之先的功劳。这个时期的学术成果以文献考据和整理居多,同时,也正是这批学者到台湾以后,着力培养一代新的学人,为台湾中国古代文学研究的发展奠定了坚实的基础。

70至80年代中期是台湾中国古代文学研究的繁荣时期。繁荣的原因首先来自于台湾经济的发展和社会的变革,其次是大陆形势与国际形势的变化,这引起台湾思想文化的激荡,表现在中国古代文学研究方面,是对中国传统文化的继承、反省和面向世界的开放视野。这期间,大陆"文化大革命"对传统文化所采取的全盘否定态度,中国古代文学研究的停顿、甚至倒退,促使台湾古典文学研究界摆脱了50—60年代的沉寂与安静,自觉地将自己当成中华文化的代表、维护者与传承者,着力于中国古代文学的研究,学术风气日渐活跃。与此同时,随着第一批留学欧美的学者的回归与介绍,将西方文化研究的新思潮与新方法带给台湾,使台湾古代文学研究呈现出新的气象。在这一时期,老一代学者中仍然有一批人发挥着重要作用,如王梦鸥的唐人小说研究、刘勰与《文心雕龙》研究,潘重规的红学研究与敦煌学研究,苏雪林的屈原与楚辞研究,徐复观的中国诗学研究。50—60年代成长起来的新一代学者中,简宗梧的辞赋研究、方祖燊的汉诗研究、廖蔚卿的汉魏六朝文学研究、吴宏一的明清文学研究、曾永义的戏曲研究、柯庆明的小说研究、高友工的抒情传统研究、叶维廉的中西比较诗学研究等,都取得了相当高的成就。80年代以后,吕正惠、颜昆阳、何寄澎、柯庆明、张高评、龚鹏程、廖美玉等人逐渐成为古代文学研究界的主力。这一时期的学人,一改前代学者的学术传统,有强烈的学术自觉意识和人文关怀意识,努力开拓创新，其成果也有很高的水平，走在了大陆古代文学研究的前列，其中一些成果对大陆改革开放初期的中国古代文学研究产生了很大的影响，值得我们特别重视。

80年代后期台湾的中国古代文学研究状况又有了重大的发展变化。这一变化与海峡两岸的政治经济发展息息相关。1979年，大陆地区开始进入改革开放的新时期，政治思想上拨乱反正，经过几年的调整，到80年代中期学术研究走向正轨，中国古代文学研究也日渐繁荣。与此同时，1987年7月15日台湾当局宣布解除戒严令，两岸的学术文化交流开始日渐活跃，特别是大陆中国古代文学研究的成果资料大量地被介绍到台湾，对台湾的中国古代文学研究产生了重要影响。早在1987年9月，台湾《国文天地》编辑部就举办了"海峡两岸学术交流与中国的统一"座谈会，并在此刊物上开辟"大陆儒林传"专栏，介绍大陆重量级学者，包括中国古代文学研究方面的专家学者。1988年6月该刊又发表专辑，举办了两场有关大陆学术资料流通问题的座谈会。这期间有两件事情具有一定的代表性，第一件是在此前，以《国文天地》负责人林庆彰为代表的几位学者到大陆采购了大量的中国古代文史哲方面的著作，其规模前所未有。第二件是自1991年开始由台湾文津出版社出版了"大陆地区博士论文丛刊"100种，这对台湾中国古代文学研究的影响之大是不言而喻的。另一方面，80年代中期前后，西方文学理论的引进也达到了一个新的高潮，叶维廉、周英雄、郑树森、古添洪等人是其中的代表。同时，台湾各高校的中文系所大幅增设，研究生招生规模也有较大的发展。这一切，均对台湾的中国古代文学研究起到了重要的推动作用，也使台湾中国古代文学研究的面貌发生了新的改变，利用新方法、新理论，采取新视角，研究新问题，成为台湾中国古代文学研究的新特点。但是与 70 至 80 年代中期台湾的中国古代文学研究相比，其特点却变得不再那么鲜明，与大陆的中国古代文学研究日渐融合，共同体现了新的发展发向。值得重视的是，受 80 年代以后台湾社会从上到下日渐弥漫的本土化潮流的影响，对台湾本土文学的研究逐步开展起来，特别是进入 21 世纪以后，台湾本土古典文学的研究有了较大的发展，并且取得了可观的成果。例如，自 2001 年开始，由施懿琳主持的《全台诗》项目开始启动，这是一项庞大的工程，至 2007 年已经出版了 12 册，原计划要 10 年完成。与之相呼应，自 2009 年开始，台湾成功大学已出版了两集《台湾古典文学研究集刊》，2008 年，施懿琳、廖美玉主编的 80 多万字的《台湾古典文学大事年表》（明清编）正式出版。这可以看作是近年来台湾中国古代文学研究中最重要也最有特色的成果。

要而言之，自 20 世纪 50 年代以来的台湾中国古代文学研究，不仅取得了突出的成绩，而且逐步形成了特色，它是当代中国的中国古代文学研究的重要组成部分，有着不可忽视的地位。台湾在中国古代文学研究方面的贡献，值得我们给予高度重视。可是，虽然近 30 年来两岸中国古代文学学者之间的交流日益频繁，交往不断深入，大陆地区的学者对台湾当代的中国古代文学研究情况并不熟悉，至今还很难看到台湾的中国古代文学研究的丰富成果，更难以有及时地把握。相对于台湾学者对大陆中国古代文学研究状况的了解，我们在这方面的学术资料交流远远不够。台湾一些著名的学术刊物，如《大陆杂志》《畅流》《中华文化复兴月刊》《幼狮月刊》《文学评论》《中外文学》等在大陆基本上见不到，更不用说台湾各大专院校的专门刊物与研究集刊了。因而，虽然从研究成果的数量和研究队伍的情况来看大陆都要远远超出台湾，但是我们在与台湾学者交流的时候却时常显得被动。因为我们不了解他们的学术动态，而他们却很了解我们，我们不能及时有效地吸收他们所取得的优秀成果，学习他们的长处，有时甚至做着一些台湾学者已经做过的工作，这无疑是大陆中国古代文学研究中的一大憾事。

中国古代文学研究是两岸学者共同关心的学术事业，理应有更多更深的信息交流。此次到台湾任教，最深切的感受是两岸文化一体。虽然因为政治上的原因，两岸之间六十余年不能统一，但同祖、同源、同根的中华文化却不会因为一道海峡而割断。踏上台湾的土地，从语言交流到饮食风俗，扑面而来的一切都让我们感觉是那么的亲切，这是每一个去过台湾的游客共同的感受。而中国古代文学研究的交流在实现中华民族统一复兴大业中发挥着特别重要的作用。在逢甲大学，我为中文系本科学生讲授"唐前诗歌史"，学生们对中国古代诗歌的热爱溢于言表，它一下子就拉近了我与学生们之间的感情。在为硕士生和博士生开设相关学术专题和一起讨论问题的时候，也正是这种共同的文化让我们感到亲密无间，与我在大陆给研究生授课时没有什么区别。目前，两岸高校正在扩大学生之间的交流，在逢甲大学，2010年下半年就有几十名来自大陆山东大学、安徽大学等高校的学生在那里学习。在学生之间的交流中，同祖同源的中国古代文学，更是重要的情感沟通的媒介。记得2009年我参加在徐州师范大学举行的海峡两岸大学生古典诗词吟唱会之时，最后一个节目是由台湾辅仁大学、北京师范大学、徐州师范大学和淮阴师范学院四所学校的学生集体吟唱《诗经·小雅·蓼莪》，台上的学生们为生动的诗篇所感动，眼含热泪的声情并茂的吟唱，感染了台下全体观众，许多人都流下了深情的泪水。分手时两岸大学生更是洒泪而别。此情此景至今历历在目,我想,这就是文学的力量,是中国古代文学的所特有的魅力。当代台湾的中国古代文学研究与大陆的中国古代文学研究一道,是在从学术上共同构建中华民族文化统一的大厦,我们期待着对台湾的中国古代文学研究有更多的交流、更多的沟通与理解。

当代中国的日本汉诗研究[①]

日本汉诗是日本人运用中国古诗形式所创作的诗歌,起源于天智天皇时代,其皇子大友被认为是日本最早的汉诗人。日本第一部汉诗集《怀风藻》编定于751年,比第一部和歌集《万叶集》还早十年左右。一千三百多年来,产生了数以千计的诗人和数十万首诗篇。它是日本传统文化的重要组成部分,也是中日两国文化交流的产物,是世界文化史上的奇迹和艺术瑰宝。

日本汉诗在近代受到中国人的关注,始于清朝末年著名学者俞樾,1883年(光绪九年、明治十六年),日本友人岸田国华携其所搜集日本人汉诗集170余家给俞樾,请其编选一部诗集。俞樾用五个多月的时间,从中选出150余人的5000多首诗,题为《东瀛诗选》,次年于日本出版。其后由于历史的原因,日本汉诗很少受到中国学者的关注。1970年中日邦交正常化以后,中日文化交流日渐扩大,日本汉诗重新受到中国学者的重视,重新被介绍到中国,让中国学者大开眼界,与此同时,相关的研究工作也逐步得到开展。

据笔者目前所知,近几十年来中国出版的日本汉诗选本和研究著作有十几种,比较重要的学术论文已经发表了几十篇。以上

[①] 该文为作者2010年8月在日本福山举行的"中日两国的日本汉诗研究"国际学术研讨会上的大会发言。

著作，相对于数以千计的日本汉诗人和数十万首日本汉诗来讲，虽然还很不相称，但是它却说明，日本汉诗正在引起中国人的关注，学者们不仅开始了对日本汉诗的介绍，而且进行了初步的研究，取得了一定的成果。现就其中的几部著作略作介绍，以见中国学者对日本汉诗的关注和研究进展。

在20世纪80年代出版的日本汉诗译介工作中，从出版年份来讲，以黄新铭选注的《日本历代名家七绝百首注》（1984）为最早，但是若论影响力，则以程千帆、孙望的《日本汉诗选评》更大。之所以如此，是因为这两位选评者都是中国古代文学研究方面的著名专家，同时也是著名诗人，他们从日本汉诗中选取了200多位诗人的300多首诗作，时间从8世纪到20世纪初，所选诗歌既有律诗、绝句，也有古体和乐府，所选诗篇每首都有简明的评语和赏析，他们对日本汉诗的选评与介绍因而也具有一定的权威性，显示出中国学者对日本汉诗的评价和认识。当代中国著名学者傅璇琮曾经在《瞭望》1989年第19期上撰文介绍此书。

李寅生的《日本汉诗精品赏析》（中华书局，2009），是近年来出版的一本比较重要的著作。该书从历代日本汉诗人中精选269位诗人的500余首作品，以人系诗，按作者年代排序，前有作者小传，后面有简单的注释，并且对汉诗的文化内涵、艺术特色、思想内容等给予综合性分析。全书之前还有一篇序言，对日本汉诗的发展情况做了简要的介绍。此书由中国著名的出版社中华书局出版，这对日本汉诗在中国的宣传也有很好的效应。

广义的日本汉诗不仅包括律诗、绝句、古诗和乐府，也包括词。日本学者作词虽然不多，但是历史同样久远。日本填词开山祖嵯峨天皇于弘仁十四年（823）年所作《渔歌子》五阕，乃模仿唐代宗大历九年（774）所作《渔父》词，前后相距不过49年，可见日本填词也有与写作汉诗一样有一千多年的历史。在日本词史上也曾出现过一些名家，特别是明治时期，曾经是日本学者填词的黄金时期。中国学者对此就有关注。中国著名的词学泰斗夏承焘先生和他的学生张珍怀、胡树淼所编《域外词选》，1981年11月由书目文献出版社出版此书，介绍日本、韩国、越南等国的词作100余首，里面即收有日本词，这是我所知20世纪后期最早介绍日本汉诗的著作。《文献》1981年第4期刊有《喜读〈域外词选〉》一文，对其进行宣传。张珍怀同时还写有《日本的词学》的论文[①]，全面介绍日本填词写作的情况，其后又完成了《日本三家词笺注》一书。所收日本三家词，指的是明治时代森槐南、高野竹隐、森川竹溪这三位杰出的词人。此书完成于1981年，但是迟至2003年才在澳门出版。该书共收槐南词95阕，竹隐词86阕，竹溪词99阕，详加笺注，颇见功力。

在日本汉诗的研究方面，也出版了几部有分量的学术著作，发表了高水平的论文，涌现出一些著名学者，在这里略作介绍：

首先是肖瑞峰的《日本汉诗发展史》（第一卷），吉林大学出版社1992年出版。该书计划出版三卷，此为第一卷，全书共分两编，第一编"绪论：日本汉诗概观"，对日本汉诗作总体观照，探讨日本汉诗的历史地位和形成与发展的原因，日本汉诗的阶段性特征、历史分期、主要流派和代表作家。日本汉诗的研究状况。第二编"王朝时代：日本汉诗的发轫与演进"，对日本王朝时代的汉诗作深入的透视，将其概括为三个阶段，每个阶段的特点。此书虽然只写到日本王朝时代，但是却对日本汉诗的整体发展状况有了一个大轮廓的描述，这是中国人所写的第一部《日本汉诗发

[①] 见《词学》第2辑，华东师范大学出版社1983年版，第207—221页。

展史》，具有重要的学术意义。肖瑞峰原为浙江大学文学院教授，现为浙江工业大学副校长，曾在日本富山大学研修1年，得到日本著名学者山口博教授的指导，并在日本期间收集了大量的材料，为以后的研究奠定了坚实的基础。自90年代后期开始，肖瑞峰先后在《文学评论》、《华文文学》、《浙江大学学报》（人文社会科学版）、《浙江社会科学》、《吉林大学学报》等刊物上发表有关日本汉诗的论文近十篇，如《且向东瀛探骊珠——日本汉诗三论》、《中国文化的东渐与日本汉诗的发轫》、《〈怀风藻〉：日本汉诗发轫的标志》、《从"敕撰三集"看日本汉诗艺术的演进》等，并且承担了一项中国教育部项目"中国古典诗歌在东瀛的衍生与流变研究"，继续推动日本汉诗的研究。肖瑞峰教授工作在浙江，特别是从浙东文化的角度出发，从一个侧面考察中国文化对日本汉诗的影响，同样值得关注。

马歌东的《日本汉诗溯源比较研究》也是一部重要的著作。该书由中国社会科学出版社2004年1月出版，作者马歌东现为陕西师范大学教授，多年致力于日本汉诗研究，1987至1991年，先后在日本福井大学、金泽大学、北陆大学访问讲学，先出版了《日本汉诗三百首》，加以评注，又经数年努力，出版了该书。该书可分几个部分，首先是对日本汉诗作简要的全面的介绍、日本汉诗的发展命运，特别是对日本人民所以接受汉诗的津桥——训读法进行了详细的分析。接下来一个重要内容是以专题的形式，详细讨论了中国古代几位著名诗人如李白、杜甫、王维、白居易等人对日本汉诗的影响，讨论了日本汉诗与中国古诗在造理、意象、秀句方面的共同之处。此外还讨论了日本五山禅僧的汉诗特点和梅墩五七言古诗的特色，日本诗话的结集分类等问题，并对俞樾《东瀛诗选》的编选宗旨及其日本汉诗观进行了分析。要之，此书紧紧抓住了"溯源比较"这一核心，从中国学者的角度，对日本汉诗的发展以及其重要问题进行了较为深入的讨论，无疑是中国人在日本汉诗研究初创时期的一部力作。

另有蔡毅的《日本汉诗论稿》（中华书局，2007年出版）也是一部专题性论著，该书收入作者关于日本汉诗以及日本汉学的论述十八篇，分为三辑。其中前两辑与日本汉诗有关，第一辑为作家作品论，主要从与中国古典诗歌的关联着眼，分别探讨了平安时代至明治时代的日本若干汉诗人及其作品的成败得失。如《空海在唐作诗考》《只图南海与李白》《市河宽斋简论》《明治填词与中国词学》《超越大海的想象力——日本汉诗中的中国诗歌意象》等。第二辑为典籍论，在评述日本汉籍对《全唐诗》《全宋诗》补遗作用的同时，兼及日本汉诗对中国的遗流，如赖山阳《日本乐府》的西传始末、俞樾《东瀛诗选》的编纂详情等。蔡毅至今旅居日本，他在日本汉诗研究方面有着较深的学术造诣。

严明在日本汉诗研究方面也有较为突出的成就。他先后任教于北京师范大学、苏州大学、日本神奈川大学，现任上海师范大学文学院教授，先后出版过《日本汉诗系列——伊藤仁斋诗选》、《东亚汉诗的选本研究》等著作。其中，《花鸟风月的绝唱：日本汉诗中的四季歌咏》（宁夏人民出版社，2006年5月出版）一书，从分析日本汉诗中吟诵四季景物花鸟风月的代表性作品入手，对日本汉诗的描写内容及写作特征进行了广角鸟瞰式的整体观赏和深入浅出的艺术分析，并通过与中国诗歌的逐一对照比较，细腻地展现日本汉诗特有的景观风貌与抒情特色，揭示出日本文化精髓的奥秘。本书从多方汇集和系统分析了日本汉诗中的四季歌咏之作，其中有春之烂漫颂歌、夏之幽静低吟、秋之咏叹伤悲和冬之孤寒情怀。这些诗作表现出了日本山川风光的鲜明特色，也凸显了日本岛国季节变化的丰富色彩，还展现出了日本民族文化中的风俗人情以及独特的审美意识，具有很高的认识价值与审美价值，堪称东亚汉诗宝库中的艺术珍品。本书系中国学者首次对日本汉诗中的大量四时节序诗进行系统的归纳分析，揭示了日本汉诗史上许多有趣的现象，并提出了一些有意思的见解，值得中日两国学者的共同关注。

吴雨平的《橘与枳：日本汉诗的文体学研究》（中国社会科学出版社，2008年12月出版），系作者在其博士学位论文《日本汉诗研究新论》（苏州大学，2006年版）基础上增订而成。该书将日本汉诗置于古代东亚汉文化圈的背景之中，以日本汉诗的"原生态"——中国古典诗歌，以及日本的民族文学样式——和歌作为参照系，围绕日本汉诗创作中无处不在的"文体意识"，从"日本汉诗的起源及其历史分期"、"日本汉诗与古代东亚汉文化圈"、"日本汉诗与执政者的意识形态"、"日本汉诗与其创作主体"、"日本汉诗与中国文学选本、诗文别集"、"日本汉诗与中国古典诗歌传统"、"汉诗文与《万叶集》"等几个方面，对日本汉诗的源流、发展与通变进行探讨。该书研究视角独特，颇有新意，开辟了一个新的研究领域。

王福祥编著的《日本汉诗与中国历史人物典故》（外语教学与研究出版社，1997年9月出版）一书别具特色，该书共编选日本诗人创作的汉诗476首，涉及中国人物178位。这些人物，有的是中国各个历史时期的真实人物，有的是神话传说中的人物，还有小说中的人物。从这些日本汉诗所涉及的人物，我们可以看到中国文化对日本的影响之深和日本历代汉诗人对中国文化历史了解之广。只有了解了这些人物，才能弄清日本汉诗中蕴涵的内容及作者抒发的思想情感。此书编选角度新颖，对人物考证也颇下工夫，是一部别开生面的著作，体现了中国学者对日本汉诗研究的独特视角。此前，王福祥与汪玉林、吴汉樱还曾合作编写了《日本汉诗撷英》（外语教学与研究出版社，1995年12月出版）。

王晓平的《亚洲汉文学》一书（天津人民出版社，2001年出版，2009年2版），虽然不是研究日本汉诗的专著，但是其中许多章节却仍可视作日本汉诗研究的专论。如《〈怀风藻〉的山水与玄理》、《日本折中诗派的"论诗诗"》、《日本禅僧对中国文学精神的传习和引申》、《诗化的六朝志怪小说——〈菅家文草〉诗语考释》、《诗魔与鬼神——以〈江谈抄〉为中心》、《日本五山文学对宋明文学的呼应》等文章，分别对日本汉诗的某一方面进行了专门的讨论，颇有新见。王晓平现为天津师范大学教授，旅居日本多年，先后在日本帝冢山学院大学、东京大学讲学和研究，在《万叶集》研究方面的造诣很深，2010年4月，获得了日本第二届奈良万叶国际奖，可见他在中日文化交流方面所做的杰出贡献。

在近年来日本汉诗的研究中，首都师范大学中国诗歌研究中心值得关注。该中心现为教育部人文社会科学重点研究基地，自2001年成立以来，与日本广岛大学文学研究科建立了密切的学术联系。2009年，该中心组织中日两国学者，由李均洋教授牵头，由赵敏俐、佐藤利行、曹旭、尹小林等人参加，成功申报了教育部人文社会科学重点研究基地重大项目——"日本汉诗的整理与研究"，开展了大规模的日本汉诗整理研究工作。2009年2月16日，赵敏俐、李均洋、佐藤利行三人接受《光明日报》记者梁枢访谈，向中国读者比较全面地介绍了日本汉诗的创作情况、在世界文化交流、文学、艺术与文化等多方面的重要价值以及研究的意义，引起了中国学术界的重视。该项目采取从著名日本汉诗人的个人专集整理研究入手逐步推进的方式展开，与日本广岛大学和首都师范大学双方同时推进，目前在菅茶山的研究方面已经取得了初步进展。不仅搜集到了大量的资料、发现了数首菅茶山的逸诗，指导中国学生以菅茶山为对象撰写研究论文，而且将菅茶山诗集文本进行了电子化处理，可以实现电子文献的检索、复制等多种功能。此外，由本课题组成员曹旭教授重新整理校点的俞樾的《东瀛诗选》，也交给了中华书局，即将出版。此外，首都师范大学中国诗歌研究中心正在以此为基础申请北京市项目。

　　以上是我对日本汉诗目前在中国研究状况的简介，限于自己的目力所及，尚不全面，仅供参考。日本汉诗是日本传统文化的一部分，理应受到日本学者的重视。日本汉诗是日本诗人所写的"中国古典诗歌"，理应受到中国学者的重视。日本汉诗是两国人民共同的文化财富，理应受到两国人民的共同重视。日本汉诗也是展示世界文化交流的历史成就的典型范例，理应受到全世界的重视。我相信，它的多重文化价值，一定会被越来越多的有识之士所认识，有关日本汉诗的研究，目前在中国才刚刚开始，将来一定会取得辉煌的成就。

《光明日报》关于日本汉诗的访谈[①]

时间:2008年12月25日下午

地点:首都师范大学中国诗歌研究中心会议室

访谈嘉宾:赵敏俐　首都师范大学中国诗歌研究中心主任、教授

　　　　　李均洋　首都师范大学中国诗歌研究中心专职研究员、外国语学院日语系教授

　　　　　佐藤利行　广岛大学北京研究中心主任、广岛大学研究生院教授

主持人:《光明日报》国学版编辑　梁枢

[摘要]

俞樾从中国人的地理感觉上把诗中的"入东关"改为"出东关",大概是认为出了"东关"(函谷关)才能入长安吧。

从文化交流的层面上讲,日本汉诗是中日乃至亚洲汉字文化圈文化交流的结晶。

日本汉诗最有成就的地方并不是模仿中国诗歌,写中国人的事,而是写日本人自己的生活和情感。

---

① 该文是《光明日报》专栏记者梁枢对中国诗歌研究中心所做的"国学访谈",原发表于2009年2月16日《光明日报》第12版《国学》专栏。

日本汉诗是日本诗人所写的"中国古典诗歌",理应受到中国学者的关注。

一

李均洋(以下简称李):首都师范大学中国诗歌研究中心是教育部人文科学重点研究基地之一,"日本汉诗汇编及研究"是2008年立项的教育部人文社会科学重点研究基地重大课题。

主持人: 这个工作以前是否有人做过?

李:清末学者俞樾编辑出版的《东瀛诗选》(1883年刊行),开创了日本汉诗编选研究的先河。

主持人: 你们的项目同《东瀛诗选》有何不同?

李:首先是范围不同。《东瀛诗选》所选日本汉诗的范围是江户时代至明治初期(约17世纪至19世纪初),我们的项目是从日本第一部汉诗集《怀风藻》(751年成书)问世的奈良时代一直到当代日本汉诗人的诗作。重点研究菅茶山、赖山阳、正冈子规等汉诗人。

主持人: 总量有多大?

李:日本学者富士川英郎在《鸥鹣庵闲话》中提到,仅江户时代就有约五千部,一万册以上。

主持人: 能全部搜集到吗?

李:比较困难。我们先从广岛地区的汉诗人菅茶山、赖山阳做起,再扩展到一千多年的日本汉诗史上有代表性的诗人。

主持人: 你们的项目是中日合作?

李:这是我们同俞樾编选的《东瀛诗选》的又一个不同点。

二

佐藤利行（以下简称佐藤）：俞樾的《东瀛诗选》是中国学者编选研究日本汉诗的一个里程碑，但也有局限性，如"和习"（日本式表达和汉诗意境）的问题。举例来说，高野兰亭的《送腾子常还西京》中咏道：

"青袍十载入东关，重向长安万里还"。

这里的"东关"是指箱根的关所，"长安"是喻指天皇所在的京都。从地理位置上说，中国的"东关"是指都城长安以东的函谷关，"入东关"也就意味着"还长安"，但高野兰亭的汉诗中的"入东关"则是指从天皇所在的都城京都赴德川幕府的所在地江户（现在的东京）从政，"重向长安万里还"是说诗中送别的对象从政期满重新返回京都。俞樾从中国人的地理感觉上把诗中的"入东关"改为"出东关"，大概是认为出了"东关"（函谷关）才能入长安吧。《东瀛诗选》中类似修改的地方还很多。

主持人：也就是说，尽管同是相同的汉字词汇，但日本汉诗中的汉字词汇所承载的思想意义是日本文化版的，是日本汉诗人所云。

李：的确是这样。如菅茶山在《寄肥后薮先生二首》中咏道："升平百余年，人文随日盛。作赋轻杨马，谈经蔑卢郑。周末竞奇论，晋初尚怪行。时名或得之，无乃叛先圣。"

这首五言古诗作于1775年，诗中的"百余年"是指德川家康1603年创建江户幕府以来，至今已有一百多年。"杨马"是指杨雄和司马相如；"卢郑"是指卢植和郑玄。这首诗的主旨是批判江户文化中的"叛先圣"现象，是要继承以伊藤仁斋（1627—

1705,《东瀛诗选》收有汉诗 15 首）为首的古义学派、以荻生徂徕（1666—1728）为首的古文辞学派等所提倡的否定朱子学、回归原始儒教、积极参与社会改革、经世济民的传统文化本质精神。这一思想文化动向为明治维新的尊王（皇）改革、西化与传统文化二元相容提供了思想文化武器。

再就是"和习"（和味）问题也关乎到中日编选者对日本汉诗评价的审美趣味和标尺的问题。如赖山阳的门人村濑太乙（1803—1881）编选的《菅茶山翁诗抄》自序中写道："五律七绝，往往动人，七律则多俗调。"但俞樾编集的《东瀛诗选》中所选菅茶山 120 首诗中，七律最多（45 首），接下来是七绝（26 首），而五律五绝较少（各 11 首）。

主持人：东亚文化以汉字为媒介，也可称为汉字文化圈，有很多文化相似点，但毕竟又是不同国家的文化。即便是汉文化，到日本和韩国后也发生了很多变化吧？从文化特色的角度来看，研究日本汉诗也就等于从日本文化的角度反照中日文化的相互影响。

李：是这样的。从文化交流的层面上讲，日本汉诗是中日乃至亚洲汉字文化圈文化交流的结晶。延喜五年（905）醍醐天皇下诏编纂、延长五年（927）编成奏上、康保四年（967）开始施行的律令（法规）细则《延喜式》，有关大学寮（隶属于式部省的培养官吏的最高学府）的教科书和讲授时间等的条律写道："凡应讲说者，《礼记》、《左传》各限七百七十日……"

我们知道，日本没有固有的文字，汉字文化约在公元前 4 世纪随着稻作文明和铁器文明一起传入了日本。正像日本著名史学家上田正昭所指出的："古代东亚文化圈的特征之一，是汉字和汉文化的传播"，"语言和文字的问题，不只是对日本列岛内部的交流、交际来说具有重要作用，同政治、经济、社会、文化的发展也有着密切的关系，而且在日本同海外的外交、贸易往来等方面也发挥了重要的作用。"（上田正昭《汉字文化的接受和展开》）在汉字文化的母体上，平安时代（794—1191）诞生了日语文字平假名和片假名，但日本政府依然在法律文件中规定以汉文典籍作为"大学寮"的教材，这其中就包括《毛诗》。

　　汉诗之所以如此受重视，这自然同它的教化作用有关，但汉诗的外交及交际作用也不可小觑。如《怀风藻》中所收近江朝以后至和铜年间（708—715）的50余首汉诗中，最多的是以"应诏侍宴"和"应诏从驾"等以朝廷际会为中心的诗，所收养老年间（717—724）至天平初年（729）的汉诗，一是以长屋王为中心的诗宴上的作品，再就是以朝廷文人为首、时有新罗（朝鲜半岛古国名）使节诗人加入其中的作宝（又写作"佐保"）楼诗苑的作品。

　　说到"反照中日文化的相互影响"，菅茶山站在"维吾皇统垂无极，国无异姓仕世官"的"万世一系"传统史观上对中国历史人物的评价也值得人们深思：

　　"皂帽蓝衫形相异，捕鬼如鼠何快意。我恨汝不出高宗中宗朝，灭彼长发还俗鬼婆妖。又恨汝不现大历建中间，肉彼蓝面鬼貌佞臣肝。最恨当时不能屠戮林甫与太真，徒驱微疾三郎身。规小舍大人所嗤，鬼神聪明故知之。"（《题钟馗图》）

　　"长发还俗鬼婆妖"是指称帝改国名为周的武则天。当然，这里也隐喻着诗人要江户幕府还政于天皇的政治情绪。赖山阳评述这首诗"可当一部唐书"，言下之意是让读者思考为何大唐由盛而衰，以至不复存在。尤其是诗中引用了《长恨歌》成句"渔阳鼙鼓动地来"，让读者思痛之余清醒地分析时政大事。

三

主持人: 我想问佐藤先生一个问题:从江户时代到明治时代这一时代转型对日本汉诗创作有什么影响?

佐藤:从时代性质上讲,是完全不同的两个时代,但汉学的根本性地位没有变化。如去德国留学的日本浪漫主义文学的开创者森鸥外,去英国留学的日本小说大师夏目漱石等,他们都有着很深厚的汉诗汉文修养,被称为学贯东西的"两足"文化人,他们也写汉诗。

李:进入明治时代,日本把目光转向西方,科学技术、思想文化等,大有全盘西化之势。即使如此,正式的公文依然用汉文书写,现代印刷技术催生的报纸、杂志的大量发行也使汉诗的发表空间和出版空前扩大和便利(如报纸文艺栏里有汉诗专版),使汉诗得以继续发展。

赵敏俐(以下简称赵):从中国的角度来看,这项工作的背景似乎是以中国文化为基础的。但中国文化对世界文化的发展也做出了巨大的贡献。从现代的角度上看,在人类社会的历史发展上,文化的交流曾经起过巨大的作用,将来还可能会起更大的作用,这也是我们现代学者研究的一个背景。俞樾时代的研究形态和现在已经完全不一样了,他那时候完全是站在中国的角度上看日本人学我们中国的东西是否被学像了。

主持人: 就如同老师看学生那般?

赵:对。我们现在也不能说这种情况完全应该排除。因为在这个问题上,日本确实学习了中国。但是,以另一种文化眼光来看，我们现在比俞樾的时代开放得多——站在世界文化立场上来看事情。若从这个角度来说的话，日本汉诗可以说是日本传统文化的一部分，这一部分在日本过去或许比较受重视，但随着中国的政治、经济的衰弱，日本人学习中国文化的热情逐渐消退，因此日本汉诗在日本也有个逐渐衰落的过程。但我们不能否认，它是日本文化的一部分，而且对日本上层文化的影响非常大。所以，现在日本也有很多学者开始重视这项工作。我认为这是我们研究的一个方面。

第二个方面，站在中国文化的角度上来说，也是中国文化对外影响的一个重要表现。可以将汉诗看成中日两国人民共同创造的文化财富，是两国文化融汇而成的瑰宝。

第三个方面，汉诗也是世界文化中很有价值的一个特殊类别。我们应该以世界文化的角度来看问题。

主持人：我刚想问您这个问题，到底该给日本汉诗怎样定位？开始你说汉诗是日本文化的一部分。

赵：对。

主持人：刚才又说是中日文化衍生的一部分，现在又谈到是一种特殊的文化？

赵：对啊。这三个方面都包括，之所以一段时间里它在中国和日本都不受重视，是因为它处于一个交流的边缘——交叉点。尤其在近代以来的文化格局中，它被冷落了。既然如此，我觉得我们就得从多个角度来解释它，而不能把它定义成一种东西。我说它是日本文化的一部分没有错，我说它是中日交流的成果没有错，我说它是世界文化中非常有独特价值的一部分也没有错。现在我们觉得它有研究价值，起码来说就有这三个方面。这也是我的基本看法。

主持人：您谈得很好。

赵：若是站在文学的基础上，我觉得它的价值起码也有两个方面：第一是这些汉诗内容的文化价值，第二是文学审美价值。我们要研究文学，首先就要研究它的内容是什么？文学的内容就是文化。例如，我们在研究古代或现代文学作品时，首先要考察它写了什么？这是最重要的。我们为什么喜欢杜甫、屈原呢？因为他们两人从不同的角度写出了中华民族的精神及文化风貌的一个方面。日本汉诗也同样反映了这方面的价值。它有着非常丰富的内容，它和中国传统文化是直接相关联的。我觉得写日本汉诗的很多诗人对中国传统文化是非常熟悉的，他们用了很多中国古代诗歌里的历史典故，而且，和中国学者学习了以后，又将日本人对社会、自然的理解写入诗中。

让我来念一首诗，国分青崖的《咏史·杜甫》：

"诗到浣花谁与衡，波澜极变笔纵横。读书字字多来历，忧国言言发性情。上接深雄秦汉魏，下开浩瀚宋元明。灵光精彩留天地，万古骚人集大成。"

这首咏唱杜甫的诗表面看来简单，但是诗中化用了许多中国文化的东西。诗中提到的"浣花"，指的是杜甫在成都住过的浣花草堂，所以人们常常用"浣花叟""浣花翁"指代杜甫。中国古代评价杜甫，称他为"诗圣"，说他的诗是"集古今之大成"，就因为他不但有一颗忧国忧民的心怀，而且在艺术上也达到了极高的成就，所谓"尽得古今之体势，而兼人人之所独专"。说他的诗"无一字无来处"。"凌云健笔意纵横"本是杜甫评价庾信的诗句，后人也常常用来评价杜甫。以中国人的眼光来看，这首咏杜诗没有什么特殊的创意，但是对杜甫的评价却非常到位，也是不错的，比中国的一般诗人写得并不差。如果我们考虑到他是一名外国人，把咏杜诗写到这个水平，说明他对中国文化、对杜甫的了解是相当深的。

但是我认为日本汉诗最有成就的地方并不是模仿中国诗歌，写中国人的事，而是写日本人自己的生活和情感。因为学写汉诗的日本人过去很多也不一定能很好地说汉语，他们写汉诗只是按中国诗的规矩来写，其内容是以日本人的生活为背景的。

主持人：是让日本人来读，不是让中国人来读？

赵：对。那些优秀的日本汉诗中无论对思想情感的表达、对风景的描写、对心理的刻画及对社会现象的认识等都是以日本为背景的。通过它我们可以更好地了解日本人民的历史文化与思想情感以及世俗生活的各个方面，这是其文化价值中另一个重要方面。

我再给你念一首诗，义堂周信的《乱后遣兴》：

"海边高阁倚天风，明灭楼台蜃气红。草木凄凉兵火后，山河仿佛战图中。兴亡有数从来事，风月无情自满空。聊借诗篇寄凄恻，沙场战骨化为虫。"

义堂周信（1325—1388）此诗题为"乱后遣兴"，当是诗人在一次战争结束之后的即景生情。诗人登上海边高阁，临风远眺，眼前的荒凉景象让他感慨万千，历史的兴亡、战争的残酷与生灵的苦难，一一涌上心头，于是聊借诗篇以寄情志。我觉得这首诗不仅学得了中国古典诗歌的形式，还深得中国古代文人士大夫忧国忧民之精神，并把它化成内在的修养，描写自己国家的命运和人民的生活，表现了日本古代诗人反对战争的思想，表达了他们热爱和平的美好理想。

四

主持人：我再插一句。是否可以表述为当时的日本汉诗家以汉诗的方式来解读中国文化？或者说对中国文化进行解读？

赵：包含解读。但不是以解读的方式，因为写诗实际上是一种表达的方式。思想家的表达方式是理性的，体现的是思想的深刻性；而诗人则更多的是用感性的方式来解读，艺术的方式和审美的方式。

日本诗人在写作汉诗的时候，实际也是在进行一种新的艺术美的创造，日本有很多汉诗名家，如菅茶山、赖山阳、梅墩（广濑旭庄）等，他们的诗既有中国古典诗歌的神韵，又有日本文化的情趣与意境，在审美创造上独具一格。

我再给你读一首诗，你来体会一下。如赖山阳的《画山》：

"青山一座翠沉沉，万态浮云自古今。横侧任它人眼视，为峰为岭本无心。"

我们一读这首诗就知道他是化用了苏东坡的诗意在里面的，但是这首诗并不是完全地模仿，而是在苏轼诗的基础上别开生面，它所表达的是与苏轼诗完全不同的另一种哲理。让中国人来理解很有些禅味，而这正是日本诗人的艺术创造。

再比如大坪恭的《田家冬景》：

"荒路夜深人不过，唯闻农舍数声歌。二婆交杵捣粗布，一叟分灯春晚禾。"

这首诗的风格非常质朴，语言没有雕琢，但是却生动传神。寒冷的冬天，黑黑的深夜，偏僻的荒路，给人的印象是多么的寂寞与荒凉，但是在这里却传出了快乐的歌声，接着闪烁出灯光，让我们看到了一幅热闹的生活场景，两个女人在那里捣布，一个男人在那里舂禾。简单四句，就画出了一幅田家冬日晚景，具有浓郁的日本农村的生活气息。

　　所以我说，即便是从文学的角度来讲，这些日本汉诗也是值得我们研究的。日本汉诗是日本诗人所写的"中国古典诗歌"，理应受到中国学者的关注。日本汉诗是日本古典文学的重要组成部分，理应受到日本学者的关注。日本汉诗是两国人民共同的文化财富，理应受到两国人民的共同重视。日本汉诗也是展示世界文化交流的历史成就的典型范例，理应受到全世界的关注。我相信，它的多重文化价值，一定会被越来越多的有识之士所重视。